Douglas Kennedy

Douglas Kennedy est né à New York en 1955, et vit entre Londres, Paris et Berlin. Auteur de trois récits de voyages remarqués, dont *Au pays de Dieu* (Belfond, 2004 ; Pocket, 2006), il s'est imposé avec, entre autres, *L'homme qui voulait vivre sa vie* (Belfond, 1998 ; Pocket, 1999), en cours d'adaptation cinématographique, et *La poursuite du bonheur* (Belfond, 2001 ; Pocket, 2009), suivis de : *Une relation dangereuse* (Belfond, 2003 ; Pocket, 2005), *Les charmes de la vie conjugale* (Belfond, 2005 ; Pocket, 2009), *La femme du Ve* (Belfond, 2007 ; Pocket, 2009) et *Quitter le monde* (Belfond, 2009, Pocket, 2010). En 2008, les éditions Belfond ont également publié son roman culte, *Piège nuptial*, dans une nouvelle traduction.

Retrouvez l'actualité de Douglas Kennedy sur www.douglas-kennedy.com

LES CHARMES DISCRETS DE LA VIE CONJUGALE

DU MÊME AUTEUR
CHEZ POCKET

L'HOMME QUI VOULAIT VIVRE SA VIE
LES DÉSARROIS DE NED ALLEN
LA POURSUITE DU BONHEUR
RIEN NE VA PLUS
UNE RELATION DANGEREUSE
LES CHARMES DISCRETS DE LA VIE CONJUGALE
LA FEMME DU V^{E}
PIÈGE NUPTIAL
QUITTER LE MONDE

RÉCIT

AU PAYS DE DIEU

DOUGLAS KENNEDY

LES CHARMES DISCRETS DE LA VIE CONJUGALE

Traduit de l'américain
par Bernard Cohen

BELFOND

Titre original américain :
STATE OF THE UNION
Hutchinson, Londres

Le papier de cet ouvrage est composé de fibres naturelles, renouvelables, recyclables et fabriquées à partir de bois provenant de forêts plantées et cultivées durablement pour la fabrication du papier.

ISBN 978-2-266-19921-6

« Certains s'élèvent par le vice,
d'autres déchoient par la vertu. »

SHAKESPEARE,
Mesure pour mesure,
acte II, scène 1

Comme d'habitude, pour Grace, Max et Amelia,
mais aussi pour Joseph Strick

I

1966-1974

1

Il a fallu que mon père soit arrêté pour qu'il devienne célèbre.

C'était en 1966. Papa – ou John Winthrop Latham, ainsi que tout le monde, à part sa fille unique, l'appelait –, avait été le premier professeur de l'université du Vermont à s'élever publiquement contre la guerre du Vietnam. Au printemps de cette année-là, il avait pris la tête d'une mobilisation estudiantine opposée à la collaboration de l'université avec une compagnie chimique qui fabriquait du napalm. La protestation avait culminé en un sit-in devant le bâtiment administratif, dont les accès avaient été pacifiquement bloqués pendant trente-six heures par trois cents étudiants menés par mon père. Quand la police et la Garde nationale étaient intervenues, les manifestants avaient refusé de se disperser et une chaîne de télévision nationale avait filmé l'incarcération de papa dans la prison locale. Cela avait fait grand bruit, à l'époque : il avait été à l'origine de l'une des principales manifestations contre la guerre. L'image de ce respectable Blanc en veste de tweed et chemise Oxford appréhendé sans ménagement par deux membres des unités antiémeutes avait fait l'ouverture de la plupart des bulletins d'information à travers les États-Unis.

Le jour qui a suivi son arrestation, tout le lycée m'a dit que mon père était « vachement sympa ». Et, deux ans plus tard, quand je suis entrée à l'université où il enseignait, j'ai reçu les mêmes compliments dès que les gens découvraient que j'étais la fille du professeur Latham. « Très sympa, ton père ! » Je hochais brièvement la tête et, avec un bref sourire, je confirmais : « Ouais, c'est le meilleur… »

Ne vous méprenez pas : j'adorais mon père, et c'est encore le cas, et ça le sera toujours. Mais enfin, quand on a dix-huit ans, comme moi, en 1969, que l'on essaie désespérement de se forger un minimum d'identité et que son cher papa s'est transformé en une manière de Thomas Paine local, il est facile de se sentir éclipsée. Et, en fait, c'est ce qui m'est arrivé.

J'aurais pu essayer d'échapper à son imposante stature morale en changeant de campus. J'ai opté pour une autre solution : je suis tombée amoureuse en plein milieu de ma seconde année.

Dan Buchan était l'antithèse de mon père. D'accord, il était grand et dégingandé, lui aussi, mais c'était leur seul point commun. Alors que papa alignait le cursus du WASP exemplaire – secondaire à Choate, puis Princeton, puis doctorat à Harvard, ne fréquentant que les sanctuaires de l'Amérique blanche, anglo-saxonne et bien-pensante –, Dan venait d'un obscur patelin de l'État de New York, Glens Falls, où son père était chargé de l'entretien des écoles locales et sa mère tenait un petit salon de manucure, et il était le premier de sa famille à faire des études supérieures, qui plus est en médecine.

Très timide, il ne s'imposait jamais et savait écouter mieux que quiconque ; il donnait toujours l'impression d'être plus intéressé par ce que l'autre avait à dire que par ses propres réflexions – ce que j'appréciais beaucoup. Je trouvais également un charme étonnant à sa réserve. Il était sérieux sans être rébarbatif, et contrairement aux autres étudiants il savait exactement où il voulait aller. À notre deuxième sortie, il m'a confié autour de quelques bières qu'il ne briguait pas des spécialités aussi ambitieuses que la neurochirurgie, ni celles où on se faisait de l'argent facile, comme la dermatologie, non, il se voyait médecin généraliste. « Je veux être un modeste médecin de campagne, rien de plus », m'a-t-il assuré.

Comme tous les carabins, il travaillait treize heures par jour, étudiait sans arrêt. Le contraste entre nos existences respectives était frappant : avec mes études de littérature et langue anglaises, je me voyais vaguement devenir enseignante quand je sortirais de l'université, en 1973 ; à cette époque insouciante, seuls les étudiants en droit ou en médecine planifiaient leur avenir.

Dan avait vingt-quatre ans quand je l'ai rencontré. Nos cinq années de différence semblèrent un gouffre au début, mais ça ne me déplaisait pas de fréquenter quelqu'un qui paraissait bien plus mûr et stable que les garçons que j'avais connus auparavant. Même si mon expérience de la gent masculine était très limitée. Au lycée, j'avais eu un petit ami, Jarred, toujours plongé dans les livres, assez bohème et en adoration devant moi, mais qui était parti étudier à Chicago, ce qui avait marqué la fin de notre relation : aucun de nous n'était prêt à supporter les contraintes d'une histoire d'amour à distance. Ensuite, pendant le premier semestre à la fac, j'avais eu ma petite expérience de la marginalité « freak » en fréquentant Charlie, lui aussi charmant et cultivé, et très « créatif », c'est-à-dire qu'il composait un tas de poèmes qui, même du haut de mes dix-huit ans, me paraissaient lourdement ampoulés. Charlie était tout le temps défoncé, l'un de ces types qui allument un joint avant leur première tasse de café. Bien que sceptique, je n'ai pas objecté, au début, et avec le recul je pense que j'avais besoin de cette brève descente dans l'univers gentiment orgiaque des déviants du moment. On était en 1969, après tout, et l'hédonisme était de rigueur. J'ai supporté trois semaines le matelas à même le sol de son studio, ainsi que ses monologues toujours plus abscons de Planant Professionnel, jusqu'au soir où je l'ai trouvé chez lui, en train de faire circuler un mégapétard avec trois amis tandis que le Grateful Dead se déchaînait sur la stéréo. « Hey », m'a-t-il lancé avant de retomber dans un silence hébété. Lorsque, par-dessus le vacarme, je lui ai demandé s'il était partant pour aller au cinéma, il a répété « Hey », tout en hochant la tête à la manière d'un sage qui m'aurait révélé un précieux secret concernant les mystères du « karma ». J'ai préféré ne pas m'incruster.

Réfugiée au cercle étudiant, j'avais attaqué un paquet de cigarettes Viceroy devant une bière solitaire quand Margy est apparue. C'était ma meilleure amie. Mince comme un roseau, avec une masse de cheveux sombres et bouclés, Margy était l'archétype de la fille de Manhattan ; elle avait vécu à Central Park West, et avait été une élève brillantissime de l'un des meilleurs lycées qui soient (Nightingale Bamford). Ainsi qu'elle le reconnaissait volontiers, le cursus académique « l'emmerdait tellement » qu'elle s'était retrouvée à la fac d'État du Vermont. « Et dire que je n'aime même pas skier ! » avait-elle ajouté lorsque nous avions fait connaissance.

« Tu as l'air furax, a-t-elle dit en s'asseyant près de moi et en chipant une de mes cigarettes. C'était pas ça, avec Charlie ? – Je me suis contentée de hausser les épaules. – La mise en scène habituelle dans son pseudo-phalanstère ? a-t-elle insisté.

— Ouais…

— J'imagine que le fait qu'il soit mignon compense celui qu'il… »

Elle s'était tue au milieu de sa phrase pour tirer sur sa cigarette.

« Vas-y, termine. »

Nouvelle bouffée spectaculaire.

« Ce type est défoncé du matin au soir, donc il n'a pas énormément de conversation, n'est-ce pas ? »

Je n'ai pu m'empêcher de rire : en vraie New-Yorkaise, Margy avait tapé dans le mille. Or elle se passait elle-même au crible de sa lucidité et ne s'épargnait pas, ce qui expliquait sans doute pourquoi, trois mois après le début de l'année, elle était toujours sans copain attitré. « Ici, tous les garçons sont ou bien des skieurs acharnés, ce qui dans mon dictionnaire des synonymes équivaut à zéro pour cent de matière grise, ou bien des junkies qui ont le cerveau transformé en gruyère.

— Ils ne sont pas tous comme ça, quand même ! ai-je protesté.

— Je ne parle pas spécialement de ton poète génial, ma chère. Tu dois prendre ça comme un constat général.

— Tu crois qu'il va souffrir, si je le jette ?

— Hein ? Quoi ? Je crois plutôt qu'il tirera trois taffes sur sa pipe à eau et qu'il aura tout oublié à la deuxième ! »

Il m'a toutefois fallu une quinzaine de jours avant de rompre avec Charlie. Je n'aime pas déplaire, je cherche toujours à être appréciée. C'est un aspect de moi que Dorothy ne s'est jamais privée de critiquer, car étant new-yorkaise elle-même, et de surcroît ma mère, elle n'avait pas l'habitude de mâcher ses mots. « Tu sais, tu n'as pas besoin d'être sans cesse la plus aimée de tous et de toutes, m'avait-elle ainsi fait remarquer la fois où, au début du secondaire, je n'avais pas été élue déléguée de classe, à ma grande consternation. Se distinguer de la masse bêlante me paraît au contraire plutôt positif, avait-elle poursuivi. Ou, pour le dire autrement, il n'y a rien de mal à être plus intelligent que les autres.

— B de moyenne, ce n'est pas être plus intelligent que les autres. C'est médiocre, comme moi.

— Au lycée, j'avais B, moi aussi, et je trouvais ça très bien. Et j'avais seulement quelques amies, comme toi, et je restais le plus loin possible des pom-pom girls.

— Mais il n'y en avait pas, maman ! Pas dans cette école de quakers où tu étais !

— D'accord... disons que je restais loin du club d'échecs. Ce que je veux dire, c'est que les filles les plus populaires sont presque toujours les moins intéressantes. Et elles finissent par épouser des orthodontistes, qui plus est. Et puis, ni ton père ni moi ne sommes déçus par toi. C'est tout le contraire : tu es notre star.

— Je le sais », ai-je menti.

Je ne me voyais pas du tout en star, non, surtout avec mon père qui, non content d'être le héros aux contours taillés avec la serpe du radicalisme local, avait aussi écrit une biographie de Thomas Jefferson inscrite au programme de seconde – pour mon plus grand embarras, évidemment. Et que dire de maman, qui avait plein de souvenirs de soirées passées en compagnie de De Kooning, Johns, Rauschenberg et autres Pollock dans le New York de l'après-guerre ? Ses propres tableaux avaient même été exposés à Paris, et elle parlait un français plus que convenable, et elle enseignait à mi-temps au département des beaux-arts de l'université, et elle excellait en tout, et elle était tellement sûre d'elle... Pour ma part, je n'avais aucun don particulier, ni rien de la passion qui animait mes parents dans leur existence quotidienne.

« Tu pourrais arrêter ton autocritique cinq minutes ? objectait ma mère. Tu n'as même pas commencé ta vie... tu as largement le temps de découvrir tes points forts. » Sa remarque faite, elle s'envolait pour une réunion de je ne sais quel groupe, « Les Artistes du Vermont Contre la Guerre », par exemple, dont elle était tout naturellement porte-parole. Elle avait toujours l'esprit occupé ailleurs, ma mère. Pas du tout le genre femme au foyer qui échange des recettes de timbales, prépare des cookies pour la sortie des Éclaireuses ou confectionne des costumes pour le bal de Noël. Il faut reconnaître que c'était la pire cuisinière de tous les temps, qu'elle laissait brûler les casseroles, qu'elle se souciait peu que les spaghettis coagulent au fond de la marmite, ou que le porridge de mon petit déjeuner se transforme en agglomérat de grumeaux. Quant à tenir sa maison… Pour résumer, j'avais treize ans quand j'ai résolu qu'il était plus simple de m'occuper de tout sous notre toit – changer les draps, faire la lessive ou commander les provisions hebdomadaires. Je ne m'en plaignais pas, d'ailleurs : cela renforçait mon sens des responsabilités, confortait mon besoin d'organisation.

« Tu aimes bien jouer les maîtresses de maison, non ? m'a lancé maman un jour que, à peine arrivée du campus, j'avais entrepris de nettoyer la cuisine.

— Tu devrais être contente qu'il y en ait au moins une ici », ai-je répliqué.

Mes parents ne m'ont jamais imposé d'heures limites, ne m'ont jamais dit comment je devais m'habiller, n'ont jamais été après moi pour que je range ma chambre, mais il est vrai que je rentrais assez tôt, que le style hippie ne me disait rien, et que mes quartiers étaient bien plus en ordre que les leurs. Ma mère aurait d'ailleurs préféré que je m'éloigne de Burlington pour faire mes études, me traitant de « casanière » quand j'ai choisi de rejoindre la fac locale, et elle m'a poussée à prendre une chambre à la cité universitaire. Selon elle, il était grand temps que j'apprenne « à voler de mes propres ailes ». Même quand j'ai commencé à fumer, à dix-sept ans, elle ne s'est pas indignée outre mesure : « Tiens, je viens de lire un article dans *The*

Atlantic, à propos des risques de cancer liés au tabac », m'a-t-elle informée d'un ton presque neutre lorsqu'elle m'a surprise en train de tirer sur une cigarette derrière la maison. Et elle a continué avec sa franchise habituelle : « Mais enfin, ce sont tes poumons, ma petite. »

Mes amis m'enviaient des parents si libéraux, de même qu'ils restaient interdits d'admiration devant leurs audacieuses prises de position politiques et les tableaux éminemment abstraits de ma mère qui emplissaient notre demeure par ailleurs typiquement Nouvelle-Angleterre. Lorsque j'y ai convié Charlie, la seule et unique fois, afin de le présenter à mes géniteurs, je m'en suis mordu les doigts. « Un Prince Charmant qui n'a pas inventé le fil à couper le beurre », tel a été le verdict de ma mère, aussitôt complété par une remarque paternelle qui se voulait apaisante :

« Bah, je suis sûr que ce n'est qu'une passade.

— Je préférerais…

— Tout le monde a le droit de s'éprendre au moins une fois d'un excentrique, a-t-il constaté en adressant un sourire amusé à ma mère.

— De Kooning n'était pas un excentrique, si c'est ce que tu veux dire.

— Il ne s'exprimait pas très clairement, lui non plus.

— Il était hollandais, bon sang ! Et en plus, qui a parlé de "s'éprendre" ? Une histoire qui a duré quinze jours, tout au plus…

— Dites, je suis là, vous savez ? » suis-je intervenue, ébahie non tant par leur facilité à oublier ma présence que par la découverte que ma mère avait été l'amante de Willem de Kooning, laquelle mère a répliqué très calmement :

« Nous le savons très bien, Hannah. Simplement, il se trouve que tu n'as pas été le sujet de conversation pendant trente secondes… »

Dans les dents ! C'était ma mère tout craché, ça : une note sarcastique visant à me rappeler qu'elle aurait du mal à me supporter, si je devais être une adolescente imbue de sa petite personne. Bien que papa m'ait adressé un clin d'œil pour me signifier de ne pas prendre cette pique trop au sérieux, le problème demeurait. Ma mère l'avait dit très sérieusement et moi, en petite fille modèle, je n'avais pas quitté la pièce en claquant la porte. Non, j'avais encaissé le coup, comme toujours.

C'était le sort que nous partagions, Margy et moi, toutes deux affligées d'un père plus protestant-côte-Est-que-nature, et d'une mère juive-peu-commode.

« La tienne, au moins, elle se bouge pour peindre ses trucs, a-t-elle soupiré un jour. Tandis que la mienne, rien que d'aller chez la manucure, c'est toute une odyssée !

— Tu n'as pas l'impression d'être bonne à rien, des fois ? lui ai-je demandé à brûle-pourpoint.

— Tout le temps, tu veux dire ! a tressailli Margy. Ma mère n'arrête pas de me répéter que j'étais destinée à Vassar et que j'ai fini dans le Vermont... Je sais très bien que ce que je réussis le mieux, c'est taper des cigarettes aux autres et me fringuer comme Janis Joplin. Donc non, je n'ai pas franchement confiance en moi, si c'est ce que tu veux savoir. Mais qu'est-ce qui te pousse à pareil examen de conscience, brusquement ?

— Il m'arrive de penser que mes parents me voient comme une province autonome, et des plus décevantes.

— Ils te le disent ?

— Pas directement. Mais il est clair qu'à leurs yeux je ne suis pas l'exemple type du succès.

— Mais tu as dix-huit ans ! C'est normal que tu sois larguée... attention ! je ne dis pas que tu l'es !

— Il faut que je me fixe des objectifs.

— Que tu quoi ? – Margy s'est étranglée en aspirant une bouffée de cigarette. – Ah, pitié ! »

Il n'empêche, j'avais décidé de prendre ma vie en mains, d'attirer l'attention de mes parents et de leur montrer qu'on pouvait au moins me prendre au sérieux. J'ai commencé en laissant tomber Charlie, qui à vrai dire s'en est à peine aperçu, puis je me suis montrée plus studieuse, restant à la bibliothèque jusqu'à dix heures presque chaque soir, lisant beaucoup pour moi-même, notamment dans le cadre d'un cours intitulé « Les grandes références littéraires du XIXe siècle ». Nous avons travaillé Dickens, Thackeray, Hawthorne, Melville, et même George Eliot, mais je dois dire que, durant ce premier semestre, le roman qui m'a le plus marquée a été *Madame Bovary*, de Flaubert.

« Mais c'est d'un déprimant ! a protesté Margy lorsque je lui en ai parlé.

— C'est fait pour, non ? D'ailleurs, c'est déprimant uniquement parce que c'est… véridique.

— Tu appelles vérité tout ce fatras romantique, toi ? Elle est un peu schnoque, tu ne crois pas ? Épouser un abruti, s'installer dans le bled le plus rasoir qui soit, et puis se jeter à la tête de ce traîneur de sabre qui ne voit en elle qu'un oreiller…

— Ça me paraît très réaliste, oui. De toute façon, le thème principal du roman, c'est comment une aventure peut servir à échapper à l'ennui quotidien.

— Vachement original. »

Mon père, lui, a semblé apprécier que je me prenne de passion pour ce livre. Au cours de l'un de nos déjeuners « en ville » – je l'adorais, papa, mais je n'aurais voulu pour rien au monde être vue en sa compagnie à la cafétéria du campus –, entre deux cuillerées de soupe aux praires dans un petit restaurant de quartier, je lui ai expliqué que, selon moi, Emma Bovary était une « victime de la société ».

« Dans quel sens ?

— Eh bien, la façon dont elle se laisse emprisonner dans une existence qu'elle ne voulait pas, puis comment elle se persuade que tomber amoureuse va résoudre tous ses problèmes…

— Bien vu ! a-t-il approuvé avec un sourire.

— Ce que je ne comprends pas, c'est pourquoi elle choisit le suicide comme porte de sortie. Elle aurait pu s'enfuir à Paris, par exemple.

— Parce que tu la considères dans le contexte d'une femme américaine des années soixante, pas dans celui de son temps et de son milieu, avec tous les codes sociaux de l'époque. Tu as lu la *Lettre écarlate*, n'est-ce pas ? Eh bien, de nos jours, il peut paraître étonnant que Hester Prynne se résigne à se balader dans tout Boston avec un A infamant sur la poitrine, et qu'elle soit terrorisée à ce point par la perspective que les “sages” de la communauté puritaine puissent lui enlever son enfant. On pourrait se poser la même question que toi : pourquoi n'a-t-elle pas pris sa fille avec elle et n'a-t-elle pas tout laissé tomber ? Mais dans son cas, la question est “où aller ?” Pour elle, il n'y a aucun moyen d'échapper à son châtiment, qu'elle en vient presque à accepter comme l'accomplissement de son destin. Eh bien, pour Emma, c'est la même chose : elle sait qu'à Paris elle finira au mieux petite main dans un atelier de couture. La société de son époque n'a aucune pitié pour une femme mariée qui renonce à ses responsabilités. L'épanouissement personnel est un concept inconnu. Chacun doit tenir sa place, point final. Aux yeux de Flaubert, la pire horreur imaginable est la répétition du quotidien, son ennui écrasant. Je dirais qu'il est le premier grand romancier à avoir compris que nous devons tous nous confronter à la prison que nous édifions en nous-mêmes.

— Tous ? Même toi, papa ? » l'ai-je interrogé, surprise par cet aveu.

Il a contemplé un instant son bol avec un de ses sourires sarcastiques habituels : « Il arrive à tout le monde de s'ennuyer, de temps en temps. » Et il a changé de sujet.

Ce n'était certes pas la première fois qu'il laissait entendre que sa vie avec maman n'était pas totalement idyllique. Je n'ignorais pas qu'il leur arrivait de se disputer, ma mère ayant une propension très new-yorkaise à monter sur ses grands chevaux dès qu'elle était contrariée. Fidèle à ses origines WASP, au contraire, papa détestait les controverses publiques, à moins qu'elles ne se déroulent sous les yeux de la foule de ses adorateurs et que la menace d'une incarcération ne lui pende au nez. L'une des leçons que j'ai tirées de leur vie de couple parfois orageuse, mais toujours déterminée par une farouche indépendance d'esprit, c'est qu'un homme et une femme n'ont pas besoin d'être sans cesse collés l'un à l'autre pour avoir une relation enrichissante. Que mon père ait fait allusion à un certain degré de lassitude domestique m'a appris quelque chose d'autre : on ne peut jamais « savoir » ce qui se passe réellement entre deux êtres, seulement conjecturer. Tout comme il faut se contenter d'hypothèses lorsqu'on se demande pourquoi Emma Bovary croyait si fort que l'amour serait la réponse à ses problèmes…

« Parce que l'immense majorité des femmes sont des imbéciles, voilà pourquoi ! a rétorqué ma mère quand j'ai commis l'erreur de solliciter son avis sur le roman de Flaubert. Et ce qui les rend tellement idiotes, c'est de faire confiance à un homme, quel qu'il soit. Grosse erreur, ça. Toujours ! Tu comprends ?

— Je ne suis pas demeurée, maman.

— C'est ce qu'on verra… »

2

« Je ne me marierai jamais » : c'est ce que j'ai dit à ma mère juste avant d'entrer à l'université. Cette déclaration survenait après un accrochage particulièrement violent entre mes parents, auquel mon père avait mis fin en montant dans son bureau et en mettant une symphonie de Mozart à plein volume pour ne plus entendre les cris de sa femme. Laquelle, après avoir fumé une cigarette et bu un verre de J & B, est venue me retrouver à la cuisine où j'attendais la fin de la tempête.

« C'est beau, la vie conjugale, n'est-ce pas ?

— Je ne me marierai jamais.

— Bien sûr que si. Et tu te prendras la tête avec ton mari. C'est comme ça que ça se passe, toujours.

— Pas pour moi.

— Cent dollars que tu te retrouves devant l'autel avant tes vingt-cinq ans, a misé maman.

— Pari tenu. Mais c'est gagné d'avance : je ne ferai jamais une chose pareille.

— D'autres l'ont dit avant toi.

— Mais enfin, comment peux-tu être si sûre que je me passerai la corde au cou si tôt ?

— L'intuition maternelle.

— Oui ? Eh bien, elle va te faire perdre cent dollars, ton intuition maternelle ! »

Six mois plus tard, je rencontrais Dan, et notre relation était déjà stable quand, un soir, Margy, après m'avoir observée un moment, me dit :

« Tu veux me faire plaisir au moins sur un point ? Ne te marie pas "tout de suite" avec ce type.

— Hein ? Nous n'en sommes pas là !

— Oui, mais tu as déjà pris ta décision.

— Comment peux-tu affirmer ça ? Je suis transparente à ce point ?

— Tu veux parier ? »

Insupportable Margy… Elle me connaissait trop bien. Et pourtant, je n'avais jamais évoqué la possibilité – même lointaine – d'épouser Dan Buchan ! Je l'aimais bien, c'était évident, mais je n'avais jamais proféré d'idioties du genre : « C'est l'homme de ma vie ! » Alors comment Margy et ma mère ont-elles pu deviner depuis le début ce qui allait se passer ?

« Tu es très traditionaliste, en fait, m'a assené un jour maman.

— C'est complètement faux !

— Il n'y a pas de quoi avoir honte, tu sais. Certains naissent rebelles, d'autres ont peur de prendre des risques, et d'autres encore sont tout bonnement… conformistes.

— À quoi ça sert d'essayer de te parler si je suis si prévisible ?

— Eh bien ne me parle pas ! Après tout, c'est toi qui es venue déjeuner avec moi aujourd'hui, c'est toi qui voulais mon avis sur le docteur Dan…

— Oui, et tu ne le supportes pas, hein ?

— Moi ? Quelle supposition absurde ! Il est le rêve de n'importe quelle mère, ton docteur Dan.

— Sauf que tu n'es pas "n'importe quelle mère"…

— Exact !

— Il te trouve très sympathique, lui.

— Je suis certaine qu'il trouve la majeure partie de l'humanité "sympathique"... »

Dans l'univers de maman, rien ne pouvait être à la fois normal et intéressant. Les êtres normaux étaient ennuyeux à mourir. Et je savais qu'elle avait instantanément classé Dan dans la catégorie des « lourds ». Bien que résolument « normal », je ne le trouvais pas du tout assommant. Il ne vous écrasait pas de son savoir et de ses prouesses – à l'inverse de mes parents. Il riait à mes plaisanteries, me demandait mon avis, me soutenait dans mes décisions et mes actes. Ce que j'aimais le plus, je crois, c'est qu'il m'appréciait telle que j'étais, et il en était heureux. Pas étonnant qu'il ait eu du mal à accrocher avec ma mère...

« Elle est convaincue de savoir ce qui est le mieux pour toi, a-t-il analysé après sa première rencontre avec elle.

— Oui, c'est le syndrome de la mère juive. Et c'est une plaie.

— Tu pourrais considérer ça de façon un peu moins dramatique, je pense : les intentions sont bonnes, même si elles ont légèrement dérapé.

— Tu ne retiens toujours que les côtés positifs, chez les gens ?

— Pourquoi ? a-t-il répondu avec un haussement d'épaules embarrassé. C'est si stupide que ça ?

— Non. Je crois que c'est en partie pour ça que je t'aime. »

D'où était-elle sortie, cette déclaration ? Je ne connaissais Dan que depuis deux mois, et contrairement à certaines de mes camarades de cours, qui couchaient apparemment avec un garçon différent chaque week-end, je n'étais pas vraiment attirée par l'« amour libre », y compris par l'éventualité d'une « relation ouverte » avec Dan. Sans même en avoir parlé, nous étions tombés d'accord pour développer nos rapports dans un cadre monogamique. Nous n'avons abordé ce sujet ensemble qu'une seule fois, au cours des cinq heures de route, de retour du week-end de Pâques que nous avions passé à Glens Falls, où j'avais rencontré ses parents.

Le week-end s'était bien déroulé. Joe Buchan était un Américain de la première génération dont les parents, arrivés de Pologne dans les années vingt, avaient aussitôt américanisé leur nom de famille, Buchevski. Il était devenu électricien, comme son père, et aussi patriote que lui – il s'était engagé dans les marines après l'attaque sur Pearl Harbor en 1941.

« Je me suis retrouvé à Okinawa avec quatre de mes potes d'ici, de Glens Falls. Tu as entendu parler d'Okinawa, Hannah ?

— Euh... Non.

— Bon, moins tu en sauras, mieux tu te porteras.

— De tout son groupe d'amis, papa est le seul à être revenu vivant, m'a expliqué Dan.

— Ouais, bon, j'ai été le veinard de la bande, disons. Dans une guerre, tu peux te démener tant que tu veux pour essayer de t'en tirer, s'il y a une balle avec ton nom écrit dessus, elle te trouvera... – Il s'est interrompu pour boire une gorgée de bière, puis m'a regardée. – Et ton père, Hannah, il a fait la guerre ?

— Oui, mais surtout à Washington. Il faisait quelque chose dans les services de renseignements.

— Il n'a jamais été au front ?

— Papa..., est intervenu Dan d'un ton soucieux.

— C'est juste une question ! s'est défendu Joe. Je demandais si le père d'Hannah avait été au feu, c'est tout, a plaidé Joe Buchan. C'est pas ma faute si c'est un grand pacifiste...

— Papa ! a répété Dan.

— Mais je ne dis rien contre lui, enfin ! Je ne le connais pas personnellement. Et même si je ne suis pas du tout d'accord avec ses positions, je dois te dire, Hannah, que je respecte le fait qu'il ait le cran de les…

— Tu vas terminer ton meeting, maintenant ? l'a coupé Dan. C'est insultant pour Hannah.

— Mais non… », ai-je protesté faiblement.

Joe m'a serré gentiment le bras, ce qui m'a fait l'effet d'un garrot.

« Bonne fille ! a-t-il approuvé avant de se tourner vers son fils. Tu vois, on échange juste des opinions, là ! »

Je me sentais chez moi, avec ces échanges aigres-doux, même si le domicile des Buchan semblait venir d'une autre planète, comparé à celui de mes parents. C'étaient des gens simples qui n'avaient pas beaucoup de livres, qui avaient transformé leur sous-sol lambrissé en salle de jeux et acheté leurs rares tableaux au magasin Sears du coin. Ils passaient un temps considérable devant un gros poste de télé Zenith, Joe Buchan trônant sur un fauteuil à position variable et buvant des Schlitz tandis qu'il regardait ses chers Buffalo Bills se prendre une tannée chaque week-end.

« J'espère qu'il ne me prend pas pour une pimbêche de Boston, ai-je déclaré à Dan alors que nous roulions vers le Vermont.

— Pas du tout. Il m'a dit qu'il t'adorait.

— Menteur, ai-je répliqué en souriant.

— Non, je t'assure. Tu l'as complètement conquis. À propos, tu n'as pas mal pris les allusions qu'il a faites sur ton père, hein ?

— Non, j'ai trouvé ça plutôt attendrissant, qu'il s'intéresse tellement à papa, qu'il cherche à savoir…

— C'est un électricien, n'oublie pas. S'il y a un truc spécial, dans ce métier, c'est qu'ils sont tous obsédés par le besoin de tout comprendre, de tout vérifier. De savoir "comment ça marche". C'est pour ça qu'il a lu tout ce qu'il a pu trouver au sujet de ton père.

— J'aime bien le côté naturel de tes parents. Ils sont… normaux. Ça fait du bien.

— Personne n'est tout à fait normal. Surtout pas les parents.

— Ne m'en parle pas !

— Quoi ? Les tiens, ils ont l'air plutôt unis, non ?

— Oui… Unis dans la désunion.

— Nous, on ne sera jamais désunis ! a-t-il lancé avec un petit rire.

— OK, je te prends au mot.

— Moi aussi. »

« On ne sera jamais désunis… » J'ai compris que c'était pour lui une manière de signifier qu'il se sentait responsable de notre relation, qu'il voulait qu'elle dure. Et je voyais les choses exactement de la même façon, même si une voix en moi me répétait que je commençais juste mes études, que j'avais la vie devant moi, que je ne devais pas m'enfermer dans une boîte si vite !

Il a fallu attendre six nouveaux mois pour que Dan arrive à dire « Je t'aime ». Il avait obtenu une place de stagiaire à l'hôpital municipal de Boston. Quand il avait appris en avril que c'est lui qui avait été choisi pour ce poste, Dan m'avait demandé : « Ça te dirait, de passer l'été à Boston avec moi ? » J'avais répondu oui sur-le-champ ; une semaine après, j'avais trouvé une sous-location très raisonnable près de Porter Square, à Cambridge – quatre-vingt-cinq dollars mensuels –, et découvert qu'une équipe de quakers cherchait des volontaires pour faire du rattrapage scolaire à Roxbury, le faubourg le plus défavorisé de Boston. Il n'y avait aucun contenu religieux dans ce travail non rétribué – si on ne tenait pas compte des vingt-cinq dollars hebdomadaires pour les frais de déplacement et de déjeuner –, et j'aurais la satisfaction d'œuvrer pour le bien commun.

Mon père s'est dit enchanté par mes projets, que maman a également approuvés, en y apportant toutefois quelques réserves typiques bien dans son genre : « Promets-moi de toujours quitter Roxbury avant la nuit. Et de te trouver un gentil garçon du quartier pour t'accompagner au métro et pour rester avec toi jusqu'à ce que tu sois montée dans la rame.

— Par “gentil garçon du quartier”, tu entends un Noir ?

— Je ne suis pas raciste. Mais même si nous trouvons admirable que tu aies décidé de passer ton été de cette manière, ton père et moi, il est clair que tu vas être perçue là-bas comme la petite Blanche progressiste qui vient se mêler de ce qui ne la regarde pas.

— Merci, maman.

— Pardon de dire la vérité. »

Roxbury s'est révélé moins sinistre que je ne le redoutais, malgré une pauvreté évidente et une bande de petits durs qui traînaient près de la sortie du métro et qui m'ont lancé des regards plutôt menaçants, les premiers jours. Le programme d'alphabétisation à la cité d'Edwards Street était encadré par des pédagogues et des travailleurs sociaux du quartier qui ne faisaient pas étalage de leurs convictions politiques de gauche. Ils m'ont confié six enfants d'une dizaine d'années dont le niveau de lecture était si bas que même les livres pour tout-petits du Docteur Seuss constituaient une épreuve insurmontable. Je ne dirais pas que je les ai transformés, en sept semaines, mais à la fin de l'été quatre d'entre eux étaient capables de se plonger dans un Club des Cinq, et j'avais découvert que j'aimais réellement ce travail.

On parle toujours des « récompenses » qu'on reçoit quand on enseigne, de ce don désintéressé qui consiste à éduquer ; en réalité, c'est une activité qui peut être gratifiante. Il était stimulant de se sentir aux commandes, d'exercer un véritable pouvoir, d'élaborer des tactiques destinées à des enfants auxquels on n'avait jamais appris à donner le meilleur d'eux-mêmes. Et oui, je reconnais que je me sentais pleine d'énergie quand l'un de « mes » gamins franchissait une nouvelle étape de son développement intellectuel, sans que lui-même en ait conscience.

« Comment ? a ironisé Margy lorsqu'elle m'a appelée de New York. Tu veux dire que ce n'est pas comme dans un film avec Sidney Poitier, où tous les jeunes qui sont des voyous au début viennent te voir à la fin, la larme à l'œil, pour te déclarer : "Z'avez changé not' vie, Mamzelle Hannah" ?

— Non, ce n'est pas comme ça. Les cours de rattrapage, c'est une corvée, pour eux. Et à leurs yeux je suis une sorte de gardienne de prison. Ce qui est en partie le cas. Mais au moins ils apprennent quelque chose.

— Ça paraît un peu plus utile que ce que je fais, en tout cas. »

Grâce aux nombreux contacts de sa mère, Margy avait décroché un stage à la rédaction de *Seventeen*.

« Mais je croyais que c'était très glamour, de travailler dans un magazine !

— Pas dans celui-là. En plus, toutes les autres stagiaires viennent de facs hypercotées du genre Radcliffe, Vassar, ou Bryn Mawr, elles ont les chevilles grosses comme ça et elles me regardent de haut.

— Je parie que tu tiens mieux la bière qu'elles…

— Oui, et je ne finirai pas comme elles, mariée à Todd le fils à son papa ! À propos, comment ça va pour toi, sur le plan domestique ?

— Eh bien, j'ai honte de le dire mais…
— Quoi ?
— Ça se passe merveilleusement bien.
— Ah ! Ce que tu peux être ringarde quand même !
— Je plaide coupable. »

Et c'était la vérité. Ma mère avait vu juste : j'aimais réellement jouer à la maîtresse de maison. Quant à Dan, il n'était pas gêné par le train-train des tâches ménagères. La plus belle révélation de cet été a sans doute été que la compagnie de Dan était particulièrement agréable. Il avait toujours quelque chose à raconter et manifestait le plus grand intérêt pour tout ce qui se passait autour de nous. Par exemple, alors que j'étais incapable de suivre le fil des événements au Vietnam, Dan enregistrait dans sa mémoire chaque offensive américaine, chaque riposte du Vietcong. C'est lui qui m'a poussée à lire Philip Roth, estimant que j'étais très bien placée pour comprendre la « psychopathologie de la mère juive ».

Comme à peu près tout le pays, ma mère venait de terminer la lecture de *Portnoy et son complexe*. Alors que nous bavardions un jour au téléphone, elle m'a sorti :

« Ne t'avise surtout pas de penser que je suis le même genre de mère que cette Mrs Portnoy.
— Mais non…
— J'imagine très bien ce que tu dois lui raconter à mon sujet, au docteur Dan.
— Ah ! Qui est-ce qui est en pleine paranoïa, brusquement ?
— Je ne suis pas paranoïaque ! »

Elle a dit cela avec un manque d'assurance qui m'a étonnée, comme si une peur secrète s'était éveillée en elle.

« Maman ? Qu'est-ce qu'il y a ?
— Ma voix est si bizarre que ça ?

— Assez pour m'inquiéter. Il s'est passé quelque chose ?

— Non non, rien. »

Elle s'est hâtée de changer de sujet, me rappelant que mon père prendrait la parole lors d'un grand rassemblement contre l'invasion du Cambodge le vendredi suivant à Boston.

« Il t'appellera dès qu'il sera sur place », a-t-elle ajouté.

Et elle a raccroché.

Le jour dit, j'ai reçu un message de mon père me demandant de le rejoindre au Copley Square Hotel, où une conférence de presse se tiendrait après le rassemblement, convoqué à cinq heures du soir devant la Bibliothèque de Boston. Je suis arrivée tard, et il y avait tellement de monde que je suis restée bloquée au milieu. J'ai écouté la voix de mon père, amplifiée et déformée par les haut-parleurs tout autour de la place. À peine plus gros qu'un point sur l'estrade à plusieurs centaines de mètres de là où je me tenais, John Winthrop Latham reçut une ovation digne d'une rock star. Mon père... Mais sa voix n'était pas celle qui m'avait lu des histoires au lit, ou réconfortée après les tirades de maman, non, c'était celle du Grand Communicateur, énergique, pleine d'assurance et de vibrato. Au lieu de ressentir de la fierté devant son talent oratoire et sa popularité, j'ai été envahie par une curieuse tristesse, comme si je découvrais qu'il n'était plus pour moi seule, désormais... Si jamais il l'avait été.

Me frayer un chemin jusqu'à l'hôtel a été un cauchemar. Il y avait environ cinq cents mètres à parcourir, mais la cohue était telle que cela m'a pris près d'une heure. En arrivant enfin à proximité, je suis tombée sur un cordon de policiers qui protégeaient l'établissement et ne laissaient passer que les détenteurs de la carte de presse. Par chance, un journaliste du *Burlington Eagle* que j'avais rencontré quand il était venu interviewer mon père à la maison est arrivé juste à ce moment. Pendant qu'il montrait son accréditation aux flics, j'ai crié son nom – James Saunders – et à mon immense soulagement il m'a tout de suite reconnue. Avec cette capacité à en imposer aux représentants de la force publique qui est l'apanage des vrais journalistes, il m'a fait traverser le barrage.

L'hôtel, plutôt crasseux, avait une grande salle de réunion au premier étage, envahie de gens qui paraissaient moins intéressés par la conférence de presse en cours à un bout de la pièce que par les assiettes de charcuterie et les bières offertes aux visiteurs dans le coin opposé. Une brume de fumée de cigarettes, mêlée au doux arôme des joints, flottait au-dessus de l'assistance. Quand je suis entrée, un type sur l'estrade était en train de discourir devant trois journalistes et demi sur la nécessité de « bloquer tous les rouages du complexe militaro-industriel ».

« Pitié, pas lui ! » a gémi James Saunders, ce qui m'a amenée à cesser de chercher papa des yeux pour fixer mon attention sur l'intervenant. La vingtaine, cheveux descendant aux épaules, moustache de phoque, mince jusqu'à la maigreur, il portait un jean délavé et une chemise bleue froissée qui indiquait des origines petites-bourgeoises derrière le look résolument hippie. Si Margy avait été là, elle aurait eu un commentaire acerbe, du genre : « Il est mignon comme tout, ce bolcho-là ! »

« Qui est-ce ? ai-je demandé à Saunders.

— Tobias Judson.

— Ce nom me dit quelque chose.

— Vous avez dû le lire dans les journaux. Il a été un des principaux organisateurs de l'occupation du campus de Columbia. Le bras droit de Mark Rudd.

Bizarre, qu'ils l'aient laissé entrer, avec sa réputation… C'est une tête, mais il est dangereux. Sauf pour lui : son père possède la plus grosse bijouterie de Cleveland, alors… »

J'ai aperçu mon père à l'autre bout de la pièce. Il parlait avec une femme d'une trentaine d'années dont la chevelure auburn lui arrivait à la taille. Elle portait des lunettes de soleil d'aviateur, une jupe courte. J'ai cru que c'était une journaliste qui l'interviewait, au début, tant ils paraissaient absorbés dans leur échange, mais je me suis rendu compte qu'elle avait pris sa main entre les siennes. Mon père ne l'a pas retirée ; au contraire, il lui a rendu son étreinte tandis qu'une expression rêveuse apparaissait sur ses traits. Il s'est penché vers elle, a chuchoté à son oreille ; avec un sourire, elle a lâché sa main avant de s'éloigner en lui disant elle aussi quelque chose. Je ne suis pas experte en la matière mais j'aurais juré avoir lu sur ses lèvres : « À tout à l'heure »…

Après avoir jeté un coup d'œil à sa montre, mon père a relevé la tête pour inspecter la salle. Quand il m'a vue, il m'a fait un signe de la main et m'a gratifiée d'un grand sourire auquel j'ai répondu en espérant ne pas laisser paraître la confusion dans laquelle j'avais brusquement été plongée. Pendant qu'il me rejoignait, j'ai décidé de faire comme si je n'avais rien surpris.

« Hannah ! – Il m'a prise dans ses bras. – Tu as pu venir, alors…

« Tu as été super, papa. Comme toujours. »

Tobias Judson, qui avait terminé son intervention, s'est approché de nous. Il a adressé un signe de tête à mon père tout en me jaugeant de bas en haut.

« Excellent discours, prof.

— Tu t'en es bien tiré, toi aussi.

— Ouais, sûr qu'on a rajouté quelques éléments à nos dossiers respectifs au FBI, tous les deux… – Me décochant un sourire, il a demandé : – On se connaît ?

— C'est ma fille, Hannah. »

Judson a réprimé un mouvement de surprise. Il allait me parler lorsque, apercevant une fille plus loin, il a levé une main en l'air pour attirer son attention.

« Bon, on se revoit, hein ? »

Et il a filé.

Nous sommes allés manger chez un petit Italien à côté de l'hôtel. Encore dans l'euphorie de son bain de foule, mon père a commandé une bouteille de rouge qu'il a bue presque à lui seul tout en fustigeant l'aplomb de Nixon diligentant des « incursions secrètes au Cambodge ». Il m'a aussi confié que, selon lui, Tobias Judson était l'étoile montante de la gauche militante : un nouvel I. F. Stone, mais avec plus de charisme, a-t-il ajouté en référence au célèbre contestataire de Philadelphie. « Si brillant soit-il, Izzy Stone a un défaut : les gens ont toujours l'impression qu'il leur fait la leçon. Alors que Toby a le même talent d'analyste, mais avec un vrai don pour séduire son auditoire. Il a beaucoup de succès avec les filles.

— Hum, c'est l'un des à-côtés positifs du militantisme, j'imagine. »

Il a haussé les sourcils avec ironie, puis s'est rendu compte que je le regardais droit dans les yeux.

« Les gens aiment les jeunes héros, a-t-il noté avec philosophie.

— Je suis sûre que "les gens" aiment les héros quel que soit leur âge. »

Il a une nouvelle fois rempli nos verres de vin.

« Et comme tout engouement, ce n'est que passager. – Ses yeux ont rencontré les miens, cette fois. – Quelque chose te préoccupe, Hannah ? »

La perche était tendue. Allais-je lui poser la question que je tournais et retournais dans ma tête ? *Qui est cette femme ?*

« Je m'inquiète un peu pour maman, à vrai dire. »

J'ai vu ses épaules se décrisper, d'un coup.

« Comment ça ? » s'est-il enquis d'un air grave. Je lui ai raconté notre échange téléphonique, les changements dans sa voix, l'impression qu'elle donnait de se tourmenter au sujet de quelque chose dont elle ne parlait pas. Il hochait la tête tel un médecin qui reconnaît chacun des symptômes qu'on lui décrit.

« Eh bien, il se trouve que ta mère a reçu de mauvaises nouvelles, il y a peu. Milton Braudy a annulé sa prochaine exposition. »

« Mauvaises » nouvelles ? Terribles, plutôt. Milton Braudy était le directeur de la galerie de Manhattan où maman exposait ses œuvres régulièrement. Depuis près de vingt ans.

« Dans le passé, elle aurait certainement pris ça très différemment. Elle aurait traité Braudy de tous les noms, elle aurait foncé à New York pour lui dire ses quatre vérités et elle aurait débarqué dans une autre galerie. Là, par contre, elle s'enferme dans son atelier et elle refuse d'en bouger.

— Elle est comme ça depuis quand ?

— Un mois, à peu près.

— Je ne l'ai senti que l'autre jour, au téléphone.

— Ça couve depuis un moment, déjà.

— Est-ce que ça va, entre vous ? »

Il m'a observée, pris de court par une question aussi directe, d'autant que c'était la première fois que sa fille l'interrogeait sur sa vie de couple. J'ai vu qu'il préparait sa réponse, qu'il se demandait jusqu'à quel point il était nécessaire d'être franc avec moi.

« Les choses sont ce qu'elles sont.

— Heu, c'est un peu… sibyllin, papa.

— Non. Ambigu, plutôt. Ce n'est pas toujours une mauvaise chose, l'ambiguïté.

— En matière conjugale ?

— En tout. Comme disent les Français, “*Chacun a son jardin secret*[1]”. – Il m'a fixée avec attention. – Tu vois ce que je veux dire ? »

Et là, dans ces yeux d'un bleu très pâle, j'ai découvert que la vie de l'homme qui était mon père avait de multiples facettes, dont certaines m'étaient assurément inconnues.

« Oui, papa. Je crois que je vois. »

Il a vidé son verre d'un trait.

« Ne t'inquiète pas pour ta mère. Elle va surmonter cette épreuve, simplement parce qu'elle n'a pas le choix. Mais si tu veux lui rendre service, et à toi-même, d'ailleurs, ne lui montre pas que tu es au courant.

— Ce serait à elle de m'en parler ?

— Exactement. Elle devrait, mais elle ne le fera pas. C'est ainsi. »

Désireux de passer à autre chose, il m'a interrogée sur mon travail, s'intéressant sincèrement à ce que je lui racontais sur mes élèves et la « zone » de Roxbury. Lorsque je lui ai expliqué en aparté à quel point j'aimais enseigner, il a souri : « C'est de famille, on dirait. »

Il a consulté discrètement sa montre.

« Je te retarde ? ai-je demandé en prenant un ton aussi innocent que possible.

— Non, mais j'ai promis de passer à une réunion que Toby Judson et consorts tiennent ce soir à l'hôtel. Ç'a été une bonne conversation, Hannah. »

Il a demandé l'addition, a payé, et nous sommes sortis dans la nuit moite de Boston. Un peu éméché, il m'a prise par les épaules et m'a serrée contre lui avec une effusion paternelle surprenante de sa part.

« Tu veux entendre une citation géniale que j'ai découverte aujourd'hui ?

1. En français dans le texte *(N.d.T.)*.

— Je suis tout ouïe.

— C'est Toby qui me l'a rapportée. Du Nietzsche. “Il n'y a aucune certitude que la vérité, quand et si elle est révélée, s'avère très intéressante.” »

J'ai eu un rire amusé.

« Ah ! C'est sacrément…

— Ambigu ?

— Tu m'ôtes les mots de la bouche ! »

Il a baissé la tête pour déposer un baiser sur ma joue.

« Tu es une fille formidable ! Hannah.

— Tu es plutôt bien, toi aussi. »

Même si je n'étais qu'à quelques pas de la station de Copley Square, j'ai eu envie de rentrer à pied, ne serait-ce que pour me donner le temps de penser à tout ce qu'on s'était dit. Il était minuit passé quand je suis arrivée. Les lumières étaient allumées. Dan était là.

« Tu es rentré tôt, ai-je fait observer.

— Après avoir fait quinze heures non-stop hier, ils m'ont donné une permission pour bonne conduite. Alors comment c'était, le dîner avec ton père ?

— Intéressant. Au point que je suis revenue de Back Bay à pied, pour réfléchir à…

— À quoi ?

— Eh bien, j'ai pensé à la rentrée prochaine et je me suis dit… »

Un temps d'arrêt. Fallait-il vraiment lui faire cette proposition ?

« Vas-y.

— Eh bien, je me suis dit qu'on devrait emménager ensemble, quand on retournera là-bas. »

Dan a médité cette information un moment, puis il est allé chercher deux bières et m'en a tendu une. « Bonne idée », a-t-il répondu.

3

Lorsque j'ai appris la nouvelle à ma mère, sa réaction ne m'a pas surprise :

« Je ne vais pas prétendre que je tombe des nues. En fait, j'avais parié dix dollars avec ton père que tu te mettrais en ménage avec ce garçon dès ton retour de Boston.

— J'espère que tu vas dépenser tes gains judicieusement.

— Allons bon… Tu m'en veux ? Ce n'est pas de ma faute, si tout ce que tu fais est tellement… prévisible. Et de toute façon, même si je discutais avec toi, et que je t'expliquais que tu te prives délibérément des “expériences enrichissantes”, pour employer un euphémisme, qu'on doit vivre à ton âge, est-ce que tu m'écouterais ?

— Non.

— Exactement ce que je disais. »

Le seul point positif de cet horripilant échange, c'est qu'il semblait indiquer que ma mère avait repris du poil de la bête après la déprime provoquée par l'annulation de son exposition. Elle ne m'en avait pas dit un mot, bien évidemment : pour elle, cela aurait été un aveu de faiblesse, de vulnérabilité, devant sa fille. Elle aurait marché sur des braises plutôt que de se laisser aller à une telle confidence.

Ma mère se comportait comme s'il ne s'était rien passé. Quand je suis rentrée à la fin août pour chercher un logement pendant que Dan terminait son stage à l'hôpital de Boston, j'ai immédiatement remarqué que, derrière sa façade d'ironie, elle restait très affectée par l'incident. Des cernes étaient apparus sous ses yeux, ses ongles étaient rongés, et ses mains tremblaient légèrement chaque fois qu'elle allumait une cigarette.

Et puis, il y avait son attitude avec papa. Alors que les disputes avaient fait partie intégrante de leur vie domestique, tout était soudain devenu très calme. Au point que, durant les dix jours que j'ai passés à la maison, je ne les ai pas vus échanger plus de deux ou trois mots. Sauf un soir, tard.

Alors que je m'étais couchée assez tôt, épuisée par ma quête d'un appartement correct près du campus, j'ai été réveillée en sursaut par des chuchotements de voix belliqueuses. Qu'ils aient cherché à garder leur dispute pour eux était, en soi, inquiétant. Redevenue brusquement une petite fille, je me suis glissée hors du lit, j'ai ouvert ma porte avec précaution et je suis allée à pas de loup jusqu'à l'escalier. Même de plus près, leurs voix assourdies par une colère contenue étaient difficiles à capter. *... Et donc elle te rejoint à Philadelphie ce week-end ? — Je ne sais pas de quoi tu... — Foutaises ! Si tu crois que je ne suis pas au courant de... — ... assez de ces accusations permanentes ! — Quel âge elle a ? — Il n'y a personne... — Menteur ! — C'est toi qui parles de mensonges, alors que j'ai tout appris de... — Oh, c'était il y a dix ans ! Et je ne l'ai jamais revu ! — Oui, mais tu t'en es assez vantée pour que... — ... Donc tu te venges maintenant ou bien cette petite salope se cherche un père ? — Tu es complètement...*

C'en était trop pour moi. Je suis retournée dans ma chambre et j'ai essayé de me réfugier dans le sommeil, ce qui s'est révélé impossible : je tentais d'accepter ce que je venais de surprendre, tout en me disant que j'aurais préféré mille fois ne rien savoir.

Le lendemain, j'ai trouvé un logement. À quelques centaines de mètres du campus, une rue ombragée avec une succession de maisons de style gothique. De dehors, la maison était assez défraîchie – les bardeaux auraient eu besoin d'un bon coup de peinture verte et il manquait des lattes sur la véranda principale –, mais l'appartement lui-même était immense : un vaste living, une grande chambre, une cuisine avec coin salle à manger, une salle de bains où trônait une antique baignoire à pattes de lion. Les propriétaires demandaient quatre-vingt-cinq dollars mensuels, alors que les loyers habituels dans le quartier pour des logements de la même taille atteignaient presque le double.

« Ce n'est pas cher du tout, ai-je expliqué à Dan au téléphone ce soir-là, parce que c'est dans un état assez… déprimant, disons.

— Je m'en doutais un peu. Tu peux préciser ce que tu entends par "déprimant" ?

— Papier peint atroce, vieilles moquettes pleines de taches et de brûlures de cigarettes. La salle de bains pourrait être celle de la famille Addams et la cuisine est plutôt… rudimentaire.

— Encourageant, le tableau !

— Oui. Par contre, les possibilités sont fantastiques ! Il y a un superparquet sous les moquettes, le papier peint ne demande qu'à tomber et tu verrais cette baignoire, géniale !

— Ça paraît génial, en effet. Le problème, c'est que mes cours reprennent le surlendemain de mon retour, et je n'aurai jamais le temps de…

— Laisse-moi m'occuper de ça. En plus, très, très bonne nouvelle, le propriétaire est prêt à tout pour trouver un locataire : si nous retapons l'appart nous-mêmes, il nous offre deux mois de loyer ! »

Et donc, dès le bail signé, j'ai fait l'emplette de plusieurs pots de peinture blanche bon marché et de pinceaux avant d'aller louer une ponceuse, puis j'ai consacré les huit jours suivants à décoller le papier peint, à boucher les fissures, à couvrir les murs de trois couches d'émulsion et à poncer tout ce qui était en bois. Ensuite, j'ai enlevé la moquette et je me suis attaquée au parquet, que j'ai traité avec une lasure incolore. À la fin de cette période d'intense activité, j'ai éprouvé la satisfaction du travail accompli lorsque j'ai eu enfin devant moi des pièces claires et propres, un espace plein de potentiel.

« Mais tu m'avais dit que c'était infâme ! s'est étonné Dan quand il a découvert l'appartement.

— Ça l'était.

— Renversant ! a-t-il approuvé en me donnant un baiser. Merci à toi.

— Contente que ça te plaise.

— Plus que ça, encore : on se sent déjà chez soi. »

Margy a elle aussi été très impressionnée lorsqu'elle est venue visiter les lieux quelques jours plus tard. Rentrée de New York, ses affaires déposées à la cité U, elle est passée me voir. La rénovation terminée, j'avais pu rassembler un mobilier générique dans divers magasins d'occasion de la ville. Il y avait les étagères démontables en vogue à l'époque, que j'avais poncées et traitées, des bouteilles de chianti transformées en lampes, mais également un superbe lit ancien en cuivre que j'avais obtenu pour cinquante dollars seulement, et un rocking-chair Nouvelle-Angleterre payé dix dollars, qui, une fois repeint en vert foncé, avait belle allure.

« Dieu tout-puissant ! C'est *Mon Jardin Ma Maison* version campus ! s'est exclamée Margy.

— Quoi, tu n'aimes pas ?

— Hein ? Je suis jalouse comme une folle, tu veux dire ! J'habite dans une boîte à chaussures à la cité U pendant que toi, tu viens d'emménager dans une vraie maison ! Qui s'est chargé de la déco ?

— Moi, toute seule, comme une grande…

— Dan doit être emballé.

— Oui, il aime bien. Mais tu sais, il est comme moi : ce n'est pas si important, tout ça…

— Épargne-moi le couplet antimatérialiste, d'accord ? Non, crois-moi, tu as l'œil et tu as du goût, y a pas à dire. Ta mère est venue voir ?

— Elle n'est pas au mieux de sa forme, ces derniers temps. En fait…

— Attends ! J'ai l'impression que ce qui s'annonce passera mieux accompagné d'un peu de vin rouge… – Margy a sorti de son sac une bouteille d'Almaden, le vin des fauchés. – … disons que c'est pour fêter l'emménagement. »

J'ai trouvé deux verres pendant qu'elle ouvrait la bouteille. Puis elle m'a offert une cigarette, que j'ai allumée avec son Zippo. « Allez, raconte. » Toute l'histoire est sortie d'un coup, depuis l'étrange comportement de maman en juillet jusqu'à la scène à l'hôtel de Boston et, en apogée, les révélations surprises en haut des escaliers. Lorsque j'ai eu terminé mon récit, Margy a vidé son vin, réfléchi quelques secondes.

« Tu veux savoir ce que je pense de tout ça ? Ma réaction, c'est : et alors ? Bon, je sais, c'est facile à dire pour moi ; ce n'est pas "mon" père. Mais s'il a une maîtresse planquée quelque part, la belle affaire…

Et puis tu ne devrais pas prendre au tragique le fait que ta mère ait pu le tromper.

— Ça, ça m'a moins affectée, parce que…

— Parce que tu es la fifille à son papa, voilà pourquoi. Et qu'à tes yeux, en trompant ta mère, c'est "toi" qu'il trompe.

— Où tu as pris ça ? En cours de psychologie élémentaire ?

— Non, c'est la vie qui me l'a appris. Quand j'avais treize ans. Un soir, chez nous, à New York, le téléphone a sonné et j'ai décroché. Un type beurré comme un coing m'a demandé si j'étais la fille de mon père. J'ai répondu oui et il m'a dit mot pour mot : "Dans ce cas, j'aimerais que tu saches que ton papa tronche ma femme".

— Seigneur…

— Il a aussi appelé ma mère à son bureau pour lui raconter la même chose. Le problème, c'est que c'était pas la première fois que papa faisait ça, ni la deuxième, ni la troisième. Comme maman me l'a dit, "Le pire de tout, c'est que cet imbécile ne peut même pas être discret. Et il faut qu'il se choisisse des femmes qui font des histoires, en plus. Ses infidélités, j'aurais pu fermer les yeux dessus. Ce qui m'a décidée à le laisser tomber, c'est qu'il ait eu besoin de me les jeter à la figure."

— Elle l'a quitté, après ça ?

— Elle l'a flanqué dehors en beauté, oui ! Enfin, c'est une métaphore. Le lendemain soir, en revenant de l'école, je suis tombée sur papa en train de faire ses valises. J'ai fondu en larmes, je l'ai supplié de ne pas s'en aller – je n'avais pas du tout envie qu'il me laisse dans les griffes de ma chère maman… Bon, il m'a consolée et tout, avant de prendre sa voix de dur à cuire pour me balancer : "Désolé, mais je me suis fait coincer le slip baissé, donc je dois payer le prix." Une demi-heure plus tard, il était parti et je ne l'ai plus jamais revu. Pour se remettre de la rupture, il a pris de petites vacances à Palm Beach et il est mort sur un terrain de golf une semaine après. Crise cardiaque. Il avait beau jouer son Bogart, que maman l'ait jeté, ça l'a tué. »

Je savais que le père de Margy était mort jeune, mais j'ignorais les détails. Lacune comblée.

« Enfin, ce que je voulais te dire, c'est que tu ne dois plus voir tes parents comme des parents. Il faut les prendre pour ce qu'ils sont : des adultes totalement largués – ce que nous finirons par devenir, nous aussi.

— Parle pour toi.

— Ah ça, pour le coup, c'est vraiment de la naïveté ! – Elle a écrasé sa cigarette pour en rallumer aussitôt une autre. – Enfin… Il en pense quoi, Dan ?

— Je ne lui ai pas encore dit.

— Tu rigoles ?

— Ben… Je ne sais pas… Ça me fait un peu honte, tout ça.

— Honte ? Pourquoi ? »

Parce qu'il m'aurait fallu révéler certains secrets de famille que je ne me sentais pas prête à partager avec Dan. Margy avait raison, bien sûr : cacher son linge sale au garçon avec qui on vit, c'était le comble de l'hypocrisie. Comment expliquer cette contradiction, alors ? Je crois qu'une partie de moi était profondément choquée par la situation, tandis qu'une autre était inquiète à l'idée de penser que ça pourrait amener Dan à me voir sous un autre jour…

« Bon Dieu ! s'est indignée Margy lorsque j'ai finalement avoué ces réticences. Quand est-ce que tu vas grandir un peu ? Tu n'as rien à te reprocher, toi !

— D'accord, d'accord. Je vais lui dire la vérité. »

Mais chaque fois que je m'y préparais, quelque chose me retenait : ou bien Dan paraissait absorbé par d'autres problèmes, ou bien il était trop fatigué, ou bien je décidais que le moment n'était pas opportun... De sorte que, quand j'ai revu Margy des semaines plus tard et que je lui ai dit que l'affaire n'avait pas avancé d'un pouce elle a levé les yeux au ciel et m'a déclaré : « Bon, c'est trop tard. À ce point, je continuerais à me taire, si j'étais toi. Ce n'est pas comme si tu lui avais menti : tu n'as pas abordé le sujet, voilà tout. C'est ton premier secret. Et crois-moi, ce n'est pas le dernier.

— Je me sens coupable, quand même...

— La culpabilité, c'est pour les bonnes sœurs. »

Et si elle avait raison ? Je me faisais peut-être une montagne d'un rien. D'autant que Dan, tout en manifestant un intérêt poli à ma famille, semblait désireux de passer tout son temps libre en tête à tête avec moi. Et puis, surtout, mes parents avaient l'air de se sortir tout seuls de la mauvaise passe qu'ils avaient traversée.

Durant tout cet automne, on ne s'est pas trop marché sur les pieds : papa et maman sont venus admirer l'appartement – avec une remarque bien vacharde de ma mère à propos de ma « capacité instinctive à me faire un petit nid douillet » –, et nous étions tellement occupés, l'un et l'autre, que je n'ai vu mon père qu'à trois reprises en quelques mois à l'occasion de ces déjeuners à deux que nous affectionnions, pendant lesquels il a fait à peine allusion à maman.

Et puis il y a eu le dîner familial de Thanksgiving, où je me suis rendue seule – Dan était allé passer la fête avec son père à Glens Falls –, dîner qui m'a donné l'occasion de vérifier que l'ambiance avait notablement changé. Pour commencer, mes parents étaient déjà un peu gais, à mon arrivée. Ensuite, ils ont échangé des remarques étonnamment détendues. Plus encore, chacun riait aux plaisanteries de l'autre, se concédant mutuellement de temps en temps des regards appréciateurs.

C'était agréable et rassurant, mais je n'ai pu m'empêcher de me demander ce qui avait bien pu précipiter la fin de la guerre froide. La réponse est venue après le repas, tandis que nous terminions une deuxième bouteille de vin et que je commençais à ressentir les effets plaisants de l'alcool.

« Dorothy a eu de très bonnes nouvelles, cette semaine, a annoncé papa.

— Laisse-moi lui dire, d'accord ?

— Alors ? l'ai-je interrogée avec impatience.

— On me confie une expo à la Howard Wise Gallery de Manhattan.

— Qui a la réputation de présenter quelques-unes des meilleures collections d'art moderne de toute la ville, a complété papa.

— Bravo ! Mais Milton Braudy ne va pas apprécier, j'imagine… »

Lèvres pincées, ma mère a attrapé son paquet de cigarettes et en a allumé une nerveusement. J'aurais voulu me gifler.

« Milton Braudy n'a pas aimé ma nouvelle livraison, donc il m'a laissée tomber. Satisfaite, maintenant ?

— Comment je pourrais être satisfaite d'apprendre une chose pareille ?

— Tu sembles tellement te réjouir de mes échecs…

— Moi ? Mais pas du tout !

— Le simple fait que tu mentionnes le refus de Braudy est en soi…

— C'était une remarque innocente, est intervenu papa.

— Tu parles ! Et d'ailleurs, ne t'en mêle pas, tu veux ? C'est une affaire entre elle et moi.

— Ta réaction est complètement disproportionnée, me suis-je défendue. Comme d'habitude.

— Comment oses-tu ! Quand on sait que je ne me suis jamais, tu entends, jamais attardée sur tes petits cafouillages… »

Cette dernière pique a été comme une gifle. Je ne maîtrisais plus ma voix, soudain :

« Tu n'as jamais quoi ? Tu passes ta vie à me critiquer ! Toutes tes observations qui se veulent si brillantes sur le fait que je n'ai jamais été à la hauteur de ce que tu…

— Tu es d'une susceptibilité tellement grotesque que tu prends deux ou trois critiques justifiées pour un règlement de comptes personnel !

— Forcément, tu m'attaques sans arrêt !

— Non ! J'essaie simplement de te sortir de ta tanière.

— Dorothy ! a lancé papa d'une voix suppliante.

— Ma tanière ! – Je hurlais, maintenant. – Tu dis que je vis dans une tanière ?

— Tu veux entendre la vérité ? La voici : je n'arrive même pas à imaginer comment, à vingt ans à peine, tu as pu te transformer en foutue bobonne au foyer !

— Je n'ai rien d'une… !

— Quoi ? Tu as peur de dire des gros mots ? Tu ne peux pas t'exprimer ouvertement, comme…

— Comme quoi ? Comme une artiste de Greenwich Village échouée en province ?

— OK. Exprime ta haine autant que tu veux.

— Cela n'a rien de haineux ! C'est toi qui es haineuse ! Me traiter de…

— Il s'agit d'un constat impartial. Évidemment, c'est ton droit le plus strict de t'enfermer dans un clapier avec le toubib de tes rêves…

— Au moins, je ne lui fais pas porter les cornes, moi ! Pas comme… »

Je me suis brutalement tue. De l'autre côté de la table, mon père a plaqué une main sur ses yeux. Ceux de ma mère me fixaient avec une terrible intensité.

« Comme qui ? a-t-elle demandé d'un ton calme mais menaçant.

— N'insiste pas, Dorothy, a plaidé mon père.

— Pourquoi ? Parce que c'est toi qui le lui as dit ?

— Papa ne m'a rien dit du tout ! Mais les voix portent. Surtout la tienne.

— Alors réponds à ma question, puisque tu as la langue si bien pendue. *Comme qui ?* À moins que tu préfères que je réponde pour toi ? Que je te dise combien de femmes ton père s'est tapé depuis des années, ou combien d'amants j'ai…

— Assez ! a hurlé papa. – En deux bonds, j'avais atteint la porte d'entrée.

— C'est ça, va-t'en, protège tes pauvres petites oreilles ! a crié maman dans mon dos.

— Mais arrête, ça ne te suffit pas ? » s'est énervé mon père.

J'ai couru jusqu'à la rue, aveuglée par les larmes, insensible à la nuit glaciale. J'avais laissé mon manteau là-bas et je ne serais revenue le prendre pour rien au monde. Je ne voulais plus avoir aucun contact avec cette furie. Un quart d'heure plus tard, en arrivant chez nous, je tremblais de froid et d'une colère qui se mêlait désormais à une effroyable tristesse. Nous nous étions souvent affrontées, maman et moi, mais jamais avec une telle violence. Et sa cruauté n'avait jamais atteint cette acuité. Elle avait voulu me blesser, profondément. Elle avait réussi.

J'aurais voulu appeler Dan mais j'ai préféré ne pas gâcher son Thanksgiving à Glens Falls en pleurant au téléphone. Je me suis dit que mon père allait peut-être essayer de me joindre, sans trop y croire, et en effet je n'ai eu aucun appel. Vers onze heures, tenaillée par le besoin d'entendre une voix amicale, j'ai composé le numéro de Margy à Manhattan. C'est sa mère qui a répondu, sur un ton d'abord ensommeillé, puis carrément agressif.

« Margy est sortie avec des amis, m'a-t-elle déclaré.

— Pourriez-vous, s'il vous plaît, lui dire que Hannah a appelé ?

— Pourriez-vous, s'il vous plaît, vous abstenir de téléphoner à des heures pareilles ? »

Bang ! Elle a raccroché. Ce dernier choc m'a expédiée sur le lit. Il était temps d'oublier cette affreuse journée, si c'était possible.

Le lendemain, Margy n'a pas rappelé, ce qui m'a laissée supposer que sa mère ne lui avait pas transmis le message. J'ai téléphoné à Dan dans la matinée.

« Ça n'a pas l'air d'aller, Hannah.

— La soirée avec mes parents a été monstrueuse.

— À quel point ?

— Je te raconterai quand tu seras là.

— C'était dur, alors.

— Reviens vite, Dan. »

Il n'était pas du genre à chercher à en savoir plus que ce qu'on voulait bien lui dire. Quant à moi, j'essayais de trouver une explication qui puisse tenir la route sans qu'il soit nécessaire de lui apprendre que je lui avais dissimulé divers problèmes depuis l'été, ni qu'il constituait lui-même une grande partie de ce que ma mère me reprochait avec une telle virulence. En fin de compte, c'est mon père qui m'a aidée à concevoir la manière d'annoncer à Dan qu'un fossé plus que profond s'était creusé entre ma mère et moi. D'après lui, c'était bien ce dont il était question.

Dix minutes après ma conversation téléphonique avec Dan, papa sonnait à ma porte. Il n'avait pas bonne mine : ses yeux étaient rouges, ses gestes brusques.

« Tu as oublié ça, a-t-il dit, en levant l'avant-bras sur lequel mon manteau était posé. Tu as dû avoir froid, en rentrant.

— Je n'ai rien senti.

— Je suis sincèrement désolé, Hannah.

— Pourquoi ? Tu ne m'as pas dit d'horreurs, toi…

— Tu sais pourquoi, a-t-il murmuré en me fixant droit dans les yeux.

— Eh bien… Tu veux entrer prendre un café ?

— Merci. »

Nous sommes entrés dans l'appartement et nous nous sommes installés à la cuisine. Pendant que la cafetière chauffait, il a jeté un coup d'œil à la ronde.

« C'est vraiment bien, ici, tu sais. Tu as fait du beau boulot.

— Contente que ça te plaise. Ce n'est pas le cas de maman.

— Mais si. Quand nous sommes venus la première fois, elle m'a dit à quel point elle était impressionnée. Naturellement, à "toi", elle ne dira jamais une chose pareille. Elle est comme ça, nous en avons déjà parlé et tu sais qu'elle ne changera pas, alors…

— Je te remercie d'avoir essayé de prendre ma défense, hier soir.

— Dorothy a complètement perdu les pédales. Et c'est de ma faute, à cent pour cent.

— Non, c'est moi qui ai tout déclenché. Si seulement j'avais tenu ma langue…

— C'est elle qui a pris de travers ce que tu lui as dit et elle s'est persuadée que tu te réjouissais que Milton Braudy lui ait tourné le dos.

— Tu sais bien que ça n'a pas de sens ! Tu sais aussi que c'était une remarque tout à fait anodine.

— Oui. Seulement, ta mère a un ego surdimensionné, et maintenant elle est convaincue que tu l'as insultée, que tu as délibérement voulu la blesser. Sa version des faits est parfaitement lamentable. Croismoi, j'ai essayé de lui expliquer tout ça mais elle reste arc-boutée sur ses positions. »

Ses derniers mots m'ont laissée sans voix.

« Qu'est-ce… Qu'est-ce que ça signifie ? – Il s'est mis à tambouriner des doigts sur la table, l'air embarrassé. – Allez, papa !

— Je lui ai dit que je ne voulais pas porter ce genre de message… Que si elle pensait vraiment poser un pareil… ultimatum, ce serait à elle de le faire…

— Quel ultimatum ?

— Hannah, elle ne veut rien entendre. Elle a dit que si je refusais de te mettre au courant, elle raccrocherait quand tu appellerais à la maison. Bref, c'était à moi de venir t'expliquer…

— Expliquer quoi, enfin ? »

Il a couvert son visage d'une main.

« Elle ne t'adressera plus la parole tant que tu ne lui auras pas présenté d'excuses. »

Je l'ai observé, incrédule.

« C'est… C'est une plaisanterie, dis-moi ?

— J'aimerais bien. Mais elle est tout à fait sérieuse. Cela dit, il ne s'est écoulé qu'une nuit, entre-temps, qu'elle a passée éveillée pour l'essentiel. Donc je veux croire que sa réaction est due à la fatigue, d'où la dramatisation. D'ici un jour ou deux, je suis sûr que…

— Que ce soit bien clair, papa : je ne lui demanderai pas pardon. Dis-le-lui de ma part : il est hors de question que je lui demande pardon.

— Je ne veux pas jouer les messagers, encore une fois.

— Ah oui ? Tu l'as fait pour elle, tu peux bien le faire pour moi. Tu me dois bien ça, je pense… – Ses traits se sont affaissés. Je me suis détestée, soudain. – Je regrette. Je ne voulais pas dire ça.

— Si, je crois que si. Et je le mérite amplement.

— Est-ce… ? Est-ce que tu vas la quitter ? »

Il a haussé les épaules.

« Comment elle s'appelle ?

— De qui parles-tu ?

— De la femme avec qui je t'ai vu à Boston. »

Ce fut à son tour de rester sans voix.

« Tu m'as vu... avec... ?

— Une femme, oui, la trentaine, cheveux bruns très longs, mince, très séduisante, je dois dire, plongée dans une conversation intime avec toi en plein milieu de la salle de réunion de l'hôtel. Et elle t'a pris la main, juste quand je suis arrivée à cette conférence de presse. Tu ne m'as pas vue, au milieu de la cohue. Le hasard, quoi.

— Oh merde..., a-t-il lâché dans une sorte de soupir.

— Comment s'appelle-t-elle, alors ?

— Molly... Molly Stephenson, si tu veux tout savoir. Elle est maître-assistante à Harvard. Et elle publie dans *The Nation*.

— Je ne t'imaginais pas tromper maman avec une shampouineuse, bien sûr. Et c'est sérieux ?

— Ça l'a été. Pendant un moment.

— Et maintenant ?

— C'est... fini.

— Contre ta volonté ?

— Oui... Je ne voulais pas que ça s'arrête.

— Tu étais amoureux ? »

Il a soutenu mon regard.

« C'était une passade, en fait... Qui s'est révélée plus sérieuse que nous nous y étions attendus, l'un et l'autre.

— Mais c'est "fini". Pourquoi ? Pour rester avec maman ? – Un hochement de tête, à peine perceptible. – Et ses petites histoires à elle ?

— Oh... Des frasques.

— Ça ne t'a jamais... choqué ?

— Ce n'est pas facile d'invoquer la morale, quand soi-même... – Sa voix s'est brisée. – Je suis vraiment désolé, Hannah.

— Tu l'as déjà dit. Plein de fois.

— Je comprends que tu sois en colère.

— Ce n'est pas de la colère, en fait. Je ne suis pas contente, évidemment, mais je crois que je comprends, d'une certaine façon. Elle est invivable, putain ! »

Il m'a lancé un regard étonné. C'était la première fois que je jurais devant lui.

« Je ne suis pas facile à vivre, non plus, a-t-il murmuré.

— Pas de mon point de vue.

— Alors j'ai de la chance de t'avoir.

— Oui. Tu peux le dire. »

Il m'a rendu mon sourire et s'est levé lentement.

« Bon, je vais y aller.

— Mais le café est prêt…

— J'ai des tonnes de copies à corriger avant la reprise des cours, lundi. Mais on déjeune ensemble la semaine prochaine, d'accord ? Comme d'habitude.

— Oui, comme d'habitude.

— Et je transmettrai ta réponse à ta mère. Même si…

— Quoi ?

— Honnêtement ? J'ai l'impression que ça ne fera qu'aggraver les choses.

— Alors tant pis. »

Il s'est levé, a remis son manteau.

« Une dernière chose, si tu veux bien. Qu'est-ce que je devrais dire à Dan, d'après toi ?

— Ce que tu juges nécessaire. »

Le lendemain soir, j'ai donc donné à Dan une version édulcorée de la soirée de Thanksgiving. En m'en voulant d'arranger les faits à ma guise, et comment, mais… une fois qu'on s'est embarqué dans les demi-vérités, on est pris à son propre jeu, n'est-ce pas ? Et encore plus lorsqu'on laisse de côté des informations qui, objectivement, n'avaient aucune raison d'être tues.

Par conséquent, mon récit s'est réduit au portrait que ma mère avait fait de moi.

« Est-ce qu'elle a dit que c'était de ma faute ? m'a demandé Dan.

— Non… Je pense qu'elle ne blâme que moi.

— Tu n'as pas besoin d'arrondir les angles, tu sais. Je sais bien qu'elle n'a pas une haute opinion de moi.

— Elle ? Elle n'a une haute opinion de personne !

— Elle me trouve horriblement conventionnel.

— Elle ne l'a jamais dit.

— Tu cherches à me ménager, là, mais ce n'est pas nécessaire : ta mère est aussi transparente que de la cellophane.

— Je me moque de ce qu'elle pense ! Et si elle ne veut plus me parler, ça m'est égal.

— Elle ne fera jamais une chose pareille.

— Qu'est-ce qui te rend si sûr de toi ?

— Elle n'a pas d'autre enfant que toi. Elle va revenir à la raison. »

Une semaine s'est écoulée sans que j'aie de nouvelles de ma mère. Papa n'a fait aucune allusion à elle lorsque nous nous sommes retrouvés à déjeuner le mercredi d'après Thanksgiving ; moi non plus. Mais, le mercredi suivant, toujours au petit *diner* où nous nous retrouvions, je n'ai pu m'empêcher d'évoquer le sujet :

« Tu ne m'as pas dit si tu lui avais transmis ma réponse, la semaine dernière.

— Tu ne m'as pas posé la question.

— Alors je te la pose.

— Évidemment que oui.

— Et quelle a été sa réaction ?

— De la colère rentrée.

— Rien d'autre ?

— Si. Elle a dit que si c'était ce que tu voulais, il n'y avait pas de problème.

— Et combien de temps tu crois que ça va durer ?

— J'imagine que tout dépend de toi, si tu as l'intention de lui reparler ou pas.

— Si je lui demande pardon, ça revient à dire qu'elle peut continuer à être odieuse avec moi !

— C'est toi qui décides. Mais ne te fais pas d'illusions : tu n'entendras plus le son de sa voix avant très, très longtemps.

— Ça t'est déjà arrivé à toi aussi ?

— Qu'est-ce que tu crois ? » a-t-il soupiré avec un sourire accablé.

À cet instant, je n'avais plus devant moi le brillant enseignant, ni l'orateur respecté, juste un homme plus tout jeune, triste, prisonnier d'un mariage plus que compliqué. La seule certitude qui m'est alors apparue, et que je n'avais jamais voulu admettre jusque-là, c'est que ma mère était une sorte de monstre. Un monstre d'une extrême intelligence, d'un grand talent, souvent très spirituel, certes, mais un monstre quand même. Ce constat s'est aussitôt doublé d'un moment de panique : était-il possible qu'elle ne m'adresse plus jamais la parole ?

« Bon, je ferais mieux d'y aller, a déclaré mon père. J'ai encore quarante copies à corriger. Ah, et puis mercredi prochain, je ne vais pas pouvoir déjeuner avec toi. Je pars pour Boston quelques jours.

— Travail ? » ai-je demandé en le regardant droit dans les yeux. Sans éviter mon regard, il a souri.

« Non. Agrément. »

Après son départ, j'ai été frappée par une autre révélation : mon père venait de se confier à moi. Certes, il n'avait pas explicitement dit qu'il allait rejoindre cette Molly Stephenson et bien que, les semaines précédant Noël, il se soit rendu à Boston à trois reprises, il n'a jamais précisé ce qui motivait ces déplacements. Je ne le lui ai pas demandé, non plus ; c'était inutile. Et il veillait scrupuleusement à ne rater aucun de nos déjeuners du mercredi. Lorsque, pour le mettre à l'aise, je lui ai dit qu'il n'avait pas besoin de s'imposer cette obligation dans un emploi du temps difficile à gérer, il s'est récrié d'un ton amusé : « Obligation ? C'est le moment que j'attends toute la fichue semaine ! »

À mon grand étonnement, et soulagement, nous n'avons plus abordé la crise avec maman. Mon père semblait s'intéresser à tout ce qui se passait dans ma vie, sauf à ce pénible aspect.

« Au fait, est-ce que tu as réfléchi à cette idée d'aller vivre un semestre à l'étranger ? Tu n'auras pas encore très longtemps cette opportunité.

— Bien sûr que j'y ai pensé.

— Tout le monde devrait passer un moment à Paris. »

Il avait raison, évidemment. D'autant que la France était l'une des destinations des stages internationaux de l'université du Vermont, ce que je n'avais pas manqué de noter. Mais…

« J'ai d'autres trucs en tête, pour l'instant. »

Mon père a acquiescé d'un air entendu, en pinçant les lèvres. Voilà, c'était à nouveau notre cadavre dans le placard, le sujet que nous cherchions tous deux à éviter mais qui revenait à la surface, inexorablement.

« Elle ne m'a toujours pas parlé, papa. Et dans quinze jours, c'est Noël.

— Je… Je vais encore essayer de la convaincre. »

Une nouvelle semaine a passé et Dan m'a conseillé de prendre les devants, de lui téléphoner pour voir si une réconciliation était possible – sans excuses de ma part ! « Tu auras au moins essayé de faire la paix », a-t-il plaidé, ce que j'ai trouvé plutôt convaincant. Surmontant mes appréhensions, j'ai donc attrapé le téléphone d'une main tremblante dès le lendemain matin.

« Oui ? – Le seul fait d'entendre sa voix, forte et assurée, m'a fait sursauter.

— C'est Hannah, maman. » En comparaison, j'avais un ton hésitant, presque timide.

Il y a eu un silence, puis : « Oui ? » Une unique syllabe chargée d'indifférence méprisante a suffi à me décontenancer. Je me suis forcée à continuer :

« Je… Je voulais juste voir si… on pouvait… se parler ?

— Non. »

C'était fini. Il n'y avait plus qu'un bip au bout de la ligne.

Une demi-heure plus tard, j'arrivais à la chambre de Margy à la cité U, les yeux rouges d'avoir pleuré pendant tout le chemin.

« Qu'elle aille se faire foutre.

— C'est facile à dire, pour toi.

— Tu as raison, c'est pourquoi je le répète : qu'elle aille se faire foutre. Elle n'a pas à te traiter de cette façon.

— Pourquoi nos parents sont si cinglés ? me suis-je demandé tout haut.

— Je crois que ça a beaucoup à voir avec les espoirs déçus. L'idée qu'ils se faisaient de la vie et ce qu'elle est en réalité. Tu prends ça et tu l'ajoutes au mythe américain de la famille parfaite… et tu obtiens un cocktail détonant. On est tous censés suivre le modèle parental à la con alors qu'en fait on serait plutôt tendance Lizzie Borden, tu sais, les parents zigouillés à coups de hache… Je te jure que moi, en tout cas, il est hors de question que je me laisse embarquer dans le plan gosses.

— Tu ne peux pas dire ça maintenant.

— Oh que si ! Et je peux dire que je déteste ma mère, aussi.

— Ne dis pas ça.

— Pourquoi pas, si c'est la vérité ? Je la hais parce qu'elle m'a amplement montré, depuis des années, qu'elle ne peut pas me voir en peinture. Et toi ? Tu n'as pas la haine contre la tienne, avec tout ce cinéma qu'elle te fait ?

— C'est un mot affreux.

— C'est la différence entre nous : toi, tu te crois obligée de jouer les Emily Dickinson, de cacher sans cesse tes vrais sentiments à cause de ton côté Nouvelle-Angleterre. Tandis que moi, c'est la franchise style Manhattan qui m'anime, et donc je te prie de croire que si j'étais toi, je dirais à cette sorcière d'aller se faire voir, je passerais Noël tranquillement avec Dan et je la laisserais mijoter dans son venin. »

J'ai finalement suivi son conseil et je suis allée passer Noël à Glens Falls. Avant de partir, Dan m'a proposé de mener une dernière tentative de réconciliation, dans l'« esprit de Noël » mais sans céder à l'ultimatum de ma mère.

« Je sais comment ça va tourner, l'ai-je prévenu.

— Oui, mais il y a une petite chance que pour cette occasion elle renonce à la barrière qu'elle a montée entre vous.

— Sa fierté, sa… vanité, c'est ce qui compte le plus pour elle.

— Crois-moi tu te sentiras mieux, si tu essaies.

— C'est ce que tu as dit l'autre fois, Dan.

— Très bien. Alors, n'appelle pas. »

Je me suis levée et je suis allée droit au téléphone. Dès qu'elle a entendu ma voix, maman a repris son ton cassant.

« Oui ?

— Je voulais te souhaiter un joyeux Noël.

— C'est dans deux jours.

— Oui, mais comme je suis interdite de séjour à la maison, je…

— C'est ta décision.

— Non, c'est la tienne !

— Je n'ai rien à te dire, tant que tu ne m'auras pas présenté d'excuses. Quand tu seras prête, appelle.

— Pourquoi es-tu si impossible, merde ? » ai-je hurlé, perdant mon calme d'un coup. Elle a gardé une voix égale, où perçait une note d'amusement.

« Parce que je le peux. »

Et elle m'a raccroché au nez. Après avoir jeté le combiné, je me suis enfuie dans la chambre et je me suis effondrée sur le lit. Au bout de quelques minutes, Dan m'a rejointe et s'est assis près de moi. Il m'a passé un bras autour des épaules.

« Pardon. Je n'aurais pas dû…

— Tu n'es pas responsable du comportement de cette… mégère. Tu n'as rien à te reprocher. »

Le lendemain, veille de notre départ à Glens Falls, mon père a appelé pour demander s'il pourrait passer chez nous vers midi. Je lui ai dit que Dan serait sorti mais que je serais là, moi. Il est arrivé à l'heure dite, quelques paquets emballés sous le bras, une bouteille dans un sac en papier kraft à la main.

« Est-ce que tu acceptes de te compromettre avec un prof qui te fait des cadeaux ? » a-t-il lancé avec un sourire. Je lui ai donné une accolade et nous sommes montés.

« Tu voudrais un *egg nog ?* lui ai-je proposé en me dirigeant vers le frigo pour sortir une cruche de ce cordial typique des Noëls américains.

— Hum, j'ai apporté quelque chose de plus approprié », a-t-il annoncé en me tendant le sac, que j'ai ouvert. Il y avait une bouteille de champagne déjà froide.

« Hé ! – J'ai examiné l'étiquette. – Du Moët et… Chandon ? Ça doit être cher ! »

Se contentant de sourire, il l'a débouchée avec dextérité. Je l'ai observé. Il était si élégant, mon père, il semblait si maître de lui, il avait une telle classe… Pas étonnant que cette Molly Stephenson ait craqué pour lui. Même si je m'étais promis de bannir toute pensée négative pendant la trêve de Noël, je n'ai pas pu m'empêcher de voir ma mère comme une sorte de harpie qui l'aurait kidnappé et avec laquelle il restait par fidélité à un principe aussi profond qu'autodestructeur.

« À quoi tu penses, Hannah ?

— À rien, ai-je fait en essayant de prendre un air dégagé.

— Tu penses à Dorothy, non ?

— Ça t'étonne ?

— Pas trop, non. Il faut que tu comprennes qu'elle se fait du mal aussi, dans cette histoire. Et je ne vais pas pleurer pour ça, je te le garantis ! Mais comme je ne pense pas qu'il soit bon pour nous de parler de ta soupe au lait de mère, voilà ce que je propose : buvons ce champagne ! »

La première gorgée m'a convaincue que c'était l'un des immenses petits bonheurs que la vie peut offrir. La deuxième m'a suggéré que je devrais vraiment aller en France l'année prochaine.

« Une des raisons pour lesquelles tu devrais séjourner en France, c'est que tu pourrais exercer ton palais aux plaisirs variés qui naissent du goût. – Il avait une légère tendance à faire des grandes phrases, dès qu'il buvait un peu. – Et cela te permettrait aussi de comprendre pourquoi tous les Américains intelligents aiment Paris. Parce que, là-bas, on a la possibilité d'être un vrai "libertin", au sens historique du terme, sans que personne ne te blâme pour ça. Au contraire, on t'y encourage.

— Pourquoi n'es-tu pas resté là-bas, papa ?

— Voilà une question que je me suis souvent posée. Mais bon, je devais soutenir ma thèse à Harvard, et puis j'avais l'intuition que je ne ferais jamais un bon exilé. Mon sujet, mon thème de travail et de réflexion, c'était l'Amérique, je devais l'étudier de l'intérieur. Notamment en pleine période maccarthyste, quand nos libertés fondamentales étaient en… – Il s'est arrêté, s'est versé un verre qu'il a bu d'une seule longue gorgée. – Non mais, tu m'entends, en train de m'inventer des excuses ? Je suis revenu en Amérique parce que je n'ai pas eu assez de cran, c'est tout. Et je voulais prouver à mon père que j'étais capable de terminer Harvard. Je cherchais à impressionner cet homme contre l'autorité duquel je me rebellais en permanence, pourtant, et je m'appliquais à faire systématiquement le contraire de ce qu'il attendait de moi. Dire que je suis allé jusqu'à refuser un poste à Princeton pour agacer mon paternel, lui montrer que je n'avais que faire de son idéal de "respectabilité"… »

C'était la première fois qu'il me donnait cette version de son refus de commencer sa carrière sur un campus aussi huppé. Jusqu'alors, il l'avait présenté comme un pied de nez à l'establishment : *Papa tournant superbement le dos à la patricienne Ivy League.*

« Mais regarde ce à quoi tu es parvenu ici, dans le Vermont. Tu es respecté, célèbre, tu…

— Célèbre en tant qu'agitateur à la petite semaine, peut-être. Dès que cette guerre sera terminée, mes dix minutes de gloire seront passées. Et ce ne sera pas plus mal. La célébrité est un masque qui finit par te détruire le visage.

— Et ton livre sur Jefferson, alors ?

— C'était il y a dix ans, Hannah ! Depuis, je n'ai pas publié une seule ligne. Et je suis le seul fautif. À force de me disperser, de partir dans tous les sens…

C'est vrai, Hannah, j'ai entrepris trois livres, depuis ce damné pavé sur Jefferson. Trois ! Sans en terminer aucun. Je n'ai pas trouvé l'énergie qu'il aurait fallu. Je me suis dégonflé, à nouveau.

— Tu ne crois pas que tu es un peu dur avec toi-même ?

— Désolé de t'infliger ces pleurnicheries.

— Tu ne m'infliges rien du tout. Je suis vraiment contente qu'on puisse parler. »

Il m'a pris la main, l'a serrée brièvement puis, avec un soupir, il nous a resservis en champagne.

Nous l'avons bu jusqu'à la dernière goutte. Puis papa s'est levé :

« Bon, je vais rentrer au bercail.

— Tu vas me manquer, à Noël.

— Moins que tu me manqueras… »

Je passai les six mois suivants à tenter de m'habituer à la disparition symbolique de ma mère. J'étais encore blessée et hérissée par son comportement, mais elle me manquait. Pourquoi avait-elle décidé de tout casser pour un point d'honneur des plus douteux ? Pourquoi cherchait-elle aussi férocement à me plier à ses quatre volontés ? Je connaissais la réponse, évidemment. Elle me l'avait elle-même donnée, déjà : « Parce que je le peux. » Et elle pouvait également toujours attendre mes excuses !

J'ai gardé ce cap tout le long de l'hiver et du printemps. J'ai redoublé d'activité afin que mon esprit soit occupé, m'absorbant dans mes études – je me passionnais notamment pour Balzac, dont les romans traitent toujours du caractère destructeur de la famille –, m'inscrivant à un cours de poterie, ce qui m'a donné accès à l'art et à la manière d'utiliser un four à céramique… Je passais aussi de longs moments au foyer de la cité U avec Margy, à bavarder et à consumer les cigarettes à la chaîne, car depuis six mois j'étais devenue une fumeuse chronique. Dan s'était borné à me demander : « Combien par jour ?

— Une vingtaine.

— Ah… – Il avait haussé les épaules. – C'est ton choix. » Il ne m'a pas fait un exposé sur les méfaits du tabac, d'autant que plus de la moitié des étudiants de la faculté de médecine fumaient en cours.

Margy, quant à elle, était enchantée de me voir me transformer en esclave de la nicotine : « J'étais sûre que tu finirais par céder à la clope.

— Tiens, et pourquoi ?

— Tu étais tellement raisonnable et équilibrée et tout, il te fallait bien une mauvaise habitude ! Au moins, quand tu seras à Paris, l'an prochain, tu ne feras pas tache dans le décor. D'après ce que je sais, en France, la plupart des parents donnent un paquet de Gauloises à leurs enfants quand ils atteignent l'âge de douze ans. C'est une sorte de rite initiatique. »

J'ai écrasé ma cigarette et j'en ai allumé une autre.

« Je ne crois pas que j'irai en France, l'année prochaine. »

C'était au tour de Margy d'écraser sa cigarette, mais de saisissement, elle. Elle m'a lancé un regard où la consternation se teintait nettement de désapprobation :

« Tu plaisantes ?

— Non, non, ai-je répondu en évitant ses yeux courroucés.

— Ce n'est pas Dan qui t'en empêche, j'espère ? »

Au contraire, il m'y encourageait vivement, estimant que ces six mois à Paris seraient une expérience inoubliable pour moi et affirmant qu'il viendrait me voir aux vacances de Thanksgiving.

« Tu sais bien que ce n'est pas son style, ai-je répondu à Margy.

— Donc tu t'es sabordée toi-même. »

Il ne s'agissait pas d'une question mais d'un constat, et d'un constat tout à fait pertinent. Personne ne m'avait persuadée. C'était moi, « toute seule », qui avais abandonné l'idée de passer l'année finale de mon deuxième cycle à Paris, et la motivation principale avait été la crainte que Dan ne m'abandonne. J'avais conscience de l'absurdité de cette appréhension, de ce que la décision avait de stupide et de négatif pour moi-même, mais malgré tous les débats qui m'animaient, la crainte a fini par l'emporter. C'est une chose curieuse, la peur : une fois qu'elle vous tient dans ses griffes, vous ne pouvez pas vous en débarrasser en claquant des doigts. J'aurais dû aborder le sujet avec Dan, bien entendu, mais, chaque fois que l'occasion se présentait, une crainte plus terrible encore me bâillonnait : confesser que je redoutais qu'il me laisse tomber, n'était-ce pas le plus sûr moyen de l'amener à le faire ? En conséquence, j'ai attendu la clôture des inscriptions pour lui annoncer ma décision. Il ne m'a pas critiquée, se montrant juste un peu surpris lorsque je lui ai débité la liste de mes justifications que j'ai conclue par un « Et puis tu m'aurais manqué, bien sûr... »

« Ça n'aurait pas dû suffire à te faire renoncer à ton projet, s'est étonné Dan. Je serais venu pour Thanksgiving. Nous aurions été séparés pendant douze semaines tout au plus. »

Bon sang ! ce qu'il pouvait être « raisonnable », à certains moments !

« Et si on allait ensemble en Europe quand on aura terminé la fac, toi et moi ?

— Ce serait super, oui... Mais je ne voudrais pas que tu restes ici juste à cause de moi, ou parce que tu te ferais de drôles d'idées, par exemple que je ne sois plus là à ton retour... Parce que cela n'arrivera pas, tu sais ?

— Oui, je sais, ai-je menti. Mais ma décision est prise, et c'est ce qu'il y avait de mieux à faire. »

Il m'a regardée avec une attention intriguée. À l'évidence, mes explications ne l'avaient pas convaincu. Fidèle à lui-même, toutefois, il n'a pas insisté, se limitant à clore le sujet de son habituelle sentence : « C'est ton choix. »

Mon père, au contraire, est allé droit à ce qu'il pensait être la vraie raison, alors que nous étions sur notre banquette habituelle, dans notre petit *diner*.

« C'est à cause d'"elle", hein ?

— Pas uniquement, papa.

— J'aimerais te croire.

— Est-ce si important ?

— Oui, ça l'est, a-t-il rétorqué d'un ton péremptoire, presque irrité, qui m'a rendue encore plus nerveuse que je l'étais déjà.

— Je… Je pense simplement que ce n'est pas le bon moment d'aller à Paris, pour moi.

— Oh, arrête ces sornettes, Hannah ! – J'ai sans doute dû pâlir sous la virulence de sa réaction. – Tu choisis la sécurité à un moment de ta vie où ce devrait être le cadet de tes soucis, où…

— Ah, épargne-moi tes opinions arrêtées sur la vie ! me suis-je écriée, soudain pleine de colère. Surtout si on tient compte des petits jeux auxquels tu joues… Pardon, ai-je repris à voix basse en sortant une cigarette de mon paquet.

— Je l'ai mérité.

— Non, pas du tout. Mais moi, je n'ai certainement pas mérité le traitement qu'elle me fait subir depuis des mois. Et si maman était un peu plus heureuse, peut-être que…

— Ta mère n'a jamais été heureuse. Tu entends ? Jamais ! Alors je t'en prie, ne t'imagine pas que j'aurais pu l'empêcher de se retourner contre toi un jour ou l'autre. Elle s'en prend à tout le monde, à un moment ou à un autre. Personne ne peut lui faire entendre raison. Et c'est pour cette raison que je la quitte. »

Sa dernière phrase m'a désarçonnée.

« Tu la... ? Tu parles sérieusement ? – Il a fait oui de la tête, ses yeux dans les miens. – Est-ce qu'elle est au courant ?

— Je le lui dirai à la fin du semestre. Oui, je sais, c'est dans deux mois, mais je veux que l'explosion ne fasse aucune victime innocente.

— Est-ce à cause de... "l'autre" ?

— Je ne m'en vais pas pour Molly, non. Je quitte ta mère parce que notre mariage est devenu intenable, parce que... c'est impossible de vivre harmonieusement avec elle.

— Mais est-ce qu'elle va vivre avec toi, elle ?

— Pas tout de suite, non. Il va falloir que les choses se tassent, d'abord. Et puis, franchement, je ne veux pas donner le bâton pour me faire battre ; les mauvaises langues vont déjà beaucoup s'agiter dès que la nouvelle sera connue. D'ailleurs, j'ai quelque chose à te demander...

— Pourrai-je tenir ma langue jusque-là ? Comme si c'était mon genre.

— Tu as raison, oui. Seulement...

— Je ne suis pas idiote, papa. En échange, est-ce que tu peux attendre que Dan et moi soyons partis pour Boston avant de lâcher *ta* bombe ? Ça m'étonnerait qu'elle cherche à me contacter, de toute façon, mais je n'ai pas envie d'être dans les parages quand ça va vraiment barder.

— Tu as ma parole. Et je n'aborderai plus le sujet de Paris, non plus.

— Même si tu es persuadé que je commets une énorme erreur. »

Il a souri.
« Exactement. Même si je pense ça. »

Quand j'ai obtenu mes notes finales – deux A moins, un B plus et un B moins –, papa m'a conviée à un dernier déjeuner avant l'été. Nous partions pour Boston le week-end suivant, Dan et moi. Papa savait que j'avais trouvé un poste dans une école privée de Brookline où j'allais gagner quatre-vingts dollars par semaine en donnant des cours de rattrapage – une petite fortune, à mes yeux. Il savait aussi que nous avions réussi à récupérer en sous-location le même appartement que l'année précédente.

Une semaine plus tard, le téléphone a sonné vers trois heures du matin. C'était lui, mais sa voix était méconnaissable, tant elle était tendue, nerveuse, affolée : « Ta mère a fait une tentative de suicide, m'a-t-il annoncé. Elle est en soins intensifs à l'hôpital. Ils disent… Ils pensent qu'elle ne va pas s'en sortir. »

Nous étions habillés et dans la voiture en moins d'un quart d'heure, Dan et moi. Nous avons roulé vers le nord en silence. Avec son tact infini, il a tout de suite compris que je ne voulais surtout pas parler de ce qui venait de se passer, ni partager les pensées qui me torturaient. J'ai passé les trois heures qu'a duré le trajet à fumer. Nous sommes allés directement à l'hôpital. Dans la salle d'attente de l'unité de soins intensifs, mon père était affaissé sur une chaise, les yeux au sol, une cigarette allumée entre les lèvres. Il ne m'a pas serrée dans ses bras, ni même pris la main. Il m'a seulement fixée de ses yeux secs et a murmuré : « Je n'aurais jamais dû lui dire. » Passant mon bras autour de ses épaules, j'ai fait signe à Dan de nous laisser un moment et, avec un discret hochement de tête, il a quitté la pièce.

« Qu'est-ce qui est arrivé, exactement ?

— Eh bien… Il y a quelques jours, j'ai eu enfin le courage de lui annoncer que je m'en allais. Que je ne voulais plus vivre avec elle. Sa réaction m'a complètement scié : je m'attendais à des hurlements, à une scène atroce, mais non, le silence. Elle ne m'a même pas demandé d'explications, ou si Molly attendait quelque part… Au bout d'un moment, elle a seulement dit : "Très bien. Je veux que tu aies fait tes valises et que tu sois parti d'ici vendredi." Pendant les quarante-huit heures suivantes, je ne l'ai pratiquement pas vue. Elle me laissait des mots : "Je dormirai dans la chambre d'amis", "N'emporte rien qui ne soit pas à toi", "Mon avocat contactera le tien la semaine prochaine", rien d'autre. En rentrant à la maison hier soir, vers six heures, je l'ai trouvée dans le garage, dans la voiture… L'intérieur de l'auto était complètement enfumé. Elle avait enfoncé un tuyau d'arrosage dans le tuyau d'échappement, puis elle l'avait fait passer par une des vitres, en se débrouillant pour boucher l'interstice. Elle avait tout prévu. Elle voulait vraiment mourir, et si j'étais arrivé ne serait-ce que cinq minutes plus tard… Enfin, j'ai réussi à l'extraire de la voiture, j'ai appelé le 911, je lui ai fait du bouche-à-bouche jusqu'à ce que l'ambulance arrive et… – Il a caché son visage derrière ses mains, s'est ressaisi et m'a regardée à nouveau. – D'après les médecins, elle avait aussi avalé environ vingt-cinq comprimés de Milltown… Un tranquillisant qu'elle prenait depuis quelque temps. Et elle a allumé le contact… Elle n'a pas repris connaissance. Elle est toujours sous assistance respiratoire. Ils ne savent pas… Ils ne savent pas si le cerveau a été touché ou pas. Tout dépend des deux, trois prochains jours. »

Il s'est tu. J'ai resserré mon étreinte. J'aurais voulu trouver des mots qui rendent la situation moins intolérable, qui nous soulagent un peu de la culpabilité qui nous rongeait tous les deux, mais j'étais trop secouée, et je savais que toute parole aurait été inutile. Sauf : « Je peux la voir ? »

Une infirmière nous a conduits à son lit sans prononcer le moindre mot. Si Dan ne m'avait pas tenue par la taille, j'aurais chancelé en la découvrant. Ce n'était plus ma mère mais une sorte de sculpture hérissée de tubes et de fils, la bouche couverte d'un masque en plastique. À côté d'elle, la pompe à oxygène soufflait régulièrement, forçant l'air dans ses poumons et l'aspirant pour l'évacuer. Montrant du doigt la feuille de soins accrochée au lit, Dan a soufflé à l'infirmière : « Je peux… ? » Elle l'a extraite du support en plastique et la lui a tendue, toujours sans un mot. Il l'a parcourue rapidement, impassible, mais en mâchonnant sa lèvre inférieure, un signe qui trahissait son inquiétude. Mon regard est revenu sur maman. J'aurais voulu éprouver de la colère pour ce qu'elle avait fait, pour son égoïsme et sa dureté, mais je me sentais seulement responsable et honteuse. Et rongée par une question qui revenait sans cesse : « Pourquoi ne lui ai-je pas demandé pardon ? »

Quand nous avons quitté la salle, Dan a chuchoté quelques mots à l'infirmière avant de me confier : « Tous les indicateurs vitaux sont stables. Ils n'auront aucune certitude tant qu'elle ne sera pas à nouveau consciente mais, pour l'instant, il n'y a pas de signe clinique d'une quelconque lésion cérébrale.

— Donc on ne peut pas vraiment savoir ?

— Non, pas vraiment. »

Vingt-quatre heures durant, Dan a manifesté son habituelle et remarquable discrétion, évitant avec délicatesse les questions qui auraient pu être trop douloureuses. Il a seulement attendu un moment où papa ne pouvait pas l'entendre pour me demander :

« Est-ce que ton père t'a dit si elle avait laissé deviner ses intentions, avant son passage à l'acte ?

— Non, mais tu sais comme moi que ça fait des mois qu'elle n'allait pas bien et… – J'allais enchaîner sur la vérité quand, *in extremis*, une petite voix m'a recommandé la prudence. – J'ai cru comprendre que ç'avait à voir avec leur vie de couple.

— À cause de… quelqu'un d'autre ?

— Je pense, oui. »

Fébrile, je m'attendais qu'il me pose l'inévitable question suivante – « Depuis quand es-tu au courant ? » – mais il n'a rien ajouté. J'admirais son tact, sa volonté de ménager mes sentiments et de taire les siens. Il n'a pas bronché, pourtant il avait la preuve que je ne lui disais sans doute pas tout, ce qui m'a une nouvelle fois inspiré du remords. Comme nous avions sous-loué notre appartement à des amis pendant l'été, nous avons passé cette première nuit chez mes parents. Ça me faisait un effet bizarre de revenir dans cette maison, de partager mon ancien lit de jeune fille avec Dan… Je n'ai presque pas dormi, d'ailleurs. Malgré mon épuisement, j'ai fini par me lever et par descendre au rez-de-chaussée, où j'ai trouvé mon père en train de fumer. Après lui avoir demandé une cigarette, je me suis assise à côté de lui et nous sommes restés très longtemps silencieux. D'une voix fatiguée, il a fini par murmurer : « Si elle s'en tire, je ne la quitterai pas, même… même si je suis certain de regretter cette décision toute ma vie. »

Le lendemain matin, Dan est reparti pour Boston, son hôpital lui ayant demandé de reprendre le travail au plus vite. « Je peux être ici en trois heures, si… » Il n'a pas terminé sa phrase. Après son départ, j'ai appelé l'école privée où je travaillais, dont la directrice s'est montrée à la fois compréhensive et contrariée. Sans prononcer le mot « suicide », je lui ai expliqué que ma mère était dans un état critique. « Je comprends, vous devez rester auprès d'elle, évidemment... Et nous allons trouver une solution à ce problème, évidemment. » Je me suis retenue de crier : « Ce n'est pas un "problème", c'est une histoire de vie ou de mort ! »

Pendant les trois jours suivants, l'état de ma mère est resté stationnaire. Papa passait son temps à l'hôpital. Écrasée par la culpabilité, j'avais à peine la force de faire deux brèves visites quotidiennes ; le reste du temps, je me plongeais dans les tâches ménagères, mon refuge bien connu. Non contente de tout nettoyer de fond en comble, j'ai jeté des tonnes de vieux journaux et de magazines que mon père avait accumulés et, avec sa permission, j'ai entrepris de ranger par ordre alphabétique les milliers de livres éparpillés dans toutes les pièces.

Nous nous parlions peu, et seulement de banalités. Chaque fois que le téléphone sonnait, nous sursautions. Une semaine s'est écoulée de cette façon. L'école m'a rappelée : ils étaient contraints d'engager quelqu'un d'autre pour le reste de l'été. Dans la nuit, vers deux heures et demie, nouvelle sonnerie. Mon père a décroché d'en bas. J'avais bondi hors du lit et je m'engageais dans l'escalier quand il m'a crié : « Elle a ouvert les yeux ! » Une trentaine de minutes plus tard, nous étions à l'hôpital. Le médecin de garde nous a expliqué qu'elle avait repris connaissance mais qu'elle devait rester sous assistance respiratoire. Elle n'avait pas cherché à s'exprimer et elle était restée inerte : « Il est possible que son organisme n'ait pas entièrement éliminé le mélange de tranquillisants et de monoxyde de carbone. Nous devons encore attendre. »

On nous a conduits à son chevet. Toujours harnachée de tubes et de fils, elle fixait le vide, en clignant des yeux de temps à autre. Sa main était toute molle quand je l'ai prise dans la mienne. « C'est bon de te savoir de retour, Dorothy, a dit papa d'une voix qui se voulait calme et rassurante.

— On a eu bien peur », ai-je tenté bêtement. Pas de réponse.

« Tu nous entends, Dorothy ? » a demandé papa. Elle a incliné la tête presque imperceptiblement, puis elle a fermé les yeux.

J'ai passé un long moment près d'elle avant de rentrer dormir un peu à la maison. À six heures, j'étais à nouveau au pied de son lit. Mon père est revenu peu après. Il m'a convaincue que ne servait à rien de rester toute la nuit, que je devais prendre du repos. Après un sommeil lourd, j'étais de retour à dix heures du matin. Maman semblait plus présente, répondant par de légers hochements de tête quand je lui posais des questions : « Est-ce que tu sais où tu es ? » « Est-ce que tu peux essayer de prendre ma main ? » Lorsque j'ai senti ses doigts se fermer lentement sur les miens, j'ai éclaté en sanglots, finalement terrassée par cette semaine épuisante et par l'angoisse des derniers mois. « Je suis désolée, désolée, désolée… » Je bredouillais entre mes larmes. Elle a serré ma main un peu plus fort.

Le lendemain, on lui a retiré le respirateur artificiel. Dans l'après-midi, elle a même pu parler. Le soir, papa a passé près d'une heure avec elle. Quand il est sorti de la chambre, il m'a dit : « Elle voudrait te voir, maintenant. » Elle était assise dans son lit, encore livide, avec des yeux fatigués mais qui retrouvaient peu à peu leur acuité. Du menton, elle m'a fait signe de m'asseoir sur la chaise à son chevet. J'ai pris sa main, qu'elle ne m'a pas abandonnée. Se penchant vers moi, elle a chuchoté : « Je le savais… Que tu finirais par me demander pardon. »

4

Les médecins ont été unanimement surpris par la rapidité avec laquelle ma mère s'est rétablie. « C'est extraordinaire, compte tenu du nombre de comprimés qu'elle avait pris et du fait qu'elle était au bord de l'asphyxie, m'a confié l'un d'eux. Et il n'y aura pas de séquelles permanentes… Elle doit avoir une incroyable force vitale, malgré son geste. » Pour ma part, je n'ai pas été surprise par sa lutte farouche contre la mort. Dans mes moments de doute les plus noirs, je ne pouvais m'empêcher de me demander si ce suicide n'avait pas été une spectaculaire tentative de réaffirmer son autorité sans partage sur un mari volage et une fille insolente.

« Ça me paraît plausible, a estimé Margy quand je l'ai appelée à Manhattan quelques jours après le retour de ma mère parmi les vivants. Oui, tu as raison de croire qu'elle a voulu vous punir tous les deux. Même si ton père ne l'avait pas découverte à temps, elle aurait été encore gagnante, si on peut dire, parce qu'elle vous aurait laissés avec ce poids sur la conscience pour le restant de votre vie. Donc, mon petit conseil, c'est de mettre toute la distance que tu peux entre elle et toi. Avant qu'elle ne te renferme dans ses griffes. »

J'avais une multitude de raisons d'être désolée, en ce temps-là. Désolée d'avoir été manipulée d'une façon aussi diabolique. Désolée d'avoir dû renoncer à mon travail d'été, et aux revenus qu'il m'aurait apportés. Désolée de recommencer une année dans le Vermont, alors que j'aurais pu voyager. Désolée que mon père ait, lui aussi, été soumis à un chantage affectif aussi despotique. Et surtout, surtout, désolée d'avoir reconnu à l'hôpital que j'étais désolée. Elle avait réussi son coup, c'était indéniable, en me refusant son amour jusqu'à ce que je finisse par « craquer », dans la plus éprouvante des situations, et à payer tribut à son orgueil. « Plus jamais ça », me suis-je promis. Plus jamais de sentiment infondé de culpabilité comme celui qui m'avait torturée pendant des mois. Et pour cela, le conseil de Margy était pertinent : il fallait que je m'éloigne au plus vite.

Pour mon père, toutefois, j'ai attendu qu'elle sorte de l'hôpital avant de filer à Boston. J'ai veillé à ce que la maison soit impeccable pour son retour – ce qu'elle a remarqué, et souligné d'un « Mon Dieu, Hannah ! quelle fée du logis tu es ! » qui n'avait rien de flatteur –, à ce que le garde-manger soit plein et qu'il y ait des plats tout prêts dans le congélateur.

« Nous allons laisser tout cet épisode derrière nous, m'a-t-elle déclaré ce jour-là. Nous allons oublier que c'est arrivé, et continuer comme avant. »

J'ai pris sur moi pour rester impassible. L'aplomb, la *khoutspa* de cette femme ! Mais je ne voulais pas briser ce fragile équilibre. J'ai fait oui de la tête et, un peu plus tard, je suis allée m'acheter un billet d'autobus pour Boston. Un aller simple.

Depuis qu'elle était sortie du coma, papa était rentré dans sa coquille. Il ne m'a pas raconté ce qu'ils s'étaient dit au cours de leur tête-à-tête à l'hôpital, il n'a pas paru disposé à partager avec moi ce qu'il ressentait à ce stade, ni comment il envisageait l'avenir. Il semblait épuisé, abasourdi, avec l'air de quelqu'un qui se rend compte brusquement qu'il s'est fait piéger à jamais.

Il m'a regardée un instant avant de murmurer : « Toi, tu retournes à Boston. Restes-y le plus longtemps que tu pourras. Prends ton temps avant de revenir. »

Le matin de mon départ, j'ai apporté à maman son petit déjeuner à neuf heures et demie – j'avais du sommeil à rattraper. Elle était assise dans son lit, plongée dans la lecture du *New Yorker* de la semaine. Sur la table de nuit, près du téléphone, il y avait un bloc-notes avec un numéro de téléphone que j'ai reconnu aussitôt. Avec l'indicatif de Boston. J'ai eu du mal à ne pas laisser tomber le plateau.

« Pardon d'être en retard, ai-je marmonné en le posant sur le lit à côté d'elle. Du thé et des toasts, comme d'habitude. Ce sera suffisant ?

— Tu reprends l'école demain ? s'est-elle enquise, ignorant superbement ma question.

— Exact.

— La Douglas School de Brookline, c'est cela ?

— Je ne me rappelais pas t'avoir dit le nom.

— C'est ton père qui me l'a appris quand je le lui ai demandé hier soir. Bien… J'ai téléphoné à cet établissement, tout à l'heure. Tu sais ce qu'ils m'ont répondu ? »

Affrontant son regard glacial, j'ai répliqué :

« Oui. Qu'ils avaient dû se séparer de moi la semaine dernière, parce que ma mère était à l'article de la mort.

— Tu leur as raconté que j'ai essayé de me suicider ? a-t-elle demandé d'une voix tout à fait pondérée.

— Non. J'ai pensé que cela ne les regardait pas.

— Il n'empêche que tu m'as menti sur les raisons de ton retour à Boston. Tu n'as plus de travail là-bas, n'est-ce pas ?

— Oui. Grâce à toi, c'est le cas. »

Un mince sourire est apparu sur ses lèvres.

« Personne ne t'a forcée à te précipiter à la veillée funèbre. Et maintenant que je suis à nouveau de ce monde, tu t'empresses de retourner à Boston comme si tu avais le diable aux trousses ? Alors qu'aucun travail ne t'attend là-bas ? Pourrais-tu avoir l'obligeance de m'expliquer pourquoi tant de hâte ?

— Parce que… Parce que je veux m'éloigner de toi. »

Le sourire s'est un peu pincé.

« Oui… J'étais sûre que c'était la raison. Pour être tout à fait claire, "chère" Hannah : je m'en fiche. J'ai obtenu les excuses que tu me devais. Désormais, si tu veux me revoir, très bien ; sinon, très bien aussi. Tu feras comme bon te semblera. »

Le soir même, en racontant ce dernier échange à Dan, dans notre cuisine, je me suis juré de me tenir aussi loin que possible d'elle. Il m'approuvait sans réserve, sur ce point.

« Préserve-toi. Prends tes distances. »

Ce n'était pas si simple, mais j'ai essayé de me tenir à cette ligne de conduite. Sans couper tous les ponts mais en réduisant nos contacts au strict minimum. Au cours des quelques semaines que j'ai passées à Boston, j'ai scrupuleusement appelé ma mère chaque dimanche matin afin de m'enquérir de sa santé. Si elle me posait des questions sur ma propre existence, je répondais, aussi brièvement que possible.

À la rentrée, j'ai repris mes études avec la même concentration obstinée. J'ai abandonné les cours de français, néanmoins, et les ai remplacés par un cursus en histoire de l'éducation. À quoi m'aurait-il servi de savoir parler français couramment, sinon à me rappeler ma dérobade ? Mais je repoussais de telles pensées, sauf de temps à autre, quand Margy m'envoyait une carte postale de Paris sur laquelle, en quelques phrases bien senties, elle se moquait gentiment des W-C à la française, ou du goût de charbon que les Gitanes vous laissaient dans la bouche, ou indiquait qu'on ne la reprendrait plus à coucher avec tel saxophoniste roumain émigré affligé d'un dentier. Étais-je envieuse de ses aventures dans le Vieux Monde ? Sans aucun doute, bien que l'expérience d'une nuit d'amour avec un Roumain édenté ne m'ait pas particulièrement tentée. Heureusement, j'étais suffisamment absorbée par ma vie de tous les jours pour ne pas trop y penser.

Deux semaines après le début du semestre d'hiver, Dan est revenu de la faculté de médecine en tenant une lettre dans sa main, une expression presque gaie sur le visage. Il venait d'apprendre qu'il avait un poste d'interne à Providence. « Je sais, ce n'est pas la ville la plus excitante qui soit, mais c'est tout de même bien pour nous. En plus, l'hôpital de Providence a une excellente réputation. Bon ! La moitié de ma promo doit partir en internat dans des coins impossibles du Nebraska, ou à Iowa City ! On reste sur la côte Est, au moins. L'autre bonne nouvelle, c'est qu'ils ne m'attendent pas là-bas avant la mi-juillet. Donc, on peut tout à fait passer notre lune de miel à Paris… »

Il m'a fallu quelques secondes pour percuter.

« C'est une demande en mariage ?

— Oui ! »

Je me suis approchée de la fenêtre, mon regard s'est posé sur la couche de neige fraîche qui recouvrait le sol. « Je dois te dire, Dan… À dix-sept ans, j'ai fait le serment de ne jamais me marier. Évidemment, je n'avais pas prévu que je rencontrerais un garçon comme toi…

— Eh bien, je suis content que ce soit arrivé.

— Moi aussi, je suis contente, ai-je renchéri en me tournant vers lui.

— Alors, ça veut dire que tu acceptes ? »

J'ai hoché la tête ; et voilà : j'allais épouser Dan. Et il y avait quelque chose de très apaisant à savoir que mon avenir serait désormais lié au sien. Apaisant… Rassurant…

Quelques jours après, Dan a reçu des nouvelles contrariantes : deux internes de l'hôpital municipal de Providence avaient dû démissionner, par conséquent, la direction, qui devait faire face au manque de personnel, lui demandait de commencer le travail dès qu'il aurait terminé l'année universitaire.

« Ce n'est pas négociable ? l'ai-je interrogé.

— Leur date butoir, c'est le 8 juin. Après, ils ne peuvent plus. Si je refuse, ce sera le suivant sur la liste qui aura le poste. Et comme il est très couru, cet hosto…

— Donc on oublie Paris ?

— C'était imprévisible. Désolé. »

J'ai ravalé ma déception. Dix jours plus tard, par l'une de ces rares matinées d'été de Nouvelle-Angleterre où le ciel est une coupole d'un bleu parfait, j'ai épousé Dan à l'église unitarienne de Burlington. Après un service simple et sans prêchi-prêcha, le déjeuner à l'ancienne mairie s'est passé sans histoire. Dan a prononcé un discours aussi charmant que spirituel. Quant à papa, plus éloquent que jamais, il a estimé qu'en ces temps d'incertitude politique et de conflits de génération c'était une « bénédiction peu commune » d'avoir une fille qui fût aussi une amie et une alliée pour l'aider à faire face « aux vicissitudes de l'existence », et que Dan était le plus heureux des hommes. Dans mon petit speech, j'ai remercié tout particulièrement mon père de m'avoir appris que la curiosité intellectuelle était l'un des principaux moteurs de la vie et – ce qui était une demi-vérité – de m'avoir toujours traitée en égale ; Dan, de m'avoir prouvé que les honnêtes hommes n'étaient pas une espèce en voie de disparition ; et ma mère, d'« avoir toujours été exigeante » – commentaire délibérément laissé ouvert à l'interprétation – et d'être l'hôtesse d'une si belle réception.

Deux jours plus tard, nous sommes partis pour Providence. Nous avons trouvé un appartement délabré – encore – que je me suis préparée à retaper pendant l'été. J'ai décroché un poste dans une école privée de la ville, où j'allais enseigner l'anglais et l'histoire des États-Unis à des sixièmes. En cadeau de mariage, le père de Dan nous a offert un break Volvo d'occasion, orange électrique avec des sièges en cuir fauve craquelés, véhicule que nous avons trouvé l'un et l'autre plus cool que cool.

Entre-temps, Margy avait dû repousser ses projets de migration parisienne à cause de sa mère, qui n'avait rien trouvé de mieux que de tomber dans un escalier alors qu'elle était ivre et qui, depuis, était clouée dans un fauteuil roulant, une hanche cassée. « Je vais devoir jouer la brave fille et rester avec elle tout l'été, m'a-t-elle dit au téléphone. Tu imagines à quel point je suis enchantée ! Dans mes moments de déprime, je me demande si elle n'a pas fait exprès de dégringoler dans ce fichu escalier, juste pour m'empêcher de quitter le pays.

— Tu retourneras à Paris, va.

— Un peu, oui ! Dès que Madame pourra se tenir toute seule devant un comptoir de bar, je saute dans le premier avion. Évidemment, c'était trop tard pour décrocher un job dans la presse, toutes les places sont prises pour l'été. Mais je me suis trouvé quelque chose au musée d'Art moderne.

— Eh bien… Le MOMA, il y a pire, comme endroit pour bosser !

— Attends, ils ne m'ont pas nommée conservatrice en chef, hein ! Je bosse au magasin de souvenirs. Mais je bosse, au moins ! Et dès que ma chère mère est remise, au revoir ! »

Quand j'ai raconté les déboires de Margy à Dan pendant le dîner, ce soir-là, et que je lui ai confié qu'elle soupçonnait fortement sa mère d'avoir fait exprès de tomber, il a eu un commentaire que j'ai trouvé étonnamment sarcastique venant de lui :

« C'est tout à fait son genre névrotique. Le genre de Margy, je veux dire.

— Mais j'ai pensé la même chose quand ma mère a essayé de se suicider !

— Il y a une différence notable entre une tentative de suicide et le fait d'imaginer sa poivrote de mère se jeter délibérément dans les escaliers pour saboter un voyage à l'étranger. Quoi qu'il en soit, ne connaissant personnellement aucun des nombreux névrosés de New York…

— Oui. Ultrarationnel comme tu es… »

Il m'a lancé un regard choqué.

« Tu trouves ? À ce point ?

— Des fois un peu… retenu, disons.

— Eh bien, merci pour l'information…

— Attends ! Je ne cherche pas à me disputer avec toi, là.

— Non. Tu ne fais que constater que je suis psychorigide.

— J'ai dit “rationnel”, pas “rigide”.

— “Ultrarationnel”, ce qui revient au même. Bon, je suis sincèrement désolé que tu me voies raide comme un piquet…

— Qu'est-ce qui te prend, à la fin ?

— Est-ce que je critique ta personnalité, moi ? Est-ce que je me permets des “petits” commentaires sur tes “petits” travers ?

— Comme quoi ? ai-je tonné, soudain furieuse.

— Comme *ta* psychorigidité, par exemple ! Cette façon que tu as de toujours te surveiller, d'avoir peur de faire un pas de travers, ou de me déplaire, ou, Dieu nous en préserve, de tenter quoi ce soit d'un peu aventureux. »

Je n'en croyais pas mes oreilles.

« Quoi ? ai-je hurlé. Tu oses m'accuser alors que tout ce que j'ai fait depuis que je te connais, absolument tout, a tourné autour de toi, de *tes* études, de *ta* carrière !

— C'était ton choix, Hannah, pas le mien. Je ne t'ai jamais empêchée de faire quoi que ce soit, jamais ! C'est toi qui t'es mis des bâtons dans les roues, qui as refusé d'aller à Paris, qui as voulu me suivre chaque été !

— Te suivre ? Comme un petit chien, c'est ça ?

— Tu n'écoutes pas ! J'étais... Je suis toujours content que tu sois avec moi. Mais tu as toujours l'air de t'imposer des décisions qui...

— Je ne m'impose rien du tout !

— C'est l'impression que tu donnes, en tout cas.

— Eh bien, merci de dire la vérité ! Et, puisque tu y es, tu devrais te mettre un A en compréhension, et un A plus en nombrilisme forcené.

— Nombriliste ? Moi ?

— Tu crois que je ne vois pas ce qui se passe, sous tes airs de gentil garçon ? »

J'ai tout de suite regretté ces paroles. Ça se passe toujours comme ça, dans une dispute, surtout quand elle vous oppose à quelqu'un qui vous est très proche et avec qui vous ne vous disputez presque jamais : soudain, dans une explosion impossible à maîtriser, les émotions les plus horribles jaillissent. Et vous ne pouvez plus vous arrêter, comme moi ce jour-là : « Tu crois que je ne vois pas que tu ne penses qu'à toi, à ton travail, à ton...

— Oh, ferme-la ! – Il avait déjà pris son blouson et se ruait vers la porte.

— Vas-y, barre-toi, refuse de regarder en face ce qui... »

Il s'est retourné, ses yeux lançaient des éclairs furibonds.

« C'est toi qui devrais te regarder en face ! »

Et il a claqué la porte derrière lui. Je suis restée immobile plusieurs minutes, en état de choc. Qu'est-ce qui nous avait pris ? Je ne pouvais croire qu'il ait pu dire ce qu'il venait de dire, et encore moins que j'aie glapi ces horreurs.

Une heure a passé, puis deux, puis trois. Il était plus de minuit. J'ai commencé à paniquer car Dan ne restait jamais tard dehors, sauf quand il était de garde de nuit. « C'est de ta faute », répétait une voix dans ma tête. À une heure du matin, j'ai appelé l'hôpital. La réceptionniste m'a répondu que le docteur Buchan n'était pas de service et qu'il n'était pas passé.

Comme je ne pouvais rien faire de plus, je me suis couchée, j'ai tiré les couvertures par-dessus ma tête et j'ai essayé d'oublier que notre voisin, un camé complet, passait Grand Funk Railroad à plein volume sur sa chaîne. J'ai dormi un peu, si légèrement que j'ai entendu la porte d'entrée se refermer discrètement. Quatre heures au réveille-matin. Je me suis levée. Dan se préparait une tasse de café dans la cuisine. Il avait l'air triste et fatigué.

« Où étais-tu ? lui ai-je demandé.

— Sur la route.

— Pendant sept heures ? – Il a haussé les épaules. – Où es-tu allé ?

— Jusqu'à New Haven.

— C'est à… plus de deux cents kilomètres, non ?

— Deux cent soixante-quinze, si tu aimes les précisions.

— Pourquoi là-bas ?

— Je me suis retrouvé sur la 95, j'ai pris au sud et j'ai continué.

— Et qu'est-ce qui t'a fait t'arrêter ?

— Le travail. Toi.

— Même si je te suis comme un petit chien ?

— Je n'ai jamais dit ça.

— Tu l'as laissé entendre.

— Écoute… Pourquoi ne pas accepter que c'était une dispute, notre première dispute sérieuse ? Et dans les disputes, les gens se disent beaucoup de bêtises.

— Oui, mais je te déçois à ce point ?

— Non. Pas à ce point. Et toi, tu penses vraiment que je suis un monstre d'égoïsme ?

— Non. – Il m'a regardée. Un sourire est apparu sur ses traits.

— Alors… »

Il m'a attirée contre lui et m'a donné un long baiser. Ses mains étaient partout sur moi, soudain. Pressant mon ventre contre le sien, jambes écartées, j'ai attrapé sa nuque et enfoncé ma langue dans sa bouche. Sans nous lâcher, nous avons titubé jusqu'à la chambre ; il a arraché ses vêtements, moi ma chemise de nuit, et il m'a pénétrée sans préliminaires. Brusquement, sa réserve et sa douceur coutumières avaient disparu. D'abord un peu choquée par la fureur de son assaut, je m'y suis abandonnée totalement, les ongles plantés dans ses épaules, le dos arqué pour aller à sa rencontre. J'ai joui avant lui, un orgasme qui m'a emportée loin de tout, dans un merveilleux nulle part. Peu après, Dan s'est effondré sur moi, sa tête dans mon cou. Nous sommes restés silencieux un long moment, puis il s'est redressé, m'a soufflé : « On devrait se disputer plus souvent. »

Dix minutes plus tard, il s'est levé et s'est préparé à sa prise de service qui avait lieu à six heures. Avant de partir, il m'a apporté une tasse de café au lit, m'a embrassée sur les cheveux.

« Je dois filer. »

J'ai siroté mon café en essayant de lutter contre l'anxiété qui montait en moi. Nous avions fait l'amour sans protection en plein milieu de mon cycle et je n'avais pas mis mon diaphragme…

Les jours suivants, j'ai employé toute mon énergie à rafraîchir l'appartement. Je n'avais toujours pas mes règles. Lorsque le retard est devenu franchement alarmant, je me suis forcée à prendre rendez-vous chez le médecin. Le lendemain, après le test de grossesse, je suis allée déjeuner puis je me suis rendue dans un vieux cinéma du centre-ville.

Dès que j'ai ouvert la porte de chez nous, vers cinq heures, j'ai compris que je m'étais fourrée dans un sale guêpier : Dan était rentré avant moi. Il était assis à la table de la cuisine, en train de boire une bouteille de bière, la mine lugubre. « Tu es rentré tôt », ai-je fait remarquer. Il a juste répondu : « Tu es enceinte. »

J'ai senti mes traits se crisper.

« La secrétaire du docteur Regan vient de téléphoner. Ils ont déjà le résultat et elle pensait que tu étais pressée de savoir.

— Ah…

— Félicitations, alors. Et merci de tenir le père au courant.

— J'allais te le dire, mais…

— C'est gentil d'y avoir pensé. Après tout, je suis un peu concerné, non ? Depuis quand le sais-tu ?

— Je viens juste de le découvrir.

— Ne joue pas avec les mots. Depuis quand tu t'en doutes ?

— Environ… quinze jours.

— Et tu n'as pas éprouvé le besoin de m'en parler ?

— Je ne voulais pas tant qu'il n'y avait rien de sûr…

— Pourquoi ? Tu avais l'intention de prendre une… décision sans me le dire ?

— Tu sais que je ne ferais jamais ça. Je le garde, bien sûr.

— Eh bien, c'est déjà quelque chose. Il n'empêche que je ne suis pas près de digérer ton silence.

— Je ne voulais pas te donner de faux espoirs, au cas où… »

C'était un fieffé mensonge. Je n'avais rien dit parce que j'étais trop effrayée pour ouvrir la bouche. Tout en sachant que j'irais jusqu'au bout si j'étais enceinte, tout en étant certaine que Dan ne paniquerait pas, je m'étais interdit de le mettre dans la confidence parce que… La raison m'en échappait entièrement. Je n'y arrivais pas, c'était tout. Il a eu l'air de croire à ma trompeuse explication, néanmoins, car il a repris :

« Tu aurais quand même dû me mettre au courant. C'est quelque chose qui nous concerne tous les deux, non ?

— Bien sûr.

— Et du moment que nous sommes contents de ce qui arrive…

— C'est une grande nouvelle, ai-je affirmé avec un enthousiasme forcé.

— C'est une nouvelle fantastique ! » a-t-il insisté en me prenant dans ses bras. J'ai joué le jeu, faisant de mon mieux pour paraître heureuse alors que ce moment était entaché, en tout cas pour moi, d'une certaine ambiguïté. Que penser, qu'éprouver ?

Plus tard, tandis que je sirotais du thé, Dan s'est servi une troisième bière en guise de célébration et a aligné tous les propos rassurants que l'on tient en pareil cas, depuis l'assurance que le bébé ne gênerait en rien mes débuts d'enseignante jusqu'à celle que nous trouverions facilement quelqu'un pour le garder lorsque je donnerais mes cours.

« Il va quand même falloir que je prévienne l'école avant de commencer.

— Bah, je suis sûr qu'ils vont très bien le prendre.

— Une chose, Dan. On ne met personne au courant, d'accord ? Ni dans ta famille, ni dans la mienne. Attendons deux mois, OK ? Au cas où je ferais une fausse couche.

— D'accord, d'accord… Comme tu veux. »

J'ai instantanément transgressé les consignes de discrétion que j'avais édictées quand ma grande confidente Margy m'a téléphoné un soir où Dan était de garde. Elle voulait m'annoncer que sa mère s'était décidée à prendre une infirmière à mi-temps chez elle, et que, par conséquent, elle avait mis les voiles et s'était trouvé un petit studio.

— Pourquoi tu ne t'es pas envolée directement pour Paris ?

— Parce qu'ils m'ont nommée directrice adjointe de ce fichu magasin de souvenirs ! Oui, je sais, c'est minable, comme excuse, mais c'est un boulot temporaire et j'ai dû signer un bail d'un an pour le studio, et je vois très bien que je me suis fait piéger, etc., etc. Bref, je ne veux plus en parler. Et toi, comment ça va ? » C'est là que ma sensationnelle révélation lui a inspiré une réaction typique :

« Tu me charries !

— Si seulement…

— Et tu vas le garder ?

— Évidemment. »

Il y a eu une pause. Je sentais que Margy luttait contre l'envie de me donner son avis.

« Enfin, si tu es heureuse, moi aussi.

— Ce qui, décodé, signifie que tu penses que j'ai perdu la boule.

— Tu veux la vérité ? Eh bien, pour moi, oui, la perspective d'être mère à vingt-deux ans me paniquerait totalement. C'est pas mon truc, voilà. Mais je ne suis pas toi, hein ? et je suis sûre que tu vas être plus qu'à la hauteur.

— Oui, mais maintenant, je suis piégée.

— Tout le monde l'est, ma jolie. »

Oui. Et dans la plupart des cas, nous installons nous-même le piège, ou bien nous nous jetons tête la première dans une situation qui sera à l'évidence problématique, sans même tenter d'inverser le fâcheux cours que prend notre vie. J'aurais pu courir à la salle de bains mettre mon diaphragme, ce matin-là, ou demander à Dan de jouir en dehors de moi. Mais je n'avais rien fait, rien dit.

Dans la journée, j'ai résolu de téléphoner au directeur de l'école où je devais commencer à enseigner à la rentrée pour lui déclarer que j'allais avoir un bébé vers la mi-avril de l'année suivante. Sa respiration s'est notablement altérée à l'autre bout du fil lorsqu'il a reçu la nouvelle : « Oui… C'est bien aimable à vous de me prévenir. Et je suppose que… vous venez de l'apprendre, vous-même ?

— Oui. Croyez-moi, ce n'était pas du tout prévu », ai-je précisé en me reprochant aussitôt d'avoir pris ce ton coupable, alors que cela ne le regardait en rien, que cette grossesse ait été planifiée ou non.

Il m'a présenté ses félicitations et m'a dit qu'il allait devoir informer la responsable du premier cycle.

Merci beaucoup. Et merci pour la lettre que j'ai reçue quelques jours plus tard, dans laquelle on m'expliquait, en termes mesurés, que l'école n'était plus à même de m'offrir ce poste, car mon absence pour maternité au printemps suivant serait un handicap pour une enseignante débutante, obligée de concilier le fardeau d'une première année d'exercice avec les contraintes d'une jeune maman, bla, bla, bla…

J'ai rageusement roulé la feuille en boule et je l'ai envoyée au panier en me traitant de tous les noms.

« Tu ne peux pas les traîner devant les tribunaux, faire quelque chose ? m'a interrogée Margy quand je lui ai rapporté ce sale coup au téléphone.

— Dan a déjà vérifié. Il connaît un interne dont le frère est avocat, spécialisé dans le droit du travail. Il a répondu que je n'avais guère de recours possibles, parce qu'ils ont retiré leur offre avant que j'entre en fonctions. En fait, c'est encore pire : dans ce pays, aucune loi ne protége les femmes de licenciement abusif en cas de grossesse.

— Tu n'aurais pas dû les mettre au courant.

— Le mensonge, c'est pas mon style.

— Tu es une fille trop bien élevée, voilà tout.

— Oui, c'est un vilain défaut.

— Bon, et maintenant, qu'est-ce que tu comptes faire ?

— Il y a une section de formation pédagogique à l'université de Rhode Island. Ils m'ont dit que si la naissance a lieu en avril je pourrai passer mes examens à l'automne. Et ils vont peut-être me trouver des remplacements à faire, ce qui est assez vital parce qu'on va vraiment avoir besoin de plus de revenus.

— Tes parents ne savent pas qu'ils vont être grands-parents ?

— Non. Ça reste top secret.

— Je parie que ta mère va s'en rendre compte avant que tu lui dises quoi que ce soit. »

Margy avait vu juste, pour ne pas changer. Le lendemain, j'ai fait la route jusqu'à chez mes parents pour récupérer les quelques affaires que nous avions temporairement laissées dans le hangar. Je n'avais pas vu maman depuis un mois et demi, et j'étais à peine entrée qu'elle m'a regardée de haut en bas et qu'elle a lancé : « Ne me dis pas que tu es enceinte. »

Je n'ai pas réussi à ne pas pâlir.

« Pas du tout !

— Alors, pourquoi es-tu devenue blanche quand je t'ai posé la question ? Normalement, tu aurais rougi. »

Je me suis hâtée de chercher une réponse mais une soudaine nausée m'a empêchée de la trouver. J'ai juste eu le temps d'arriver au petit cabinet de toilettes sous les escaliers. Je détestais cet état physique, et plus encore la perspective de la leçon que ma mère n'allait pas manquer de me faire dès que j'aurais resurgi de là. Elle n'a pas attendu si longtemps, d'ailleurs, car j'ai entendu frapper à la porte.

« Tout va bien, là-dedans ?

— C'est... J'ai dû... manger quelque chose qui ne passe pas, ai-je bredouillé entre deux hoquets.

— Mon œil. »

Grâce au Ciel, elle n'est pas revenue sur le sujet pendant le reste de ma visite.

Dès notre retour à Providence, Dan a repris son poste à l'hôpital. J'ai passé le premier jour à faire le ménage dans l'appartement, le deuxième à écrire une trentaine de mots de remerciements, destinés à tous ceux qui nous avaient fait des cadeaux de mariage. Le troisième, j'avais rendez-vous chez le gynécologue qui, après m'avoir examinée, m'a annoncé que tout évoluait normalement. Ensuite, j'ai tué le temps comme j'ai pu : je me suis inscrite à un cours de natation et j'ai ressorti mes livres de français pour, au moins une heure chaque matin, me battre avec les tableaux de conjugaison et tenter d'enrichir mon vocabulaire. J'ai participé bénévolement à la campagne électorale de McGovern en remplissant des enveloppes au QG de Rhode Island et en déposant des centaines de tracts dans les boîtes aux lettres.

« Tu sais que tu te fatigues pour une cause perdue ? m'a lancé un matin un postier corpulent dont j'avais croisé la tournée dans une rue de banlieue.

— Perdue mais juste, l'ai-je contré.

— Un perdant, ça reste un perdant. Moi, je ne vote que pour les gagnants.

— Même quand ce sont des escrocs ?

— Tout le monde l'est. »

Et il m'a plantée là. « C'est faux ! ai-je eu envie de lui crier, il y a beaucoup de gens intègres, ici. » Mais même si j'y croyais, cela sonnait tellement bête que j'ai préféré me taire.

« Qu'est-ce que nous avons d'autre, à part notre intégrité ? ai-je demandé le soir à Margy, au téléphone.

— Nos comptes en banque ?

— Très drôle.

— Que veux-tu, je suis cynique et je n'ai jamais mauvaise conscience.

— C'est facile, le cynisme.

— Mais c'est amusant.

— Ne prononce pas ce mot devant moi ! Amusant ! Tu oublies que je vis à Providence ?

— Pourquoi ne sautes-tu pas dans un train pour venir passer quelques jours ici ?

— Je ne suis mariée que depuis deux mois, je te rappelle.

— Et alors ? En plus, Dan travaille tout le temps, non ?

— Ce n'est pas le bon moment.

— Et ce sera quand, le "bon moment", Hannah ?

— Ah, ne repartons pas là-dessus, d'accord ?

— Hé, c'est ta vie, ma jolie ! Si tu ne viens pas passer un week-end à Manhattan avec ta copine, ça ne va pas faire la une des journaux. »

Les cours ont enfin commencé. L'université de Rhode Island était sans prétention, consciente de ses limites et de la présence à une heure de route de la faculté des sciences de l'éducation à Harvard. Mais l'enseignement était correct, deux de mes professeurs étaient vraiment passionnés par leur travail et le bureau de placement, après un mois et demi, m'a trouvé un travail de week-end dans une école de soutien, me procurant cinquante dollars hebdomadaires qui ont été les bienvenus.

Ainsi occupée, je n'ai pas vu le temps passer. Novembre est arrivé soudain et Nixon a remporté tous les États de l'Union, à l'exception du Massachusetts.

Mon père a très mal pris la défaite de McGovern dans le Vermont. La campagne du candidat démocrate était devenue pour lui une sorte de croisade personnelle. C'est à cette époque que j'ai annoncé ma grossesse à ma mère, qui avait débarqué à l'improviste à la maison pour y passer un week-end. Sa réaction a été typique : « Mais voyons, je savais ça depuis des mois. Il y a une raison particulière pour que tu aies attendu aussi longtemps avant de me le dire ?

— Oui. Je savais que tu me blâmerais d'avoir un enfant aussi jeune. »

Elle m'a regardée avec un sourire inquiétant :

« Tu es plus qu'une grande fille, maintenant, Hannah. Si tu veux t'imposer des barrières à ton âge, de quel droit je t'en empêcherais ? D'autant que tu n'écoutes jamais rien de ce que je te dis. »

Le lendemain de son retour dans le Vermont, nous sommes allés dîner dans un petit restaurant italien du quartier, Dan et moi. Pendant qu'on attendait notre commande, il m'a demandé :

« Qu'est-ce que tu penserais de quitter Providence à la fin juin ?

— Je grimperais aux rideaux. Mais on est coincés ici pour encore un an, non ? Ton internat ?

— Un truc intéressant est tombé du ciel, aujourd'hui… »

Il m'a expliqué que le coordonnateur des internes en pédiatrie, qui était devenu une sorte de mentor pour Dan – lequel envisageait désormais de devenir pédiatre –, lui avait parlé d'un poste à pourvoir.

« Il a un ami au Maine Medical, le grand hôpital de Portland, qui lui a téléphoné pour lui demander s'il ne connaîtrait pas un jeune et brillant interne prêt à passer un an en tant que généraliste dans un patelin du nom de Pelham…

— Jamais entendu parler.

— Moi non plus. Mais j'ai regardé une carte du Maine, cet après-midi. C'est une petite ville d'environ trois mille habitants, à l'ouest de Portland, à une heure de route environ. Une région de lacs, pas loin de Bridgton…

— Connais pas non plus.

— Enfin, apparemment leur toubib a décidé de passer un an dans le Peace Corps.

— Et après, retour à Providence ? »

Il m'a lancé un regard amusé.

« C'est-à-dire l'enfer, pour toi ?

— Disons que… nous vivons dans un grand pays, tout de même. »

Il a ri de bon cœur :

« Bon, Si tu veux, on va à Pelham ce week-end, on regarde et on décide ce qu'on veut faire. »

Aussitôt dit, aussitôt fait. Nous étions là-bas depuis une demi-heure lorsque je me suis surprise à penser que… c'était le paradis, comparé à Providence. Dan, qui était dans le même état d'esprit, a obtenu un rendez-vous avec un responsable des services de santé du Maine trois jours plus tard. Il lui a déclaré qu'il était prêt à devenir le bon docteur de Pelham pendant douze mois. Une semaine après, il était officiellement nommé ; encore quelques jours et je me suis décidée à passer le coup de fil tant redouté à ma mère. Après avoir écouté ce que j'avais à lui apprendre, elle n'a pas eu un moment d'hésitation : « J'ai toujours su que tu finirais dans une petite, mais vraiment petite ville, m'a-t-elle assené. C'est ton style, que veux-tu. »

5

Mon fils, Jeffrey John Buchan, est né le 8 avril 1973. D'après le responsable de la maternité, l'accouchement s'est déroulé « sans problème », même si j'aurais choisi un autre terme pour décrire quatorze heures de labeur, couronnées par une bouffée de gaz euphorisant lors des ultimes contractions. Mais toutes ces épreuves ont été oubliées quand ce beau bébé a enfoncé sa tête dans mon cou dès que l'infirmière me l'a confié. Dan a sorti son Instamatic pour ses premiers portraits de « mère à l'enfant », l'infirmière a repris mon fils en me disant que je devais me reposer et j'ai succombé à un sommeil mérité.

Cela devait être ma seule et unique occasion de dormir correctement au cours des trois mois qui ont suivi, car Jeffrey allait passer par toutes les complications postnatales imaginables – coliques, croûtes de lait et eczéma, mais aussi vomissements et une forme particulièrement douloureuse de démangeaisons. Dan a manifesté sa sympathie, bien sûr, mais seulement jusqu'à un certain point. Mon père m'a rappelé que j'avais également souffert de coliques pendant les huit premières semaines de ma vie et s'est empressé d'aborder le sujet qui l'occupait alors entièrement : le début du scandale du Watergate. Son vieil engagement contre Nixon avait entraîné mon père dans une nouvelle cascade d'interviews, de conférences et de meetings, mais il avait tenu à passer une journée à Providence avec maman afin de faire la connaissance de leur premier petit-enfant. Elle nous avait envoyé un très beau landau à l'ancienne mode, et elle m'avait téléphoné de temps à autre, mais si je me permettais de faire la moindre allusion à ma fatigue, ou si je m'inquiétais à voix haute de savoir si Jeffrey en finirait jamais avec ses problèmes de santé, elle avait le genre de réaction qui la caractérisait si bien :

« Bienvenue au club de la maternité. Laquelle, d'après mon expérience, n'est qu'une longue et incessante prise de tête. La bonne nouvelle, toutefois, c'est que, une fois que tu auras consacré vingt et un ans à élever ton Jeffrey, il n'aura que des reproches à t'adresser. »

« Résigne-toi au fait que ta mère est incapable de tenir sa langue et tu verras que tu ne te laisseras plus atteindre par toutes les vacheries qu'elle peut te sortir », m'a conseillé Margy quand elle est venue à Providence une quinzaine de jours après la naissance. J'étais seule avec Jeffrey à la maison, ravagée par le manque de sommeil, lorsqu'elle a débarqué de Manhattan avec une cartouche de Winston et une bouteille de vodka. « Il est très mignon, vraiment.

— Oui, pour quelqu'un qui hurle tout le temps.

— Bon, tu me connais, moi : les hurleurs, je résiste pas ! Est-ce que les médecins t'ont dit combien de temps tout ça allait durer ?

— Jusqu'à ce qu'il aille à l'université… »

Pendant les deux jours que Margy a passés à Providence, Dan n'est pas revenu une seule fois à la maison, téléphonant tout de même pour expliquer que l'hôpital avait basculé dans la folie suite à un carambolage monstre entre voitures d'étudiants sur l'autoroute, puis à l'arrivée aux urgences d'un potentat politique local terrassé par une crise cardiaque sur le terrain de golf ; sans parler de la fillette de neuf mois qu'il avait dû sauver d'une mort certaine par déshydratation car ses parents, membres de l'Église de la science chrétienne, avaient traité pendant sept jours sa diarrhée chronique par des prières, et…

« D'accord, je vois le tableau, ai-je répliqué.

— Ne sois pas fâchée, chérie.

— Je ne suis pas fâchée. Claquée, seulement. Et je déteste que tu m'appelles chérie.

— Oui… Et Margy, qu'est-ce qu'elle raconte ?

— Qu'elle rêve d'avoir un bébé.

— C'est vrai ?

— Non.

— Ah… C'était une blague, alors ?

— Oui, Dan, c'était une blague. Combien de temps tu as dormi, la nuit dernière ?

— Trois heures, peut-être.

— Ce n'est pas dangereux ? Pour tes patients, je veux dire.

— Je n'ai encore tué personne. Et je vais essayer de rentrer demain.

— Margy sera partie.

— Désolé. »

Quand j'ai raccroché, mon amie, qui était assise à la table de la cuisine avec moi, a allumé une énième cigarette avant de constater d'un ton détaché :

« Eh bien, c'est le grand amour, vous deux… – J'ai haussé les épaules et je me suis levée pour refaire du café. – C'est tendu en ce moment ?

— Non, c'est le grand amour, comme tu dis.

— Hé, je ne voulais pas me mêler de ce qui ne me regarde pas.

— Et moi, je ne voulais pas être vache. Pardon.

— Pourquoi tu n'essaierais pas de faire une petite sieste, puisque Jeffrey dort enfin ?

— Et s'il se réveille ?

— Tu as des biberons d'avance dans le frigo ?

— Oui.

— J'en réchaufferai un sur le feu, alors.

— Fais attention qu'il ne soit pas trop chaud, ou trop froid.

— Bien reçu, capitaine.

— Et s'il s'agite après, le mieux, c'est de lui frotter le dos, des mouvements circulaires jusqu'à...

— ... Jusqu'à ce qu'il fasse son rot, oui. Et maintenant, va au lit ! »

J'ai succombé au sommeil dès que j'ai tiré les couvertures sur moi. Soudain, Margy me secouait par l'épaule. J'ai regardé le réveil : j'avais disparu moins de trente minutes, tellement hébétée que je ne comprenais rien à ce qu'elle me disait. Ce qui m'a réveillée d'un coup, ç'a été son « Il vient de me vomir dessus ! » Je me suis précipitée. Jeffrey était en pleine crise, en effet, d'autant que Margy, en proie à la panique, ne l'avait pas changé et qu'il s'était retrouvé allongé sur le ventre dans son berceau, ce qui ne pouvait évidemment qu'ajouter à sa frayeur et à son inconfort. Je l'ai pris, je l'ai installé contre mon épaule en lui caressant la tête ; aussitôt, ou presque, il m'a inondée d'un autre jet de vomi, puis s'est mis à geindre comme quelqu'un qui est parvenu à la conclusion que la vie n'est qu'une vallée de désespoir. C'était aussi mon avis, à ce moment.

Une demi-heure plus tard, il avait retrouvé son calme et dormait paisiblement tandis que, réfugiées à la cuisine, Margy et moi buvions moult vodkas et fumions force cigarettes.

« Si jamais je commence à me plaindre, a fait remarquer Margy, rappelle-moi cette journée, d'accord ?

— Certainement. Et si jamais je suis assez dingue pour vouloir en faire un autre…

— Je te vomis dessus, OK ? »

Quand elle est partie, tôt le lendemain matin, elle avait une sale mine parce qu'elle avait fait les cent pas avec moi chaque fois que Jeffrey s'était réveillé. « Ne t'inquiète pas, m'a-t-elle rassurée, je dormirai dans le train. Et contrairement à toi, je pourrai m'accorder huit ou neuf heures de sommeil, cette nuit. Tu ne veux pas prendre une nounou pour deux ou trois nuits, histoire de récupérer un peu ?

— Ça coûte cher, et nous n'avons pas des masses d'argent en ce moment. Mais oui, il faudra bien que quelqu'un s'en occupe quand je préparerai notre déménagement dans le Maine.

— Ça va être sympa de vivre dans une ville encore plus petite. Très, comment dire ? Charmant… ?

— Margy, je ne connais personne qui mente aussi mal que toi ! ai-je protesté en riant.

— Non, mais franchement, ce sera sans doute mieux que Providence.

— Pas difficile… »

Deux semaines plus tard, donc, nous avons rendu les clés de notre appartement et pris la direction du nord, tous nos biens entassés dans une camionnette de location conduite par Dan tandis que je le suivais avec la Volvo, Jeffrey installé à l'arrière. Par le plus grand des miracles, il a dormi pratiquement pendant toute cette odyssée de six heures, ce qui était d'autant plus remarquable que la Nouvelle-Angleterre connaissait alors une vague de chaleur et que la ventilation dans notre vieille guimbarde n'était pas très performante.

Malgré cette fournaise humide, je me suis réjouie de ce calme, trop vite, car à peine étions-nous arrivés dans notre nouveau foyer du Maine que Jeffrey s'est mis à pleurnicher, et moi aussi : après le départ de l'ancien occupant des lieux, une canalisation avait cédé dans la cuisine, de sorte que tout le rez-de-chaussée était inondé. À chaque pas, nous nous enfoncions plus profondément dans l'eau. Je me suis raidie de stupeur, ce que Jeffrey, calé contre mon épaule, a dû sentir puisqu'il s'est mis à hurler. S'aventurant dans la cuisine, Dan a lancé un « Et merde ! » sonore avant de revenir, son pantalon trempé jusqu'à mi-mollet. Je suis ressortie de la maison en hâte et je me suis assise sur les marches du perron en essayant de nous calmer, Jeffey et moi. Dan a bientôt suivi, l'air plus que contrarié.

« C'est inimaginable », ai-je murmuré. Il a hoché la tête et a regardé sa montre. Près de six heures. « Bon, le plus urgent, c'est de nous trouver un toit pour la nuit… » Les ressources hôtelières de Pelham n'étaient pas illimitées ; en l'occurrence, il n'y avait qu'un seul petit motel en bordure de ville, quelques cabanes en préfabriqué de mauvaise qualité, au sol couvert d'une moquette à motifs floraux constellée de brûlures de cigarettes et de taches de café. « Ne t'inquiète pas, m'a assuré Dan, je vais nous sortir de là dès demain. »

En réalité, il nous a fallu deux semaines pour quitter cette déprimante villégiature. Non que Dan ait manqué d'esprit d'initiative : cinq minutes après notre arrivée à Château-Sinistrose, il s'était installé au téléphone et contactait des plombiers, l'infirmière en chef et l'unique policier de Pelham qui, s'est-il avéré, connaissait la sœur du locataire précédent, le docteur Bland ; il avait même son numéro à Lewiston, où elle habitait désormais, et a promis de l'appeler sur-le-champ.

« Comment se fait-il qu'ils soient si proches ? me suis-je étonnée quand Dan m'a appris cette nouvelle.

— Le frère de ce Farrell – le policier – était au lycée avec la sœur de Bland, qui est aussi la meilleure amie de la femme de Farrell.

— Le monde est petit, surtout par ici… »

Dix minutes plus tard, le téléphone a sonné, j'ai décroché le combiné et je me suis retrouvée en communication avec Delores Bland elle-même. Sans me demander mon nom – « Vous êtes la femme du nouveau docteur ? » –, elle s'est aussitôt engagée dans un monologue dont il ressortait que Joe Farrell venait de la contacter, qu'elle était furieuse et que nous devions sans doute l'être aussi, que cette conduite avait déjà lâché l'hiver précédent et qu'elle avait demandé à son frère de la réparer, mais qu'il était tellement radin qu'il avait essayé de la rafistoler par lui-même, et maintenant il était en Afrique, alors elle allait appeler l'assurance dès demain, elle ; que le plombier avait téléphoné juste auparavant et qu'il était en route pour la maison, et que ce motel était vraiment une horreur, n'est-ce pas, mais que pouvait-on attendre de son patron, un certain Chad Clark, qui avait toujours été un minable et ne se lavait jamais les dents du temps où elle l'avait connu au lycée, et qu'elle allait faire de son mieux pour nous trouver un autre logement au plus vite, peut-être le petit appartement au-dessus du cabinet du médecin, là où l'infirmière London avait habité jusqu'à ce qu'elle se fasse mettre enceinte par Tony Bass, le gars de la station-service, et qu'elle soit obligée de l'épouser, « Crénom, dans quel pétrin elle s'est fourrée », et qu'elle aurait pris sa voiture et serait revenue à Pelham mais voilà, elle était professeur principal au lycée Franklin Pierce d'Auburn et ils avaient un spectacle, ce soir, une comédie musicale, *Lil Abner*, à laquelle il fallait absolument qu'elle assiste, d'ailleurs elle était sur le point de s'y rendre quand le téléphone s'était mis à sonner, mais dès demain elle appellerait l'infirmière London, enfin, Bass, maintenant, et si nous voulions dîner ce soir le mieux serait de nous rendre à Bridgton, à seulement un quart d'heure par la route 36 – en faisant attention au carrefour mal indiqué au niveau de l'église des assemblées de Dieu d'Otisfield, et là-bas, à Bridgton, il y avait un « petit restaurant vraiment bien », Goodwin's, qui servait les meilleurs hamburgers et les meilleurs milk-shakes de tout le Maine, ces derniers appelés « Bigrement-Bigrement » parce qu'ils étaient « Bigrement grands et Bigrement bons », et il ne fallait surtout pas oublier de demander un supplément de malt, « vu que ça ne coûte pratiquement rien et que… ».

Au milieu de cette logorrhée, j'ai dû écarter le combiné de mon oreille. J'ai quand même remercié Delores et nous avons suivi son conseil. Nous nous sommes rendus à Bridgton, où il n'a pas été difficile de repérer Goodwin's puisqu'il était le seul restaurant de la ville, une horrible cahute à la Howard Johnson où tout était en effet « bigrement » énorme, depuis les hamburgers à trois étages jusqu'aux milk-shakes d'un litre et demi. Malgré mon peu d'appétit, je me suis dit que le petit déjeuner était encore loin et je me suis donc forcée à ingurgiter un sandwich grillé au fromage tout en essayant d'attirer l'attention de Jeff sur quelques cuillerées de crème glacée. Mais il était lancé dans l'une de ses séances de lamentations qui – je connaissais parfaitement le processus désormais – commençaient par une série de couinements avant de se transformer en une plainte pouvant durer des heures. Cette fois, nous n'étions pas assis depuis dix minutes quand l'épreuve sonore a débuté.

« Ah, super…, a maugréé Dan entre ses dents.

— Oui, mais toi, tu ne passeras pas la nuit debout, ai-je relevé en me maudissant pour la tonalité acariâtre qui m'était soudain venue.

— Si, ce soir j'y serai obligé.

— Eh bien, ça nous changera, ai-je balancé, toujours agressive.

— Tu as raison, je ne fais que des journées de seize heures, après tout…

— Et moi de vingt-deux. »

Nous sommes rentrés au motel sans échanger un mot. J'ai installé Jeffrey dans le lit à côté de moi ; prenant un fauteuil, Dan a fixé des yeux vides sur l'écran de télé noir et blanc qui semblait remonter à Eisenhower. Sans doute parce qu'il percevait la tension entre nous, notre fils était tout excité et j'ai dû le promener dans la pièce au moins une dizaine de fois et le laisser vider mes seins jusqu'à la dernière goutte. Dan s'était assoupi à sa place lorsque j'ai enfin recouché le petit en le suppliant à voix basse de m'accorder un peu de répit. Sourd à ces prières, il n'a fermé les yeux que vers cinq heures et demie du matin. En quelques minutes, j'ai basculé dans le sommeil, moi aussi, mais j'ai été réveillée en sursaut par une nouvelle salve de geignements. J'étais toujours habillée, moite de sueur, courbaturée. Huit heures moins le quart à ma montre : nous avions dormi un peu plus de deux heures. Dan n'était plus là, mais il avait laissé un mot sur le lit : « Je suis sorti. Rejoins-moi au Miss Pelham pour le petit déjeuner. » C'était l'unique restaurant de la ville, plutôt un simple *diner* avec quelques banquettes et un comptoir. Dan était assis dans un coin, un bloc-notes devant lui. En m'asseyant, j'ai remarqué qu'il avait entrepris de dresser une liste de choses à faire. Il s'est levé pour me soulager du petit, qu'il a installé sur ses genoux.

« Tu as pu dormir un peu ? s'est-il enquis.

— Un peu, ouais. Et toi ?

— J'ai connu de meilleurs fauteuils. »

La serveuse s'est approchée. Petite et compacte, la cinquantaine, un crayon planté dans son chignon blond-gris, elle tenait une cafetière à la main gauche.

« Bonjour, ma mignonne. J'imagine que vous avez besoin d'une goutte de ça, après la mauvaise surprise d'hier soir… Et je peux réchauffer un biberon pour le fiston, si vous voulez. C'est Jeffrey qu'il s'appelle, hein ?

— En effet, ai-je répondu.

— Eh bien, c'est un petit cœur, a-t-elle jugé en remplissant ma tasse à ras bord. Alors, ce biberon, on s'en occupe ?

— Merci, ai-je soufflé en farfouillant dans mon sac-besace.

— Toujours contente de rendre service. À propos, moi, c'est Chrissy. Et vous, Hannah. Exact ?

— Exact. »

Chrissy était déjà de retour avec le biberon, qu'elle a tendu à Dan :

« Et voilà, docteur ! C'est plaisant, de voir un garçon faire un peu le travail de la maman, des fois. Vous avez de la chance, ma petite. Mais dites voir, puisque vous allez vous installer dans l'appartement au-dessus du cabinet, il va vraiment falloir donner un bon coup de pinceau, là-bas. Parce que la Betty Bass, elle a pas mal sagouiné les lieux. Entre nous soit dit, c'est une infirmière du tonnerre, mais elle est plutôt nulle dès qu'il s'agit de… de pratiquement tout le reste, en fait.

— Oui, il paraît, ai-je commenté.

— Le peintre de Pelham, c'est mon frère Billy. Je lui ai causé hier soir, dès que j'ai appris le grabuge chez le docteur Bland. Et il m'a demandé de vous dire qu'il peut commencer le chantier cet après-midi. Il vous attend à neuf heures à l'appartement, d'ailleurs. Ce qui vous laisse tout le temps pour essayer notre "Miss Pelham Spécial" : trois œufs au plat, corned-beef, quatre saucisses, pommes sautées et même une crêpe ou deux, si vous avez faim pour de bon… »

Comme mon appétit ne revenait toujours pas, je me suis contentée de toasts, de même que Dan, qui paraissait épuisé par sa nuit dans le fauteuil. La conversation s'est bornée à quelques commentaires sur les mesures de première urgence qu'il convenait de prendre pour pouvoir quitter au plus vite ce motel déprimant. Pendant ce temps le tam-tam local continuait à fonctionner à plein régime, car un petit comité d'accueil nous attendait devant le cabinet.

L'infirmière London, ou Bass, que j'avais croisée lors de notre première visite, était très grande, très maigre ; elle frisait la quarantaine et arborait des yeux cernés ainsi que des ongles cruellement rongés. Allant droit au fait, elle a déclaré à Dan qu'elle avait entendu maintes fois le docteur Bland se plaindre de fuites d'eau à son domicile, qu'elle se proposait de s'occuper de Jeffrey pendant le week-end pour nous donner le temps de nous poser et que, quand Dan pourrait dégager un moment dans la matinée, il y avait quelque part dans la campagne avoisinante un garçon de dix ans qui se plaignait de maux de ventre faisant suspecter une appendicite, et qu'il serait peut-être utile d'ausculter…

« On dirait que vous allez devoir camper là-haut pendant un moment, a-t-elle lancé à mon intention. Ce n'est pas formidable, et je reconnais que je ne m'en suis pas trop occupée, pendant que j'y ai habité. Mais ce n'était pas formidable à mon arrivée non plus. D'ailleurs Billy, qui est là… »

Billy avait à peine dépassé la trentaine. C'était un grand type habillé d'une salopette maculée de peinture, et sa tignasse couleur carotte était retenue par une casquette des Red Sox tout aussi tachée.

« Pas formidable, non, a-t-il confirmé. C'est sûr qu'un peu d'argent investi là-dedans ferait pas de mal.

— L'argent, c'est ce qui nous fait défaut, justement », ai-je lancé. J'ai senti un petit coup discret mais ferme sur ma cheville ; Dan avait décidé d'intervenir : « Ce que voulait dire Hannah, c'est que…

— Pas besoin d'expliquer, a répliqué l'inconnue, parce que je sais ce que c'est : on débute, un salaire d'interne, un bébé… Fichtre, c'était exactement la situation de mon frère quand il est revenu à Pelham, mais… – Elle s'est interrompue pour me serrer vigoureusement la main, puis celle de Dan. – Je suis Delores Bland, à propos. Enfin, le soleil doit briller pour tout le monde, non ? et j'ai au moins une bonne nouvelle à vous annoncer : le représentant de notre assureur est déjà à la maison et j'ai envoyé un télégramme à Ben en Afrique pour le mettre au courant. Je suis sûre que si vous devez dépenser de l'argent pour l'appartement, le cabinet vous remboursera parce que c'est un investissement locatif… À condition que ce soit un peu rafraîchi, bien sûr ! Et si vous avez envie de vous distraire ce soir, je puis vous dire que ce *Lil Abner* que j'ai vu hier à mon école est aussi bon qu'à Broadway, franchement. Je ne suis jamais allée à Broadway, d'accord, mais… »

Levant les yeux au ciel, Betty Bass l'a interrompue :

« Pardon de couper le récit de ta vie, Delores, mais j'ai des enfants dont je dois m'occuper, moi, alors si tu veux bien… »

Le cabinet était au rez-de-chaussée d'une maison en bardeaux, avec un escalier extérieur à l'arrière, comme dans l'ancien temps. Nous sommes tous montés à l'étage, passant une porte-moustiquaire déchirée, une porte intérieure qui tenait à peine sur ses gonds, signes avant-coureurs de ce qui nous attendait dans l'appartement. J'ai étouffé comme j'ai pu un cri qui m'est monté en entrant, tandis que Dan prenait un air consterné. C'était petit, « très » petit : une chambre minuscule, un salon qui devait faire quinze mètres carrés, une cuisine-cagibi à l'équipement vétuste – y compris un frigo vieux de plus de vingt ans au moins, avec un système de refroidissement à l'ancienne sur le sommet –, un coin salle de bains où tout était rouillé. Plafonds bas, papier peint décollé, mobilier bancal et odeur de moisi s'échappant de la vieille moquette ajoutaient leur note déprimante à l'ensemble.

« Ce n'est pas fameux, a constaté Dan.

— Je ne vous contredirai pas sur ce point, a répondu Delores Bland. Seulement, vous devez habiter en ville. Ça fait partie du contrat.

— Je sais », a soufflé Dan. Le cahier des charges de la municipalité de Pelham imposait au médecin de service de résider au plus près de la majorité des habitants, dans le centre du bourg.

« Retournons à la maison, me suis-je hâtée de proposer. On pourra peut-être arriver à...

— Ne vous faites pas d'illusions, m'a coupée Delores Bland. La première chose que l'architecte de l'assurance m'a dite ce matin, c'est que les lieux seront inhabitables pour des mois.

— Il doit bien y avoir quelque chose à louer en ville, ai-je insisté.

— Eh non ! a fait Betty Bass.

— Vous en êtes absolument sûre ?

— Quand un logement se libère à Pelham, tout le monde est au courant. Et pour l'instant, il n'y en a pas.

— D'accord, mais est-ce que nous pouvons voir cet architecte, au moins ? »

Avec calme, Delores a répliqué : « Si cela peut vous apaiser, bien entendu, madame Buchan »...

Nous avons donc marché jusqu'à la maison inondée du docteur Bland. L'architecte, un nommé Sims, était un quadragénaire mince comme un clou, avec des lunettes à monture en écaille, une cravate retenue par une épingle et un air dédaigneux. « Je suis venu ici il y a des mois pour un devis, nous a-t-il annoncé, et là je me suis rendu compte que toute la plomberie était à refaire. Si seulement ils m'avaient écouté ! »

Désireuse de changer de conversation au plus vite, j'ai interrogé l'architecte : « Vous pensez que les travaux prendront combien de temps… ?

— Les dégâts directs sont considérables, et il faut ajouter les moisissures anciennes que j'ai trouvées partout. Pour résumer, j'espère que le docteur avait un contrat d'assurance en béton, parce qu'il faudra beaucoup d'argent pour remettre tout ça en état. Je dirais qu'il y en a au moins pour trois mois. »

Alors que nous revenions penauds au cabinet, j'ai scruté les six ou sept vitrines qui bordaient la Grand-Rue : de toute évidence il n'y avait pas une seule agence immobilière à Pelham. « Que se passe-t-il, quand quelqu'un veut vendre un bien immobilier, ici ? ai-je demandé à l'infirmière.

— Eh bien, il met une pancarte ! »

De retour dans l'appartement, j'ai senti le désespoir grandir en moi mais j'ai cherché à le contenir en me concentrant sur les décisions à prendre. J'ai demandé à Billy s'il pouvait repeindre, arracher la moquette, poncer les parquets et les cirer, et installer une cuisine entièrement neuve. Cette liste de tâches lui a inspiré un sourire de béatitude : « Pas de problème, m'dame ! Plus il y a de travail, mieux c'est. »

Se tournant vers Dan, Delores Bland a objecté : « Vous comprenez bien que le cabinet ne pourra rien payer de tout ça tant que le recours aux assurances n'aura pas été réglé. Mais dès que Billy nous aura soumis un devis et que j'aurai reçu le feu vert de mon frère après lui avoir décrit la situation, je suis certaine que…

— Très bien, a dit Dan à la sœur de son prédécesseur, m'arrêtant dans mon élan belliqueux : nous paierons le début des travaux et le cabinet nous remboursera ensuite.

— Dan ! Ça va prendre des semaines… »

M'attrapant par le poignet, il a demandé à Billy : « De combien de temps vous allez avoir besoin, d'après vous ?

— Une semaine, j'dirais.

— Bien. Et ma femme souhaiterait discuter de certains points avec vous, comme les couleurs, les éléments de cuisine, etc. N'est-ce pas, Hannah ? – J'ai hoché la tête, lèvres pincées.

— Bon, a conclu Betty Bass. Il serait sans doute temps que vous alliez voir ce garçon, docteur…

— Je te rejoins à l'hôtel, m'a assuré Dan. »

Il est parti d'un pas pressé, imité peu après par Delores Bland. Bill m'a lancé un regard timide.

« J'connais un bon menuisier à Bridgton et les appareils, on n'aura qu'à les prendre chez Sears.

— Vous pourriez l'appeler, ce menuisier, voir s'il serait libre cet après-midi ?

— Affirmatif.

— Quand vous le saurez, passez me prendre au motel, s'il vous plaît. J'aimerais qu'on commence le plus vite possible.

— Ça me va », a approuvé Billy en me gratifiant d'un autre grand sourire.

Après avoir ramené Jeffrey à l'hôtel, j'ai attendu le retour de Dan, mais aussi des nouvelles de Billy. Tandis que mes yeux essayaient de fuir l'horrible réalité de la chambre, je me suis dit que jamais je n'avais eu autant envie d'être ailleurs que là où j'étais. Heureusement, Jeffrey dormait profondément. Je me suis mise à faire les cent pas en me demandant quoi faire.

Billy a téléphoné au bout de deux heures, m'annonçant que le menuisier était sur place et que lui viendrait me chercher dans une trentaine de minutes.

« Je vais devoir prendre mon fils avec moi, lui ai-je expliqué.

— Pas de problème. J'aime bien les bébés. »

Quelques instants plus tard, Dan a surgi, les traits tirés. « Désolé d'avoir tardé mais ce garçon avait une appendicite, aigüe en plus. J'ai dû l'accompagner à l'hôpital de Bridgton. Bon, si tu veux te reposer cet après-midi, je pensais emmener Jeff au cabinet avec moi… » Quand je lui ai dit que je devais rencontrer le menuisier avec Billy, il n'a pas pu s'empêcher de faire une remarque sarcastique : « Ah… Tu ne perds pas de temps, je vois.

— On a le choix ?

— Ce n'était pas un reproche.

— Excuse-moi. C'est juste que je prends vite la mouche en ce moment.

— Euh… Je te répète que je ne te blâme pas… »

Deux coups frappés à la porte ont coupé son élan. Billy était déjà là. « J'espère que j'dérange pas. »

La voiture de Billy était un break Plymouth cabossé qui datait de la décennie précédente et faisait penser à une poubelle ambulante, les sièges avant maculés de peinture et autres liquides, la banquette arrière et le coffre envahis de vieux pots de laque, de pinceaux sales, de bouteilles de térébenthine, de chiffons dégoûtants, d'outils jetés ici et là ; on y trouvait aussi une échelle, un cendrier plein et cinq ou six énormes bidons de « Bigrement-Bigrement ».

« Vous avez l'air de les aimer, leurs milk-shakes, ai-je noté pour animer la conversation.

— Ils sont vraiment bons, ouais.

— Votre parfum préféré, c'est quoi ?

— Caramel. Avec le supplément de malt. »

Silence.

« Peut-être qu'on pourrait y aller, quand on en aura fini avec le menuisier et qu'on aura fait les courses chez Sears, ai-je proposé.

— Ça me va. »

Nouveau silence. Je découvrais que Billy était incapable de prendre l'initiative d'un dialogue. Dès qu'il avait répondu aux questions, il se replongeait dans ses pensées, affichant le même sourire bizarrement distant, une cigarette Raleigh coincée entre des dents teintées de nicotine. En insistant un peu, j'ai quand même appris qu'il était né à Pelham, qu'il était encore très petit quand son père avait quitté sa mère, qu'il avait environ huit ans lorsqu'il avait été envoyé dans une école « pour des gosses comme moi » et qu'il avait passé les dix années suivantes, hormis les vacances scolaires, dans divers établissements spécialisés du Maine. « À dix-huit ans, j'suis allé bosser avec mon oncle Roy à Lewiston. Il a une entreprise de peinture. Il fait aussi la plomberie. Trois ans, j'suis resté avec lui. J'ai beaucoup appris.

— Pourquoi êtes-vous revenu à Pelham ?

— M'man est tombée malade, elle avait besoin de moi. Et puis Lewiston, c'est..., j'imagine que c'est pas vraiment une grande ville, mais elle était quand même trop grande pour moi. »

Sa mère s'était éteinte environ un an après son retour. Cinq années plus tard, il était l'unique peintre-plombier de Pelham. « Y a pas des masses de travail, par ici, mais quand il faut passer un coup de pinceau ou quand il y a une fuite, c'est moi qu'on appelle.

— Est-ce que vous vous êtes occupé des canalisations chez les Bland ?

— Ils ont jamais demandé. Le toubib s'en est chargé tout seul. Débrouillard, le type.

— Mais pas fameux plombier, visiblement. »

Billy laissa échapper un rire qui ressemblait plus à un hennissement.

« Ah, j'ferai pas d'commentaire là-dessus, m'dame...

— Appelez-moi Hannah.

— Oui, Hannah, m'dame. »

S'il n'était sans doute pas un brillant causeur, Billy s'est révélé très compétent quand il s'est agi de traiter avec le menuisier. Ensuite, nous nous sommes arrêtés chez Sears pour faire l'emplette d'un lavabo, d'une cuvette de W-C et de carreaux de céramique. On a fait un crochet jusque chez Goodwin's pour acheter deux « Bigrement-Bigrement » destinés à Billy, qui en a vidé un sur place et a siroté l'autre sur la route du retour, tout cela sans cesser de fumer. Je suis rentrée au motel. Comme la chambre était déserte, je suis allée au cabinet médical où, à ma grande surprise, j'ai découvert Dan tout seul.

« Mais où est Jeff ?

— L'infirmière m'a proposé de le prendre pour l'après-midi, histoire que je m'occupe de la paperasse. »

Je me suis laissée tomber sur le fauteuil devant son bureau ; je me sentais plus fatiguée que je ne l'avais jamais été depuis... À vrai dire, je ne me rappelais pas un seul moment depuis la naissance de Jeffrey où je n'avais pas été totalement épuisée. À cet instant, tout ce que je désirais, c'était que mon mari se lève, contourne sa table, vienne me prendre dans ses bras et me murmure que tout finirait par s'arranger. Mais il est resté à sa place, tapotant une pile de dossiers avec son stylo, attendant que je reparte et le laisse en paix.

« Est-ce qu'on n'a pas commis une énorme erreur ? » me suis-je soudain entendue lâcher.

Dan a interrrompu son manège avec le stylo.

« Qu'est-ce que tu veux dire ? »

Ce que je voulais dire ? Eh bien, toi, lui, cette ville, tout... C'est ce que je pensais, mais je me suis reprise :

« Oh, je pense tout haut, c'est tout.

— Tu es sûre ?

— Oui. – Je me suis levée. – Peut-être que je verrai tout d'un meilleur œil après une vraie nuit de sommeil.

— Comment ça s'est passé avec... C'est quoi, son nom, déjà ? »

Je lui ai fait un résumé des avancées accomplies par Billy : « Il a l'air de connaître sa partie, malgré son allure un peu étrange. Il m'a promis de me donner un devis ce soir, mais avec la cuisine et la salle de bains ça risque de coûter au moins mille dollars. Soit toutes nos économies.

— Tu as entendu Delores Bland, non ? Ils rembourseront.

— Et s'ils se rétractent ?

— Ça n'arrivera pas.

— Comment peux-tu en être si sûr ?

— Parce que je suis le médecin de la ville. Et la ville ne veut pas perdre son toubib. » Il s'exprimait avec le plus grand calme, mais aussi une pointe de sécheresse caractéristique, une manière de rappeler qui était le détenteur de l'autorité, ici. Comme pour souligner ce message, il a poursuivi :

« Accorde-moi une demi-heure, que j'en finisse avec ces papiers, et on fera le point complet de la situation. D'ailleurs, il faudrait que tu passes prendre Jeff chez Betty Bass. Sa maison est la deuxième à gauche dans Longfellow Street. »

J'ai quitté le cabinet médical, un peu irritée d'avoir été pratiquement congédiée.

Longfellow Street était une petite ruelle donnant sur l'artère principale de Pelham. La maison de l'infirmière, copie conforme de celle où nous allions loger provisoirement, présentait un vieux porche et des bardeaux blancs qui auraient eu besoin d'une sérieuse rénovation. En gravissant le perron, j'ai entendu un poste de télé qui diffusait à plein volume les voix criardes de Rocky et Bullwinkle. J'ai frappé. Betty Bass m'a ouvert, une cigarette aux lèvres, Jeffrey calé sur son bras ; il avait la bouche obstruée par une tétine que je n'ai pas reconnue.

« Ah, bonsoir, a-t-elle dit d'une voix indifférente.

— Merci d'avoir pris soin de lui.

— Ma mère s'occupe de mon Tommy quand je suis au travail. Elle acceptera sûrement de garder votre petit.

— Merci, ai-je répondu.

— Billy va faire du bon boulot.

— Nous comptons beaucoup sur lui, en effet.

— C'est un garçon adorable, Billy, surtout quand on tient compte de son, euh… problème. Et de tout ce par quoi il est passé. »

Et elle m'a appris qu'il était né avec le cordon ombilical autour du cou, ce qui lui avait causé des lésions cérébrales. « Sa mère n'avait pas la moindre idée de comment s'y prendre avec lui, a-t-elle continué. C'était une moins que rien qui se jetait au cou du premier venu, et c'étaient toujours des mauvais numéros… Un de ces vagabonds s'est soûlé un soir et il a flanqué une telle tannée au gamin, qui avait dans les huit ans, qu'ils ont dû l'envoyer au grand hôpital de Portland. Une semaine dans le coma, le pauvre ! Quand il s'en est sorti, les autorités l'ont retiré à son incapable de mère et l'ont placé dans des établissements spécialisés. Le seul point positif de toute cette triste histoire, c'est ce qui est arrivé au poivrot qui s'était acharné sur Billy : trois nuits après son arrestation, ils l'ont retrouvé mort dans sa cellule.

— Ah… Il s'est suicidé ?

— Ç'a été la version officielle, oui. En fait, personne n'a posé de questions, parce que, pour tout le monde à Pelham, c'était comme ça qu'il fallait que ça se termine, point final. Mais le plus incroyable, c'est qu'après l'école, après avoir appris son métier à Lewiston, Billy a tout de même voulu revenir chez sa mère ! Elle n'était pas en bonne santé, à ce stade, cirrhose du foie et le reste… N'empêche, elle était toute contente de le revoir, et quand elle est morte, deux ans après, ça lui a fichu un sacré coup, à Billy… Enfin, autant qu'on puisse savoir, parce qu'il n'exprime pas beaucoup ce qu'il ressent. Et pas un grain de malice non plus, jamais un mot de travers contre quiconque… Ce qui est plutôt rare, à Pelham.

— Je suis sûre que vous exagérez. »

Le lendemain matin, je suis allée avec Jeffrey chez Miller, l'épicerie à l'ancienne et l'unique magasin d'alimentation de la bourgade, qui faisait également office de boucherie, de débit de tabac et de dépôt de presse. Quand je suis entrée dans sa boutique, la vendeuse, pesamment installée derrière le comptoir – une quinquagénaire au visage très ridé, en blouse, bigoudis sur la tête et clope au bec –, m'a dit :

« Vous devez être la dame du docteur Buchan.

— Euh… Oui, en effet. » Je devais avoir l'air ébahi car elle a poursuivi :

« Ne soyez pas surprise, Pelham est une petite ville ! Il paraît que vous n'êtes pas contente du motel.

— Euh… Je m'appelle Hannah », ai-je annoncé pour changer de sujet. Je lui ai tendu la main.

« Ouais, je sais ça, a-t-elle maugréé en me rendant mon salut à contrecœur.

— Et voici mon fils, Jeffrey.

— Joli bébé, a-t-elle concédé.

— Et vous êtes… ? ai-je insisté, plus aimable que je ne l'ai jamais été.

— Jessie Miller.

— Enchantée de faire votre connaissance, madame. »

Vingt minutes plus tard, nous n'étions pas devenues les meilleures amies du monde, certes, et elle ne m'avait pas délivré de carte de membre de la communauté, mais nous avions réussi à établir une relation courtoise, elle et moi, ce dont je me suis réjouie.

J'ai donc continué sur la même voie au cours des jours suivants, veillant à me montrer aussi aimable que possible quand je croisais quelqu'un, acceptant même de bonne grâce le contretemps survenu dans notre rénovation lorsque le menuisier a prévenu Billy qu'il serait en retard pour la livraison des placards.

« J'espère que vous allez pas être fâchée contre moi à cause de ça.

— Pourquoi ? Ce n'est pas votre faute.

— Quand la même chose est arrivée à Jessie Miller pour les nouvelles étagères de sa boutique, elle m'a crié dessus.

— Je ne suis pas Jessie Miller. »

Il a ri.

« J'vais pas vous contredire, là. »

Il n'était pas non plus en désaccord quand j'ai mentionné les manières abruptes de l'infirmière Bass, ou le fait que tous les habitants de Pelham semblaient tenir les étrangers pour des pestiférés : « Ouais… On peut dire que ça s'passe comme ça, ici. Avant d'vous connaître pour de bon, les gens sont un peu… méfiants, oui, vous avez raison.

— Et quand ils vous connaissent pour de bon ?

— Alors là, ils sont "vraiment" méfiants ! »

Chaque fois qu'il sortait une plaisanterie, son rire surprenant devenait incontrôlable et il se détournait, comme s'il ne voulait pas qu'on le voie en proie à une telle hilarité. Plus généralement, il avait du mal à regarder ses interlocuteurs : quand il parlait à quelqu'un, il contemplait ses chaussures, ou le mur le plus proche. Mais bien qu'il ne prenne jamais l'initiative d'une conversation, et ne parle que si l'on s'adressait à lui, il avait un véritable sens de la repartie. Alors que des gens comme l'architecte Sims le traitaient en demeuré, je découvrais pour ma part qu'il avait une perception de ce qui se passait autour de lui bien plus aiguë que la plupart des gens. Derrière sa timidité et ses manières gauches se cachaient une grande capacité à comprendre les problèmes d'autrui, et même un sincère désir d'aider.

Environ une semaine après le début des travaux à l'appartement, une nuit où je n'arrivais pas à trouver le sommeil, je me suis levée sans bruit, j'ai vérifié que Jeffrey dormait à poings fermés dans son berceau et, après avoir laissé un mot sur le traversin près de Dan, je suis sortie marcher un peu. Ayant quitté le motel, j'ai remonté la Grand-Rue dans la lumière de la pleine lune. J'ai passé l'épicerie Miller, la bibliothèque municipale, la petite école, l'église baptiste, celle de l'Assemblée du Christ, celle de la Science chrétienne, sans pouvoir m'empêcher de repenser à notre visite à Pelham six mois plus tôt, lorsque nous avions fait la connaissance de Ben Bland et qu'il nous avait fait visiter la ville. C'était quelqu'un de simple et de direct, et, malgré ses cheveux longs et sa grosse moustache, il paraissait avoir été bien accepté par la collectivité. D'ailleurs, il nous avait peint un tableau idyllique de la vie à Pelham, décrivant une petite communauté soudée et accueillante, où personne ne verrouillait sa porte, où tout le monde allait à l'église – sans faire étalage de sa foi, cependant –, à quinze minutes à peine du lac Sebago, l'un des plus beaux plans d'eau de la région, à moins d'une demi-heure des pistes de ski du mont Bridgton. Je me suis rappelé notre arrêt au Miss Pelham, l'omelette juste un peu aqueuse, le petit goût de crayon mâché du café, et que je me répétais sans cesse : « Tout ça est tellement frais, sans chichi, authentique »… Alors que, maintenant, ce qui me venait à l'esprit, c'était : « Et dire que je pourrais être à Paris ! »

Ces divagations ont été interrompues par la découverte soudaine d'une lumière dans toute cette obscurité. Elle provenait d'un endroit qui justifiait ma curiosité : la fenêtre de l'étage au-dessus du cabinet médical. En m'approchant, j'ai distingué la silhouette de Billy perché sur un escabeau. Il avait un rouleau dans une main, une cigarette entre les dents. Minuit trente et une à ma montre. Je me sentais oppressée par ma mauvaise conscience à le voir travailler si tard pour nous… Pour moi.

Après avoir grimpé l'escalier extérieur, j'ai frappé discrètement à la porte. J'entendais un transistor chuinter ce qui m'a paru être le commentaire en direct d'un match de base-ball. J'ai fini par ouvrir moi-même. Billy était toujours sur son perchoir, de dos. Comme j'avais peur de le faire sursauter, j'ai prononcé son nom aussi doucement que possible. Il a tourné vers moi un visage étonné qui s'est éclairé d'un sourire lorsqu'il m'a reconnue.

« Ah, madame Buchan…

— Billy ! Vous savez l'heure qu'il est ?

— Non.

— Minuit passé.

— Ah… Alors les Red Sox doivent être en train de rencontrer les Angels.

— Hein ?

— Les Red Sox sont en Californie ce soir… C'est pour ça que la retransmission est si tard. Le décalage horaire. Vous êtes une supportrice des Red Sox, vous ? Moi, j'suis un de leurs plus grands fans. Mon père aussi, d'après ce qu'on m'a dit.

— Vous ne l'avez pas connu ?

— Naaon… Je suis arrivé sur terre, il a disparu. Vous en voulez une ? – Il avait sorti un paquet de L & M de sa salopette tachée.

— Merci. – Il en a allumé une, me l'a tendue, puis une autre sur laquelle il a tiré si fort qu'elle s'est consumée en trois bouffées.

— Pourquoi vous travaillez si tard ?

— Je dors pas beaucoup. Et puis le boulot, c'est le boulot. En plus, il faut que vous partiez vite du motel, m'dame.

— Billy ! Combien de fois je vous ai demandé de m'appeler Hannah, pas madame Buchan ni m'dame ? »

Machinalement, comme pour souligner la sincérité de ma proposition, j'ai tendu la main pour lui toucher le bras, mais dès que mes doigts ont effleuré son poignet, Billy a tressailli et fait un pas en arrière. Sa réaction m'a presque pétrifiée.

« Oh… Pardon… Je ne… »

D'un signe irrité, il m'a fait comprendre que je devais me taire ; il s'est mis à tourner en rond au milieu de la pièce, tirant avec encore plus de nervosité sur sa cigarette, tentant visiblement de retrouver son calme. Je me suis forcée à rester silencieuse, car je comprenais confusément que je ne pouvais pas l'aider autrement. Après un instant, il a jeté l'infime mégot par terre et il a allumé aussitôt une autre cigarette.

« J'dois reprendre mon travail, maintenant.

— Billy, je ne voulais pas… »

À nouveau, ce geste saccadé de la main droite.

« J'dois reprendre mon travail, maintenant.

— Bien, parfait », ai-je chuchoté. Ça ne l'était pas du tout mais la seule façon de rendre la situation un peu moins lourde était sans doute de m'en aller. « À demain, Billy. »

Il a regardé ailleurs, dents serrées.

Le lendemain matin, j'étais de retour, avec Jeffrey dans son landau. Il n'était que onze heures mais Billy avait déjà repris le travail. À mon entrée, il m'a adressé un signe de tête gêné, il a descendu les barreaux et m'a offert une de ses L & M.

« Vous n'êtes pas resté là toute la nuit, quand même ? ai-je demandé après qu'il a allumé ma cigarette.

— Oh bigre non ! Je suis rentré chez moi… J'sais pas trop à quelle heure. Le soleil s'levait.

— Après six heures et demie ! Il faut que vous dormiez plus que ça !

— Non, quatre heures, ça me suffit, à moi. De toute façon il faut qu'on vous sorte de ce motel, alors si tout se passe bien vous pourrez emménager le week-end prochain.

— Ce serait formidable, mais pas si vous passez vos nuits à…

— Vous devriez parler à Estelle Verne, j'crois, m'a-t-il coupée.

— À qui ?

— C'est la bibliothécaire de Pelham. Elle a besoin d'une assistante.

— Une… Ah, d'accord ! ai-je fait, surprise par ce brusque tournant dans la conversation.

— J'lui ai parlé de vous. Que vous cherchiez un emploi, et tout.

— Je vous ai dit ça, moi ?

— Euh… J'sais pas. Mais c'est vrai, non ?

— Eh bien… J'hésite. Je dois m'occuper de Jeffrey pendant la journée et…

— Mais la mère de Betty Bass, elle s'occupera de lui quand vous travaillerez ! – Tout le monde savait tout sur tout le monde, décidément… – Et vous devez pas vous faire du souci pour ça. Madame London, elle tient pas sa maison impeccable, ça non, mais pour les gosses, elle s'y entend.

— Bien. Je lui dirai un mot aujourd'hui, d'accord ?

— Et à Estelle Verne aussi, vous lui direz un mot ?

— Billy, vous avez décidé de prendre ma vie en charge ?

— J'veux juste que vous soyez contente, m'dame.

— Mais je "suis" contente !

— Non, vous l'êtes pas », a-t-il assené en écrasant son mégot par terre.

Se détournant déjà, il a repris son rouleau et il a recommencé à peindre. La discussion était close.

Je suis redescendue, étourdie, sans savoir que penser. Quand je suis arrivée au cabinet médical, Betty Bass m'a jeté un bref coup d'œil, et s'est repenchée sur ses dossiers. « Le docteur est occupé.

— D'accord. Dites-lui que je suis passée et que... Non, rien d'important. »

Je repartais avec la poussette quand elle m'a lancé :

« Vous allez le prendre, ce poste à la bibliothèque ? »

Tendue, aux abois, je me suis retournée et je me suis forcée à soutenir son regard.

« On verra. »

6

Il y a des personnes avec qui le courant passe instantanément, avec qui l'amitié s'établit aussitôt : c'est ce qui nous est arrivé, à Estelle Verne et moi. Dès que je l'ai rencontrée, elle m'a mise à l'aise : « Ah, voici ma nouvelle assistante ! s'est-elle exclamée en me voyant.

— Parce que vous m'avez déjà engagée ? ai-je demandé.

— C'est ce qu'il me semble, oui.

— Mais vous ne voulez pas me faire passer un entretien, d'abord ?

— Pas la peine. Je sais que vous êtes la personne idéale pour ce poste. »

La cinquantaine, petite et fluette, des cheveux poivre et sel coupés court, la peau un peu parcheminée, elle avait une élégance discrète, très Nouvelle-Angleterre avec sa jupe marron, son chemisier assorti, un petit diamant à la main droite pour tout bijou et aucun maquillage. Mais ce sont ses yeux qui m'ont fait comprendre qu'elle n'était pas une austère provinciale de la côte Est, car ils scintillaient d'un humour espiègle qui laissait deviner une grande indépendance d'esprit.

C'était une vraie fille du Maine, née à Farmington, où son père avait été professeur. Elle avait suivi des études d'anglais et d'économie des bibliothèques sur le campus principal d'Orono, puis trouvé du travail à la bibliothèque Carnegie de Portland, où elle était restée près de dix ans. Un jour, un homme d'une trentaine d'années lui avait demandé *Babbitt,* de Sinclair Lewis. « Je me suis dit qu'il avait bon goût, et aussi qu'il était assez séduisant, bien habillé, poli, l'esprit ouvert et curieux puisqu'il m'a priée de lui conseiller d'autres livres. C'est ainsi que j'ai rencontré George Verne, banquier d'une petite ville dont je n'avais jamais entendu parler, Pelham… Où son père avait été banquier, avant lui. Il venait une fois par semaine à Portland pour ses affaires, il était célibataire, il m'a demandé si j'étais libre à déjeuner ce jour-là. J'ai dit oui. Même s'il m'a paru un peu guindé au premier abord, j'appréciais son intelligence, sa curiosité pour la littérature, l'actualité, les idées. Il m'a raconté des tas d'anecdotes à propos de ses trois années de guerre – sa participation à la libération de l'Italie, comment il avait connu le général Patton… La semaine suivante, il est revenu, m'a rendu le Sinclair Lewis, m'a demandé un roman de James Jones et m'a invitée au même petit snack. Nous avons commencé à nous fréquenter. J'étais contente, parce que, à trente ans, je vivais toujours dans une pension et j'avais presque renoncé à l'idée de me marier, d'avoir des enfants, tout ça… Et les hommes que j'avais connus jusqu'alors paraissaient chaque fois réfractaires à ce trait de caractère que j'ai de toujours dire ce que je pense. George, lui, je crois qu'il prenait ma langue de vipère pour une preuve de sophistication ! De la part d'un petit gars de Pelham, c'était assez normal ! »

Il y avait eu les déjeuners hebdomadaires, puis des dîners, puis un week-end à Pelham au bout de trois mois, dans la grande maison où le banquier local habitait avec sa mère, veuve et de santé fragile mais qui contrôlait la vie de son fils : « Je pense qu'elle m'a appréciée, parce que j'avais la tête sur les épaules et parce qu'elle savait qu'il ne lui restait plus beaucoup de temps à vivre – un cancer des os qui se propageait très vite. Elle s'est résolue à passer le relais, en quelque sorte. Je suis sûre qu'elle voyait les choses comme ça. Si vous trouvez que Pelham est un coin perdu aujourd'hui, alors imaginez ce que c'était en 1953... Mais elle était fine mouche, elle avait deviné que, pour moi qui venais de Portland, échouer à Pelham équivalait à la prison à vie. Alors, quand George s'est préparé à me raccompagner, elle lui a demandé d'aller faire un tour pendant une heure et elle m'a proposé un marché : si j'épousais George, si j'avais des enfants de lui qui permettent de perpétuer le nom des Verne, elle me donnerait une bibliothèque. Rien que pour moi, oui ! Jusque-là, la population de Pelham ne pouvait emprunter que trois misérables piles de livres au sous-sol de l'église épiscopalienne. Elle projetait de rénover le bâtiment dans lequel nous sommes – une ancienne graineterie – et de me confier dix mille dollars pour que je le remplisse de bouquins. C'était une partie d'un héritage qu'elle devait dépenser dans l'année si elle ne voulait pas se le faire rafler par les impôts. Très bon plan avec le fisc, ouvrir une bibliothèque. Et du même coup, elle mariait son fils resté vieux garçon... De mon côté, je me disais que George n'était pas mal, que j'aurais des enfants et en plus une bibliothèque que je pourrais gérer à ma façon. Que George pourrait m'offrir une voiture d'occasion comme cadeau de mariage, ce qui me permettrait d'aller à Portland chaque fois que j'aurais besoin de prendre l'air. »

La vie quotidienne avec George s'était révélée plutôt décevante, d'après ce qu'elle m'a confié. Il était très avare de son argent et c'était aussi l'un de ces buveurs honteux qui éclusent discrètement une bouteille de gnôle par jour. Les enfants dont elle rêvait ne sont jamais arrivés – « Je me demande si tout ce mauvais whisky qu'il buvait n'y était pas pour quelque chose » –, leur couple n'a pas pris. Deux ans après leur mariage, quand Mme Verne mère a rendu son dernier soupir, ils se sont séparés : « Ce n'était pas si terrible, franchement, parce que madame Verne avait tenu parole, au sujet de la bibliothèque. Elle a même obtenu des autorités du comté des subventions pour l'entretien et le personnel. Et cette année, grâce aux démocrates qui ont enfin emporté le conseil régional de Bridgton, j'ai réussi à convaincre ces radins de m'accorder un poste d'assistante. D'où votre présence ici. »

Estelle m'a posé des questions sur différents sujets, à commencer par mes goûts littéraires. Ayant approuvé mon amour pour Flaubert et Edith Wharton, elle m'a appris qu'elle recommandait toujours le livre de mon père sur Jefferson à ceux qui venaient lui demander « quelque chose à propos des Pères fondateurs ». Elle a aussi tenu à me dire qu'à son arrivée à Pelham tout le monde l'avait traitée d'une manière effroyable : « Pour aggraver mon cas, j'étais non seulement une étrangère mais une intrigante qui tentait de corrompre les jeunes esprits – ce qui ne court pas les rues, ici – en faisant entrer *Les Nus et les Morts*, de Norman Mailer, à la bibliothèque. Il m'a sans doute fallu près de deux ans avant qu'ils commencent à m'accepter.

— En d'autres termes, je ferais mieux de me résigner à mon statut de paria jusqu'à notre départ l'été prochain.

— Je ne voudrais pas paraître exagérément pessimiste mais cela me paraît assez sage, oui. Les gens d'ici se méfient de tous ceux qui ne sont pas de Pelham jusqu'à ce qu'ils y aient vécu assez longtemps pour donner l'impression qu'ils sont nés ici… C'est un processus assez particulier, mais incontournable. Enfin, vous avez au moins une alliée dans la place, maintenant… »

Le travail me convenait à ravir : de neuf heures et demie du matin à deux heures de l'après-midi, cinq jours par semaine, pour le salaire mirobolant de deux cent quarante dollars mensuels. L'argent n'était pas le critère déterminant, de toute façon ; ce qui comptait, c'était d'avoir une raison de se lever le matin. Car je me rendais compte que je ne pouvais pas me satisfaire de n'être qu'une mère de nourrisson s'occupant de son foyer quand son bébé lui laisse deux minutes de tranquillité et que, sans activité professionnelle, je me sentais à la fois inutile et pleine de ressentiment. Si ma mère m'avait vue, elle aurait bien ri.

« Vous allez avoir besoin de quelqu'un pour le bébé, a noté Estelle à la fin de notre première rencontre, et même si je sais qu'elle a un abord quelque peu glacial… »

Je n'ai pu réprimer un rire.

Je suis passée au cabinet plus tard dans la matinée, avec Jeffrey. L'infirmière était à sa place, immuable ; tout aussi désagréable que d'habitude, elle s'est bornée à un bref hochement de tête en guise de salut.

« J'ai accepté le poste à la bibliothèque, lui ai-je annoncé.

— Ah… – L'enthousiasme personnifié.

— Et j'aimerais parler avec votre mère, voir si elle peut garder Jeffrey.

— Passez ce soir. »

Barbara London, qui tenait à ce qu'on l'appelle Babs, était tout le contraire de sa fille : sociable, volubile, le rire facile. La soixantaine, elle était de haute taille, massive et, ainsi que j'allais m'en rendre compte, toujours sanglée dans la même robe de chambre maculée de Blédine et de cendre de cigarette. Même si j'en étais à près d'un paquet par jour, je faisais figure de petite fumeuse, à côté d'elle qui semblait avoir sans arrêt au moins trois Tareyton allumées à la fois. C'est sa simplicité rustique qui m'a conquise.

« Ah, voilà c'que j'appelle un "beau" bébé ! » s'est-elle exclamée en se penchant au-dessus de la poussette ; curieusement, mon fils n'a pas du tout eu l'air inquiet de se faire soulever par ces mains inconnues. « On va s'entendre à merveille, toi et moi, lui a-t-elle déclaré. Tu vas beaucoup te plaire, ici. »

« Ici », c'était la salle de séjour que Babs partageait avec sa fille, son petit-fils et son gendre, Tony, le garagiste de Pelham. Il était aussi revêche que son épouse, celui-ci, et visiblement aussi buté. Pendant que je bavardais avec sa belle-mère, il a surgi, en salopette et tee-shirt, une canette de Schlitz à la main. Bien que remarquablement mince – avec de la moustache et des yeux de chien battu –, il avait des biceps développés et un tatouage des marines impressionnant sur son bras gauche, avec la devise *Semper Fidelis* en rouge sombre.

« 'soir, a-t-il dit d'une voix morne.

— C'est la femme du toubib, a annoncé Babs. Et son petit gars, là, c'est Jeffy.

— Z'avez une Volvo, non ?

— En effet.

— Euh… Faut que j'y aille. »

Il gagnait déjà la porte quand Betty Bass est sortie de la cuisine ; elle avait calé leur fils Tom contre son épaule.

« Où tu vas ? a-t-elle lancé à Tony.

— Dehors. – Il a claqué la porte derrière lui.

— Il a dit où il allait ?

— Ouais : dehors. – Ayant clarifié ce point, Babs s'est tournée vers moi : J'vous sers une bière, ma belle ? »

Je me suis fait offrir une Schlitz et une cigarette. Babs est allée poser Jeffrey à côté de Tom, que sa mère avait déjà abandonné dans le parc à jeux. Rempli de joujoux en bois, ce parc semblait d'une propreté plus que douteuse, de sorte que j'ai préféré ne pas trop regarder.

« Alors, ma belle, a repris Babs, puisque j'm'occupe de Tom quand ma fille est pas là, je demande pas mieux d'ajouter Jeffy à notre heureux foyer.

— Ce serait magnifique. »

Après lui avoir donné mes horaires, je lui ai demandé quel serait son prix à la semaine : « Rien, j'veux rien. Puisque je garde déjà mon petit-fils ici présent, quelle différence ?

— Il faut que vous acceptiez quelque chose, ai-je insisté.

— Bon… Cinq, alors ?

— Par jour ?

— Quand vous vous faites deux cent quarante mensuels ? Fichtre non ! Cinq dollars la semaine. »

Quand Dan est rentré du travail ce soir-là, ça m'a fait un choc. Il était allé chez le coiffeur, et pas pour rafraîchir sa coupe : ses cheveux longs avaient cédé la place à la plus martiale des coupes en brosse.

« Attends que je devine, lui ai-je lancé : tu t'es engagé.

— Tu n'aimes pas, alors ? a-t-il remarqué, insensible à ma tentative de plaisanterie.

— Non. Tu ressembles à un instructeur des marines.

— Je l'ai fait parce que…

— Je sais, je sais. Parce que ce sera plus facile d'être accepté, comme ça, mais je t'avais dit ce que je pensais de cette idée.

— Et j'ai pris la liberté de ne pas être d'accord.

— En effet. Et juste pour bien me le montrer, tu as demandé au coiffeur de t'arranger comme si tu avais signé chez les marines. »

Il s'est redressé, a repris ses souliers.

« Tu es tellement débile, des fois.

— Pourquoi ? Parce que je n'aime pas que mon mari ait la dégaine d'un sergent-recruteur ?

— Moi, en tout cas, je ne me suis pas fait prendre en grippe par tous les gens que j'ai croisés ici. Si tu vois ce que je veux dire.

— Tu oses m'attaquer là-dessus, alors que j'ai fait plus que des efforts pour être gentille avec tout le monde et que…

— Ah bon ? Eh bien moi, bizarrement, il semble que j'aie trouvé le moyen de m'entendre avec les habitants de Pelham. Et ce n'est pas si difficile, parce que même si je pense aussi que c'est un peu provincial, et que Betty Bass et Sims et cette épicière ne sont pas des modèles d'ouverture, je me rappelle que nous – en tout cas moi – allons vivre ici pendant un an. Et donc, je…

— Ah, tu crois que je n'avais pas intégré ce petit détail ? Tu me prends pour une imbécile, alors ?

— Ne crie pas.

— Ne me dis pas ce que j'ai à faire, Dan. Tu as beau avoir le crâne tondu d'un marine, on n'est pas dans une caserne, ici, et je ne suis pas ton souffre-douleur.

— Tu cherches une dispute ?

— Non, c'est toi qui as commencé. »

Nous avons quitté le motel le jour suivant, après avoir déboursé près de deux cents dollars pour les quinze jours que nous y avions passés. Étant donné que Dan s'était résigné à ses modestes émoluments de six cents dollars mensuels dans l'idée que nous serions logés gratuitement chez les Bland, il était certes quelque peu rageant d'avoir à payer si chèrement le privilège d'avoir séjourné dans une si charmante auberge…

« Ne t'inquiète pas, m'a consolée Dan, nous serons remboursés.

— C'est que je viens de signer un chèque de six cents dollars à Billy pour le chantier… Après ça, nous n'aurons pratiquement plus d'économies.

— Je vais relancer Delores demain.

— Non, c'est à moi de le faire. Toi, tu t'occupes de tes malades, moi je me charge de l'emménagement. »

En réalité, c'est Billy qui a presque tout fait. Comme nous avions stocké nos quelques meubles et ustentiles dans une petite grange qu'il avait trouvée pour nous, il les a montés par l'escalier si peu commode avant de les réassembler. Vu l'exiguïté de l'appartement, nous n'avons pu y installer que notre lit double, le berceau, une commode, un canapé, un fauteuil, une table en pin brut et ses chaises. Mais la transformation accomplie par Billy était renversante : ces murs d'un blanc immaculé, ces parquets miroitants, cette cuisine toute neuve, cette salle de bains qui ne ressemblait plus au cauchemar d'un inspecteur de l'hygiène, tout permettait d'oublier le manque de place. Grâce à la formidable énergie de Billy, le déménagement était terminé quand Dan est rentré du travail, alors que nous avions commencé tôt le matin.

Pour lui, « revenir à la maison » signifiait désormais gravir l'escalier extérieur. Ce premier soir, il est arrivé en compagnie de Betty Bass. Après une seconde de stupéfaction devant l'ampleur du travail abattu, elle a retrouvé un masque impassible.

« Je… Je voulais juste voir ce que vous aviez fait de cet appartement, m'a-t-elle déclaré.

— C'est Billy, le maître d'œuvre, ai-je répondu en le montrant du menton, alors qu'il achevait de fixer une étagère dans la cuisine, et il a réagi à cela par un sourire embarrassé. Une bière, ça vous dirait ?

— Il faut que je rentre chez moi, a-t-elle prononcé d'un ton sans appel.

— C'est génial, non ? s'est réjoui Dan en parcourant les lieux du regard.

— Ça change, a-t-elle concédé avant de tourner les talons et de prendre la porte.

— Eh bien, moi, je trouve ça fantastique ! – Il s'est approché de moi, m'a donné un baiser. – Merci. »

Dans la nuit, il m'a fait l'amour. Malgré tous mes efforts, je continuais à me sentir étrangement lointaine. Ce n'était pas la première fois, surtout depuis la naissance de Jeffrey.

« Ça va ? m'a-t-il demandé lorsqu'il a eu terminé.

— Oui, oui.

— Tu n'as pas eu l'air de…

— Je ne voulais pas réveiller Jeff.

— Ah, d'accord…, a-t-il concédé sans paraître convaincu.

— Je peux dormir, maintenant ? »

Il n'a pas insisté, heureusement. Une fois encore, le silence était la meilleure réponse face à cette mauvaise passe que traversait notre couple. Lors de sa visite-éclair une semaine plus tard, cependant, ma mère a tout de suite compris que la météo n'était pas au beau fixe, entre Dan et moi. « Alors, depuis combien de temps n'avez-vous pas eu de relations sexuelles ? m'a-t-elle demandé abruptement en sirotant un whisky à l'eau peu après son arrivée chez nous.

— Mais… Ce n'est pas la question, me suis-je défendue.

— Tu veux dire que tu ouvres les jambes quand le devoir l'exige.

— C'est un peu… brutal, maman.

— Mais vrai. Qui pourrait te le reprocher ? Quand on vit dans un cloaque pareil… »

Ne sachant si elle parlait de l'appartement ou de la ville en général, j'ai préféré généraliser :

« Tous les mariages ont leurs heurs et leurs malheurs, non ?

— Cesse de tourner autour du pot, Hannah. Ça ne va pas fort pour toi… et ça se voit, crois-moi.

— Mais non, tout va bien !

— Mensonge. »

Étonnamment, elle ne s'est pas appesantie sur la question, et elle s'est également abstenue de commentaires acerbes sur la bonne ville de Pelham, si ce n'est pour remarquer qu'elle aimait beaucoup Estelle et que Betty Bass était « l'archétype de la Blanche déclassée et refoulée ». Sa relative modération était sans doute liée à la brièveté de son séjour, une étape sur la route de Bowdoin College, où elle devait donner une conférence. Quelques jours avant son arrivée, elle m'avait expliqué au téléphone que son temps était compté, certes, mais qu'elle tenait à faire ce détour pour nous voir, son petit-fils et moi.

« Compté à quel point ? avais-je interrogé.

— Voyons… Six heures, à peu près. »

Fidèle à sa parole, elle est arrivée à onze heures et en est repartie à cinq. Je lui ai montré la bibliothèque, où elle a fait la connaissance d'Estelle, puis Dan nous a emmenées toutes les deux déjeuner au Miss Pelham ; sans jamais quitter un air préoccupé, il nous a quittées au bout de trois quarts d'heure, quand l'infirmière a appelé le restaurant pour lui dire qu'une certaine femme de fermier enceinte venait de perdre les eaux. C'est à ce moment que ma mère m'a demandé depuis quand ma vie sexuelle avec Dan était au point mort. Et même si elle n'était pas au courant de nos soucis de logement, sa seule question a été :

« Et où passes-tu la nuit quand vous vous disputez ?

— On ne se dispute pas », ai-je affirmé en me demandant si mon nez n'était pas en train de s'allonger, façon Pinocchio. Levant les yeux au ciel, elle a préféré changer de sujet et me demander ce qu'il y avait d'intéressant à découvrir dans le coin.

« Eh bien, il y a le lac Sebago. On peut y faire des balades superbes…

— Tu t'es “baladée” où, par exemple ?

— Euh… nulle part.

— Et combien de fois tu es allée au lac ?

— Dan et moi, on compte y aller le week-end prochain. De toute façon, avec tous les tracas qu'on a eus pour trouver un endroit où poser nos valises…

— Donc, j'imagine que tu regardes beaucoup la télé.

— Oh, ce vieux poste noir et blanc qu'on a, il ne reçoit que deux chaînes… Et puis tu sais que je ne suis pas très télé, moi. En plus, entre mon travail et Jeff, je…

— Oui, je comprends. Tu as une vie très enrichissante. »

Il y a eu un long silence pendant lequel j'ai combattu à la fois les larmes qui me montaient aux yeux et l'envie de hurler de rage, ainsi que de dire enfin à ma mère ce que je pensais d'elle. Elle l'a remarqué et, réaction très surprenante de sa part, elle m'a serré l'avant-bras un instant : « Si ça devient trop lourd pour toi, tout cela, si tu as l'impression que tu vas craquer, tu peux toujours revenir à la maison, tu sais. » Je l'ai contemplée, n'en croyant pas mes oreilles : « C'est vrai ?

— Bien sûr ! Et cela s'applique à toi “et” à Jeff.

— Tu ne voudrais jamais de nous. »

Elle m'a décoché un regard dur, implacable.

« D'où te vient ce genre de certitude ? »

À nouveau, elle a changé de conversation en évoquant l'« interminable jérémiade », selon ses propres termes, que mon père avait écrite pour le *Harper's* à propos de l'apparition de son nom sur la liste des « Éléments hostiles » dressée par la Maison-Blanche, article dans lequel il réclamait la création d'une commission d'enquête par le Congrès après le limogeage d'Archibald Cox, le procureur chargé du dossier du Watergate.

« Tu as quand même entendu parler du "Massacre du samedi soir", non ? m'a-t-elle demandé, faisant allusion à la soirée où Nixon avait décidé de mettre à la porte l'ensemble de l'équipe juridique qui suivait cette triste affaire.

— Je lis les quotidiens, vois-tu, et *Time,* et je regarde parfois l'émission de Walter Cronkite, et…

— *Time* ? Mais c'est la *Pravda* de l'Amérique !

— Tu ne crois pas que tu exagères un peu, maman ?

— En tout cas, tu ferais mieux de t'abonner au *Harper's*, comme ça tu pourras lire les tirades à la Jefferson de ton père quand il fait semblant de croire qu'il a une quelconque influence sur les affaires de l'État. La réalité, c'est qu'il n'est qu'un obscur petit universitaire qui veut se hausser du… »

Comme je voulais interrompre ce persiflage, je lui ai demandé :

« Et où est-il, d'ailleurs, papa ?

— À la conférence de la Société historique américaine, à Seattle. Ensuite, il passera la frontière pour se cloîtrer dix jours sur une île, dans un petit hôtel de Vancouver Island, afin de travailler à son nouveau livre. Ouais. Ce qu'il ignore, c'est que je sais que sa nouvelle petite amie est du voyage, et qu'elle…

— Maman, je préfère ne pas entendre ce genre de…

— Entendre quoi ? Le nom de la toute dernière conquête de ton père, âgée de vingt-quatre ans, ou l'information qu'il a recommencé à coucher avec des midinettes ?

— Ni l'un ni l'autre.

— Mais pourquoi ? Ça fait partie des infinies surprises de l'existence, non ? Qui plus est, en bonne abrutie que je suis, j'ai accepté que nous formions un couple "ouvert", maintenant, donc je dois fermer les yeux et… »

Ses traits se sont crispés. Pendant un instant, j'ai cru qu'elle allait se mettre à pleurer, mais quand j'ai tenté de passer un bras consolateur autour de ses épaules, elle s'est écartée. « Tout va bien, a-t-elle assuré en contrôlant sa voix. Parfaitement bien. »

Nous avons consacré le temps qui lui restait à visiter le chantier de la résidence Bland – « Tu devrais leur faire rendre gorge non seulement pour t'avoir obligée à retaper l'appartement, a-t-elle assené, mais aussi pour t'avoir causé toutes ces crises conjugales stupides » –, puis nous avons roulé jusqu'au lac, à sa demande, car elle y avait passé plusieurs étés en colonie de vacances, mais n'y était jamais retournée. Elle a eu raison d'insister : comme nous étions en semaine, cette belle étendue d'eau calme au milieu d'une épaisse forêt était déserte, à l'exception d'un kayak solitaire qui troublait à peine la surface miroitante. Nous sommes descendues sur la rive et nous avons laissé Jeffrey dans sa poussette, puisqu'il dormait paisiblement, pour marcher jusqu'au bord. Ma mère a retiré ses chaussures ; quand elle a risqué ses pieds dans la vase, elle a frissonné.

« J'avais oublié à quel point l'eau est froide, ici.

— Moi, en tout cas, je reste au sec.

— Froussarde ! »

Nous nous sommes tues toutes les deux, les yeux sur ces reflets à perte de vue. Soudain, elle m'a pris la main. J'ai cherché son regard mais il était toujours tourné vers le lac, vers le doux soleil d'automne qui, dans sa descente, commençait à donner à l'eau les riches nuances ambrées du bourbon. L'espace d'un moment, j'ai cru apercevoir un sourire, une expression de contentement que je ne me rappelais pas avoir jamais surprise chez elle. Je voulais lui dire… quoi, au juste ? Que je l'aimais autant que je la craignais ? Que j'avais toujours désiré son approbation, mais que j'avais été apparemment incapable de l'obtenir ? Que je connaissais toutes les déceptions et les désillusions qui avaient jalonné sa vie mais que nous étions toutes les deux seules en cet instant et que nous avions enfin une chance de… ?

Je ne suis pas allée jusqu'au bout de cette idée car, comme si elle lisait dans mes pensées, ma mère a retiré sa main et serré ses bras autour d'elle. « Quel froid ! » a-t-elle murmuré. J'ai acquiescé. Il était trop tard, l'instant était passé. Sans me regarder, elle a dit à voix basse : « Trente-quatre ans…

— Pardon ?

— La dernière fois que je suis venue ici, c'était il y a trente-quatre ans. Bon Dieu, ce que je haïssais la nature ! En plus, pour rajouter à la torture, ma mère m'avait choisie une colonie pleine de "shiksas" de Westchester : imagine, j'étais la seule Juive ici, souffre-douleur de toutes ces sales petites WASP méchantes comme la gale, avec leurs préjugés pourris. Mais il est advenu un événement majeur, cet été-là : j'ai perdu ma virginité de l'autre côté du lac. Et comme l'une des monitrices nous a surpris en pleine action, ce gars et moi, il…

— Il est vraiment utile que j'entende ça, maman ?

— Hé, je garde les détails pour moi ! D'autant plus que ce garçon, Milton Pinsker… Non, mais quand même, offrir sa fleur à un type qui s'appelle Milton ! Enfin, c'est un orthodontiste très réputé du New Jersey, maintenant.

— Comment tu le sais ?

— J'ai vu un avis de mariage pour sa fille dans le *New York Times*, il y a un peu plus de six mois. Milton Pinsker, sa fille Essie, sa femme Mildred… On ne devinerait jamais qu'ils sont juifs.

— Je croyais qu'il n'y avait que des protestantes avec des préjugés pourris, dans cette colonie ?

— Oui, mais il y en avait une autre de l'autre côté du lac, pleine de petits gars circoncis. Et de temps en temps, forcément, on avait une sortie commune, un bal. Même si les mères WASP n'étaient pas du tout contentes que leurs fifilles soient en contact avec des yids.

— Et c'est comme ça que tu as rencontré ton futur orthodontiste et que vous êtes partis folâtrer dans les bois ?

— Oui, aussi cliché que ça. Et le truc, c'est que ç'a été expéditif ! On s'est connus à une soirée feu de camp sur la plage, il m'a proposé de marcher un peu le long du lac et on s'est retrouvés sous un arbre, à…

— Donc tu ne le connaissais presque pas, ce Milton ?

— Je le connaissais depuis dix minutes quand je l'ai laissé m'ôter ma petite culotte.

— Pourquoi te crois-tu obligée de me raconter tout ça ?

— Parce que c'est un nouvel exemple de l'absurdité de la vie… et parce que c'est la première fois que je reviens ici.

— Et alors, c'était ça, la vraie raison de ta visite ?

— Exactement, a-t-elle confirmé avec un sourire sardonique. Un retour romantique sur les lieux du crime.

— C'était une soirée romantique ?

— Tu rigoles ? En plus, il avait les fesses boutonneuses, Milton.

— Oh ! – Je n'ai pu m'empêcher de rire. – Et donc, que s'est-il passé quand la monitrice t'a surprise avec M. Furoncles-aux-Fesses ?

— J'ai été renvoyée de la colonie et je suis rentrée toute penaude à Brooklyn. Ton grand-père ne m'a pas adressé la parole pendant deux mois. Quant à ma mère, elle me répétait sans se lasser que j'étais une catin.

— Sacrée ambiance…

— Tu vois, ce n'est simple pour personne, les relations parents-enfants ! Tu vas vite le découvrir par toi-même.

— J'en suis sûre. »

Il y a eu un silence, puis elle a fait une remarque d'un ton pensif :

« Comme ça passe vite, trente-quatre années… Incroyable.

— J'aimerais bien que cette année passe plus vite, moi.

— Attends d'avoir cinquante ans, et tu verras : une minute c'est Noël, la minute qui suit c'est déjà l'été. Tu t'aperçois qu'il te reste, combien ? vingt ou vingt-cinq de ces minutes, et tu te mets à te demander à quoi ça servirait de faire l'addition… et tu te retrouves à faire un pèlerinage au bord d'un lac perdu parce que c'est là que tu t'es envoyé il y a des siècles un petit gars avec le derrière constellé de furoncles… – Comme Jeffrey avait commencé à chouiner doucement, elle a conclu. – Et ça, je pense que c'est le signe que je vais enfin fermer mon clapet. »

Elle nous a reconduits à Pelham et nous a laissés devant la maison, déclinant mon invitation à boire une tasse de thé en invoquant la route qui lui restait jusqu'à Brunswick. Elle est néanmoins sortie de la voiture pour embrasser Jeff. « N'embête pas trop ta mère », lui a-t-elle recommandé, à quoi il a répondu par l'un de ses gargouillis. Puis elle s'est tournée vers moi et, en un geste très inhabituel de la part de Dorothy Latham, elle m'a serrée dans ses bras, certes brièvement et sans grandes effusions. « Si tu as besoin de moi, tu sais où me trouver », m'a-t-elle dit. Et elle est partie.

Le lendemain, à la bibliothèque, Estelle m'a déclaré qu'elle avait beaucoup appréciée ma mère. « C'est une personnalité vraiment originale.

— Oh que oui ! Hélas, elle n'est pas douée pour le bonheur.

— Ça fait partie du lot.

— Quel lot ?

— L'originalité. Qu'il est plus facile d'assumer à New York que dans une bourgade du Vermont, évidemment. Elle doit se sentir comme un cyclone enfermé dans un puits. Beaucoup d'énergie sous pression.

— C'est une façon imagée de décrire les choses. »

Je ne risquais pas de devenir un cyclone à Pelham, décidée comme je l'étais de voir le meilleur côté des choses. Mon travail à la bibliothèque n'avait rien de très passionnant – sortir des livres, les remettre en place, en commander de nouveaux, m'occuper des rares lecteurs –, et il m'était parfois difficile d'occuper mes cinq heures de présence quotidienne. Au point que j'ai demandé à Estelle, un jour de ma troisième semaine : « Vous êtes certaine d'avoir besoin d'une assistante ?

— Bien sûr que non ! Mais j'ai besoin de compagnie, alors… »

C'était d'ailleurs un plaisir de travailler avec elle. Elle était amusante, spirituelle, toujours curieuse et, à part mon père, plus cultivée que n'importe laquelle de mes connaissances. Lectrice infatigable, elle ne manquait jamais de passer un week-end chaque mois à Boston afin de se rendre au musée, d'assister à un concert de l'orchestre symphonique, de hanter les bouquinistes de Harvard Square, et de déguster des praires ou du flétan dans un des caboulots du port.

« Vous n'avez jamais eu l'idée de trouver un travail là-bas ? l'ai-je interrogée une fois.

— Si, quand j'étais à Portland. Et ensuite, après la mort de George, je me suis dit : c'est maintenant ou jamais !

— Et alors ? Qu'est-ce qui vous a arrêtée ?

— Moi toute seule, franchement. – Elle a allumé une cigarette. – En fait, je n'ai aucune raison de rester ici, sinon pour la bibliothèque, qui est comme mon enfant mais qui ne se développera jamais plus que ça. Je ne sais pas… À chaque fois, quelque chose m'a retenue de faire le grand saut. La peur, peut-être. Je suis consciente que c'est un peu léger, comme explication.

— Non. Au contraire. »

Elle m'a observée en souriant.

« Quelqu'un a dit que les barrages les plus insurmontables que l'on rencontre sur sa route, ce sont ceux que l'on a construits soi-même.

— À qui le dites-vous !

— Oui… – Elle m'a proposé une cigarette, que j'ai acceptée. – Vous êtes encore toute jeune, et vous ne serez plus à Pelham d'ici dix mois. Ce n'est pas la prison à vie, tout de même.

— C'est vrai. Il n'empêche que j'ai souvent l'impression de… de m'être escroquée moi-même.

— Bienvenue chez les adultes ! Et vous pouvez encore réparer ça, de toute façon.

— Comment ? En quittant Dan ? – Un ange est passé. – J'y ai pensé, vous savez.

— Ça va mal à ce point, entre vous ?

— Pas tant que ça, non. Il y a juste un peu de… parasites sur la ligne, je dirais.

— Ce n'est pas rare, dans un mariage. Vous, en plus, vous avez vécu de grands changements dans votre vie, récemment, sans parler de…

— Je sais, je sais. La maison inondée, tout ça. Il faut que je tienne compte de tous les contretemps que nous avons eus, et je suis sans doute trop dure avec lui, etc. »

J'ai écrasé ma cigarette pour en allumer aussitôt une autre.

« Depuis quand êtes-vous ensemble ?

— Depuis ma première année en fac.

— Et il n'y a eu personne d'autre ? – J'ai fait non de la tête. – Ça, c'est remarquable !

— Ça prouve que je suis un bonnet de nuit ?

— Je n'ai rien dit de tel.

— Non, pas vous : moi. – J'ai tiré une bouffée. – Je ne vous ai jamais raconté tout ça, d'accord ?

— N'ayez crainte. Dans cette ville, je suis la seule à savoir tenir ma langue. Mais si je puis me permettre un conseil : soyez patiente. Je trouve que Dan est un gars bien. Comme vous devez le savoir, il a fait une excellente impression, ici. Les gens l'apprécient. Il y a de la tension entre vous, d'accord, mais quand le contexte s'améliore n'importe quel couple finit par retrouver un certain équilibre. Il ne va quand même pas en arriver à certaines dérives, comme, banalement, vous tromper régulièrement ou vous battre tous les soirs ?

— Me tromper "banalement" ? ai-je répété en mettant une note ironique sur le dernier mot.

— Tous les hommes trompent leur femme.

— Votre mari aussi ?

— Non. Il était trop ennuyeux pour ça.

— On dirait que cela vous déçoit !

— Un peu de drame n'aurait pas été de trop, parfois. Mais ce n'était pas son genre, à lui. Il était toujours dans la norme, tellement dans la norme…

— Pareil pour Dan, jusqu'ici.

— Comment pouvez-vous en être si sûre ?

— Je le connais bien. Et même s'il avait voulu aller voir ailleurs, il ne l'a pas fait.

— Pourquoi ?

— Tout simplement parce que, comme la plupart des étudiants en médecine, il n'a pas eu un instant de libre pendant les quatre dernières années. »

Malgré la confiance que je portais à Estelle, j'ai résolu de ne pas aller plus loin dans ce registre : je ne voulais pas que mes problèmes deviennent trop envahissants, d'abord, mais il y avait aussi mon côté Nouvelle-Angleterre, une profonde réticence à exposer mon linge sale en public. D'autant qu'il n'était pas si rebutant : après le cauchemar du motel, l'appartement, bien qu'exigu, nous paraissait un havre de confort. Chaque fois que je croisais Billy en ville, je ne manquais pas de lui répéter à quel point nous étions soulagés, et lui-même était tellement dévoué qu'il lui arrivait souvent de venir sonner à notre porte, caisse à outils à la main, et de me demander s'il y avait quelque retouche ou réparation dont il pourrait se charger.

« Je crois que ce type a le béguin pour toi, m'a lancé Dan un soir.

— Oh, s'il te plaît !

— Tu ne vois pas comment il te regarde ?

— Je ne vois rien de mal à ça. À moins que tu sois jaloux, bien sûr.

— Euh… C'est une blague, je suppose ?

— Oui, bien vu, c'en est une. »

Et je suis passée à un autre sujet, dans le cadre de ma politique de détente conjugale. Dix mois et trois jours : c'était la peine qu'il me restait à accomplir à Pelham. Le temps allait filer, ne cessais-je de me répéter. « Il n'y a qu'une façon de survivre ici, m'avait dit Estelle un jour : aller voir ailleurs aussi souvent que possible. » Mais puisque nous étions encore des

« nouveaux », il m'était impossible de m'aventurer trop loin, et je me suis donc pliée à une existence routinière, jour après jour. Réveillée à six heures par Jeffrey, je préparais le petit déjeuner ; à sept heures et demie, Dan partait travailler et je me chargeais de quelque tâche domestique avant que le moment arrive de laisser le petit chez Babs ; ensuite, je me rendais à la bibliothèque après un arrêt au *diner* pour un muffin et un café ; à deux heures, fin de ma journée professionnelle, je repassais prendre Jeff, que j'installais à l'arrière de la voiture pour me rendre au supermarché de Bridgton, où l'on trouvait tout ce que Miller n'avait pas – en veillant bien sûr à dépenser au moins cinq dollars par semaine à l'épicerie locale, sans compter la presse et les cigarettes, afin de ne pas être taxée de snob ; s'il n'y avait pas de courses à faire, et s'il ne pleuvait pas, j'emmenais Jeff au lac et je le poussais le long de la rive sur un kilomètre et quelques, chaque fois émerveillée par la beauté de l'endroit, chaque fois frappée par l'immensité de cet espace.

Puis c'était l'heure du dîner de Jeff, encore un peu de lessive, de la cuisine pour nous, donner un bain à mon fils, et Dan rentrait vers six heures, parfois plus tard s'il avait eu des visites ou une hospitalisation à Bridgton. Je n'oubliais pas de passer à la seule boulangerie de Bridgton qui avait du pain italien, car il adorait les spaghettis ou les lasagnes avec du pain aillé. Nous faisions presque toujours en sorte de prendre du vin au dîner, même si Dan se limitait à un verre ou deux, puisqu'il consacrait désormais la plupart de ses soirées à potasser d'épais manuels d'orthopédie, spécialité qu'il avait choisi de suivre après notre séjour à Pelham.

C'est en fait par Tom Killan, notre facteur, que j'avais découvert cette décision : un matin qu'il s'était arrêté pour prendre à la bibliothèque un nouvel arrivage de C. S. Forester, il avait remarqué en passant que Dan devait être un lecteur assidu, lui aussi, car il venait de déposer deux gros colis de livres à son cabinet. Et en effet, à mon retour à la maison dans l'après-midi, ils étaient là, empilés près de son fauteuil. Au dîner, j'ai observé qu'il semblait se préparer à de longues lectures, au cours des prochains mois. « Ouais, j'ai décidé de me trouver un os à ronger, et ce sera l'orthopédie.

— Le jeu de mots est volontaire ?

— Tout à fait.

— Donc, tu as décidé de devenir orthopédiste.

— J'y pense, oui.

— C'est plus qu'une vague idée, si tu as commandé tous ces bouquins. Ils doivent coûter une fortune.

— Deux cent douze dollars, frais d'envois inclus. Ça te pose un problème ?

— Bien sûr que non ! Et la pédiatrie, alors ? Oubliée ?

— Non, ça reste une option.

— Mais tu viens de dépenser une somme considérable pour des ouvrages d'orthopédie.

— Tu as raison, j'aurais dû t'en parler. Désolé. Simplement, j'ai cru… Je me suis dit que tu serais, comment dire, déçue que je ne poursuive pas en pédiatrie.

— Je suis surprise, c'est tout. Parce que l'orthopédie me paraît quand même très… spécifique, non ?

— C'est un aspect qui me plaît, oui. Et toute la dimension chirurgicale, aussi. Dans les dix, quinze prochaines années, il y a toute une série d'innovations qui peuvent entrer en pratique : prothèses de la hanche, articulations en plastique, etc.

— C'est ce que je disais. Très spécifique, en tout cas pour moi.

— Mais intéressant. Et ça risque de bien rapporter, aussi.

— “Rapporter” ? Depuis quand tu t’intéresses à ce qui “rapporte” ?

— C’est comme ça que tu veux passer le reste de ta vie ? a-t-il demandé en montrant l’appartement d’un geste de la main.

— On sait bien que c’est une solution transitoire qui nous a été imposée par un…

— Oui. Et je suis certain qu’une fois que nous aurons la maison, on sera bien plus heureux. Mais je n’ai pas envie d’arriver à trente-cinq ans avec pour seules ressources pour ma famille les huit mille dollars annuels que Ben Bland gagne pour l’instant.

— Mais tu pourrais être un très bon pédiatre, avec une belle clientèle.

— Pour m’occuper de varicelles et d’amygdales enflammées toute la sainte journée ? C’est stimulant, ça ?

— J’aurais juste souhaité que tu m’en parles.

— J’ai compris. Je ne le ferai plus, d’accord ? »

Qu’ajouter sinon « d’accord », tout en me demandant pourquoi diable il avait besoin de faire tant de mystères ? J’aurais pu me permettre de penser que c’était parce qu’il était sûr de son jugement et qu’il n’aurait pas daigné m’associer à une décision importante, mais j’ai préféré accepter ses excuses et le laisser se plonger dans les arcanes de l’orthopédie. Cinq soirs par semaine, après dîner, il se calait dans son fauteuil et bûchait sans relâche, un cahier de notes sur les genoux. En raison du manque d’espace, je n’avais alors d’autre solution que de prendre un livre avant d’aller me coucher autour de dix heures et demie, en général ; les mercredis, toutefois, il consentait à interrompre son travail et nous regardions ensemble la série comique *Rowan & Martin*.

Et ainsi de suite, tout au long de la semaine. Le samedi matin, Dan devait souvent descendre au cabinet mais nous faisions presque chaque dimanche une longue promenade à pied. Nous n'étions jamais invités, sans doute parce que les rares couples avec enfants de notre âge, comme Betty Bass et son mari, devaient nous prendre pour des « intellos » auxquels ils n'avaient rien à dire. Même Estelle, bien que très amicale à la bibliothèque, ne cherchait pas à me fréquenter en dehors du travail. Nous n'avions donc aucune autre compagnie que nous-mêmes, et comme Dan potassait ses livres dès qu'il en avait l'occasion…

Pendant ce temps, mon père occupait à nouveau le devant de la scène : à la célébrissime émission télévisée de Chet Huntley et David Brinkley, il avait sévèrement – et avec ses accents les plus patriciens – condamné le projet d'accorder le prix Nobel de la paix à Henry Kissinger, conjointement avec Lê Duc Tho, pour avoir négocié le cessez-le-feu au Vietnam. Quand je l'ai appelé quelques jours plus tard, il était égal à lui-même : affectueux, bousculé, prêt à courir à un nouveau cours, mais content d'apprendre que je connaissais l'existence de cette polémique, d'ailleurs avais-je lu son article dans le *Harper's* à propos des sombres tractations autour de l'octroi du Nobel à Kissinger ? Et comment se passait la vie à Pelham ? Et son petit-fils, poussait-il convenablement ? Mais il devait foncer, là, et il ne manquerait pas de téléphoner d'ici, et il espérait que j'allais « bien occuper mon temps ».

De fait, c'étaient mes nuits que je meublais en lisant, d'après mes calculs, une moyenne de cinq livres par semaine. Le travail était sans surprise, Jeff dormait de mieux en mieux, Dan et moi faisions l'amour deux fois par semaine, moments au cours desquels j'essayais de m'impliquer sans véritablement y parvenir, feignant parfois un orgasme pour qu'il ne décèle pas ce curieux détachement que je continuais à éprouver. Nous continuions à agir comme si tout allait bien entre nous, et je me sentais parfois comme « une silhouette en carton que l'on bouge d'un endroit à l'autre », ainsi que je l'ai avoué à Margy lors de l'une de nos conversations téléphoniques hebdomadaires, ajoutant : « Je ne sais pas comment sortir de ça, sauf en faisant quelque chose de radical. Ce qui provoquerait une mégacrise, et puisque c'est exclu je n'ai pas d'autre choix que de tenir mon rôle, en attendant juin et le départ de Pelham. Ensuite ce sera une ville barbante dans le genre de Milwaukee ou de Pittsburgh, où Dan fera son internat en orthopédie – merde à l'orthopédie ! –, parce qu'il aime ce genre de coins sans intérêt, et moi je suis trop lâche pour m'y opposer... Et là, je tomberai sans doute encore enceinte, et je suis bien capable d'oublier qu'à l'origine de tout ça j'avais une vie à moi... Mais comme je crois que je tourne pour de bon à la pleurnicheuse qui se regarde le nombril, là, je ferais mieux de changer de sujet. Alors, comment tu vas ? »

Elle a éclaté de rire.

« Tu n'as pas perdu ton sens de l'humour, en tout cas !

— Oui. Moi aussi, ça m'étonne. Mais allez, rends-moi un peu jalouse et dis-moi tout ce qui se passe dans la Grosse Pomme.

— Eh bien, sur le plan mecs, on est toujours pareil, au Club du Paumé du Mois. Le dernier en date était un soi-disant auteur dramatique dont la grande œuvre a été récemment montée dans un hangar. Sujet : les ennuis de saint Sébastien à cause de son faible pour les garçons, et ç'aurait dû me mettre la puce à l'oreille, ça, parce que deux jours après la première de la pièce il m'a annoncé qu'il rompait et qu'il était « ambidextre », c'est-à-dire bisexuel, c'est-à-dire : Bravo, Margy, toujours ce pif pour les choisir ! Par ailleurs, la bonne nouvelle, c'est que je ne vais plus vendre de souvenirs "artistiques" : je me suis trouvé un nouveau boulot.

— Mais c'est fabuleux !

— Non, c'est dans les relations publiques ; ça consiste à faire croire que d'autres que toi sont fabuleux, justement. Le truc, c'est que je suis tombée dans l'une des principales agences de New York. L'ami d'une amie de ma mère m'a dégotté un rendez-vous et j'ai fait relativement bonne impression, puisqu'ils m'ont embauchée comme "manager clientèle junior", si ça veut dire quoi que ce soit…

— Pourquoi tu as l'air si désabusée, alors ?

— C'est à cause de ce schnoque de Mark – l'auteur dramatique à voile et à vapeur. Il m'a téléphoné hier pour me demander de lui rendre un de ses disques préférés, et quand je lui ai annoncé la nouvelle, tu sais ce qu'il m'a sorti ? "Est-ce que tu connais quelqu'un qui disait, à l'âge de dix ans : 'Quand je serai grand, je veux faire relations publiques' ?" Texto !

— Pourquoi accorder ne serait-ce qu'une infinitésimale importance à ce que dit ce zombie ?

— Parce que c'est bien vu, sa remarque. Et j'ai l'impression de me renier totalement, en fait, parce que tous les seconds couteaux de Nixon, les Halderman et les Erlichman, d'où ils viennent ? Des relations publiques !

— Ouais. Et Hitler était peintre en bâtiment, ce qui ne signifie pas que tous les peintres en bâtiment soient des fascistes !

— Faiblard, l'argument.

— Tu comprends ce que je veux dire.

— Oui, très bien : toi et moi, nous faisons des choix que nous regrettons instantanément, mais nous continuons quand même. Enfin, contrairement à toi, je peux me barrer de ce poste quand je veux, moi. Et je suis à New York, au moins. Mais… »

Elle s'est interrompue.

« Écoute, Margy, si tu ne veux pas de ce travail, ne le prends pas. Disparais quelque part.

— Oui ? Où, par exemple ? En Indonésie, pour enseigner dans le Peace Corps et revenir dans deux ans pour découvrir que tous les boulots de ce genre sont pris par des filles plus jeunes que moi ? Et recommencer à zéro ? Non, cette offre, c'est un point de départ. En plus, on picole beaucoup, dans cette branche, donc il y a au moins une compensation. Mais dis-moi, tu ne pourrais pas obtenir une permission pour bonne conduite et rappliquer ici un de ces week-ends ? »

Le soir même, j'ai parlé à Dan de la proposition de Margy, soulignant que Jeffrey pouvait désormais se nourrir sans mon lait, et qu'il faisait des nuits entières, et que… « Je pense que tu devrais y aller, m'a-t-il déclaré, m'interrompant dans mon plaidoyer.

— Tu es sûr ?

— Babs peut s'occuper de Junior la journée, moi la nuit. Et puis sortir un peu d'ici ne te fera pas de mal, je le sais. »

J'ai été plus qu'agréablement surprise par sa sollicitude : transportée. Il avait donc perçu à quel point j'avais besoin d'aller respirer un autre air… Pour la première fois depuis des mois, j'ai pensé à nouveau qu'il était de mon côté, solidaire, complice. Le lendemain après-midi, je suis partie pour Bridgton avec Jeffrey à l'arrière ; j'ai réservé une place sur l'avion d'Eastern Airlines pour LaGuardia, dix jours plus tard, à l'unique agence de voyages de la région. Le prix du billet aller-retour m'a donné un choc : près de cent dollars ! J'avais fait mes comptes, pourtant, et même en ajoutant encore cent dollars pour mes dépenses durant les quatre jours et trois nuits que je devais passer là-bas, j'avais suffisamment économisé sur mon salaire de bibliothécaire adjointe pour me permettre cette petite folie.

Quatre jours à New York ! C'était un rêve, que Margy s'apprêtait à rendre encore plus fantastique en s'occupant de tout : des places pour le nouveau show de Stephen Sondheim, *Follies*, une soirée avec des amis à elle qui, avait-elle promis, étaient tous des phénomènes.

En m'examinant dans la glace, j'ai constaté que j'avais commencé à prendre l'allure d'une maman de province : avec toutes ces pâtes ingurgitées et un manque cruel d'exercice, j'avais dû prendre près de quatre kilos, que j'ai immédiatement résolu de perdre avant mon départ, du moins en grande partie. « Qu'est-ce que c'est, tu veux imiter Bugs Bunny ? » s'est étonné Dan lorsque, le soir même, je lui ai servi des lasagnes tout en me résignant à une assiette de carottes râpées et de fromage blanc.

« J'essaie juste de retrouver ma ligne, c'est tout.

— Mais tu es très bien comme ça !

— Merci. Mais j'ai quelques kilos en trop.

— Ah, c'est pour que Margy et ses amis ne te prennent pas pour une campagnarde un peu balourde ? Fais-moi confiance, tout le monde se moque du poids que tu fais, à New York. Et tu n'es pas vraiment grosse, en plus. »

Pas vraiment grosse ? Trop gentil, docteur… Mais je me souciais peu que Dan trouve mon régime minceur un tant soit peu exagéré. J'ai continué à préparer mon départ, obtenant de Babs l'assurance qu'elle pourrait garder Jeff jusqu'au soir – « Je veux pas d'argent en plus, non, juste un de ces presse-papiers avec l'Empire State Building dedans, et quand on les retourne la neige se met à tomber » –, négociant sans la moindre difficulté un congé avec Estelle, et commandant un taxi de Bridgton pour le trajet jusqu'à l'aéroport de Portland.

Tout était prêt, y compris mon petit sac de voyage, préparé trois jours à l'avance. Margy, qui avait pris un court congé, devait m'attendre à LaGuardia. L'avant-veille de mon départ, cependant, alors que je me dépêchais de placer de nouveaux arrivages sur les étagères de la bibliothèque afin de retourner au plus vite à la lecture d'*Un air de New York*, le livre d'E. B. White, Dan a surgi à l'improviste. Il était onze heures cinq à l'horloge, et j'ai aussitôt compris à son expression que quelque chose de grave s'était produit. Quand il m'a appris d'une voix blanche que son père avait eu une crise cardiaque, j'avoue que ma première idée, très égoïstement, a été que mon escapade new-yorkaise était condamnée.

« Il était au travail, m'a expliqué Dan. Avant l'arrivée de l'ambulance, tout le monde pensait qu'il était mort. Ils ont réussi à restaurer ses fonctions artérielles, mais... » Il s'est mordu les lèvres, essayant de se dominer. Lorsque je l'ai enlacé, il a caché son visage dans mon épaule et, après avoir refoulé un sanglot : « Je... Je viens d'avoir l'hôpital de Glens Falls. D'après eux, s'il survit une semaine, ce sera un miracle.

— Tu peux y aller maintenant ?

— J'ai des rendez-vous jusqu'à trois heures. L'infirmière a téléphoné à la direction médicale de Lewiston. Ils vont envoyer un remplaçant. Mais je ne pourrai pas m'absenter trop longtemps, parce que... »

Je l'ai interrompu en posant un doigt sur sa bouche.

« L'important, pour le moment, c'est que tu sois auprès de ton père.

— Il faudrait passer par New York, ensuite prendre un petit avion jusqu'à Syracuse et encore deux heures de bus pour arriver à Glens Falls. Et Betty Bass s'est renseignée : ça coûterait deux cents dollars, rien que l'aller. Donc je vais prendre l'autocar. Il y en a un qui part de Lewiston à quatre heures. C'est loin d'être direct, mais…

— Pourquoi tu n'y vas pas en voiture ?

— Parce que tu vas en avoir besoin. Et puis je pourrai me servir de celle de papa quand je serai là bas.

— C'est idiot, de passer douze ou treize heures dans un bus.

— Je ne veux pas conduire. Je ne m'en sens pas… capable, maintenant… – Il s'est dégagé, a passé sa manche sur ses yeux. – J'ai des malades qui m'attendent.

— Je suis navrée, Dan. »

Un haussement d'épaules, et il est reparti. Dans l'après-midi, donc, je l'ai conduit à Lewiston. En route, il est resté silencieux, sauf pour me dire à un moment :

« Je suis désolé, pour ton voyage à New York.

— Tu n'as rien à te reprocher.

— Je sais bien, mais… Enfin, tu pourras y aller quand… ça sera terminé.

— New York est encore là pour un bout de temps. »

Quand je l'ai déposé à la gare routière, il m'a planté un baiser sur la joue, m'a promis d'appeler le lendemain et, emportant mes cigarettes dans sa hâte, il a disparu à l'intérieur du triste bâtiment sans se retourner. Sur le chemin du retour, je me suis efforcée de dominer ma déception. Plus tard, au téléphone, Margy s'est montrée tout aussi désappointée :

« Quel manque de chance ! J'attendais impatiemment ce week-end avec toi.

— Eh bien, une fois que les choses se seront tassées…

— Tu veux dire quand Buchan père aura cassé sa pipe ?

— Oui. Dès qu'on l'aura enterré, tu me verras rappliquer.

— Comment Dan prend tout ça ?

— À la manière Dan.

— Je vois… Ce doit être un rude coup, pour lui.

— Il a presque pleuré, tout à l'heure. Mais il a pensé à son image.

— Ne sois pas trop dure. Perdre son père, c'est quelque chose d'énorme.

— Je sais. Et il fait tout ce qu'il peut pour assumer. Sauf que, encore une fois, il m'a fait sentir que j'étais exclue, que ses affaires ne me regardaient pas.

— Ah, c'est la déception pour ton voyage qui te fait dire ça, tu vois tout en noir.

— Non, Margy. Pas seulement.

— Ça passera, ma belle. Crois-moi. Et tu seras bientôt ici avec moi. Mais pour le moment… »

Oui, je connaissais la suite : pour le moment, je devais garder la tête haute, jouer les épouses aimantes et dévouées. Lorsqu'il m'a appelée le lendemain après-midi, Dan semblait épuisé : parvenu à Glens Falls au petit matin après quatorze heures de car, il s'était rendu directement aux urgences de l'hôpital. « Cliniquement parlant, il n'est presque plus là, m'a-t-il dit d'une voix résignée. Le cerveau a été atteint de façon irréparable, en plus du traumatisme cardio-vasculaire. Mais malgré l'état du myocarde, son cœur continue à battre. Ça peut prendre des semaines. Ou des mois. » J'ai ressenti un élan de sympathie envers lui.

« Si je pouvais, a-t-il poursuivi, je prendrais le bus pour rentrer… »

Vers six heures du soir, on a frappé à la porte. C'était Billy. Il m'a adressé son sourire embarrassé avant de contempler ses chaussures. « J'viens d'apprendre, pour le père du docteur… Désolé, franchement.

— Je lui transmettrai, Billy.

— Ah, d'accord… – Il a plongé dans un long silence.

— Il y a quelque chose d'autre, Billy ?

— Je… J'voulais juste voir si vous aviez besoin d'un coup d'main ici.

— Non, tout va bien, merci. »

Il a encore souri niaisement, mais en évitant toujours mon regard.

« J'ai travaillé à la maison des Bland, aujourd'hui. M. Sims, il s'est fâché avec son nouveau plombier, alors il a dû m'appeler, ah ah ah !

— Le chantier avance ? me suis-je enquise poliment malgré mon désir de mettre fin à cette conversation au plus vite.

— Votre maison sera prête d'ici quoi, cinq, six semaines ?

— Magnifique. – Le silence est revenu. Finalement, Jeffrey s'est mis à brailler, ce dont je l'ai secrètement remercié. – Il faut que je m'occupe du petit.

— Ah… Oui, bien sûr…

— Merci d'être passé.

— Z'êtes certaine qu'il y a rien à réparer ?

— Si j'ai un problème, vous serez le premier à le savoir. »

Après avoir refermé la porte, je me suis hâtée vers le parc à jouets, dans lequel Jeff sanglotait éperdument. Je l'ai pris dans mes bras et j'ai approché mon nez de sa couche. Avec une grimace, je l'ai posé sur le tapis pour le changer quand le téléphone a sonné. Une épingle de nourrice dans la main, j'ai décroché, m'attendant presque à avoir Billy en ligne et me demandant comment gérer cette étrange amitié, mais c'est une voix masculine inconnue qui a demandé :

« Hannah Latham ?

— Hannah Buchan, en fait.

— Ah oui ! – Un rire bref. – J'ai oublié que vous étiez mariée.

— Qui est à l'appareil ?

— Toby Judson.

— Pardon ?

— Vous ne vous souvenez pas de moi ? On s'est rencontrés, pourtant. Tobias Judson.

— Attendez… "Le" Tobias Judson ? Du sit-in à Columbia ?

— Lui-même. On s'est vus avec ton père il y a deux étés, à Boston. Tu te rappelles ? »

Si je me rappelais ? C'était le soir où j'avais surpris papa avec cette femme…

« Et… comment vous… tu as eu mon numéro ?

— Par ton père.

— Je comprends…

— Il m'a dit que si jamais j'étais dans le Maine, il fallait que je passe te voir.

— Et là, tu es dans le Maine ?

— Tu connais un restaurant qui s'appelle Goodwin's ? Les "Bigrement-Bigrement" ?

— Quoi, tu es à Bridgton ?

— Exact. Et je me demandais si tu avais un tapis sur lequel je pourrais dormir, cette nuit ? »

7

Mon échange téléphonique avec Toby Judson n'a duré que deux minutes, mais il a suffi à me plonger dans une grande nervosité. Il s'était pourtant montré charmant et plein d'humour tandis qu'il m'expliquait qu'il avait décidé d'abandonner sa thèse de doctorat à l'université de Chicago pour partir en balade en stop à travers le pays. Il s'est également montré très compréhensif quand je lui ai dit que je devais vérifier que mon mari ne verrait pas d'objection à ce qu'il passe la nuit chez nous, me laissant le numéro du restaurant pour que je le rappelle et lui donne le feu vert. Rien d'inquiétant, au contraire : après tout, ce n'était pas seulement un ami de mon père mais aussi une véritable célébrité nationale depuis son rôle moteur dans la mobilisation du campus de Columbia en 1969, une légende vivante du mouvement radical américain... Je me rappelais même avoir lu dans un journal qu'on l'avait surnommé « le Robespierre US ».

Non, ce qui m'avait inquiétée, c'était, comment dire ? son aisance au téléphone, sa facilité à adopter un ton complice avec moi, le petit rire sarcastique lorsque j'avais utilisé mon nom d'épouse, détail qui l'avait sûrement amené à me cataloguer dans la catégorie des petites-bourgeoises indécrottables. Et en retour ma nervosité était due aussi au fait que je m'en voulais de m'être montrée aussi hésitante, aussi méfiante, aussi… « petite-bourgeoise », justement. Mais, d'un autre côté, j'étais en effet une femme mariée, qui habitait une très petite ville… Après avoir noté le numéro de Goodwin's, j'ai raccroché et, prise d'une soudaine impulsion, j'ai téléphoné à mon père.

Étonnamment, il était à la maison et, plus surprenant encore, il n'a pas parlé de lui, se montrant au contraire sincèrement chagriné par l'état de santé du père de Dan, puis me posant maintes questions sur le développement de Jeffrey, tous ces petits moments où on s'aperçoit qu'un bébé est en train de devenir un enfant.

« Je sais que je vous dois une visite, a-t-il avoué, mais j'ai été assez bousculé, tous ces derniers temps.

— À propos de visite… – Je lui ai résumé l'appel que je venais de recevoir.

— Sacré Toby, c'est bien son style ! C'est peut-être le garçon le plus brillant que j'aie connu ces trente dernières années, mais il a un mal fou à rester concentré sur son travail. Un des meilleurs orateurs qui soient, drôle, hypercultivé, et aussi une grande plume ! Tu devrais lire ce qu'il publie dans *Ramparts* et *The Nation*. Excellente capacité d'analyse, élégance…

— Un petit génie, quoi, ai-je glissé, interrompant son dithyrambe.

— Tu pourrais l'abriter une nuit ou deux, alors ?

— Eh bien… Comme tu sais, Dan est absent et…

— Et les voisins risquent de jaser ?

— C'est à peu près ça, oui.

— Préviens Dan, et préviens les voisins aussi, avant qu'ils se mettent à cancaner. C'est la vieille technique pour désamorcer les commérages, en Nouvelle-Angleterre, et ça marche ! Et puis ne t'inquiète pas, il ne te soûlera pas de discours politiques, Toby. Ce n'est pas son genre. »

J'ai donc appelé Dan chez son père à Glens Falls, ensuite, mais sans obtenir de réponse. Un coup d'œil à ma montre ; il était près de sept heures et demie. Je ne pouvais faire patienter indéfiniment ce type et puis j'étais certaine que Dan ne verrait aucun inconvénient. Toby devait être resté tout près du téléphone, car il a décroché à la première sonnerie.

« Mon père te passe le bonjour.

— Est-ce qu'il a précisé que je ne me suis pas aiguisé les dents depuis longtemps et que je ne dors plus dans un cercueil ?

— Mieux que cela, il t'a vivement recommandé.

— Ravi de l'entendre, a-t-il réagi avec un autre rire sardonique. Et ton voyageur de mari ne voit pas d'objection à ma venue ?

— Il a d'autres chats à fouetter. Son père est en train de mourir.

— Ah, c'est pas cool, ça... – Très fine, la remarque... Mon silence désapprobateur ne lui a pas échappé, puisqu'il a enchaîné : – Pardon, je ne suis pas très doué pour les formules de circonstance.

— Je ne peux t'accueillir que pour une nuit ou deux, tu sais.

— Je ne comptais pas rester plus. – Puis, une fois que je lui ai expliqué où se trouvait l'appartement à Pelham : – Ça n'a pas l'air trop difficile. Bon, j'arrive dès que quelqu'un voudra bien me prendre en stop. »

Après avoir raccroché, j'ai commencé à balayer, à laver la vaisselle empilée dans l'évier, à ranger les langes qui séchaient devant le poêle, à nettoyer les toilettes et le lavabo, tout en me disant que j'étais vraiment une petite-bourgeoise, pour le coup. J'ai même troqué la salopette éclaboussée de bouillie pour bébé que je portais depuis le matin contre un jean et une chemise mexicaine trouvée quelques années plus tôt dans une boutique tenue par des jeunes à Boston. Ensuite, j'ai à nouveau tenté de joindre Dan. Pas de réponse. Autre tentative, cette fois chez Betty Bass, que j'ai eu du mal à entendre puisque la télévision beuglait en bruit de fond, comme d'habitude.

« Tu vas baisser ça, nom de nom ! a-t-elle crié à quelqu'un avant de revenir à moi. Vous appelez pour dire que le père du docteur est décédé ?

— Pas vraiment, non. En fait, je n'arrive pas à contacter mon mari et...

— Il doit être encore à l'hôpital.

— C'est ce que j'ai pensé, oui, mais comme je sais qu'il fait le point tous les soirs avec vous, pour le cabinet... Donc, si jamais il vous appelle et qu'il préfère ne pas me téléphoner trop tard parce qu'il a peur de me réveiller, est-ce que vous auriez la gentillesse de lui dire qu'un de nos amis va habiter chez nous quelques jours, et que nous serons sans doute debout jusqu'à minuit ? »

Je savais que c'était une présentation bien compliquée, et à vrai dire un peu tordue, mais je m'en fichais, car si jamais Betty Bass apercevait un inconnu sortir de l'appartement le lendemain matin, on en entendrait parler pendant des décennies. Il s'agissait donc simplement de « couvrir mes arrières », comme aurait dit Margy avec sa gouaille new-yorkaise. Et l'infirmière a gobé mon histoire. Ou presque :

« Qui c'est, cet ami ?

— Quelqu'un qui était avec nous à l'université. »

Sur ce, bonsoir et à bientôt.

En fait, Dan a téléphoné une demi-heure plus tard :

« Papa a eu deux arrêts cardiaques, cet après-midi. Mais le médecin de garde l'a maintenu en vie.

— Était-ce un bon choix ?

— Bien sûr que non, sauf que, comme tout médecin, il se doit de prolonger la vie par tous les moyens dont il dispose, même si le malade est en état de mort cérébrale. Comme papa…

— Tu as une voix très fatiguée, Dan.

— Je le suis. Et je veux m'en aller d'ici, au plus vite. Je crois que le prochain incident cardiaque, ce sera la fin.

— Nous aussi, on veut que tu reviennes… Est-ce que tu as parlé à Betty Bass, ce soir ?

— Non, pas encore. »

Je l'ai donc informé du message que j'avais laissé à propos de notre visiteur-surprise. Dan n'a eu qu'un commentaire :

« Du moment qu'il a dégagé les lieux à mon retour, ça m'est égal.

— Crois-moi, c'est juste pour faire plaisir à mon père. Ils étaient frères d'armes sur les barricades, tu comprends.

— Bon, s'il se met trop dans tes pattes, jette-le dehors. Et… je pense que c'était très bien vu, de prévenir Betty Bass. Excellent, Batman !

— Essaie de dormir un peu, mon amour.

— Tu me manques… »

Quelques instants plus tard, je me suis fait la réflexion que c'était sans doute la conversation la plus tendre que nous ayons eue depuis des semaines, voire des mois. Une heure a passé sans que le fameux Tobias Judson n'apparaisse, puis une autre. Je m'apprêtais à laisser une clé sous le paillasson, et un mot sur le loquet, quand on a frappé à la porte.

Trois ans ou presque s'étaient écoulés depuis que je lui avais été rapidement présentée, et, vu les circonstances très particulières de cette soirée, je ne lui avais pas prêté une grande attention. Là, pourtant, en le découvrant sur le palier, ma première réaction a été : « Eh, il est plutôt beau gosse ! Enfin, si on aime le genre intello barbu… »

Ce n'était pas à proprement parler une barbe mais plutôt le résultat obtenu quand on ne se rase pas depuis plusieurs jours. Le contour de son visage très anguleux s'en trouvait adouci. Grand, mince, une tignasse foncée, de petites lunettes rondes à la John Lennon, il portait une chemise bleue élimée, un cardigan d'un bleu plus sombre troué aux manches, un pantalon à pattes d'éléphant en velours gris, des chaussures de marche. Ce qui était amusant, c'est que sa dégaine débraillée n'arrivait pas à cacher le fils de bonne famille qu'il était, ce que venaient encore rappeler les dents blanches et régulières qu'il a révélées dans un sourire moqueur.

« Pardon d'arriver tard, mais il y a un petit problème avec la route de Bridgton à Pelham, après la tombée de la nuit : personne n'y passe.

— Ah, j'aurais dû te le dire !

— Pourquoi, ça t'est arrivé de faire du stop entre Bridgton et Pelham la nuit tombée ?

— Non. Même pas en plein jour.

— Alors pourquoi t'excuser ? Euh, je peux entrer ?

— Mais… Bien sûr, pardon ! »

Il a repris le sac à dos taché de boue qu'il avait posé au sol près de lui ; le sac de couchage roulé au sommet aurait eu besoin d'une bonne lessive, lui aussi.

« On dirait que tu es sur la route depuis un moment, ai-je fait observer.

— J'ai quitté Chicago il y a trois jours, sans prendre le temps de souffler nulle part. C'est une expérience que je ne conseillerais à personne.

— Même pas pour dormir ?

— Non. Mais j'ai pu pioncer cinq heures il y a deux nuits, à l'arrière d'un camion qui faisait la liaison Pittsburgh-Albany. Un chargement de frigos. »

Abandonnant son paquetage près du canapé, il a jeté un regard circulaire : « C'est douillet, ici.

— Une manière de dire "minuscule", sans le dire ?

— Alors c'est ça qu'ils donnent comme logement de fonction à un médecin, dans le coin ?

— Pas exactement. – Je lui ai rapidement raconté l'inondation chez Bland.

— Ah oui, les misères du bricolage… Une manie très petite-bourgeoise, ça. Ils se disent qu'ils peuvent se débrouiller sans travailleurs qualifiés issus du prolétariat.

— Vraiment ? Je pensais que c'était juste une façon de se détendre le week-end. Et d'économiser de l'argent.

— On est bien d'accord ! Il s'agit d'éliminer la classe ouvrière en faisant confisquer son travail par une élite sociale qui se persuade que refaire la plomberie d'une maison, disons, est à la portée de n'importe quel bourgeois un peu débrouillard. Tu ne savais pas que Marx a consacré tout un chapitre du *Capital* à la question "Plomberie et redistribution de la plus-value" ?

— Tu blagues. »

Affectant une voix à la Groucho Marx, il a brandi un cigare imaginaire entre ses doigts : « Chère dame, si vous avez gobé ça, vous pouvez gober n'importe quoi.

— Je n'ai rien gobé du tout, monsieur !

— Ah, elle est digne de son père qui m'a assuré un jour que, pour être un bon historien, il faut d'abord avoir un détecteur de baratin surpuissant.

— Il n'a pas pris ça dans un livre de Hemingway ?

— "Trop jeunes, les poètes imitent ; trop vieux, ils pillent."

— C'est de T. S. Eliot ?

— Impressionnant !

— Bah, la lecture, c'est une activité à laquelle je m'adonne beaucoup, ici. Mais assieds-toi, je t'en prie, mets-toi à l'aise.

— Merci. – Il s'est laissé tomber sur le parquet, en tailleur.

— Euh… Tu peux prendre le canapé, tu sais ?

— Oui, mais je ne voudrais pas le salir. Mon fute n'est pas très propre, après trois jours sur la route.

— Ah ! Donc tu appartiens à la bourgeoisie, toi aussi ? ai-je lancé avec un sourire.

— Touché ! Pour être plus précis, un "grand bourgeois", comme disent les Français. Shaker Heights, banlieue chic de Cleveland où toutes les petites Juives sont des princesses.

— Et les petits Juifs ?

— De futurs conseillers fiscaux.

— Qu'est-ce qui a cloché dans ton parcours, alors ?

— J'ai goûté à la drogue de la politique, j'ai découvert que j'aimais semer la zizanie.

— Une bière ?

— Ce serait génial. »

J'ai rapporté deux canettes.

« Schaeffer, a-t-il constaté. Une bonne bière bien de chez nous, ça.

— Non, pas bonne du tout. Mais pas chère.

— Comment ? Je suis étonné que la femme d'un médecin doive regarder à la dépense !

— Dan n'est encore qu'interne. Et c'est le bout du Maine, ici, le bout du monde. Même pour un toubib, les salaires ne volent pas haut.

— Ah ! Comme disait l'oncle Joseph… Staline, hein ? Une année en Sibérie, rien de tel pour vous fortifier l'âme.

— Il n'a jamais dit ça.

— Très efficace, ton détecteur à baratin ! »

Dans la chambre, Jeffrey s'est mis à pleurnicher.

« Je ne savais pas que tu avais un gosse.

— Tu le sais, maintenant. – Je suis allée le sortir de son berceau et je l'ai embrassé sur la tête. Sa couche ne sentait pas la rose. Je l'ai amené au salon. – Voici Jeffrey Buchan, ai-je annoncé. Dis bonjour à Toby, Jeff ! »

Après avoir installé Jeffrey sur la table à langer près de la télévision, j'ai changé sa couche. Toby nous a lancé un bref coup d'œil.

« Je n'aimerais pas être à ta place.

— Hé, ce n'est que du caca ! Et pour citer ton Marx, la merde, c'est l'essence de la vie.

— Il n'a jamais dit un truc pareil.

— Je sais, mais c'est quand même une chouette citation. En parlant de mauvaises odeurs, d'ailleurs, tes trois jours de voyage à la dure, on les sent, si tu vois ce que je veux dire.

— Pardon. Je ne pourrais pas me servir de votre salle de bains ? Il va falloir que je trempe un bout de temps pour m'en débarrasser !

— Non seulement tu peux, mais tu dois ! Et pendant que tu y es, donne-moi ton linge, que je le jette dans la machine.

— Tu n'es pas ma femme de chambre, tout de même !

— Non, mais je ne supporte pas les odeurs de fauve. Plus vite tu seras propre, et tes frusques aussi, mieux je me porterai. »

Il a commencé à retirer ses affaires de son sac. Je suis allée prendre une taie d'oreiller dans le panier de linge sale et je la lui ai rapportée. « Tiens, mets tout ça là-dedans. » Il a obtempéré avant d'aller s'enfermer dans la salle de bains, dont il a rouvert la porte un instant plus tard, ses habits fripés au bout de son bras nu.

Par la porte à nouveau fermée, j'ai entendu l'eau couler. Entre-temps, Jeffrey s'était miraculeusement rendormi. Après l'avoir déposé dans son berceau, je suis descendue à la laverie, derrière le cabinet de Dan. J'ai rempli la machine des affaires nauséabondes de Toby, versé de la lessive et lancé le programme. Une voix dans mon dos m'a fait sursauter alors que je revenais au pied des escaliers : « B'soir, m'dame ! » Enfer et damnation ! Billy !

« Ah, bonsoir, Billy ! Vous êtes encore dehors, à cette heure ?

— J'viens juste de décider que je voulais faire un tour. Tout marche normalement, à la laverie ?

— À la… Comment vous savez que j'en viens ?

— Pour quelle autre raison vous seriez dehors à point d'heure ? – Bien raisonné, ai-je dû admettre en mon for intérieur. – J'ai vu qu'vous aviez de la visite, a-t-il continué.

— Comment vous avez "vu" ça, Billy ?

— J'l'ai remarqué quand il passait en ville tout à l'heure, et il est allé chez vous.

— Je croyais que vous étiez sorti faire un tour il y a quelques minutes… »

Il a évité le regard interrogateur que je posais sur lui.

« Euh, j'ai été pas mal dehors, ce soir.

— En effet. Bon, c'est un vieil ami à nous. De l'université.

— C'est pas mes oignons, m'dame. J'espère que j'vous ai pas embêtée… »

Pour être franche, si. Parce que je commençais à me demander s'il ne surveillait pas en permanence ma porte d'entrée. Mais pour quelle raison il aurait fait ça… ?

« Pas de problème, Billy. Bonne nuit.

— Très bonne nuit à vous, m'dame. »

En remontant à l'appartement, j'ai résolu de demander dès le lendemain à Estelle si Billy s'était déjà fait remarquer en suivant des gens, ou si j'étais la première à être honorée de sa troublante attention. En haut, Jeffrey dormait toujours et la porte de la salle de bains restait fermée. Une demi-heure s'est écoulée, pendant laquelle je me suis à nouveau escrimée sur *L'Arc-en-ciel de la gravité*, lentement conduite au découragement par le style incroyablement abscons de Thomas

Pynchon. Finalement, je me suis approchée de la porte de la salle de bains, l'oreille tendue. Le silence était total. J'ai frappé deux coups discrets. Pas de réponse. J'ai appelé Toby, une fois, deux fois. Rien. J'étais inquiète, maintenant. Après un nouveau coup, plus fort cette fois, j'ai ouvert à la volée. « Toby ! » Il était allongé dans la baignoire, tout nu. Endormi, la tête hors de l'eau, ne courant aucun danger. J'ai détourné le regard et je suis sortie de la salle de bains, l'appelant encore. Il s'est réveillé enfin, et a bredouillé d'une voix hagarde « Hein, quoi ?

— Hé, bonjour !

— Quoi ? C'est le matin, déjà ?

— Non. Mais tu dors là-dedans depuis près d'une heure, alors j'ai eu peur que tu te sois noyé.

— Pardon.

— Ça va. Je suis juste contente que tu sois encore parmi nous. Bon, tu aimerais dîner, maintenant ?

— Avec plaisir.

— Une omelette, ça te paraît comment ?

— Très mangeable ! »

Il est réapparu dix minutes plus tard, rasé de frais, en jean et tee-shirt propres. « Merci de m'avoir sauvé des eaux… Ç'aurait été une fin idiote !

— Quand on dort cinq heures en trois jours, c'est une chose qui peut arriver. »

Il s'est assis à la table de la cuisine, acceptant la deuxième bière que je lui tendais. Dans la poêle où le beurre avait fondu, j'ai jeté un oignon haché, des tomates et la demi-douzaine d'œufs que je venais de battre. Tout en surveillant l'omelette, j'ai demandé à Toby pourquoi il s'était infligé l'épreuve de traverser le pays en stop. Ne savait-il pas qu'il existait des cartes de bus Greyhound ?

« Bien sûr, mais sans l'aspect Kerouac, ça n'aurait pas été une vraie escapade, pour moi. D'un océan à l'autre en auto-stop, une dérive de toute une année, tu vois le genre ? Et j'en sortirai peut-être un ou deux articles, ou même un livre.

— Et pourquoi avoir choisi le Maine comme point de départ ?

— Ce n'est pas vraiment un choix. Le premier camionneur qui s'est arrêté m'a laissé à Akron, dans l'Ohio. Ensuite, ç'a été Plattsburg, puis Albany, puis un ancien capitaine des marines m'a emmené jusqu'à Manchester dans le New Hampshire. Peut-être la ville la plus facho de toute l'Amérique, d'ailleurs…

— Tu as dit ça à ton ex-capitaine des marines ?

— Certainement pas. Je n'avais pas envie qu'il me débarque de voiture ! Enfin, après Manchester, je suis devenu pote avec un autre camionneur qui montait sur Bangor et qui voulait passer voir une copine à Lewiston, donc il est sorti de l'autoroute et il m'a laissé à Bridgton parce que je…

— Parce que mon père t'avait dit : "Si tu as besoin d'un lit dans le Maine, appelle Hannah" ?

— Eh bien… Quand j'ai décidé de prendre la route, il a en effet mentionné que tu vivais par là, et il m'a donné ton numéro. J'en ai plein d'autres. Des numéros d'amis, d'amis d'amis… Et de toute façon, pour traverser le pays en stop, c'est un excellent point de départ, le Maine.

— Oui. C'est ton directeur de thèse, qui doit être content que tu suspendes tes travaux pendant un an, non ?

— Ah, on reconnaît bien la fille de prof ! Non, en fait il a pris ça plutôt à la coule. Et il sait que si j'en rapporte un bouquin, ça sera un plus quand le moment viendra de décrocher un poste dans l'université qui m'intéresse, etc. Ouais, c'est une de mes faces cachées, ça : j'avoue que je suis plutôt carriériste.

— Peut-être pas si cachée… C'est sur quoi, ta thèse ?

— "Le bricolage en plomberie et la redistribution de la richesse collective".

— Très drôle.

— Non, mais ce n'est pas si loin de ça, vraiment : c'est le marxisme bricolé qu'Allende a essayé de mettre en pratique au Chili.

— Tu y es allé, au Chili ?

— Quoi ? Tu veux dire que tu n'as pas lu mes fabuleuses correspondances de Santiago dans *The Nation ?*

— Non, ai-je rétorqué. Je ne lis que *Playboy*, moi. Pour les interviews. »

Il a éclaté de rire.

« Ah, je l'ai bien cherchée, celle-là !

— En effet.

— J'aime vraiment ton humour, tu sais.

— Bon… – J'ai essayé de ne pas rougir. – Et donc, comme tu n'as pas pu empêcher l'Amérique de s'embourber au Vietnam, ni sauver le Chili du complot de la CIA, tu as décidé de retourner dare-dare à la tour d'ivoire de la recherche universitaire ?

— La vache, tu as la dent dure ! Et tu mets droit dans la cible, aussi. »

Après avoir servi l'omelette et posé deux autres bières sur la table, j'ai écouté Toby me raconter avec verve ses aventures au Chili, et notamment sa liaison explosive avec une pasionaria de la révolution, Lucia, plus âgée que lui et qui s'était révélée être une informatrice de « nos magouilleurs de Washington », devenant après le coup d'État une personnalité importante du régime Pinochet.

« Vice-secrétaire d'État chargée des relations entre le Chili et les États-Unis, dossier dont elle avait déjà une connaissance intime grâce à votre serviteur…

— Tu as eu de la chance qu'elle ne t'ait pas fait pendre, empaler et découper en petits morceaux.

— Ouais, mais juste après le "suicide" d'Allende un type plutôt correct de notre ambassade à Santiago m'a passé l'info que j'avais à peu près douze heures pour décamper, vu que j'étais sur la liste d'un certain escadron de la mort. J'ai suivi son conseil, j'ai filé à l'aéroport et j'ai réussi à prendre le dernier avion de la journée, destination Miami. À ce qu'on m'a dit, les barbouzes ont forcé ma porte une heure après le décollage…

— Maintenant, je comprends que tu aies eu besoin d'activités plus paisibles, après ça. Comme de rédiger une thèse de doctorat.

— Eh oui, on ne peut pas rester sur les barricades toute sa vie… Quoique ton père soit peut-être une exception à la règle, lui ! »

Là, il s'est lancé dans un chaleureux éloge de papa, « historien hors pair » d'une fidélité sans faille à ses « camarades de combat », mentor qui ne prenait jamais d'« airs paternalistes à la Jimmy Stewart » avec ses cadets, figure du mouvement antiguerre qui, « contrairement à bien d'autres », ne cherchait pas à soigner son image publique mais à « porter le fer dans le ventre de la bête ».

« Oh, je ne pense pas que mon père déteste être sous le feu des projecteurs, ai-je objecté.

— Lénine n'a-t-il pas dit que tout leader révolutionnaire doit avoir un ego hypertrophiée ?

— Ça serait pas plutôt Freud ?

— Sans doute, puisque je viens d'inventer cette citation… Très bonne omelette, à propos.

— C'est là où nous nous réalisons, nous autres femmes au foyer : en faisant la cuisine et en pondant des enfants.

— Je ne te vois pas du tout comme une femme au foyer.

— Et ce n'est pas le cas, parce que je travaille à la bibliothèque municipale, aussi. Maintenant, si tu dis "C'est intéressant, ça !" je ne te parle plus.

— C'est intéressant, ça. »

Il y a eu un long silence pendant lequel il m'a défiée du regard, attendant que je perde mon sérieux. Après une bonne minute, je n'ai pas pu réprimer un rire, et il m'a imitée.

« Tu es un drôle de numéro, tu sais ? lui ai-je lancé.

— C'est ce que mon père me dit toujours. "Toby, pourquoi tu vais le schmoque comme za, à te prendre pour Emma Goldman ? Le FBI, il débarrrrque cheu nous et il dit : 'Votre fiston, là, y feut démolir la Gonstitution de la Amérique et mettre État marxiste à la place.' Et moi, je dis : 'Démolir, démolir, rien tu tout, y croit juste que chouer les révolutionnaires, za fa lui ramener les filles !' "

— Il parle vraiment comme ça, ton père ?

— Un peu. Il est arrivé de Wroclaw dans les années 30. Juste avant que ça se mette à vraiment barder pour les Juifs de Pologne.

— Et c'est comme ça qu'il a répondu au FBI, sérieusement ?

— C'est ce qu'il m'a raconté, en tout cas.

— Et alors, c'est vrai ? Tu es devenu un grand révolutionnaire juste pour emballer les filles ?

— Eh bien… Les thèses radicales sont aphrodisiaques.

— C'est de qui, ça ? Sonny Liston ? »

Il s'est esclaffé, puis a réfléchi un instant :

« Ça te plaît, bibliothécaire ?

— Non. Je voudrais enseigner. Seulement les postes ne courent pas les rues à Pelham. En plus, je viens d'avoir un enfant et…

— Des excuses, tout ça. – Remarquant que je m'étais crispée et que je restais silencieuse, il a demandé : – J'ai touché un point sensible, là ?

— Oui.

— Je pourrais te demander pardon, mais ce serait hypocrite de ma part.

— C'est honnête, au moins.

— Ou aussi honnête que je peux l'être.

— Ce qui est beaucoup, j'en suis sûre. Une autre bière ?

— En fait, si ça ne te dérange pas, ce que j'aimerais surtout, là, c'est dormir un peu.

— Ça ne me dérange pas du tout. Il est tard, de toute façon, et comme je suis mère et employée de bibliothèque, je me lève tôt. Quels sont tes plans pour demain ?

— Ben, je peux reprendre la route, si je gêne ici.

— Pas du tout. Tu ne voudrais pas souffler un moment, après ton marathon en auto-stop ?

— Ce serait super.

— Dan ne sera pas de retour avant trois jours, à moins que son père ne décède avant, et dans ce cas je devrai le rejoindre à Glens Falls avec Jeffrey. Mais franchement, si ça te dit de passer encore deux nuits ici, tu es le bienvenu. »

Il a tendu la main pour m'effleurer le bras.

« Merci ».

J'ai senti le sang me monter aux joues. J'espérais qu'il ne remarquerait pas mon trouble, tout en me demandant pourquoi je réagissais ainsi à son contact. Je l'ai aidé à arranger par terre les coussins du canapé, sur lesquels il a étendu son sac de couchage qui avait l'air encore plus sale une fois déplié. « Tu me donneras ça demain, que je le lave.

— Ne te donne pas toute cette peine pour moi, vraiment.

— Mais enfin, il s'agit seulement de mettre un sac de couchage dans une machine à laver et d'appuyer sur un bouton. Est-ce que je me trompe si je pense que tu as grandi dans une maison avec une foule de domestiques, et que tu as un vieux complexe de classe à ce sujet ? »

Il a marqué une pause avant de répondre.

« Non, nous n'avions pas "une foule de domestiques". Juste une. Geneva, elle s'appelait. Je sais, ça fait très *Case de l'oncle Tom*, mais que veux-tu, c'était le style de l'endroit…

— Et ça t'a certainement donné des raisons de te révolter. » De la chambre, un petit couinement m'est parvenu, qui se transformerait en hurlement si je n'y répondais pas dans la minute, je le savais. « Je vais aller voir ce que Monsieur désire, ai-je plaisanté.

— Ç'a été une supersoirée », a-t-il déclaré en me lançant un regard tellement intense, soudain, que j'ai ressenti le besoin de me réfugier dans la pièce d'à côté. « Repose-toi bien », lui ai-je soufflé avant d'aller calmer Jeff, qui s'est rendormi presque instantanément. Je me suis déshabillée et je me suis mise au lit. J'ai essayé de me concentrer sur la prose hermétique de Pynchon, mais je revenais sans cesse à la conversation que nous venions d'avoir, Toby et moi. Je me suis surprise à penser que l'échange avait été tellement stimulant que j'avais eu des reparties presque à la Dorothy Parker, ou quelque New-Yorkaise spirituelle. Oui, Toby m'avait forcée à jouer avec les idées et avec les mots, et je m'étais sentie intelligente. En plus, il me prenait au sérieux, il…

J'ai éteint. Le sommeil n'est pas venu. Je revivais le moment où je l'avais découvert dans son bain… J'ai rallumé et je me suis forcée à retourner dans les paradoxes pynchoniens pendant deux heures. J'entendais parfois Toby remuer dans le salon et je tendais l'oreille, pensant qu'il s'était peut-être levé, mais bientôt il n'y a plus eu que sa respiration, un léger ronflement qui avait la régularité d'un métronome. Tout en me reprochant de me conduire comme une adolescente en quête d'amour, j'ai fini par éteindre et par basculer dans le sommeil, moi aussi.

Quand Jeff m'a réveillée six heures plus tard, environ, je me suis glissée dans la cuisine pour lui faire chauffer un biberon. En passant, j'ai vu que Toby dormait toujours, ses épaules nues émergeant du sac de couchage. Une heure plus tard, en allant me préparer à la salle de bains, j'ai constaté qu'il n'avait pas bougé. Après avoir donné un peu de porridge visqueux à Jeff, j'ai écrit un mot pour expliquer à Toby où trouver de quoi préparer son petit déjeuner dans la cuisine et lui proposer de passer à la bibliothèque avant midi, « une fois que tu auras exploré tous les charmes de Pelham ». Puis je suis partie pour mon circuit matinal habituel : déposer le petit chez Babs, m'arrêter chez Miller pour acheter des cigarettes et le journal… « Il paraît que vous avez de la compagnie, chez vous », a fait observer Jessie Miller. Le ton qu'elle avait eu était tellement dégagé, dépourvu de sous-entendus, que j'ai répondu de la même manière : « Oui. Un ami à nous, de l'université. Il va passer un jour ou deux ici.

— Et comment va le père du docteur ?

— Toujours en vie, mais à peine.

— La prochaine fois que vous lui parlerez, dites-lui bien qu'on est désolés.

— Je n'y manquerai pas. »

J'étais à peine arrivée à la bibliothèque qu'Estelle m'a lancé : « Alors, j'entends que vous recevez des hommes seuls chez vous !

— Oh, pour l'amour de Dieu !

— Bienvenue en province, ma jolie ! »

Tout en prenant un café avec elle, j'ai répondu à ses nombreuses questions sur mon hôte, que j'ai à nouveau présenté comme un ancien camarade de campus, puis je me suis efforcée de m'occuper l'esprit avec mon travail. Une heure après, j'étais en train de remettre de l'ordre dans le stock quand j'ai entendu la porte s'ouvrir et Toby demander à Estelle si j'étais là.

« Ah ! Vous êtes le grand étranger ténébreux qui est arrivé en ville hier soir ! » Il a ri de bon cœur. Je me suis hâtée de les rejoindre, tout en essuyant la poussière accumulée sur mes doigts. « N'écoute pas ma chef, lui ai-je lancé, c'est un agent provocateur, elle aussi !

— On a beaucoup de chose en commun, alors », a-t-il constaté en lui tendant la main. Pendant qu'ils se présentaient l'un à l'autre, j'ai vu qu'Estelle l'étudiait avec attention et tentait vainement de réprimer un sourire.

« Donc vous étiez à l'université du Vermont avec Hannah et Dan » ? Toby a presque sursauté, et pendant quelques horribles secondes j'ai cru qu'il allait vendre la mèche, mais il a eu la grande présence d'esprit de comprendre de quoi il était question ici.

« J'ai travaillé sous la direction du père d'Hannah. »

Elle a hoché la tête, apparemment convaincue, ce qui ne m'a pas empêchée de continuer à me tourmenter en silence : et si elle venait à se rappeler qui était véritablement Toby ? Elle avait bien dû lire au moins un article sur ses hauts faits à Columbia, à l'époque... Alors, elle se demanderait – avec raison – pourquoi je lui avais menti. C'est l'ennui, avec les mensonges : ils finissent toujours par vous acculer dans un coin dont vous avez peu de chance de sortir sans avoir l'air idiot, ou fourbe.

« Comment as-tu dormi ? lui ai-je demandé.

— Comme un mort. Je me sens presque humain, aujourd'hui. Et je viens de passer une demi-heure à explorer les délices de Pelham. Ambiance sympathique. J'avais à peine mis les pieds dans ce petit bouiboui qui s'appelle, voyons...

— Le Miss Pelham.

— Oui. J'étais à peine assis, que la serveuse m'a sorti : "Vous seriez pas l'ami du docteur Buchan et de sa femme, par hasard" ! »

Il m'a décoché un clin d'œil complice qui ne pouvait avoir échappé à Estelle, laquelle a observé : « On est comme ça, à Pelham. On a développé une sorte de service de renseignements municipal qui ferait pâlir d'envie la CIA. De plus, nous détestons tous ce qui n'est pas dans la norme. Par exemple qu'une femme reçoive un vieil ami alors que son mari est absent…

— N'est-ce pas Conrad qui a écrit que "seuls ceux qui ne font rien ne commettent pas d'erreurs" ?

— Dans *Au cœur des ténèbres*, non ? a risqué Estelle.

— Non. *Le Frère de la côte.*

— Alors, qu'est-ce que tu vas faire, aujourd'hui ? ai-je demandé à Toby, pour changer de conversation au plus vite.

— Je ne sais pas vraiment. Tu as des suggestions à me faire ?

— Si vous aimez le grand air, nous en avons plein, par ici, l'a informé Estelle.

— Oui, tiens, tu pourrais aller au lac Sebago et louer un canoë, si tu sais t'en servir.

— Je suis allé en camp de vacances pour petits rupins, oui, comme n'importe quel gosse de Shaker Heights.

— Shaker Heights, dans l'Ohio ?

— J'en ai peur.

— Ça alors ! Une de mes tantes maternelles a épousé un type de Shaker Heights ! Alisberg, il s'appelait. Ça vous dit quelque chose ?

— Pas du tout.

— Elle est encore en vie, ma tante. Enfin, tout juste… Il faut que je lui parle de vous, la prochaine fois que je l'ai au téléphone. Elle connaît tout le monde, à Shaker Heights. Vous avez dit que votre nom de famille est… ?

— Oh, pardon. Mailman. Mais je doute qu'elle se souvienne de mes parents, parce qu'ils sont partis vivre en Floride il y a une bonne quinzaine d'années.

— Oh, il suffit que Ruthie rencontre quelqu'un une fois pour s'en souvenir à vie. Il faisait quoi, votre père ?

— Avocat.

— Écoute, Toby, les ai-je interrompus, si tu veux aller au lac maintenant, je peux te prêter la voiture.

— Ce serait sympa, merci.

— Ce n'est pas une automatique ; ça te va quand même ?

— Bien sûr. – Il m'a fait signe que je devais le suivre dehors. – Eh bien, ravi d'avoir fait votre connaissance, a-t-il dit à Estelle.

— Le plaisir est pour moi. »

Après avoir attrapé mon paquet de cigarettes – car Dieu sait combien j'avais besoin de fumer, après cette scène ! –, j'ai entraîné Toby sur le trottoir en affirmant à Estelle que je n'en avais que pour une minute. Pendant que j'avalais une longue bouffée – il avait refusé la cigarette que je lui avais proposée –, il m'a observée, sourcils levés : « Maintenant, tu peux m'expliquer ce qui t'a pris de raconter une histoire aussi stupide ?

— Eh bien… Je me suis dit que si les gens croyaient que vous étiez amis, Dan et toi, ce serait…

— Ouais, ouais. J'ai compris le coup tout de suite, au restaurant. Pensez donc, la femme du bon docteur restée seule pendant que son mari est au chevet de son père mourant…

— D'accord, d'accord, j'ai été lâche.

— Non, prudente. Et je te comprends. Tout comme je comprends que si je lui avais donné mon vrai nom, ton amie bibliothécaire aurait vite découvert qui je suis, et que nous n'avons jamais été à la fac ensemble. Non, mais tu m'imagines, dans le Vermont !

— Pas la peine de monter sur tes grands chevaux.

— Oui, je suis snob, j'avoue. Enfin, même si elle apprend la vérité, ce n'est pas grave. Tu pourras toujours lui expliquer que, vu mes activités militantes, je préfère voyager sous un nom d'emprunt. C'est un peu prétentieux ça, non ? Mais elle m'a l'air plutôt cool, pour une bibliothécaire de petite ville paumée, donc elle comprendra pourquoi je reste discret sur mon identité et mes titres de gloire.

— Quelle grosse tête tu as prise, mon Dieu !

— C'est pour mieux t'impressionner, mon enfant.

— Tu n'es pas du tout crédible, en grand méchant loup.

— Je prends ça pour un compliment. Tu es sûre que ce n'est pas un problème, que j'emprunte ta voiture ?

— Tant que tu ne la mets pas dans le fossé. C'est la Volvo orange qui est garée en bas de l'appartement. Et le lac Sebago, c'est à moins de vingt minutes par la...

— On pourrait y aller cet après-midi, plutôt ?

— On ?

— Mais oui ! Toi, moi et Jeffrey. Ce que je vais faire, maintenant, c'est me rendre à Bridgton acheter de quoi te préparer un bon dîner ce soir.

— Tu n'as pas besoin de...

— Je sais, que je n'ai pas "besoin de" ! C'est juste que ça me plairait de te faire un bon petit plat. Et de vous emmener faire un tour en canoë, Jeffrey et toi. Surtout par une si belle journée d'automne... – Il a tendu la main pour que j'y pose le trousseau de clés. – Alors, le programme te convient ?

— Mais oui...

— Bien. Quand est-ce que tu finis, ta journée ? À propos, je n'ai pas pu fermer l'appartement à clé, en partant. C'est grave ?

— Il n'y a pas de voleurs à Pelham. Rien que des concierges. On se voit à deux heures et demie, donc. »

Estelle m'a accueillie avec un sourire entendu. « Pas à dire, il est sérieusement craquant !

— Et moi, je suis sérieusement mariée.

— C'était seulement un jugement esthétique, voyons ! Mais enfin, si j'étais seule avec lui dans ce tout petit appartement…

— Je ne suis pas seule avec lui. Il y a mon fils, aussi.

— Hé, inutile de prendre cet air solennel avec moi, Hannah ! Je ne faisais que plaisanter.

— Vous savez comment ça se passe, ici.

— Tout le monde sait qu'il est l'ami de Dan, aussi. Donc vous avez un alibi en béton si, une fois chez vous, vous voulez lui sauter dessus.

— Ha !

— Oui. Ha ha, même ! À propos de rire, ça m'a amusée, qu'un petit gars de Shaker Heights aille faire ses études dans le Vermont. C'est plus qu'inhabituel, non ?

— C'était un fana de ski.

— Oh, alors ça s'explique, oui… Même si je n'avais encore jamais connu un skieur acharné qui cite Joseph Conrad.

— Eh bien c'est fait, maintenant. »

Quand je suis rentrée chez nous avec Jeff, Toby était en train de déballer toute une promesse de festin italien dans la cuisine. D'un œil incrédule, je l'ai vu sortir d'un sac en papier une bouteille d'huile d'olive vierge, des têtes d'ail, une vraie saucisse d'Italie, un beau morceau de parmesan et trois bouteilles de chianti. « Où as-tu trouvé tout ça ?

— Quoi, tu ne savais pas qu'il y avait une épicerie italienne à Pelham ?

— Allez, sérieusement !

— J'ai demandé à des gens, c'est tout.

— Où ça ?

— Au supermarché de Bridgton. Lequel, à part les habituels spaghettis en boîte, ne propose rien de même vaguement italien. Mais on m'a parlé d'une petite boutique Congress Street, à Portland. Alors j'ai foncé là-bas, "presto", et voilà de quoi préparer des *rigatoni con salsiccia* qui s'annoncent fameux.

— Tu es allé jusqu'à Portland ?

— Oh, c'est à peine à deux heures de route, en tout. Et ta Volvo se comporte pas mal, sur ces petites routes. Ce n'est pas joli-joli, Portland. Mais cet italien, par contre... Le patron, Paolo, est de Gênes. Il a commencé par être pêcheur sur la côte du Maine, puis il a monté cette affaire et son fils travaille avec lui, maintenant. J'ai eu droit à tout l'historique. Ainsi qu'à une tasse de très bon espresso.

— C'est... incroyable.

— "Demande, et tu seras exaucé"... Mais n'ouvre pas ces grands yeux ! Je me sentais d'humeur à cuisiner italien, voilà tout.

— Non, je suis admirative. »

Et un peu honteuse d'avoir dû attendre qu'un étranger me fasse découvrir qu'il existait une épicerie italienne dans la région. Même si je n'allais jamais au-delà de l'ignoble Lewiston, à vrai dire. « Demande, et tu seras exaucé. » C'était mon problème, sans doute : je ne demandais jamais rien.

Ses emplettes rangées, Toby m'a demandé : « Alors, on va au lac ? Tant qu'il fait jour ? » Il a tenu à conduire lui-même, parce qu'il n'avait « pas souvent l'occasion, à Chicago ». Mais il a pris une route que je ne connaissais pas et nous avons abouti de l'autre côté du Sebago, sur une aire de pique-nique où il y avait une cabane de location de canoës.

« Et cet endroit, comment tu l'as trouvé ?

— En posant la question. À la station-service de Bridgton.

— “Demande, et tu seras exaucé”…

— Comme Jésus a dit un jour à Karl Marx.

— Amen. »

Le quinquagénaire qui s’occupait des locations nous a vus arriver avec plaisir : « Vous êtes mes seuls clients, aujourd’hui. À partir d’octobre, c’est mort, ici. » Jaugeant de l’œil l’étroitesse des canoës, et nous imaginant déjà à la baille, j’ai suggéré : « Une barque, ce ne serait pas plus prudent ?

— Pas question ! a répliqué Toby ; le Maine, c’est traverser un lac en canoë. En plus, le temps est idéal. Pas même un souffle de vent.

— Votre mari a raison, est intervenu le bonhomme. C’est le grand calme, aujourd’hui. En plus, vous avez autant de chance de chavirer en barque qu’en canoë. Et je vais vous donner des gilets de sauvetage à tous les trois. » Toby, cependant, a refusé de passer le sien, m’expliquant qu’il aimait vivre dangereusement. « Ah, très bien, monsieur mon mari, mais moi je tiens à la vie, et à celle de mon fils.

— Compris, ma chère épouse. Tout le monde n’est pas censé être aussi aventureux que moi. »

Il ne s’était pas trompé sur l’état du lac, cependant. C’était l’un de ces trop rares après-midi où un soleil éclatant laissait flotter une certaine fraîcheur annonciatrice de l’hiver proche, et l’eau était un miroir. Je me suis installée à la proue, serrant Jeff contre moi, tandis que Toby pagayait à l’arrière. Partout, à perte de vue, il y avait le lac et la forêt teintée de pourpre et d’or. M’étendant sur le dos, j’ai contemplé le ciel, d’un bleu impeccable, totalement serein, je me suis enivrée de cet air si pur qu’il faisait un peu tourner la tête, et pendant un bref moment j’ai oublié le monde que nous avions laissé derrière nous, mes soucis, mes doutes, toutes les tensions inhérentes à ma vie quotidienne. Pendant quelques minutes de rêve, ce poids a disparu de mes épaules : plus de passé, plus d'avenir, plus de gêne, de regret ou de remords. Il n'y avait que le moment à goûter, l'eau, les arbres, mon fils endormi sur mon sein, le soleil déclinant mais encore chaud qui réchauffait mon visage. Tout oublier, était-ce si difficile ? me suis-je demandé. C'est une sensation éphémère, fragile, qu'il faut savoir saisir.

À sa place, Toby s'était tu, lui aussi. Il avait arrêté de pagayer pour s'installer plus confortablement, les yeux sur la voûte immense et vide au-dessus de nous.

« Est-ce que tu es croyante ? a-t-il fini par me demander, dissipant cet instant de calme.

— Pas vraiment, non. Mais j'aimerais l'être.

— Pourquoi ?

— Pour la… certitude que procure la foi, j'imagine. Pour l'idée que l'on n'est pas entièrement responsable de tout ce qui nous arrive. Et bien sûr pour la conviction qu'il y a “quelque chose” après tout ça…

— Ce serait sacrément amusant, de découvrir que ça existe pour de bon. La vie après la mort… Quoique, personnellement, d'après tout ce que j'ai lu là-dessus, je suis sûr que je trouverais ça très ennuyeux. Imagine, rien d'autre à faire que de contempler le paradis. À quoi on passerait notre temps, puisque tout serait immuable.

— Et comment peux-tu être si certain que tu accéderas au paradis ?

— Bonne question. Surtout si Dieu est un ancien de Columbia !

— Tu as fichu une vraie pagaille, là-bas, hein ?

— Ils l'avaient bien cherché.

— Qui, “ils” ?

— Mais l'administration, le conseil de l'université… Pour avoir laissé la CIA prendre pour couverture de prétendus instituts de recherche. Pour avoir accepté des sommes énormes de la part de boîtes qui fabriquaient du napalm. Pour avoir permis au complexe militaro-industriel de se servir des laboratoires du campus.

— Est-ce que tu as pu changer quoi que ce soit, en fin de compte ?

— On a contraint l'administration de renoncer à l'argent des marchands de canons, et la fac de chimie a accepté de ne plus collaborer à plusieurs projets du Pentagone.

— Oui. C'est un résultat, il faut croire.

— Tu n'as pas l'air impressionnée.

— Il faudrait ?

— Les transformations révolutionnaires ne se produisent pas en un jour. Notamment dans une société où le capitalisme a si profondément plongé ses racines. Le problème, ici, c'est que, contrairement à la situation de la Russie prébolchevique, le prolétariat américain vit dans l'illusion qu'il pourra s'élever à la condition bourgeoise en travaillant dur et en se prosternant devant l'État. L'exploitation est tout aussi féroce, mais elle se cache sous les oripeaux de la consommation à outrance : on persuade les classes laborieuses qu'elles ont "besoin" d'une nouvelle voiture, d'une nouvelle machine à laver, d'une télé dernier cri. C'est une accumulation fétichiste de biens qui détourne les gens de… Je t'ennuie, non ?

— Non, je t'écoute.

— Mais tu parais plus intéressée par le ciel.

— Qu'est-ce qui peut rivaliser avec une telle beauté…

— Je plaide coupable de trop jacasser, comme d'habitude.

— Tu jacasses plutôt bien.

— Ah oui ?

— Oh, allez, tu le sais parfaitement ! Et tu dis des choses intéressantes.

— Mais pas au milieu d'un lac, par une journée pareille ?

— C'est exactement ce que je voulais dire. – Nous nous sommes tus un moment, puis : – Pourquoi tu m'as demandé si j'étais croyante ?

— Parce que j'ai l'impression que… Comment dire ça sans avoir l'air idiot ? Que tu es en quête d'une explication, d'un sens à donner à tout ça.

— Ce n'est pas notre cas à tous ? Le problème avec la religion, c'est qu'elle veut imposer une réponse trop facile, trop convenue. "Dieu te surveille, Dieu t'aide à résoudre tes problèmes, et si tu te conduis bien sur terre, tu seras récompensé par la vie éternelle"… Je n'y crois pas une minute.

— Mais tu as besoin de croire à quelque chose, quand même ?

— Comme toi à ta révolution, comme mon père au changement par la non-violence ? En fait, ce en quoi j'aimerais croire, c'est en moi. Et en ma capacité à bien faire les choses.

— C'est-à-dire ? »

J'ai hésité à lui confier des réflexions si intimes, qui paraîtraient sans doute d'une dérisoire banalité face aux « transformations révolutionnaires » dont il se préoccupait. Et puis il m'a paru étrange, et même un peu mesquin, d'évoquer l'insatisfaction qui me tenaillait alors que je tenais mon fils dans mes bras. Mais j'ai tout de même tenté de répondre :

« C'est-à-dire que je sais que ce sont les préjugés bourgeois qui me retiennent là où je suis et qui m'empêchent d'essayer autre chose. Et je sais aussi que je suis irrémédiablement dépendante d'eux. Parce qu'une décision radicale, comme par exemple abandonner mari et enfant, serait… impossible.

— On ne peut pas tous être Trotski, d'accord. Et aller contre les conventions sociales, surtout quand il y a des gosses en jeu, ce n'est jamais facile. Mais tu pourrais te rebeller un peu contre le quotidien, manifester ton désaccord par des actes de protestation, même limités.

— Comme quoi, par exemple ? »

Il m'a souri.

« Comme n'importe quoi qui défie les règles du mariage, par exemple. Ce qu'on attend d'une femme mariée. »

Je me suis tue un long moment, avant de murmurer : « Je ne pense pas que je pourrais faire ça.

— Faire quoi ?

— Ce que tu suggères.

— Je ne suggère rien du tout ! Je constate simplement que ton mari ne se rend certainement pas compte de la chance qu'il a. Il ne se doute pas à quel point tu es hors du commun.

— Flagorneur.

— À tes yeux, mais c'est aussi une vérité objective.

— Et qu'est-ce qui me rendrait tellement hors du commun ?

— Ta manière de voir les choses, et… ta beauté.

— Tu dis vraiment n'importe quoi, là.

— Tu as toujours eu une si piètre image de toi ?

— Oui. Et je n'ai pas rougi comme maintenant depuis…

— Depuis hier soir.

— Ah… laissons tomber ce sujet, d'accord ?

— C'est le bon moment, oui. Parce qu'il est temps de rentrer. »

Reprenant sa pagaie, il s'est redressé et nous a ramenés au rivage. Pendant la trentaine de minutes qu'a duré le trajet sur l'eau, nous avons à peine parlé, mais j'entendais encore chacune de ses remarques, et notamment celle à propos de la vie conjugale : « Aller contre les conventions sociales, surtout quand il y a des gosses en jeu, ce n'est jamais facile. Mais tu pourrais te rebeller un peu contre le quotidien, manifester ton désaccord par des actes de protestation, même limités »... Le seul que je puisse imaginer ne me paraissait pas du tout « limité », non ; c'était un pas gigantesque à franchir, une frontière que je ne pourrais traverser sans être punie par un cuisant sentiment de culpabilité.

Après avoir rendu le canoë, nous sommes repartis en voiture, Toby de nouveau au volant, car Jeff s'était réveillé affamé et j'ai dû m'asseoir à l'arrière pour lui donner le biberon que j'avais apporté.

« Ça lui est égal, qu'il soit froid ? s'est étonné Toby.

— Quand on a faim, on n'est pas exigeant. Mais dis-moi, comment se fait-il que toi, avec tous tes "Je n'aurai jamais d'enfants", tu t'y connaisses autant en biberons ?

— Je me suis occupé de mes deux nièces, dans le temps.

— Tu changeais aussi leurs couches ?

— Non ! Ma sœur n'aurait même pas imaginé me le demander !

— Tu n'as qu'une sœur ?

— J'avais.

— Comment ?

— Elle est morte il y a quelques années.

— Mon Dieu, c'est terrible !

— Oui, a-t-il approuvé à voix basse, ça l'a été.

— Qu'est-ce qui s'est passé ? Elle est morte de maladie ou d'autre chose ?

— D'autre chose », a-t-il répliqué d'un ton qui m'a fait comprendre qu'il ne voulait rien ajouter.

Quand nous sommes arrivés au cabinet, la nuit tombait. Par la fenêtre éclairée, j'ai vu l'assistante à son bureau, penchée sur des papiers. Elle a relevé la tête au bruit de la voiture, nous a observés tandis que Toby m'aidait à sortir Jeffrey. Il était évident que nous venions de passer l'après-midi ensemble. Je lui ai adressé un signe de la main, ainsi qu'un grand sourire qui n'avait rien de sincère ; elle a aussitôt détourné le regard, faisant mine de s'affairer sur ses dossiers. En haut, j'ai changé Jeff avant de le poser dans son parc. Toby, qui avait retroussé ses manches, hachait de l'ail dans la cuisine.

« Je peux aider ?

— Oui, en me laissant m'occuper seul de ce dîner.

— Sûr ?

— Certain.

— Alors ça ne t'ennuie pas, si je prends un bain ?

— Pourquoi ça m'ennuierait ? Et au cas où Junior se mette à chouiner, je lui donne un verre de chianti pour qu'il se tienne tranquille, d'ac ? »

J'avais perdu le souvenir de la dernière fois où quelqu'un avait fait la cuisine pour moi, et où je m'étais octroyé le luxe de prendre un bain bien chaud. Même lorsque Dan était à la maison et Jeff endormi, je me refusais ce plaisir, d'autant que mon mari ne manquait pas de me rappeler – toujours poliment, certes – telle ou telle tâche domestique que je n'avais pas eu le temps d'exécuter pendant la journée. Je me suis donc détendue, non sans laisser la porte de la salle de bains entrouverte, cependant, pour le cas où mon invité ne parviendrait pas à calmer un soudain accès de colère de mon fils. Il n'y en a pas eu. Bientôt, comme le chef annonçait que le dîner serait prêt dans une vingtaine de minutes, j'ai quitté la baignoire, j'ai passé un peignoir et j'ai filé dans ma chambre. Dans la penderie, j'ai choisi une jupe longue à fleurs et un chemisier en mousseline blanche que j'aimais beaucoup mais que j'avais rarement eu l'occasion de porter.

« Ravissante, a déclaré Toby en me voyant apparaître dans le salon.

— Je t'en prie…

— Pourquoi rougis-tu à chaque compliment que je te fais ?

— Parce que, petit a, je n'ai pas l'habitude, et petit b, tu n'es pas mon mari.

— Sauf que, petit c, ce n'est qu'un constat objectif et, petit d, tu devrais le prendre comme tel. Entendu ?

— Entendu.

— Un peu de vin ?

— Oui. Mais laisse-moi appeler Dan, d'abord. »

Assise sur le canapé, j'ai composé le numéro de Glens Falls. Il a décroché à la troisième sonnerie. D'une voix tendue, il m'a raconté qu'une infirmière l'avait réveillé à sept heures du matin pour lui annoncer qu'ils pensaient que la dernière heure de son père était venue, mais que le temps d'arriver à son chevet le vieil homme était à nouveau sorti vivant de cette phase : « Le médecin me dit qu'il n'a jamais vu une chose pareille. Exactement pareil qu'un boxeur que l'on croit K-O mais qui se relève juste avant d'être compté dix. Il se cramponne à la vie, et comment le lui reprocher ? Mais si je reste encore trop longtemps ici, c'est moi qu'ils vont devoir mettre six pieds sous terre…

— Eh bien, reviens, dans ce cas, ai-je répliqué d'un ton assez brusque, et sans le penser, à vrai dire.

— C'est exactement mon intention, d'ici deux ou trois jours. Comment va la vie, à part ça ? »

Je lui ai donné un résumé assez anodin de notre journée, sans parler de la partie de canoë sur le Sebago mais en mentionnant au passage que « notre hôte » était toujours là.

« Ça se passe bien, avec lui ? s'est enquis Dan d'un ton plutôt indifférent.

— Oui, très bien.

— Bon, je dois y aller. Embrasse Jeff pour moi, dis-lui qu'il manque à son papa. »

Il a raccroché après un rapide au-revoir. J'ai cherché mon paquet de cigarettes et j'en ai allumé une. J'étais nerveuse, brusquement.

« Tout est OK ? a demandé Toby en me tendant un verre de vin, que j'ai attaqué aussitôt.

— Très bien, oui... Non, en réalité ça ne va pas du tout.

— À cause de l'état de son père ?

— Entre autres. Mais pour être franche, ton dîner sent trop bon pour qu'on le gâche avec ça.

— À table, alors ! »

J'ai voulu aller coucher Jeff dans son berceau, mais il s'est mis à hurler dès que j'ai fait mine de repartir vers la cuisine. « Oh, merveilleux, merveilleux, ai-je maugréé en entendant ses cris.

— Il ne veut pas te laisser seule avec moi, c'est clair.

— Ou bien il réclame un autre verre de vin ?

— Ramène-le, va. Je te promets que notre conversation sera tellement ennuyeuse qu'il sera endormi dans un quart d'heure. »

Finalement, j'ai gardé Jeff sur un genou pendant que nous commencions les pâtes, qui étaient excellentes. Et en effet, au milieu de ces agapes italiennes, Jeff a piqué du nez, bercé par le bourdonnement de nos voix.

« Où as-tu appris à faire aussi bien la cuisine ? ai-je demandé pendant que Toby ouvrait la deuxième bouteille de chianti.

— En prison.

— C'est ça, oui.

— J'ai été deux fois au trou, tu sais.

— Combien de temps ?

— Deux fois quinze jours, environ. Sans inculpation, au final. Le FBI n'aime pas perdre son temps à attaquer la désobéissance civile devant les tribunaux. Mais c'est en taule que je me suis initié à la cuisine italienne, grâce à une fille que j'avais connue à Columbia. Francesca, elle s'appelait.

— Une Italo-Américaine, ou une Italienne d'Italie ?

— Une Milanaise, oui. Ses parents étaient de vrais communistes-Gucci, ce qui signifie qu'elle connaissait son Marcuse et son Che Guevara sur le bout des doigts, mais qu'elle savait aussi s'habiller chic. Et faire les *rigatoni con salsiccia*.

— Donc c'est sa recette, ça ?

— Exact.

— Et j'imagine que cette nana était une beauté, également, et qu'elle connaissait le monde entier. »

Il a eu un sourire narquois.

« Tu es jalouse, maintenant ?

— Parce que j'aimerais être belle et avoir voyagé ?

— Qu'est-ce que je t'ai dit, sur le lac ?

— Tu voulais être gentil, c'est tout.

— Non, c'était la vérité.

— Si je pouvais te croire…

— Ton mari a fait du bon boulot avec toi, décidément.

— Pas que lui…

— Ta mère aussi ?

— Disons qu'elle avait… qu'elle a un esprit très critique.

— Impitoyable, plutôt. Si j'en crois ce que ton père m'a confié à plusieurs reprises. Et je suis certain que ça n'a pas dû être facile non plus d'avoir un papa si populaire.

— Surtout auprès des femmes libres.

— Et alors, où est le problème ?

— Nulle part.

— Je ne te crois pas. Profondément, tu détestes que ton père ait eu des aventures. C'est pour ça que tu n'as jamais trompé ton mari.

— Qu'est-ce que tu en sais ?

— C'est évident. Et ça explique pourquoi tu t'en veux à ce point de t'être laissé enfermer dans ce mariage, dans cette ville paumée. »

Je n'ai pas répondu. J'ai mis Jeffrey dans son berceau et j'ai allumé une cigarette.

« Je pourrais avoir encore un peu de vin, s'il te plaît ? »

Il a rempli mon verre.

« Est-ce que j'ai été trop direct ? s'est-il enquis. Il ne fallait pas décrire la situation telle qu'elle est ?

— Ça t'est égal, de toute façon.

— Personne n'aime entendre la vérité sur son compte, hein ?

— Moi, je n'ai pas besoin d'entendre ce que je sais déjà.

— Comme tu voudras.

— Tu me prends vraiment pour une plouc.

— Non, c'est toi qui te prends pour une plouc. Tu me rappelles beaucoup Ellen, ma sœur.

— Celle qui est morte ?

— Oui. Une chic fille. Trop sympa, même. Toujours à vouloir faire plaisir aux autres, à mettre au second plan ses envies, ses rêves. D'une intelligence rare. Diplôme avec mention à Oberlin, et elle se retrouve mariée à un… comptable ! L'impasse. Trois gosses en quatre ans. Une vraie prison, pour elle, d'autant que son mari était le genre d'abruti qui pense que la place d'une femme est devant son fourneau. Mais au lieu de courir le risque de se libérer, elle a cru que son devoir était de serrer les dents et de continuer. En s'enfonçant peu à peu dans la dépression. Non seulement l'imbécile lui trouvait mauvais caractère, mais quand c'est devenu trop grave il a menacé de la faire interner, si elle ne se ressaisissait pas. Elle m'a raconté ça trois jours avant que sa voiture ne quitte la route, dans un coin perdu au bord du lac Érié. Droit dans un arbre.

– Sa voix s'est altérée. Il a contemplé son verre un moment. – La police a trouvé un mot sur le tableau de bord. "Je regrette d'en être arrivée là, mais j'ai tout le temps mal à la tête, c'est trop douloureux." »

Il s'est encore interrompu, puis il a relevé les yeux :

« Un mois après le suicide d'Ellen, je me suis fait arrêter pendant les émeutes autour de la convention républicaine à Chicago. Pour avoir renvoyé une grenade lacrymogène lancée par les flics. Deux mois après, j'étais de retour à Columbia et ç'a été le siège de l'administration. Oui, la mort de ma sœur et ce qui m'est arrivé ensuite sont totalement liés. Son destin m'a radicalisé encore plus : j'ai eu envie de tomber à bras raccourcis sur tous les conformistes de merde que ce pays abrite. Parce que c'est comme ça, en Amérique : si on ne la ferme pas, si on ne se résigne pas au rôle qui nous a été assigné, la société nous démolit. C'est surtout contre ça que des gens comme ton père et moi se battent. Ellen a voulu se libérer, et elle l'a payé de sa vie. Et c'est le sort qui t'attend si tu… »

Sa main a glissé sur la table, ses doigts se sont entremêlés aux miens.

« Si je quoi ? ai-je demandé, incapable de produire plus qu'un chuchotement.

— Si tu ne prends pas la liberté qui t'est due.

— Je… Je ne sais pas comment faire ça.

— C'est facile. Il suffit de… »

Soudain, ses lèvres étaient sur les miennes. Là non plus, je n'ai pas lutté, au contraire : j'avais tellement désiré l'embrasser, depuis la veille, que j'ai répondu avec fougue. Tout en nous étreignant, bouches collées l'une à l'autre, nous nous sommes levés et nous nous sommes jetés sur le canapé. Je l'avais entre mes jambes écartées, maintenant, et je sentais son érection contre mon ventre. Il a remonté ma jupe pendant que je plantais mes ongles dans ses épaules et que ma langue s'enfonçait toujours plus loin. Et c'est là que Jeff s'est mis à pleurer.

J'ai tenté d'ignorer ses cris, au début, mais ils ont bientôt été si sonores qu'ils m'ont paralysée. « Génial ! a grommelé Toby en roulant sur le côté.

— Désolée… »

En deux bonds, j'ai gagné son berceau. Jeffrey s'est calmé dès que je l'ai serré contre moi et que j'ai replacé la sucette entre ses gencives. Assise sur le lit, berçant mon fils, j'ai senti mon cœur battre la chamade tandis qu'un remords sournois commençait à poindre, prenait petit à petit les proportions d'une indignation horrifiée contre moi-même.

« Tout va bien ? a lancé Toby du salon.

— Oui, oui… Un moment. »

Quand j'ai été sûre que mon fils était sur le point de se rendormir, je l'ai étendu doucement dans le berceau et j'ai tiré la petite couverture sur lui. Cramponnée au montant du berceau, je l'ai contemplé longuement. Je ne pouvais pas faire « ça ». Impossible. Je… La porte s'est ouverte et Toby est apparu, un verre de vin dans chaque main.

« Je me suis dit que tu en aurais besoin, a-t-il murmuré en m'en tendant un.

— Merci… »

Il s'est approché, m'a embrassée à nouveau, mais il a immédiatement décelé ma réticence.

« Ça va ?

— Oui, oui…

— Bien. »

Ses lèvres sont descendues dans mon cou. Je me suis raidie, j'ai chuchoté « Pas ici ! » et nous sommes retournés dans le salon. Dès qu'il a refermé la porte derrière nous, il a recommencé à me caresser. Cette fois, je l'ai repoussé doucement.

« Qu'est-ce qui ne va pas ?

— Je… Je ne peux pas.

— À cause du bébé ?

— De ça, et de… »

Je me suis dégagée pour traverser la pièce et me planter devant la fenêtre.

« Et des scrupules petit-bourgeois ? a-t-il complété.

— Très aimable.

— Hé ! – Il est venu auprès de moi, m'a enlacée sans que je me retourne. – Tu ne peux pas comprendre une mauvaise blague ?

— Je voudrais, oui, mais… »

Je lui ai fait face. Il m'a donné un léger baiser.

« Ce n'est pas la fin du monde.

— Je… »

Un autre baiser.

« Personne ne saura, a-t-il affirmé à voix basse.

— Si. Moi. »

Encore un baiser.

« Et alors ?

— Il faudra que je vive avec ce… »

Ses lèvres, encore.

« Les remords, c'est pour les bonnes sœurs. »

Je n'ai pu m'empêcher de rire et c'est moi qui l'ai embrassé, cette fois.

« Alors je suis la mère supérieure, dans ce cas. »

Un rire, un baiser.

« Tu es si belle.

— Arrête !

— Très, très belle. »

Ses lèvres.

« Pas ici… Pas maintenant.

— Mais quand ? Hein, quand ? »

C'était la question qui m'avait hantée depuis toujours. Paris, quand ? New York, quand ? Commencer une vraie carrière, quand ? Chaque fois, j'avais eu une réponse toute prête, prudente jusqu'à la pusillanimité :

« Pas maintenant. » Il avait raison, Toby ; quand ? Quand allais-je enfin me lancer ?

Nous nous sommes encore embrassés.

« Tu es si belle. » La dernière fois que Dan me l'avait dit, c'était… J'ai senti sa main se glisser sous ma jupe. « Pas ici ! ai-je répété, me rappelant soudain que nous étions juste devant la fenêtre.

— Ne t'inquiète pas. – Il a saisi le cordon du store. – C'est la nuit, il n'y a personne dehors… »

À l'instant où le store commençait à descendre, j'ai cru voir une silhouette en bas, dans l'ombre. Quelqu'un qui nous regardait. « Là, qui c'est ? » ai-je demandé d'une voix oppressée. Toby s'est interrompu, scrutant l'obscurité. « Tu as des visions.

— Tu es sûr ? »

La fenêtre a disparu. Il m'a prise à nouveau dans ses bras.

« Tu n'as pas à t'inquiéter je te dis… »

Un baiser, un autre, un autre encore.

Je l'ai pris par la main. Je l'ai entraîné dans la chambre. Jeff dormait à poings fermés. J'ai enlacé Toby, l'attirant sur le lit avec moi. En me disant que non, je n'avais pas à m'inquiéter. Pas du tout.

8

Nous avons fait l'amour deux fois, cette nuit-là. Lorsque Toby s'est endormi, il était près de trois heures du matin. Moi, en revanche, j'étais incapable de fermer l'œil : épuisée, vannée, mais aussi totalement « speed ». Parce que je n'avais jamais connu, vécu une passion aussi sauvage, aussi débridée, et cela s'était passé à un mètre du berceau de mon fils, dans le lit que je n'avais jusqu'alors partagé qu'avec mon mari !

Je me suis levée pour aller regarder Jeff. Il dormait, étranger à la réalité autour de lui. Pendant nos ébats, j'avais parfois devant les yeux l'image affreuse de mon enfant debout dans son berceau, regardant, médusé, ces corps s'agiter frénétiquement à côté de lui, et même si je savais que son cerveau de six mois ne lui aurait pas permis de comprendre ce qui se passait et encore moins d'en garder le souvenir, le simple fait d'avoir couché avec un autre homme si près de Jeff…

Je suis retournée au lit. J'ai pressé l'oreiller sur ma tête pour ne plus entendre la voix furibonde me reprocher mon immoralité. Ni celle qui criait en retour : « Arrête avec ces poses de puritaine ! Toby a raison, les remords, c'est bon pour les carmélites ! Tu viens de t'envoyer en l'air comme jamais ! » C'était justement cela, le plus déstabilisant : cette expérience extatique, la manière dont il avait libéré en moi des trésors de…

N'y tenant plus, je me suis levée et j'ai allumé une cigarette. Je me suis dirigée vers le placard où je gardais la seule bouteille d'alcool que nous avions chez nous, une petite fiasque de Jim Beam. Je me suis servi un verre, que j'ai vidé d'un trait, j'ai allumé une nouvelle cigarette, repris encore un peu de bourbon, qui m'a anesthésié le gosier mais qui n'a pas eu d'effet sur mon anxiété. Me rabattant sur les bonnes vieilles tactiques de diversion, j'ai entrepris de débarrasser la table, de faire la vaisselle, sans oublier les casseroles et la poêle dont Toby s'était servi. J'ai passé la serpillière sur le lino, puis je me suis attaquée aux plans de travail avant de me consacrer à la salle de bains. C'est pendant que je m'escrimais sur la crasse incrustée dans la baignoire que le sarcasme a jailli de mon cerveau moqueur : « Alors c'est comme ça que tu fêtes la meilleure partie de jambes en l'air de ta vie ? En récurant une baignoire ? Ce n'est pas nul, ça ? » Si, complètement, mais je suis tout de même allée au bout de ma crise de nettoyage domestique. Ensuite, je me suis perchée sur le canapé avec une nouvelle cigarette et j'ai prié pour revenir enfin au calme, mais mon sentiment de culpabilité était aussi insistant qu'une mauvaise fièvre.

Il fallait qu'il s'en aille au plus vite. Avant l'aube, il devait avoir bouclé son sac et avoir repris la route. Après, il me resterait à laver les draps – deux passages en machine –, à effacer toute trace de sa présence dans l'appartement, et à tenter d'oublier ce qui s'était passé, un souvenir que j'enfoncerai dans le recoin le plus hermétique de mon cerveau… Mais oui, c'est ça !

J'ai frappé du poing sur la table, décidée à en finir avec cette controverse inepte. Cinq heures quinze à ma montre. Très malin ! Avec la journée qui s'annonçait, il fallait que je dorme au moins une heure avant que Jeff sonne le branle-bas du matin.

J'avais allumé ma quatrième – ou cinquième, j'avais perdu le compte – cigarette quand la porte de la chambre s'est ouverte. Complètement nu, l'air hagard, Toby a plissé les yeux pour me regarder, comme s'il avait du mal à focaliser son regard, dans son état de semi-somnolence. Avisant la bouteille de Jim Beam que j'avais laissée près de l'évier, il s'en est approché et s'est servi un verre. « Ne me dis pas que ta conscience te tourmente, a-t-il déclaré.

— Qu'est-ce qui te fait croire ça ?

— S'il te plaît ! Te démener dans la maison comme le fantôme de Banquo, jouer les ménagères en pleine nuit… »

Il est venu s'asseoir à côté de moi.

« Désolée…

— Pas de quoi. Ni pour ça ni pour rien, a-t-il affirmé en me donnant une caresse sur la joue. Surtout pas pour le sexe. Parce que ce n'est que ça, hein ? Le sexe, ce n'est que du sexe. Et baiser, c'est bon pour le moral. Une façon de faire un pied de nez aux conventions sociales, et à la mort.

— C'est vrai, ça.

— Tu as l'air vachement convaincue.

— Mais si…

— Alors, pourquoi tu n'arrives pas à dormir ?

— Parce que c'est… nouveau, pour moi.

— Ne me dis pas que tu te tourmentes avec des histoires style "j'ai trompé mon mari", ce genre de culpabilité…

— J'essaie de ne pas y penser.

— Si tu ne voulais pas baiser avec moi, il ne fallait pas.

— Ce n'est pas le problème, ai-je protesté à voix basse.

— Alors c'est quoi, le problème ? Raisonnons socratiquement, là : tu voulais baiser, mais tu savais que tu allais te sentir coupable si tu passais à l'acte ; puis tu as décidé que le prix à payer pour la partie de baise était abordable. Je me trompe ? En d'autres termes, tu t'es accordé un plaisir tout en sachant que tu allais te détester pour ça. Elle est un peu tordue, ton histoire, si tu veux mon avis. – Comme je baissais la tête, il s'est écrié : – Oh, bon Dieu, cesse de te comporter comme une collégienne qui se fait gronder !

— C'est pourtant ce que tu fais, non ?

— Non. J'essaie de te tirer de ce marasme, de ces scrupules stupides qui te dévalorisent.

— C'est facile à dire. Tu n'es pas marié, toi.

— Mais je sais aussi que tout est une question d'angle. Tout dépend de la manière dont tu interprètes une chose, dont tu la manipules en cherchant ce que ça pourrait bien révéler sur ton compte. Vis, et prends les choses pour ce qu'elles sont.

— Tu es sans doute un de ces veinards qui n'ont jamais mauvaise conscience.

— Et toi, tu es sans doute une de ces âmes torturées qui doivent toujours s'accabler de reproches et qui ne peuvent jamais goûter le moment présent. »

J'ai encore baissé la tête. Personne n'aime s'entendre dire de telles vérités.

« "L'esprit est un territoire en soi, qui peut faire de l'enfer un paradis, et du paradis un enfer." Tu connais ?

— J'ai lu Milton, merci. »

Il m'a gentiment prise par le menton pour que je le regarde.

« C'était plutôt bien vu, non ?

— Si.

— Bon. Alors arrête de tout voir comme un enfer, d'accord ? – Comme je ne répondais pas, il m'a embrassée sur la bouche : – Ça, par exemple, c'est “infernal” ? » Pas de réponse. Il a de nouveau posé ses lèvres sur les miennes. « Toujours l’enfer ?

— Arrête ! » Mais j’ai répondu à son troisième baiser. « Écoute, si tu veux que je parte, maintenant… – Il m’a encore embrassée. – … tu n’as qu’à le dire, et je dégage. »

Je l’ai attiré contre moi.

« Pas tout de suite », ai-je murmuré.

Nous avons fait l’amour sur le canapé, lentement, tendrement, sans hâte, pris par la ferveur du moment. Après, je l’ai gardé dans mes bras. Je ne voulais pas qu’il s’en aille. J’ai réprimé un sanglot, qu’il a perçu.

« Plus de remords ? » a-t-il demandé doucement. Non. Désormais, c’était la poignante prise de conscience que j’étais tombée amoureuse de ce garçon et que j’allais devoir le laisser partir. Mais pas tant que Dan n’annoncerait pas son retour, ai-je résolu. « Reste encore quelques jours, s’il te plaît.

— Ça ne me déplairait pas, en effet. Pas du tout.

— Bien. »

Le jour a fini par arriver, une faible lueur d’automne se glissant entre les stores. J’ai entendu Jeff s’éveiller dans la chambre. Pendant que Toby prenait un bain, je me suis occupée de mon fils, puis je l’ai installé dans son parc. Toby m’a rejointe à la table de la cuisine et nous avons bu notre café, sa main libre sur la mienne, sans un mot, parce que nous étions épuisés par cette nuit, tous les deux, mais aussi parce que nous ne ressentions pas le besoin de parler.

Quand je suis revenue dans le salon après m’être douchée et habillée, j’ai trouvé Toby accroupi devant le parc à jouets, en train de faire des grimaces qui amusaient énormément le petit. En écoutant ses gloussements ravis, ma première pensée a été : « Pourquoi cet homme n’est-il pas mon mari ? » Une brève rêverie s’est ensuivie, dans laquelle j’ai imaginé ce que pourrait être ma vie avec Toby : les conversations stimulantes, l'amour physique le plus gratifiant, le respect mutuel, la complicité intellectuelle… « Maintenant tu es redevenue pour de bon une ado égarée ! a maugréé ma voix intérieure. Voyons, ce type est un vagabond. Avec lui, c'est bonjour, au revoir. Tu n'es qu'une conquête de plus, une nana à ajouter à sa liste. Rien d'autre. » Mais à ce moment, Toby a soulevé Jeff dans les airs, collé sa bouche contre son ventre et produit des sons tellement hilarants que mon fils a explosé de rire, et j'ai eu aussitôt la terrible envie d'avoir un enfant avec « ce type ». « Abrutie, abrutie ! » m'a narguée la voix. Après avoir reposé Jeff dans son parc, Toby est venu à moi et m'a donné un léger baiser.

« Tu as une mine superbe.

— Non. J'ai une mine d'insomniaque.

— Tu aimes vraiment te dévaloriser.

— Reste un peu et je perdrai peut-être cette habitude, ai-je lancé après l'avoir embrassé à mon tour.

— J'accepte l'invitation.

— Alors, que vas-tu faire, aujourd'hui ?

— Pour commencer, je vais retourner au lit.

— Quelle veine…

— À ton retour du travail, tu pourrais t'accorder une petite sieste ».

Une main sur ses reins, je l'ai attiré contre moi.

« À condition que ce soit avec toi.

— Marché conclu ».

Un ultime baiser, puis j'ai regardé ma montre.

« Il faut que je file !

— Alors file. Et ne passe pas ta journée à croire que tout le monde est persuadé que tu portes un grand secret. »

C'était en effet l'une des appréhensions qui m'avaient tourmentée pendant la nuit : l'idée que, à l'instant où je mettrais les pieds dehors, tout Pelham comprendrait instantanément ce qui s'était passé. J'ai décidé de repousser ces craintes stériles, ce qui m'a permis de garder une mine dégagée quand Babs a fait remarquer :

« On dirait que vous n'avez pas fermé l'œil de la nuit, vous !

— Le petit a eu la colique…

— Ah, c'est la poisse, ça ! Quand Betty avait six mois, elle m'a tenue debout quinze jours d'affilée, avec cette satanée colique ! J'ai cru que j'allais perdre la boule, à la fin.

— C'est à peu près comme ça que je me sens, et ça n'a duré qu'une nuit, pour moi.

— Et votre invité, il a pas pu dormir, non plus ?

— Euh… si.

— Hé, c'est qu'il a le sommeil lourd, alors ! »

Est-ce qu'elle m'avait lancé un regard complice ? Ou pire, est-ce que j'avais rougi ?

« Je ne l'ai pas entendu bouger, en tout cas.

— Une souche, le gars. Vous le récupérez à la même heure, aujourd'hui ?

— Récupérer… qui ?

— Mais votre bébé, voyons ! Qui d'autre ?

— Pardon ! Quand je ne dors pas, j'ai la tête à l'envers.

— Dites, si vous voulez vous faire une petite sieste, je peux garder le petit jusqu'à quatre, cinq heures. »

C'était tentant, un moment en tête à tête avec Toby.

« Vous êtes sûre que ça ne vous gênerait pas ?

— Il me gêne jamais, ce mignon ! Et vous avez vraiment besoin de vous reposer, vous… »

Ce qui signifiait quoi, exactement ?

« Eh bien merci beaucoup, Babs, ai-je répondu, luttant contre ma paranoïa. Merci.

— Prenez tout votre temps, OK ? » a-t-elle conclu avec un clin d'œil.

En marchant, j'ai décortiqué chacune de ses phrases en me demandant si elle ne m'avait pas percée à jour, ou si elle n'avait pas tout simplement deviné l'évidence, ou encore si elle n'avait pas cherché à me prendre en défaut. Mais pourquoi ? À moins d'avoir de sérieux soupçons…

Dès mon entrée à l'épicerie, où je voulais acheter le *Boston Globe* et des cigarettes, Jessie Miller a observé : « Vous avez l'air fatigué, aujourd'hui.

— Mauvaise nuit avec le bébé.

— Tsss, tsss… Quand est-ce qu'il revient, le docteur ?

— D'un jour à l'autre, j'espère. »

« Tsss, tsss »… Est-ce que je pouvais traduire ça par « On ne me la fait pas, à moi » ? Et pourquoi avait-elle enchaîné en demandant quand Dan serait de retour ?

Une heure après, à la bibliothèque, Estelle y est allée tout de go : « Bon, la question que tout le monde se pose, c'est de savoir si vous fricotez avec ce garçon.

— Mais merde ! me suis-je exclamée en forçant sur le ton outragé.

— Bah, ce ne sont que les cancans habituels d'une petite ville. Malintentionnés, et tellement bêtes, parce que chacun comprend très bien qu'il ne "peut" rien se passer. Il faudrait être folle pour tenter une aventure dans un contexte pareil, et les gens le savent, mais ils ont besoin de se mettre quelque chose sous la dent. Alors, un ami de fac séduisant qui déboule chez vous pendant que votre toubib de mari est en voyage… C'est sordide, mais c'est leur façon de rêver, d'échapper à leur petit monde étriqué pendant une heure ou deux. »

En rentrant chez moi à deux heures et demie, je n'ai pas rapporté à Toby ce commentaire d'Estelle. La raison principale, probablement, est qu'en me voyant arriver sans bébé il s'est jeté sur moi et m'a portée jusqu'au lit. Je n'ai opposé aucune résistance, c'est vrai, mais je ne pouvais m'empêcher de me rappeler que nous allions faire l'amour juste au-dessus du cabinet de Dan, en plein jour, et comme je n'ignorais pas que les ressorts grinçaient affreusement j'ai tenu à ce que nous installions le matelas par terre. Toby n'a pas apprécié ce contretemps, d'autant que nous étions déjà à moitié nus et très échauffés quand j'ai eu ce sursaut de prudence. Enfin, si c'est ce qu'on peut dire d'une femme qui décide de faire tomber un lourd matelas au sol pendant que son amant lui pétrit les seins et lui mord la nuque…

« Aide-moi un peu, ai-je protesté en riant.

— Non, comme ça, c'est plus amusant.

— Mais plus difficile pour moi.

— Tu exagères.

— Les ressorts ont grincé toute la nuit.

— J'étais trop occupé pour les entendre.

— Très drôle. »

Finalement, il a saisi le matelas et l'a tiré d'un coup hors du sommier. Perdant l'équilibre, je suis tombée dessus, où il m'a suivie. Une seconde plus tard, je prenais Toby en moi et je m'abandonnais au plaisir sans cesser de me demander si nous n'étions pas trop bruyants, si on pouvait nous entendre d'en bas, tout en me disant que je m'en moquais, et en prenant la résolution de lui demander de partir dès que nous aurions terminé, juste avant de décider que j'allais le supplier de rester autant que possible, et de me répéter que j'étais en train de jouer un jeu aussi dangereux qu'insensé, qui ne devrait jamais finir…

Nous sommes restés longtemps silencieux, après. Il a parcouru mes traits d'un doigt pensif avant de murmurer :

« Ce n'est vraiment pas de bol, hein ?

— Quoi ?

— Que tu sois mariée. »

J'ai posé une main sur sa bouche.

« Ne parlons pas de ça. On est trop bien, là, on…

— Oui, et quand ton mari rentrera demain, ou après-demain, tu diras quoi de cette petite aventure ? Que c'était un "caprice" ? Un rêve qui paraîtra de plus en plus irréel, avec le temps ?

— S'il te plaît, Toby, ne gâche pas ce…

— Gâcher quoi ? L'illusion qu'il y aurait un avenir pour nous ? »

Tout à coup, le tour que prenait la conversation m'a inquiétée.

« Il ne peut rien y avoir d'autre que ça, ai-je répliqué.

— "Ouais, et j'ai toujours compté sur la générosité des étrangers de passage" », a-t-il persiflé en affectant un accent du Sud profond.

J'ai eu l'impression de recevoir une gifle.

« Cette remarque est répugnante.

— Désolé.

— Tu ne l'es pas.

— C'est vrai, je ne suis pas désolé, je suis ulcéré. Je suis ulcéré que tu te sois enfermée dans un mariage pareil, une ville pareille. Que tu te sois fourvoyée dans un tel cul-de-sac, que tu ne puisses pas t'enfuir avec moi…

— C'est ce que tu voudrais ?

— Un peu, oui !

— Oh, Toby, ai-je soupiré en le reprenant dans mes bras.

— Pas de "Oh, Toby" avec moi ! Le truc, c'est que tu ne partiras pas avec moi parce que tu ne peux pas renoncer à…

— À quoi ? l'ai-je coupé. À mon confort bourgeois ? À mon asservissement domestique ? À mon respect des valeurs réactionnaires de l'Amérique ? Mais pour toi, je tournerais le dos à tout, à cette ville, à ce… mariage, tout de suite s'il n'y avait pas mon fils.

— Il ne devrait pas te servir d'excuse.

— Il n'est pas une excuse ! Tu ne sais absolument pas ce que c'est que d'avoir un enfant. Tu as beau te sentir piégé par lui, tu arracherais les yeux à celui qui oserait essayer de te le prendre. Il a fallu que je devienne maman pour comprendre ça.

— “Maman”, a-t-il répété d'un ton sarcastique. C'est comme ça que tu te vois, alors ? Comme une maman ?

— Tu es blessant, là.

— Juste parce que je voudrais te sortir de ta complaisance envers…

— Je ne suis pas complaisante, merde !

— Mais bien sûr que si ! Moi, je peux t'offrir un…

— Je sais très bien ce que tu peux m'offrir. La passion, l'aventure, le romantisme, tous ces trucs qui tournent la tête… Et tu crois que je n'en voudrais pas ? Tu crois que je ne voudrais pas m'échapper d'ici ? Mais pour cela, je devrais abandonner mon fils. Et je ne peux pas… Je ne veux pas faire une chose pareille. Jamais.

— Dans ce cas, tu vas rester ici à t'encroûter. Dans cette vie pourrie. La petite femme du docteur… »

J'ai senti mes poils se hérisser.

« Tu n'en sais rien.

— On ne change jamais à ce point…

— Tu es toujours aussi bêtement extrémiste ?

— Hé, je te trouve bien chatouilleuse, tout à coup ! J'ai touché un point sensible ou quoi ? »

Je me suis levée et j'ai commencé à ramasser mes vêtements.

« C'est ton habitude, d'être aussi dégueulasse ?

— Et toi, d'être aussi susceptible quand on te place devant la vérité ?

— Tu ne dis pas la vérité. Tu dis des conneries en prétendant que c'est la vérité.

— Question de point de vue.

— Ouais, tu as raison, ai-je rétorqué en enfilant mon jean. Et tu veux savoir quel est mon point de vue personnel ? C'est que j'ai commis une grosse erreur.

— Ce n'est pas l'impression que tu donnais quand on baisait. »

Je l'ai fixé droit dans les yeux.

« Oui, voilà exactement ce que c'était, pour toi : de la baise.

— Et pour toi, c'était quoi ? De l'amour ? »

Il y avait un tel dédain dans ce dernier mot qu'il m'a fait l'effet d'un crachat. Sans rien dire, j'ai continué à me rhabiller en tentant d'ignorer son regard désapprobateur. Puis, lorsque j'ai été prête : « Il faut que j'aille chercher Jeff.

— Et ensuite ?

— Je serai toute disposée à t'emmener en voiture à Lewiston. Il y a une station de bus Greyhound, là-bas.

— Tu me jettes dehors ?

— Non. Je te prie de t'en aller.

— Tout ça parce que je t'ai proposé de t'enfuir avec moi.

— Ce n'est pas pour ça.

— D'accord. Alors c'est parce que j'ai eu le toupet de contester l'image convenue que tu as de toi-même. De t'avoir jugée assez exceptionnelle pour vouloir essayer de faire ma vie avec toi. Et toi, tout ce que tu trouves à faire c'est de piquer ta crise, de me traiter de tous les noms et de me dire de dégager. Peut-être que je le mérite, remarque, parce que je suis un brin du genre à chercher la confrontation, moi. Mais si j'ai appris quelque chose en militant pour des changements révolutionnaires, que ce soit au niveau politique ou personnel, c'est que pour convaincre quelqu'un du bien-fondé de la démarche, il faut le secouer, et rudement, si tu veux lui faire renoncer à ses petites certitudes.

— Je n'en ai pas, de petites certitudes.

— Peut-être. Mais tu n'es pas heureuse, non plus. En plus, je suis sûr que tu penses la même chose que moi, mais tu préfères me dire le contraire, ça te permet de clamer haut et fort que tu veux rester vertueuse. Donc, avant que tu te remettes à brailler, je t'annonce que tu n'as pas besoin de me conduire à Lewiston. Je vais emballer mes affaires et hop, taille la route. Je serai parti avant que tu sois de retour.

— Très bien. – J'étais déjà à la porte lorsque, prise d'une impulsion, je suis revenue jusqu'à lui. – Reste jusqu'à demain matin...

— Pourquoi ?

— Pour que j'aie le temps de réfléchir à tout ça. »

En sortant, j'ai pris soin de passer devant la fenêtre de la réception, afin de vérifier comment Betty Bass allait réagir. À son habitude, elle a levé les yeux, m'a gratifiée d'un signe de tête glacial et a repris la lecture du *Reader's Digest* qu'elle avait sur son bureau. Rien dans son attitude ne laissait soupçonner qu'elle ait pu entendre nos ébats, ou notre dispute. Tout en marchant, j'ai essayé de mettre un peu d'ordre dans mon cerveau bouillonnant. Je me suis reproché de m'être mise en colère contre Toby, puisque j'étais bien forcée de reconnaître que la plupart des choses qu'il m'avait assenées avec tant de véhémence étaient vraies, je me sentais incontestablement piégée, bridée, en manque d'amour, et je n'avais que trop conscience de m'être mise dans une situation que je n'avais pas voulue ; et j'étais flattée – et même transportée – par le fait que Tobias Judson, cette star de la contestation, ce garçon que toutes les gauchistes en jupon convoitaient, ait proclamé qu'il était prêt à s'enfuir avec moi. Il en était si convaincu, d'ailleurs, qu'il était allé jusqu'à m'affronter à ce sujet. Quant à la complaisance et à la capitulation, Dieu sait à quel point il avait raison. Et je ne pensais qu'à une chose : me retrouver au lit avec lui aussi vite que possible, de préférence lorsque Jeff serait couché pour la nuit.

Mais, mais, mais… Il y avait aussi la voix de la raison, celle qui me recommandait de ne pas faire de vagues, celle qui chuchotait à mon oreille le scénario suivant : « Bon, tu pars en cavale avec ce type, tu abandonnes mari et enfant pour suivre le fantastique M. Judson. Il t'emmène partout. Tu rencontres tous ses célèbres amis. À Washington, il te fait déjeuner avec le sénateur McGovern. À Chicago, il te présente Abbie Hoffman. À New York, tu l'accompagnes sur les campus où il est adulé comme le dieu de la révolution, le John Reed de notre temps. Vous vivez à l'hôtel, dans des motels, chez des amis, et partout vous faites l'amour divinement, sans jamais moins de trois orgasmes par copulation. Tu le suis quand il a rendez-vous avec le rédacteur en chef de *Ramparts*, ou avec Victor Navatsky à *The Nation*. Tu es présente lorsqu'il vend son idée de livre à un éditeur en vue de chez Grove Press. Tes parents approuvent chaudement cette liaison, sans exprimer de réserves sur le fait que tu as tout plaqué pour le suivre. "Il était temps que tu prennes une position un peu radicale, t'affirme ta mère. Et pour dire la vérité, je vous aurais bien tiré ma révérence, au professeur et à toi, quand tu avais cinq ans et que j'ai compris que ta seule existence allait me gâcher la vie." Toutes les femmes qui viennent assister aux conférences de Toby t'envient – parce qu'il est en tournée de conférences, bien sûr ! Tu essaies de te chauffer au soleil de sa gloire, mais tu sais que tu n'es qu'une pièce rapportée. Et votre harmonie sexuelle est fantastique, d'accord, et les gens que tu rencontres sont passionnants, d'accord, mais cela ne t'empêche pas d'être hantée par une idée effrayante : tu n'as pas seulement abandonné ton fils, tu l'as trahi, et trahi d'une façon qui affectera sa vie entière.

» Et là, alors que tu te languis cruellement de ton Jeff, que cette douleur muette t'accompagne partout où tu vas, le Fabuleux Amant annonce qu'il se sent un peu "piégé" avec toi, depuis le temps que ça dure ; que le moment est venu de "tenter de nouvelles expériences", ou un baratin du même genre. Toi, tu es effondrée, tu as une peur panique qu'il te plaque, tu le supplies de ne pas se lasser si vite, de te donner une autre chance. Autant parler à un mur. "Rien n'est éternel", t'assène-t-il. Alors tu te retrouves dans un bus Greyhound qui remonte vers le nord, tu reviens à Pelham, où tout le monde détourne la tête de toi et où Dan te referme la porte au nez après t'avoir déclaré qu'il est trop tard pour les excuses ou les nouveaux départs. La réconciliation est d'autant plus improbable qu'entre-temps il a rencontré une très charmante, très stable et très disponible infirmière de l'hôpital de Bridgton qui l'aide à élever Jeff et que ton petit homme finira par tenir pour sa vraie mère. D'autant que son père ne manquera pas de lui expliquer, lorsqu'il sera en âge de comprendre de telles choses, que sa mère naturelle l'a abandonné pour courir égoïstement après ses chimères... »

En arrivant sur le perron de Babs, j'étais plus que perturbée. Quand elle m'a ouvert, elle portait Jeff dans ses bras. Il m'a adressé un magnifique sourire, et, comme chaque fois, mon cœur a fondu.

« Je ne sais comment vous remercier pour ces quelques heures de tranquillité supplémentaires.

— Oh, il a été sage comme une image. Vous avez pu vous reposer un peu ?

— Un peu.

— Vous avez l'air de sortir du lit... Si j'étais vous, j'essaierais d'avoir une vraie bonne nuit. Pardon de le dire, mais à votre tête on voit que vous en avez rudement besoin.

— Grâce à Dieu, c'est le week-end.

— Oh que oui ! Profitez-en, ma belle. »

En remontant les escaliers, j'ai eu les narines chatouillées par l'arôme de l'ail et des tomates en train de frire. Toby était dans la cuisine, occupé à déposer de la viande hachée dans une poêle où l'huile d'olive frissonnait.

« Il ne fallait pas, lui ai-je dit.

— Pourquoi pas ? Un, j'aime faire la cuisine ; deux, on doit bien se nourrir et, trois, j'ai pensé que ce serait une jolie manière de te proposer de faire la paix. »

Après avoir installé Jeff dans son parc, je suis revenue près de Toby et j'ai passé mes bras autour de lui.

« Proposition acceptée. – Je l'ai embrassé avec fougue. – Et pardon d'avoir…

— Non, tu n'as pas à t'excuser. – Un baiser intense a suivi, puis il a annoncé : – Il reste une bouteille de chianti, tu sais ? Si tu l'ouvrais ? »

Tout en m'activant avec le tire-bouchon, j'ai lancé un coup d'œil à la chambre par la porte ouverte. Il avait non seulement remis le matelas en place mais refait impeccablement le lit.

« Eh bien, tu as été bien élevé, toi ! ai-je plaisanté en désignant du menton l'autre pièce.

— C'est que ma mère disait toujours qu'elle me confisquerait tous mes cadeaux de la bar-mitzvah si je ne faisais pas mon lit tous les… »

La sonnerie du téléphone l'a interrompu. Je me préparais à répondre à Dan, mais c'est une voix inconnue que j'ai eue au bout du fil. « Bonjour, est-ce que je peux parler à Jack Daniels ?

— À qui ? » Aussitôt, Toby s'est arrêté de touiller sa sauce pour me lancer un regard interrogateur.

« Jack Daniels, a répété l'homme sur un ton impatient, presque menaçant.

— Il n'y a personne de ce nom-là ici.

— Il m'a dit qu'il serait joignable à ce numéro.

— Vous avez dû vous tromper en le notant, alors.

— Non, non, c'est le bon numéro.

— Mais je vous répète qu'il n'y a pas de Jack Daniels ici…

— Si, il y en a un, a lancé Toby en se hâtant de venir me prendre le combiné. Salut, c'est moi, a-t-il murmuré.

— Qu'est-ce que ça signifie, Toby ? » me suis-je récriée. D'un geste de la main, il m'a fait signe de me taire et m'a tourné le dos.

Plus que perplexe, je suis restée là, sans même pouvoir glaner une quelconque indication puisque la contribution de Toby à l'échange téléphonique se bornait à des monosyllabes. Ouais. D'ac. Sûr ? C'est tout ? OK. D'ac. Oui, oui. Cette nuit. Pigé.

Quand il a raccroché, il a continué à éviter mon regard mais j'ai bien vu qu'il paraissait pâle et tendu. « Merde, la sauce ! » Il s'est précipité sur la poêle, utilisant la cuillère en bois avec une hâte et une insistance qui trahissaient sa nervosité. « Qu'est-ce que c'était ? – Silence. – Qui était-ce, au téléphone ? » Pas de réaction. Je suis allée éteindre le gaz sous la poêle et je lui ai retiré la cuillère de la main. « Dis-moi ce qui se passe. »

Saisissant la bouteille de vin sur la table, il s'est servi un verre, qu'il a avalé d'un trait. Puis, toujours sans me regarder : « Il faut que tu m'emmènes au Canada cette nuit. »

9

Il m'a fallu un moment pour surmonter ma stupeur.

« Qu'est-ce que tu as dit ?

— Il faut que tu m'emmènes au Canada cette nuit. »

C'est la forme impérative de la phrase qui était particulièrement déconcertante. Pas de « Est-ce que tu pourrais ? » Un ordre, ni plus ni moins. Je l'ai observé avec attention. Il y avait de la peur dans ses yeux.

« Il n'y a rien que je "doive" faire, Toby, ai-je objecté d'un ton aussi retenu que le sien.

— Il le faut pourtant. Le FBI peut débarquer ici d'un moment à l'autre. »

À la seule mention de ce nom, j'ai eu un accès de panique que j'ai refoulé de mon mieux.

« Et pourquoi ils débarqueraient ici ? ai-je interrogé comme s'il s'agissait de discuter d'une question de philosophie.

— Parce qu'ils me recherchent.

— Mais… Pourquoi ?

— Parce que…

— Parce que quoi, monsieur Jack Daniels ? Qu'est-ce que c'est, ça ? Ton pseudo ?

— Nous ne nous servons jamais de nos vrais noms au téléphone. Au cas où on serait écoutés.

— Et pourquoi on chercherait à espionner tes conversations ?

— À cause de qui je suis. De ce que je fais.

— Oui ? Mais ce que tu fais, c'est chahuter sur les campus et signer de temps à autre un brûlot dans le style "J'accuse" pour des canards que presque personne ne lit.

— En effet. Sauf que j'ai aussi des relations avec un certain groupe…

— Quel groupe ? »

Il s'est versé un autre verre, l'a bu jusqu'à la dernière goutte.

« Le Weather Underground. »

Merde et merde ! C'était la frange la plus radicale du mouvement contestataire étudiant, une bande de « révolutionnaires » obsédés par la clandestinité et la dynamite.

« Tu es un weatherman ?

— Pas exactement. Je les connais, c'est tout.

— Tu les connais comment ?

— Eh bien, comme j'étais le leader du SDS à Columbia, j'étais en contact avec pratiquement toutes les organisations contestataires, depuis les Panthères jusqu'au Snick, en passant par le Weather. On est très proches d'eux, les weathermen, parce qu'ils viennent du SDS. Au point que leur groupe s'est mis en relation avec moi quand je suis arrivé à Chicago. Maintenant, je n'ai jamais encouragé le recours à la violence mais je suis tout de même convaincu que le processus révolutionnaire demande…

— Pourquoi le FBI est après toi ? – Comme il faisait mine de reprendre la bouteille, j'ai ajouté : – Tu n'as pas besoin de te soûler pour m'expliquer ça. » Sa main s'est arrêtée et s'est rabattue sur mon paquet de cigarettes. « Tu as vu quelque chose dans les journaux à propos d'une bombe à Chicago, il y a une quinzaine de jours ?

— Dans un bâtiment de l'administration ?

— La direction régionale du département de la Défense, pour être très précis.

— Et alors ? C'est toi qui l'as posée, cette bombe ?

— Mais non, bon sang ! J'ai dit que je ne ferais jamais rien de violent.

— Non. Tu te contentes de soutenir ceux qui utilisent ces méthodes.

— La lutte politique a besoin de théoriciens et d'activistes. Donc oui, ce sont les weathermen qui ont fait sauter cet immeuble. Ils avaient réglé la bombe pour qu'elle explose en plein milieu de la nuit, quand il n'y aurait personne. Ce qu'ils ignoraient, c'est que moins d'un mois plus tôt le département de la Défense avait décidé de faire surveiller ses locaux par une agence de sécurité privée. Il y avait deux veilleurs de nuit dans le bâtiment. Ils ont été tués, l'un et l'autre.

— Bah, d'après ta théorie révolutionnaire ce n'étaient que deux traîtres à leur classe, sacrifiés pour la bonne cause.

— Ce n'est pas ce que je pense.

— Mon œil. La question n'est pas là, de toute façon. Ils avaient femme et enfants, ces gardes ?

— Je… Je crois, oui.

— Tu crois ?

— Ils étaient mariés, les deux. Cinq enfants, en tout.

— Tu dois être très fier de tes petits copains weathermen.

— Ce ne sont pas mes copains, a-t-il rétorqué, fâché, maintenant.

— Camarades, peut-être ?

— C'est si important ?

— Donc, si ce n'est pas toi qui as posé cette bombe, pourquoi dois-tu t'enfuir ? ai-je insisté.

— Parce que après le problème qui s'est produit, les deux militants chargés de l'opération sont restés chez moi quelques jours.

— En d'autres termes : tu as abrité des assassins.

— Je les ai laissés souffler un peu chez moi, c'est tout.

— Ce n'est pas un délit grave, de laisser les auteurs d'un meurtre "souffler un peu" chez soi ?

— Ce ne sont pas des assassins.

— Pour moi, on l'est quand on a tué deux personnes. Et ne viens surtout pas me dire qu'on ne peut pas parler d'assassinat, puisque c'était pour des raisons politiques.

— Ce qu'il y a, c'est qu'une fois que la rage initiale des flics et des fédéraux est retombée, les deux gars que j'avais hébergés se sont taillés quelque part. Et là, certains cadres de l'organisation m'ont laissé comprendre que je ferais bien de changer d'air, moi aussi, parce qu'il était très possible que la police ou le FBI finissent par découvrir que j'avais caché ces militants. Et c'est ce qui est arrivé.

— Comment ils l'ont découvert ?

— Je n'ai pas eu tous les détails au téléphone, mais apparemment il y a eu une balance, dans notre groupe. La preuve, c'est que le FBI a fait une descente à mon appartement hier soir. D'après le type qui m'a téléphoné, ils ont trouvé le numéro d'Eastern Airlines sur un calepin, et c'est comme ça qu'ils ont pu remonter la…

— Une minute ! Tu m'as raconté que tu étais arrivé jusqu'ici en stop, non ? »

Il a écrasé sa cigarette, en a rallumé une autre.

« C'était un mensonge. J'ai pris l'avion jusqu'à LaGuardia, et de là-bas un autre pour Portland.

— Pourquoi Portland ?

— Je t'assure que tu préférerais ne pas entendre ça.

— Non, au contraire.

— Parce que, quand on m'a conseillé de quitter Chicago, j'ai paniqué et… j'ai appelé ton père. Bon, c'est un grand ami depuis toujours, un vrai camarade, et je lui ai tellement souvent demandé conseil que… »

J'étais abasourdie.

« Et il t'a conseillé de venir te cacher chez moi, dans le Maine ? »

Il n'a pas supporté le regard furibond que je faisais peser sur lui.

« Pas comme ça, non… Mais il a dit que si je passais dans le coin, je pourrais…

— Conneries ! ai-je hurlé, hors de moi. On t'a demandé de disparaître, tu as appelé John Winthrop Latham et tout ce qu'il a trouvé à faire, c'est… »

Je me suis tue. Ma conversation téléphonique avec mon père restait fraîche dans ma mémoire. Ses remarques élogieuses sur Toby, sa question posée en passant, si je pouvais l'accueillir pour un ou deux jours… Il savait depuis le début dans quelle situation était Toby. Il m'avait utilisée, manipulée.

« Il n'a rien trouvé de mieux à faire que de te raconter que sa fille habitait une petite ville tranquille, pas si loin de la frontière canadienne, que son mari était absent, ce qui faciliterait les choses. Et…

— Ce n'est pas tout à fait comme ça qu'il l'a présenté.

— Mais dis-moi : si ta photo a déjà été publiée par tous les journaux avec un avis de recherche, pourquoi…

— D'après mon interlocuteur, la procédure n'a pas été rendue publique. Ils ont perquisitionné chez moi, ils disent qu'ils veulent me parler, mais ils n'ont pas inscrit mon nom sur la liste des dix personnes les plus recherchées du pays ! Ils savent qui a posé la bombe, et que mon rôle dans cette histoire est marginal.

— N'empêche. Pourquoi tu n'as pas essayé de passer de l'autre côté de la frontière tout de suite ?

— J'y ai pensé, oui, j'en ai même parlé avec les camarades. On a pensé qu'ils risquaient de renforcer la surveillance. Et puis, avec le dossier que j'ai déjà chez les fédéraux, si je vais au Canada, je m'expose à plein de problèmes quand je voudrai rentrer aux États-Unis.

— Et donc tu as décidé, avec la bénédiction de mon père, de venir te planquer dans cet appartement minable en espérant que tu n'aurais pas à aller te les peler dans le Grand Nord ?

— Ouais, à peu près.

— Et puisque tu profitais de l'hospitalité de la fille du grand professeur subversif, pourquoi ne pas en profiter pour la sauter ?

— Je croyais que cette décision-là était partagée ? »

Dans ma tête, j'ai répondu : « D'accord, mais si tu ne m'avais pas fait ton numéro de charme, je n'aurais jamais osé tenter un pas, moi. Et je ne serais pas dans cette panade, maintenant. »

« En ce qui me concerne, si tu dois disparaître au Canada, tu n'as qu'à préparer ton sac et te mettre en route tout de suite. Après ce que je viens d'apprendre, je ne te conduirais même pas au bout de la Grande-Rue, alors pour ce qui est de t'amener jusqu'à la frontière.

— Tu n'as pas le choix.

— Arrête ton cinéma ! Même si le FBI a suivi ta piste, ils ne doivent pas imaginer que…

— Que quoi ? Que je ne suis pas venu ici ? Tu es d'une naïveté ! Dès qu'ils vont savoir que je suis passé par le Maine, ils vont chercher quels contacts je pourrais avoir dans le coin. Ce ne sera pas difficile pour eux d'ouvrir le dossier de ton père, parce qu'ils sont au courant de notre amitié, et de découvrir qu'il a une fille à Pelham.

— Comment ils sauraient ça ?

— Hannah ! Pour les fédéraux, ton père est un dangereux agitateur. Et qui a trahi sa classe en plus, l'establishment de la côte Est. Il n'y a qu'une chose que Hoover déteste plus que les grandes familles friquées de la côte Est : ce sont les radicaux issus de leurs rangs. Je te prie de croire que leur dossier sur John Winthrop Latham est tellement gros qu'il contient non seulement le nom de chacune de ses maîtresses mais aussi l'heure, l'endroit et la position dans laquelle il les a tirées depuis des…

— Tais-toi !

— En plus, pour ne rien laisser au hasard, ils ont fait des centaines d'enquêtes de moralité sur toi et ton cher mari. Ils savent que tu habites Pelham, et avec moi dans le Maine ils n'auront aucun mal à déduire que deux et deux font…

— D'accord, d'accord… », ai-je convenu sans arriver à dissimuler mon anxiété. Mais même si son scénario m'avait convaincue, je n'étais toujours pas disposée à devenir sa complice et à lui faire traverser la frontière. C'est ce que j'ai tenté de lui expliquer d'un ton aussi mesuré que possible : « Écoute, si le FBI débarque ici et que tu sois parti, j'aurai quand même des ennuis pour t'avoir hébergé, n'est-ce pas ? Mais si je t'aide à fuir le pays, ça devient carrément un délit fédéral. »

Il s'est servi une lampée de chianti, l'a avalée et m'a lancé un regard méprisant.

« J'étais sûr que tu chercherais à te défiler. Alors écoute-moi bien : si tu ne m'emmènes pas au Canada, si par malheur les fédéraux me coincent avant la frontière, je leur raconterai que tu m'as caché depuis le début, et même que nous avons couché ensemble, pour qu'ils n'aient vraiment aucun doute sur ton implication. Même au cas où j'arriverais sans encombre au Canada, je veillerai à ce que les gars du Weather Underground sortent un communiqué annonçant que je me suis enfui “grâce au courage de sympathisants du Maine”. Et là, une dizaine d’agents du FBI sillonneront la ville avec ma photo, et ils finiront par se faire confirmer que j’ai séjourné à Pelham, sous un nom d’emprunt, mais que tu connaissais ma véritable identité, toi…

— Salaud, ai-je murmuré.

— Tu peux m’injurier autant que tu veux. Nous sommes en guerre, que ça te plaise ou non. Et à la guerre, tous les coups sont permis. Je me moque de ce que tu penses de mes méthodes. Tout ce que je sais, c’est que tu me conduis au Canada dès que la nuit sera tombée. Et si tu refuses… – Il s’est emparé des clés de la voiture que j’avais laissées sur un coin de la table de la cuisine. – … je prends ton auto et je fonce. Et si tu préviens les flics, je leur raconte que…

— OK, je t’emmène… ordure ! »

Il m’a gratifiée d’un petit sourire venimeux.

« Parfait. Je te promets que si tu suis mes instructions à la lettre, tu seras de retour ici demain matin, sans que personne n’ait remarqué ton escapade. »

Ensuite, il m’a demandé d’aller chercher notre carte routière du Maine dans la Volvo. En approchant de la voiture, j’ai dû m’appuyer contre la portière, luttant contre la nausée. « Ne pense pas, ne pense pas tant ! Fais ce qu’il te dit, c’est tout. Finis-en avec ce cauchemar et, ensuite, tu n’auras plus qu’à espérer être capable de jouer les innocentes quand les gens du FBI sonneront chez toi… » Après avoir trouvé la carte dans la boîte à gants, je suis remontée à l’appartement.

Toby était à genoux devant le parc, en train de faire des mamours à Jeffrey. « Il s’est un peu énervé quand il s’est rendu compte que tu n’étais plus là, a-t-il expliqué, alors je l’occupe… » Sans un mot, je suis allée prendre mon fils et je l’ai serré contre moi.

« Je ne veux même pas que tu le regardes, ai-je soufflé d'une voix rageuse.

— Ah ah ! Comme tu veux. Mais tu te rends compte qu'il vient avec nous au Canada, je suppose.

— Tu croyais que j'allais le laisser ici ?

— Non, mais je me suis dit que tu voudrais peut-être le laisser chez sa nounou pour lui épargner le voyage.

— Et attirer encore plus les soupçons ?

— Exactement ! Je suis content de constater que nous sommes sur la même longueur d'onde. Bon, je peux voir cette carte ? Merci. Et si tu allais remettre la sauce à chauffer pendant que je nous concocte un itinéraire ? Et l'eau pour les spaghettis, pendant que tu y seras ?

— Je n'ai pas faim.

— Comme tu veux, mais tu vas conduire toute la nuit, et tu ne pourras t'arrêter nulle part, donc tu ferais mieux de prendre des forces. »

Je suis partie dans la cuisine, j'ai rallumé le feu sous la poêle et j'ai posé une marmite d'eau froide sur un brûleur. En attendant le moment de lancer les pâtes, j'ai installé Jeff dans sa chaise pour lui donner un petit pot de compote de pommes à la cuillère. J'ai versé le sachet de spaghettis dans la marmite. Toby, qui s'était assis à la table pour étudier la carte, fumait mes cigarettes. Il m'a fait signe d'approcher : « D'ici, c'est assez direct ; d'abord Lewiston, puis Waterville, puis on prend la route 27 vers le nord, Jackman et la frontière. Sans faire d'excès de vitesse, c'est cinq heures aller, cinq heures retour, maxi. En partant d'ici une heure, voyons… à sept heures et demie, et en comptant encore une heure de route au Canada même, tu devrais être de retour ici à sept heures demain matin. Et comme c'est un samedi, tu pourras dormir tout ton soûl. » Je me suis bornée à hocher la tête. Il s'est levé. « Je m'occupe du dîner maintenant. Pourquoi tu ne te préparerais pas pour le voyage, et ensuite tu appelles ton mari ? »

Dans la salle de bains, je me suis déshabillée et j'ai pris une douche aussi rapide que brûlante, lavant ainsi mon corps des derniers souvenirs de Toby Judson. À deux reprises, j'ai failli fondre en larmes mais je me suis retenue en me répétant : « Tiens bon, finis-en, finis-en une bonne fois pour toutes ! » Après m'être drapée dans une serviette, je suis allée dans la chambre passer un jean, un tee-shirt et un pull. J'ai ôté les draps souillés, sorti du placard une paire de rechange et refait le lit. Dans un petit sac de voyage, j'ai jeté quelques couches propres, des épingles de nourrice, quelques habits pour Jeff, un pot de talc… « C'est prêt ! » a crié Toby dans la cuisine. Roulant les draps en boule dans mes bras, je suis sortie de la pièce. « Je reviens tout de suite.

— Quoi, c'est si urgent, de faire la lessive ?

— Oui, ai-je répliqué sans le regarder. Parce que je dois effacer toute trace de ta présence ici. »

En bas, j'ai rempli la machine, ajouté du détergent, mis en route. Remontée à l'étage, j'ai accepté l'assiette de pâtes que Toby me tendait mais j'ai mangé debout, en lui tournant le dos, ce qui a provoqué un autre de ses petits rires désobligeants : « Oh, si tu veux faire la tête… »

J'ai posé bruyamment mon assiette sur le comptoir.

« Que les choses soient claires, d'accord ? Je me plie à tes ordres, je t'emmène au Canada. Mais ça s'arrête là. En particulier je ne t'adresse plus la parole, à part pour les questions strictement pratiques. C'est entendu ?

— Ha ha… Comme tu le sens.

— Je veux juste que tu sortes le plus vite possible de ma vie. »

J'ai mis la cafetière sur le feu, puis j'ai préparé plusieurs biberons à emporter, et j'ai aussi ajouté quelques pots de Blédine dans le sac. Lorsque le café a été prêt, je l'ai versé dans une thermos. J'ai pris deux paquets de cigarettes dans la cartouche de réserve, et je les ai ajoutés à mon bagage : j'allais en avoir besoin, avec la nuit qui s'annonçait.

« Oh, juste un petit détail, m'a demandé Toby. Tu as un passeport ? – Il se trouvait que oui, puisque j'en avais fait établir un trois ans plus tôt, en perspective du voyage universitaire à Paris auquel j'avais finalement renoncé. J'ai fait oui de la tête. – Très bien ! Et pendant que tu y es, emporte aussi une preuve d'identité quelconque pour ton fils. Acte de naissance, par exemple. Normalement, on n'en a pas besoin, mais si à la frontière on tombe sur un crétin qui veut faire du zèle... »

Je suis retournée dans la chambre prendre les documents en question, que je gardais au fond du placard, puis j'ai décroché le téléphone dans le salon.

« Tu appelles ton mari ? – Hochement de tête. – Alors dis-lui que...

— Je m'en occupe », l'ai-je coupé sèchement.

À l'autre bout de la ligne, il y a eu quatre, cinq, six sonneries. Il devait être sorti. Ce qui signifiait qu'il allait téléphoner plus tard, et que nous devrions attendre son appel, car s'il n'obtenait pas de réponse chez nous à dix heures il s'inquiéterait, contacterait l'infirmière, lui demanderait de monter à l'appartement, elle tomberait sur un nid vide, la voiture aussi aurait disparu... Mais si nous retardions notre départ à ce point, je ne serais de retour qu'en milieu de matinée le lendemain, et on remarquerait l'absence de la Volvo – c'était le genre de détail que les braves gens de Pelham ne manqueraient pas de relever. Sept sonneries, huit, neuf...

« Il n'y a personne ? s'est inquiété Toby. – J'ai fait que signe que non. – Bon, raccroche et tu réessaieras d'ici... » On a décroché, soudain. C'était Dan, hors d'haleine.

« Tu vas bien ? lui ai-je demandé.

— J'arrive juste de l'hôpital. Pourquoi appelles-tu ?

— Pourquoi j'appelle ? Mais… parce que je me demandais comment allait ton père.

— Ah oui, pardon, désolé. Simplement, c'est moi qui téléphone, d'habitude.

— Alors, comment va-t-il ?

— Toujours pareil. Dans le coma, mais avec un cœur plus robuste que jamais. Enfin, je rentre demain. »

Oh non !

« Fantastique ! me suis-je exclamée avec tout l'enthousiasme que j'étais capable de feindre. Tu prends le bus ?

— Non, l'avion. »

De mieux en mieux…

« Mais c'est très cher, non ?

— C'est un ancien copain de lycée, Marv English, qui tient l'agence de voyages du coin. Il a réussi à me trouver un billet pour Portland, via Syracuse et Boston, à cinquante dollars.

— Très… bien. À quelle heure tu arrives, alors ?

— Je pars tôt, en fait, mais il y a deux heures de correspondance à Boston… – Merci, mon Dieu ! – Je devrais atterrir à Portland vers dix heures et demie. C'est quand même mieux que de passer la journée dans un autobus. Tu peux venir me chercher ?

— Mais… bien sûr.

— Et notre invité ?

— Il s'en va ce soir.

— Les événements s'enchaînent plutôt bien, dis-moi !

— Euh… Oui.

— Tu te sens bien ?

— Comment ça ?

— Tu m'as l'air un peu tendue.

— La nuit n'a pas été très bonne, à cause de Jeff. Il est très irritable, en ce moment.

— Bah, ça lui passera. Moi, en tout cas, il me tarde de me tirer d'ici.

— C'est super, que tu reviennes. »

À peine avais-je raccroché que j'ai lancé à Toby : « On doit partir sur-le-champ.

— C'est ce que j'ai cru comprendre, oui. »

Je me suis approchée de la fenêtre pour regarder dehors. La nuit était tombée. Six heures trente-cinq, indiquait ma montre. Toutes les boutiques de la rue principale étaient fermées, la ville désertée, comme d'habitude à cette heure-là.

« La voie est libre ?

— Oui.

— Allons-y. »

Il est descendu le premier, avec son sac à dos et mon bagage, pendant que je changeais et que j'habillais Jeff. Sans oublier de prendre deux tétines et quelques jouets en caoutchouc pour l'occuper, ni de laisser une lumière allumée pour le cas où quelqu'un jetterait un coup d'œil à nos fenêtres, je me suis engagée dans l'escalier avec mon bébé, qui s'est instantanément mis à pleurer, peu satisfait à l'évidence d'être soudain exposé à une glaciale et sombre nuit d'automne. Il sanglotait encore quand je l'ai attaché dans son siège, et quand j'ai refermé la portière, et quand, une fois au volant, j'ai tendu ma main droite à Toby pour qu'il y dépose les clés.

« Pas de bêtises, maintenant.Tu nous amènes chez les flics et je te promets que…

— Ferme ta gueule et donne-moi ces clés. »

Cela l'a fait rire, mais il s'est exécuté. Lorsque j'ai démarré, Jeff pleurait toujours. « Tu penses qu'il va nous casser les oreilles comme ça jusqu'à la frontière ? a demandé Toby.

— Si c'est le cas, dommage pour toi. »

La rue principale paraissait déserte, jusqu'à ce que… « Oh, merde !

— Ce n'est pas grave, continue.

— C'est Billy ! » ai-je chuchoté pour moi-même, reconnaissant sa démarche traînante et sa manière de garder la tête baissée en marchant. Au bruit du moteur, cependant, il l'a relevée. « Fais-lui un petit signe, a commandé Toby.

— Ne me dis pas ce que j'ai à faire ! »

Au passage, pourtant, je lui ai adressé un signe de la tête. Il a eu son sourire timide mais j'ai bien vu que la présence de Toby et du petit dans l'auto ne lui avait pas échappé. « S'il en parle, dis-lui simplement que tu m'accompagnais à la gare routière des bus de Lewiston.

— J'y avais déjà pensé.

— Félicitations. Là, tu prends à droite.

— Je connais la route pour Lewiston. »

Ensuite, aucun mot n'a été prononcé pendant les cinq heures suivantes. Le paquet de cigarettes que j'avais jeté sur le tableau de bord avant de partir s'est vidé peu à peu tandis que Toby et moi puisions dedans. La départementale sinueuse qui conduisait à Lewiston était déserte. En arrivant sur l'autoroute, j'ai adopté une vitesse de croisière modérée, résistant à la tentation de gagner un peu de temps en dépassant la vitesse légale. Je surveillais sans cesse l'horloge lumineuse de la voiture. Aux abords de Waterville et de la 27, Jeff s'est endormi. J'avais mis la radio mais je n'écoutais que distraitement le programme choisi par José, le DJ de nuit qui semblait avoir toujours deux joints d'avance sur les autres et manifestait une nette préférence pour Pink Floyd, Iron Butterfly, et autres groupes planants. À côté de moi, Toby était perdu dans ses pensées ; prenant mon refus de lui parler au pied de la lettre, il fumait en fixant un regard anxieux sur l'obscurité, de l'autre côté de sa vitre.

Et moi ? Des centaines d'idées confuses me passaient par la tête, dont la plupart avaient rapport à mon père et à la façon dont il m'avait trompée, à mon mari et à ce que je lui avais fait à son insu, à la crapule assise près de moi, cet ignoble individu qui nous avait tous manipulés sans le moindre scrupule, à mon impardonnable aveuglement durant les dernières quarante-huit heures, au besoin que je ressentais d'appeler Margy pour tout lui raconter – mais peut-être mon téléphone était-il sur écoute ? –, à ma crainte de trouver les fédéraux en rentrant à Pelham, ou pire encore qu'ils nous tombent dessus à la frontière, aux implications de tout cela sur mon mariage, au risque que Dan essaie de m'enlever Jeff dans le cas où je serais poursuivie en justice, à ce que cette histoire avait irrémédiablement brisé dans ma relation avec mon père, à la peur qui m'habitait maintenant, plus torturante que je ne l'avais jamais ressentie, à…

« Arrêtons-nous ici, a dit Toby en montrant du doigt une station-service près de l'entrée de la route 27. Il faut qu'on fasse le plein, et que je pisse un coup. »

J'ai garé la voiture devant la pompe. Dès que j'ai coupé le contact, Toby s'est emparé des clés et les a mises dans sa poche. « Je les garde. » J'allais le traiter de tous les noms, mais je me sentais trop fatiguée et trop tendue pour polémiquer. Avec un haussement d'épaules, je suis sortie pour aller voir Jeff à l'arrière. Il dormait comme un bienheureux et aucune odeur suspecte ne montait de sa couche. Neuf heures moins le quart à ma montre, encore trois et demie jusqu'à la frontière, si tout se passait bien. Nous étions dans les temps.

Le pompiste, un vieil homme qui mâchonnait une allumette, est venu remplir le réservoir et nettoyer sommairement le pare-brise. Toby est revenu avec trois paquets de cigarettes : « Je me suis dit qu'on allait en avoir besoin.

— C'est sûr. Et maintenant, les clés, s'il te plaît. C'est mon tour d'aller au petit coin.

— Quoi ? Tu crois que je m'en irais avec ton fils sur la banquette arrière ? »

Non, pas précisément. Je voulais simplement lui montrer que je ne lui accordais plus la moindre confiance. J'ai claqué des doigts, puis j'ai tendu ma paume ouverte. Avec un sourire hautain, il y a déposé le trousseau. Dans les toilettes, j'ai retenu ma respiration pour lutter contre l'odeur pestilentielle de conduites bouchées, je me suis soulagée et j'ai jeté un peu d'eau sur mon visage en évitant de me regarder dans la glace fêlée : je n'avais aucune envie de me retrouver face à face avec moi-même, pour l'instant. Quand je suis revenue à la voiture, Toby était en train de payer le pompiste, qui, me voyant m'installer au volant, lui a dit d'une voix railleuse : « Alors, on laisse la petite dame conduire ? C'est pas un peu risqué ?

— Ah, faut que je dorme, moi », a répondu mon « compagnon » sur le même registre avant de grimper dans la voiture et de refermer la portière. Puis, se tournant vers moi : « Quel connard sexiste, celui-là…

— Tout comme toi. »

Ce sont les derniers mots que nous avons échangés pendant les deux cents kilomètres qui ont suivi. La route du nord était longue, calme et bordée de forêts qui repoussaient la lumière de la lune, m'obligeant à plisser les yeux et à tendre le cou en avant pour distinguer la montée abrupte vers le Canada. Nous avons traversé quelques agglomérations oubliées du reste du monde, seuls signes de l'activité humaine alentour. Cela m'a rappelé – comme si j'en avais besoin ! – combien l'État du Maine pouvait être vide, morne. Cette idée a aussi ravivé mon inquiétude, car il était clair que si nous tombions en panne dans ce coin perdu, nous ne trouverions personne pour nous dépanner avant le lendemain. Et d'ici là…

J'ai pris une autre cigarette. Dix heures vingt-trois. Déjà ?

« Un peu de café ? a proposé Toby.

— Ouais. »

Il a ouvert la thermos, m'a servi une tasse et me l'a tendue. Je l'ai calée contre le volant, avalant de petites gorgées. La tasse vidée, je l'ai rendue à Toby sans un mot, puis j'ai fumé encore, en longues bouffées régulières. Le signal de la station radio FM que j'avais écoutée ayant disparu, j'en ai cherché une autre sur le tuner. Soudain, il y a eu un présentateur qui s'exprimait dans un français volubile : Québec était proche. J'ai appuyé sur l'accélérateur en découvrant un panneau qui annonçait que la frontière était à vingt-quatre kilomètres.

L'horloge marquait minuit dix-neuf quand nous avons atteint la ville de Jackman. Comme Toby m'avait ordonné de m'arrêter, je me suis garée devant le palais de justice. « Je vais conduire, pour passer la frontière, a-t-il annoncé. Ça paraîtra plus naturel. Toi, tu te mets à l'arrière et tu fais comme si tu dormais à côté de "notre" bébé. Si le garde-frontière canadien veut te poser des questions, il te réveillera, mais à mon avis il me fera juste signe de continuer ma route. Laisse-moi ton passeport et l'acte de naissance, aussi, au cas où il les demanderait. »

Après avoir déposé les documents sur le tableau de bord, je suis allée m'installer sur la banquette à côté de Jeff, qui s'est légèrement agité en produisant quelques grognements. Me rendant compte qu'il avait perdu sa tétine, j'ai tâtonné dans la pénombre jusqu'à mettre la main dessus, je l'ai placée dans ma bouche une seconde en guise de stérilisation symbolique et je l'ai remise entre ses gencives. Ensuite, je me suis étendue du mieux que je pouvais, la tête près du siège-auto.

« Prête ? a fait Toby.

— Oui », ai-je répondu, et j'ai fermé les yeux.

La frontière n'était qu'à cinq ou six minutes. J'ai senti que la voiture ralentissait, et Toby a éteint la radio ; il y a eu un arrêt, nous sommes repartis tout doucement et nous avons fait halte encore une fois. J'ai entendu la vitre s'abaisser, puis une voix avec un accent québecois : « Bienvenue au Canada. Documents, s'il vous plaît. » Un bruit de papier froissé, de pages tournées. « Et qu'est-ce qui vous amène chez nous, monsieur Walker ? » M. Quoi ? « Nous rendons visite à des amis pour le week-end. » Le faisceau d'une lampe a balayé mes traits. En une seconde, j'ai décidé qu'il était préférable de faire comme s'il venait de me réveiller. Je me suis ébrouée et redressée en me frottant les paupières, posant un regard interloqué sur le fonctionnaire. « Oh, pardon, désolé…

— Tu peux te rendormir, chérie. » Je me suis rallongée en plaquant mes mains sur mes yeux. « Vous voyagez tard, a fait observer le Canadien.

— Je suis sorti du travail à six heures. En plus, avec le petit, nous ne pouvons faire de grandes distances que la nuit, quand il dort.

— Ah, ne m'en parlez pas ! Mes deux filles, elles se mettaient à pleurer dès qu'elles étaient plus de vingt minutes en auto… Quelque chose à déclarer ?

— Non, rien.

— Cigarettes, alcool, aliments ?

— Non.

— Et vous retournerez aux États-Unis… ?

— Dimanche soir.

— Bon week-end au Québec.

— Merci. »

Nous roulions depuis environ une minute lorsqu'il m'a soufflé : « Ne te rassois pas encore. Juste par précaution.

— OK.

— Eh bien, ç'a été facile. Je ne m'attendais pas à trop de problèmes, d'ailleurs. Les pères de famille, ils les laissent toujours passer. »

Encore une raison pour laquelle il avait exigé que je le conduise au Canada : en le voyant avec ce qu'ils pensaient être sa femme et son enfant, les gardes-frontières n'auraient aucun soupçon particulier. Quelques kilomètres plus loin, il m'a annoncé que je pouvais me redresser.

« Tu ne descends pas là ? me suis-je étonnée en voyant une pancarte remerciant les automobilistes de leur visite à Sainte-Chapelle.

— Non.

— Où, alors ?

— À une soixantaine de kilomètres plus au nord. Une ville qui s'appelle Saint-Georges.

— Soixante kilomètres ! Mais ça va rajouter deux heures à mon voyage !

— Je n'y peux rien. C'est là que mon contact doit avoir lieu.

— Ton contact ? me suis-je récriée.

— Tu ne pensais pas que j'allais arriver ici une main devant une main derrière, comme les largués qui veulent échapper à l'armée ? Quand ça barde, on a des gens qui s'occupent de nous où qu'on débarque.

— Donc c'était ta destination depuis le début, ce... Saint-Georges ?

— Qu'est-ce que ça change, maintenant ? Soixante kilomètres encore et tu n'entendras plus parler de moi. Bon, éventuellement tu ne seras pas de retour à Pelham avant dix heures, mais la belle affaire ! Le petit mari attendra un peu... »

Brusquement, Jeff s'est réveillé et s'est mis à pleurer. Je l'ai détaché pour le prendre sur mes genoux et le câliner tout en cherchant un biberon dans mon sac. Il a refusé de manger, criant de plus belle.

« Il faut que tu t'arrêtes, il a besoin d'être changé.

— Et moi j'ai ce contact fixé à une heure et demie, et je suis déjà en retard, alors désolé.

— Arrête-toi !

— Pas question », a-t-il répondu en accélérant.

Je me suis débrouillée pour ôter sa couche à mon fils, bien que des cahots aient manqué à deux reprises de le précipiter en bas du siège. J'étais tentée d'écraser ce paquet de caca sur le crâne de Toby Judson, mais le moment n'était pas à la confrontation directe ni aux grands gestes subversifs ; plus tôt nous serions à Saint-Georges, mieux ce serait.

À une heure trente-cinq, nous avons aperçu les lumières d'une agglomération assez importante. Dans les faubourgs, nous avons approché une petite usine sur le bord de la route et Toby a effectué un appel de phares, auquel ont répondu plusieurs clignotements brefs. Il s'est garé, a éteint ses feux. Soudain, nous avons été pris dans un flot lumineux, projeté par une auto arrivant devant nous. Toby a éteint le moteur.

« Qu'est-ce que c'est, tout ça ? ai-je chuchoté.

— Ils veulent vérifier que c'est bien nous, pas quelqu'un qui voudrait se faire passer pour tel… Comme les flics, par exemple. »

J'ai entendu des pas, entrevu une silhouette. Je comprenais la fonction de ces phares braqués sur nous, maintenant : il m'était impossible de distinguer les traits de l'homme qui a tapoté sur la vitre du conducteur, signal auquel Toby a répondu en levant son poing fermé. Puis il est reparti et les phares se sont éteints, nous plongeant dans une obscurité totale qui m'a agressé les pupilles. Jeff a commencé à brailler ; je lui ai vite placé le biberon dans la bouche, ce qui l'a tout de suite calmé.

« Voilà, c'est ici que je descends, a annoncé Toby. Je vais sortir, prendre mon sac dans le coffre et me rendre jusqu'à cette auto. Tant que celle-ci n'aura pas démarré, tu ne quittes pas la place où tu es, et ensuite tu attends au moins cinq bonnes minutes avant de bouger.

— C'est tout ? »

Il a tiré de sa poche une liasse de billets et en a posé un sur le siège à côté de lui.

« Il y a là vingt dollars canadiens. De quoi prendre de l'essence à la station d'Eustache-du-Cœur, au poste-frontière.

— Je ne veux pas de ton argent, ai-je répliqué tout en me disant que ce sagouin était arrivé chez moi les poches pleines de monnaie canadienne, "pour le cas où", selon son expression favorite.

— Quand tu repartiras, a-t-il poursuivi, tu passeras par la ville et tu rejoindras la route 204, en direction du lac Megantic. Après, tu descendras la 161 jusqu'à Woburn. La frontière sera à quarante minutes, de sorte que tu devrais être revenue sur la Terre de la liberté vers trois heures. Le garde-frontière américain se demandera sans doute pourquoi tu te balades en pleine nuit avec un bébé à l'arrière. Tu lui diras que tu étais chez des amis à Montréal et que ton mari t'a appelée tard dans la soirée, que son père est mourant, que tu as décidé de le rejoindre au plus vite, etc., etc. S'il a des soupçons, il fouillera peut-être la voiture, mais, puisqu'il n'y a rien d'illégal dedans, il ne pourra pas t'arrêter pour lui avoir raconté un bobard bancal. Ensuite, tu auras une route secondaire jusqu'à Lewiston, puisque tu seras déjà plus au sud. Et Pelham.

— Oui. Et quand les fédéraux feront une descente chez moi demain ou après-demain, qu'est-ce que je devrai leur dire ?

— Ha ! Ils ne viendront pas.

— Comment ? Après avoir découvert que tu as pris l'avion de Chicago à Portland ?

— Je n'ai jamais fait ça. Je suis parti en stop. Tout simplement parce que c'était plus prudent, au cas où ils auraient placé les gares routières et les aéroports sous surveillance.

— Mais tu m'as dit qu'ils avaient trouvé le numéro d'Eastern Airlines chez toi, et que…

— J'ai menti. Pour que tu aies tellement la trouille que tu finisses par accepter de m'amener ici. Oui, je sais, c'est pas très sympa de ma part. Mais au nom de la révolution, je te remercie d'avoir apporté une contribution modeste mais déterminante à…

— Va-t'en.

— Tes désirs sont des ordres. Dernier point, cependant : tu peux me détester autant que tu veux, mais je reste un homme de parole. Puisque tu m'as conduit ici sans anicroche et sans trop de cris, je tiendrai ma promesse : au cas où on me demande si quelqu'un m'a aidé à passer la frontière, je ne donnerai jamais ton nom. Un dernier conseil avant de disparaître de ta vie : oublie tout ça.

— C'est bien mon intention, crois-moi. Et maintenant, dégage !

— Tu veux te rendre un grand service, Hannah ? Arrête de jouer tout le temps les bonnes filles.

— J'ai dit "dégage" ! »

Il m'a lancé un ultime sourire mielleux. Pour quelle raison les types comme lui se sentent toujours tellement supérieurs ? « Arrête de jouer tout le temps les bonnes filles »… Si les deux journées qui venaient de s'écouler avaient prouvé quelque chose, c'était que je n'avais rien de « bon », au contraire : j'avais mis en danger tout ce qui comptait vraiment dans la vie pour…

Toby a fait un autre appel de phares, auquel le véhicule en face de nous a répondu de la même manière. « OK. Rappelle-toi, tu ne bouges pas pendant cinq minutes après notre départ. Et pour la suite, sois heureuse… si c'est possible. » Une lumière blanche, aveuglante, a brusquement envahi l'habitacle ; ils avaient rallumé les feux de route. Toby a bondi à l'extérieur, claquant la portière derrière lui. J'ai entendu le gravier crisser sous ses pas, la malle arrière s'ouvrir et se fermer, puis une voiture démarrer. Le pinceau des phares s'est écarté, fusant dans une autre direction avant de disparaître.

J'ai suivi ses instructions à la lettre. Je suis restée à ma place, avec Jeff dans les bras, surveillant ma respiration, soucieuse de ne pas laisser exploser tout ce que j'avais refoulé pendant des heures. Je savais que si je me mettais à pleurer, je ne pourrais plus m'arrêter. Il fallait que je nous ramène à la maison, mon fils et moi.

Au bout de cinq minutes, j'ai rattaché Jeff sur son siège, ce qu'il n'a pas apprécié. Revenue à la place du conducteur, j'ai allumé la cigarette dont je rêvais depuis vingt minutes, avalé un fond de café, et je suis partie. Il était deux heures passées.

Suivant les indications de Toby, j'ai traversé lentement Saint-Georges endormi avant de m'engager sur la 204. J'ai résisté à la tentation de mettre les gaz, d'autant que cette route était plus sinueuse que je ne m'y étais attendue. Avec soulagement, j'ai aperçu le panneau annonçant la bifurcation vers la route 161, Woburn et la frontière. C'était une deux-voies où il était plus facile de conduire, malgré l'obscurité complète. Tout en me rapprochant du moment fatidique, je me répétais en moi-même : « Comporte-toi normalement et tout ira bien. Si tu as l'air sûre de toi, le type du contrôle gobera ton histoire. Si tu paniques, tu échoueras dans une petite pièce où on te posera plein de questions auxquelles tu n'as pas du tout envie de répondre. »

Tous les dix kilomètres, environ, une nouvelle pancarte indiquait que la frontière s'approchait, chacune d'elles ne faisant que renforcer mon appréhension. J'avais beau me répéter que mes craintes étaient exagérées, la fatigue et les épreuves m'avaient fait perdre le sens de la mesure. Et puis il n'y avait pas de putains d'histoires à se raconter, non plus ! Je venais d'aider un terroriste recherché par le FBI à quitter illégalement le territoire, et même si ma « complicité » avait été obtenue sous la menace elle n'en était pas moins matériellement indiscutable. Je voyais déjà quelque vieux juge me jauger d'un regard sans merci avant d'annoncer que, ayant préféré adopter une conduite délictueuse plutôt que de courir le risque de voir mon inclination à l'adultère exposée au grand jour, j'avais attiré sur moi une condamnation à…

« Frontière américaine, 5 km ». Un arrêt pour prendre de l'essence, puis j'atteindrais le poste-frontière dans moins d'un quart d'heure. « Du calme, surtout ! » Toujours plus près. Soudain, j'ai déploré d'être aussi étrangère à l'idée d'un Dieu, d'un Yahveh, d'un Tout-Puissant, d'un Alpha-et-Omega, ou quel que soit le nom qu'on veut bien lui donner, parce que j'étais arrivée au seul moment de ma vie où je ressentais le besoin de prier. Mais je m'étais montrée assez hypocrite, au cours de ces derniers jours, pour ne pas en rajouter encore en implorant l'aide d'un Être suprême auquel je ne croyais pas…

À la place, j'ai résolu de conclure un pacte avec moi-même : je me suis juré que si je ressortais sans dommage de cette aventure, si je revenais dans mon pays sans encombre, si le FBI ne se manifestait pas, si l'ignoble Toby Judson ne parlait pas, si Dan ne reniflait rien de suspect, j'expierais toutes mes fautes en me montrant aussi altruiste que je le pourrais. J'accepterais mon destin d'épouse, j'irais où la carrière de mon mari nous conduirait, je l'aiderais de mon mieux, je rejetterais tous mes rêves d'échapper au quotidien, je me dévouerais sans relâche pour Jeff, et pour les autres enfants que nous pourrions avoir. Leur bien-être, et celui de leur père, passerait toujours avant le mien. J'accepterais de bonne grâce les compromis et les limites que je me serais imposées, sachant que l'égoïsme et la vanité qui m'avaient égarée momentanément auraient pu me faire tout perdre. Car on ne peut pas échapper à ses actes, pas plus qu'à soi-même. Il y a un prix à payer pour tout, n'est-ce pas ? Alors désormais, chaque fois que je pleurerais ma liberté perdue, les étroites perspectives de ma vie, je me rappelerais toujours que tel avait été le prix de mes errements et que peut-être, ou même sûrement, je m'en étais tirée à bon compte.

« Frontière américaine : 1 km. »

J'ai aperçu la station-service dont Toby avait parlé. J'ai fait le plein, jeté aux ordures la couche sale, vidé le cendrier qui débordait, bercé un moment Jeff dans l'air vif de la nuit. L'essence m'ayant coûté onze dollars – plus cher que chez nous ! –, j'ai consacré le reste à l'achat de cinq paquets de Craven-A, de deux barres de chocolat et d'un grand gobelet de café. Après avoir réinstallé mon fils dans son siège, je lui ai donné un hochet en caoutchouc qu'il semblait particulièrement apprécier et qui, je l'espérais, allait le tenir occupé pendant le passage de la frontière. Je me suis assise devant le volant, j'ai pris une grande bouffée d'oxygène, j'ai tourné la clé de contact et j'ai démarré.

La sortie du Canada ne supposait aucune formalité : juste un panneau en français qui remerciait les automobilistes d'avoir visité le pays et leur souhaitait un « bon retour ». Ensuite, il y avait environ cinq cents mètres de no man's land, puis une guérite avec la bannière étoilée en haut d'un mât et une grande pancarte souhaitant la bienvenue aux États-Unis. À cette heure hors du temps, j'étais la seule voyageuse. Le fonctionnaire de garde est sorti sans hâte de son abri. La trentaine, trapu, il portait l'uniforme vert du service des douanes, un chapeau à large bord qui rappelait celui des gardes forestiers. Après m'avoir adressé un signe de tête, il s'est placé devant l'auto d'un pas nonchalant, a contemplé ma plaque d'immatriculation, et il est revenu devant la vitre du côté passager, que j'avais déjà baissée.

« Bonsoir, m'dame.

— Bonsoir, ai-je répondu en me forçant à sourire.

— Vous voyagez bigrement tard… ou bigrement tôt.

— Ce n'est pas par choix… – Je lui ai raconté ma visite à des amis, à Québec, le coup de fil imprévu et dramatique de mon mari. – J'aurais pu essayer de dormir et prendre la route au matin, mais je ne supportais pas l'idée d'attendre…

— Oui, j'peux comprendre ça. Et donc, combien de temps vous avez passé hors des États-Unis, en tout ?

— Seulement deux jours.

— Et vous avez des papiers pour vous et pour cet enfant ? – Je lui ai tendu le passeport et l'acte de naissance. – Ce sont de belles pièces d'identité, a-t-il fait remarquer avec un petit sourire. – Il les a étudiés un moment, me les a rendus. – Vous rapportez quoi que ce soit du Canada ?

— Deux ou trois paquets de Craven-A, c'est tout.

— Quoi, vous les aimez vraiment, celles-là ?

— C'est celles que mon père fumait toujours. J'imagine que ça m'aura influencée.

— Pour moi, c'est beaucoup trop frenchy, comme goût. Mais bon, vous pouvez y aller. Conduisez gentiment, hein ? »

Un au-revoir de la main et j'ai redémarré. Premier obstacle franchi. Trois heures dix à l'horloge de l'auto. Je pouvais être à Pelham vers huit heures et demie, le temps de faire la vaisselle du dîner de la veille, d'inspecter rapidement l'appartement, de prendre une douche express et de filer à l'aéroport de Portland.

Sur la route du retour, Jeff a été très agité, au point que j'ai dû m'arrêter deux fois pour le changer, le nourrir, le câliner, sans parvenir à le calmer tout à fait. J'étais obligée de continuer ; continuer à conduire, continuer à lutter contre le sommeil, continuer à me dire qu'il allait falloir tenir le coup pendant la longue, très longue journée qui s'annonçait.

Le soleil est apparu à sept heures et quart. Cinquante minutes plus tard je me garais devant chez nous. Dès que j'ai installé Jeff dans son berceau, il s'est endormi aussitôt. Comme je l'enviais ! Cela faisait près de quarante-huit heures que je n'avais pas dormi, mais je n'avais pas le loisir de m'apitoyer sur mon sort. Après avoir nettoyé la cuisine, et donné un coup d'éponge à la salle de bains, et passé l'aspirateur dans la chambre, et vérifié qu'aucun détail accablant n'aurait été oublié sous le lit, comme un mégot de cigarette ou un slip pour homme, j'ai préparé du café et je me suis précipitée sous la douche, alternant jets d'eau brûlante et glacée afin de me requinquer.

Ensuite, j'ai dévalé l'escalier avec quelques affaires sales. Je venais de constater avec stupeur que les draps que j'avais lavés la veille avaient été étendus à sécher – nous étions partis bien avant la fin du cycle, pourtant, ou bien étais-je en train de perdre la raison ? – quand une voix s'est élevée derrière moi : « J'espère que c'est pas un problème, que je vous aie aidée pour la lessive. » J'ai pivoté sur mes talons. Billy était là, un seau dans une main, une grande échelle pliante sous l'autre bras.

« C'est vous qui avez mis ces draps à sécher ?

— Ben oui, a-t-il fait avec un grand sourire. J'vous ai vue les mettre à la machine avant d'vous en aller avec c'gars-là et…

— Vous m'avez vue ?

— Ben oui, j'passais par là à ce moment…

— La laverie est à l'arrière de la maison, Billy, ai-je objecté d'un ton calme. Ce qui veut dire que pour me voir mettre ces draps dans la machine, vous devez vous placer délibérement à un endroit où vous pourriez… me voir.

— Hé, j'espionnais pas ni rien ! a-t-il protesté, soudain sur la défensive. Je… J'"regardais", voilà !

— Mais je ne suis pas fâchée ! me suis-je hâtée de le rassurer, n'ayant aucune envie d'entrer dans une controverse sur les nuances entre "espionner" et "regarder".

— Sûr ?

— Certaine.

— Tant mieux, parce que moi j'me disposais à laver vos fenêtres, ce matin.

— Ce… Ce n'est pas la peine, Billy.

— J'ai dit au docteur que j'l'ferais voilà une semaine, au moins. Avant qu'il parte.

— Dans ce cas, allez-y, bien entendu…

— Vous êtes sûre de sûre que vous êtes pas fâchée avec moi ?

— Nous sommes amis, vous et moi. »

Son sourire est revenu.

« Ah ça oui, on l'est. Et j'dirai jamais rien à propos que vous êtes partie avec c'gars-là, hier au soir. »

Bon Dieu !

« Eh bien, c'est que, oui, je l'ai conduit à la gare routière de Lewiston.

— Sauf que ça vous a pris toute la nuit.

— Comment vous le savez ?

— Vot' voiture, elle était pas là jusqu'à tout à l'heure.

— C'est que… J'ai crevé un pneu, j'ai dû passer la nuit dans un motel.

— Avec c'gars-là ? a-t-il demandé, sourire en coin.

— Mais non. Il était déjà dans son bus quand la crevaison s'est produite.

— Vous lui avez donné un baiser d'adieu ?

— Pardon ?

— J'vous ai vue l'embrasser, une fois.

— Où… comment ?

— Par vot'fenêtre.

— Quand ça ?

— Y a un soir ou deux.

— Vers quelle heure ?

— Oh, c'était tard, vraiment tard. J'passais par là, j'ai vu la lumière, j'ai levé la tête et vous étiez là, à l'embrasser.

— Il y avait quelqu'un d'autre avec vous ?

— Pour sûr que non ! C'était désert. J'étais le seul pèlerin dehors.

— Et vous avez dit à quelqu'un que vous m'aviez vue… ?

— Pour sûr que non ! Vous êtes mon amie, hein ? J'ferais jamais une chose pareille. »

J'ai failli lui effleurer le bras en signe de gratitude mais je me suis ravisée après m'être souvenue de sa réaction, lorsque j'avais commis cette erreur la fois précédente.

« Je vous suis très, très reconnaissante de ça, Billy. Entre amis, c'est très, très important, les secrets. Très, très chic de votre part, vraiment.

— Vous allez plaquer le docteur pour c'gars-là ? a-t-il demandé à brûle-pourpoint, mais du même ton badin, sans aucune note inquisitrice.

— Pas du tout ! On s'embrassait pour se souhaiter bonne nuit, c'est tout.

— Vous souhaiter très, très bonne nuit, alors, vu combien ça a duré », a-t-il commenté avec l'un de ses rires désordonnés.

Est-ce qu'il était en train de me soumettre indirectement à un chantage, ou était-ce simplement sa manière de raconter les choses ?

« Juste un baiser de bonne nuit, ai-je insisté. Mais si jamais vous en parlez à quiconque, de ça ou du fait que je ne suis pas rentrée à la maison hier soir, ça pourrait me causer beaucoup d'ennuis.

— Vous seriez plus mon amie, alors ?

— Euh, disons-le comme ça : si vous me demandiez de garder un secret et que je le répétais à quelqu'un, est-ce que vous resteriez ami avec moi ?

— Non.

— Et vous auriez raison. Parce que les amis, ils gardent les secrets.

— Un peu, oui !

— Donc je peux vous faire confiance, Billy ?

— Un peu, oui !

— Merci.

— Bon… – Son sourire était devenu timide, presque enfantin. – Je peux nettoyer vos fenêtres, maintenant ? »

Sur toute la route de Portland, je me suis battue contre l'envie de vomir. Ce qui me tordait l'estomac, désormais, c'était la peur que Billy, malgré toutes ses bonnes intentions – qui ne manquaient pas d'être étranges, d'ailleurs –, finisse par trop parler et précipite ma chute. J'avais les poumons douloureux, après avoir tant fumé pendant la nuit, mais j'ai tout de même enchaîné trois cigarettes pendant l'heure de trajet jusqu'à l'aéroport.

À sa descente de l'avion, Dan nous a fait signe, puis il m'a vaguement embrassée avant de prendre Jeff dans ses bras et de tenter un salut qui se voulait enjoué, du genre « Salut, mon bonhomme ! » et de me le rendre.

Lorsque nous sommes montés en voiture, il a levé le nez en l'air, choqué par la fumée qui continuait à flotter dans l'habitacle : « Seigneur, tu t'es transformée en cheminée, ou quoi ? » Je n'ai pas répondu, mais j'étais soulagée qu'il veuille conduire. Enfoncée dans mon siège, j'ai écouté son monologue courroucé dans lequel il exprimait toute sa frustration à propos de l'incompétence des médecins de l'hôpital de Glens Falls, de l'indifférence manifestée par de soi-disant bons voisins, de…

« Je t'ennuie ? »

J'ai sursauté. J'avais piqué du nez.

« Désolée. La nuit a été dure. Si j'ai dormi deux heures en tout, c'est le maximum.

— Je n'avais pas l'intention de jouer les vieux grincheux, non plus, mais la semaine a été… atroce. »

Je lui ai donné une rapide caresse sur la joue.

« C'est bon, de t'avoir de nouveau ici.

— Et ton visiteur, il est parti ?

— Hier soir.

— Tu l'as eu dans les pattes ?

— Un peu… En plus, c'est le genre de gaucho pontifiant qui disserte sur la révolution toute la journée.

— Ouais. Je suis sûr que ton père a été content que tu l'héberges.

— Très content, je pense. »

Après nous être arrêtés à Bridgton pour faire quelques courses, nous avons atteint la maison. Je m'attendais presque à voir Billy sur le trottoir s'apprêtant à lancer quelque énormité, du genre : « J'ai encore rien dit à personne, rapport à vos embrassades avec c'gars-là ! » mais il n'était pas dans les parages. Après avoir jeté un bref coup d'œil à l'appartement, Dan a lâché une remarque laconique à propos de « ce sale type de Sims » pour voir s'il serait possible d'accélérer les travaux de déménagement dans la maison des Bland. J'ai préparé le déjeuner puis, alors que Jeff s'était endormi pour sa sieste, Dan a posé une main sur ma cuisse et m'a montré la chambre du menton. Et même si j'étais morte de fatigue, je l'ai suivi, je me suis déshabillée, je me suis étendue sur le lit, j'ai écarté les jambes et j'ai feint la passion autant que je l'ai pu.

Je somnolais depuis ce qui m'a paru un petit moment quand j'ai entendu le téléphone sonner. Il faisait noir, dehors. J'ai jeté un coup d'œil au réveil. Six heures moins le quart. J'avais dormi près de trois heures. Mon mari a ouvert la porte de la chambre.

« Tu te sens mieux ?

— Un peu, oui. Merci de m'avoir laissée piquer un somme.

— De rien. Ton père est au téléphone…

— Dis-lui que je le rappelle. »

J'ai délibérément oublié de le faire, ce soir-là. Le lendemain matin, vers huit heures et demie, ce n'est pas lui qui a appelé, mais Betty Bass. Après avoir raccroché, Dan a pris son manteau et sa mallette de médecin : « Le fils de Josie Adams a une fièvre terrible, et mal à la gorge. Inflammation des amygdales, sans doute. Je reviens dans une heure, maxi. » Il n'était pas parti depuis cinq minutes quand le téléphone a encore sonné. Mon père. « Hannah ? »

Je n'ai pas répondu.

« Hannah ? Tu vas bien ? – Silence. – Hannah ?

— Quoi ?

— Tu es chiffonnée par quelque chose ?

— Tiens, et par quoi je pourrais l'être ?

— Écoute, quoi qu'il en soit, je voulais juste te dire que je viens d'avoir des nouvelles de notre ami commun, et qu'il m'a raconté comment tu l'as aidé, et que je suis rudement content que tu… »

Je lui ai raccroché au nez. Il m'a fallu plusieurs minutes pour refouler une énorme vague de colère, agrippée des deux mains aux accoudoirs du fauteuil. « Tu es chiffonnée par quelque chose ? » Était-il donc maladivement nombriliste, pour ignorer à ce point ce que les autres pouvaient ressentir ? Il devait bien se douter qu'en me confiant ce saligaud il prenait le risque d'attirer sur moi les soupçons des autorités ; autrement, pourquoi avoir été si discret, en employant cette formule à demi codée « notre ami commun » ? Le téléphone a sonné une nouvelle fois. « On a été coupés, je crois.

— Non. C'est moi qui ai raccroché.

— Comprends-moi, Hannah. Je ne voulais surtout pas t'attirer d'ennuis.

— Mais c'est ce que tu as fait ! Tu as... »

J'ai fondu en larmes. Tout ce que j'avais refoulé pendant les derniers jours sortait maintenant en un torrent de détresse et de rage. J'ai raccroché, à nouveau. Lorsque la sonnerie a retenti, je me suis levée et j'ai couru à la salle de bains. Dans un état second, j'ai rempli d'eau glacée le lavabo, auquel je me cramponnais comme une naufragée à un bout d'épave. Tandis que le téléphone continuait à sonner, il m'a fallu un bon quart d'heure pour me calmer. Je me suis aspergé le visage. Apercevant mes yeux rouges dans le miroir, et les cernes noirs qui les bordaient, je n'ai pu m'empêcher de penser que j'avais l'air beaucoup plus âgée, d'un coup, et beaucoup moins intelligente.

Dans la cuisine, j'ai mis la cafetière sur le feu et je me suis servi un petit verre de bourbon que j'ai bu d'un trait, puis un autre. L'effet anesthésiant de l'alcool a été immédiat. Cigarette dans une main, tasse de café dans l'autre, je suis redescendue peu à peu sur la terre ferme.

Le téléphone a encore sonné. J'ai décroché, cette fois.

« Hannah ?

— Je ne veux pas te parler.

— Écoute-moi, s'il te plaît !

— Non.

— Je suis désolé…

— Tant mieux. Il y a vraiment de quoi. »

J'ai laissé le combiné retomber sur son socle et je l'ai ignoré quand la sonnerie a repris. Ensuite, mon père n'a plus essayé d'appeler mais trois jours plus tard, alors que Dan était déjà descendu à son cabinet, une lettre est arrivée par porteur spécial de Burlington, dans le Vermont. Ayant reconnu l'écriture précise et décidée sur l'enveloppe, j'ai signé le bon de réception, certes, avant de déchirer la lettre et de la jeter à la poubelle. Puis j'ai accompli ma routine matinale : déposer Jeff chez Babs, acheter le journal et des cigarettes à l'épicerie. En feuilletant le *Boston Globe*, j'ai eu l'œil attiré par une courte dépêche UPI en page 7, dans la rubrique des « brèves nationales », intitulée « Un Weatherman s'enfuit au Canada » :

« Tobias Judson, 27 ans, qui avait dirigé le mouvement de protestation de l'université de Columbia en 1967, est passé clandestinement au Canada après son implication présumée dans l'attentat à la bombe contre un bâtiment de la Défense le 26 octobre dernier. Dans un communiqué publié par l'agence de presse subversive RPI (Revolutionary Press International), Judson a indiqué qu'il ne faisait pas partie du groupe Weather Underground – lequel a revendiqué l'attentat de Chicago – mais qu'il avait aidé ses “camarades de lutte” et qu'il avait été contraint de quitter le pays pour fuir la “persécution politique” dont il faisait l'objet. Selon des sources proches du FBI, Judson a activement soutenu le mouvement en question, et abrité sous son toit les deux auteurs présumés de l'attentat de Chicago, James Joseph McNamee et Mustafa Idiong, action qui a coûté la vie à deux employés d'une agence de sécurité. Le FBI travaille actuellement avec la police montée canadienne pour parvenir à l'arrestation de Judson, qui aurait été aperçu récemment à Montréal. »

J'ai relu l'article, en remerciant le Ciel qu'il n'ait pas été accompagné d'une photo de Toby et qu'il ne mentionne pas ses différents noms d'emprunt, dont celui de Tobias Mailman, qu'il avait utilisé à Pelham. Je savais qu'Estelle était elle aussi une lectrice assidue du *Globe*, mais je ne voyais pas comment elle aurait pu faire le lien entre ce clandestin en cavale et le garçon sur lequel elle s'était extasiée une semaine plus tôt. Elle n'y avait d'ailleurs fait aucune allusion depuis le retour de Dan, qu'elle avait commenté par un trait d'ironie : « Le train-train conjugal a repris, alors ? »

Ce jour-là, j'ai feuilleté tous les journaux du Maine à la bibliothèque. Le *Portland Press Herald* avait repris la même dépêche UPI, très laconique et à peine visible au bas d'une page intérieure. Le soir, j'ai pris soin de regarder les bulletins d'information télévisée à la maison. Rien chez Huntley-Brinkley, ni sur la station d'infos continues de Boston que mon petit transistor captait difficilement.

Les jours passaient, mais je me réveillais chaque matin avec la peur au ventre, dans la crainte que les fédéraux ne débarquent à la maison, ou que Judson m'implique dans sa fuite par le truchement d'un autre de ses stupides communiqués en provenance du Grand Nord, ou que Billy ne raconte à Betty Bass qu'il m'avait vue embrasser fougueusement M. le Révolutionnaire patenté, ou que mon père ne surgisse pour me demander des comptes sur mon silence obstiné, bref que toute la vérité péniblement contenue ne s'abatte sur moi et me noie dans la honte.

Il ne s'est rien passé, cependant. Matin après matin, je me levais, j'aidais mon mari et mon fils à se préparer, j'exécutais mon petit circuit, j'allais au travail, je rentrais à la maison, Dan aussi, nous dînions, nous échangions quelques banalités, nous regardions la télé ou nous lisions, nous faisions l'amour sans inspiration deux fois par semaine, le week-end arrivait, le même cycle recommençait… Et la catastrophe redoutée ne surgissait pas.

Mon père m'a adressé une autre lettre, que j'ai également jetée sans la lire. Un matin, ma mère m'a appelée pour un simple bonjour qui a bien sûr été prolongé par une série de questions obliques sur l'état de ma vie à Pelham, et quelques commentaires à propos de sa nouvelle exposition à venir. Puis elle m'a demandé sur un ton qui se voulait dégagé : « Il y a un problème, entre ton père et toi ?

— Non. Pourquoi ?

— Chaque fois que j'ai fait allusion à lui, tu as changé de sujet. Et quand je lui ai posé la question, il s'est refermé comme une huître. Vas-y, Hannah, exprime-toi. C'est à propos de quoi, cette brouille ? »

Pour une fois, j'ai réussi à conserver mon calme devant son habituelle et implacable perspicacité.

« Il n'y a aucune brouille.

— Alors le problème, si tu préfères.

— Il n'y en a pas.

— Tu mens toujours aussi mal.

— Écoute, il faut que je te laisse, là, parce que…

— Ne commence pas tes petits jeux avec moi, Hannah.

— Je ne joue à rien du tout, et tu le sais très bien.

— J'exige une réponse.

— Je n'en ai pas. Au revoir. »

Elle a rappelé à trois reprises, ce jour-là, mais je suis restée ferme sur ma position. J'avais enfin compris qu'il était inutile de rechercher son approbation, puisqu'elle ne me l'accorderait jamais, et que ce seul changement, le fait que je ne quémande plus son amour, la privait de son ancien pouvoir sur moi.

« Tu vas me dire ce qui se passe ! a-t-elle fini par s'emporter.

— Il n'y a rien à dire. Il ne se passe rien. »

Et j'ai raccroché, une bonne fois pour toutes. Il y avait évidemment beaucoup à dire, au contraire, et comme tous ceux qui détiennent un terrible secret je mourais d'envie de le confier à quelqu'un, pour ne plus être seule à le porter. Et c'est pourquoi, lorsque Margy m'a appelée ce même soir, je l'ai d'abord laissée me gratifier de l'une de ses tirades pince-sans-rire : « J'étais devant mon stupide bureau, à cette stupide agence de RP où je continue mon stupide travail, quand je me suis demandé ce que ma meilleure amie pouvait bien devenir, depuis un mois et plus qu'elle ne me donne pas de nouvelles. » Puis j'ai répondu à voix basse : « Je ne peux pas te parler maintenant, mais…

— Qu'est-ce qu'il y a ?

— Pas le bon moment, c'est tout. Demain, à quatre heures, tu seras libre ?

— Oui, bien sûr…

— Sois à ton bureau demain vers quatre heures. Je te rappelle. »

Après avoir raccroché, j'ai téléphoné à Babs pour lui demander si elle voyait une objection à garder Jeff jusqu'à six heures et demie le lendemain, car je voulais faire du shopping à Portland. Et plus tard, au dîner, j'ai appris à Dan que j'avais découvert l'existence d'une fabuleuse épicerie italienne à Portland, et que je désirais emprunter la voiture le jour suivant pour y aller dans l'après-midi.

« Ils ont du vrai parmesan ? s'est-il enquis.

— C'est ce que l'article du *Press-Herald* soutient.

— Dans ce cas, ça vaut le déplacement, à mon avis. »

Ayant quitté le travail en avance, je suis arrivée à Portland un peu après deux heures, le lendemain, et j'ai trouvé sans mal la petite boutique italienne, où j'ai dépensé près de trente dollars – l'équivalent de notre note d'épicerie hebdomadaire, mais au diable l'avarice ! – en vin, fromage, pâtes, tomates napolitaines en boîte, ail, pain, biscuits parfumés à l'amaretto, véritable café pour espresso, et même une minicafetière italienne. Le patron a tenu à me préparer l'un de ses « célèbres sandwichs au provolone », accompagné de deux verres de chianti, le tout offert par la maison, et je me sentais donc en pleine forme lorsque je me suis rendue à la poste centrale de la ville. Là, j'ai demandé à l'opératrice de m'établir une communication pour New York. « Cabine 4 », a-t-elle annoncé après un moment. J'y suis allée, j'ai refermé la porte derrière moi et je me suis assise sur la simple chaise en bois, en face d'un antique téléphone en bakélite. « Vous pouvez parler », a dit la préposée avant de quitter la ligne. Margy a décroché au bout de deux sonneries.

« Hannah ?

— Comment savais-tu que c'était moi ?

— Tu as dit quatre heures, non ? Et je me fais un sang d'encre depuis hier. Qu'est-ce qui ne va pas, alors ?

— Plein de choses.

— Quel genre ?

— Le genre qui m'oblige à te téléphoner d'un bureau de poste, parce qu'il y a de grandes chances que Big Brother écoute notre ligne à la maison. »

Il m'a fallu vingt bonnes minutes pour tout expliquer. Vingt minutes sans doute captivantes, car Margy, qui n'avait pas son pareil pour interrompre les gens, n'a pas dit un mot jusqu'à la fin de mon histoire. Elle est restée silencieuse, ensuite, au point que j'ai demandé : « Tu es toujours là ?

— Je suis là, oui.

— Pardon de t'avoir accablée avec tout ça.

— Non. C'était… fascinant.

— Bon, et d'après toi, qu'est-ce que je dois faire, maintenant ?

— Eh bien… rien.

— Comment ça : rien ?

— Il n'y a rien à faire. Ce mec est parti, les fédéraux ne sont pas à tes basques, ton mari ne se doute rien, et je serais étonnée que ce pauvre Billy ose risquer de perdre ton amitié en ouvrant son bec. Quant à ton père, il est évident qu'il ne dira jamais un mot là-dessus, tout comme il est clair que tu finiras par lui pardonner. Ce que tu sais déjà, d'ailleurs… »

Elle a marqué une pause. « Pour le dire crûment, donc, tu t'en sors peinarde.

— Tu… Tu crois ?

— Allez, ça aussi, tu le sais très bien.

— Mais, et les… conséquences ?

— Quand on s'en sort, il n'y a "pas" de conséquences. Sauf celles que tu t'imposes toute seule.

— C'est ce que je voulais dire. Comment je vais pouvoir vivre avec ça ?

— Très simple : en vivant avec.

— Je ne suis pas sûre d'en être capable.

— Ou, plutôt, tu n'es pas sûre de pouvoir te pardonner.

— Ça, je suis certaine que c'est impossible.

— Il le faudra, pourtant.

— Pourquoi ?

— Parce que tu n'as commis aucun crime.

— Si !

— Oh, une incartade, Hannah, tout au plus. Allez, ma chérie, admets-le ! Pendant quelques jours de folie, ton corps t'a entraînée là où, au fond de toi, tu voulais aller, et ensuite ce macaque t'a mêlée à ses petites manigances.

Pour moi, le seul crime dont tu serais coupable, c'est d'avoir été faible. Comme nous le sommes tous.

— J'aimerais pouvoir considérer les choses de cette manière.

— Tu finiras par y arriver, avec le temps.

— Comment peux-tu en être si convaincue ?

— Parce que c'est comme ça que ça se passe, toujours. Tu as un secret, maintenant, qui te paraît un horrible fardeau, pour l'instant, mais qui, bientôt, ne te paraîtra plus si grave, parce que, à part toi et moi, personne n'en connaîtra jamais l'existence. Et maintenant, ma petite, je t'adore mais je suis convoquée à l'une de leurs stupides conférences de planning, donc... »

Nous nous sommes dit au revoir en nous promettant de parler à nouveau la semaine suivante. J'ai raccroché, j'ai payé la communication, j'ai repris la voiture et j'ai mis le cap sur Pelham.

J'ai pensé : « Personne n'échappe jamais à rien. » Ou bien était-il plus exact de dire : « Aucun être doté de conscience n'échappe jamais à rien » ?

J'ai pris tout mon temps pour rentrer, à dessein. Quand j'ai enfin atteint la maison, vers sept heures, Dan avait récupéré Jeff et ils m'attendaient tous les deux. À mon entrée, mon fils a levé la tête ; il a souri et il a recommencé à jouer avec ses cubes en bois dans son parc. Après avoir déposé un petit baiser sur mes cheveux, mon mari a rapidement examiné le contenu des deux gros sacs en papier : « Ça a l'air fameux, tout ça. Tu as trouvé le parmesan ? » J'ai fait signe que oui. Pendant que je rangeais mes emplettes, la note s'est échappée et elle est tombée par terre. Dan l'a ramassée, a jeté un coup d'œil dessus et s'est écrié avec une exclamation étouffée : « Mince, ce n'est pas donné !

— Tu ne penses pas qu'on mérite de se faire un peu plaisir, de temps à autre ? »

Je n'avais pas lancé cette remarque pour le convaincre mais il a dû y percevoir une vérité, car il a aussitôt changé d'attitude :

« Tu as raison, tout à fait raison. C'est bien, de se faire plaisir. À propos, qu'est-ce qu'il y a, pour le dîner ?

— Des lasagnes cent pour cent italiennes.

— Extra ! Tu crois qu'on devrait ouvrir une de ces bouteilles de chianti ?

— Mais oui ! »

Pendant qu'il farfouillait dans le tiroir à la recherche d'un tire-bouchon, je me suis retournée, j'ai contemplé mon fils, cent pour cent merveilleux, et j'ai repensé au pacte que j'avais conclu avec moi-même. Après avoir frôlé l'abîme, qu'il était bon de se retrouver sur un terrain solide, finalement… « Il faut que tu arrives à te pardonner. » Peut-être. Avec le temps. Pour l'instant, je désirais seulement me couler à nouveau dans le quotidien, avec ces deux êtres à mes côtés, et me réjouir de ne pas m'être perdue.

Dan avait certainement remarqué mon expression pensive, car il m'a demandé : « Ça va ? »

Il y a un prix à tout. Il y a la cause, et il y a l'effet. Un sourire aux lèvres, j'ai embrassé mon mari et j'ai répondu : « Ça va très, très bien. »

II

2003

1

Il a recommencé à neiger au moment où j'ai repris la voiture. Il n'y a que dans le Maine que l'on peut voir un blizzard début avril. Étant née, ayant grandi et m'étant endurcie en Nouvelle-Angleterre, j'ai toujours aimé nos hivers rigoureux, mais tous ces drôles de changements climatiques nous en ont presque privés, certaines années. Cet hiver, pourtant, le thermomètre avait dégringolé jusqu'à moins dix, et, même si Pâques était proche, ce froid glacial refusait de capituler. D'où cette neige tenace, évidemment.

Comme à son habitude, ma Jeep a démarré du premier coup, et j'avais à peine quitté le parking que l'air pulsé par la soufflerie était déjà chaud. C'était mon cadeau de cinquantième anniversaire, cette voiture. Il y a peu, Dan a laissé entendre que le moment était peut-être venu de la changer pour un modèle plus récent, voire de passer à un tout autre genre de 4 × 4, mais j'ai catégoriquement refusé : il m'est déjà assez pénible de me balader dans Portland au volant d'un pareil mammouth – bien que son poids et sa taille soient un atout, par des nuits de tempête comme celle-ci – pour que l'idée de gaspiller dix mille dollars de plus dans une Jeep Cherokee toute neuve me paraisse farfelue.

D'autant plus que la mienne me convient encore parfaitement, après trois ans de bons et loyaux services. Dan, de son côté, n'a aucun problème à changer tous les vingt-quatre mois la Lexus qu'il a prise en leasing. « On peut se le permettre, alors... » C'est la réponse placide qu'il me fait lorsque j'élève une ou deux objections à propos du renouvellement régulier de nos véhicules.

À la radio, je suis tombée sur une retransmission en direct d'un concert du Boston Symphony Orchestra. Benjamin Levine dirigeant la deuxième symphonie de Sibelius : musique idéale pour une sombre soirée d'hiver. Sur le point de quitter le centre de Portland, j'ai franchi la zone d'immeubles de bureaux des années 30 abandonnés depuis des décennies mais qui, malgré les rumeurs récurrentes à ce sujet, n'avaient jamais été démolis. C'est que la ville, comme tout le sud du Maine, avait connu un soudain essor au milieu des années 90, époque à laquelle une vague de jeunes diplômés avaient fui les grandes métropoles, à la recherche de la « tranquillité » et de la « qualité de la vie » – par quoi ils entendaient des prix immobiliers encore relativement raisonnables, de bonnes écoles et des restaurants corrects, ainsi que le double avantage de disposer de pistes de ski et d'un front de mer à des distances très raisonnables. Du jour au lendemain, ou presque, la boîte aux lettres de Dan a été submergée de CV de jeunes orthopédistes désireux de prendre un nouveau départ. Même le lycée où j'enseignais recevait des sollicitations de ce genre, et il n'était pas rare de voir dans les magazines de décoration tel ou tel article présentant Portland comme une « petite ville américaine modèle », ce qui avait pour effet d'augmenter de dix pour cent la valeur des maisons de la région. Et c'est pourquoi ces anciens bureaux délaissés avaient été transformés en lofts très chic, à cinq cent mille dollars pièce, alors que notre maison de Falmouth…

Mais je ne reviendrai pas sur ce sujet. De nos jours, dès qu'on est invité à dîner chez des habitants de Portland, on finit invariablement par parler du marché immobilier local. Ce qui m'autorise à penser que désormais nous devons avoir les mêmes préoccupations que tous les Américains, mais je ne peux m'empêcher de me demander pourquoi nous passons tellement de temps à parler de ce que nous possédons, ou de ce que nous aimerions posséder…

De Portland, pour arriver à Falmouth Foreside, où nous habitons, il suffit de prendre l'autoroute de la côte pendant cinq minutes. L'hôpital général du Maine s'élève sur une colline à mi-chemin entre le centre-ville et chez nous, de sorte que les déplacements de Dan restent limités, ce qui n'est pas pour lui déplaire. Au moment où je mettais mon clignotant, mon téléphone cellulaire s'est déclenché. Je ne l'ai que depuis six mois. Au début, je ne voyais guère l'intérêt d'être joignable à tout moment, en tout endroit, mais j'ai laissé Dan m'en acheter un – et installer un système mains-libres dans la voiture – et, à mon corps défendant, j'ai fini par convenir que la vie est bien plus facile avec un portable, surtout lorsqu'il s'agit de régler des questions domestiques bêtes mais urgentes : téléphoner à la maison quand on est au supermarché pour vérifier qu'il n'y a plus d'huile d'olive, par exemple – oui, je sais, c'est affreusement petit-bourgeois. Mais j'ai été aussi convaincue de son utilité un mois auparavant, le soir où ma voiture est sortie de la route à cause de la neige accumulée sur la chaussée – je n'ai pas été blessée et la Jeep n'a rien eu – et où j'ai pu appeler un dépanneur à la rescousse. Mais les cellulaires ont aussi leurs mauvais côtés. Comme celui-ci :

« Hannah ? Sheila Platt à l'appareil.

— Oh, bonsoir », ai-je fait en essayant de surmonter l'irritation dans ma voix.

Sheila, c'était l'une des fondatrices du club de lectrices auquel j'appartenais. Au début, nous ne nous occupions que de romans, et puis l'idée m'est venue de proposer que nous nous penchions aussi sur une pièce de théâtre, de temps à autre, parce que cela nous donnait l'occasion de lire à voix haute et de nous distribuer les rôles. De plus, comme les cercles littéraires pullulent à Portland, je n'ai pas eu trop de mal à convaincre les six autres adhérentes de notre « chapelle » qu'il serait bon de faire preuve d'un peu d'originalité en sortant de la norme « voyons quel livre de Jane Austen nous aurons au programme le mois prochain ». Ce soir-là encore, nous avions travaillé sur les deux premiers actes de *Mesure pour mesure*, et comme d'habitude notre discussion sur les subtilités de l'écriture shakespearienne avait tourné au crêpage de chignon entre Sheila Platt et sa « bête noire », Alice Armstrong.

Professeur de dessin dans un lycée de la zone, Alice était une femme divorcée qui avait toujours un commentaire ironique à faire sur le sujet. Son mari, également prof de dessin, l'avait abandonnée pour une avocate d'affaires très entreprenante qui avait concocté une convention de divorce extrêmement défavorable à Alice : « J'avais tellement de haine contre ce salaud que j'ai bêtement accepté toutes ses conditions jusqu'aux plus crapuleuses, rien que pour lui montrer que je n'avais plus besoin de lui. La fierté est toujours mauvaise conseillère, c'est moi qui vous le dis ! » C'était quelqu'un de très brillant, une illustratrice de talent, qui, n'ayant pu exprimer son art dans le Maine à cause d'un destin contraire, avait dû se résigner à ce poste d'enseignante pour subvenir aux besoins de ses deux enfants. Son sens de l'humour était plus que décapant.

Constatant le manque d'hommes disponibles à Portland, elle m'avait demandé de lui transmettre le numéro de téléphone de tout célibataire de ma connaissance qui fût capable de tenir sa cuillère sans se baver dessus. Elle était aussi extrêmement indépendante d'esprit sur le plan politique, et d'un naturel provocateur, ce qui aurait dû éveiller ma méfiance lorsqu'elle a proposé l'étude d'une des pièces les plus polémiques de Shakespeare. Tout en posant de complexes questions d'ordre éthique, *Mesure pour mesure* explore aussi les relations entre pouvoir politique et contrôle sexuel, ainsi que la fragile frontière qui sépare la piété de l'hypocrisie. Compte tenu du christianisme militant de Sheila, ainsi que de son admiration sans bornes pour notre commandant en chef du moment, et par ailleurs de l'« antireligiosité radicale » d'Alice, pour reprendre la caractérisation péremptoire dont Sheila usait à son endroit – sans parler de son féminisme affiché, notamment sur le sujet controversé du droit à la contraception et à l'avortement –, il était clair que le thème de la pièce allait créer des étincelles. Et c'était exactement le but recherché par Alice, comme je l'ai compris trop tard.

« Le sujet essentiel de cette pièce, c'est l'hypocrisie, ai-je proposé en guise d'ouverture à notre discussion. L'hypocrisie puritaine.

— Tu entends quoi, par là ? m'a demandé Alice. L'attitude moralisatrice, ou le fait de professer des principes en contradiction avec sa conduite ?

— Les deux. Antonio est un homme dont le rigorisme moral est dévalorisé par des besoins sexuels très humains.

— Mais cet aspect sexuel, en réalité, c'est la recherche de l'amour, a plaidé Sheila Platt.

— Non. C'est de l'appétit sexuel, pur et simple. Et une façon d'exercer son pouvoir, bien entendu.

— Mais enfin, Hannah, il nous dit bien qu'il aime cette femme ! a insisté Sheila.

— À mon avis, est intervenue Alice, Antonio est l'archétype du macho politique qui joue la carte du bon chrétien, pourfend les faiblesses des autres en leur promettant l'enfer tout en profitant de son autorité pour essayer de forcer une nonne à coucher avec lui. Ce qui rend la pièce si forte et si moderne, c'est que Shakespeare montre que les pères-la-pudeur les plus inflexibles sont ceux qui ont le moins de scrupules moraux. Prenez l'exemple de ce faux-jeton de Newt Gingrich, la manière dont il a cherché à excommunier Clinton dans cette malheureuse affaire Lewinsky alors qu'il était lui-même embarqué dans une histoire d'adultère…

— La différence entre eux, l'a coupée Sheila, c'est que M. Gingrich n'était pas président des États-Unis et…

— Non, il était seulement président de la Chambre des représentants !

— Et il n'a pas menti après avoir prêté serment sur la Bible, lui.

— Non, il a seulement menti à sa femme. Tout en cherchant à liquider un adversaire politique dont les frasques n'étaient pas aussi graves que les siennes.

— Oh, je vous en prie ! s'est récriée Sheila. Si vous pensez qu'abuser d'une stagiaire est tout à fait nor…

— Elle avait vingt et un ans, non ? Ce qui fait d'elle une adulte consentante. Et oui, je pense qu'il y a une différence entre accepter une petite turlute et plaquer sa femme ! »

Sheila a lâché un petit cri indigné, imitée par d'autres membres du club.

« Est-ce que nous sommes obligées de supporter de telles… vulgarités ? s'est-elle indignée.

— Pour en revenir au texte… », ai-je tenté.

Une prof reste une prof quel que soit le contexte… Mais même si je jouais toujours l'arbitre pendant ces pugilats intellectuels, je me réjouissais, en mon for intérieur, qu'Alice exprime ses opinions haut et fort. Elle ne faisait aucun mystère de son désir de chercher la confrontation avec Sheila car, ainsi qu'elle me l'avait confié quelque temps avant cette soirée, autour d'un verre de vin, celle-ci personnifiait tout ce qu'elle abhorrait dans l'Amérique de George W. Bush.

Sheila, pour sa part, m'avait déjà affirmé qu'elle tenait Alice pour une « hippie sur le retour », appartenant à une génération qui s'était retrouvée piégée entre la fin de l'ère Peace and Love et le début de la réfutation reaganienne de tout ce que les années 60 avaient prôné. Avec ses quarante-deux ans, au contraire, Sheila était l'une de ces femmes conservatrices parvenues à l'âge adulte au temps où le « Grand Communicateur » régnait sur Washington avec ses allures de cow-boy paternaliste. Bref, l'hostilité entre les deux n'était pas seulement d'ordre politique, mais aussi générationnel.

Ce soir-là, toutefois, leur escarmouche avait atteint un degré de violence inégalé, comme si chacune poursuivait l'espoir qu'une pique particulièrement acérée finirait par blesser si gravement son adversaire que celle-ci n'aurait plus qu'à ramasser son ego meurtri et à quitter le club.

« Est-ce que vous avez deux minutes ? » a chuchoté Sheila dans le téléphone. Pour être franche, non. Ni maintenant ni jamais. Elle avait le don de me taper constamment sur les nerfs. Je n'aimais pas sa petite voix larmoyante, ni sa manie d'engloutir un sac entier de chocolats Hershey's Kisses au cours de nos sessions hebdomadaires. Quant à ses prêches sur la nécessité de « trouver la bonne part en chacun de nous », ils étaient d'autant plus horripilants qu'ils venaient d'une ultra-conservatrice qui avait soutenu la campagne en faveur du rétablissement de la peine de mort dans le Maine, et celle contre l'autorisation des mariages homosexuels. Plus encore, elle était connue dans toute la ville pour son goût des cancans malveillants, qu'elle distillait sans se départir de son sourire de sainte-nitouche.

Bref, je ne pouvais pas la sentir, tout en veillant à ce qu'elle ne se rende jamais compte de la profondeur de mon antipathie. Trente ans passés dans le Maine m'avaient appris à garder ma langue dans ma poche, en particulier quand il s'agissait de quelqu'un qui, grâce à un mari promoteur immobilier et conseiller municipal, jouissait de sa petite influence en ville, et ne manquait pas de le rappeler chaque fois qu'elle en avait besoin. « Est-ce que vous avez deux minutes ?

— Sans doute, oui.

— J'aurais aimé vous dire deux mots ce soir, après la réunion, mais j'ai vu que vous étiez en grande conversation avec Miss Armstrong… »

Il y avait tout un tas de sous-entendus désagréables, dans ce « Miss », et j'ai failli lui rétorquer que sa formulation était très exagérée avant de penser : « Laisse tomber… »

« Qu'est-ce que vous vouliez me dire, Sheila ?

— Simplement vous prévenir que je vais demander un vote au sein de notre club, juste pour voir si d'autres membres pensent la même chose que moi au sujet d'Alice Armstrong.

— Et si c'est le cas ?

— Nous lui demanderons de s'en aller.

— Vous ne pouvez pas faire ça.

— Bien sûr que si ! Pour peu qu'il soit établi qu'elle a une influence négative sur nos…

— Sheila ? Il y a plusieurs personnes dans ce groupe qui estiment que c'est vous qui avez une influence négative, vous savez ?

— Je n'en ai pas été informée.

— Eh bien moi, si. Vous n'aimez peut-être pas les idées politiques d'Alice mais il n'empêche qu'elles doivent être respectées. Tout comme les vôtres.

— Même si vous me désapprouvez, moi.

— Autant que je m'en souvienne, je n'ai jamais eu la moindre discussion politique avec vous. Ou plutôt, je n'ai jamais fait de commentaires quand vous avez exposé vos convictions en la matière.

— Mais tout le monde sait que vous êtes une libérale convaincue. »

Je me suis agrippée au volant, luttant contre un excès de colère qui montait en moi. « Je ne pense pas que tout le monde "sache" cela, non, ai-je répliqué d'une voix aussi posée que possible, parce que je n'affiche pas vraiment mes opinions sur le sujet.

— Oui ? En tout cas, il est tout à fait évident que vous n'êtes pas républicaine. Et tout le monde sait que vous êtes très amie avec Alice Armstrong, qui est une gauchiste attardée et qui…

— Mon amitié pour Alice n'est pas fondée sur une similarité de vues politiques. Et même si c'était le cas, ça n'aurait aucun rapport avec notre groupe de lecture. Et, très honnêtement, je suis assez scandalisée que vous puissez sous-entendre que je pourrais prendre le parti d'Alice sous prétexte que nous serions toutes deux des libérales.

— Ah, voilà ! a-t-elle trompetté dans mon oreille. Vous l'admettez enfin !

— Je n'admets rien du tout ! Vous déformez mes propos. D'ailleurs, j'aimerais que vous me précisiez où vous voulez en venir.

— Mais je vous l'ai dit : je vais demander qu'on vote l'expulsion d'Alice Armstrong du club des lectrices, et ce dès la semaine prochaine.

— Si vous faites ça, je proposerai un vote contre vous et c'est vous qui serez expulsée, je vous assure.

— Ne soyez pas si confiante.

— Quel est votre problème, exactement ? Alice n'est pas toujours d'accord avec vous, et alors ? Elle ne voit pas les choses comme vous ? Si vous voulez n'être qu'avec des gens qui pensent de la même manière, vous n'avez qu'à adhérer au country-club.

— Je suis déjà membre du country-club.

— Quelle surprise !

— Très drôle. Mais je veillerai à ce que ce vote ait lieu dès que nous nous retrouverons après Pâques.

— Parfait. Vous savez à quoi vous attendre, dans ce cas. »

Elle a hésité quelques secondes. Je sentais qu'elle n'était pas du tout à son aise. Elle devait forcément se rendre compte que plein de gens ne la portaient pas dans leur cœur.

« Eh bien… Je m'en irai et je fonderai un nouveau groupe, peut-être.

— C'est votre droit le plus strict, Sheila. Bonne nuit. »

Et j'ai coupé la communication. Ils sont très rares, les êtres qui pourraient presque me faire désespérer du genre humain, et Sheila Platt entrait dans cette catégorie. Avec des gens comme elle, il n'y avait plus de place pour les divergences, pour des échanges constructifs. Il fallait penser comme elle, voir le monde à travers ses yeux. C'était le même phénomène que ces conservateurs enragés qui monopolisent les débats télévisés, faisant taire par leurs aboiements tous ceux qui ne partagent pas leur extrémisme patriotard. Et c'était aussi le cas de Jeff, mon fils.

Il aurait adoré participer à nos débats littéraires, Jeff. Juste pour avoir l'occasion d'un bras de fer avec Alice Armstrong, la polémique contre les « libéraux » étant l'un de ses passe-temps préférés. J'avais découvert cet aspect de Jeff à Thanksgiving, quand ils étaient venus de Hartford passer le week-end avec nous, lui, sa femme Shannon et leur toute petite fille, Erin. J'avais présenté mon avocat de fils à Alice, passée prendre un verre de vin avec nous, et bientôt la conversation en était venue à la politique néochrétienne de Bush. Ayant oublié que je lui avais raconté que Jeff était conseil juridique du géant des assurances Standard Life pour le Connecticut, qu'il était très actif dans le Parti républicain de cet État et qu'il était devenu – à ma stupéfaction horrifiée – un zélote chrétien, Alice s'est lancée dans l'une de ses diatribes pleines d'humour contre la droite religieuse, notant que « la plupart des magouilleurs qui dirigent le camp républicain » s'étaient « transformés en ultrareligieux rien que pour séduire le Sud profond ». Il faut reconnaître que, contrairement à ce dont ce gaillard trentenaire est capable de faire quand il se fâche – on sait ça –, Jeff est resté plutôt calme. Bien que bon élève et apprécié pour son esprit d'équipe dans son adolescence, il était sujet à de brefs mais terrifiants accès de rage devant une contrariété ou lorsqu'il ne se sentait pas à la hauteur de la situation. Une fois, alors qu'il était en premier cycle, il était revenu à la maison pour les vacances de Pâques avec la main droite prise dans un épais bandage et il avait fini par nous expliquer, sous les questions pressantes de Dan, qu'il avait envoyé un coup de poing dans la fenêtre de sa chambre après avoir reçu une lettre de refus de la faculté de droit Harvard. Il avait finalement fait Penn Law à Philadelphie, ce qui n'était pas précisément dégradant.

Shannon paraissait en mesure de s'accommoder des brusques sautes d'humeur de son mari, mais il faut dire qu'elle était parfaitement à son aise dans le rôle de la petite femme au foyer, toujours prête à s'extasier du bonheur qu'elle ressentait à changer les couches d'Erin, à soutenir Jeff dans sa carrière et à faire des commentaires désobligeants sur les « sufragettes » qui revendiquaient le droit de travailler, tout en sachant très bien que, après avoir quitté Pelham, alors que Dan terminait son internat à Madison, dans le Wisconsin, j'avais trouvé un emploi d'enseignante et que, à part le congé-maternité à la naissance de Lizzie, je n'avais cessé de travailler depuis. Dommage que je n'aie pas proposé à Sheila Platt de passer à la maison, ce soir de Thanksgiving : elle aurait été ravie par les opinions républicaines de mon fils, mais aussi par la farouche et obsessionnelle opposition à l'avortement affichée par Shannon. Celle-ci s'était vantée devant moi d'avoir participé à des piquets de protestation devant des cliniques pratiquant l'IVG dans les quartiers défavorisés de Hartford, et je m'étais demandé si elle aurait manifesté le même zèle dans la banlieue chic où ils habitaient, ou si elle aurait craint que ses riches voisines, bien que républicaines acharnées, ne soient choquées par cette ingérence dans leurs droits individuels.

Bien entendu, je ne dirai jamais à Jeff et/ou à Shannon ce que je pense de leurs convictions. Ce n'est pas mon genre, ni celui de Dan, d'ailleurs, mais il est vrai que ce dernier n'exprime jamais d'opinions arrêtées, sauf quand il est question de chirurgie orthopédique, de l'American Medical Association, de sa chère Lexus ou de tennis, qu'il pratique et regarde à la télé avec un farouche entêtement. Même lorsque Jeff nous a amené Shannon pour la première fois, et qu'il paraissait évident qu'elle embrasserait la carrière de « bobonne » comme s'il s'agissait d'un engagement politique, Dan s'est seulement contenté de hausser les épaules et de faire remarquer : « Ils ont l'air de bien aller ensemble.

— Je te félicite pour la profondeur de ton analyse. Quant à moi, je suis sidérée de voir à quel point elle est réac.

— Eh bien, Jeff n'est pas précisément un gauchiste, n'est-ce pas ?

— C'est bien ce que je veux dire ! Il va se coller avec cette fille et se retrouver embringué dans le mariage le plus traditionnel qui soit.

— Mais c'est ce qu'il veut, a constaté Dan en attrapant le cahier des sports du *Boston Globe* pour voir ce qui s'était passé la veille à Wimbledon.

— Je sais bien que c'est ce qu'il veut. Et c'est ce qui me chagrine le plus, dans tout ça : que notre fils se soit transformé en républicain à la Eisenhower.

— Je crois qu'Eisenhower était un peu moins conservateur que Jeff. »

J'ai souri. Mon mari n'a certes pas un sens de l'humour dévastateur, mais la finesse de ses remarques continue à me désarmer, et à me rappeler que derrière l'image du chirurgien très conventionnel – et très apprécié – se cache toujours un tempérament subtilement subversif.

Après l'autoroute, il restait un peu plus d'un kilomètre jusqu'à Chamberlain Drive. Après l'entrée de Dan à l'hôpital général du Maine en 1981, nous avions acheté une jolie petite maison de style Cape Cod sur un terrain d'une superficie de deux mille cinq cents mètres carrés à Freeport, au temps où ce village n'était pas encore l'espèce de centre commercial qu'il est devenu par la suite. Nous vivions au milieu des bois. La maison, aux plafonds plutôt bas, était particulièrement confortable ; un vrai paradis, en comparaison de l'affreux appartement de Pelham où nous avions été retenus prisonniers si longtemps. J'étais enchantée que notre propriété fût si isolée, même si nous étions à moins d'un kilomètre de la route principale. On se sentait au milieu de nulle part, là-bas, surtout par ces grandioses matins de janvier où le soleil brille intensément sur une couche de neige fraîche. De la fenêtre de notre cuisine, nous avions une vue fantastique sur la forêt scintillante de givre, loin de l'agitation du monde moderne.

Il n'était pas difficile de trouver un poste dans l'enseignement, à l'époque, et c'est ainsi que, quatre mois après notre arrivée à Freeport, j'ai commencé à travailler au lycée local. Avec le recul, la vie que nous avions alors paraît simple, facile. Jeff et Lizzie avaient tous deux moins de dix ans, Dan travaillait beaucoup mais sans être surmené, nos revenus étaient modestes mais très suffisants et j'approchais de la trentaine avec, comment dire… sérénité, oui ; même si j'ai du mal à employer ce mot, il décrit bien mon état d'esprit à cette période. L'insatisfaction torturante que j'avais éprouvée pendant les premières années de notre mariage, cette sensation de m'être trompée de voie, avait été remplacée par le constat que, dans le grand tumulte de l'univers, la paix qui définissait mon existence était plutôt satisfaisante pour l'esprit. J'aimais mon travail, j'aimais être une mère et, plus encore, j'aimais mes enfants, ce que très peu de parents sont en mesure d'affirmer aussi simplement. Je prenais plaisir à les voir grandir, se transformer, affirmer leur personnalité.

Depuis le début, Jeff avait été très indépendant, très concentré sur ce qu'il faisait, très perfectionniste. « C'est un gagneur, m'avait dit un jour son institutrice, mais attention, quand il se trompe, qu'est-ce qu'il est dur avec lui-même ! — À qui le dites-vous… », avais-je répondu un peu platement. Lizzie, pour sa part, manifestait une réelle créativité : elle avait conçu toute seule un petit théâtre de marionnettes à cinq ans et, à huit, elle m'avait informée gravement qu'elle avait commencé à écrire un roman. Elle était aussi très sensible, réagissant intensément quand une camarade de classe avait été dure avec elle ou si elle n'avait pas été sélectionnée pour jouer dans la pièce de théâtre de l'école. Tout cela réveillait des souvenirs en moi, et je veillais toujours à lui expliquer que ces déceptions ne devaient pas l'amener à douter d'elle-même, que ne pas être choisie ne voulait pas dire être rejetée et que, bien souvent, la vie était injuste. « Tu es ma copine », m'avait-elle assuré après l'une de ces conversations, ce qui m'avait énormément touchée ; en moi-même, j'étais fière que mes enfants me considèrent à la fois comme une mère et comme une amie.

Ces trois années à Freeport ont donc été un moment de bonheur tranquille, sans prétention. Quand le supérieur de Dan a pris sa retraite, cependant, mon mari est devenu le chef du service orthopédique et tout s'est accéléré. Non seulement Dan a recommencé à travailler quinze heures par jour mais il était aussi tout le temps en voyage, désormais, passant d'une conférence à une convention, et il se taillait une réputation, s'établissait dans sa profession, nouait des contacts, approfondissait ses connaissances. Il s'était donné un objectif clair : faire de son service le meilleur de la Nouvelle-Angleterre, et il y est parvenu en six années. Nous ne le voyions presque plus, du coup, car ses journées à l'hôpital s'étiraient encore plus, ses déplacements professionnels de deux jours se transformaient en équipées de deux semaines à travers tout le pays. Il passait désormais à peine un week-end par mois avec les enfants, généralement interrompu par une urgence ou par la visite de quelque sommité médicale.

Je me suis bien faite à ces nouvelles conditions de vie. Quand Dan, dont les honoraires avaient considérablement augmenté, a commencé à laisser entendre qu'un chef de service et sa famille devaient avoir une résidence plus imposante que notre maisonnette dans les bois, j'ai trouvé une très belle maison d'architecte, spacieuse et lumineuse, avec plafond-cathédrale dans le salon, cinq chambres, parquet en chêne partout et une vue magnifique sur la baie de Casco, mais Dan pensait qu'un chirurgien réputé méritait une demeure digne de son statut dans le meilleur quartier de Portland, et c'est ainsi que nous avons déménagé dans cette impressionnante maison de style colonial, au milieu du très sélect Falmouth Foreside.

Sans atteindre aux gigantesques proportions des maisons huppées du Connecticut, notre demeure, sise sur un hectare de terrain, appartient à la catégorie des résidences qui, à Portland, « en imposent ». Le genre d'adresse qui suggère tout de suite de solides finances mais, avec la typique sobriété du Maine, évite toute ostentation : pas de piscine ni de court de tennis, pas d'étang ni de statues dans le jardin. Pour la maison elle-même, je n'ai pas fait appel à un architecte d'intérieur mais, depuis que les enfants ne vivent plus avec nous, j'ai fait refaire l'ensemble dans un esprit que j'appellerais « Shaker avec confort ». Dan a converti le vaste sous-sol en espace bureau-détente avec des ordinateurs dernier cri, une table de billard et une chaîne stéréo tellement sophistiquée que l'on pourrait entendre battre le ventricule gauche de Pavarotti quand il chante – j'imagine. Il y a aussi l'une de ces gigantesques télévisions LCD que j'ai expulsée du salon parce que, petit a, je la trouve très vilaine et, petit b, si je regarde la télé cinq heures par semaine, c'est vraiment le maximum.

J'ai moi aussi un bureau à l'étage, mais cela reste beaucoup plus simple que l'antre de Dan : une table chinée chez un antiquaire, un bon fauteuil, une petite radio-CD, un ordinateur portable, des étagères envahies par les livres, un petit canapé avec une lampe de lecture, et voilà. Il y a eu des soirs où, assise à ma place pour corriger une énième et barbante dissertation de première sur la *Lettre écarlate* ou *Franny et Zooey*, je me suis demandé : « C'est ça, l'aboutissement de toute une vie professionnelle ? Essayer de transmettre un peu de culture à des adolescents opportunistes qui, à de rares exceptions près, ne s'intéressent à rien qui ne soit matériel ou immédiat et qui, une fois constitués en groupe, méprisent le premier individu qui ose manifester un minimum de curiosité intellectuelle, ou celui qui n'adhère pas à leur éthique de la vacuité. » Parfois, je me retiens pour ne pas crier aux plus insupportables d'entre eux : « Vous savez comment vous allez terminer ? Vendeurs de voitures d'occasion ou caissières de supermarché, une bicoque dans une banlieue bétonnée, des gosses mal élevés que vous n'aurez pas désirés et que vous ne pourrez pas sentir, tandis que les soi-disant fayots dont vous vous moquez sans cesse auront fait une université, eux, et auront eu une vie cent fois plus intéressante que la vôtre, et… » Mon Dieu, pourquoi cette Sheila Platt me met-elle toujours dans un état aussi épouvantable ? Pourquoi est-ce que je deviens intolérante, irascible, après seulement cinq minutes de conversation avec cette harpie ? Je devrais apprendre à me moquer de ses grands airs et de ses absurdités pontifiantes, mais c'est qu'elles me paraissent tellement symptomatiques de tout ce qui m'irrite chez les habitants de ce pays, aujourd'hui, et…

Après avoir descendu notre allée, je me suis garée derrière la Lexus noire de Dan, je suis sortie et je suis restée au moins une minute la tête levée vers les flocons tourbillonnants, aspirant l'air glacé à pleins poumons, me forçant au calme. Quand je me suis sentie à nouveau maîtresse de moi, je suis rentrée. La maison était plongée dans la pénombre mais j'ai entendu le son de la télévision au sous-sol et j'y suis descendue. Dan était installé dans son fauteuil La-Z-Boy, les pieds sur les coussins, l'unique verre de vin rouge qu'il s'accordait certains soirs posé sur la table basse près de lui. Comme à son habitude, il regardait la chaîne Discovery, devenue sa nouvelle fixation au cours des derniers mois. Je me suis approchée pour lui déposer un baiser sur le front.

« Tu es là tôt, a-t-il constaté.

— Je n'étais pas d'humeur à prendre un verre avec Alice, ce soir, ai-je répondu en me dirigeant vers le petit bar, où attendait la bouteille de pinot noir Washington State qu'il avait ouverte. Mais maintenant, j'en ai bien besoin !

— Il s'est passé quelque chose ? a-t-il demandé, détournant une seconde les yeux des couguars en maraude que l'on voyait sur l'écran.

— Ouais. Sheila Platt a ouvert sa grande bouche.

— Tu as vraiment un problème avec cette femme.

— Exact. C'est peut-être lié à ma très relative tolérance envers les imbéciles.

— Si c'était le cas, tu ne serais pas prof de lycée. Vous avez discuté sur quelle œuvre avec ton groupe de lecture ? »

Je le lui ai dit, puis j'ai goûté une gorgée de vin.

« Pas mal…

— C'est un nouveau vignoble pas loin de la frontière de Colombie-Britannique. Domaine Raban, ça s'appelle. Première qualité. Ce pinot 2002 a eu un article dithyrambique dans le numéro de *Wine Gourmet* ce mois-ci.

— Et le prix est en conséquence ?

— Trente-cinq la bouteille. »

J'ai pris une autre gorgée.

« Pour ce prix-là, il est fabuleux. Ta journée n'a pas été trop dure ?

— Deux greffes de hanche, une reconstitution de cartilage, et un lycéen qui s'est bousillé le tibia et le pelvis dans un accident en allant à ses cours. Au volant de sa Mazda Miata.

— Quel genre de parents faut-il être pour offrir une voiture de course à leur fils lycéen ?

— Des parents riches.

— Puisque tu bois ce soir, j'imagine que tu n'as pas d'opérations demain ?

— Non. Rien que des rendez-vous sans interruption à partir de sept heures et demie du matin. Et toi, quand vas-tu à Burlington ?

— Vers neuf heures. Mais j'ai des copies à corriger, là, donc je vais te laisser avec ta télé... Qu'est-ce que c'est, d'ailleurs ?

— C'est un documentaire sur les Rocheuses canadiennes.

— Ça paraît magnifique.

— Ouais. On devrait retourner en vacances du côté de Banff.

— Pour se faire bouffer par un couguar ? Pas question.

— Il y a à peu près autant de chances que ça nous arrive que de se faire écraser par une météorite. On en parle depuis un bout de temps, d'aller à Banff.

— Non, "tu" en parles ! Tout comme tu as parlé des îles Sous-le-Vent, de la Grande Barrière de corail, de Bélize et de tous les coins que tu as vus sur Discovery au cours des derniers mois. Et comme toujours, on finira par passer une semaine aux Bermudes, parce que c'est plus près et parce que tu ne peux pas partir plus longtemps, de toute façon.

— Je suis si prévisible que ça ?

— Oui. – Je me suis levée et je lui ai donné un autre baiser sur le crâne. – Bon, maintenant je vais me verser un autre verre et aller suer sur deux douzaines de disserts illisibles à propos de l'*Évangéline* de Longfellow.

— Ça mérite une bonne rasade de vin, ça.

— Je ne devrais pas en avoir pour trop longtemps.

— Je vais monter dès que les couguars auront attaqué la harde de chevreuils. Ah, j'ai oublié : tu as un message de Lizzie sur le répondeur. Elle n'a pas dit que c'était urgent mais elle semblait déprimée, de nouveau. Encore des problèmes avec son petit ami ?

— Je ne le saurai pas tant que je ne lui aurai pas parlé. Mais c'est probable, oui.

— Elle devrait faire le bon choix : se trouver un gentil docteur et l'épouser. »

J'ai sursauté, avant de me rendre compte que mon mari avait accompagné sa remarque d'un sourire narquois.

« D'accord, je lui ferai part de ta suggestion. »

En montant l'escalier pour gagner mon bureau, j'ai senti l'anxiété m'envahir. Depuis sa plus récente rupture – la troisième en deux ans –, Lizzie paraissait abattue, au point que j'avais commencé à m'inquiéter de son humeur noire. « Elle devrait faire le bon choix : se trouver un gentil docteur et l'épouser. » Dan s'était montré pince-sans-rire, comme à son habitude, mais il ignorait à quel point il était proche de la vérité : ces cinq derniers mois, Lizzie avait fréquenté un médecin, dermatologue de surcroît – ce qui était tout de même mieux que proctologue, sans doute… Le dermato en question était marié, et avait acquis une modeste célébrité télévisuelle, pour compléter le tableau. Même si j'avais affirmé à Lizzie que son père n'était pas prude au point de s'effaroucher s'il apprenait qu'elle avait une liaison avec un homme marié, elle avait exigé le secret absolu sur ce sujet.

Ce n'était pas la première fois qu'elle me prenait pour confidente, ni qu'elle répugnait à informer son père de sa vie privée. Non qu'elle ait eu des relations difficiles avec lui, et Dan n'était certes pas le genre de *pater familias* dogmatique déterminé à imposer ses vues à ses enfants ; au contraire, il était particulièrement patient et ouvert avec eux, quand son travail lui en laissait le temps, bien sûr. Même quand il était libre, d'ailleurs, il était trop préoccupé par ses « plans de carrière » pour perdre son temps en allant à des spectacles scolaires ou en aidant ses enfants à faire leurs devoirs. En mon for intérieur, je me suis souvent demandé si la quête incessante de l'homme parfait dans laquelle Lizzie s'était engagée, et la fervente adhésion de Jeff aux « valeurs familiales » prônées par les conservateurs n'étaient pas directement liées aux nombreuses absences de leur père durant leur enfance et leur adolescence. À chaque fois, cependant, je me dis que nos gosses ont grandi dans un foyer stable, qu'ils ont toujours reçu l'attention dont ils avaient besoin – de ma part, surtout –, qu'ils ont été aimés sans réserve. Si mes vingt-cinq ans d'enseignement m'ont appris quelque chose, c'est que la plupart des enfants naissent avec leurs limites et leurs contradictions, et que l'éducation n'y change rien. Je suis également l'un des rares parents de ma génération à ne pas penser qu'il soit possible de contrôler les aspects les plus infimes du développement de sa progéniture, et c'est pourquoi je refuse de me sentir coupable devant la fragilité émotionnelle de Lizzie, ou l'irascibilité chronique de Jeff. Ce qui, bien entendu, ne m'empêche pas de me faire un sang d'encre pour eux, à commencer par ma fille, beaucoup plus vulnérable et insatisfaite que son entêté de frère aîné.

En apparence, pourtant, elle n'aurait aucune raison de se plaindre. Son CV est plus que satisfaisant : une licence avec mention à Dartmouth, une année d'études à Aix-en-Provence – je l'ai enviée d'avoir effectué ce séjour en France dont j'avais moi-même tant rêvé. Pendant toutes ses études, elle a eu un petit ami stable, avec lequel elle a rompu quand il a décidé de partir faire son droit à Stanford car, ainsi qu'elle devait me le confier plus tard, elle ne voulait pas répéter l'expérience de ses parents en épousant un garçon qu'elle avait connu si jeune. Ensuite, elle a enseigné en Indonésie dans le Peace Corps, une année pendant laquelle j'ai eu constamment peur qu'elle ne soit kidnappée par quelque groupe de fanatiques illuminés. À son retour aux États-Unis, elle a surpris tout le monde – ses amis et moi – en retournant à Dartmouth afin d'obtenir une maîtrise plutôt que de se lancer tout de suite dans une carrière d'enseignante. « Je ne veux pas dépendre d'un mec pour avoir une vie correcte, m'a-t-elle expliqué un jour. En plus, les profs sont tout le temps en lutte pour une raison ou une autre, ce qui est peut-être admirable mais ça finira par me pousser au désespoir, moi. Résultat, je préfère décrocher un diplôme qui paie, gagner autant d'argent que je peux, me faire un bon portefeuille d'actions et avoir la liberté de changer de cap quand j'aurai dépassé la trentaine, si je veux. »

Malgré mes conseils de prudence – la vie ne plie jamais devant des plans préétablis, l'ai-je avertie plusieurs fois –, elle semblait déterminée à suivre le programme qu'elle s'était fixé. Comme Dartmouth abrite l'une des meilleures business schools du pays, elle a été immédiatement embauchée par une grande société d'investissements de Boston. Son salaire de départ, cent cinquante mille dollars annuels, était spectaculaire, en tout cas pour moi, mais elle m'a assuré qu'il s'agissait de « clopinettes », dans le monde où elle évoluait. Sa première prime de Noël lui a permis de s'offrir un beau loft à la décoration minimaliste dans un quartier de Boston devenu très à la mode, Leather District. L'an dernier, elle s'est acheté le nouveau et ultrachic modèle de Mini Cooper, et elle passe ses deux semaines de vacances annuelles dans quelque hôtel de luxe à Nevis ou dans le sud de la Californie.

Sur le papier, cette existence paraissait plus que sympa. Mais dans la réalité il y avait un hic de taille : elle détestait son boulot. Faire travailler l'argent des autres était vite devenu lassant, et puis elle ne pouvait pas supporter ses collègues, « le genre de fils-à-papa-tête-à-claques, tous des petits clones de George Bush… On les imagine bien en pension à Andover ou Exeter, à bizuter dans les dortoirs. » Quant aux femmes de son service, elles étaient selon elle « des maniaques mariées à la boîte, ou des futures mamans de banlieue riche qui attendent de mettre le grappin sur le type idéal ».

Ces observations acerbes me faisaient rire, bien entendu, mais je percevais une énorme déception sous-jacente : Lizzie se sentait piégée dans une existence qui ne lui convenait pas. Chaque fois que je lui disais qu'elle n'était pas forcée de continuer dans cette voie, elle invoquait le fait qu'elle s'était elle-même enfermée dans une trappe financière avec les traites du loft et son train de vie. Ses primes et commissions finiraient par payer l'appartement en six ou sept ans, affirmait-elle, et « ensuite je ferai ce qui me plaît, enfin ». Arriverait-elle à tenir tout ce temps ? J'en doutais toujours plus, d'autant que chacun de ses trois ou quatre appels téléphoniques hebdomadaires était pour elle l'occasion de rapporter quelque vexation subie au bureau, un accrochage avec un collègue particulièrement idiot, ses problèmes d'insomnie…

Et puis il y avait sa vie sentimentale. D'abord un saxophoniste de jazz et prof de musique, Dennis, dont elle était tombée éperdument amoureuse même s'il l'avait prévenue dès le départ qu'il était incapable d'entretenir une relation stable – c'est ce qu'elle m'a avoué bien plus tard –, et qui avait pris la tangente lorsqu'elle s'était trop accrochée à lui. Elle avait complètement perdu les pédales, pendant un moment, l'appelant à toute heure du jour et de la nuit pour le supplier de revenir, me téléphonant en pleurs et répétant qu'elle ne trouverait jamais un homme comme lui, que tout était de sa faute, que si seulement il lui laissait une autre chance… Après une semaine de coups de téléphone de ce genre, j'ai sauté dans ma voiture dès la fin des cours et je suis partie directement pour Boston. Par chance, je suis arrivée à son bureau juste au moment où elle en sortait. Elle paraissait épuisée, hagarde, dans un tel état qu'elle n'a même pas été vraiment surprise de me trouver là. Comme elle travaillait au Prudential Centre, je lui ai proposé de marcher jusqu'au Ritz tout proche et de nous accorder un martini en guise de remontant. Alors que nous approchions de l'hôtel, juste devant la jolie église unitarienne près d'Arlington Street, elle m'a soudain attirée contre elle, a caché sa tête dans mon épaule et s'est mise à sangloter. L'entourant de mes bras et ignorant le regard des passants choqués par un tel manque de tenue en public, je l'ai entraînée de l'autre côté de la rue, sur un banc des Gardens. Dix bonnes minutes se sont écoulées avant qu'elle retrouve son calme. Tout en lui répétant qu'il n'y avait aucune honte à pleurer, qu'il valait mieux laisser les vannes de son chagrin ouvertes, je n'ai pu m'empêcher de trouver sa réaction très disproportionnée, pour une amourette qui n'avait duré que six mois… Finalement, je l'ai conduite au Ritz pour lui administrer ce martini thérapeutique et je l'ai convaincue sans difficulté d'en prendre un deuxième, puis je l'ai pilotée jusqu'à un restaurant de Newbury Street connu pour la taille imposante de ses steaks. Même si je n'apprécie la viande que modérément, et même si l'inquiétante minceur de Lizzie laissait entendre qu'elle était devenue l'une de ces citadines hyperactives qui vivent de sushis et de stretching, il y a des moments dans la vie où un solide dîner devient le meilleur réconfort qui soit. Après avoir attaqué de bon cœur un beau steak, une pomme de terre au four et une demi-bouteille d'un nectar rouge et français, Lizzie a paru revenir à un certaine équilibre, au point de reconnaître qu'elle ne comprenait pas pourquoi elle s'était mise dans un état pareil pour ce type, que sa réaction était sans doute due au surmenage et à la persistance de son insatisfaction professionnelle. Elle haïssait son travail, certes, mais elle devait tout de même y exceller puisqu'elle venait d'obtenir une promotion… Et puis elle avait besoin de vacances, qu'elle comptait prendre avant la fin du mois. J'ai essayé de lui expliquer qu'il nous arrive à tous de réagir de manière excessive à une déception et que c'est souvent lié à d'autres éléments de notre existence tels que ceux qu'elle venait de mentionner, mais – et c'était un grand « mais » – qu'il fallait toujours se rappeler que la vie est scandaleusement courte, que tout est passager et que le cœur est le muscle le plus résistant de notre organisme. À la fin de la soirée, j'ai senti qu'elle recommençait à voir les choses dans leur perspective objective. Après quatre heures de sommeil sur l'un de ses canapés design, j'étais debout à l'aube. J'ai pris un taxi pour aller chercher ma voiture là où je l'avais laissée la veille, car j'avais bu au-delà de la limite autorisée, et j'ai filé à Portland, où je suis arrivée juste à temps pour mon premier cours à neuf heures.

Les mois suivants, Lizzie a cherché à reprendre du poil de la bête. Très absorbée par son travail, elle arrivait cependant à passer chaque jour deux heures à la salle de gym et elle a rejoint un club de cyclisme avec lequel elle faisait des sorties de cent cinquante kilomètres chaque week-end. Lorsqu'elle est venue passer Noël en famille, Jeff a remarqué en plaisantant qu'elle était aussi musclée qu'un GI. Elle m'a paru très fatiguée, pour ma part, et assez silencieuse, mais ses efforts n'avaient pas été vains, visiblement, puisqu'elle nous a annoncé que ses patrons allaient l'envoyer six mois à leur bureau de Londres, à partir du 1er février suivant. Elle s'est superbement acclimatée à l'autre rive de l'Atlantique, appréciant tous les aspects de la vie londonienne. Quelques semaines après son arrivée, elle m'a informée en passant qu'elle sortait avec un jeune Britannique, Alex, qui travaillait lui aussi dans la finance. Elle a fait quelques allusions à lui par la suite, me disant qu'ils étaient allés skier cinq jours en Italie, ou passer un week-end à Barcelone. Mais lorsque je lui ai demandé des nouvelles d'Alex quelques mois plus tard, elle a répondu par une formule très laconique : « C'est terminé », avant de changer de sujet. De retour à Boston, elle a surmonté sa nostalgie de Londres et d'une Europe devenue soudain si proche pour elle en travaillant toujours plus et en reprenant ses longues randonnées à vélo. Et c'est alors que le fameux docteur est apparu dans sa vie.

Mark McQueen, dermatologue à Brookline. Quarante-cinq ans, marié, deux enfants et, d'après Lizzie, au faîte de la gloire. « C'est un pionnier dans le traitement des cicatrices d'acné », m'a-t-elle annoncé fièrement ; connaissant son esprit sarcastique, qu'elle ait noté cet élément biographique sans la moindre trace d'ironie a suffi à me montrer qu'elle était totalement sous le charme du monsieur. Il animait aussi une émission sur une chaîne câblée locale, « À fleur de peau », qui traitait bien sûr de toutes les questions que se posaient les femmes au foyer sur les aléas de l'épiderme. Repris par d'autres stations du câble dans tout le pays, ce programme télévisé lui avait également apporté un contrat d'édition pour le premier tome d'une série de livres sur le même sujet.

Convié par un ami à se joindre à l'un de leurs week-ends vélocipédiques, McQueen avait aperçu Lizzie, Lizzie avait aperçu McQueen, et le coup de foudre avait été réciproque. À telle enseigne que, deux mois à peine après leur rencontre, elle m'a confié qu'il était celui qu'elle avait toujours attendu. J'ai plaidé la prudence, fait remarquer qu'une aventure avec un homme marié se terminait toujours mal, mais elle était accro, désormais. Et le bon toubib également, m'a-t-elle certifié avant de me le présenter un samedi où j'étais venue la voir à Boston. Il a tenu à nous inviter dans un très raffiné et très coûteux restaurant, le Rialto, à l'hôtel Charles de Cambridge. J'ai trouvé ses manières envers Lizzie inutilement empressées, tandis qu'il devenait carrément obséquieux lorsqu'il s'agissait de m'interroger sur mon travail d'enseignante ou de manifester son désir de faire la connaissance de Dan. « Quand j'ai appris que le père de Lizzie était un confrère, j'ai compris à quel point nous étions destinés l'un à l'autre », n'a-t-il pas craint de sortir, ce à quoi j'ai répondu dans ma tête : « Quel cinoche... »

J'ai ensuite appris qu'il conduisait une BMW classe E, qu'il prenait ses vacances d'été dans l'une des stations les plus huppées de la côte Est et qu'il projetait d'emmener Lizzie à Venise le mois suivant, « et nous descendrons au Cipriani, bien entendu ». Il a négligemment cité le nom de l'importante maison d'édition new-yorkaise qui allait le publier et m'a assuré que, depuis que son émission était diffusée en Californie, une kyrielle d'actrices et d'acteurs d'Hollywood lui avaient proposé de devenir leur « consultant dermatologue personnel ». Au cas où il me serait resté un soupçon de réticence à son endroit, il a mentionné qu'il avait été capitaine de l'équipe de tennis de l'université de Pennsylvanie et que son entraîneur actuel au club de Brookline n'était autre que Brooks Barker, qui avait atteint les quarts de finale de l'US Open en 1980. Lorsque Lizzie s'est absentée pour aller aux toilettes, il s'est penché vers moi et, sur le ton de la confidence :

« Votre fille est le plus grand bonheur qu'il m'ait été donné de vivre, vous savez.

— J'en suis contente pour vous, ai-je prudemment répondu.

— Même si ma situation familiale est un peu complexe, actuellement, je…

— Lizzie m'a appris que vous habitiez toujours chez vous.

— Cela va changer sous peu.

— Est-ce que votre femme est au courant ?

— Pas encore, mais je compte bien le lui dire dès que…

— Est-ce qu'elle a des soupçons ? »

Il s'est redressé, soudain moins à l'aise.

« Je… Je ne crois pas, non.

— Alors c'est que vous prenez toutes vos précautions, docteur.

— Je ne veux blesser personne.

— Mais c'est ce qui se produira, inévitablement. Si vous laissez votre femme et vos enfants… Ils ont onze et neuf ans, d'après ce que Lizzie m'a dit ? – Il a confirmé d'un signe de tête. – Eh bien, si vous abandonnez votre famille, ils en seront affectés, évidemment. Et si vous décidez de rompre avec ma fille…

— C'est impossible. C'est l'amour de ma vie. J'ai une certitude totale en ce qui concerne notre avenir… Ce même sentiment que vous deviez avoir quand vous avez rencontré votre mari. »

J'allais répliquer quelque chose d'assez contondant – « Ni lui ni moi n'étions mariés, quand nous nous sommes connus, et par ailleurs je déteste les gens qui parlent de "certitudes" », par exemple – quand j'ai vu Lizzie revenir vers notre table. Baissant la voix, j'ai eu le temps de lui dire entre mes dents : « Comme vous le savez sans doute, ma fille est quelqu'un de fragile, en amour. Donc, si vous lui jouez un tour de salaud, je vous le ferai payer, croyez-moi. »

Il est devenu livide. Il ne devait pas s'attendre à ce que je lui tienne des propos si crus, ni à cette menace de style mafieux, de la part d'une débonnaire prof de lycée comme moi. Et, comme de bien entendu, un mois et demi s'était écoulé depuis ce dîner lorsqu'il a rompu avec Lizzie.

« Ne dis rien à papa, s'il te plaît, m'a-t-elle suppliée le soir où elle m'a téléphoné pour m'apprendre la nouvelle.

— Je n'ai jamais parlé de cette histoire à ton père, ma chérie. Tu m'as demandé de garder le secret, je ne reviendrai pas là-dessus. Mais je ne crois pas que tu devrais craindre la réaction de ton père. Tu sais bien que ce n'est pas son genre de juger et de condamner.

— Oui, mais il penserait que je suis totalement larguée, puisque je refais toujours les mêmes erreurs… »

Et c'est là que j'ai eu droit au récit complet. Mark avait fini par craquer et par tout raconter à sa femme, qui était devenue folle de rage, avait menacé de se suicider et/ou de le mettre sur la paille ; elle avait alerté les enfants, qui s'étaient jetés aux pieds de leur père en le suppliant de rester ; donc, il avait déclaré à Lizzie qu'il était forcé de prendre la « décision qui s'imposait », même s'il l'aimait toujours ; qu'il ne voulait pas considérer ses suggestions éplorées, l'hypothèse qu'ils continuent à se voir en secret jusqu'au moment où lui, Mark, accepterait de reconnaître que leurs destins étaient liés, etc., etc.

Depuis qu'elle m'avait raconté tout cela, nous nous étions parlé chaque jour, Lizzie et moi. Ce qui m'inquiétait le plus, c'était le calme étrange avec lequel elle semblait prendre ce coup. Elle me répétait que, contrairement à ce qui s'était passé avec Dennis, elle ne voulait pas perdre son sang-froid, qu'elle tenait à relativiser, à considérer ses déboires « de façon zen », mais sa voix me paraissait éteinte, sans timbre, et je n'étais pas sûre de la croire quand elle me certifiait que tout allait pour le mieux. Et c'est donc avec une réelle appréhension que je me suis assise à mon bureau pour contacter le serveur vocal qui conservait nos messages téléphoniques. « Bonsoir, maman, bonsoir, papa, c'était moi… Maman, est-ce que tu peux me rappeler quand tu auras une minute ? Même tard, ce n'est pas grave. Je serai debout. »

Une fois encore, j'ai trouvé sa manière de s'exprimer inquiétante, comme si elle ne dormait plus depuis des nuits ou qu'elle fût sous antidépresseurs. Neuf heures trente-cinq à ma montre : c'était encore tôt, pour Lizzie. Une bonne gorgée de vin afin de m'armer de courage, puis j'ai composé son numéro. Elle a décroché à la première sonnerie. Est-ce qu'elle m'avait attendue plantée devant son téléphone ?

« Maman ?

— Tout va bien, chérie ?

— Oh oui, très bien.

— C'est sûr ?

— Pourquoi ?

— Tu me parais un peu… fatiguée.

— Je ne dors pas beaucoup en ce moment. Mais ça m'arrive souvent, alors… »

Elle s'est interrompue.

« Le travail, ça va ? ai-je insisté pour briser le silence.

— Les clients continuent à gagner de l'argent, donc oui, tout va bien… »

Encore un blanc.

« Tes insomnies, là, ça t'arrive… chaque nuit ?

— Plus maintenant, quand ça me prend, je me lève, je monte dans ma voiture et je roule jusqu'à Brookline.

— Pourquoi jusqu'à Brookline, chérie ? Qu'est-ce qu'il y a, là-bas ?

— La maison de Mark. »

Mon Dieu…

« Tu vas chez Mark en plein milieu de la nuit ?

— Ne t'inquiète pas comme ça ! Je ne vais pas "chez" lui. Je ne sonne pas, ni rien. J'attends dehors, c'est tout.

— Tu attends ? Quoi ?

— Lui.

— Mais si c'est en pleine nuit, il doit dormir, non ?

— Oui, mais il se lève toujours très tôt pour faire son jogging. Même s'il m'a dit des tas de fois qu'il finira par s'esquinter les genoux à force.

— Et il t'a déjà vue devant chez lui ?

— Oh oui.

— Il dit quelque chose quand il te voit ?

— Non. Il me regarde, il tourne le dos et il part en courant.

— Ça t'est arrivé de sortir de la voiture ? De t'approcher de lui, ou de la maison ?

— Pas encore.

— Ce qui veut dire… ?

— S'il ne se décide pas bientôt à me parler, il faudra bien que je l'y oblige. Ou je sonnerai peut-être chez lui pour avoir une petite conversation avec sa femme. »

À nouveau, c'est son flegme qui m'a donné la chair de poule. J'ai continué à l'interroger d'un ton aussi détaché que possible :

« Est-ce que tu as essayé d'entrer en contact avec Mark ailleurs que devant chez lui ?

— Oh, je lui ai téléphoné, oui.

— Il a pris tes appels ?

— Pas encore.

— Où l'as-tu appelé ? À la maison ?

— Pas encore. Mais c'est ce que je ferai s'il ne me parle pas très vite.

— Donc tu l'as appelé au travail, c'est ça ?

— Oui. Et sur son portable, aussi.

— Tu l'as fait souvent ?

— Toutes les heures. »

J'ai ouvert l'un des tiroirs du bureau pour prendre le paquet de Marlboro lights que j'avais toujours à portée de main. Bien qu'ayant considérablement réduit ma consommation, je m'accorde encore trois cigarettes par jour, une petite faiblesse sans comparaison avec les deux paquets qu'il m'arrivait de fumer en une journée. Et Dieu sait si j'en avais besoin d'une, à ce moment ! Après avoir aspiré une longue bouffée, j'ai fait observer :

« Tu dois certainement comprendre qu'on pourrait voir une forme de harcèlement dans ce que tu fais, n'est-ce pas ?

— Je ne l'aborde pas, ni rien, a-t-elle objecté de la même voix morne. Il suffirait qu'il me réponde et qu'il accepte de me parler.

— Qu'est-ce que tu attends de lui, Lizzie ?

— Eh bien… Je ne sais pas… Peut-être que s'il entend ce que je veux lui dire, il changera d'avis.

— Mais enfin, chérie, le simple fait qu'il refuse de te parler au téléphone, qu'il t'évite quand il te voit devant chez lui, c'est…

— Il "faut" qu'il me parle ! »

Elle criait, soudain, et j'ai sursauté sur mon siège, puis elle est retombée dans le silence. L'estomac noué, je me suis mise à réfléchir à toute vitesse : devais-je prendre la route pour Boston sans attendre ? Mais je n'étais pas certaine qu'elle se sentirait mieux en me voyant débarquer. À court d'idées, j'ai voulu parer au plus pressé :

« Lizzie, ma chérie, tu vas te rendre un grand service, maintenant. J'aimerais que tu te fasses couler un bon bain chaud, que tu te prépares une tisane, que tu te mettes au lit et que tu décides que tu vas dormir, cette nuit. Et même si tu te réveilles en pleine nuit, promets-moi que tu ne sortiras pas de chez toi.

— Mais il se peut qu'il me parle, cette fois…

— Ah… Tout ce que je te demande, c'est de rester tranquille, ce soir. Parce que si tu ne récupères pas quelques heures de sommeil, tu…

— Trois heures, ça me suffit.

— Tu as des somnifères ?

— J'ai du Sominex.

— Tu as essayé autre chose ?

— Mon médecin m'a proposé du Prozac, mais Mark m'a dit un jour que…

— Tu devrais peut-être reparler de ça avec ton médecin », ai-je affirmé en me surprenant moi-même : alors j'en étais arrivée là, j'encourageais ma fille à prendre des médicaments qui pouvaient affecter son équilibre psychologique ? Mais elle semblait de plus en plus instable, de toute façon. Elle est revenue à la charge d'une voix criarde :

« Tout ce dont j'ai besoin, c'est de parler à Mark, maman ! Tu comprends ?

— D'accord. Mais tu ne bougeras pas de chez toi cette nuit, promis ?

— Maman, je…

— S'il te plaît.

— Eh bien… Si ça peut te faire plaisir.

— Ça me ferait très plaisir.

— OK. Mais s'il ne m'a toujours pas parlé d'ici demain soir, je retourne chez lui. Et je sonne à la porte, cette fois. »

Je n'ai pas raccroché avant de lui avoir arraché la promesse qu'elle m'appelle si elle avait besoin de parler, même en pleine nuit. Dès que je l'ai quittée, j'ai cherché dans mon agenda la carte de visite que Mark

McQueen m'avait donnée pendant cet horrible dîner à l'hôtel Cambridge. Au dos, il avait griffonné son numéro à la maison et celui de son portable : « On est une famille, maintenant, donc vous pouvez me joindre quand vous voulez », avait-il eu le front d'expliquer, ce rat ! Voilà, le moment était arrivé. Son cellulaire étant sur répondeur, j'ai essayé chez lui. Une femme a répondu, qui s'est montrée très revêche lorsque j'ai demandé à parler au docteur McQueen.

« De la part de qui ?

— Dites-lui que c'est Hannah Buchan, s'il vous plaît. Je suis une de ses patientes. – Une vérité, un mensonge.

— Vous vous rendez compte qu'il est tard – Oh, quand même ! me suis-je récriée en moi-même. Je suis femme de médecin, moi aussi, et dix heures moins le quart, pour des gens comme nous, ce n'est pas si terrible…

— Dites-lui que c'est une urgence. »

Elle a posé le combiné, qu'il a pris quelques instants plus tard. Il semblait tendu à l'idée de jouer la comédie devant des témoins.

« Madame Buchan, oui ! Hannah, c'est bien cela ? Alors, comment se sent-on avec ce nouveau traitement ?

— Il faut que je vous parle tout de suite, ai-je soufflé tout bas.

— Ah, c'est préoccupant, en effet, a-t-il poursuivi de sa voix la plus professionnelle, même si ce que vous me décrivez est assez courant, dans le cas d'une réaction cutanée. Pourrions-nous parler de tout cela plus longuement demain ?

— Ne me raccrochez pas au nez, je vous préviens, parce que je rappellerai aussitôt.

— C'est douloureux à ce point ? Bon, je ferais mieux de continuer cette conversation de mon bureau. Restez en ligne, je vous reprends dans une minute, entendu ?

– Quand il a décroché dans son bureau, sa voix s'est transformée en chuchotement agressif : — Vous êtes folle ou quoi ? M'appeler à la maison !

— C'est une véritable urgence.

— Vous êtes aussi cinglée que votre fille. »

Je me suis raidie, bouillante de rage.

« Maintenant vous allez m'écouter, docteur, ai-je commencé sans masquer ma colère. Lizzie est dans un état terrible et…

— À qui le dites-vous ! Elle me bombarde de coups de fil, matin, midi et soir, elle me guette à la sortie de mon domicile, elle…

— Et la raison de tout cela, c'est que vous l'avez plaquée !

— Je n'avais pas le choix. Ma femme, mes enfants…

— Je vous avais mis en garde, à ce dîner.

— Je ne pensais pas qu'elle perdrait la boule à ce point.

— On ne peut jamais contrôler les réactions d'autrui, surtout quand on l'a berné depuis le début avec ses petits jeux.

— Je ne jouais aucun jeu.

— Vous êtes un homme marié, donc c'était un jeu, bien évidemment.

— Je l'aimais sincèrement.

— Vous l'aimiez ? Et depuis quand avez-vous cessé d'aimer une femme qui était "votre destinée", ou je ne sais plus quel baratin vous m'aviez servi ?

— Depuis qu'elle a commencé à me harceler.

— Vous devez vous mettre à sa place, comprendre que…

— Oh, je vous en prie ! Elle savait que j'étais marié, non ? Dès le début !

— Comment osez-vous invoquer cette excuse ? Après lui avoir dit et répété qu'elle était l'amour de votre vie !

— Si elle revient rôder ici, j'appelle la police.

— Et moi, j'appellerai le conseil de l'ordre pour déposer plainte contre vous.

— Pour quel motif ? Avoir couché avec une folle furieuse ?

— Non. Avoir couché avec une patiente.

— Elle n'a jamais été ma patiente. Je l'ai reçue une seule fois, une consultation de dix minutes, et je l'ai immédiatement adressée à un autre spécialiste.

— Une fois suffira, pour les membres du conseil.

— Vous n'avez aucun scrupule.

— En effet, et vous savez pourquoi ? Parce qu'il s'agit de ma fille.

— Votre plainte sera rejetée.

— Peut-être, mais entre-temps pensez à la publicité que ça va vous faire… Vous croyez que vos ambitions de star télévisée ne seront pas contrariées ? »

Il est resté silencieux un moment.

« Qu'est-ce que vous voulez, alors ?

— Je veux que vous l'appeliez dès que nous aurons terminé cette conversation, et que vous acceptiez de la rencontrer.

— Ça n'apportera rien, et ça ne me fera pas changer d'avis.

— Si vous ne lui téléphonez pas, je vous assure qu'elle viendra sonner chez vous demain soir. Je le sais, elle me l'a dit.

— Qu'est-ce que je serais censé lui dire ?

— C'est à vous de voir.

— Je ne reviendrai pas à elle. Surtout après… tout ça.

— Alors dites-le-lui, aussi clairement et gentiment que possible.

— Et si ça ne marche pas ? Si elle continue à me rendre la vie impossible ?

— Dans ce cas, nous lui trouverons un conseil spécialisé. Mais pour l'instant vous l'appelez chez elle, et vous lui dites que vous la verrez demain.

— Demain ! J'ai des rendez-vous toute la journée !

— Dégagez un peu de temps.

— Bon… d'accord.

— Elle est sûrement chez elle, appelez-la tout de suite.

— Entendu. »

Et il a raccroché. J'en ai fait de même, avant de me prendre la tête dans les mains, submergée par une peur et une culpabilité d'une égale intensité. Peur, parce que Lizzie avait plongé dans cet état effrayant ; culpabilité, parce que je me demandais ce que nous avions bien pu lui faire subir au cours de son enfance pour qu'elle devienne aussi dépendante, aussi fragile sur le plan sentimental. Qu'elle ait toujours été une fille en or – à part les révoltes classiques de l'adolescence –, que nous ayons eu depuis le début une relation fondée sur la confiance n'offrait pas de consolation, au contraire. Et je n'allais certes pas rejeter le blâme sur Dan, même si un psy s'empresserait d'établir un lien entre ce père sans cesse absorbé par sa carrière et la tendance de sa fille à se jeter chaque fois dans les bras du mauvais numéro. Mais je n'aurais pu avaler ces explications au rabais, sachant qu'elle avait toujours aimé profondément Dan. Alors pourquoi, pourquoi était-elle tombée dans cet horrible engrenage, au point d'en paraître… déséquilibrée ?

Tentée d'allumer une cigarette, j'ai préféré me lever et, prise d'une impulsion, je suis redescendue au sous-sol. Mon serment de confidentialité n'était pas en cause : la situation était trop grave pour que je garde plus longtemps pour moi le secret de Lizzie. J'étais obligée de mettre Dan dans la confidence, d'écouter son avis sur ce qu'il était encore possible de tenter. Arrivée en bas, cependant, j'ai vu que tout était éteint et je suis donc remontée dans notre chambre, elle aussi plongée dans l'obscurité à l'exception de la veilleuse que nous gardions allumée dans un coin de la pièce. Emmitouflé sous la couette, Dan dormait à poings fermés. Malgré mon envie de le réveiller et de tout lui raconter, j'ai jugé qu'il aurait été cruel de le tirer du sommeil pour lui exposer des nouvelles aussi alarmantes au sujet de sa fille. J'attendrais donc le lendemain, et… Non ! Je devais partir pour Burlington à la première heure. Je lui laisserais un mot en lui demandant de m'appeler sur mon portable et je lui raconterais tout, y compris que je lui avais caché la situation à la demande de Lizzie. Il fallait que je sois totalement franche, et que j'assume les conséquences de ma décision.

Retour au sous-sol pour m'emparer de la bouteille de vin que j'ai rapportée dans mon bureau. Là-haut, j'ai rempli mon verre, extirpé une autre cigarette du tiroir et lutté contre la tentation d'appeler Margy à New York. Dieu sait comme j'aurais voulu lui parler, à cet instant… Après toutes ces années, elle restait ma meilleure amie, mon alter ego. Ainsi que nous le disions souvent en plaisantant, nous nous connaissions par cœur, l'une et l'autre, à force de nous raconter nos petites misères. Mais elle traversait elle aussi une mauvaise passe, et même si je savais que réfléchir aux problèmes de Lizzie lui apporterait un moment de répit dans sa propre tourmente – « J'adore les crises des autres », avait-elle reconnu une fois devant moi –, je ne voulais pas prendre le risque de la réveiller. Résultat : j'ai pris une autre cigarette, je me suis resservi un verre de pinot et je me suis forcée à me concentrer sur la trentaine de copies que je devais corriger avant le lendemain.

Je venais juste de terminer la deuxième quand le téléphone a sonné. J'ai attrapé le combiné à la volée.

« Grande nouvelle, maman ! Il m'a appelée !

— Ah oui ? C'est bien, ça, ai-je répondu en surveillant ma voix.

— Il veut qu'on se voie ! Qu'on fasse le point !

— Je suis très contente.

— Et je suis sûre qu'il va revenir à moi, dès qu'il aura entendu ce que j'ai à lui dire. Sûre et certaine. Je n'ai aucun doute, là-dessus.

— Tu ne devrais peut-être pas mettre la barre trop haut, Lizzie. Trop d'espoir, dans un cas pareil, cela risque de…

— Je peux me débrouiller toute seule, maman. D'accord ?

— Mais… oui… Bien, est-ce que tu vas dormir un peu, maintenant ?

— Oh oui !

— Et tu m'appelleras demain à Burlington, pour me raconter comment ça s'est passé ?

— Mais oui, m'man ! »

Elle avait pris exactement le même ton que jadis, lorsqu'elle avait quinze ans et qu'elle se renfrognait parce que nous lui demandions de rentrer avant onze heures du soir. J'aurais voulu y voir un signe encourageant, la preuve qu'elle s'était ressaisie en moins d'une heure de temps, mais cela aurait été me bercer d'illusions, de toute évidence. Tout comme je savais pertinemment que, sitôt ma visite-éclair chez mes parents terminée, je mettrais le cap sur Boston.

« Rappelle-toi que tu peux m'appeler quand tu veux, ma chérie, ai-je risqué.

— Tu me l'as déjà dit, m'man. Mais tout ira bien maintenant, j'en suis sûre. »

Non. Au contraire. Mais je n'étais pas en mesure de faire la moindre objection à ce sujet. Mon seul espoir, totalement déraisonnable, était que McQueen serait en mesure de mettre au point d'ici au lendemain une stratégie d'autodéfense qui lui permettrait de couper définitivement les ponts avec Lizzie sans pour autant saper le très fragile équilibre de ma fille. Je ne voyais pas comment il pourrait y parvenir, puisqu'il refuserait de lui donner ce qu'elle voulait si fort, si désespérément : lui. Elle était là l'impasse. Et ma pire crainte, c'était qu'après s'être autopersuadée qu'elle arriverait à le convaincre de renouer leur liaison elle ne s'effondre complètement quand la vérité se révélerait dans toute sa cruauté.

Enfin, ce souci appartenait au lendemain. Il était tard, j'avais quatre heures de voiture devant moi le matin suivant, sans parler du tribut émotionnel que représentait un retour dans la ville de ma jeunesse. Pour l'instant, je ne désirais rien d'autre qu'un verre de vin, et une de ces pilules homéopathiques que je prenais chaque fois que je sentais que j'allais avoir du mal à trouver le sommeil. Sans oublier les vingt-huit dissertations qu'il me restait à décortiquer, bien sûr…

J'ai attrapé la première de la pile. Jamie Wolford, un crétin absolu qui passait le plus clair de mes cours à se repasser des mots avec Janet Craig, la fille du concessionnaire Toyota, une gourde qui semblait destinée à se faire mettre en cloque avant le bac par un sportif à cervelle d'oiseau du genre de Wolford. Lequel, soit dit en passant, jouait arrière dans l'équipe de football du lycée et, malgré ses allures de rouleur de mécaniques, s'était fait tailler en pièces par l'équipe adverse chaque fois que j'avais assisté à un de leurs matchs.

Mes yeux sont tombés sur la première ligne de l'opus de Wolford : « Évangéline est quelqu'un de très, très malheureux […] » Sans comprendre une seconde pourquoi, je me suis mise à pleurer. Était-ce la fatigue, les trois verres de vin, ma conversation avec Lizzie, l'idée de mon mari dormant comme une souche au bout du couloir, l'insanité chronique qui consistait à essayer d'inculquer les mêmes connaissances à des gosses qui paraissaient chaque année s'intéresser de moins en moins à la moindre phrase de plus de trois mots... ? Ou était-ce de se rendre compte qu'à cinquante-trois ans on entamait le dernier tiers de sa vie – en étant optimiste – et que cela n'avait aucun sens, si ce n'est d'ajouter des jours aux jours ? Peu importe la raison, qui était immanquablement faite de toutes ces raisons, à commencer par la menace qui pesait sur la santé mentale de ma fille, ma merveilleuse Lizzie dont le désespoir me tordait les tripes : j'ai caché mon visage dans mes mains et j'ai laissé les larmes couler. Cinq bonnes minutes. La première fois depuis très longtemps que je m'abandonnais à la tristesse. La première fois depuis que ma mère avait disparu dans son no man's land, en tout cas.

Lorsque cela s'est terminé, je suis allée à la salle de bains de l'étage me passer de l'eau sur le visage en évitant de me regarder dans la glace, une habitude qui m'est venue récemment. Puis je suis revenue à ma table, j'ai sorti mon paquet de cigarettes et j'ai aspiré une longue et délicieuse bouffée de tabac. Tout en l'exhalant lentement, j'ai rapproché de moi la pile de copies et je me suis dit que, dans des moments pareils, il ne reste qu'une chose à faire : se mettre au travail.

2

La route entre Portland et le Vermont est longue et belle. Je le sais, puisque je l'emprunte depuis des dizaines d'années, maintenant. Voies secondaires et petites départementales, c'est une lente progression à travers des bourgades, des zones lacustres et les plus beaux paysages de montagne du Nord-Est américain. Depuis notre déménagement dans le Maine en 1980, j'ai dû accomplir ce trajet plus de cent fois et même si j'en connais chaque tournant, les mornes plaines, les denses forêts, les vues à couper le souffle sur les montagnes Blanches, les tons de vert plus intenses qui annoncent l'arrivée au royaume du Vermont, tout cela ne me lasse jamais. Il y a toujours une découverte à faire sur le chemin, le rappel qu'il suffit de mieux regarder pour saisir l'inhabituel dans le décor le plus familier.

Ce matin-là, pourtant, je n'ai pas prêté grande attention au paysage qui défilait autour de moi. Mon esprit était ailleurs. J'étais fatiguée, sur les nerfs. Après avoir enfin terminé de corriger mes copies à deux heures et demie, j'avais écrit un mot à l'intention de Dan, lui demandant de régler le réveil sur huit heures et demie quand il serait debout, et de m'appeler sur mon portable dans la journée, lorsqu'il en aurait l'occasion.

J'avais mal dormi, en proie à un toxique mélange d'inquiétude, d'excès de tabac – neuf Marlboro lights au total, soit le triple de ma ration quotidienne, ce que mes poumons n'appréciaient guère –, de trop de vin, et de l'appréhension que Lizzie m'appelle en pleine nuit pour m'annoncer qu'elle se trouvait devant la maison des McQueen et qu'elle avait décidé de passer à l'offensive. À mon réveil, peu avant huit heures, Dan était déjà parti et il n'y avait aucun message sur le répondeur. Une fois douchée, habillée et lestée d'une tasse de café, j'ai composé le numéro de Lizzie au bureau, tout en étant consciente qu'elle risquait d'être agacée par mon acte d'ingérence. Un de ses collègues a répondu, m'informant que « Miss Buchan » se trouvait à la conférence du matin. Je me suis contentée de dire que je rappellerais plus tard, rassurée de la savoir au travail mais sachant déjà que j'allais passer la journée à penser à son entrevue avec Mark McQueen.

J'aurais peut-être dû laisser un message sur son portable… Non, elle pourrait s'imaginer que je lui mets la pression. En plus, logiquement, ils se verraient plutôt en fin de journée, sans doute dîneraient-ils ensemble… Non, lui chercherait à limiter au minimum la durée de leur rencontre. Et si leur conversation se prolongeait ? Et si elle avait prévu de retrouver une amie à elle, ensuite ? Absurde : elle avait la ferme intention de tomber dans les bras de son ex-amant et de l'attirer vers le lit le plus proche. S'il s'y refusait elle irait se libérer de sa frustration à la salle de gym, puisque le club qu'elle fréquentait était ouvert vingt-quatre heures sur vingt-quatre. Mais de toute façon elle me téléphonerait, si elle était en détresse, et… Assez ! Tant que je ne l'aurais pas en ligne, je ne pourrais rien faire. Je devais penser à ma propre journée, qui s'annonçait elle-même assez éprouvante pour ne pas en rajouter.

J'ai bu une autre tasse de café entre deux quintes de toux. Neuf cigarettes. Une peccadille, comparée au temps où j'étais une fumeuse endurcie, au point de continuer à fumer pendant mes deux grossesses – incroyable, non ? – mon gynécologue de l'époque se contentant de me conseiller de réduire un peu ma consommation… De nos jours, si une femme enceinte est surprise à fumer en public, elle sera soumise à une lapidation verbale par quelque respectable citoyen, car nous sommes devenus une nation de fascistes de la santé, dès qu'il est question de la plante maudite. Mais tandis que la société juge acceptable de vilipender une personne que l'on ne connaît même pas sous prétexte qu'elle fume, vous risqueriez le procès en diffamation si vous osiez le moindre commentaire sur ces obèses éléphantesques que l'on voit de plus en plus souvent dans nos rues. À ce sujet, M. Andrews, le proviseur du lycée, a récemment fait circuler une note à tous les enseignants, nous avisant de nous abstenir de toute remarque, même sous forme de conseil, aux élèves qui auraient un problème de poids : cela pourrait entraîner l'établissement dans de sérieux tracas judiciaires et probablement financiers, à l'instar de ce collège d'Orange County, en Californie, qui fut condamné à payer une amende de quinze millions de dollars en dommages et intérêts aux parents d'une adolescente – de treize ans et cent douze kilos – pour le « préjudice moral » qu'elle avait subi quand l'un de ses professeurs s'était permis de lui suggérer de suivre un régime. Si la même adolescente avait reçu un savon pour avoir été prise en train de fumer, le brave enseignant aurait été félicité par tout le monde.

J'ai toussé encore et je me suis juré de ne pas toucher une cigarette pendant deux jours. Après avoir rempli une thermos de café et attrapé le sac de voyage que j'avais préparé la veille, je me suis mise en route à neuf heures. Un arrêt au lycée pour déposer mes copies au secrétariat et vider mon casier, puis je suis repartie en remerciant le Ciel de ne pas avoir à remettre les pieds ici avant dix jours, lorsque les cours reprendraient à la fin des vacances d'été.

J'ai traversé le méli-mélo banlieusard de Portland, un résidu d'architecture coloniale par-ci, une zone d'immeubles d'habitation datant de la Grande Dépression par-là – je les avais d'abord trouvés hideux avant de leur reconnaître un certain charme rétro –, auxquels succédèrent les longues maisons basses en bardeaux verts qui caractérisent tous les quartiers ouvriers des villes de Nouvelle-Angleterre ; celles-ci cédèrent la place aux pavillons bon marché aux abords de l'autoroute, puis, en quelques minutes, ce fut la campagne. C'est l'un des nombreux aspects du Maine que j'aime tant, cette sensation que l'immensité du pays absorbe sa population, que des terres vierges commencent à quelques kilomètres de sa porte.

Sur la route 25, me dirigeant vers l'est, j'ai vu au bout d'une trentaine de minutes les panneaux indiquant le lac Sebago, Bridgton et… Pelham. Je n'étais pas retournée dans ce fichu bled depuis notre départ, à l'été 1975. Même lorsque nous avions enfin quitté le sordide appartement pour emménager dans la maison du docteur… Comment s'appelait-il, déjà ? Trente ans, c'est une éternité… Bland, c'est ça ! La maison du docteur Bland. Même alors, Pelham nous avait définitivement convaincus, Dan et moi, que nous n'étions pas faits pour vivre dans une petite ville. Après ma triste aventure avec… – ce n'est pas ma mémoire qui flanche, là, c'est que, et le temps ne fait rien à l'affaire, je répugne à prononcer ce nom –, j'étais tellement affectée que j'évitais de faire des vagues, que je jouais au mieux mon rôle de femme du médecin local et de mère.

Aucun des scénarios catastrophe que j'avais imaginés ne s'est réalisé et personne en ville n'a fait allusion à mon étrange visiteur. Ce pauvre Billy – était-il encore de ce monde, me suis-je demandé – avait tenu sa parole, ne répétant à personne ce dont il avait été témoin cette nuit-là. J'ai continué à me battre la coulpe longtemps après, à me répéter que mon inconduite recevrait forcément son châtiment, et puis l'hiver a cédé la place au printemps et rien n'est arrivé, sinon que le père de Dan a fini par mourir, ce qui a été un soulagement pour nous deux après sa longue période de coma. Peu après, je suis enfin allée à New York. Au cours d'un week-end trépidant avec Margy, je ne me suis pas seulement donné mentalement des claques pour avoir tant tardé à découvrir cette ville incroyable qui, même sous son aspect souvent miteux des années 70, m'est apparue comme un condensé de tout le dynamisme et l'inventivité dont l'Amérique était capable, j'ai à nouveau parlé de mon lourd secret. Cela s'est passé un soir très arrosé, dans un piano-bar où nous venions d'écouter un fantastique pianiste de boogie-woogie, Sammy Price. Il était près d'une heure et demie, et nous étions l'une et l'autre assez pompettes, quand Margy m'a demandé à brûle-pourpoint si j'avais jamais confié à quiconque, à part à elle, ce qui s'était passé lorsque Tobias Judson – voilà, le nom a été lâché ! – avait fait irruption dans ma petite vie rangée.

« Non, il n'y a que toi qui es au courant de cette histoire.

— Eh bien il faut que ça continue comme ça.

— J'en ai bien l'intention.

— Tu t'en veux encore énormément, n'est-ce pas ?

— J'aimerais pouvoir m'en débarrasser. Comme d'une mauvaise grippe, tu vois ?

— Aucune grippe ne dure six mois. Il faut que tu arrêtes de te flageller, Hannah. C'est du passé. En plus… – Elle a pris un ton de conspiratrice. – … Admettons qu'il se soit fait pincer par la police canadienne : pourquoi est-ce qu'il te cafarderait ? Ça ne lui rapporterait absolument rien. À ce stade, il t'a sans doute oubliée. Tu n'étais qu'une distraction, pour lui, et un moyen de sortir du pays. Il a dû trouver quelqu'un d'autre à manipuler, crois-moi.

— Tu as sans doute raison.

— Et tu boudes toujours ton père ? »

J'ai hoché la tête.

« Il faut que tu lui pardonnes.

— Non, il ne "faut" pas. »

Et ça a continué pendant près de deux ans. Chaque fois qu'il cherchait à s'expliquer, je le coupais en lui rappelant que je n'avais pas changé d'avis et que j'étais toujours aussi fermement décidée à ne plus lui adresser la parole. Au cours de nos rares réunions de famille, je me montrais polie, mais distante. Dan, après avoir posé une ou deux questions, s'est contenté des vagues explications que je lui ai données, trop content de ne pas avoir à prendre parti. Ma mère, de son côté, a tout fait pour connaître la vérité. Comme je restais ferme dans mes dénégations, elle a réussi à arracher à mon père la confession qu'il m'avait collé sur les bras cet intrigant de Toby Judson. J'ignore les étincelles que cet aveu a pu produire. Tout ce que je sais, c'est qu'elle m'a téléphoné un jour à la bibliothèque pour m'annoncer qu'elle avait « enfin découvert la raison de cette brouille », et que mon père devait marcher plié en deux, ces derniers temps, parce qu'elle lui avait « sérieusement botté le train ». Elle ne mâchait toujours pas ses mots, ma chère maman. Elle a poursuivi :

« Si j'étais toi, je serais folle de rage. Il aurait pu au moins te prévenir que ce petit imbécile était en cavale.

— Je… Je ne vois pas de quoi tu parles.

— Ne sois pas parano, ma fille. On peut se parler, là, je suis au travail, le FBI ne t'entend pas. Je voulais juste te dire que ton père a commis une grave erreur et que…

— Tu appelles ça une erreur ?

— Il t'a placée dans une situation où tu n'aurais jamais dû te trouver. Mais il n'empêche que tu as accepté d'emmener ce type au Canada, ce que je trouve très gonflé de ta part. Parce que tu aurais pu lui dire d'aller se faire voir, après tout. »

Non, je n'aurais pas pu. J'avais été obligée de céder à un chantage pur et simple. Mais lui exposer cet aspect de l'histoire m'aurait forcée à lui faire partager un secret que j'avais décidé de ne partager qu'avec Margy. Plus encore, j'étais persuadée qu'elle utiliserait la moindre confidence contre moi, et c'est pourquoi j'ai répondu :

« C'est vrai. Mais comme il avait débarqué chez moi et que c'est sous mon toit qu'il a appris que le FBI était à ses trousses, je n'avais pas d'autre choix, je pense.

— Beaucoup auraient décidé de s'en laver les mains. Toi non. Je t'admire vraiment pour ça. »

C'était la toute première fois que ma mère reconnaissait éprouver de l'admiration pour moi ; cruelle ironie, elle ignorait que le seul motif qui m'avait poussée à conduire ce salaud dans le Grand Nord était la peur d'être démasquée…

« Dan ne sait rien ? a-t-elle continué.

— Seigneur, non !

— Bien. Que ça continue, alors. Moins il y aura de gens au courant, mieux ce sera. Mais il va falloir que tu pardonnes à ton père.

— C'est facile à dire, pour toi.

— Non, pas du tout. Il m'a fait plein de trucs foireux, plein de sales coups que j'ai jugés impardonnables, sur le moment, mais sur lesquels j'ai fini par passer l'éponge. Quelle autre solution j'avais ? Le jeter dehors ? Ne plus lui adresser la parole ? Il peut être dégueulasse, des fois, et moi aussi, mais nous sommes dans le même bateau. Ton père a essayé de te présenter ses excuses à plusieurs reprises, il regrette sincèrement ce qu'il t'a fait, mais tu continues à te montrer inflexible. Et ça le ronge. »

Je suis restée sur ma position encore une année. Entre-temps, nous nous étions installés à Madison. Un après-midi, dans la maison que nous louions – une vieille bicoque gothique très « Addams Family » –, le téléphone a sonné. C'était papa. Il ne s'est pas excusé platement, il n'a pas plaidé sa cause, il ne m'a pas sommée d'arrêter de me conduire comme une adolescente butée. Il a seulement murmuré : « J'appelle juste pour dire bonjour. »

Et non, les violons ne se sont pas mis à sangloter, et je n'ai pas bredouillé qu'il m'avait tellement, tellement manqué – même si c'était vrai –, ni prononcé la formule magique du pardon. Et il n'a pas eu l'une de ces phrases mélodramatiques qui arrachent des larmes aux foules, « Tu es la fille la plus merveilleuse dont un père puisse rêver », la voix étranglée par l'émotion. Non. Dans le style compassé de la Nouvelle-Angleterre qui est le nôtre, il y a juste eu un long silence pendant lequel j'ai soudain compris que je voulais, que j'avais besoin de pardonner à mon père. Que j'avais la nostalgie de notre complicité et que, même s'il s'était effectivement mal conduit avec moi, je devais reconnaître que j'avais transféré sur lui une grande partie de la colère que j'aurais dû retourner contre moi à la suite du faux pas dont je portais l'entière responsabilité. Alors je me suis contentée d'un « Je suis contente que tu appelles, papa », puis nous nous sommes mis à bavarder sur des sujets moins épineux, comme les chances de Jimmy Carter face à Gerald Ford aux élections de novembre, le fait que Nixon avait été récemment lavé des charges retenues contre lui, mes réactions devant la perspective d'être mère pour la seconde fois, mon travail au lycée… Nous avons veillé tous deux à garder un ton enjoué, à rire de nos plaisanteries mutuelles, et c'est ainsi que nous avons tacitement surmonté la crise : en la contournant. Que restait-il à en dire, d'ailleurs ? Il y a des moments de la vie qu'il vaut mieux ne pas essayer d'analyser à outrance, de « mettre à plat », pour reprendre le jargon psychologique si prisé à notre époque.

Peu à peu, le temps passant, nous avons été capables de revenir à la relation de confiance et d'estime que nous avions eue auparavant. Avec le recul, et aussi avec l'expérience que m'ont apportée les échanges parfois difficiles que j'ai eus avec mes enfants, j'en suis venue à apprécier que mon père soit quelqu'un de si complexe et contradictoire, comme le sont tous les êtres dignes d'intérêt, quelqu'un qui, à l'époque, n'arrivait jamais à trouver l'équilibre entre son image publique et sa vie privée. J'ai compris, également, qu'il essayait toujours d'être le meilleur père possible pour moi, et ce, en dépit de l'énorme erreur qu'avait été, à la base, son union avec ma mère.

Nous n'avons néanmoins jamais plus abordé le sujet Toby Judson, même lorsque la presse a soudain rendu compte, et abondamment, du compromis que les procureurs fédéraux avaient établi avec lui après ses cinq années de planque au Canada : en échange de son témoignage contre les deux weathermen auteurs de l'attentat à Chicago, que le FBI avait finalement pincés au Mexique, Judson avait pu rentrer aux États-Unis et recevoir une simple peine avec sursis pour avoir abrité des suspects. En 1981, son procès avait reçu toute l'attention des médias, sous forme d'un au revoir soulagé aux errements du radicalisme politique des années 60. Aucun des commentaires que j'ai pu lire alors, même dans ce qui restait de la presse « contestataire », ne reprochait à

Judson d'avoir trahi ses anciens camarades. Il y avait eu homicide et donc, grâce à son témoignage, les deux meurtriers ont été condamnés à la perpétuité. Interrogé par un journaliste sur ce qu'il pensait désormais de ses années de fronde, Judson allait répondre : « J'aimerais mettre tout ça sur le compte des égarements de la jeunesse mais le fait est, je m'en rends compte maintenant, que toutes mes conceptions politiques étaient erronées, de bout en bout. Je reconnais également, en aidant ces criminels à se cacher, avoir empêché les familles des innocents tués dans l'attentat d'obtenir justice. Tout ce que j'espère, c'est apporter par mes actes un certain réconfort aux proches des malheureuses victimes, même si je sais que leur mort pèsera sur ma conscience jusqu'à la fin de ma vie. » Ah ! Il avait donc une conscience, maintenant ? Telle a été ma première réaction, à l'époque, et puis j'ai décidé d'essayer de ne plus y penser. Cela n'a pas été difficile : j'avais d'autres préoccupations dans ma vie, et Judson a vite disparu de la scène après son bref regain de gloire au moment du procès.

J'ai eu soudain le lac Sebago sous les yeux. Ses eaux n'étaient pas gelées mais les rives et les bois alentour étaient couverts de givre, après la brusque tempête de neige de la veille. Comme d'habitude, le tableau était sublime. Pendant un millième de seconde, je me suis revue dans un canoë que Judson manœuvrait, les collines avoisinantes colorées par l'automne, Jeff sur mes genoux, moi de plus en plus sous le charme poseur du soi-disant grand révolutionnaire... Quelle naïveté avait présidé à tout cela, et quels remords, ensuite ! S'ils reviennent encore parfois m'assaillir, je n'ai pas rompu le serment que je m'étais fait à moi-même sur la route du retour du Canada : malgré la frustration qui m'envahissait à certains moments, je n'ai plus jamais tenté d'échapper à mon union conjugale avec Dan. Je dois reconnaître ici que les occasions d'infidélité ont été plutôt rares, pendant toutes ces années, peut-être parce que je ne me suis jamais placée dans une situation où la tentation aurait pu être sérieuse. Et en contrepartie, j'ai obtenu… la stabilité ? Peut-être. La chance d'éviter les montagnes russes du divorce par lesquelles tant de mes amies ont dû passer ? Oui, c'est sûr : parmi mes connaissances, personne n'a jamais eu rien de bon à dire sur les retombées d'un échec matrimonial, même dans le cas où il s'agissait de mariages malheureux… Un foyer harmonieux dans lequel nos enfants ont pu grandir ? Absolument, mais quand on songe à ce qu'ils sont devenus… Savoir que Dan serait chez nous à mon retour chaque soir ? Je rentre presque toujours avant lui à la maison. Une vie dépourvue de danger sur le plan sentimental ? Oui, mais est-ce vraiment un bien ?

Après un tournant, j'ai perdu le lac de vue. Mon portable s'est mis à sonner. J'ai appuyé sur la touche mains-libres.

« Salut, comment ça va ? »

Dan.

« Tu as entendu ce que ce malade de Bush a déclaré ce matin ?

— Je n'écoute pas la radio en recevant mes patients. Ce n'est pas correct, déontologiquement.

— Alors attends… » Et je lui ai résumé la nouvelle et grotesque déclaration de foi chrétienne à laquelle le président s'était livré la veille au cours d'une interview reprise le matin sur la station publique NPR. J'y ai ajouté ce commentaire : « Et dire que tu as voté pour ce tartufe.

— Je croyais qu'on aurait une version rajeunie de Bush père. J'aimais bien George senior, moi.

— Oh, je ne le sais que trop bien ! » ai-je lancé en allusion aux controverses qui nous avaient opposés tous les deux pendant la présidentielle de 1992, quand je soutenais que Clinton apporterait un changement positif au pays et que Dan vantait la prudence du premier George Bush en matière de fiscalité, oubliant de mentionner que les républicains avaient déjà creusé un trou de plusieurs centaines de milliards de dollars dans le budget national. Il était également séduit par le fait que le candidat conservateur habitait tout près de chez nous, à Kennebunkport.

« D'accord, je me suis fait escroquer sur la marchandise, a admis Dan. Et moi non plus, je n'apprécie pas le côté “Jésus est notre Sauveur” de W.

— Enfin, c'est le cadet de nos soucis pour l'instant. J'ai un aveu à te faire : je t'ai caché quelque chose à propos de Lizzie. C'est elle qui m'avait demandé de garder le secret. »

Le plus brièvement possible, je lui ai raconté la liaison de notre fille avec McQueen et les conséquences de la rupture décidée par lui. Dan, et je ne lui serai jamais assez reconnaissante de cela, n'a pas perdu de temps en récriminations indignées sur mon long silence. Il a eu tout de suite une question très précise :

« Est-ce que tu as l'impression qu'elle pourrait essayer de se faire du mal ?

— Elle est allée au travail ce matin, ce qui est plutôt bon signe, j'imagine.

— Et quand doit elle voir ce… dermato ?

— Aujourd'hui. Je ne sais pas à quelle heure. Écoute, je regrette d'avoir tant attendu pour t'en parler.

— Un secret est un secret, je suppose. Il n'empêche…

— Je sais ! Je suis vraiment désolée.

— J'espère seulement que Lizzie ne pense pas que je me permettrais de la juger. Tu sais que ce n'est pas mon genre.

— Évidemment ! Et je suis pratiquement certaine qu'elle en est consciente, elle aussi. Non, je crois que ça se passe à un autre niveau : à mon avis, elle s'en veut de tous ses plantages sentimentaux et elle craint de t'inspirer de la honte. Entre nous soit dit, je suis très inquiète pour elle.

— Est-ce qu'elle doit t'appeler aujourd'hui ?

— Je le lui ai demandé. Le fera-t-elle ? mystère. Tout dépend sans doute de la façon dont ce brave toubib va se comporter…

— Quand penses-tu être à Burlington ?

— D'ici trois heures, environ.

— Tu vas directement à la maison de santé ?

— Oui.

— Tu vas passer une journée fantastique.

— Je m'en sortirai. Mais je serai beaucoup plus tranquille quand je saurai comment les choses se seront passées pour Lizzie.

— Dès que tu lui parles, tu…

— Ne t'inquiète pas. Je te téléphonerai dans la minute qui suivra.

— Je peux toujours filer à Boston ce soir, si elle ne se sent pas bien.

— Espérons que ce ne sera pas nécessaire.

— OK. Et appelle-moi aussi quand tu auras terminé ta visite.

— Affirmatif !

— Je t'aime.

— Moi aussi. »

Cet échange m'a soulagée, non parce qu'il avait apporté une quelconque solution mais parce que Dan était désormais avec moi dans cette crise, et que je n'avais plus à lui dissimuler la vérité. Quel soulagement, aussi, de constater qu'il ne m'avait pas blâmée de ne lui avoir rien dit à propos de cette histoire, ce qui serait revenu à focaliser l'attention sur lui alors que c'était de Lizzie qu'il était question, avant tout… Il faut dire qu'il avait toujours été formidable, dans ce genre de situation.

Il n'avait pas été un père très présent, d'accord, mais ses absences n'étaient dues qu'à son travail, non au besoin de nous fuir. Et il avait toujours été là quand nous avions besoin de lui. Comme en ce moment…

La route s'est mise à grimper à l'approche de la limite du New Hampshire, tandis que l'horizon devant moi était maintenant dominé par les sommets des montagnes Blanches. Ici, la neige était encore épaisse sur le sol, la conduite plus difficile, mais je ne m'en souciais pas car le *Requiem allemand* de Brahms venait de débuter à la radio. Comme je ne connaissais pas cette œuvre, mon attention avait été attirée lorsque le présentateur avait expliqué que Brahms avait voulu s'attaquer au plus profond et au plus complexe constat que puisse faire un être humain, celui de l'inéluctabilité de la mort et par conséquent du caractère intrinsèquement éphémère de la vie. Quand la musique a commencé, j'ai été aussitôt transportée par sa puissance, son intense gravité, sa tristesse incommensurable mais nuancée par un optimisme réfléchi. Même le choix du livret liturgique était remarquable dans son refus de mentionner un paradis qui se situerait au-dessus de celui que nous connaissons. Je me sentais en plein accord avec Brahms : il avait compris qu'il faut vivre ici et maintenant, que cela plaise ou non.

Et pourtant, me suis-je dit, nous avons l'impression que nous sommes éternels. Nous avons beau être capables d'appréhender rationnellement l'idée que nous allons mourir, cette réalité conserve une part insaisissable. Vraiment, nous ne serons plus rien, un jour ou l'autre ? Vraiment, nous ne faisons que passer sur cette Terre ? Je me suis souvent demandé si toutes les difficultés que nous créons à nous-mêmes et aux autres pendant notre existence ne sont pas la réaction cent mille fois répétée au constat implacable que tout ce que nous réalisons, tout ce que nous réussissons ou ratons sera presque entièrement effacé par notre mort.

Une histoire que m'avait racontée Margy m'est revenue à l'esprit. Cinq ans auparavant, environ, elle était allée en vacances en Afrique du Sud avec le mari numéro 3, Charlie, et ils s'étaient retrouvés pendant quelques jours dans une « fabuleuse » – son adjectif fétiche – bourgade tout au bout du continent africain, Arniston : « Pas grand-chose, en fait. Quelques maisons de vacances pour richards de Cape Town, quelques cabanes pour les employés, des kilomètres et des kilomètres de plages désertes, et un petit hôtel simplissime mais génial où nous avons séjourné. Et donc, juste en face, boulonnée sur une digue, il y avait une plaque commémorant le naufrage d'un paquebot qui revenait d'Inde vers l'Angleterre dans les années 1870. Rempli des femmes et des enfants de ceux qui faisaient tourner l'Empire. À près de deux milles au large d'Arniston, le bateau avait eu une avarie et il avait coulé. Deux cents passagers noyés.

» Alors me voilà, moi, en 1999, en train de regarder cette plaque, puis cet océan à perte de vue qui avait englouti tous ces gens cent trente ans auparavant... À l'époque, ç'avait dû être une nouvelle retentissante dans le monde entier, une catastrophe pareille, mais là il n'y avait plus qu'un simple bout de pierre gravée dans un coin perdu d'Afrique du Sud. Le pire, c'était de penser au chagrin et à la douleur que ces morts avaient provoqués. Deux cents femmes et enfants... Tu imagines le nombre de maris, de parents, de grands-parents, de frères et de sœurs qu'ils ont laissés derrière eux, brisés ? Toutes ces existences affectées par une tragédie dont il ne reste plus une seule trace, un siècle après, à part cette plaque. C'est ce qui m'a le plus secouée, sur le moment : de voir que toute cette souffrance et tout ce deuil, qui s'étaient certainement prolongés sur deux générations, avaient entièrement disparu. Pourquoi ? Parce que tous ceux qui avaient été touchés de près ou de loin par ce drame sont morts… »

Margy. Ma copine de toujours. Ma meilleure amie. Malheureuse en amour, enchaînant les mariages ratés avec un véritable talent pour se choisir des types à la gomme. Professionnellement épanouie – elle avait lancé en 1990 sa propre agence de relations publiques, devenue une « success story » à Manhattan –, même si elle s'en voulait toujours de ne pas avoir percé dans le journalisme. Sans enfants, non qu'elle n'en ait pas voulu mais « quand on épouse des ratés et qu'on fait un boulot qui demande d'assurer seize heures par jour, six jours par semaine, on se dit que balancer un gosse dans cette vie de fou serait criminel ». Une ironie espiègle que rien, ni les cicatrices sentimentales ni l'ivresse du succès, n'était venu entamer. « La vie, ce n'est qu'un long combat », m'avait-elle déclaré alors qu'elle venait de faire passer par-dessus bord le mari numéro 3 après avoir découvert qu'il lui avait fauché cinquante mille dollars pour investir secrètement dans une « dot.com » complètement bidon. « Mais le truc, c'est : qu'est-ce qu'on peut faire d'autre que se battre ? On n'a pas le choix. »

Depuis quatre mois, cependant, elle était au milieu du plus terrible combat qu'elle ait jamais eu à livrer : on lui avait diagnostiqué un cancer du poumon. Et c'est à sa façon inimitable qu'elle m'avait mise dans la terrible confidence, quelques jours avant Noël, lors de notre conversation téléphonique hebdomadaire.

J'ai mentionné le fait que je venais de parler avec Shannon, qui m'avait informée qu'elle allait apporter sa farce aux noix pour la dinde du dîner de famille, après avoir passé quinze jours à mettre au point la recette qu'elle voulait nous présenter. En plaisantant, j'ai remarqué à quel point il était déprimant d'avoir une belle-fille qui déployait tant d'énergie à exiger la fermeture des centres d'avortement et à perfectionner l'ancestrale farce aux noix, puis j'ai laissé entendre que Margy serait la bienvenue chez nous, car je savais qu'elle allait certainement passer les fêtes seule.

« Ah, j'adorerais passer un Noël typiquement Nouvelle-Angleterre avec vous, a-t-elle répondu, mais il se trouve que je suis prise.

— Ce qui est une façon polie de dire que… ?

— Tu as deviné. Il y a un nouvel homme dans ma vie.

— Et tu veux bien me dire qui est l'heureux élu ?

— Bien sûr. C'est mon cancérologue.

— Ce n'est pas drôle, Margy.

— Tu as raison. Pas drôle du tout, même. Un cancer du poumon, ça ne l'est jamais. Et c'est monstrueusement faux cul, en plus. Pour citer mon nouvel amoureux, le docteur Walgreen… Ouais, c'est le même nom que la chaîne de pharmacies pourries… Donc, d'après lui, ce qui rend le cancer du poumon tellement diabolique, c'est qu'il reste pratiquement indétectable jusqu'à ce qu'il commence à s'attaquer à une autre partie de l'organisme. Le cerveau, par exemple.

— Seigneur Jésus !

— Oui, Son aide ne me serait probablement pas inutile, à ce stade. À condition que j'arrive à accepter l'idée que Lui et Son père tirent vraiment les ficelles de ce monde absurde qui est le nôtre. Déjà que j'ai du mal à accepter l'idée que j'ai un cancer du poumon… Enfin, la bonne nouvelle, c'est qu'il ne m'est pas encore monté à la tête, au sens propre du terme. »

Elle m'a expliqué que le mal avait été découvert par hasard sur une radio des poumons : « Je suis rentrée d'un voyage d'affaires à Honolulu – avoir la direction du tourisme de Hawaii pour client, ça ne me déplairait pas… Et bon, c'est peut-être la capitale du Pacifique paradisiaque, comme ils l'affirment, mais ça pourrait être aussi celle de la pollution. Du coup, après une semaine là-bas, je toussais atrocement et je me suis dit que j'avais peut-être une rechute de la pneumonie que j'ai eue il y a deux ans… Pas de fièvre, pourtant, ni aucun signe d'infection. Au bout d'une semaine, j'ai fini par appeler mon toubib, qui m'a envoyée à l'hôpital pour un "petit cliché", selon son expression. Total, les rayons X ont trouvé un nuage gris très inquiétant là où la bronche souche se sépare en deux. Ils ont fait encore une radio de côté pour localiser la tumeur. Ce qui ne se voyait pas dessus, c'est que le lobe supérieur du poumon gauche était en plein collapsus, ce qui produisait cette toux infâme : le suintement envahit la bronche et l'organisme essaie de s'en débarrasser de cette manière. Je parle comme une pigiste de revue médicale, non ? En une semaine, je suis devenue une de ces malades qui potassent toute la littérature disponible sur l'affection qui va les tuer.

— Ne dis pas ça !

— Pourquoi ? Parce que ça contrarie ton besoin de te montrer optimiste dans un cas pareil ? Même si moi, ta meilleure amie, je sais pertinemment qu'au fond de toi tu es une désabusée. Tout comme moi.

— Très égoïstement, je ne veux pas que tu meures, c'est tout.

— Ah ! Eh bien nous sommes deux, là ! Et la bonne nouvelle, c'est qu'il s'agit d'une forme de cancer moins foudroyante que d'autres. La condamnation à mort n'est pas automatique, disons. »

Quand elle s'est mise à décrire la bronchoscopie qui avait suivi ces radios alarmantes, j'ai attrapé un calepin pour prendre des notes, désireuse de demander son avis à Dan mais aussi parce qu'il était plus facile de se concentrer sur les faits bruts que sur la réalité dans laquelle mon amie venait de basculer. J'ai donc écouté comment ils avaient descendu un minuscule appareil photo par une sonde à travers son nez, comment ils avaient photographié la tumeur sous toutes ses coutures, puis collecté des cellules pour la biopsie.

« On m'a communiqué le verdict initial hier soir seulement, a poursuivi Margy. Il se trouve que j'ai un "carcinome à grandes cellules", ce qui est positif, vu que les plus redoutables sont ceux qui ont de petites cellules. Il se trouve aussi que la tumeur a pratiquement bouché la bronche supérieure, et menace de faire de même avec l'inférieure. Mais l'autre découverte importante, c'est que cette tumeur n'est apparemment que ça, ce n'est pas une lésion, et le docteur Walgreen en est très très content. Je dois dire que même si mon expérience des cancérologues est plus que limitée, il me paraît particulièrement encourageant, celui-là. D'après ce qu'il m'a expliqué, plus la tumeur est compacte, moins il y a de chance qu'elle ait diffusé ses cellules dans le système sanguin pour aller coloniser d'autres organes. »

Lorsque nous nous sommes dit au revoir une heure plus tard, j'avais déjà décidé de prendre l'avion pour New York dès la fin de mes cours le vendredi suivant, soit le lendemain de l'opération que Margy allait subir afin de retirer la tumeur de son poumon. Elle a protesté, évidemment – « Pourquoi tu te donnerais cette peine ? Je ne serai pas la meilleure compagnie qui soit, de toute façon ! » –, mais j'y suis tout de même allée, surtout après avoir vérifié toutes les informations avec Dan, qui a lui-même demandé l'avis d'un collègue pneumologue. « Une fois qu'ils auront enlevé la tumeur, m'a expliqué Dan, ils devront faire une simulation pour déterminer à quel point le cancer a pu se propager. Margy peut vivre avec un seul poumon, mais l'autre a été également atteint... Une greffe lui donnera un certain sursis, mais... – Il s'est interrompu, ne voulant pas exprimer l'indicible. Puis, avec une expression très grave, il a conclu : – Ce que j'aime avec l'orthopédie, entre autres choses, c'est qu'on est rarement exposé à des questions de vie ou de mort, comme dans ce cas. »

En arrivant à l'hôpital de New York ce vendredi soir, je m'attendais à trouver Margy dans un état d'inconscience postopératoire mais non, elle était là, assise dans son lit, raccordée à une batterie de moniteurs par des fils et des tubes, en train de regarder CNN. Affreusement pâle et fatiguée, elle a tout de même réussi à me décocher un sourire sardonique : « J'espère que tu m'as apporté des cigarettes ! » J'ai passé la plus grande partie du week-end près d'elle.

Elle était sidérante dans son refus de se laisser aller à la morosité, m'expliquant en ces termes sa décision de lutter contre la maladie : « Après trois mariages nullissimes, je sais ce que c'est la politique de la terre brûlée. Prendre de nouveaux départs. Et quand je me bats, moi, je ne fais pas de quartier. »

J'ai passé deux nuits seule chez elle, pendant lesquelles je n'ai pu m'empêcher de me dire que cette froide détermination était avant tout une façade destinée à me rassurer, car j'avais surpris à plusieurs reprises dans ses yeux la peur qu'elle refusait d'exprimer. Elle n'avait jamais été encline à manifester sa vulnérabilité, même devant moi, ni la sensation de solitude qu'elle éprouvait souvent, je le savais, une solitude désormais palpable dans cet appartement que je découvrais pour la première fois sans sa présence.

C'était un studio anonyme, dans l'un de ces immeubles blancs des années 60 qui ressemblent à de gros frigos et dominent le paysage urbain des bords de l'Hudson. J'avais toujours été intriguée qu'elle ait un logement si modeste alors que son agence marchait très bien mais il est vrai qu'à la tête de sa petite équipe de trois personnes Margy ne s'accordait qu'un salaire décent et préférait passer le plus de week-ends possible hors de la ville, dans les Hamptons ou le Connecticut. Elle avait acheté l'appartement vingt-cinq ans plus tôt, avec le modeste héritage laissé par sa mère, et l'avait loué pendant chacun de ses mariages : « Dans les trois cas, m'avait-elle confié un jour, je crois que je sentais inconsciemment que c'était un mauvais choix et donc je préférais aller vivre chez le type, parce que c'était plus facile de mettre les voiles. Ce studio, c'était mon issue de secours. »

Un canapé et un fauteuil tout simple, une table, un lit : elle n'avait fait aucun effort de décoration, on ne relevait aucune trace d'un style de vie particulier, aucune trace de vie, même. Pas de photos de famille, pas de tableaux aux murs, sinon deux ou trois affiches de musée. Une stéréo, mais seulement une quinzaine de CD – classique « light » comme Andrea Bocelli ou les Trois Ténors, et des compilations. Une télé, un lecteur DVD, une étroite bibliothèque avec des best-sellers des cinq dernières années, un minibar très années 70 dans lequel j'ai trouvé une bouteille de J & B et plusieurs paquets de Merit… Je me suis versé un verre, luttant – pour des raisons évidentes – contre l'envie d'allumer une cigarette, mais comme je n'avais pas fumé de la journée j'ai pensé que je pouvais me permettre le triste paradoxe de tirer sur une cibiche alors que Margy ne savait pas encore si son second poumon était lui aussi atteint par le cancer. Je me suis abandonnée aux plaisirs réconfortants de l'alcool et de la nicotine.

Les yeux sur le décor insipide, je me suis demandé pourquoi je n'avais jusque-là pas remarqué ce parti pris d'anonymat, ni saisi le contraste qu'il présentait avec sa propriétaire, une femme pleine de chic et de peps qui, une fois sa vie publique terminée pour la journée, regagnait une sorte de cellule impersonnelle. Nous n'avons que rarement un aperçu sur l'univers privé de nos amis, même très proches, ou peut-être préférons-nous ne pas en voir les aspects dérangeants, prompts que nous sommes à penser que l'existence quotidienne des autres est toujours plus excitante que la nôtre. C'est ce qui m'avait sans doute rendue aussi aveugle pendant tant d'années, avec Margy : j'enviais en silence son statut de citadine, sa liberté de voyager quand elle en avait envie ou de coucher avec qui elle voulait, et surtout le temps qu'elle pouvait se consacrer, ces moments de liberté personnelle qui m'avaient été refusés jusqu'à ce que mes enfants grandissent et quittent le nid. Mais j'avais aussi noté le regard attendri qu'elle posait sur notre désordre familial, le tapage de Jeff et Lizzie, leurs galopades et leur permanent besoin d'attention, quand elle venait passer quelques jours avec nous dans le Maine, surtout au temps où ils n'étaient encore que des marmots.

Nous voulons toujours ce que nous n'avons pas. Nous ne cessons jamais d'être insatisfaits, du moins en partie, par la vie que nous nous sommes organisée, si réussie puisse-t-elle être, parce que nous n'arrivons pas à être entièrement comblés par la réalité, l'ici et le maintenant. Dans cet appartement dépouillé, je n'ai pas rendu grâce à la persistance de mon mariage, au rassurant confort de mon univers domestique ; je me suis simplement posé à nouveau les éternelles questions sur la difficulté de tout choix de vie, sur notre incapacité à parvenir à la plénitude. Et j'ai également entendu ce que ce silence m'apprenait au sujet d'une amie de près de quarante ans que je connaissais finalement si peu.

Le lendemain, à l'hôpital, Margy a une fois de plus prouvé son talent pour ce qui était de lire dans l'esprit d'autrui, me lançant peu après mon arrivée : « Je parie que tu as trouvé le studio plutôt déprimant, cette nuit.

— Non, pas particulièrement, ai-je menti.

— Pas besoin de prendre des gants avec moi, tu sais ? Cette piaule n'est ni faite ni à faire, et c'est entièrement ma faute. C'est le témoignage accablant de mon incapacité à me projeter dans l'avenir. Un peu plus loin que le prochain rendez-vous, le prochain contrat, la prochaine cuite avec un raté qui écrit pour un magazine de compagnie aérienne… C'est la somme de tout ce qui a été ma vie, le marginal, l'éphémère, le…

— Ne fais pas ça, ai-je murmuré en lui prenant la main.

— Pourquoi pas ? L'autoflagellation, j'adore. Et j'y excelle, en plus. Ma pauvre mère disait toujours que mon plus grand défaut, c'était l'excès de lucidité.

— J'aurais pensé que c'était une qualité, plutôt.

— Qui me réveille en sueur à quatre du mat'.

— On a tous de tels moments, de temps à autre.

— Oui, mais moi c'est six nuits sur sept.

— Et la septième ?

— Je me traite avec assez de scotch pour disparaître huit heures d'affilée et me réveiller avec une gueule de bois monstrueuse… Oh, Seigneur, tu m'entends, là ? Je me mets à pleurnicher sur mon sort, en plus !

— Compte tenu de ce par quoi tu passes…

— Non, ma belle, ça n'a rien à voir avec la maladie. Je mets ça sur le compte du manque de nicotine, moi. Tu penses que tu pourrais m'apporter en douce de ces patchs qu'ils vendent aux zombies qui essaient d'arrêter la clope ?

— J'ai comme l'impression que ton médecin n'apprécierait pas.

— Qu'il aille se faire voir. De toute façon, leurs opérations et leur chimio à la con, c'est juste pour retarder l'échéance. Je sens que cette saloperie va être plus forte que moi.

— Tu disais le contraire, hier…

— Eh bien, aujourd'hui c'est la Journée des idées noires. C'est fou ce que ça peut faire du bien, de se dire qu'on est condamné et que…

— Arrête ça tout de suite, suis-je intervenue d'un ton de maîtresse d'école. C'est un cancer bénin que tu as, et…

— Un cancer bénin ? C'est assez marrant dans le genre antinomie… »

J'étais obligée de rentrer le dimanche, mais je l'ai appelée le lendemain à l'heure dont nous étions convenues, c'est-à-dire quand elle aurait reçu les résultats de la biopsie.

« Alors voilà : ils sont pratiquement certains qu'il n'y a pas de métastases.

— Mais c'est fantastique !

— Ouais. Ce qui est moins bien, c'est qu'ils ont estimé la tumeur à T3, et comme j'ai demandé au docteur Walgreen de me donner une copie de son diagnostic, je peux te lire sa superbe prose d'Hippocrate. T3, ça signifie que "la tumeur a envahi l'une des bronches souches et se trouve à moins de deux centimètres de la bifurcation trachéale, sans avoir affecté cette région". En clair : ce n'est pas bon, mais ça pourrait être pire, et ils vont devoir faire encore une demi-douzaine d'analyses pour être sûrs de leur coup. Et en tout état de cause, dès que je sors de la phase postopératoire, hop ! ils commencent la chimiothérapie. Et ça, si tu me dis que c'est encourageant, je te raccroche au nez, d'accord ? »

Mais ça l'était. Toujours aussi efficace, Dan a demandé à son collègue d'appeler le médecin de Margy à New York. Le hasard a voulu qu'ils se soient connus quand ils faisaient leurs études à la faculté de médecine de Cornell. Le docteur Walgreen a confirmé qu'ils étaient optimistes, mais – il y a toujours un « mais », avec les toubibs – qu'ils avaient en effet besoin de s'assurer que le cancer ne s'était pas déplacé ailleurs. Pendant les semaines suivantes, donc, Margy a dû se plier à de multiples examens, dont un PET-scan avec injection d'un traceur radioactif qui est allé se loger dans les plus infimes parties de son corps, follicules capillaires, ongles et, bien entendu, toute cellule cancérigène qui n'aurait pas été détectée auparavant. Rien d'anormal. Ils ont eu aussi recours à la chirurgie locale pour retirer les ganglions lymphatiques situés derrière le sternum, par mesure de précaution. Et c'est encore au nom de la prudence que le cancérologue a recommandé des séances de chimiothérapie afin de liquider les cellules hostiles qui auraient pu échapper à toutes ces procédures.

Une semaine après le début du traitement, je suis retournée à New York. Margy avait regagné son appartement mais avait dû engager une aide-ménagère, tellement elle était affaiblie par la chimio. Elle commençait déjà à perdre ses cheveux, sa peau avait viré au jaune et elle disait avoir mal partout mais « à part ça je pète la forme ». Grâce aux dossiers de clients étalés sur son lit, j'ai compris, sans cacher ma stupéfaction, qu'elle avait recommencé à travailler. Comme je lui demandais si c'était une bonne idée, elle a répondu : « Je n'ai rien de mieux à faire. Et d'ailleurs, qu'est-ce que j'ai dans ma vie, sinon le boulot ? »

Avec une remarquable détermination, elle est repartie à son bureau dès que la première phase du traitement s'est achevée, suivie par deux autres. Un mois plus tôt seulement, elle était encore passée sur le billard pour une lobectomie, l'ablation de la partie supérieure du poumon endommagée par la tumeur. « Comme tu as dû le voir aux infos de ce matin, a-t-elle plaisanté quelques jours plus tard, le lobe inférieur est intact, lui. On se croirait dans un jeu télé, non ? "Hélas, vous n'avez pas gagné ce magnifique réfrigérateur Amana avec distributeur de glaçons, mais au moins vous repartez avec votre lobe inférieur gauche !"... – J'ai ri de bon cœur mais elle ne m'a pas laissé le temps de faire de commentaire : – Et s'il te plaît, ne me dis pas que c'est trop génial que j'aie pu conserver un peu de mon sens de l'humour. En fait, je ne trouve rien de drôle à tout ça, excepté que j'ai commencé à fumer quand j'avais quinze ans parce que je trouvais ça sexy. Même ça, je suis sûre que chaque cancérologue de la planète l'a entendu dix mille fois. Les abrutis qui finissent avec un cancer du poumon juste parce qu'ils ont attrapé leur première Winston pour se donner une contenance, et en espérant que ça les aiderait à perdre leur virginité. Il n'en reste pas moins, et c'est vraiment dément d'avouer une chose pareille après toutes les misères médicales que je viens de subir, il n'en reste pas moins que je pourrais tuer quelqu'un rien que pour en griller une, là... »

Le *Requiem allemand* de Brahms s'est brouillé en un crachotement de parasites. J'étais au milieu des montagnes, maintenant. J'avais en face de moi la silhouette solennelle du mont Washington, que je me suis souvenue avoir escaladé avec Dan juste après la fin de nos examens en... Oui, 1970, Dieu tout-puissant ! Cette expédition avait été son idée. Au début de l'ascension, j'avais protesté à plusieurs reprises devant cette marche interminable à travers des forêts accrochées aux pentes escarpées, aussi pénible que répétitive. Et puis, au moment même où j'allais exiger que nous fassions demi-tour, les arbres avaient disparu et un immense ravin, sur lequel flottait une légère brume, s'était ouvert sous nos yeux. Un petit glacier trônait au milieu. À droite, un étroit passage permettait de rejoindre un vaste champ de pierres qui s'étendait jusqu'au sommet, à mille neuf cent seize mètres d'altitude. Devant ce paysage grandiose, j'ai ressenti un mélange de crainte et d'étrange exaltation, car combien de fois dans sa vie se fixe-t-on un défi aussi extrême que d'escalader une montagne ? Ayant sans doute capté mon hésitation, Dan m'a encouragée et nous avons poursuivi notre route jusqu'en haut, non sans avoir été perturbés à mi-chemin par une averse de grêle accompagnée de vents violents. À un moment, j'ai fait un faux pas qui a bien failli m'envoyer cent mètres plus bas et me destiner à une mort certaine ; instinctivement, je me suis accrochée à un mince rocher qui dépassait à portée de ma main gauche, et qui a résisté à mon poids, me sauvant la vie.

L'incident n'a pas duré plus de cinq secondes, j'imagine. Dan, qui avançait devant moi, n'a rien remarqué. Quant à moi, il m'a fallu un moment pour retrouver l'usage de mes jambes. Quand je l'ai rattrapé un quart d'heure plus tard et qu'il m'a demandé comment je me sentais, j'ai traité ma frayeur sur le ton de la plaisanterie : « Oh, j'ai perdu l'équilibre et j'ai été à deux doigts de m'écraser en bas, mais à part ça, c'est du gâteau.

— Tu veux passer en premier ?

— Non. Je te ralentirais, rien de plus.

— OK. Fais attention où tu mets les pieds. »

« Attention où tu mets les pieds. » Cette formule lapidaire contient l'histoire de ma vie. À deux exceptions près, j'ai toujours suivi cette règle, mais alors que ma mésaventure avec Toby Judson avait été le prix à payer pour m'être intoxiquée de stupides rêves romantiques, le faux pas sur le mont Washington n'était qu'un mauvais coup du sort qui aurait sans doute été fatal si le formidable instinct de survie que nous possédons tous n'avait pas pris les commandes à cet instant. J'aime à croire que nous nous raccrochons presque tous à la vie, si dure soit-elle. Comme moi à ce rocher. Ou comme Margy luttant avec férocité contre un cancer dont elle a peut-être elle-même déclenché le processus des décennies plus tôt et qui avait attendu toutes ces années pour se transformer en un ennemi qu'elle devait abattre pour survivre. Ou comme ma mère, qui…

La frontière du Vermont est arrivée. Ici, la neige était moins dense, le relief plus doux. L'État où je suis née n'a pas l'épique majesté des montagnes du New Hampshire ou de la côte déchiquetée du Maine. Le plaisir des yeux est ici plus serein, plus subtil, et c'est ce qui m'a toujours convenu, parce que ces paysages me rappellent à chaque fois que je suis de retour chez moi.

J'ai cherché la station NPR du Vermont sur le tuner. L'émission « On en parle » était consacrée ce jour-là à une discussion sur les brouilles familiales provoquées par les désaccords politiques, et notamment le fossé béant entre les anciens contestataires des années 60 et leurs enfants beaucoup plus conservateurs. Et les petits-enfants, alors ? me suis-je demandé en me rappelant le choc qu'avait eu mon père lorsque, de passage à Boston un week-end et ayant invité Lizzie à dîner, celle-ci avait insisté pour payer l'addition. Alors que le gentleman de la vieille école qui survivait en lui tentait d'expliquer gentiment à sa petite-fille que c'était au grand-père de payer, elle avait répliqué : « Attends, je gagne cent cinquante mille dollars par an, tout de même ! Ce n'est pas comme si j'étais encore étudiante ! »

Papa avait été plutôt horrifié d'apprendre qu'elle touchait ce salaire mirobolant, non seulement parce qu'il n'avait lui-même jamais gagné une telle somme, même approchante, mais aussi parce que cela allait à l'encontre de ses principes égalitaires. Que Lizzie ait choisi de devenir une business-woman n'était pas si grave, à ses yeux, comparé à la transformation de son petit-fils en républicain adulateur de George Bush. Là, il n'arrivait tout simplement pas à comprendre. À une ou deux occasions, il m'a demandé ce que Dan et moi avions bien pu faire à Jeff pour qu'il vire si brutalement à droite. Ma réponse a été plutôt désabusée : « En tout cas ce n'est pas parce qu'il nous aurait vus tirer sur des joints depuis qu'il est au berceau, ni parce que nous l'aurions envoyé dans un camp de vacances trotskiste chaque été. Pourquoi il en est venu à croire dur comme fer que l'Amérique est l'élue de Dieu et que les républicains sont les seuls garants de la morale ? Mystère. Des fois, je me dis qu'il vit maintenant la rébellion adolescente par laquelle il n'est jamais passé en son temps. Sauf qu'elle prend bizarrement la forme d'un rejet de toute l'époque qui a formé la sensibilité de ses parents. Et le plus paradoxal, c'est que Dan et moi étions sans doute les moins radicaux de toute notre génération, à l'époque. Comme tu ne l'as sans doute pas oublié… »

D'emblée, mon père a pris pour une attaque personnelle, et pour un rejet absolu de ses propres convictions, la profession de foi conservatrice de son petit-fils. Quand il est venu passer Noël avec nous, cette année-là – toujours incroyablement vif et solide à quatre-vingt-deux ans, et toujours à l'affût d'un bon débat d'idées –, il a tenté à plusieurs reprises d'engager une discussion politique avec Jeff. Celui-ci a cependant refusé de se laisser entraîner sur ce terrain, faisant la sourde oreille quand mon père l'appâtait avec une tirade anti-Bush, ou en quittant tout bonnement la pièce, tactique qu'il avait employée avec mon amie Alice. « Pourquoi est-ce que tu ne veux pas parler à ton grand-père ? » l'ai-je interrogé le soir où il s'était esquivé du dîner quand mon père avait commencé à parler de la nouvelle législation sécuritaire inscrite dans le cadre du « Patriot Act ».

« Mais si, je lui ai parlé.

— Oh, s'il te plaît ! Dès qu'il a prononcé le nom de ton président chéri, tu t'es levé de table et tu as filé à l'étage.

— Je voulais juste voir si Erin dormait. Et puis, excuse-moi mais Bush est “ton” président, aussi.

— Dans ce pays, il y a un certain nombre de fantaisistes qui pensent que celui qui a été élu président, en fait, c’est Al Gore.

— Tu ne vas pas remettre ça ! Tes habituelles jérémiades libérales ! »

« Vous n’allez pas remettre ça ! » N’était-ce pas la fameuse saillie avec laquelle Reagan avait envoyé Jimmy Carter au tapis lors de l’un de leurs débats ?

« Je ne savais pas que je passais mon temps à ressasser des jérémiades libérales, Jeff.

— Tout le monde le fait, dans cette famille. À croire que c’est génétique.

— Et moi, je crois que tu exagères, et que…

— D’accord, papa n’est pas un gaucho hystérique, c’est vrai, mais il est toujours électeur démocrate enregistré, non ?

— Démocrate conservateur, qui a pu voter pour certains candidats républicains.

— À condition qu’ils ne soient pas contre l’avortement. Quant à ce cher vieux papy… Son histoire et son dossier au FBI en disent suffisamment sur la question, je pense.

— Comme le fait que ce soit un octogénaire respectable, et qu’il te voue la plus grande admiration.

— Non. Tout ce qu’il admire, c’est le son de sa voix. Figure-toi que j’ai lu plein de choses sur son rôle “héroïque” dans les mobilisations qui visaient à démolir les institutions américaines.

— Mais c’était il y a plus de trente ans ! Tu n’étais même pas né ! En plus, si tu avais été étudiant en ce temps-là, je suis certaine que tu te serais retrouvé sur les barricades, avec John Winthrop Latham.

— N’en sois pas si sûre. Mes convictions politiques ne suivent pas les modes. »

Ah oui ? Et ce n'est peut-être pas la mode d'être réac, de nos jours ? ai-je eu envie de lui rétorquer. Bon sang, tes « amis » contrôlent les médias du continent ! Vous avez désormais votre propre télé d'infos en continu qui vous raconte exactement ce que vous voulez entendre. Vous avez vos commentateurs qui font taire de leurs aboiements ceux qui les contredisent. Et depuis le 11-S, nous sommes tous tellement sur les nerfs que si quiconque se permet de contester la sagacité de cette administration, nombre de nos concitoyens – à commencer par toi, mon cher fils – se mettront immédiatement à contester son patriotisme. Quelle drôle d'obsession, d'ailleurs, ces constantes invocations à la patrie…

« Écoute, Jeff, ai-je repris, c'est Noël, non ? En tant que chrétien pratiquant, tu dois savoir que c'est un moment où il est essentiel de se montrer tolérant, notamment envers…

— Cesse de me faire la leçon comme si j'avais douze ans, tu veux bien ? Par ailleurs, je n'apprécie pas du tout de recevoir des cours de christianisme de la part d'une… athée.

— Je ne suis pas athée ! Je suis unitarienne !

— C'est la même chose. »

Plus tard dans la soirée, alors que Jeff et Shannon s'étaient couchés, que Lizzie était partie rejoindre des amis dans l'un des rares bars « branchés » de Portland et que Dan s'était retiré dans notre chambre pour regarder « Nightline », le programme d'informations d'ABC qui était sa tisane quotidienne, mon père s'est assis avec moi devant la cheminée, sirotant un petit verre de whisky – « Mon médecin dit qu'un par jour ça favorise la circulation sanguine » – et d'humeur visiblement mélancolique. « Ne penses-tu pas que la tristesse fondamentale du grand âge tient dans la certitude où tu te trouves, que non seulement ta fin peut arriver à tout moment, mais aussi que le monde s'est déjà habitué à compter sans toi ? m'a-t-il demandé.

— C'est la conclusion à laquelle tout le monde arrive passé un certain stade, non ?

— Sans doute... Je suppose que toute vie se déroule comme une carrière politique : elle se termine au mieux dans les regrets, au pire dans la défaite.

— Tu m'as l'air bien morbide, ce soir.

— C'est à cause de ton fils chéri. Qu'est-ce qui ne tourne pas rond, chez ce petit ?

— Ce "petit" a bientôt trente ans, et il croit détenir toutes les réponses.

— Les convictions, quelle terrifiante calamité...

— Mais tu en as toujours eu, papa. Et très affirmées.

— C'est vrai. Mais je n'ai jamais pensé que je connaissais les réponses. Et de toute façon, en ce temps-là, nous avions des griefs justifiés contre un gouvernement corrompu engagé dans une guerre absurde. Aujourd'hui, la situation n'a pas vraiment changé, mais plus personne ne veut descendre dans la rue.

— Tout le monde est trop occupé à gagner de l'argent et à le dépenser.

— Exact. Le shopping, c'est l'activité culturelle de notre temps.

— Ne dis pas ça à Jeff ! Sa boîte est... Comment il dit, déjà ? « le principal assureur d'installations commerciales au monde ». Et il trouve ça très bien, puisque les galeries marchandes répandent à travers la planète la bonne parole du consumérisme à l'américaine.

— Il me méprise vraiment, hein ?

— Non, papa. Il méprise tes idées politiques, mais il ne faut pas que tu le prennes personnellement : tous ceux qui ne pensent pas comme lui l'insupportent. Je me suis souvent demandé comment il aurait évolué si nous l'avions envoyé à l'église la plus fanatique du coin, si nous lui avions interdit de fréquenter les “païens”, si nous l’avions inscrit dans une académie militaire vraiment dure…

— Il serait certainement en train de lire Naomi Klein, et de participer à toutes les manifs contre la mondialisation. Par ailleurs, une académie militaire laxiste, ça n’existe pas. C’est un pléonasme, ce que tu viens de dire.

— Toujours aussi pédant, ai-je lancé avec un sourire.

— On croirait entendre ta mère.

— Non. Elle, t’aurait asséné : “Toujours le même foutu pédant.”

— C’est vrai.

— Est-ce que tu es allé la voir, récemment ?

— Il y a une quinzaine. Aucun changement.

— Je m’en veux, de ne pas lui rendre visite plus souvent.

— Mais elle ne te reconnaîtrait pas, alors à quoi bon ? Moi, je ne suis qu’à vingt minutes de l’hôpital et je n’ai pas la force d’y aller plus de deux fois par mois. Franchement, si l’euthanasie était autorisée, dans ce pays impossible, je suis sûr que ça serait beaucoup mieux pour ta mère de ne plus être là. C’est inhumain, cette maladie… »

La gorge serrée, pas loin des larmes, je me suis souvenue de notre dernier passage à la maison de santé où elle avait été placée. Ma mère était désormais une vieille dame frêle et voûtée qui passait le plus clair de ses journées dans un fauteuil, le regard perdu sur un vide infini, incapable de réagir à ce qui se passait autour d’elle, l’esprit apathique, la mémoire des soixante-dix-neuf années qu’elle avait vécues entièrement effacée. Cinq ans plus tôt, avec les premiers signes de la maladie d’Alzheimer, cela avait été comme de regarder une ampoule s’éteindre peu à peu, avec de brusques illuminations dans une série de mini-courts-circuits avant l’extinction finale, survenue deux Noëls auparavant. Revenu du campus – où il avait gardé un bureau – cet après-midi-là, mon père avait découvert en rentrant que son esprit s'était définitivement absenté. Elle ne pouvait plus parler, ni contrôler ses yeux, ni même réagir au toucher ou au son d'une voix.

J'avais pris la route dès qu'il avait appelé. Même si je me préparais à ce moment depuis longtemps, car l'Alzheimer a toujours cet effroyable dénouement, je n'ai pu supporter de voir ma mère avachie sur le canapé, à jamais retranchée de notre monde. J'ai pleuré, pleuré sur cette femme qui avait été une force impétueuse, déstabilisatrice et vitale dans mon existence, et qui était désormais réduite à une coquille vide. J'ai pleuré aussi en pensant que nous aurions dû être capables d'être meilleures l'une pour l'autre, et j'ai pleuré devant l'inanité de tant de conflits entre les êtres.

« Tu sais quoi ? a repris mon père en me ramenant ainsi au présent. L'un des côtés les plus étranges du couple que nous avons formé, ta mère et moi, c'est qu'il y a eu au moins dix, quinze, vingt occasions où l'un de nous a dit : "Ça y est, cette fois ça suffit", et s'est préparé à s'en aller. On s'est infligé beaucoup de souffrance réciproquement, chacun à sa manière.

— Pourquoi aucun de vous n'est parti, alors ?

— Eh bien, ce n'est pas par respect des convenances, c'est sûr, ni parce que nous avions trop peur de passer à autre chose. Je crois qu'au bout du compte je n'imaginais pas une vie sans elle. Et elle sans moi, j'ai l'impression. C'est aussi simple et compliqué que ça.

— Pardonner, c'est un drôle de processus.

— Si j'ai appris au moins quelque chose sur cette fichue planète, en quatre-vingt-deux ans, c'est que pardonner, et être pardonné, eh bien… Il n'y a rien de plus important, dans la vie. D'autant plus que nous passons notre temps à compliquer celle des gens qui nous sont chers. »

Nous avons échangé un regard qui disait à quel point nous nous comprenions, à cet instant, puis nous avons parlé d'autre chose. Ç'a été la seconde fois, au cours de toutes ces années, où nous avons presque abordé la crise que notre relation avait traversée jadis.

Mon cellulaire posé sur le tableau de bord s'est mis à sonner. Il m'a brutalement tirée de mes méditations pour me replonger dans mes angoisses, tant j'étais certaine que j'allais entendre de mauvaises nouvelles de Lizzie. J'ai appuyé sur le petit bouton vert.

« Hannah ?

— Papa ? Que se passe-t-il ?

— Que veux-tu qu'il se passe ? Je voulais juste savoir si tu étais encore loin.

— Je viens de sortir de St Johnsbury.

— D'accord. Si ça ne te dérange pas de venir me prendre à l'université, on pourrait aller déjeuner à l'Oasis… »

C'était un petit restaurant sans prétention dont il était un habitué.

« Pas de problème. Je serai là dans une heure et quart, maxi.

— Et nous n'avons pas besoin de rester trop longtemps à la maison de santé, cet après-midi.

— Entendu… – Il savait que je redoutais ces visites à ma mère.

— Tu n'as pas l'air en forme.

— Manque de sommeil, c'est tout.

— Tu es sûre ? »

Comme il détestait que je lui fasse des cachotteries, j'ai décidé d'être franche :

« Lizzie traverse une mauvaise passe.

— Comment ? »

Je ne me sentais pas capable de résumer l'histoire au téléphone, et je ne voulais pas finir dans un arbre, si bien que je lui ai promis de tout lui raconter à mon arrivée.

Il m'attendait devant le bâtiment de la faculté d'histoire. Malgré ses épaules un peu fléchies et ses cheveux qui avaient viré du gris au blanc, il avait toujours beaucoup de prestance, et arborait l'uniforme de sa vie professionnelle : veste en tweed irlandais verte avec protège-coudes en daim, pantalon en flanelle grise, chemise bleue, cravate en tricot, chaussures en cuir souple. En apercevant ma voiture, il a souri. Aussitôt, j'ai regardé ses yeux, pour m'assurer qu'ils avaient conservé leur habituelle vivacité. Depuis que ma mère avait perdu l'esprit, je surveillais avec une sourde inquiétude l'état mental de mon père, analysant chacune de nos conversations au téléphone ou lors de ses visites mensuelles à Burlington. Comme s'il mettait un point d'honneur à défier les ravages du temps, néanmoins, sa lucidité était intacte, ses reparties pouvaient être encore très mordantes. En me penchant pour ouvrir la portière du côté passager, toutefois, j'ai été brusquement assaillie par l'idée – elle s'est définitivement imposée à moi – que le mécanisme de la biologie humaine était implacable, et que j'allais bientôt perdre mon père. C'était aussi inacceptable qu'inévitable.

Sans doute parce que tout ce qui se passe dans ma tête trouve une expression immédiate sur mon visage, il a plaisanté dès qu'il a pris place à côté de moi et m'a effleuré la joue d'un baiser : « Si nous étions à Paris, je dirais que tu es en proie à un sérieux doute existentiel.

— Mais on est dans le Vermont, donc ?

— C'est probablement que tu as juste besoin d'un sandwich au fromage fondu.

— Ah, alors le sandwich au fromage fondu, c'est la réponse aux incertitudes les plus graves de notre existence ?

— Surtout quand il est garni de cornichons à l'aneth. »

C'est donc ce que nous avons commandé en nous installant dans le restaurant, avec un pichet de thé glacé à l'ancienne. Puis mon père s'est contenté de dire « Lizzie ? », et pendant les dix minutes suivantes il a écouté attentivement mon récit avant d'adopter son ton de conseiller, un rôle qui lui venait naturellement de sa longue carrière d'enseignant.

« Il faut qu'elle oublie ce toubib, au plus vite.

— Tu as raison. Quant à ce salaud, il rêve de ne plus jamais entendre parler d'elle, surtout depuis qu'elle a menacé de torpiller son mariage, son petit succès professionnel, ses pitreries télévisées, tout… Ce qu'il mériterait bien, d'ailleurs.

— J'espère que tu ne te fais pas de reproches, en tout cas.

— Évidemment que si. Je n'arrête pas de me dire qu'à un moment ou à un autre de la vie de Lizzie, Dan et moi avons dû faire quelque chose qui…

— Quoi ? Qui a provoqué cette fragilité, ce besoin d'amour compulsif ?

— Eh bien… Oui.

— Tu sais parfaitement que vous lui avez donné toute l'affection dont elle avait besoin.

— Alors qu'est-ce qui a dérapé ?

— Rien. Elle est ainsi faite, ou c'est ainsi qu'elle a évolué. De plus, tu n'ignores pas où se situe le vrai problème : elle déteste son travail.

— Exact, mais… Elle aime bien l'argent que ça lui rapporte.

— Non, et nous le savons, toi et moi. Le gros salaire, le chouette appart, la voiture chic, les vacances sélectes, elle m'a parlé de tout ça, mais en l'écoutant je n'ai entendu que le désespoir du pacte faustien le plus typique. Eh oui, je suis au courant de son fameux "programme" : dix ans de ce petit jeu, amasser un pactole et changer de cap à trente-cinq ans. Le problème, c'est qu'elle s'est rendu compte que ce régime dessèche n'importe qui. C'est la loi darwinienne puissance cent, dans ce milieu, et il faut être en acier trempé pour survivre à la sélection naturelle.

— Mais elle le joue parfaitement, ce jeu ! Depuis son retour de Londres, elle a déjà eu deux promotions.

— Il n'empêche que ça la mine. Parce que, contrairement à la plupart des autres joueurs, elle n'est pas superficielle, Lizzie. Elle est très critique, au contraire, très consciente de sa situation et des limites qu'elle s'est imposées.

— Telle mère, telle fille…

— Tu refuses peut-être de l'admettre, Hannah, mais toi c'est toi, et Lizzie… c'est Lizzie. Une femme qui s'est convaincue que l'argent lui donnera la liberté, tout en sachant au fond de son cœur que c'est une vaste fou… fumisterie. À mon avis, cette recherche désespérée de l'amour avec un grand “A”, ce besoin de se trouver un homme à tout prix, même si c'est un imbécile qui a charge de famille, en plus, c'est la manifestation du profond dégoût de soi qu'elle ressent à continuer d'évoluer dans cet univers professionnel qui lui répugne. Dès qu'elle aura démissionné et qu'elle trouvera une activité qui lui plaît vraiment, elle ne fera plus ce genre de fixation. Fixation qui, si tu veux mon avis, m'a tout l'air d'un signe avant-coureur d'une sérieuse dépression. »

Je dois reconnaître que j'ai été frappée par la rigueur de sa démonstration, par ce mélange de bon sens, d'expérience et de force d'argumentation qui avait établi sa réputation d'historien.

« Tu lui parlerais ? ai-je demandé.

— Je lui ai parlé.

— Quoi ? me suis-je écriée, abasourdie.

— Elle m'a téléphoné deux ou trois fois par semaine.

— Hein ? Depuis quand ?

— Un mois, peut-être. Ça a commencé un soir, bien après minuit. Elle m'a appelé et elle s'est mise à pleurer. On est restés au moins deux heures au téléphone, cette nuit-là.

— Mais… pourquoi toi ?

— C'est à elle qu'il faudrait poser la question. La première fois, tout ce que j'ai fait, c'était pratiquement la convaincre de ne pas sauter par la fenêtre. C'était juste après la rupture, elle était dans tous ses états. Ensuite, elle m'a appelé presque tous les jours, et je l'ai aidée à trouver un psychiatre.

— Comment ? – Dans ma voix, la surprise avait fait place à la colère. – Elle voit un psychiatre ?

— Un excellent praticien qui enseigne également à Harvard. Charles Thornton. C'est le fils d'un de mes anciens camarades d'université. Et c'est un spécialiste reconnu du comportement obsessionnel qui…

— Je ne doute pas que ce soit un génie, papa. Tu choisis toujours les meilleurs, n'est-ce pas ? Ce qui me… sidère, par contre, c'est que non seulement tu ne m'aies pas dit un mot de tout ça mais aussi que tu aies joué les étonnés, quand j'ai mentionné Lizzie tout à l'heure.

— Tu as raison d'être fâchée contre moi. Simplement, elle m'a fait jurer que je ne te parlerais pas de nos conversations. Et je tiens toujours ce genre de promesse, tout comme toi. »

Je n'avais rien à répliquer à cette mise au point, même si j'avais saisi son allusion. Donc c'était ça, la vie de famille ? Un long serpentin entortillé de « Ne le raconte pas à maman/papa », de « Garde ça pour toi », de « Il/Elle n'a pas besoin de savoir » ?

« Pourquoi tu as décidé de revenir sur ton engagement, aujourd'hui ? l'ai-je interrogé.

— Parce que tu es revenue sur le tien avec Lizzie.

— Mais j'y ai été forcée…

— Je sais. Elle est au bord du précipice, maintenant, et puis tu t'es dit que je devinerais que tu étais tourmentée par quelque chose, et de toute façon tu n'aimes pas me cacher quoi que ce soit. Parce que, contrairement à ton père, tu n'es pas très douée pour le double jeu… »

Il m'a regardée droit dans les yeux. Je n'ai pas su si je devais lui crier dessus ou admirer sa capacité à rester l'être le plus complexe que l'on puisse imaginer, à compartimenter sa vie avec une telle ingéniosité qu'il arrivait apparemment à supporter aisément ses multiples contradictions. Ce refus d'admettre quoi que ce soit tant qu'il n'avait pas été pris sur le fait, par exemple… C'est ainsi que, l'été précédent, j'avais appris par le plus grand hasard qu'au cours des deux années que ma mère avait passées à la « maison de santé » – comme je détestais ce terme ! – il avait fréquenté une femme plus jeune que lui, une certaine Edith Jarvi. Par plus jeune, j'entends quasiment une mineure, pour un octogénaire tel que lui : soixante-sept ans ! À l'instar de toutes les femmes de sa vie, c'était une intellectuelle accomplie – je me demande s'il a jamais couché avec quelqu'un qui n'ait pas été abonné à la *New York Review of Books* –, professeur de russe récemment partie en retraite, toujours mariée à l'ancien doyen de l'université mais qui s'était presque mise en ménage avec mon père depuis… Enfin, il a été plus que réticent à me révéler quand leur liaison avait commencé lorsque je lui ai posé la question, ce qui m'a amenée à me demander s'ils ne s'étaient pas connus avant que la maladie d'Alzheimer vienne détruire le cerveau de ma mère.

Typiquement papa, le scénario : un soir du mois de juin précédent, j'avais téléphoné à la maison pour dire bonjour et une inconnue avait décroché. « C'est Hannah ?

— Mais… oui. Qui est à l'appareil ?

— Je suis l'amie de votre père, Edith. J'ai hâte de faire votre connaissance la prochaine que vous viendrez voir John. »

John ! Lorsqu'il a pris le combiné, mon père m'a paru un brin embarrassé : « Voilà, c'était Edith.

— C'est ce qu'elle m'a dit, oui. Elle a dit aussi qu'elle était ton amie.

— Oui.

— Rien de plus ?

— Eh bien... Si, un peu plus.

— Dans ce cas, chapeau, ai-je annoncé en refoulant un éclat de rire. À ton âge, la plupart des hommes laissent tomber la gaudriole. Alors que toi...

— Ça n'a commencé qu'après... tu sais, ta mère.

— Mais oui. Ça m'est égal, de toute façon.

— Tu n'es pas fâchée, alors ?

— J'aurais préféré que tu m'en dises un mot, plutôt que de l'apprendre comme ça.

— C'est que... c'est assez récent, tu vois ? »

Grand Dieu, ce besoin qu'il avait de toujours arranger la réalité ! Ç'avait toujours été son point faible, cette incapacité de jouer cartes sur table avec moi, et c'est ce qui avait provoqué une crise presque définitive entre nous trente ans auparavant. Mon irritation s'est cependant estompée : il n'allait pas changer ce trait de caractère à quatre-vingts printemps passés... C'était à prendre ou à laisser. Pour moi, ses qualités d'homme et de père primaient sur sa tendance à tromper la confiance de tous ceux qui lui étaient proches.

Quand je suis allée à Burlington quelques semaines plus tard, j'ai donc été très civilement conviée à un dîner offert par Edith Jarvi chez mon père. Comme je m'y attendais, elle était extrêmement cultivée. Fille d'émigrés lettons, bilingue dès l'enfance, elle avait décroché un doctorat en langue et littérature russes à Columbia, puis elle avait enseigné à l'université du Vermont pendant trois décennies, rédigeant parfois des critiques de romans ou d'essais russes à la *New York Review of Books* (surprise !). Pendant la soirée, elle s'est arrangée pour mentionner que son ex-doyen de mari vivait désormais à Boston – sans doute avec une maîtresse croate – et qu'ils partageaient une approche « ouverte » de leur mariage, ce que j'ai traduit en concluant que son régulier ne voyait pas d'objection à ce qu'elle s'envoie mon père. Ce qu'ils n'ont pas manqué de faire le soir de ma visite, se retirant vers dix heures pour gagner la chambre à l'étage. Pourquoi ai-je éprouvé cette gêne à ce moment ? Dans l'état où se trouvait ma mère, papa était pratiquement veuf, désormais, et de toute façon il n'avait jamais été un modèle de fidélité conjugale ; était-ce l'idée qu'ils occupaient le lit qu'il avait jadis partagé avec ma mère ? Où celle de me retrouver dans une maison où mon octogénaire de père avait des relations sexuelles – si tel était le cas – avec la nouvelle femme de sa vie ? Mais peut-être mon père se contentait-il de penser que, à l'âge respectable que j'avais, j'étais suffisamment adulte pour accepter la situation.

Le lendemain matin, alors qu'Edith Jarvi, déjà levée, avait insisté pour me préparer un petit déjeuner, elle a cherché à intercepter mon regard tout en me versant une tasse de café très noir, et m'a demandé à brûle-pourpoint :

« Puis-je vous poser une question ? Vous n'approuvez pas ma présence ici, n'est-ce pas ?

— Mais non ! ai-je protesté, désarçonnée par sa franchise. Ce n'est… pas vrai.

— Je sais lire sur un visage, Hannah. Le vôtre dit ça très clairement.

— Vous êtes impressionnante, Edith.

— Peut-être, mais il n'empêche que vous désapprouvez notre liaison. C'est une histoire d'amour,

Hannah, et je puis vous dire qu'elle est tout à fait providentielle pour l'un comme pour l'autre.

— Eh bien, je suis contente pour vous deux, alors, ai-je répliqué, consciente de la sécheresse du ton que j'avais employé.

— J'aimerais vous croire, Hannah. Tout comme j'aimerais croire que vous n'êtes pas la puritaine silencieuse que je vous soupçonne d'être. »

Je ne lui ai pas répondu, même si sa remarque m'a fait bouillir de rage pendant plusieurs jours. Parce que la maîtresse de mon père avait vu juste, et qu'elle avait eu le toupet de me dire ma vérité en face. Une fois cette irritation surmontée, pourtant, j'en suis venue à apprécier Edith, pour ses qualités mais aussi parce que mon père trouvait quelqu'un à ses côtés quand il rentrait à la maison. Bien entendu, il ne m'a jamais demandé ce que je pensais d'elle.

« Essaie de ne pas te laisser dominer par la colère, a-t-il dit, me ramenant soudain à l'Oasis et au sandwich intact dans mon assiette.

— Je ne suis pas en colère. Simplement, le comportement de Lizzie me paraît encore plus incompréhensible, maintenant. Par exemple, le fait qu'elle t'ait raconté des choses qu'elle m'a cachées, alors qu'elle m'avait fait promettre de ne rien dire à son propre père…

— Elle est complètement dans l'irrationnel, de sorte que tout lui est bon pour trouver ses aises dans le mélodrame qu'elle s'est construit. Dan est au courant ?

— Bien sûr. Et il a très bien réagi. Est-ce qu'elle t'a dit qu'elle passait des nuits dans sa voiture devant la maison du toubib ?

— Oui. Mais hier soir elle est restée tranquille chez elle, et elle a réussi à dormir six heures d'affilée, ce qui est plutôt bien, pour elle.

— Comment tu sais ça ?

— Parce qu'elle m'a appelé ce matin tôt.

— Elle t'a paru dans quel état ?

— D'un optimisme désespéré, si j'ose dire. Le point positif, c'est que le docteur Thornton a accepté de la voir en urgence cet après-midi. C'est déjà ça.

— Je dois l'appeler ce soir.

— Est-ce qu'elle sait que tu es à Burlington ?

— Non, je ne lui en ai pas parlé.

— Alors tu appelleras d'abord, puis j'attendrai son coup de téléphone. »

Il avait raison : elle était sur le fil du rasoir, mais nous ne pouvions rien faire pour l'instant. Nous sommes alors passés au second volet de nos préoccupations familiales, maman.

La « maison de repos » était une construction moderne et fonctionnelle dans une paisible zone résidentielle, à environ deux kilomètres du campus. L'équipe, très professionnelle, arborait constamment un sourire figé. La chambre de ma mère était décorée avec le goût inévitable de ce genre d'établissement, un mélange d'Holiday Inn, de Ralph Lauren et d'unité gériatique – j'avais toujours le plus grand mal à supporter plus d'une demi-heure ce genre d'atmosphère. Elle ne s'offusquait pas de la brièveté de mes visites, cependant. Quand nous sommes entrés, elle était dans un fauteuil, les yeux braqués sur le vide. « Maman, c'est moi, Hannah… » Elle m'a regardée sans réagir, puis s'est mise à observer le mur.

J'ai pris sa main, chaude mais sans vie. Auparavant, j'avais essayé de lui parler, de lui donner des nouvelles de ses petits-enfants ou de la carrière de Dan, de lui rapporter des détails amusants de ma vie d'enseignante, mais j'avais fini par y renoncer puisque mes paroles ne l'atteignaient pas et que ces pitoyables monologues rendaient la situation encore plus horrible. J'en étais venue à considérer mes visites comme un soutien moral apporté à mon père, qui faisait de son mieux pour ne pas manifester à quel point l'état de ma mère l'affectait.

Stoïquement, en silence, il a enveloppé ses mains dans les siennes, a maintenu ce simple contact physique pendant une dizaine de minutes, puis s'est dégagé, s'est levé, se penchant sur elle, lui relevant doucement la tête d'un doigt sous le menton, lui a donné un léger baiser sur les lèvres. Elle n'a pas réagi, et a laissé retomber sa tête dès que mon père a retiré sa main. En se détournant, il a étouffé un sanglot et il est resté un instant de dos, cherchant un mouchoir dans sa poche, s'essuyant les yeux avec, avant de se sentir assez maître de lui pour me regarder à nouveau. J'aurais voulu le consoler, mais je savais qu'il préférait que je le laisse seul avec sa peine. WASP jusqu'au bout des ongles, il n'avait jamais été expansif et jugeait embarrassant de verser une larme en public. J'ai donc attendu quelques minutes, après avoir repris la main de maman, jusqu'à ce qu'il me donne le signal du départ en me murmurant un : « Eh bien, peut-être… ? »

J'ai embrassé ma mère, puis je l'ai suivi à la porte, où je me suis retournée pour un dernier regard. Les yeux de maman étaient vides et fixes, cruelle image de son éloignement définitif. Réprimant un frisson, j'ai saisi mon père par le bras et je l'ai entraîné dehors.

Dans la voiture, il a fermé les yeux un moment, les mains serrées sur le volant. Quand il les a rouverts, il a murmuré : « Je ne sais pas comment te dire à quel point je déteste ces visites. Je voudrais tellement que ce soit fini, terminé… Je sais, c'est affreux d'exprimer ça tout haut mais j'aimerais qu'ils lui donnent quelque chose… quelque chose pour rendre sa fin plus digne. Sur ce plan, nous sommes bien moins évolués que les Hollandais. Chez nous, dès que l'on prononce le mot "euthanasie", tous les fanatiques du droit à la vie se mettent à pousser des cris d'orfraie. Ces mêmes fanatiques hurlent dès qu'on parle de recherches sur les cellules souches pour trouver un remède à la maladie d'Alzheimer. Parce que cela signifie provoquer une fécondation *in vitro*. Et pendant ce temps, ta mère est enfermée là, mentalement morte et... – Il s'est interrompu, s'est redressé sur son siège. – Tu sais ce qui me révolte le plus ? Les deux cent mille dollars qu'elle avait hérités de ses parents, cet argent qu'elle voulait léguer à Jeff et à Lizzie, eh bien il est en train de s'en aller en fumée dans cette fichue maison de vieux. Quarante mille par an pour la maintenir en vie. Et au nom de quoi, dans quel but ? Un argent dont elle voulait tellement que ses petits-enfants profitent...

— Ils n'en ont pas vraiment besoin, tu sais. Ce sont deux champions de la libre entreprise et ça leur réussit très bien.

— Quand même, je suis ulcéré de voir que...

— Et si on allait boire un verre, papa ? »

Il s'est détendu, soudain.

« Oui. Deux, même. »

Il a conduit jusqu'à un vieux bar de Burlington qu'il affectionnait. Il y a eu deux tournées, puis trois, accompagnées de bols de cacahuètes non décortiquées, une rareté dans l'Amérique d'aujourd'hui. Il y avait une éternité que je n'avais pas bu trois martinis-vodkas d'affilée et nous étions tous deux assez éméchés quand j'ai demandé au barman de nous appeler un taxi. Malgré son âge, mon père tenait remarquablement l'alcool, au point que celui-ci n'a en rien troublé son éloquence quand il s'est lancé dans l'une de ses diatribes habituelles contre notre président du moment – le « Boy-scout-en-chef », ainsi qu'il l'appelait – et contre sa « junte », qu'il conclut par une surprenante réflexion : « Vois-tu, ces derniers temps, je me suis même surpris à penser à Nixon avec une certaine nostalgie ! »

Nous sommes rentrés à la maison vers six heures. Avec des mouvements un peu brusques, j'ai farfouillé dans les placards de la cuisine jusqu'à trouver de quoi improviser un plat de spaghettis à la bolognaise. Pendant ce temps, mon père était allé à son bureau, où je l'ai découvert endormi dans son fauteuil. J'allais fermer la porte quand mon portable s'est mis à sonner, ce qui l'a fait instantanément bondir sur ses pieds tandis que je sursautais, moi aussi.

Lizzie.

Sur l'écran, le numéro qui s'était affiché commençait par 212, le code de New York. Margy. J'ai appuyé sur la touche de communication.

« Hé, j'ai beaucoup pensé à toi, aujourd'hui.

— Je n'appelle pas à un mauvais moment ? a-t-elle demandé d'un ton sérieux.

— Bien sûr que non. Je suis chez mon père, à Burlington. Que se passe-t-il ?

— Tu peux t'isoler un peu pour parler ?

— Quoi, le cancer est revenu ?

— Non, mais merci de penser à des trucs aussi horribles. Bon, je rappellerai plus tard.

— Non, non, attends ! »

Écartant le combiné, j'ai expliqué à mon père que Margy désirait me dire quelque chose en privé.

« Ne t'inquiète pas, a-t-il répondu, je suis encore dans le brouillard, après ces martinis. »

Je suis retournée à la cuisine où, le téléphone dans une main, j'ai saisi une cuillère en bois dans l'autre afin de remuer ma sauce bolognaise sur le feu.

« Vas-y, tu peux me parler, maintenant.

— Quand je suis arrivée au bureau, ce matin, je suis tombée sur un paquet qui m'était destiné. Tu sais que nous nous sommes mis à représenter des écrivains, à l'agence… Pour dire à quel point c'est la crise ! Non, blague à part, il se trouve que plein d'éditeurs new-yorkais sous-traitent leurs relations publiques, maintenant, et donc on nous envoie des livres, de temps en temps.

» Enfin, la raison pour laquelle je t'appelle, c'est que ce paquet venait de Freedom Books, une boîte très conservatrice qui a le vent en poupe, ces derniers temps… Bizarre, hein ? Il y a deux jours, ils m'ont contactée pour me dire qu'ils avaient pris dans leur écurie un animateur radio très connu à Chicago, un type qui a, paraît-il, toute une secte d'admirateurs sur les bords du lac Michigan et qu'ils veulent maintenant lancer dans tout le pays. Surtout depuis qu'il a écrit ce bouquin, qui selon eux devrait devenir un best-seller national. Là-dedans, il raconte sa jeunesse rebelle dans les années 60, son militantisme subversif, son exil au Canada, et comment il a vu la lumière sur ce chemin de Damas pour devenir le grand patriote et le super-chrétien qu'il est aujourd'hui… »

J'en avais oublié ma sauce.

« Tobias Judson ? ai-je chuchoté dans l'appareil.

— Lui-même. "Celui dont on ne doit pas prononcer le nom". C'est l'auteur du livre en question.

— Et tu l'as lu ?

— Hélas, oui. »

J'ai éteint la cuisinière et je suis allée m'asseoir à la table de la cuisine.

« Tu imagines quelle va être ma prochaine question, Margy.

— En effet. Et la réponse est oui, il parle de toi, dans ce bouquin. Tu as même droit à tout un chapitre. »

3

Margy aurait voulu enchaîner en me racontant tout ce que Tobias Judson affirmait sur mon compte dans son livre, mais la nouvelle m'avait tellement suffoquée que, répondant à je ne sais quel instinct, je l'ai priée de ne rien m'en dire.

« Je ne veux pas entendre ces saletés. Je préfère les lire moi-même.

— Tu es certaine que tu ne veux pas te faire une idée générale de… ?

— Non. Ça me mettrait en rage et je ne pourrais pas dormir de la nuit.

— Ta nuit sera mauvaise de toute façon.

— Peut-être, mais au moins, tant que je ne saurai rien je ne me monterai pas la tête avec ça.

— La bonne nouvelle, c'est qu'il ne t'appelle pas par ton vrai nom.

— De mon point de vue, ce n'est pas suffisant pour constituer une bonne nouvelle. – Long silence. – Que tu ne répondes rien à ça en dit long sur ce que tu en penses.

— Je me tais, conformément à tes recommandations. Mais je te l'envoie par Fedex à la première heure demain matin. Tu seras revenue dans le Maine, n'est-ce pas ?

— Oui.

— Alors tu l'auras après-demain matin. »

J'ai tressailli. Dan avait l'habitude de rester à la maison, les jeudis, et même s'il n'ouvrait jamais mon courrier l'arrivée d'un colis par Fedex susciterait au moins une question innocente, ce qui me forcerait à mentir.

« Envoie-le-moi au lycée.

— Compris. – Elle a noté l'adresse de l'école, puis : – Dès que tu auras fini ta lecture, je voudrais que tu m'appelles tout de suite, Hannah. Je ne vais pas tuer le suspense mais je crois que tu vas avoir besoin de ce que, dans ma branche, on appelle une "représentation professionnelle". En clair, d'une grande gueule assermentée prête à réfuter point par point tout ce…

— Arrête, s'il te plaît ! C'est promis, je te téléphone dès que je l'ai lu. Mais là, je ne veux pas qu'on en parle.

— Tu prends la chose plutôt calmement, a-t-elle fait observer. Si j'étais à ta place, je grimperais aux rideaux !

— J'ai des préoccupations plus sérieuses, pour l'instant.

— Et je peux savoir lesquelles ? »

Pour la seconde fois dans la même journée, j'ai donc dû raconter toute l'histoire de Lizzie, en y rajoutant le détail vexant que mon père lui servait de confident depuis des semaines. À la fin, Margy a laissé passer un moment de silence avant de déclarer :

« Le pire, c'est que Dan et toi avez été des parents modèles ! Pas de divorce, pas de trouble sur le front domestique, pas de tracas professionnel… Et tu as toujours été là pour eux. Et malgré tout cet amour et toute cette attention…

— Ça ne marche pas comme ça, Margy. Tu peux leur donner tout ce que tu as, en fin de compte… Je ne sais pas. On espère tous que nos enfants s'en tireront mieux que les autres… Mais la réalité est tout autre, malheureusement. Tout ce à quoi je peux penser, maintenant, c'est à la situation affreuse de Lizzie.

— Ne parle pas comme ça, Hannah.

— Pourquoi ? Ce n'est pas la vérité ?

— Elle traverse une mauvaise passe, voilà tout.

— N'essaie pas de me dorer la pilule, Margy. Ma fille est en train de harceler un homme marié. Elle passe des nuits devant chez lui, dans sa voiture. Et quand elle en parle, elle a une voix tellement bizarre, tellement détachée, comme s'il s'agissait de la chose la plus normale du monde. Alors qu'elle est en train de perdre la raison, pour dire les choses crûment.

— Ton père l'a convaincue de voir un psy, c'est déjà ça.

— Qui ne l'a pas fait miraculeusement sortir de son engrenage, pour l'instant.

— Crois-en mon expérience : une thérapie, ça demande des années. Et ça ne change pas tout.

— Dans l'état où elle est, Lizzie n'a pas des années devant elle. J'ai peur, Margy. Terriblement peur.

— Je me giflerais d'avoir choisi un pareil moment pour te mettre ce nouveau problème dans les pattes, avec tout ce que tu dois déjà affronter…

— Il fallait que je sois au courant. En plus, il vaut mieux que je l'apprenne par toi, plutôt que… d'une autre manière.

— Si tout se passe bien, il n'y a aucune raison que ce qu'il a écrit sur toi soit jamais connu.

— Tu te trahis encore une fois, Margy.

— Pardon ! Je n'apprendrai jamais à la fermer.

— Arrête ! Tu es la meilleure amie dont on puisse rêver.

— Tu penses avoir des nouvelles de Lizzie quand ?

— Ce soir, j'espère.

— Tu m'appelleras, après ?

— Promis. Tu es toujours au bureau ?

— J'avoue, oui.

— Ton toubib ne va pas te taper sur les doigts, quand il saura que tu en fais trop ?

— Lui ? Je suis une publicité vivante pour son traitement contre le cancer du poumon. L'emmerdeuse qui s'en est tirée à dix contre un… pour l'instant, du moins.

— S'ils te disent que tout est OK, c'est que c'est vrai.

— Ah, maintenant c'est toi qui cherches à peindre en rose une situation pourrie ! Mon doc dit que tout est théoriquement OK, et c'est le "théoriquement" qu'il faut relever, là… Toujours est-il que j'ai passé des heures sur le site de la clinique Mayo, à potasser tout ce qui existe sur cette saloperie que je me suis moi-même flanquée, et les conséquences secondaires, tertiaires, quadruplaires… Ça se dit, ça ? Enfin, IRM ou pas, chimio ou pas, on ne peut jamais être sûr à cent pour cent d'avoir débusqué jusqu'à la dernière cellule cancéreuse.

— Tu as vaincu le cancer, Margy.

— Ouais… Théoriquement, comme il dit. »

Après avoir raccroché, je me suis mise à faire les cent pas dans le salon, m'adjurant de me calmer, de ne pas prendre au tragique la réapparition de Tobias Judson, dont le seul nom continuait à me donner la chair de poule, et la menace de son fichu livre. C'était un vœu pieux : je savais que j'allais me ronger les sangs pendant les trente-six heures à venir, et longtemps après. Mais il était exclu que j'en parle à mon père, car cela n'aurait pu que raviver sa culpabilité, ce qui n'était certainement pas ce dont il avait besoin. À propos de lui… « Hannah, tu as fini avec le téléphone ? a-t-il demandé derrière la porte. — J'arrive, papa. » Quand j'ai rouvert, il était déjà reparti à la cuisine, où il avait mis l'eau des pâtes à bouillir.

« Ce n'était pas pour te presser mais les spaghettis vont être prêts.

— J'avais terminé, de toute façon. »

Il m'a lancé un regard perplexe.

« Tout va bien ?

— Margy n'a pas trop le moral, en ce moment.

— La pauvre, a-t-il soupiré. De toutes les calamités qui sont le lot de l'humanité, le cancer est l'une des plus monstrueuses.

— Oui… Et j'imagine que, plus on vieillit, plus on est enclin à négocier avec la fatalité.

— Comme par exemple : "Pitié, ne me réserve pas une fin aussi dégradante qu'interminable" ?

— L'un des grands problèmes de l'agnostique, c'est que quand quelque chose de terrible lui tombe dessus, à lui ou à quelqu'un de proche, il n'a même pas le recours de mettre ça sur le compte de la volonté divine.

— La religion, "cet immense brocart musical mangé aux mites que l'on a tissé pour nous faire croire que nous ne mourrons jamais".

— C'est de toi ?

— J'aurais aimé. Non, c'est d'un poète anglais, Philip Larkin. Le genre misanthrope, mais extrêmement lucide devant les grandes frayeurs qui hantent l'humanité, à commencer par la plus innommable de toutes, la mort. "Presque tout peut ne pas arriver : elle arrivera, elle."

— Ils ne sont pas prêts, ces spaghettis ?

— Ah, très italienne, ta réponse, a-t-il noté avec un sourire.

— Ma réponse à quoi ?

— À la condition de mortel. Chaque fois que l'on est assailli par la conscience de ce que la vie a d'éphémère, il n'y a rien de mieux à faire que de passer à table. »

Pendant le dîner, nous avons vidé à deux la bouteille de vin qu'il avait débusquée dans un placard. Pour ma part, j'aurais bu de l'acide, si cela avait permis de neutraliser l'anxiété qui montait en moi. L'un et l'autre, nous n'avons cessé de jeter des coups d'œil à l'horloge de la cuisine en nous demandant quand Lizzie allait appeler, ou si elle le ferait.

« À quelle heure elle a dit qu'elle devait le voir ? ai-je demandé.

— Elle a dit après le travail, ce qui peut signifier sept heures, huit peut-être…

— Si elle n'a pas téléphoné à dix heures, je l'appelle. Je me moque qu'elle pense que je la materne.

— Dans ce contexte, en effet… »

À neuf heures, la bouteille était vide et Lizzie n'avait toujours pas donné de nouvelles. Requinqué par sa petite sieste, mon père faisait presque toute la conversation. Il s'est lancé dans un long mais amusant récit d'un soir à Londres, pendant la guerre, où il avait bu plus que de raison. Il avait trouvé l'adresse de T.S. Eliot à Kensington et, flanqué d'un ami de Harvard, il avait débarqué devant sa porte : « Il était onze heures ou plus et le poète nous a ouvert en robe de chambre et pyjama. Pas mal pinté, lui aussi, il a eu l'air plus qu'étonné de voir deux jeunes soldats américains en uniforme sur son palier. "Que cherchez-vous ici ?" a-t-il lancé d'une voix irritée. Je me rappelle son accent si parfaitement british, et son allure imposante, même dans cette tenue. Je me suis senti obligé de répondre à sa question et j'ai bredouillé : "Vous !" Eh bien, il nous a proprement claqué la porte au nez ! Mon copain, Oscar Newton, m'a regardé et il a dit : "Ouais, avril est vraiment le mois le plus cruel." Il est mort trois semaines plus tard, pendant le débarquement à Omaha Beach… »

Le téléphone a sonné. Mon père s'est précipité pour décrocher le combiné, et son visage s'est aussitôt allongé :

« Oui, bonsoir, Dan. Oui, elle est ici. Non, aucune nouvelle de Lizzie, pour l'instant. »

Il m'a tendu le sans-fil.

« Rien du tout ? a interrogé Dan.

— Nous attendons toujours.

— Je vois que tu as mis ton père au courant.

— Non, Lizzie s'en était déjà chargée. »

Si Dan a été choqué d'apprendre que notre fille téléphonait à Burlington depuis plusieurs semaines, il n'en a rien montré, comme à son habitude, se contentant de faire remarquer :

« Qu'elle se confie à son grand-père, c'est très bien. J'aurais simplement aimé savoir ce qui se passe, là.

— Nous sommes trois dans ce cas. Mais je t'appelle dès que je lui aurai parlé. »

À dix heures et demie, alors que mon père commençait à donner des signes de fatigue, j'ai décidé de prendre les devants. Le portable de Lizzie était branché sur la boîte vocale. J'ai laissé un message aussi apaisant que possible, lui disant qu'elle pouvait me rappeler à toute heure de la nuit. J'ai renoncé à essayer chez elle, toujours dans la crainte qu'elle ne se sente trop sous pression.

« Je crois qu'on ferait mieux d'aller se coucher, ai-je dit à mon père.

— Il lui est arrivé de m'appeler bien après minuit. Si elle le fait…

— Tu me réveilles, bien sûr.

— J'ai envie de prendre la voiture et d'aller directement à Boston, juste pour être certain qu'elle va bien.

— Si nous n'avons rien d'ici demain midi…

— Je te prends au mot. »

Dans la chambre d'amis, j'ai passé la chemise de nuit que j'avais apportée avec moi et je me suis mise au lit avec des écrits de jeunesse de John Updike que j'avais pris dans la bibliothèque de papa. J'ai tenté de me concentrer sur ses descriptions élégiaques d'une enfance à Shillington, en Pennsylvanie, dans l'espoir qu'elles m'apportent le sommeil dont j'avais tant besoin. Mais il n'est pas venu. Lumière éteinte, serrant le coussin dans mon bras, humant l'odeur âcre de la lessive chlorée que la femme de ménage de mon père – très vieille école – continuait à employer, j'ai attendu en vain de plonger dans l'inconscience. J'ai rallumé la lampe de chevet et je suis retournée aux réflexions updikiennes sur les émois adolescents pendant la saison de football, une institution en Pennsylvanie. Deux heures ont passé. Sentant la somnolence arriver, j'ai fait une nouvelle tentative et je me suis endormie cette fois, juste assez longtemps pour me retrouver dans l'un de ces rêves de chute vertigineuse où l'impact brutal de l'oreiller vous réveille en sursaut et où vous constatez que non, vous ne venez pas de tomber d'un immeuble de dix étages. Ce que j'ai également constaté, à ma montre, c'était qu'il était à peine deux heures du matin, de sorte que j'avais dormi moins d'une heure et demie. Pestant en silence, je me suis assise dans le lit, assaillie par le mélange d'épuisement et d'anxiété typique de la nuit blanche mais décidée à repousser la sombre humeur que je sentais m'envahir.

Je me suis rappelé avoir demandé un jour à notre médecin de famille comment le corps médical expliquait ce fréquent basculement dans la mélancolie avant l'aube. Selon lui, la cause était largement physiologique : à ce moment, le taux de glucose dans le sang atteint son niveau le plus bas, permettant aux chimères mentales de relever la tête tandis que le cerveau, embrumé par la fatigue, ne réagit pas avec sa logique habituelle. « D'après mon expérience clinique, avait-il conclu, la meilleure façon de combattre cette spirale dépressive temporaire, c'est de remettre du sucre dans l'organisme. En d'autres termes, de croquer une tablette de chocolat. »

J'ai beaucoup croqué de chocolat, pendant les semaines qui ont suivi l'entrée de ma mère à la maison de repos : soudain, je paraissais souffrir d'insomnie chronique et j'ai pris cinq kilos, que j'ai mis un mois à perdre à la salle de gym, tandis que je me résignais peu à peu à accepter le déprimant état de ma mère. Mais là, en cette nuit d'attente, j'aurais donné cher pour avoir sous la main une barre de Toblerone, ou même d'imprésentable Hershey.

Une fois encore, je me suis blâmée d'avoir été incapable de donner à ma fille assez d'estime de soi, de stabilité émotionnelle – d'allez savoir quoi. Et puis il y avait ce satané livre, dont j'ignorais le contenu exact mais qui allait certainement… Non, pas maintenant ! J'ai repris l'ouvrage d'Updike, les mots dansaient devant mes yeux, si bien que j'ai décidé de descendre me préparer une tisane dont l'effet soporifique, il fallait l'espérer, m'accorderait peut-être quelques heures de répit. J'ai trouvé mon père assis à la table de la cuisine, devant le dernier numéro de la revue *The Atlantic*.

« Je me demandais si tu allais réussir à faire une vraie nuit, a-t-il lancé, car il n'avait pas oublié mes crises d'insomnie pendant mes visites récentes.

— Contente de voir que j'ai de la compagnie pour attendre le jour.

— Oh, tu sais, même quand je n'ai pas de souci particulier je dors peu. C'est le lot de la vieillesse : ton corps a moins besoin de sommeil qu'avant : il sait qu'il va mourir.

— Tu n'as rien de plus encourageant à raconter, à une heure pareille ?

— Que veux-tu, c'est la lucidité du grand âge ! N'est-ce pas amusant de constater à quel point la moindre réflexion sur la vie et la mort sonne creux ? Le plus bizarre, c'est que malgré l'évidence, bien que je sache que cela m'arrivera plus tôt que tard, je n'arrive pas à m'imaginer mort. Ne plus être là, ni nulle part. Ne plus exister.

— Rappelle-moi de ne jamais te fréquenter au petit matin, d'accord ?

— Oui… – Il a eu un petit sourire. – N'empêche que tu avais raison, tout à l'heure : je suis très jaloux de mon bon chrétien de petit-fils, vraiment ; sa foi doit sacrément le soutenir, dans les moments difficiles.

— Oui, et avant de s'esquiver pour recevoir la récompense de la vie éternelle, on peut occuper son temps en ce bas monde en donnant des leçons de morale aux autres.

— Ne sois pas trop dure avec Jeff.

— Attends ! Il n'est peut-être pas dur avec toi, lui…

— C'est très compliqué, de comprendre le ressentiment politique de quelqu'un, surtout quand il s'agit de son petit-fils. Je me demande souvent pourquoi il m'en veut autant. À part à cause de mon passé de frondeur qui a l'air de lui faire tellement honte.

— J'aimerais pouvoir te dire quelque chose de bien gnangnan et réconfortant, dans le style : "Il t'aime tout de même, va !" Le hic, et c'est vraiment un aveu d'insomniaque, c'est que je ne sais même pas s'il m'aime encore, moi. Il a l'air tellement outré que nous ne vivions pas comme nous le devrions… Tu sais ce qui me déçoit le plus ? Son intolérance religieuse lui a fait un cœur de pierre. Il se dit chrétien mais il n'a pas une once de tolérance ou de pitié. Je l'aime toujours, bien sûr, mais je ne le supporte plus. Si affreux que ce soit d'admettre une chose pareille.

— Penses-tu que Miss Shannon soit la responsable de sa crispation fondamentaliste ?

— Elle l'a certainement "ramené à Jésus", pour reprendre les propres termes qu'il a lui-même employés en décrivant son réveil religieux. Tu sais aussi qu'elle s'agite beaucoup contre l'avortement, et que son père est un ratichon connu. Le fait est que Jeff a tellement accroché à leur baratin néochrétien que je ne vois pas comment il pourrait échapper à leur emprise, maintenant.

— On pourrait peut-être s'arranger pour qu'il soit surpris en compagnie d'une prostituée pendant son prochain voyage d'affaires ?

— Papa !

— On pourrait louer les services d'une call-girl de très haut niveau. Quelqu'un capable de lui montrer ce qu'il rate en restant avec sa Shannon. – N'en croyant pas mes oreilles, je fixais un regard incrédule sur lui. – Bon, pour éviter qu'il perde son emploi et sa réputation à cause de ça, on demanderait à ladite call-girl de reconnaître qu'elle a été payée par une "tierce partie" pour le séduire. De faire passer ça pour une blague que lui auraient jouée des collègues, par exemple. Elle pourrait même dire qu'elle lui avait mis une potion quelconque dans son verre, de quoi lui faire perdre la tête et l'amener à succomber à ses charmes. Ses patrons ne le mettraient pas dehors : d'après ce que je sais, il leur rapporte tellement d'argent qu'ils ne voudraient pas le perdre à cause d'un petit moment d'égarement. Shannon, par contre, elle le jetterait, avec un peu de chance. Ce serait dur pour les enfants, d'accord, mais au moins Jeff ouvrirait les yeux, laisserait tomber les bondieuseries et la mentalité du fric-roi. Je le vois bien partir pour Paris, se louer une chambre de bonne dans un arrondissement pouilleux et se mettre à écrire des romans pornographiques pour gagner quelques sous…

— Tu vas arrêter, maintenant ? suis-je intervenue, résistant difficilement à l'envie d'éclater de rire.

— Quoi, tu n'apprécies pas mon imagination débridée ?

— Je ne sais pas si je devrais être révoltée ou amusée, franchement.

— Mais tu as pensé que j'envisageais la chose sérieusement, hein ? a-t-il fait remarquer, rayonnant de satisfaction, et en mon for intérieur je l'ai remercié d'être resté aussi libre d'esprit, aussi détaché des préjugés et de la rigidité morale.

— Oui, papa, tu m'as eue, j'avoue. En tout cas pendant un petit moment. »

Juste avant cinq heures, nous avons regagné nos chambres respectives et j'ai enfin succombé à l'épuisement. Quelques minutes après, du moins telle a été mon impression, des « bips » perçants m'ont réveillée en sursaut. La lumière du jour se glissait à travers les légers rideaux. J'ai attrapé mon portable à tâtons.

« Oui…

— Je te réveille, maman ? »

Lizzie. Dieu merci.

« Non, ai-je menti, je ne faisais que somnoler. – J'ai regardé ma montre. Sept heures et demie. – Comment ça s'est passé avec Mark, ma chérie ?

— C'est pour ça que j'appelle ! s'est-elle exclamée d'un ton incroyablement enjoué. J'ai des nouvelles fan-tas-tiques !

— Ah oui ? ai-je fait, plus inquiète que jamais.

— Mark m'a demandée en mariage, hier soir. »

J'étais tout à fait réveillée, d'un coup.

« Eh bien, quelle surprise ! ai-je avancé prudemment.

— Tu n'as pas l'air contente pour moi.

— Mais si, naturellement, Lizzie. C'est juste un peu… – Je devais peser mes mots. – … surprenant.

— Je t'avais dit qu'il changerait d'avis dès qu'il me parlerait.

— Et si tu ne me trouves pas trop curieuse, qu'est-ce que tu lui as dit, pour qu'il "change d'avis" aussi radicalement ? »

Elle a eu un gloussement aigu, qui aurait davantage convenu à une adolescente émerveillée par la découverte de l'amour.

« Ah ! c'est un secret entre mon mec et moi, ça ! » a-t-elle lancé d'un ton espiègle.

Elle a de nouveau gloussé et l'aiguille de mon détecteur à baratin est brusquement entrée dans le rouge tandis qu'un froid glacial me crispait les épaules : elle était en train d'inventer cette histoire de toutes pièces, j'en étais sûre.

« Lizzie, ma chérie… Je ne comprends toujours pas.

— Comprendre quoi ?

— Comment tu es arrivée à le faire revenir sur sa décision.

— Tu veux dire que tu ne me crois pas ?

— Bien sûr que si mais… Je suis impressionnée par ton pouvoir de persuasion, disons, et je me demande seulement comment tu as…

— Mark n'est plus heureux avec sa femme depuis des années. En fait, il a souvent dit que ç'a été une erreur colossale, dès le début. Aussi souvent qu'il a affirmé que j'étais l'amour de sa vie. La seule chose, c'est qu'il se sentait coupable d'abandonner ses enfants et… Enfin, je ne devrais pas te raconter ça mais puisque tu insistes… Hier soir, je lui ai dit que pour ma part je ne voyais aucune objection à ce que les enfants viennent vivre avec nous. Surtout que Ruth… c'est sa femme, eh bien, elle n'arrête pas de parler de partir en Irlande et de devenir écrivain. Donc nous allons louer mon loft, trouver une grande maison pour nous quatre, vivre longtemps et avoir beaucoup d'enfants… – Elle a marqué une pause. – Je blague !

— Ah, tu me faisais marcher, ai-je tenté, envahie par un intense soulagement.

— Mais non ! a-t-elle répliqué joyeusement. C'était la fin façon conte de fées, la blague ! Je ne suis pas naïve au point de croire que ça va être facile, avec les petits. Mais je ferai de mon mieux pour que Bobby et Ariel m'acceptent. – Sa fille s'appelait Ariel ? – Et puisque je vais avoir un bébé, moi aussi… »

Je me suis vraiment sentie prise de vertige, là.

« Tu viens de dire que… ?

— Je suis enceinte, oui.

— Depuis quand ?

— Hier soir. C'était planifié, évidemment. Je suis en plein milieu de cycle et comme nous voulions ça tous les deux depuis si longtemps, quel meilleur moment pour faire un bébé que la nuit de notre réconciliation, quand nous avons compris l'un et l'autre que nous étions destinés à vivre ensemble ? »

Réfléchir, trouver quelque chose… Mais la seule idée qui me venait, c'était d'entretenir la conversation, de faire comme si de rien n'était.

« Tout ça me paraît merveilleux, chérie.

— Donc tu es contente, maman ?

— Ravie… Mais enfin, tu comprends bien que, même dans les conditions que tu décris, tu ne peux pas être sûre à cent pour cent d'être enceinte, n'est-ce pas ?

— Oh, mais si, j'en suis sûre ! Parce que la manière dont nous avons fait l'amour… – Elle a lâché un autre de ses gloussements puérils. – Je peux te poser une question, m'man ? Est-ce qu'il t'est jamais arrivé d'être baisée avec une telle intensité que ça en devenait une expérience… mystique, disons ? Eh bien, ç'a été comme ça, hier. La fusion totale. La pureté totale. Je n'avais jamais rien éprouvé de pareil, ni avec Mark ni avec un autre homme. C'est pour ça que je suis certaine d'être enceinte. Quand il a joui, j'ai senti que son sperme me…

— Euh, chérie…

— Pardon, maman, je ne voulais pas t'embarrasser, a-t-elle concédé en gloussant encore. Simplement, je ne peux pas décrire… C'est le bonheur absolu, là. Et je sais que quand ce bébé sera assez grand, ou grande, pour comprendre, je lui raconterai comment il, ou elle, a été conçu, dans la passion la plus pure, l'amour le plus… »

Des larmes m'étaient montées aux yeux, mais ce n'était pas à cause des mièvreries dont elle était en train de m'accabler.

« Lizzie… Où es-tu, là ?

— En route pour le boulot.

— Tu te sens capable de travailler, aujourd'hui ?

— Tu veux dire après cette nuit de folie ? Bon, je n'ai pas beaucoup dormi, non, mais avec cet enfant qui sera bientôt là, il faut faire rentrer l'argent !

— Et… tu as quelque chose de prévu, ce soir ?

— Je vais devoir me reposer, c'est sûr.

— Ça me paraît une très bonne idée. Écoute, je suis chez ton grand-père et je…

— Hé, je peux lui dire un mot ? Je ne te l'ai pas dit mais ça fait un moment que je suis en contact avec papy, à propos de Mark et de tout ça. Je suis sûre qu'il va être tout content d'apprendre que ça s'est arrangé.

— Papy est encore au lit. Qu'est-ce que tu dirais si je descendais à Boston ce soir ? Je t'invite à dîner pour fêter l'événement, d'accord ?

— C'est que, maman… Comme je te dis, je ne dors pratiquement pas et…

— Tu pourrais t'accorder un petit somme après le travail. Quand même, ce n'est pas tous les jours que je vais boire un verre à la santé de ton futur enfant.

— C'est vrai. Mais tu comprends que je ne suis plus autorisée à boire une seule goutte d'alcool, dans mon état.

— Alors je boirai pour nous deux. Qu'est-ce que tu en penses ?

— Tu veux vraiment faire toute cette route pour trinquer à mon bébé ?

— Tu es ma fille, Lizzie… »

À ces mots, j'ai senti ma gorge se serrer et j'ai dû écarter le téléphone pour qu'elle n'entende pas le sanglot que j'étouffais. Ma fille, ma pauvre petite…

« … Et je ferais n'importe quoi pour toi. Alors c'est d'accord, on dîne ensemble ?

— Eh bien, je ne sais pas… Je suis un peu… – Elle s'est tue quelques secondes. – Non, il vaut mieux pas, maman.

— Demain, dans ce cas ? »

Elle a hésité, à nouveau. Je savais pourquoi : ses fanfaronnades à propos de la miraculeuse réconciliation n'étaient qu'une fragile façade qui s'effondrerait dès qu'elle se trouverait en face de moi.

« Demain, j'ai une journée très chargée, m'man.

— Et si je te rappelle plus tard aujourd'hui ?

— Eh bien… d'accord, a-t-elle concédé. Je devrais être chez moi vers sept heures.

— Tu m'as l'air épuisée, chérie. Pourquoi tu ne prendrais pas un jour de congé ? Tu rentres à la maison et tu…

— Maman, j'ai des trucs importants pour trois gros clients à régler avant quatre heures. Tu m'appelles ce soir, OK ? Il faut que j'y aille. »

Elle a raccroché. Moi aussi. Je me suis pris la tête entre les mains. Mon cerveau bouillonnait, mais je devais essayer de penser calmement. Sept heures vingt-huit. J'ai appelé Dan chez nous. Pas de réponse. Sur son portable non plus. Il devait déjà être en train d'opérer. J'ai laissé un message, lui demandant de me contacter au plus vite, puis je suis sortie dans le couloir. La porte de la chambre de mon père était fermée. À quoi bon le réveiller avec de mauvaises nouvelles ? Il serait toujours assez tôt. Je suis descendue à la cuisine, j'ai rempli la vieille cafetière, je l'ai mise sur le feu et j'ai lutté contre la panique. Ce qu'il fallait, c'était un plan cohérent pour empêcher Lizzie de… Mais je ne pouvais pas partir pour Boston tout de suite. Pas tant que je n'aurais pas la certitude que son histoire était complètement du flan. Car une partie de moi-même, très optimiste et très irrationnelle, souhaitait encore qu'elle m'ait dit la vérité. Il n'y avait malheureusement qu'une seule façon d'en avoir le cœur net, et donc je suis remontée prendre mon sac, j'ai cherché la carte de visite du docteur Mark McQueen et j'ai composé son numéro de portable.

Il a répondu à la deuxième sonnerie, précipitation qui, comme sa voix oppressée, indiquait plus la panique que le bonheur. Il m'a tout de suite reconnue :

« Il n'est même pas huit heures !

— Je viens d'avoir Lizzie, ai-je expliqué en ignorant son ton accusateur, et je…

— Et quoi ? Vous voulez plaider sa cause ? Me dire qu'après ce qu'elle a fait hier soir…

— Comment ? Qu'est-ce qu'elle a fait ?

— Quoi, elle ne vous l'a pas dit ?

— Mais… non.

— Bon. Elle vous a raconté quoi, alors ?

— Eh bien, que vous vous étiez vus et que…

— Et que quoi ?

— Que vous vous étiez réconciliés, apparemment, ai-je énoncé avec prudence.

— C'est ce qu'elle a dit ?

— Oui.

— Rien d'autre ?

— Elle avait l'air très heureuse, c'est tout.

— Heureuse ? Heureuse ? – Sa voix était montée dans les aigus. – Bordel, c'est incroyable ! On est au-delà de la démence, là. Laissez-moi vous dire que j'ignore ce que votre mari et vous avez pu faire à cette fille dans son enfance, mais que ce n'est certainement pas un hasard si elle est devenue la garce complètement cinglée qu'elle est. »

Comme j'aurais voulu lui tomber dessus ! Mais je devais me dominer. J'avais besoin de connaître les informations dont il disposait.

« Qu'a-t-elle fait exactement, docteur ?

— "Qu'a-t-elle fait exactement" ? a-t-il repris en imitant ma voix. Vous voulez vraiment savoir ? Je vais vous le dire, alors. J'ai accepté de la retrouver au bar du Four Seasons. Elle est arrivée avec un sourire béat, elle s'est jetée sur moi devant tout le monde et elle a commencé à m'expliquer qu'elle savait que tout allait s'arranger, que j'étais l'homme de sa vie, qu'elle voulait un enfant de moi, sans attendre, et que nous ferions aussi bien de prendre une chambre à la réception, là, sans attendre. Comme vous pouvez imaginer… Mais non, vous ne pouvez pas, parce que pour vous je suis le méchant, dans l'histoire, le salaud d'homme marié qui a sauté votre pauvre petite fille sans défense…

— Je voudrais juste les faits, docteur.

— "Juste les faits", hein ? Alors voilà. Avec une patience infinie, j'ai essayé d'expliquer à Lizzie que j'avais des responsabilités vis-à-vis de ma femme et de mes enfants. Oui, je sais, ça peut paraître l'excuse classique mais c'est une réalité ! Et j'ai reconnu que oui, je lui avais dit un jour que je voyais mon avenir avec elle, que je lui avais sans doute donné de faux espoirs mais que ma décision était prise désormais, etc, etc. Croyez-moi, j'ai exposé la situation avec tout le tact nécessaire. J'avais même répété avec… – Il s'est arrêté net, mais j'étais certaine qu'il avait été sur le point de dire "avec mon psy". – Enfin, Lizzie n'a pas bien pris la chose, pas du tout. Elle s'est mise à pleurer et à répéter comme un automate que je devais changer d'avis. Je lui ai redit, gentiment, que mon choix était définitif. Et là, elle est devenue folle furieuse. Elle s'est mise à hurler, à me menacer, et plus j'essayais de la calmer, plus elle devenait agressive. Elle m'a envoyé un verre de vin à la figure, elle a renversé notre table… L'horreur. C'en est arrivé à un tel point que le service de sécurité de l'hôtel a dû intervenir, mais quand ils sont arrivés elle s'est calmée tout de suite et elle a accepté de quitter les lieux de sa propre volonté. Non sans me dire entre ses dents que j'allais lui payer ça… – L'indignation l'a presque empêché de continuer. – Et après, vous savez ce qu'elle a fait, votre cinglée de fille ? Elle a pris sa voiture, elle est allée droit chez moi, à Brookline, elle a tambouriné à la porte, elle a poussé ma femme de côté, elle est allée trouver mes enfants, qui regardaient la télé dans mon bureau, et elle a commencé à leur dire qu'elle allait être leur nouvelle maman, que leur père l'aimait, elle et non leur mère, et qu'ils allaient bientôt emménager avec nous et… – Il a dû s'interrompre. Je ne pouvais rien dire, j'étais terrassée par ce récit. – Ruth… C'est ma femme… Elle a fait son possible pour limiter les dégâts. Elle a prévenu Lizzie qu'elle devait s'en aller sur-le-champ, ou qu'elle serait obligée d'appeler la police, sinon. Et quand elle a refusé…

— Lizzie a refusé de partir ?

— Oui, cette malade mentale n'a pas bougé ! Et Ruth a dû appeler les flics. Avant qu'ils n'arrivent, Lizzie a essayé de convaincre les enfants de partir avec elle. Vous imaginez dans quel état ils étaient… Au point que Ruth a dû s'interposer physiquement entre elle et eux, les conduire dans une autre pièce, loin de cette mégère. Elle a pris la fuite juste au moment où les flics arrivaient.

— Vous avez une idée d'où elle se trouve, maintenant ?

— Ce… Vous plaisantez ?

— Elle a besoin d'aide. C'est sérieux.

— Un peu, que c'est sérieux ! Parce que la police la recherche, maintenant. Et à l'heure qu'il est mon avocat prépare une ordonnance restrictive qu'il va présenter contre elle. Quant à ma femme, elle a juré que si cette garce revenait menacer nos enfants, elle…

— Cela ne se reproduira pas. Je vous donne ma parole que..

— Rien à foutre, de votre parole ! Tout ce que je demande, c'est de ne plus jamais revoir votre malade de fille. Et de ne plus jamais vous entendre, vous ! Compris ? »

Il a coupé. Je me suis levée, chancelante. Deux secondes plus tard, je courais à la chambre de mon père. J'ai frappé à la porte de mes deux poings en criant : « Papa ! » J'étais redevenue une enfant en proie à une soudaine terreur.

« Hannah ? Que se passe-t-il ? » Il a ouvert. Dès que ses yeux se sont posés sur mon visage, il a compris la gravité de la situation. Je lui ai raconté toute l'histoire d'une voix altérée. À la fin, il a seulement dit : « Appelle Lizzie. Tout de suite. »

Je suis retournée à ma chambre. Son portable était sur répondeur. J'ai essayé au bureau. C'est un de ses collègues qui m'a répondu :

« Elle n'est pas là. Personne ne sait où elle est, en fait. Qui la demande ?

— Sa mère.

— Ah, madame Buchan, je ne voudrais pas vous inquiéter mais nous avons déjà eu deux appels de la police de Brookline ce matin. Eux aussi, ils la cherchent… »

Je lui ai laissé mon numéro de portable en le priant de me contacter s'il apprenait quoi que ce soit. J'ai tenté une dernière carte en téléphonant chez elle. Pas de réponse. Je me suis tournée vers mon père, qui m'avait rejointe : « Je crois qu'il faut y aller. » Vingt minutes plus tard, nous étions sur la 93, dans ma voiture. Alors que nous arrivions dans le New Hampshire, Dan a téléphoné. Il a écouté mes explications avec le calme qu'il manifestait toujours dans les moments de crise, puis : « D'accord, je pars maintenant et je vous rejoins à Boston.

— Très bien.

— Avant, je vais appeler la police de Brookline et les prévenir que nous venons les aider à retrouver Lizzie. Ils auront peut-être du nouveau. Est-ce que ton père a essayé de joindre son ami psychiatre, celui qui s'occupait de Lizzie ?

— Il y a dix minutes, oui. Elle ne l'a pas contacté mais nous l'avons mis au courant et il a mon numéro, maintenant.

— D'accord. Je te rappelle sur la route.

— Dan ? Tu penses qu'elle va…

— Je ne sais pas. »

Dan tout craché, encore : ne jamais tenter d'enjoliver la situation, ne jamais prétendre que tout va bien quand tout va mal. Il n'empêche que j'aurais eu besoin de mensonges, à cet instant, de promesses, même si je savais, instinctivement, que le pire était à craindre. Une heure et demie plus tard, nous étions à environ soixante-dix kilomètres de Boston quand Dan a rappelé. Il avait parlé aux policiers de Brookline, qui avaient lancé une recherche systématique après avoir obtenu une photo de Lizzie auprès de son employeur, et avaient mis en place une surveillance autour de la maison de McQueen. « L'inspecteur que j'ai eu m'a assuré qu'ils traitaient l'affaire comme une disparition, pour l'instant, m'a-t-il expliqué. Apparemment, il n'y a pas eu de plainte, le dermato ne veut pas faire de vagues…

— Oui, pour ce salaud, la carrière est plus importante que de retrouver une pauvre fille éperdue !

— J'ai pu avoir son psychiatre, aussi.

— Vraiment ?

— Oui. J'ai eu son numéro par les renseignements. Par chance, il était à son cabinet. Il est très préoccupé, évidemment, mais d'après lui, compte tenu des quelques séances qu'il a eues avec elle, il ne pense pas qu'elle en soit à vouloir attenter à sa vie. Beaucoup de déni de la réalité, oui, mais pas de pulsion autodestructrice. Cependant, il estime qu'elle pourrait tenter quelque chose d'extrême pour appeler à l'aide…

— Comme quoi ?

— Eh bien, une tentative de suicide… Dans l'espoir que l'homme qui a brisé ses illusions se sente tellement coupable qu'il…

— Je vois, oui.

— D'après lui, il est très probable qu'elle l'appelle bientôt. Tous ces derniers temps, c'est ce qu'elle a fait, quand elle se sentait dépassée par les événements.

— Espérons.

— Oui. »

Quand j'ai relayé ces nouvelles peu encourageantes à mon père, il a écouté en silence avant de murmurer :

« Je crois que je suis beaucoup à blâmer, dans tout ça.

— Mais… pourquoi, enfin ?

— J'aurais dû te prévenir tout de suite, quand elle a commencé à me téléphoner. Nous aurions pu comparer nos impressions sur son état et peut-être que…

— Arrête ça tout de suite.

— Hannah, j'étais heureux qu'elle se confie à moi. Qu'elle partage un grand secret.

— Normal. Tu es son grand-père.

— Mais j'aurais dû comprendre qu'elle était en train de perdre le contact avec la réalité.

— Tu n'es pas resté inactif, papa. Tu lui as trouvé un psy. Tu as pris l'initiative qu'il fallait.

— Ce n'était pas suffisant.

— Papa…
— Ce n'était pas assez. »

Parvenus à Boston, nous sommes allés directement à l'appartement de Lizzie, Leather District. Les yeux rivés sur les nouveaux immeubles pour les spécialistes de la finance, les magasins de décoration branchés, les bars à latte, les jeunes en costume sombre, mon père a constaté d'un ton rêveur : « Dans les années 60, la réhabilitation urbaine, ça voulait dire rénover les quartiers pauvres au profit de leurs habitants. Maintenant, c'est pousser les jeunes qui ont les moyens à rafler tout le parc immobilier restant, histoire de faire monter les prix. »

Le concierge de l'immeuble de Lizzie nous a déclaré qu'il ne l'avait pas vue depuis la veille au matin, quand elle était partie pour son travail. Mais… « La police a débarqué il y a un moment. Ils m'ont demandé de leur ouvrir l'appartement de votre fille. Ils ont regardé un peu partout, mais sans rien chambouler. Une disparition, ils ont dit. Ils ont repéré sa voiture dans le garage du sous-sol, aussi. Comme nous avons une vidéo de surveillance vingt-quatre heures sur vingt-quatre, nous verrons bien si elle vient la reprendre.

— Pouvons-nous monter un instant chez elle ? ai-je demandé.

— Le règlement ne m'y autorise pas, voyez-vous. Même pour des parents, en l'absence de Mlle Buchan…

— S'il vous plaît, a insisté mon père. Nous pourrons trouver quelque chose qui nous permettrait de comprendre où elle est allée.

— Ce serait avec plaisir, je vous assure, mais le gérant est un vrai pitbull, il me mettrait à la rue dans la seconde.

— Cinq ou dix minutes, pas plus, ai-je plaidé.

— Je suis navré, madame. Surtout que, de vous à moi, votre fille est la seule qui soit polie et gentille dans cette baraque. Tous les autres, c'est des enfants gâtés qui se la jouent. »

Pendant que nous prenions un café au lait au Starbucks du coin, Dan a rappelé. Il venait d'arriver à Boston et se rendait au siège de la police de Brookline. Lorsque je lui ai raconté notre entrevue avec le concierge, il m'a suggéré de téléphoner à la gérance de l'immeuble et d'expliquer la situation. « Est-ce que tu peux aussi contacter son supérieur au travail ? m'a-t-il demandé. Voir s'il pourrait nous recevoir demain ?

— On aura retrouvé Lizzie, d'ici là !

— Sûrement, oui, a-t-il dit d'un ton qui signifiait qu'il n'en croyait pas un mot mais qu'il ne voulait pas m'inquiéter plus que je ne l'étais déjà. Bon, j'ai chargé notre agence de voyages à Portland de nous réserver deux chambres. Elle a trouvé quelque chose à l'hôtel Onyx, près de la gare du Nord. Le quartier n'est pas très sympathique mais...

— Je suis sûre que ça ira », ai-je affirmé, une nouvelle fois impressionnée par la capacité de Dan à garder la tête froide ainsi que par son sens de l'organisation en situation de crise. Je l'ai laissé m'exposer la répartition des recherches qu'il avait prévue pour nous tous.

À la tombée de la nuit, nous avions couvert un terrain considérable. Dan avait eu un long entretien avec l'inspecteur Leary, en charge du dossier à Brookline et apparemment décidé à l'élucider au plus vite. Il avait déjà fait surveiller toutes les cartes de crédit et les comptes bancaires de Lizzie, obtenant ainsi de modestes indices : elle avait retiré cent dollars la veille, et encore deux fois le jour même, la première à un guichet de Central Square à Cambridge, et la seconde – ce qui était plus préoccupant – à un distributeur de billets de Brookline qui se trouvait à cinq minutes à pied du domicile de McQueen. « Leary pense qu'elle continue à le suivre, ou qu'elle observe ses enfants en secret, m'a rapporté Dan. De son point de vue, c'est positif, parce que cela veut dire qu'elle s'approchera prochainement de sa maison ou de son cabinet. Et grâce à ses retraits, nous savons qu'elle est toujours à Boston. »

Nous étions au bar de l'hôtel Onyx, où nous venions de prendre nos chambres. Il était huit heures. Mon père était allé se coucher sur mes injonctions, car la fatigue et l'anxiété se lisaient sur son visage. Dieu sait qu'il avait joué sans se ménager son rôle de détective improvisé pendant tout l'après-midi, se rendant en métro à Cambridge pour parler en tête à tête avec Thornton, le psychiatre de Lizzie, qui l'avait rassuré en répétant qu'il n'avait pas décelé de tendances suicidaires chez elle et en estimant que son état pouvait être traité assez facilement. Il avait également appelé la gérance de l'immeuble, obtenant à l'arraché l'autorisation d'inspecter le loft de Lizzie le lendemain matin.

Pendant ce temps, je m'étais rendue au quartier des affaires, dans le centre-ville, afin de rencontrer Peter Kirby, le chef du département des investissements financiers où Lizzie travaillait. À peine la trentaine, très propre sur lui et très fils de bonne famille, il avait exprimé son inquiétude et sa sympathie tout en ayant visiblement hâte de mettre fin à cet entretien et de retourner faire de l'argent. Pendant ces quinze minutes, cependant, il s'est répandu en louanges sur le compte de Lizzie, « un de nos meilleurs éléments, qui se donne toujours à deux cents pour cent et qui tient toujours les objectifs. Une battante, une gagneuse. Cinq pour cent de bénéfice sur une opération pour un client, cela ne lui suffisait pas : elle voulait lui obtenir sept points de plus-value. Les gens de la sécurité m'ont rapporté qu'elle venait une semaine sur deux travailler le samedi et le dimanche. Parce qu'elle menait toujours au moins trois contrats de front. Mais enfin, si vous me permettez d'être franc avec vous…

— Je vous en prie.

— Eh bien, je craignais depuis longtemps qu'elle s'épuise à la tâche. On ne peut pas être sans arrêt impliqué, "intense", au point où elle l'était. C'est pour cette raison que je l'ai encouragée à trouver d'autres centres d'intérêt dans sa vie. Par exemple le club de cyclisme. Je sais qu'elle y a adhéré, puisque c'est ainsi qu'elle a fait la connaissance du docteur McQueen.

— Vous êtes au courant ?

— La police m'a donné les détails mais, très honnêtement, je le savais déjà, grâce à une rumeur qui lui prêtait une liaison avec un homme marié. Ce qui ne me concerne nullement, et la compagnie non plus… Enfin, tant que cela ne passe pas dans le domaine public.

— Et si c'était le cas… ?

— Pour continuer avec vous dans ce même climat de franchise, madame Buchan, si la presse venait à apprendre que votre fille a disparu après avoir menacé un médecin et sa famille, je crois que sa place ici ne pourrait plus être assurée. Ce qui serait déplorable, car son expertise financière, je vous l'ai dit, est…

— En d'autres termes, vous la vireriez.

— Mais… Ce n'est pas ce que j'ai dit, madame Buchan. Si elle réapparaît, et que son équilibre mental est confirmé après les actes médicaux adéquats, je me battrai résolument pour qu'elle retrouve sa place. Si l'affaire s'ébruite, par contre, je crois sincèrement que ce ne sera pas tenable. Je me flatte de penser que nous sommes une entreprise très à l'écoute de ses collaborateurs, et particulièrement des meilleurs d'entre eux, dont votre fille fait partie, mais notre conseil d'administration est très strict sur la question de l'image de notre compagnie. Particulièrement à une époque comme la nôtre, n'est-ce pas ? Donc, je pense que j'aurais le plus grand mal à convaincre mes supérieurs de la garder, si le moindre risque de scandale se présentait. Désolé de paraître pessimiste, mais je préfère ne pas vous donner de faux espoirs. »

En répétant ses propos à Dan le soir au bar de l'hôtel, je n'ai pu m'empêcher de penser : Lizzie, une « battante », une « Miss Deux cents pour cent » ? Cela correspondait si peu à la jeune étudiante que j'avais connue, encline à se moquer de ses camarades qui, obsédés par le mirage du succès, se tuaient à la tâche…

« Je ne savais pas qu'elle cravachait autant, a-t-il fait observer. Ils étaient visiblement très impressionnés par elle, à son travail.

— Cesse de parler d'elle au passé, tu veux ?

— Je parle de ses ex-employeurs. Tu sais pertinemment qu'ils ne la garderont pas.

— Ce qui n'est pas une mauvaise chose.

— De ton point de vue, sans doute. Attendons de savoir ce qu'en pense Lizzie…

— C'est en partie ce qui l'a conduite à l'état où elle est maintenant, ce fichu boulot qu'elle haïssait.

— Elle ne m'a jamais dit une chose pareille.

— Parce qu'elle ne parlait jamais de ça avec toi.

— Ce qui signifie ?

— Ce que je viens de dire. Qu'elle n'a pas abordé ce sujet avec toi.

— Et pourquoi ?

— Parce qu'elle ne l'a pas fait.

— Tu es en train de vouloir prouver quelque chose, là.

— Oh, s'il te plaît, Dan !

— Quoi ?

— Je ne veux pas de dispute à propos de ça.

— À propos de quoi, Hannah ? Du fait que je n'étais pas là quand elle avait besoin de moi ? »

Je me suis raidie. Nous n'avions pas eu d'accrochage à propos des enfants depuis des années. Mais je savais aussi que, les rares fois où Dan se fâchait, il était impossible de lui faire entendre raison avant qu'il ait vidé sa colère.

« Écoute, Dan, nous sommes tous les deux fatigués, nous nous faisons un sang d'encre, alors…

— Mais tu penses quand même que je n'ai pas été à l'écoute de ma fille, et que c'est pour cette raison qu'elle en est arrivée là.

— Je n'ai rien dit de tel.

— Tu n'en as pas besoin. C'est ce que tu penses, c'est tellement évident.

— Non, ce qui est évident, c'est que tu te sens coupable de toutes tes absences, quand Lizzie était petite et…

— Voilà ! Tu l'as dit ! Mes "absences". Alors que je me montais une clientèle, que je gagnais de l'argent, que je nous assurais un train de vie, que…

— Dan ? Je ne te parle pas de ça !

— … Et à cause de ça, ma fille n'a jamais pu se confier à moi, jamais pu… – J'ai posé ma main sur la sienne, qu'il a retirée aussitôt. – Je n'ai pas besoin de ta sollicitude. Ce que je veux, c'est… – Il a détourné la tête en se mordant les lèvres, puis a continué dans un souffle : – … c'est que Lizzie revienne. »

J'ai touché son bras. Il a tressailli.

« Danny, je t'en prie, ne te torture pas avec ça.

— Facile à dire pour toi. Tu avais sa confiance, toi… – Il s'est soudain levé. – Je vais faire un tour.

— Mais il fait froid, dehors…

— Ça m'est égal. »

Après avoir attrapé son manteau, il s'est hâté hors de l'hôtel. Je n'ai pas cherché à le rattraper. Je savais qu'il avait besoin d'être seul, dans un pareil moment. Ses remords étaient cependant une triste et difficile remise en cause, pour moi : combien de fois, pendant toutes ces années, lui avais-je remontré qu'il aurait dû passer plus de temps avec ses enfants ? Mais avec le recul, est-ce que cela avait été si négatif pour eux ? Lizzie avait toujours adoré son père, même au plus fort de sa crise d'adolescence où elle me tenait pour une ennemie absolue. Il n'y avait jamais eu de conflits entre eux, alors pourquoi se reprochait-il d'avoir été un mauvais père, maintenant, et d'être responsable de la dépression de sa fille ? Parce que c'est ce que les parents font toujours, sans doute. Quand ils se retrouvent en face d'eux-mêmes, ils se blâment de ne pas avoir donné assez à leur progéniture, ils se sentent coupables et responsables de… tout. Parce qu'à la joie et à la gratitude d'avoir des enfants se mêle un autre sentiment sous-jacent, ambivalent, celui que la vie serait certainement moins riche mais bigrement plus facile, s'ils n'étaient pas là. Ce qui pose une autre question : pourquoi nous imposons-nous des responsabilités qui sont porteuses de tant de souffrances, de doutes, de peurs ? Ou bien est-ce l'essence même de la condition humaine, et faut-il accepter un « paradoxe fondamental » : la vie de famille est, par bien des aspects, une source de détresse ?

J'ai terminé mon verre de vin, j'ai signé la note et je suis montée à notre chambre. Une fois au lit, j'ai essayé pour la dixième fois de la journée d'appeler Lizzie sur son portable et à son appartement. J'ai ajouté un message aux cinq ou six précédents, où je lui indiquais le numéro de téléphone de l'hôtel en la priant de rappeler à n'importe quelle heure. Puis je me suis mise à zapper entre une trentaine de chaînes, à patauger dans la bouillie télévisée. Moi qui regardais rarement la télé j'avais oublié quelle désolation c'était. Bientôt, je n'ai plus pu tenir : j'ai éteint le poste, je suis allée à la salle de bains chercher un cachet de

Tylenol dans ma trousse de toilette et je me suis recouchée, feuilletant vaguement l'exemplaire du *Boston Globe* que j'avais pris à la réception jusqu'à ce que la torpeur chimique du cachet m'anesthésie.

J'ai été réveillée brusquement par la lumière de la lampe de chevet. Dan venait de se glisser dans le lit à côté de moi. J'ai plissé les yeux sur le radio-réveil près de moi. Une heure dix-huit. « Tu es resté dehors tout ce temps ?

— J'avais besoin d'air.

— Quatre heures durant ?

— J'ai fini par entrer dans un bar à Back Bay.

— Quoi, tu as marché jusque là-bas ?

— Je cherchais… – Il s'est interrompu.

— Tu cherchais Lizzie ? – Il a fait oui de la tête. – Mais où ?

— Dans le quartier du Common, il y a plein de sans-abri là-bas. J'ai vérifié dans tous les hôtels que j'ai trouvés s'ils avaient une Lizzie Buchan chez eux. Ensuite, tous les bars et les restaurants de Newbury Street. Quand je suis arrivé devant la salle de concert, je me suis dit que j'avais besoin de quatre ou cinq whiskys… »

J'ai passé mes bras autour de lui, mais il s'est dégagé, a donné un coup de poing dans son oreiller et s'est endormi dès qu'il a posé sa tête dessus. Assise dans le lit, je suis restée longtemps à le regarder dormir, à me demander pourquoi il était parfois si accessible, et parfois d'une opacité impénétrable. Après tant d'années, il y avait des pans de sa vie et de ses pensées qui me demeuraient complètement inaccessibles.

Le réveil nous a tirés du sommeil à sept heures et demie. Comme à son habitude, et malgré sa gueule de bois, Dan a été le premier debout. Lorsqu'il est ressorti de la salle de bains, enveloppé par la vapeur de la douche brûlante qu'il prenait chaque matin, il m'a lancé un bref regard et n'a prononcé qu'un mot : « Pardon.

— Bien sûr », ai-je répondu doucement.

Au salon du petit déjeuner, mon père nous attendait déjà, le *New York Times* ouvert devant lui ainsi qu'un grand bloc-notes couvert de son écriture illisible.

« Vous avez dormi aussi mal que moi ? a-t-il lancé. Bon, ce café vous fera du bien. Je me suis permis de préparer un plan d'action pour aujourd'hui… Si tu n'y vois pas d'inconvénient, Dan ? »

Il en voyait un, je le savais. « C'est ma fille, c'est à moi de prendre les commandes. Parce que, en prenant les choses en main, je me donne l'illusion d'avoir un certain contrôle sur ce qui m'échappe totalement. » Mais il s'est contenté de boire une gorgée à sa tasse et a répondu à mon père : « Pas de problème. Qu'est-ce que tu as prévu pour nous ? »

Le plan de bataille de mon père consistait en démarches systématiques qui exploreraient tous les aspects de la vie de Lizzie. Il prouvait combien mon père essayait lui aussi de combattre son anxiété en jouant au général d'armée. Les hommes ont besoin de se persuader qu'ils peuvent toujours partir à l'assaut d'un problème et le résoudre ; c'est leur manière de se dissimuler qu'ils sont autant démunis que n'importe qui.

Et nous avons certes récolté une masse d'informations, en quelques jours. Ayant appris que la fille du concierge âgée de six ans et atteinte d'une leucémie rare suivait un traitement de la moelle osseuse qui n'était pas couvert par les assurances médicales, Lizzie avait signé un chèque de deux mille cinq cents dollars au fonds de soutien que la famille avait constitué. En découvrant le loft, mon père n'a pu masquer son étonnement devant le peu de livres qu'il contenait : « Elle qui était une si bonne lectrice ! s'est-il exclamé, un regard triste posé sur les quelques best-sellers en collection de poche qui constituaient toute sa bibliothèque. Que lui est-il arrivé ?

— Elle travaillait quinze heures par jour, voilà ce qui est arrivé. »

Encore plus surprenant : le contenu de ses placards. J'y ai trouvé un incroyable entassement de chaussures encore dans leurs boîtes, de vêtements qui n'avaient même pas été déballés. Au moins neuf jeans de marque, cinq paires de Nike, des sacs de produits de beauté MAC ou Kiels qui n'avaient jamais été utilisés, des cartons intacts en provenance de Banana Republic, Armani Jeans, Guess, Gap… C'était un spectacle si déprimant, si révélateur de son désespoir. Dan a lui aussi été abasourdi par cet amoncellement d'objets inutilisés. S'approchant, mon père a constaté : « Le docteur Thornton m'a rapporté qu'elle se décrivait comme une accro du shopping.

— Oui, ai-je poursuivi, et je pense qu'il t'a dit que c'était un symptôme classique d'insatisfaction chronique et de manque de confiance en soi.

— C'est à peu près ce qu'il a dit, oui. »

Plus tard, j'ai obtenu un rendez-vous avec le banquier de Lizzie à la First Boston, un quadragénaire poupin du nom de David Martel qui m'a fait comprendre d'emblée qu'il ne communiquerait aucune information détaillée sur les finances de ma fille, au nom du sacro-saint secret bancaire. Il avait été contacté par la police au sujet de sa disparition, bien entendu. « Sans me donner sa position intégrale, vous pouvez tout de même me dire si d'après vous elle avait assez de côté pour rester à flot un moment, voire pour recommencer une nouvelle vie quelque part ? »

Il a médité la question un moment avant de taper quelques chiffres sur son clavier d'ordinateur :

« Disons qu'elle pourrait tenir trois ou quatre mois, en faisant attention à ses dépenses.

— C'est tout ? ai-je demandé, surprise.

— Je vous le répète : je ne peux pas vous communiquer de données précises, madame Buchan, mais le fait est que votre fille a toujours eu des problèmes d'argent.

— Comment ? Avec le salaire qu'elle touchait, plus toutes ses primes ?

— Oui… J'ai souvent évoqué avec elle ses… difficultés de trésorerie. Même après le virement des traites pour son logement et sa voiture, elle disposait d'une somme non négligeable, et pourtant chaque mois elle était pratiquement à découvert. Elle ne mettait rien de côté.

— Pas de plan d'épargne, pas de portefeuille d'actions ?

— Si, mais, il y a environ six mois, elle a tout liquidé. Ou presque. Il lui reste un seul placement, et c'est celui qui lui donnerait la marge des trois ou quatre mois dont je parlais. Autrement, son seul capital, c'est son appartement et sa voiture.

— Mais à quoi dépensait-elle tout cet argent, enfin ?

— Ah… J'ai beaucoup de clients comme votre fille, voyez-vous. Ils ont de très bonnes positions dans la finance, des revenus impressionnants et… souvent très peu d'assise. Ils dépensent tout ce qu'ils gagnent en restaurants, achats divers, week-ends de luxe, clubs de sport, chirurgie esthétique, que sais-je… Lizzie a fait un investissement immobilier, au moins, c'est déjà ça. »

Après m'être assurée que la police serait immédiatement prévenue si Lizzie tentait de liquider son plan d'épargne, et que ses opérations de cartes bancaires restaient sous surveillance, il a soupiré : « J'ai une fille qui vient d'entrer à l'université, une autre qui commence le lycée, donc je voulais vous dire que je compatis vraiment à votre douleur. C'est le pire cauchemar de tout parent, ce que vous devez affronter. »

Pendant ce temps, mon père avait réussi à parler à quelques-uns des collègues de Lizzie, dont une fille qui semblait avoir été sa confidente de bureau, même si Lizzie n'avait jamais mentionné son existence devant moi. « L'image qui en ressort est assez contradictoire, a-t-il déclaré. Elle est perçue à la fois comme quelqu'un de très généreux qui pouvait aussi se montrer difficile, et même cassante. Apparemment, certains employés qui travaillaient sous sa supervision sont allés se plaindre au chef du département, M. Kirby. Ils lui ont dit qu'elle était extrêmement exigeante, qu'elle ne tolérait pas la moindre erreur. Elle a aussi renvoyé une stagiaire qui avait fait perdre dix mille dollars à un client dans une transaction, somme que Lizzie lui a fait regagner dès le lendemain. Une autre fois, en apprenant qu'elle avait perdu un contrat, elle a envoyé son écran d'ordinateur contre le mur. Ce M. Kirby lui a donné un avertissement et elle a acheté un écran neuf avec son argent. Elle a tenu à offrir une bouteille de champagne millésimé à tous ceux qui avaient été témoins de la scène. Pas données, les excuses…

— Oui, elle jetait l'argent par les fenêtres, ai-je complété en lui rapportant les éléments que son banquier m'avaient donnés.

— Ça ne m'étonne pas, a continué mon père. Tous ses collègues m'ont raconté qu'elle réglait souvent la note au restaurant, qu'elle prêtait des sommes importantes à ceux qui avaient des problèmes de fin de mois, qu'elle contribuait à des tas d'organisations caritatives, notamment l'association “Santé au féminin”, un groupe de planning familial.

— On sait pourquoi elle soutenait particulièrement ce groupe ?

— Oui, a-t-il fait en me regardant droit dans les yeux. Elle a subi un avortement il y a trois mois. »

Il m'a fallu un moment pour réagir. C'était moins la nouvelle que de me dire qu'elle ne m'en avait jamais parlé. Cela allait au-delà de l'étonnement.

« Qui t'a dit ça ?

— Cette collègue de travail. Joan Silverstein.

— Elle t'a donné une information pareille au bout de deux minutes ?

— Eh bien, pas tout à fait, non. Une fois que M. Kirby m'a autorisé à organiser ce petit séminaire avec les collègues de Lizzie, j'ai proposé à Joan de venir manger un morceau. Parce que c'était elle qui paraissait la connaître le mieux. Charmante jeune femme, cette Joan. Harvard, un an à la Sorbonne, un français impeccable et beaucoup, beaucoup d'humour.

— Oui, attends que je devine, ai-je lancé sans réfléchir : tu la revois ce soir, c'est ça ? – Il a blêmi. Je me suis sentie idiote. – Pardon, papa. C'était ridicule.

— Enfin, je lui ai demandé si elle avait la moindre idée qui pourrait expliquer la disparition de Lizzie. Comme elle se sentait en confiance, elle a fini par me parler de cet avortement. Lizzie lui avait tout raconté. C'est arrivé il y a trois mois. McQueen était le père. Il a exigé qu'elle avorte mais il lui a aussi promis qu'ils auraient un enfant ensemble dès qu'il quitterait sa femme. »

J'en ai presque eu la nausée. J'étais malade de colère. Ce salaud et ses promesses !

« Est-ce que cette fille t'a dit comment Lizzie a vécu l'avortement ?

— Ça s'est passé à l'heure du déjeuner. Lizzie a demandé à Joan de l'accompagner à la clinique, pour avoir quelqu'un auprès d'elle. Elle est sortie de la salle d'opération comme si rien ne s'était passé et elle a tenu à retourner au travail. Joan lui a conseillé de rentrer chez elle, mais elle n'a rien voulu savoir. Et pendant tout le reste de la semaine, elle a travaillé sans relâche. Et puis, juste avant le week-end, alors qu'elle se trouvait dans les toilettes du bureau, Joan a entendu une femme pleurer et sangloter dans un des box. C'était Lizzie. Joan a dit qu'il lui avait fallu au moins vingt minutes pour la calmer et que Lizzie lui avait fait promettre de ne rien dire à personne. Le lundi suivant, elle était à son poste. Enfin, après ça, j'ai appelé cette organisation du Massachusetts. Leur responsable des relations publiques m'a posé tout un tas de questions pour s'assurer que j'étais bien le grand-père de Lizzie, parce qu'ils reçoivent des appels de fanatiques qui les menacent des feux de l'enfer. Elle m'a confié que Lizzie avait bien effectué une donation, et que cela avait été l'une des contributions individuelles les plus importantes que l'association ait jamais reçues.

— Combien, exactement ?

— Vingt mille dollars.

— Tu es sérieux ?

— C'est une cause très juste, n'est-ce pas ? Mais la somme est considérable, oui. Elle a dû se sentir énormément soutenue par eux. »

Nous étions au bar de l'hôtel, peu après cinq heures. Je manquais de sommeil, mes nerfs étaient à vif, ma fille chérie n'était toujours pas revenue et ce que je venais d'apprendre m'avait fait l'effet d'un coup de massue. Je voulais être seule. « Excuse-moi, papa, mais je crois que je vais monter m'étendre un moment.

— Ça va ?

— Non, pas du tout. Tu raconteras ce que tu m'as dit à Dan quand tu le verras, d'accord ?

— Bien sûr. »

Dans la chambre, j'ai ôté mes chaussures et je me suis jetée sur le lit. Cela aurait dû être le moment de craquer, d'éclater en sanglots, mais je ne ressentais qu'un vide engourdissant, la même sensation que le jour où j'avais appris la terrible maladie de ma mère. Elle au moins avait toute une vie derrière elle alors que Lizzie était encore presque une enfant, un être qui cherchait toujours sa voie, dont l'histoire était en devenir. C'était peut-être ce qu'il y avait de plus déprimant, dans sa disparition : le refus de continuer plus avant, l'entêtement à considérer ce revers sentimental comme une catastrophe insurmontable, le renoncement à tout bonheur futur à cause d'une crapule opportuniste qui avait tiré parti de son besoin éperdu d'amour. Mais j'étais aussi troublée de constater combien je connaissais peu ma fille, finalement. Une chose était d'assumer que je n'avais pas accès à certains compartiments du cerveau de mon mari, une autre était de découvrir que ma propre fille, la chair de ma chair, que j'avais élevée, qui m'avait toujours prise pour confidente – du moins jusqu'à une période récente –, que je croyais comprendre si bien, était en réalité un mystère pour moi. Toutes ces facettes qui se révélaient soudain à moi, sa mère, depuis la manie du shopping jusqu'à son avortement… Comment avait-elle pu me cacher une décision aussi grave, alors qu'elle savait que je ne l'aurais pas jugée, que j'étais résolument en faveur du droit des femmes à disposer de leur corps, que je l'aurais même soutenue dans cette épreuve ? Je ne pouvais que trop bien imaginer la sensation d'abandon, ensuite, la panique en apprenant que cet homme n'avait non seulement aucune intention d'avoir un enfant avec elle mais ne voulait plus la voir… Comme elle avait été naïve, aussi ! Pourquoi avoir gaspillé ces trésors d'amour pour un individu de toute évidence indigne de confiance, indigne d'elle ? De toute évidence, il y avait des aspects de la personnalité de Lizzie que je n'avais pas voulu voir.

Je suis restée ainsi, immobile, sans notion du temps. Soudain, la porte s'est ouverte et Dan est apparu. L'air épuisé, il s'est laissé tomber dans l'un des fauteuils en face du lit. Je me suis redressée.

« Comment ça va ? a-t-il murmuré.

— Pas trop bien. Tu as vu mon père, en bas ?

— Oui.

— Il t'a raconté ce qu'il avait appris aujourd'hui ?

— Oui… – Il s'est mordu les lèvres. D'une voix encore plus basse, il a soufflé : – McQueen… Je vais lui faire la peau, à cette ordure.

— C'est tellement insensé… Et maintenant, c'est à mon tour de me demander pourquoi elle m'a tenue à l'écart de moments aussi importants de sa vie.

— Peut-être que l'avortement en lui-même n'était pas si dramatique, sur le coup. Que ça l'est devenu quand cette crapule l'a jetée.

— Mais donner vingt mille dollars à cette association ? C'est énorme. Même s'ils l'ont aidée pour son IVG… Et toutes ces fripes inutiles qu'elle accumulait… »

Il a plongé son visage dans ses mains, s'est redressé après un instant.

« Tout à l'heure, je me disais que ce ne pouvait qu'être un mauvais rêve. Que la vie normale allait reprendre d'un moment à l'autre.

— Elle reprendra lorsque Lizzie sera revenue.

— Oui… – Il a détourné son regard. – Il faut que je te mette au courant de certaines choses.

— C'est mauvais ?

— Pas très bon.

— Vas-y.

— Premièrement, si Lizzie n'a pas été retrouvée d'ici dimanche, ils vont commencer à draguer le fleuve.

— Déjà ? ai-je réagi machinalement.

— Leary, avec qui j'ai passé un bon moment, me dit que c'est la procédure habituelle. Deuxièmement, ils considèrent désormais McQueen comme un suspect dans la disparition de Lizzie. »

J'en ai eu le souffle coupé.

« Ils… Ils pensent qu'il aurait pu lui faire du mal ? La… tuer ?

— Non, ils ne disent pas ça. Ils continuent à privilégier l'hypothèse qu'elle a disparu volontairement. Mais ils ne peuvent pas écarter la possibilité que ce type a eu tellement peur des conséquences qu'il a pu… – Sa voix s'est brisée. – D'après Leary, c'est un scénario auquel la police est souvent confrontée, l'homme marié qui réduit sa maîtresse au silence quand elle menace son foyer. Mais ce qui les inquiète, surtout, c'est qu'ils ont vérifié au 7-11 de Causeway Street où le premier retrait a eu lieu, et le caissier est pratiquement sûr qu'il n'a vu aucune femme retirer d'argent, à l'heure enregistrée par la banque.

— Ils lui ont montré une photo de McQueen ?

— Évidemment. Mais il a dit qu'il ne pouvait pas le reconnaître formellement.

— Il n'y a pas des caméras autour des distributeurs, en général ?

— Si, mais pas pour les petits guichets express qu'on trouve dans ce genre de magasins.

— Ce n'est pas loin d'ici, Causeway Street, non ?

— Tout près. J'y suis passé avant de rentrer. J'ai montré une photo de Lizzie à l'employée de service. Elle travaillait dans l'arrière-boutique, ce jour-là. J'ai aussi interrogé pas mal de sans-abri dans le même coin, autour de la gare. Personne ne l'a reconnue, mais ils m'ont tous tapé un ou deux dollars.

— Pourquoi un type friqué comme McQueen se servirait de la carte de Lizzie pour retirer de l'argent ?

— J'ai posé la même question à Leary. Il dit que ça pourrait être un moyen de brouiller les pistes. Faire croire que Lizzie est toujours en vie…

— Ça se tient, oui… Est-ce qu'ils ont interrogé McQueen à ce sujet ?

— Pas encore, non. Ils attendent de voir s'il y aura d'autres retraits. Un distributeur muni d'une caméra vidéo.

— McQueen est trop malin pour faire une chose pareille.

— Ils l'ont placé sous surveillance mais ils ne lui ont fait part d'aucun soupçon, parce qu'ils ne veulent pas qu'il panique et tente de s'enfuir. »

Lizzie assassinée ? Je ne pouvais accepter cette idée. Je ne pouvais y croire. Malgré ma haine pour McQueen, je me rappelais encore sa colère quand je l'avais appelé : un meurtrier n'aurait pas été aussi direct, sans doute. À moins qu'il ait joué les offensés pour mieux détourner les soupçons ? Justement, m'a dit Dan, l'inspecteur Leary souhaitait avoir un entretien avec moi, notamment à propos de ce coup de fil mais aussi afin de récapituler toutes les informations dont je disposais. Et il voulait en faire de même avec mon père. « C'est un type bien, m'a assuré Dan. Mais il avait encore d'autres nouvelles préoccupantes : il se trouve qu'un journaliste du *Boston Herald*, tu sais, ce canard à scandale, a eu vent de l'affaire. Leary a réussi à les convaincre de ne rien publier, pour l'instant, mais c'est une question de jours, maintenant. Et quand ça va sortir… »

J'imaginais très bien. L'histoire avait tous les ingrédients pour plaire à ce genre de presse : un médecin riche et connu, une jeune business-woman en pleine ascension, un adultère, un avortement, des mensonges, la scène devant les enfants et enfin le clou : la disparition, accompagnée des soupçons pesant sur un dermatologue qui avait son émission télévisée. Je voyais déjà une photo floue de ma pauvre fille en vacances quelque part et les titres d'une accrocheuse vulgarité.

« Est-ce que tu crois qu'il a pu la tuer, Dan ? Réponds-moi franchement, s'il te plaît. Tu penses qu'il est allé jusque-là ?

— Non. Ça ne tient pas debout. En plus, Leary m'a dit que McQueen est en mesure de justifier de son emploi du temps dans les heures qui ont suivi la disparition de Lizzie.

— Pourquoi le tient-il pour suspect, alors ?

— Parce que c'est un flic et que pour un flic, visiblement, on est suspect tant qu'on n'a pas entièrement prouvé son innocence. Et aussi parce que si on cherche quelqu'un qui aurait un intérêt dans la disparition de Lizzie, il n'y a que McQueen.

— Il faut que nous appelions Jeff.

— J'y ai pensé, oui. Surtout si ça doit sortir dans les journaux. S'il l'apprend de cette manière… »

Il sera fou de rage, ai-je complété en silence, et il aura raison. Il devait être au courant de ce qui arrivait à sa sœur.

« Je peux lui téléphoner, si tu veux, a proposé Dan.

— Non. Je m'en charge. »

Comme Dan, je redoutais l'irascibilité de notre fils, le ton accusateur qu'il n'allait pas manquer de prendre. En revanche, j'étais mieux équipée que lui pour faire face à l'orage, car Dan détestait la confrontation, surtout avec ses enfants. Saisissant le téléphone, j'ai appelé chez Jeff, à West Hartford. C'est Shannon qui a répondu, avec en fond sonore un tintamarre de personnages de dessins animés à la télévision.

« Oh, bonjour, Hannah ! a-t-elle lancé de sa voix éternellement enjouée. Vous me surprenez en pleine folie, là !

— Je peux rappeler quand Jeff sera là…

— Non, non, il est là ! Nous venons juste de rentrer de l'église, en fait !

— Un vendredi ?

— C'est vendredi saint, m'a-t-elle informée d'un ton nettement moins chaleureux.

— Ah bon, ai-je noté sans grande chaleur non plus.

— Je préviens Jeff. »

J'ai entendu mon fils lui crier qu'il prendrait la communication dans son bureau. Shannon a raccroché sur son poste et le tapage familial s'est aussitôt éteint.

« 'jour, maman. Tu m'appelles du Maine ?

— Non, de Boston. Où je suis avec ton père et ton grand-père.

— Ah ? Je ne savais pas que vous passiez les fêtes de Pâques à Boston.

— Nous ne le savions pas non plus.

— Vous… Ce qui signifie ?

— J'ai des nouvelles peu agréables, Jeff. Lizzie a disparu. »

Il a écouté mon récit sans m'interrompre. À la fin, il a pris sa respiration et : « Je vous rejoins là-bas.

— Ce n'est pas vraiment nécessaire. La police a l'air de bien travailler et nous repartons demain, de toute façon.

— Tu penses que c'est judicieux ?

— Non. Si je pouvais retrouver Lizzie comme ça, j'irais frapper à toutes les portes de Boston et de sa banlieue. Mais ton père a trois opérations prévues dimanche et…

— Quoi, il opère le dimanche de Pâques ?

— Tout le monde n'est pas évangéliste.

— Pourquoi te crois-tu obligée de lancer des piques à un moment pareil ?

— Parce que je suis plus que stressée. Voilà pourquoi. »

À mon ton, il a dû comprendre qu'il valait mieux ne pas insister.

« D'accord.

— Donc ton père doit opérer après-demain. Et moi, je dois ramener ton grand-père à Burlington, puis revenir à Portland. Alors si tu veux venir à Boston, ne te gêne pas, mais nous n'y serons plus. Et nous n'avons pas envie d'y être quand le *Boston Herald* sortira l'histoire. »

J'ai dû m'arrêter, la gorge nouée par un début de hurlement.

« Maman ? Ça va ?

— Pourquoi tout le monde me pose cette question idiote ? Comment ça pourrait aller... ?

— Comment il s'appelle ce psychiatre, déjà ? a-t-il interrompu, ignorant ma remarque. Et l'inspecteur de Brookline ? Bien. Je vais voir ce que je peux faire pour empêcher que ça sorte dans la presse. Nous n'avons pas besoin de ce genre de publicité.

— Nous ?

— Mais oui, la famille. Et surtout Lizzie. Quand les gens vont apprendre qu'elle avait une liaison avec un homme marié, et la scène devant les enfants, et l'avortement, sa carrière sera terminée.

— C'est sa vie qui est peut-être déjà terminée, Jeff !

— Tu ne peux pas raisonner ainsi.

— Et pourquoi pas, merde ?

— Est-ce que papa est là ? » J'ai jeté le combiné sur le lit. « Tiens, voilà ton cul-bénit de fils ! »

Me tournant le dos, il a conversé avec Jeff quelques minutes, à voix basse, puis il s'est retourné : « Oui, d'accord, je vais lui dire, oui... Rappelle-moi quand tu veux. »

J'ai attendu qu'il raccroche.

« OK, dis-moi que je m'y suis mal prise.

— Tu t'y es mal prise. Mais Jeff m'a demandé de te dire qu'il comprenait pourquoi.

— Ah ! tu ne peux pas savoir comme ça me soulage !

— Écoute, Hannah, tu as tes problèmes avec Jeff, je sais, mais…

— Est-ce que tu connais la vraie raison pour laquelle il ne veut pas que la presse s'en mêle ? Il craint que son image de paroissien modèle soit ternie par une sœur qui a avorté après avoir couché avec un homme marié.

— Il est très secoué, comme nous tous. Il se fait beaucoup de souci pour Lizzie…

— Et pour sa petite carrière.

— S'il se débrouille pour que la presse n'en parle pas, je ne peux qu'approuver. C'est notre intérêt à tous. Et toi, tu ferais bien de dormir un peu, cette nuit.

— Oui ? Et comment ?

— J'ai des ordonnances avec moi. Je suis sûr qu'il y aura une pharmacie de nuit ouverte dans le coin. Je peux demander au portier d'aller chercher quelque chose.

— Tu penses qu'il faut me mettre K-O, alors ?

— Oui. Et franchement je crois que je vais en prendre aussi, ce soir. »

Une heure plus tard, l'un des portiers est revenu avec un petit sac en papier. Dan l'a remercié avec un pourboire de vingt dollars. J'étais déjà couchée et j'ai pris les deux comprimés qu'il m'a tendus avec un verre d'eau.

« Tu viens au lit ?

— D'ici peu, oui. »

Il renfilait ses chaussures, pourtant.

« Où vas-tu ?

— Faire un peu de marche.

— Tu vas la chercher ?

— Ça te gêne ?

— Je ne voudrais pas que tu passes la nuit à errer dehors, c'est tout. Et puis tu n'avais pas dit que tu voulais un somnifère, toi aussi ? Et t'endormir avec moi ?

— Je sors juste une heure.

— Je dormirai, d'ici là. De toute façon, tu ne la trouveras pas.

— Ne dis pas ça.

— C'est la vérité.

— Ça vaut la peine d'essayer.

— Si ça peut te soulager.

— Là n'est pas la question. Il faut retrouver Lizzie.

— Je ne veux pas me disputer avec toi.

— Alors ne dis pas de bêtises. – Il a pris son manteau. – Dors. Tu en as besoin. »

Toi aussi, allais-je compléter, mais j'ai préféré me taire. Il était à peine parti que je me suis sentie affreusement coupable. « Si ça peut te soulager » : de l'agressivité gratuite, qu'il ne méritait pas. Mais déjà les cachets faisaient leur effet et j'ai sombré dans le néant. À mon réveil, quelques minutes plus tard, aurait-on dit, il était sept heures dix. Le cerveau embrumé, il m'a fallu un instant pour me rappeler où j'étais. Je me sentais reposée. Dan était déjà sous la douche. « Tu n'as pas bougé un cil, cette nuit, a-t-il lancé lorsqu'il est revenu dans la chambre.

— Alors tu n'as rien pris, toi ?

— J'avais bu quelques verres dehors. L'alcool et les somnifères, ça ne va jamais bien ensemble.

— À quelle heure es-tu rentré ?

— Tard.

— Et où es-tu allé, cette fois ?

— Le quartier des théâtres, Chinatown, la gare du Sud. Ensuite un taxi jusqu'à Cambridge, autour de Harvard Yard. Il y a plein de gens qui dorment sur le trottoir, là-bas. Et j'ai trouvé un bar.

— Encore une nuit au whisky ?

— Au bourbon.

— J'aimerais être capable de boire. À part le vin, je n'y arrive pas.

— Ça sert, des fois.

— Oui… Et je suis désolée.

— De quoi ?

— De mon commentaire stupide, hier soir.

— Ce n'est pas grave. Dis, tu n'as pas rendez-vous à neuf heures et demie, avec Leary ? »

Je suis allée à Brookline en voiture avec mon père. Alors que je lui demandais comment il avait dormi, il a répondu : « Par à-coups. Mais c'est peut-être aussi parce que mon petit-fils m'a appelé vers dix heures.

— Jeff t'a appelé ?

— Eh bien, tu lui as dit que j'étais dans le même hôtel que vous. Et que j'avais pas mal parlé avec Lizzie. Il voulait connaître mon avis.

— Il a été agréable ?

— Plutôt, oui. Très précis dans son interrogatoire, également. Mais je suis content qu'il ait appelé. Il est sincèrement inquiet. Il m'a dit qu'il serait à Boston lundi. »

Si ça pouvait le soulager…

L'inspecteur Patrick Leary était un grand type dégingandé, pas loin de la quarantaine, avec un début de brioche et un costume d'une propreté douteuse. Mais son regard était vif et pénétrant, et ses manières simples et sincères m'ont tout de suite plu, même si l'entretien a démarré de façon assez déstabilisante pour moi. Sans se répandre en protestations de sympathie, sans promettre l'impossible, il m'a paru absolument déterminé à retrouver Lizzie, parce que c'était son job.

À notre arrivée, il nous a proposé de nous recevoir l'un après l'autre, et, en application du principe des « dames d'abord », il m'a escortée dans un couloir, puis dans un archétype de salle d'interrogatoire, avec ses néons, ses murs sales, sa table et ses deux chaises en fer. J'ai accepté le café qu'il m'a offert, puis il a commencé par une série de questions générales sur l'enfance et l'adolescence de Lizzie, son comportement en société. Brusquement, il est passé à un tout autre registre, me mettant aussitôt mal à l'aise : « Diriez-vous que le docteur Buchan et vous-même formez un couple uni ?

— Mais… je ne vois pas le rapport que cela pourrait avoir avec la disparition de Lizzie.

— J'essaie simplement d'établir un profil psychologique de votre fille, de voir si un élément quelconque de son passé pourrait expliquer sa fragilité devant cette rupture sentimentale. La ramener à un espace où elle avait l'habitude de se réfugier quand elle était petite, par exemple. Quand les gens disparaissent, en général, ils obéissent à des pulsions très irrationnelles mais ils ont également tendance à retourner à des endroits qui ont une place spéciale dans leur histoire.

— Je ne vois toujours pas le rapport avec ma vie conjugale.

— Vous avez peur d'en parler ?

— Mais non ! Pas du tout ! Sauf que c'est…

— Une atteinte à votre vie privée ?

— Je ne le formulerais pas si abruptement, mais…

— J'ai posé la même question à votre mari.

— Ah ? Et qu'a-t-il répondu ?

— Ce n'est pas à moi de le dire. Un interrogatoire de police est toujours confidentiel. D'après vous, qu'est-ce qu'il a répondu ?

— Connaissant Dan, il a dû dire que nous sommes un couple très uni, oui.

— Et vous approuveriez cette analyse ?

— Eh bien… Oui. J'estime que, comparé à beaucoup de couples que je connais, le nôtre fonctionne bien.

— Mais pas "très" bien ?

— Suffisamment bien.

— Et vous entendez par là…

— … Que c'est un mariage qui a survécu. Que les deux partenaires ont su garder leur sang-froid, rester impliqués malgré…

— Malgré quoi ?

— Vous êtes marié, inspecteur ?

— Divorcé.

— Alors vous comprenez ce que ce "malgré" contient.

— Oui… – Il m'a accordé un bref sourire. – Donc, Lizzie a grandi dans un foyer stable ? Pas de disputes familiales, pas d'assiettes volant dans la cuisine, aucun cadavre dans le placard ?

— Non, rien de tout cela.

— Et vous avez tous deux été des parents aimants, attentifs ?

— Je pense, oui. Où voulez-vous en venir, inspecteur ?

— Je suis désolé de devoir évoquer ce point mais je crois que c'est important… – Il a fouillé dans sa mallette et en a sorti un dossier qu'il a ouvert. – L'une des collègues de votre fille, une certaine Joan Silverstein, m'a rapporté que Lizzie n'avait jamais senti chez ses parents le bonheur d'être ensemble. Courtois l'un envers l'autre, oui. Arrangeants, pacifiques, oui, mais épanouis ensemble, non. Et elle a dit que cela l'inquiétait, qu'elle se demandait si ça n'expliquait pas son insatisfaction permanente, sa recherche perpétuelle et vaine du bonheur.

— Ce sont des sottises.

— Je ne fais que citer des propos…

— Mais pourquoi ? Dans quel but, sinon me blesser ?

— Je ne veux pas vous blesser, madame Buchan, et je regrette de devoir m'engager sur un terrain qui vous paraît trop personnel. Mais je cherche à déterminer si la disparition de votre fille est une simple fugue ou si elle fait partie d'un processus suicidaire. C'est pourquoi le profil psychologique est si important. Surtout maintenant que nous avons dépassé la limite-test des soixante-douze heures.

— La quoi ?

— Dans la plupart des cas de disparition, la personne est retrouvée ou réapparaît d'elle-même au bout de trois jours, voire moins. Passé ce temps, il est légitime de penser – et je précise qu'il s'agit uniquement d'observations empiriques, non de lois statistiques irréfutables – que l'individu en question veut disparaître définitivement, soit en s'enfuyant pour refaire sa vie, soit en se suicidant. Mais les personnes suicidaires ne sont plus en quête de quoi que ce soit, sinon d'un moyen de mettre fin à leur mal-être. Lizzie, au contraire, semble avoir été et être encore à la recherche du prince charmant, de quelqu'un qui la protégera comme par magie de tout ce que la vie a de déplaisant. Le fait que, même après la grande scène du Four Seasons, elle vous ait dit qu'elle croyait toujours que ce McQueen allait quitter femme et enfants pour elle prouve qu'elle se nourrit encore d'espoir, si j'ose dire. Si votre mariage avait été un échec, ou l'illustration du bonheur idéal, elle aurait des raisons de renoncer à cet espoir, soit en se disant qu'elle sera incapable de reproduire une telle harmonie, soit en étant persuadée que toutes les relations de couple sont catastrophiques. L'image d'un couple parental fonctionnel, sans plus, lui donne la possibilité de continuer à rêver d'une rencontre de conte de fées. Du moins, c'est ainsi que je vois les choses. Mais je peux me tromper du tout au tout.

— Je n'aurais jamais cru que…

— Quoi ?

— Que c'est ce qualificatif qu'on retiendrait pour définir notre couple : "fonctionnel"…

— Encore une fois, il s'agit de propos rapportés de seconde main. Mais une chose est sûre : même adultes, nombre de jeunes n'ont pas renoncé à bâtir autour de leurs parents l'image du couple idéal, sans comprendre que la réalité n'est pas toujours en Technicolor. Il ne faut pas vous blâmer pour cela. Et je vous demande à nouveau pardon si ces questions personnelles vous ont gênée.

— Donc, vous ne pensez pas que McQueen a pu la tuer ?

— Nous n'excluons pas totalement cette hypothèse, mais nous avons recoupé ses faits et gestes dans les jours qui ont suivi la scène du Four Seasons sans rien trouver d'anormal. Il aurait pu engager quelqu'un pour faire le sale travail à sa place, par exemple, mais envisager cette éventualité serait spéculer et je ne m'y risquerai pas. De vous à moi, McQueen est peut-être une crapule, pas un assassin. »

Après cette conclusion péremptoire, il a mis fin à l'entretien. J'ai attendu dehors pendant qu'il interrogeait mon père, la tête et le cœur encore lourds de ce que je venais d'apprendre. Alors c'était ainsi qu'elle nous voyait… Dans ce cas, Jeff ne devait pas être loin d'avoir le même avis. Et tous nos amis, nos voisins, nos collègues respectifs, pensaient-ils eux aussi que Hannah et Dan formaient un couple de convenance ? Et s'ils le croyaient tous, n'était-ce pas que… ? Non ! Sans passion dévorante, peut-être, mais pas sans amour.

Mon père est resté plus de trois quarts d'heure avec Leary, bien plus longtemps que n'avait duré mon interrogatoire en forme de thérapie de choc. Quand ils ont surgi ensemble de la salle, on aurait presque cru deux vieux amis. « Vous raccompagnez votre père dans le Vermont ? m'a-t-il demandé. Et vous serez chez vous demain ?

— En effet.

— Bon, j'ai tous vos numéros, voici les miens. N'hésitez pas à m'appeler. – Il m'a tendu une carte de visite avec le numéro de son portable ajouté à la main. – Et s'il vous plaît, faites en sorte que votre papa rentre sain et sauf à Burlington. Nous avons besoin de gens comme lui, à l'époque où nous vivons… Ce qui ne m'empêche pas d'être en désaccord avec presque tout ce qu'il dit.

— Non, seulement avec la moitié », a plaisanté mon père en lui tendant la main, que Leary a serrée chaleureusement.

Une fois en voiture, j'ai constaté :

« Tu t'es fait un nouveau copain, on dirait.

— C'est un jeune homme remarquable. Et aussi un fana de base-ball. Il pense que le jeu en amateur a gardé plus d'authenticité qu'avec les pros surpayés, donc je lui ai vanté les exploits de nos "Vermont Expos".

— Ah… Et vous avez parlé d'autre chose ?

— De Lizzie, bien sûr.

— Et quoi ?

— Surtout des notations sur sa personnalité, son histoire… Il tenait particulièrement à savoir si je pensais qu'elle avait des raisons d'être en rogne contre ses parents.

— Et qu'est-ce que tu as répondu ?

— Qu'à mon avis tous les gosses se font bousiller par leurs parents, mais que Dan et toi avez fait beaucoup moins de dégâts avec votre fille que la plupart des autres.

— Merci pour le compliment, papa.

— Il est vraiment très intéressant, pour un policier. Et tu te rappelles que j'ai une certaine expérience, avec les flics.

— Il a l'air de s'intéresser à la psychologie. Et même à la psychologie de crémerie, des fois.

— Il a eu une maîtrise de psycho au Boston College, effectivement. Et il a passé trois années chez les jésuites.

— Ça explique beaucoup de choses… »

Comme convenu, nous avons mis tout de suite le cap sur le Vermont, Dan étant déjà reparti pour Portland. Quitter Boston ainsi était un supplice et un soulagement à la fois : c'était reconnaître que nous avions échoué à retrouver Lizzie, mais aussi s'éloigner de l'espace géographique de sa disparition, d'une ville que j'avais jadis appréciée mais qui me faisait maintenant horreur. La circulation étant très fluide, nous sommes arrivés en un rien de temps sur la 93, qu'il suffisait de remonter vers le nord jusqu'au New Hampshire avant de prendre la 89 après Concord jusqu'à Burlington. Ce trajet de Boston aux rives du lac Champlain, je le connaissais presque par cœur, après l'avoir effectué tant de fois quand j'étais étudiante.

Tandis que mon père restait assez silencieux, je me suis rappelé un week-end de 1969 où, avec Margy, nous avions filé vers le sud et rejoint une amie à elle pensionnaire à Radcliffe. Le joint que nous avions fumé au pied de la statue de John Harvard. Les chemises hippies à teinture artisanale achetées entre deux fous rires dans une boutique de Cambridge. Le concert de Phil Ochs auquel nous étions allées. La « boum » de la cité U où j'avais croisé un étudiant en deuxième année à Harvard, Stan, qui m'avait confié qu'il avait déjà écrit un roman et qu'il voulait coucher avec moi tout de suite. J'avais dit non, parce que je n'étais pas d'humeur, et pourtant je l'avais trouvé attirant. Il m'avait demandé mon numéro de téléphone et sur la route du retour à Burlington j'avais regretté de ne pas avoir passé la nuit avec lui ; j'avais espéré qu'il m'appelle, mais cela n'était jamais arrivé. Dix jours plus tard, j'avais rencontré Dan Buchan et ainsi avait débuté ce que ni lui ni moins ne soupçonnions alors être en passe de devenir un avenir commun.

Et là, trente-quatre ans plus tard, alors que j'essayais de garder une contenance devant la disparition de mon enfant, en repensant brusquement à ce week-end entre étudiantes à Boston, je me suis demandé si ma vie n'aurait pas pris un tout autre cours si j'avais fait l'amour avec cet écrivain en herbe. Je n'étais pas assez naïve pour me dire que nous serions restés ensemble jusqu'à aujourd'hui, non. Mais si cela s'était passé, aurais-je manifesté la moindre curiosité pour ce carabin originaire de Glens Falls qui avait croisé mon chemin ? Aurais-je seulement accepté de boire une bière avec lui ? Et dans le cas contraire, je ne me serais certainement pas retrouvée au volant de cette voiture, trente-quatre ans après, à essayer de me convaincre que l'inspecteur Leary avait raison – il avait été chez les jésuites, après tout –, que Lizzie n'avait pas un profil suicidaire, tout en étant minée par l'idée que ma fille avait perçu ce que je ne pouvais pas, ce que je ne voulais pas accepter, à savoir que mon mariage était une complète, une énorme supercherie.

Ne me sentant pas capable de partager ces doutes avec mon père, j'ai gardé le silence, moi aussi, pendant que la radio retransmettait des œuvres de Haydn et de Schubert. Le bulletin d'information est passé sans aucun commentaire de notre part. Nous n'avions plus rien à dire, tant la moindre de nos pensées était accaparée par l'énigme que constituait désormais Lizzie. Quand nous sommes entrés dans Burlington, mon père est sorti de son mutisme : « J'ai parlé avec Edith, avant de partir. Elle a dit qu'elle nous préparait un dîner.

— C'est gentil de sa part.

— Elle est très inquiète pour Lizzie. »

Je n'ai pas répondu. Après quelques instants, cependant, je lui ai lancé un regard.

« Tu sais, papa, je crois que je vais continuer sur Portland après t'avoir déposé.

— Ah bon ? – Il avait un ton embarrassé. – Ça n'a rien à voir avec le fait qu'Edith soit là, n'est-ce pas ?

— Non, vraiment pas, mais…

— Mais tu n'approuves pas.

— Je n'ai pas envie de tout raconter au sujet de Lizzie encore une fois, c'est tout.

— Edith n'attendrait jamais ça de toi. Elle est très discrète, tu sais.

— Ce n'est pas le problème, papa ! Edith n'est pas en cause. J'ai juste besoin d'être seule. Ne le prends pas mal, d'accord ?

— Entendu. »

J'étais cependant presque sûre qu'il était déçu. Alors que j'avais tant recherché l'approbation de mon père pendant ma période de formation, c'était lui qui demandait maintenant la mienne, ai-je brusquement songé.

Nous avons trouvé une maison étincelante à notre arrivée. Edith avait aussi rempli le frigidaire, et un carafon de martini accompagné d'un plateau de fromages nous attendaient.

« Hannah ne reste pas, l'a prévenue mon père.

— Il faut vraiment que je rentre, ai-je avancé en guise d'explication.

— J'ai tenté de la convaincre mais…

— Si Hannah doit partir, ne la retiens pas, l'a coupé Edith. Je sais que pour ma part j'aimerais être seule, dans un moment pareil. »

Je l'ai bénie en silence pour cette remarque.

« N'empêche, ça me tracasse que tu fasses toute cette route de nuit, a insisté mon père.

— Elle est adulte, John.

— Oui, et un père reste toujours un père… »

Avant mon départ, il m'a surprise : au lieu de son habituel baiser sur la joue, rapide et forcé, il m'a prise dans ses bras et m'a gardée longtemps contre lui, sans chercher des mots d'encouragement qui auraient été dérisoires, de toute façon. Peu après, je roulais vers l'est dans le jour déclinant, sur cette belle route secondaire qui traversait des petites villes figées dans le temps. Bientôt, l'émission de jazz du soir a commencé sur NPR et j'ai monté le volume, laissant le saxophone mélancolique de Dexter Gordon m'accompagner dans le crépuscule. De temps en temps, je jetais un coup d'œil à mon portable posé sur le tableau de bord, espérant entendre la voix de Lizzie s'il se mettait à sonner. Pour résister à cette pression, je me répétais qu'il fallait être patiente, qu'il n'y avait rien d'autre à faire…

À St Johnsbury, j'ai pris la route 302. Le New Hampshire, puis le Maine. À une trentaine de kilomètres de Portland, j'ai appelé la maison, puis le cellulaire de Dan. Pas de réponse. Huit heures vingt. Il avait dû aller à la salle de gym du Woodlands Club. La 295 a pris le relais de la 302 – conduire en Amérique, c'est mémoriser une kyrielle de numéros qui s'enchaînent –, j'ai emprunté la sortie de Bucknam Road, ayant décidé de m'arrêter au supermarché Shaw, car je savais que Dan, qui avait horreur de faire les courses, n'aurait pas pensé à réapprovisionner la maison. Le jeune employé chargé d'empaqueter les emplettes a poussé le caddy jusqu'à mon auto. Il avait peut-être dix-sept ans, guère plus en tout cas. En le regardant charger les sacs dans le coffre, je me suis rappelé l'été où Lizzie, encore au lycée, avait travaillé dans une supérette proche de chez nous. « Le commerce, c'est pas pour moi », m'avait-elle avoué au bout de quinze jours, et j'avais aimé qu'elle sache ce qu'elle ne voulait pas faire de sa vie. Alors pourquoi, alors qu'elle était devenue adulte, avait-elle tenu si longtemps dans un travail qui la rebutait ? Pourquoi s'était-elle entichée d'un intrigant qui était incapable de tenir ses promesses ? Pourquoi avait-elle perdu sa capacité à tourner le dos à ce qui ne lui plaisait pas ?

« Ça va, m'dame ? » La voix inquiète du jeune employé m'a ramenée à la réalité. J'ai touché ma joue ; elle était mouillée. « Non, pas trop », ai-je murmuré avant de chercher un billet de cinq dollars dans mon sac pour le pourboire.

À neuf heures douze, la maison était toujours plongée dans l'obscurité, déserte. Dan n'avait pas l'habitude de rester aussi tard au club de gym. Avant de ranger les courses, j'ai écouté les messages sur le répondeur. Aucune nouvelle majeure concernant Lizzie ; Jeff confirmait qu'il se rendrait à Boston lundi, où il avait rendez-vous avec l'inspecteur Leary, et indiquait qu'il allait consulter quelques collègues au cours du week-end pour considérer les ressources légales contre une publication dans la presse. Bonne chance, ai-je pensé avec une pointe de sarcasme. Même si j'appréciais ses efforts en vue de préserver la réputation de sa sœur, je n'arrivais pas à repousser la très déplaisante impression que son principal souci était que Shannon et ses amis intégristes n'apprennent pas que Lizzie avait commis le péché d'avortement.

Ensuite, j'ai lu mes e-mails, pour la plupart sans intérêt, si ce n'était celui de Margy m'informant que sa dernière IRM, quelques jours plus tôt, avait révélé « un truc grisâtre et informe » dans le lobe inférieur de son poumon et que son médecin, par précaution, avait décidé de la soumettre à un nouveau traitement préventif. « Je suis chez moi, là, devant une connerie télévisée – un show réellement débile avec six couples enfermés dans un QHS désaffecté –, et je me demandais pourquoi tu ne donnais pas signe de vie. Est-ce que tu as déjà jeté un œil à ce bouquin ? Si oui, contacte-moi très vite, qu'on mette au point une stratégie, d'ac ? »

De la chimiothérapie, encore… Ça n'avait pas l'air bon du tout. Quant au livre, c'était bien le cadet de mes soucis. En tout cas pour ce soir. Tandis que j'improvisais une courte réponse à Margy, lui promettant de l'appeler au cours du week-end car je ne me sentais pas capable d'aborder la situation de Lizzie par écrit, j'ai entendu une voiture s'arrêter dans l'allée. Quand je suis descendue, Dan venait d'entrer. Il a été très surpris de me voir à la maison.

« Mais… tu ne devais pas revenir demain ?

— Bonsoir quand même !

— Pardon, mais je ne m'attendais pas à te voir.

— Tu n'as pas eu mon message sur ton portable ?

— J'ai oublié de le rallumer après la gym.

— Tu étais là-bas tout ce temps ?

— J'ai rencontré Elliot Bixby au club, on est allés prendre une bière, après. »

Elliot Bixby, le chef du service de dermatologie à l'hôpital, et un insupportable prétentieux, d'après moi.

« Je crois que je ne pourrais pas supporter de passer cinq minutes en compagnie d'un dermato, actuellement, ai-je répondu.

— Ouais, j'ai eu la même réaction, mais enfin, il était au vestiaire quand j'ai terminé ma séance, il m'a proposé de boire un verre et franchement je n'étais pas pressé de rentrer dans une maison vide. Des nouvelles de Boston ?

— Non.
— Et ta rencontre avec Leary ?
— Il m'a posé quelques questions pas commodes.
— Quel genre ?
— Si nous étions heureux en ménage.
— Il me l'a demandé aussi.
— Oui, il me l'a dit. Et tu as répondu quoi ?
— La vérité.
— Mais encore ?
— Eh bien, d'après toi ?
— Allez, dis-moi. »

Il a contemplé ses chaussures quelques secondes.

« J'ai répondu que nous étions très heureux. Et toi ?

— Moi ? – Il ne me regardait toujours pas. – J'ai dit la même chose. Que nous étions très heureux. »

4

Aucune nouvelle de boston. Leary n'a pas appelé, le portable de Lizzie a continué à enregistrer mes messages. Et puis, soudain, samedi en fin d'après-midi, quelqu'un a répondu :

« Ouais, c'est pour quoi ? »

Un homme d'un âge impossible à définir mais dans un état d'ébriété incontestable.

« Je voudrais parler à Lizzie Buchan, s'il vous plaît.

— Qui c'est, cette pétasse ?

— Je suis sa mère. Qui êtes-vous ?

— On s'en fout, qui je suis.

— Où est ma fille ?

— Comment j'saurais, merde ?

— Est-ce que vous la retenez ?

— Vachement marrant.

— Vous l'avez enfermée quelque part ?

— T'as perdu la boule ou quoi ?

— Où est-elle ?

— Arrête de gueuler, hein !

— Où est-elle ? – Encore plus fort : – Qu'est-ce que vous lui avez fait ?

— Oh, tu débloques complet… J'sais même pas de quoi on cause, là.

— Pourquoi avez-vous son téléphone, alors ?

— J'l'ai trouvé.

— Où ?

— Dans la rue, tiens !

— Où, dans la rue ?

— Boston.

— Où, à Boston ?

— Hé, t'es flic ou quoi ?

— Ma fille a disparu. C'est son téléphone portable que vous avez.

— J'l'ai trouvé aux jardins.

— Aux jardins publics de Boston ?

— Voilà.

— Avez-vous vu une jeune femme d'environ vingt-cinq ans, cheveux bruns courts, mince, qui…

— Hé ! j'ai trouvé le bigophone, c'est tout ! Pigé ? »

Il a coupé la communication. Quand j'ai réessayé, ça sonnait occupé. Sans perdre une seconde, j'ai appelé l'inspecteur Leary. « Laissez-moi deux minutes, que je vérifie avec notre équipe de surveillance. » Une heure plus tard, environ, il m'a rappelée pour me dire qu'une patrouille avait mis la main sur un clochard, un habitué des jardins, qui jurait avoir simplement trouvé l'appareil sur le sol et qui était connu des agents locaux pour être un poivrot inoffensif. Dans l'hypothèse que Lizzie ait élu domicile avec les sans-abri de l'endroit, le parc a été passé au peigne fin par la police. Sans résultat. Leary avait la conviction que le téléphone, découvert sous un banc, avait été perdu très récemment.

Le lendemain matin, le téléphone a sonné avant huit heures. J'ai décroché, battant de vitesse Dan, encore à moitié assoupi à mes côtés.

« Nous avons pincé quelqu'un qui se sert de la carte de crédit de Lizzie, m'a-t-il annoncé sans préambule.

— Vous avez… Qui est-ce ?

— Une femme. Une autre sans-abri. Schizophrène, alcoolique, arrêtée plusieurs fois pour vagabondage. Ils lui sont tombés dessus quand elle retirait deux cents dollars à un distributeur proche de la station de métro de Haymarket.

— Comment a-t-elle eu la carte ?

— Je viens de passer une heure avec elle. Elle jure ses grands dieux que c'est Lizzie qui la lui a donnée et elle n'en démord pas.

— Vous plaisantez ?

— Je préférerais. D'après elle, Lizzie a passé les deux dernières nuits dans le parc du centre. Elle dormait à la belle étoile près d'elle. Comme cette femme se plaignait de ne pas avoir mangé depuis des jours, votre fille lui aurait donné sa carte bancaire et aurait même écrit son code secret sur un bout de papier. Elle me l'a montré, nous avons comparé avec l'échantillon d'écriture que nous avons dans le dossier de Lizzie. Ça tient la comparaison.

— Elle l'a peut-être obtenu par la menace ?

— J'y ai pensé, seulement nous avons appris autre chose. Une touriste française du nom de Machintruc Thierry a été abordée ce matin près de la gare du Sud par une jeune femme dont la description fait indubitablement penser à Lizzie. Sale, dépenaillée et apparemment très agitée, a-t-elle dit. Lizzie est venue à elle, et quand elle a découvert qu'elle était française elle s'est mise à lui parler dans cette langue. Que Lizzie maîtrise bien, je crois ?

— Elle a passé un an en France. Elle se débrouille très bien.

— Oui, et cette dame a été très impressionnée, surtout qu'elle avait en face d'elle une clocharde. Enfin, d'après la déposition relayée par notre interprète, l'inconnue lui a tenu un discours assez incohérent puis lui a tendu un portefeuille en lui disant que c'était pour elle, avant de disparaître dans l'escalier du métro. Cette Thierry a un grand sens civique, puisqu'elle l'a aussitôt apporté au poste de police le plus proche. Et comme l'avis de recherche de Lizzie est maintenant placardé partout chez nous, le sergent de permanence m'a contacté dès qu'il a vu la photo sur le permis de conduire à l'intérieur. »

Quel cauchemar, mon Dieu…

« Vous êtes toujours là, madame Buchan ?

— Je… À peu près, oui.

— Je sais que ce n'est pas facile mais nous avons au moins une preuve formelle que Lizzie est vivante, et qu'elle était encore à Boston ce matin.

— Oui, mais si elle distribue tout ce qu'elle a de cette façon, ça ne veut pas dire qu'elle a l'intention de… d'en finir ?

— On ne peut être sûr de rien, bien entendu, mais je pense qu'elle est en proie à une sorte de dépression nerveuse, et ce que je sais de ces accès dépressifs me fait penser qu'elle n'est sans doute pas consciente de ses actes. Ce qui expliquerait les nuits passées dehors alors que son appartement est tout près, et ces dons impulsifs. »

J'ai essayé d'imaginer Lizzie parmi cette triste armée d'ombres qui hantent les parcs. C'était trop dur. En silence, j'ai supplié ma fille de m'appeler, de nous permettre de venir à son secours.

« Ce n'est pas tout, a poursuivi l'inspecteur.

— D'autres mauvaises nouvelles ?

— J'en ai peur. Malgré mes efforts, et malgré ce que votre fils avocat m'a dit quant à ses intentions, je viens d'avoir un coup de fil du reporter qui a débusqué l'affaire pour le *Boston Herald*, Joe O'Toole. La direction du journal va certainement publier son papier demain. Et vous devez vous attendre à ce qu'il vous appelle. Il m'a dit qu'il souhaitait avoir un commentaire de votre part ou de celle du docteur Buchan. Je lui ai demandé l'autorisation de vous prévenir.

— Et si je refuse ?

— C'est votre droit le plus strict. Mais depuis que je fais ce métier, j'ai appris qu'il est toujours préférable d'entretenir de bonnes relations avec la presse. Et s'ils publient une photo de Lizzie il est possible que quelqu'un la reconnaisse dans la rue. Sur ce plan, l'*Herald* pourrait avoir son utilité. »

Après avoir raccroché, je suis allée voir Dan qui, profitant d'un répit avant ses opérations de la journée, était descendu à son bureau au sous-sol et avait entrepris de nettoyer pièce par pièce sa belle collection de montres anciennes, une manière de s'absorber dans une tâche répétitive pour ne pas avoir à penser à l'impensable. Je lui ai rapporté les informations de Leary. Quand j'en suis venue à la rencontre avec la très scrupuleuse Française, qui avait décrit notre fille comme une clocharde, il a lâché son chiffon à polir et il a baissé les yeux sur son bureau en chêne clair. À la mention de l'appel imminent du journaliste, il a relevé la tête. « Ça ne te gêne pas de lui parler ? Je dois retourner à l'hôpital cet après-midi et puis… Et puis je ne pense pas que j'en serais capable.

— D'accord. Je m'en charge. »

Joe O'Toole a téléphoné deux heures plus tard. Sans doute parce que j'avais vu trop de films, je m'attendais à un fouineur qui allait m'accabler d'un déluge de mots mais il s'exprimait avec hésitation, en fait, ce qui ne l'a pas empêché d'être horriblement direct. « D'après vous, euh…, est-ce que c'est la première fois que votre fille a une aventure avec un homme marié ? » J'ai tenté de répondre avec retenue, expliquant que j'en étais certaine parce que Lizzie m'avait toujours confié ses affaires de cœur.

« Vous étiez proches l'une de l'autre, alors ?

— Très.

— Donc vous devez être au courant que l'an dernier elle a reçu, comment dire ? un blâme de ses employeurs pour avoir harcelé un… collègue d'une banque partenaire ? »

Mon affolement est monté de dix degrés.

« Je… Je ne sais pas de quoi vous parlez.

— Un certain, voyons… Kleinsdorf. Votre fille faisait un montage financier avec lui. Ils ont eu une courte liaison et quand, euh…, ç'a été terminé elle s'est mise à l'appeler nuit et jour. Elle est même allée deux fois à son bureau sans rendez-vous.

— Je… Je n'étais pas au courant.

— Mais vous m'avez dit que vous étiez, euh…, très proches ?

— De toute évidence, ma fille a de gros problèmes affectifs, ai-je articulé en choisissant soigneusement mes mots.

« — Et vous pensez que vous avez une, euh…, responsabilité dans cette affaire ?

— Vous avez des enfants, monsieur O'Toole ?

— Moi ? Eh bien… oui.

— Donc vous savez que tout parent ressent une certaine culpabilité lorsque son enfant révèle des difficultés psychologiques. Lizzie a grandi dans une famille relativement stable et épanouie mais la dépression est une maladie, et c'est ce dont souffre ma fille, c'est ce qui l'a conduite à…

— Se faire avorter ?

— C'est une décision qu'elle a prise avec le docteur McQueen.

— D'après lui, s'il l'a encouragée dans ce sens, c'est… enfin, c'est uniquement parce qu'il la sentait trop fragile pour, euh…, je cite "assumer les responsabilités de la maternité".

— C'est complètement faux. McQueen ne voulait pas changer sa vie et c'est pour cela qu'il l'a forcée à avorter.

— Forcée, vous dites ? »

La conversation tournait très, très mal.

« Je crois que ma fille ne s'est résignée à cette interruption de grossesse que parce que McQueen lui a demandé d'attendre, et lui a promis qu'ils auraient un enfant après son divorce.

— C'est ce qu'elle vous a dit ?

— C'est ce que j'ai… déduit, ai-je répondu, atterrée par ma maladresse.

— Je vois…

— Je sais… je crois savoir que Lizzie désirait tellement avoir un enfant qu'elle n'aurait pas pris cette décision d'elle-même.

— Mais dans ce cas précis, vous, euh…, approuvez qu'elle ait eu recours à un avortement ?

— Si elle estimait que c'était ce qu'elle devait faire, oui, je lui donne raison et…

— Mais elle ne vous a pas parlé de cette… décision ?

— Non, je l'ai appris après sa disparition.

— Donc elle vous a, euh…, caché beaucoup de choses, non ?

— Seulement depuis que son état a… empiré. »

Il est resté silencieux un moment. J'entendais son stylo courir sur le papier, redoutant déjà la façon dont mes propos allaient être déformés.

« Eh bien, euh…, merci, madame Buchan. Si j'ai d'autres questions, je vous rappellerai, d'accord ? »

J'aurais voulu le prier d'écrire son papier avec la plus grande circonspection, dans l'intérêt même de Lizzie, mais je me suis retenue, sachant que cette requête se retournerait contre nous. Et de toute façon il avait raccroché.

Folle d'inquiétude, j'ai pensé téléphoner à Dan, qui était parti pour l'hôpital, lui exposer la maladresse de mes réponses, lui dire que je ne me sentais pas plus capable que lui de faire face à de pareils requins. Mais auparavant, je devais essayer de limiter les dégâts et j'ai donc appelé Leary sur son portable.

« Je ne veux pas paraître trop pragmatique, a-t-il commenté après avoir écouté mon récit de la désastreuse interview, mais dans les cas de disparition, plus l'histoire est montée en épingle, plus on a de chances de récolter des informations sur la personne disparue.

— Mais si Lizzie tombe sur cet article, elle aussi ? Si cela lui fait complètement perdre espoir ?

— C'est assez peu probable. Je ne pense pas qu'elle ait l'idée de lire les journaux, dans son état. Je puis me tromper, bien sûr.

— Si je me fie à la nature de ses questions, je suis certaine qu'O'Toole a décidé de présenter Lizzie comme une sorte de mangeuse d'hommes hystérique.

— Je comprends vos réserves et je déplore la méthode de ce journaliste, mais en dépit des efforts de certains de nos républicains les plus virulents, la liberté de la presse est garantie dans ce pays. D'ailleurs toute tentative d'intervention ne ferait qu'aggraver les choses. Il ne nous reste qu'à espérer que la publication ait un effet positif, qu'on retrouve Lizzie et que la presse perde tout intérêt pour cette histoire parce qu'elle sera réglée. »

J'aurais tant voulu croire à ce scénario, mais c'était difficile.

« Votre fils vient me voir demain, a poursuivi Leary. Il ne va pas aimer cette histoire d'avortement, n'est-ce pas ?

— Comment le savez-vous ?

— Dois-je vous rappeler que je suis inspecteur de police ? Jeffrey Buchan, président de la "Coalition pour la Vie" pour le Connectictut, membre du consistoire de l'Église évangélique libre, deux enfants, marié à une activiste arrêtée mais non inculpée l'an dernier au cours d'une manifestation contre une clinique de planning familial à New London…

— Je n'étais pas au courant… Du dernier point, je veux dire. »

Je me rendais compte que mes enfants, que j'avais cru si bien connaître, m'étaient de plus en plus étrangers.

« Enfin, si vous voulez, je peux appeler votre fils pour le mettre au courant moi-même, au sujet du *Herald*.

— Je vous en serais reconnaissante.

— Entendu, alors.

— Une dernière chose, inspecteur. O'Toole m'a parlé d'un autre cas de… harcèlement, à propos de Lizzie. Vous étiez au courant ?

— Bien sûr.

— Pourquoi ne m'en avoir rien dit ?

— J'ai estimé que vous aviez assez de problèmes. »

Ma conversation terminée, j'ai envoyé un court e-mail à Margy afin de vérifier si je pouvais l'appeler. Un message automatique m'a prévenue en retour qu'elle était « au vert » jusqu'au lendemain, mais que son assistante, Kate Shapiro, était joignable au 212-555-0264 en cas d'urgence. C'en était une, certainement, mais je n'arrivais pas à me résoudre à déranger Margy dans son repos plus que mérité. Me tourner vers une amie de Portland telle qu'Alice Armstrong, alors ? Non, je préférais encore m'enfuir, esquiver la menace de plus en plus proche du scandale public. Après avoir laissé un mot à Dan et délibérément oublié mon portable sur la table de la cuisine, je suis montée en voiture et j'ai pris la direction du nord.

Une heure plus tard, je m'arrêtais sur le parking de la plage de Popham, quasiment désert en ce dimanche après-midi venteux de la mi-avril. Sous un ciel couleur de cendre de cigarette avec quelques déchirures de bleu, j'ai marché sur la longue étendue de sable le long de l'Atlantique, avec cinq kilomètres de plage et deux heures et demie de jour pour moi seule. La marée était basse mais le sable avait durci, de sorte que j'ai pu m'approcher du ressac, faisant face à un horizon assombri et cependant sans limites. Ma mère disait souvent que l'eau était pour elle le meilleur psychothérapeute. Chaque fois qu'elle se sentait déprimée – ce qui lui arrivait au moins une fois par semaine –, elle se rendait seule au bord du lac Champlain et le contemplait jusqu'à ce qu'elle recouvre son calme.

Je me suis souvenue d'une veille de Noël, quatre ou cinq ans plus tôt, où elle avait été assaillie par l'un de ses accès d'humeur noire alors qu'elle émincait des oignons pour farcir la dinde. J'étais arrivée la veille, Dan devait nous rejoindre dans la soirée, les enfants aussi, et mon père se cachait à son bureau du campus, comme d'habitude. Soudain, je l'avais entendue tapoter la planche, jusqu'à arriver à un staccato insoutenable. « Hé, du calme ! » m'étais-je écriée, exaspérée. L'instant d'après, elle balayait la table du bras, envoyant dinguer les petits cubes d'oignon en tout sens. « Ne me dis pas ce que j'ai à faire, merde ! Ne me dis pas… » Elle s'était tue, dodelinant de la tête, comme si elle avait perdu le fil de ses pensées. Se ressaisissant au bout de quelques secondes, elle avait murmuré :

« Qu'est-ce que je viens de dire ?

— Ce n'est pas grave, maman. Ça va.

— Il y a des oignons partout…

— Ne t'inquiète pas, je vais les ramasser. »

Elle avait quitté la cuisine, revenant l'instant d'après. Elle avait passé son manteau et mis son bonnet.

« Je vais au lac. Tu veux venir aussi ? »

Nous étions parties dans ma voiture à travers les rues grises et verglacées.

« Tu te rappelles quand nous avions de vrais hivers, dans le Vermont ? m'avait-elle dit. Maintenant, il n'y a presque plus de neige, seulement quatre mois de mélasse insupportable.

— Tu parles comme un personnage de roman russe.

— Je suis russe ! Et dans les romans russes, il y a toujours de la neige ! »

J'avais souri, soulagée de la voir retrouver son tempérament acerbe, résignée à ses brusques sautes d'humeur. Au lac, nous étions descendues sur une petite plage étroite. Elle s'était tout de suite assise sur le sable, serrant ses genoux contre sa poitrine, les yeux sur la ligne des Adirondacks, et je m'étais dit que malgré ses cheveux gris, les épaisses lunettes de vue dont elle avait désormais besoin, son attitude était celle d'une petite fille contemplant le spectacle toujours changeant de l'eau et se demandant ce que l'avenir lui réservait. Au bout d'un moment, elle avait déclaré : « Tu sais ce que je regrette le plus, en pensant à ma vie ? C'est que moi, je ne fais pas dans le bonheur.

— Ce n'est pas le cas de tout le monde ?

— Non, je pense qu'il y a plein de gens qui sont relativement contents de leur sort. Ou je préfère penser ça. À moi, ça ne m'est jamais arrivé, je n'ai jamais... »

Elle s'était à nouveau interrompue, clignant des yeux perplexes. Trois mois plus tard, elle allait apprendre qu'elle avait la maladie d'Alzheimer et entamer sa longue, pénible descente dans le silence.

« Je ne fais pas dans le bonheur. » Contemplant l'océan depuis une dune de Popham, je n'ai pu m'empêcher de penser que le constat de ma mère s'appliquait aussi à moi. Ce n'était pas une insatisfaction permanente, non, mais l'idée que je n'avais jamais ressenti pour de bon cette exultation sans partage qui, dit-on, devrait accompagner le fait d'être vivant. Il y avait eu des moments de plaisir, certes, de paix, mais ce n'était que des moments, justement, de brèves parenthèses. Je ne passais pas mon temps à me plaindre de mon sort, loin de là, mais la perspective de se réveiller chaque matin mue par l'enthousiasme de ce qui reste à accomplir, par la volonté de considérer ce petit passage sur terre comme une grande aventure… ce n'était pas moi. J'avais gardé une certaine curiosité, j'avais tenté de conserver un optimisme raisonnable, mais je n'avais pas « fait dans le bonheur ».

Et Dan ? Lui non plus. Jamais abattu, d'accord, mais jamais passionné par ce que la vie pouvait apporter. Et Jeff, avec sa réprobation et sa colère sans cesse à fleur de peau, avec son besoin stérilisant de respectabilité, son attachement aveugle aux « valeurs » ? Est-ce qu'il « faisait dans le bonheur », ce garçon auquel je continuais à vouer un amour maternel sans condition, même si ses vues sur l'existence me déplaisaient souverainement ?

Et puis il y avait Lizzie, ma pauvre petite enfant blessée, qui avait paru marcher bravement vers le succès alors qu'elle s'enfermait en réalité dans des impasses personnelles et professionnelles qui avaient fini par la pousser à s'échapper ainsi, de la façon la plus douloureuse qui soit. Mes yeux me piquaient, soudain, mais j'ai voulu me dire que c'était à cause des embruns ; je me suis forcée à marcher, à me concentrer sur le mouvement des vagues. Comment aurais-je pu faire le vide dans mon cerveau, alors que de telles incertitudes planaient quant au sort de ma fille. Je ne savais pas si elle était encore en vie, ou recroquevillée sur un banc, ou… J'ai continué, dépassant les grandes maisons de style colonial abandonnées par les estivants jusqu'à la prochaine saison, arrivant enfin au phare imposant qui s'élevait à plusieurs dizaines de mètres au-dessus du rivage. J'ai regardé ma montre. Cinq heures moins vingt. Il était temps de rebrousser chemin, si je voulais encore voir où je mettrais les pieds. Du coup, le chemin inverse s'est effectué avec une sorte d'entêtement qui me mettait à l'abri de pensées susceptibles de rouvrir la plaie.

J'ai atteint ma voiture à la nuit tombante. Le brouillard qui montait lentement de l'Atlantique m'a obligée à écarquiller les yeux dans la lumière de mes phares. Quand j'ai rejoint la 295, il était déjà six heures mais au lieu de prendre la route de la maison j'ai roulé vers le nord, jusqu'à Wiscasset, l'une de ces coquettes petites villes de Nouvelle-Angleterre envahies par les touristes en été mais heureusement somnolentes le reste de l'année. Il y avait un restaurant d'habitués dans le centre qui, j'en étais sûre, serait ouvert en avril. Confortablement installée dans la salle presque vide, les cahiers de l'édition dominicale du *New York Times* étalés devant moi, j'ai savouré une soupe aux praires et un haddock au four avec deux verres de sauvignon, goûtant en silence chaque moment de ce dîner solitaire.

Quand j'ai été en vue de la sortie de Bucknam Road, après neuf heures passées, j'ai été tentée de continuer. Je n'avais pas envie de rentrer, de raconter à Dan l'affreuse interview, je n'avais pas envie que l'inspecteur Leary m'annonce encore de mauvaises nouvelles. Rouler, rouler encore, tailler la route… Mais il y avait déjà une fugitive dans la famille, et mon éducation très Nouvelle-Angleterre m'empêchait de me dérober plus longtemps à mes responsabilités. Dix minutes plus tard, je me garais dans notre allée.

Tout était éteint en bas mais j'ai entendu le bourdonnement de la télévision dans notre chambre, où je suis montée. Dan était au lit, regardant un documentaire sur Staline présenté par History Channel. Pourquoi est-ce que tous les hommes d'un certain âge que j'ai connus développent une telle fixation sur cette chaîne de vulgarisation historique ? Ce n'était pas la soif d'apprendre, j'en avais l'impression, plutôt un besoin d'échapper à leur train-train. À mon entrée, Dan a baissé le son.

« Alors, a-t-il dit calmement, où avais-tu disparu ? – Il a écouté la description de mon après-midi. – Pas mal. – Ses yeux sont retournés à l'écran. – Il y a eu des appels, pendant ton absence.

— Leary ?

— Non. Ton père qui venait aux nouvelles et Jeff dans tous ses états à cause de ce que l'*Herald* va sortir demain.

— Oui… Tu sais, je crains que ce que j'ai dit à ce journaliste puisse être interprété de travers.

— Je suis sûr que ça ira, a-t-il dit, toujours captivé par la télé.

— Je n'ai pas du tout aimé la tournure que l'interview a prise.

— Il a posé des questions indiscrètes ?

— Oui. Très.

— Bon, mais si tu as répondu avec sang-froid, tu…

— Ce n'est pas le problème, Dan. Ce type travaille pour un journal à sensation. Je suis certaine qu'il va déformer tout ce que je…

— Mais puisque tu savais à qui tu avais affaire, pourquoi n'as-tu pas répondu avec prudence à ses questions ?

— C'est une blague ? ai-je lancé, tentant de contrôler mon indignation pendant que des images en noir et blanc de goulags sibériens défilaient sur l'écran.

— Je disais simplement que…

— Tu es amnésique ?

— Ce qui signifie ?

— C'est toi qui m'as demandé de m'occuper de l'interview, tu as oublié ?

— Non, mais tu n'as pas à te retourner contre moi parce que ça s'est mal passé.

— Ah ! merci !

— Baisse d'un ton, tu veux ?

— Rien du tout ! Et je te serais vraiment reconnaissante si tu pouvais me regarder, quand nous avons une discussion. »

Sans dire un mot, il a éteint le poste, a repoussé les couvertures, s'est levé et a enfilé la robe de chambre qu'il avait laissée sur la chaise.

« Il n'y a pas de discussion possible quand tu t'énerves comme ça.

— Ne joue pas ce petit jeu de passif agressif avec moi !

— Passif agressif ? – Il m'a lancé un regard peu amène. – Depuis quand tu fais dans la psychologie de magazine féminin ?

— Voilà ! Exemple typique ! – Comme il se dirigeait vers la porte, j'ai crié : – Je ne vais pas te laisser t'esquiver comme ça !

— Oui ? Eh bien, moi, je ne me disputerai pas avec toi pour des broutilles.

— Des broutilles ? Que notre fille ait disparu ?

— Tu en souffres, ce qui est plus que compréhensible. Donc je vais te laisser de l'espace et dormir en bas. Bonne nuit. »

Il est parti en refermant la porte derrière lui. Ma première réaction aurait été de lui courir après et de le contraindre à une explication, tant sa façon de se défausser m'avait énervée, et puis j'ai décidé de ne pas lâcher la bride à la détresse et à la colère qui s'étaient accumulées en moi. Plus ou moins inconsciemment, aussi, je me retenais d'arriver au point où je lui déclarerais ce que je pensais vraiment de notre relation. Incapable de parler à Dan, peu désireuse de rappeler Jeff – dont l'épouse rouspétait si j'osais téléphoner après neuf heures du soir, de toute manière –, je ne me sentais pas plus en mesure de calmer l'inquiétude de mon père que de mettre un frein à la mienne. Il ne me restait plus qu'à dormir. C'est ce que j'ai tenté de faire, en luttant contre l'envie de prendre un somnifère car je ne voulais pas être groggy le lendemain matin, ce que mes élèves ne manqueraient pas de remarquer.

À six heures, alors que j'avais rallumé et que je tentais de lire, je n'ai plus supporté d'être au lit et j'ai décidé de me préparer pour la journée. Quand je suis descendue vingt minutes plus tard, j'ai découvert avec étonnement que la voiture de Dan n'était plus dans l'allée. Il n'avait pas laissé de mot. Je me suis sentie nauséeuse ; je détestais ces escarmouches qui restaient sans conclusion et je m'en voulais d'avoir été tellement agressive. Il fallait l'appeler sur son portable, faire la paix. Mais pourquoi était-ce toujours à moi de faire le premier pas ? C'était injuste. Après avoir débattu en moi-même, j'ai composé son numéro et suis tombée sur le répondeur. Étonnant, qu'il ait oublié d'allumer son cellulaire alors qu'il devait être constamment joignable par l'hôpital. L'angoisse l'égarait, lui aussi.

Attrapant mon sac de sport et ma mallette, je suis sortie dans l'aube encore sombre et glaciale et je suis partie pour la salle de gym que je fréquentais, bien préférable au club où allait Dan, à sa clientèle de snobs et de femmes au foyer qui tentaient désespérément de garder la ligne. Depuis que j'avais dépassé la cinquantaine – « À partir de cet âge-là, il s'agit seulement de limiter les dégâts », plaisantait Margy –, je m'efforçais de m'y rendre au moins quatre fois par semaine. Ce matin-là, tandis que je peinais sur le Stairmaster, je me suis demandé comment je pouvais me livrer à une activité aussi prosaïque et superficielle alors que j'étais toujours sans nouvelles de ma fille. J'ai aussi pris la résolution que je ne lirais pas le maudit journal avant la fin de ma journée de travail, afin de ne pas me laisser déstabiliser par cette épreuve à la reprise des cours. En chemin vers le lycée, je me suis arrêtée à un 7-11 pour acheter un numéro du *Boston Herald* que j'ai aussitôt rangé dans ma mallette. Arrivée à l'école plus d'une heure avant le début des cours, j'ai vérifié ma case de courrier. Pas grand-chose, sinon le paquet Fedex envoyé par Margy. Un livre d'environ trois cents pages se trouvait à l'intérieur, accompagné d'un Post-it laconique : « Lis le chapitre 4, appelle-moi ensuite ».

Loin des barricades, Mémoires d'un révolutionnaire repenti, proclamait le titre au-dessus de deux photographies séparées par une ligne de fracture zébrée : d'un côté, l'auteur à vingt-deux ans, cheveux longs, haranguant une foule de chevelus pendant qu'un drapeau américain brûlait en arrière-plan ; de l'autre, le même, guetté par la calvitie et arborant de grosses lunettes en écaille, en train de serrer la main de George W. Bush dans le Bureau ovale. Je n'ai pas pu décider laquelle des deux facettes de Tobias Judson me répugnait le plus. J'ai posé le livre sur la table, hésitant à l'ouvrir comme s'il pouvait s'agir d'un colis piégé. Peut-être était-il préférable de ne pas savoir ? J'avais besoin d'une cigarette. Ouvrant en grand la fenêtre de mon bureau, j'ai passé la tête dehors et j'ai consumé rapidement une Marlboro light, redoutant à chaque instant que la fumée ne soit poussée dans la pièce, car un enseignant pris en train de fumer dans l'établissement s'exposait à de graves sanctions. Après avoir expédié le mégot éteint dans la grille de caniveau en contrebas, je suis revenue m'asseoir à ma table, étourdie par ce premier influx de nicotine de la journée, enhardie par cette stimulation chimique. Allez, vas-y, qu'on en finisse… J'ai saisi le livre, cherché le chapitre en question, et j'ai commencé à lire.

5

CHAPITRE 4 : L'AMOUR EN FUITE

J'étais assis par terre dans mon studio en compagnie de George Jefferson, dit le Lynx, « responsable de l'information » des Black Panthers pour Chicago et ses environs. Il était autour de dix heures du matin et George était passé prendre un café, mais à cette époque un petit déjeuner entre camarades de combat avait forcément la pipe à eau au menu. Assis en tailleur sur le sol avec les élucubrations jazziques d'Ornette Coleman, nous avions donc entamé une pipe de Panama Red et nous discutions les derniers événements locaux, à savoir la récente arrestation du frère Ahmal Mingus, qui avait tenté de saboter l'envoi du courrier à partir du siège du FBI à Chicago, lorsque la sonnerie du téléphone a retenti.

« Ouais ? ai-je fait, relâchant une pleine poumonée de Panama Red.

— C'est Groucho ?

— Si c'était Harpo, je parlerais pas, non ?

— Jack Daniels à l'appareil. Si tu descendais me chercher le journal ? Mais couvre-toi bien, d'accord ? »

Quelques secondes plus tard, j'étais dehors. Groucho était le pseudonyme que je m'étais choisi au sein du mouvement clandestin des weathermen parce qu'il constituait un aspect du marxisme qui me plaisait particulièrement. La plaisanterie au sujet de Harpo était un code grâce auquel Jack Daniels, le responsable de ma cellule, s'assurait que c'était bien moi qui lui répondais. « Descendre chercher le journal » signifiait se rendre à la cabine téléphonique d'en bas et attendre un appel qui ne pouvait pas être repéré. « Couvre-toi bien », enfin, voulait dire que je devais avoir un sac de voyage avec moi, être prêt à décamper.

Et ainsi suis-je sorti dans la rue, non sans oublier les trois cents dollars que j'avais mis de côté pour ce type d'urgence. George m'a accompagné en bas et, après avoir vérifié que les flics ne rôdaient pas dans le coin, il m'a salué d'un poing levé avant de s'en aller dans la direction opposée. C'était une de ces belles matinées d'automne où le ciel reste d'un bleu pur et où le soleil se croit encore en plein été. Un de ces matins que j'en suis venu à considérer comme un don du Seigneur à tous les Américains. Et si l'idée de commencer sa journée en se droguant et en dénigrant systématiquement les forces de l'ordre me paraît aujourd'hui une insanité absolue, tel était l'état d'esprit des sectes radicales de l'époque.

Persuadé que les flics écoutaient mon téléphone, j'étais convenu avec Jack Daniels d'utiliser la cabine toute proche de l'entrée de l'université de Chicago, un établissement qui, en ce temps-là comme aujourd'hui, professe un dédain intellectualiste de toutes les valeurs intrinsèques de l'Amérique et des impératifs moraux de la vie en société. J'ai atteint le téléphone juste au moment où la sonnerie s'est déclenchée.

« Groucho ?

— Si c'était Harpo…

— Affirmatif. Bon, je serai bref. Les flics ont repéré tes deux colocataires.

— Et ?

— Je dirais que tu devrais changer d'air.

— Tu veux dire le grand bond ? » Dans notre code, cela signifiait passer au Canada.

« On n'en est pas à ce point-là. Pars te balader un moment. Dans des endroits tranquilles. Quand tu as trouvé une planque, rappelle-moi où tu sais et tiens-moi au courant. Bon vent, camarade. »

Après l'attentat à la bombe contre le département de la Défense à Chicago perpétré par une autre cellule weatherman, Jack Daniels m'avait demandé d'abriter ces deux militants, la police et le FBI ayant pratiquement bouclé toute la ville. Endoctriné comme je l'étais, je n'avais pas eu la moindre hésitation à accueillir des assassins, des êtres qui, sans penser aux conséquences de leur acte, avaient causé la mort d'excellents citoyens : Wendall Thomas III et Dwight Cassell, l'un et l'autre Africains-Américains, anciens combattants de la guerre de Corée, pères de familles nombreuses. Je ne pensais pas à la disparition tragique de ces hommes chargés de surveiller des locaux destinés à la défense de notre pays. Pour moi, il s'agissait à peine d'une péripétie sur la route des grandes transformations révolutionnaires. Mais les flics, ou plus précisément le FBI, avaient appris mon rôle et venaient de se mettre à ma recherche. Complicité de meurtre. Cela pouvait aller jusqu'à vingt ans de prison.

Considérant que les aéroports et les gares routières étaient surveillés, j'ai pris le métro jusqu'à Oak Park. Pourquoi Oak Park ? Eh bien, c'était la ville natale d'Ernest Hemingway, et une banlieue tranquille où la police ne soupçonnerait pas ma présence. Après être descendu dans un petit motel pour la nuit, j'ai attendu que la nuit tombe pour me rendre dans un restaurant chinois du coin où il y avait une cabine téléphonique. Là, j'ai commandé un appel longue distance pour Burlington, dans le Vermont. L'opératrice m'a demandé de mettre deux dollars vingt-cinq pour trois minutes. Retenant mon souffle, j'ai, non pas prié car je n'avais pas encore compris la profondeur du message chrétien, mais souhaité de tout cœur que, à l'autre bout de la ligne, James Windsor Longley me réponde.

Comme très souvent dans ces Mémoires, j'utilise ici un nom inventé afin de protéger sa vie privée. James Windsor Longley… Peut-on imaginer un nom plus patricien, plus évocateur de l'aristocratie de la Nouvelle-Angleterre ? Tel était-il, avec autre chose en plus : faisant sa crise d'adolescence avec quelques décennies de retard, cet ancien de Harvard était devenu un gauchiste fameux. Plus précisément, c'était le type même du brillant intellectuel qui met sa brillante intelligence au service de la lutte contre sa propre classe, de la dénonciation des privilèges dont il a pourtant joui toute sa vie durant. Dans son cas, il fuyait non seulement sa jeunesse dorée d'enfant de Beacon Hill mais aussi ses responsabilités de mari, de père et d'éducateur de notre jeunesse, s'abandonnant au libertinage des années 60 avec une atterrante soif de vengeance.

J'avais croisé James Windsor Longley dans le cadre des mobilisations contre la guerre du Vietnam. Parmi la faune hippie et baba, il tranchait fortement, ce distingué professeur, ce quadragénaire aux yeux bleus toujours vêtu avec soin mais toujours prêt à reprendre à son compte la logomachie anarchisante alors en vogue. Les jeunes l'adulaient : pour eux, c'était papa devenu révolutionnaire. Les filles, en particulier, ne résistaient pas à ce charme et, comme nous tous alors, il se jugeait entièrement libre d'enchaîner les conquêtes sexuelles les unes après les autres. Adepte de « l'amour libre » moi aussi, je ne différais de James Windsor Longley que sur un plan : je n'étais pas marié.

À mes yeux, James Windsor Longley était un frère d'armes sur lequel je pouvais compter dans les moments chauds, en particulier celui que je traversais, et j'ai donc été plus que content d'entendre sa voix. Pressentant qu'il était sur écoute, je me suis borné à lui expliquer que j'avais besoin d'un endroit où « prendre du repos ». À mots couverts, il m'a fait comprendre qu'il était au courant des derniers développements de l'affaire de Chicago et que je serais sans doute mieux avisé de ne pas venir dans le Vermont. Et c'est là qu'il m'a dit : « Ah, mais Alison – le nom a été changé, ici aussi –, ma fille, vit à Croydon, dans le Maine. Et je sais que son mari est en voyage. Elle pourrait t'accueillir un jour ou deux. Plus tranquille que Croydon, il n'y a pas… » C'était aussi à trois ou quatre heures de la frontière canadienne, ce qui me convenait parfaitement. L'instant d'après, je téléphonais à la compagnie Greyhound, ce qui m'a permis d'apprendre qu'un bus partirait d'Oak Park pour Springfield le lendemain matin à sept heures et quart. Ma décision était prise.

À midi, j'ai changé de car, puis dormi ou lu tandis que nous descendions la 79, Indianopolis, Columbus et enfin Pittsburgh, que nous avons atteint vers minuit. Le lendemain matin, en retournant à la gare routière, j'ai acheté un journal local. Un entrefilet indiquait que le FBI avait émis un mandat de recherche contre moi. Suivant les règles de notre mouvement, j'ai brûlé tous les documents au nom de Tobias Judson dans les toilettes de la gare routière et j'ai sorti les faux papiers que j'avais dans mon sac : sur mon « nouveau » passeport, j'étais Glenn Alan Walker, né le 27 janvier 1947 à Minneapolis, Minnesota.

Toujours en évitant les grandes villes, j'ai continué mon périple en car Greyhound jusqu'à Bridgton, dans le

Maine, où je suis parvenu le surlendemain vers cinq heures du soir. J'ai appelé d'une cabine le numéro de sa fille, que Longley m'avait donné. Après avoir répondu à la deuxième sonnerie, elle a écouté le scénario que j'avais inventé : je vagabondais à travers les États-Unis, réunissant le matériau d'un essai sur l'Amérique contestataire, et j'avais besoin d'un toit pour une nuit ou deux. Elle a hésité, puis m'a déclaré qu'elle devait téléphoner à son père et à son mari avant de pouvoir dire oui. « Quelle bourge », ai-je pensé, mais je n'ai rien objecté. Vingt longues minutes se sont écoulées avant qu'elle ne me rappelle : « Mon père me confirme que ça va et mon mari a d'autres problèmes en tête. En plus, la vie ici n'est pas folichonne, donc je ne suis pas contre un peu de compagnie. » J'ai trouvé la seule société de taxis locale et j'ai allongé cinq dollars pour me rendre à Croydon, qui se trouvait à seulement une douzaine de kilomètres de Bridgton. « Je rends visite à d'anciens amis de fac », ai-je répondu au chauffeur qui, sur la route, m'a demandé ce qui m'amenait dans le coin. Alison m'avait expliqué que je devais me rendre au cabinet du seul médecin de ce patelin paumé : ils habitaient audessus, la maison où ils devaient emménager ayant été endommagée par une inondation.

Quand Alison m'a ouvert la porte, cependant, j'ai oublié instantanément le côté trou perdu de cette bourgade. Un vrai coup de foudre, un de ceux qui vous font l'effet d'un uppercut au menton. Et j'ai tout de suite vu que l'attraction était réciproque. J'ai certes noté qu'elle tenait un bébé dans les bras, mais sans plus : j'étais un révolutionnaire convaincu, un chantre de l'amour libre, et dès que nos regards se sont croisés j'ai su que nous allions être amants, Alison et moi. Parce qu'il y avait une telle attente dans ses yeux, un tel besoin d'échapper à la morosité étriquée de la petite ville où elle avait échoué. Et à cet appartement minuscule, encombré de meubles pesants.

Le courant s'est établi aussitôt, entre nous. Une heure après mon arrivée, nous avions pratiquement terminé une bouteille de vin et nous nous attablions devant le succulent dîner italien qu'elle avait préparé. Jeff, son petit garçon, jouait dans son parc pendant nos agapes. Ensuite, nous avons fumé cigarette sur cigarette, car Alison était aussi dépendante de la nicotine que moi, même si je détestais l'idée d'enrichir les grands producteurs de tabac « capitalistes ». À l'époque, cela faisait « intellectuel », de fumer, surtout en échangeant des considérations éclairées sur la politique et l'existence en général comme nous ne nous en sommes pas privés, ce soir-là. « Je n'avais pas parlé de tout ça depuis le campus, a-t-elle avoué. Mon mari est un type bien mais les grandes idées, ce n'est pas son fort… »

À ces mots, elle m'a effleuré la main, me fixant de ses immenses yeux pleins d'espoir. L'égoïste sans principe que j'étais alors, l'ennemi de la monogamie et des conventions, avait pourtant encore quelques scrupules – qui m'ont dissuadé d'aller plus loin avec elle, ce soir-là. Sentant aussi qu'elle était partagée entre le désir et le sens de ses responsabilités, je ne voulais pas la placer dans une situation impossible. Bientôt, elle a disposé les coussins du canapé sur le sol, m'a aidé à étendre mon sac de couchage dessus et m'a souhaité bonne nuit. Elle ne pouvait imaginer le réconfort que la chaleur de son accueil me procurait après trois jours et trois nuits de cavale. Au-delà du subversif en fuite, j'étais aussi un homme en train de tomber amoureux.

Le lendemain, Alison m'a montré Croydon. Bourgade horriblement confite dans son train-train, ai-je alors pensé. Aujourd'hui, je comprends que c'était au contraire un lieu inspiré, l'une de ces humbles petites villes qui sont les dépositaires des meilleures traditions américaines, celles de la solidarité communautaire et de l'attachement aux valeurs familiales. Alison travaillait à la bibliothèque, une belle maison ancienne où les enfants passaient leurs journées à assouvir leur soif de savoir. Sans le dire à voix haute, j'ai été séduit par le *diner* local et le magasin général, où chacun rencontrait chacun dans une atmosphère bon enfant. Après avoir repris le petit Jeff chez sa nounou, une adorable vieille dame, nous nous sommes rendus à l'une des merveilles naturelles pour lesquelles la Nouvelle-Angleterre doit glorifier le Créateur, le lac Sebago. Au milieu d'une symphonie de couleurs automnales, nous avons loué un canoë. J'ai ramé loin de la rive tandis qu'Alison serrait son bébé contre elle. Si j'avais cru en Dieu, alors, j'aurais compris qu'Il projetait Sa bienveillante lumière sur nous et nous rappelait que s'Il nous avait gratifiés d'un monde aussi beau nous devions Lui montrer notre gratitude en veillant à ne pas transgresser les frontières morales que Ses vicaires ont édictées.

En veine de confidences, Alison a évoqué son mari, « honnête, prévenant et fidèle », mais avec lequel elle ne ressentait « pas de passion ni d'ivresse ». « Je suis encore si jeune, a-t-elle soupiré. La vie ne me réservera donc rien d'autre ? »

Il y a des instants où les mots vont plus vite que la pensée. Ç'a été le cas pour moi, quand j'ai répondu :

« Pourquoi est-ce que tu ne t'enfuirais pas avec moi ? »

Elle a pâli.

« Tu… Tu es sérieux ?

— Plus sérieux que je ne l'ai jamais été.

— Mais nous ne nous connaissons presque pas !

— Je sais. Pourtant… »

Je me suis interrompu, ne sachant comment exprimer mes sentiments.

« Dis-moi. Essaie de me dire.

— Cela n'arrive qu'une fois dans une vie, ce qui vient de m'arriver.

— C'est beau…

— Et c'est vrai.

— Mais je suis mariée.

— Je sais. Je sais aussi que l'émotion que j'éprouve maintenant ne me quittera jamais.

— Oh, Toby… Pourquoi es-tu apparu dans mon existence ?

— Je suis désolé.

— Pas moi. Mais mon sort aurait été plus simple si…

— Parle, mon amour, l'ai-je pressée à mon tour.

— … si je n'avais pas compris, au premier regard, que tu étais celui auquel j'étais destinée. »

Nous sommes restés silencieux un long moment. Alison berçait son enfant, tête baissée. Soudain, elle m'a fixé dans les yeux :

« Je pense que tu dois partir. Dès ce soir. »

La sentence était terrible, sans compter qu'elle signifait que j'allais reprendre ma périlleuse existence de fugitif plus vite que je ne l'avais pensé. Envahi par un sentiment d'abnégation dont je n'étais pas coutumier, à l'époque, j'ai cependant résolu de faciliter les choses à Alison, même si cela revenait à renoncer à une femme que j'aimais plus que tout. Nous sommes rentrés à Croydon peu après le coucher du soleil. Pendant qu'elle donnait son bain et son repas au petit Jeff, j'ai rempaqueté mes affaires et téléphoné à la gare routière Greyhound de Bridgton pour… Je n'avais aucune idée de ma prochaine destination, en vérité. Quand Alison est revenue, je lui ai annoncé qu'il y avait un car en partance pour Lewiston à huit heures et que j'allais tenter de l'attraper. « Mais où iras-tu, ensuite ?

— Ce n'est pas important. Tu as raison, il faut que je parte. Il faut… »

Je n'ai pas terminé ma phrase car nous étions soudain dans les bras l'un de l'autre, serrés en une étreinte passionnée qui nous a conduits jusqu'au lit, éperdus de désir.

Plus tard, allongé contre son corps dénudé, je me suis fait la réflexion que j'avais couché avec un nombre incalculable de filles, jusque-là, mais que c'était la première fois que j'avais fait l'amour, au sens propre du terme. Dans un coin de la pièce, le petit Jeff dormait à poings fermés, dans une belle ignorance de ce qui venait de se passer. Sans un mot, nous sommes restés les yeux dans les yeux, Alison et moi. Cet instant sublime a bientôt été troublé par la sonnerie du téléphone. Enfilant un peignoir en hâte, elle est allée répondre dans la salle de séjour. « Pardon ? l'ai-je entendue dire ? Non, Glenn Walker, certainement pas. Vous faites erreur ». J'ai sauté dans mon jean et couru à elle, chuchotant : « C'est pour moi. » Elle m'a abandonné le combiné, non sans me lancer un regard où se lisait, plus encore que la stupéfaction, la brutale découverte que la confiance absolue que l'on plaçait dans un être peut être trahie à tout moment.

« Groucho ?

— Si c'était Harpo… »

Les yeux d'Alison se sont encore agrandis.

« Apparemment, nos amis savent où tu te trouves, a annoncé Jack Daniels. Un employé du guichet de Greyhound à Albany t'a reconnu par la photo dans le journal. Il leur a dit qu'il se rappelait t'avoir vendu un billet pour le Maine il y a deux jours. Je te conseille le grand bond dès ce soir. Compris ?

— Affirmatif.

— Bien. Nos vrais amis t'attendront à Saint-Georges. C'est à environ sept heures de route de là où tu es, d'après ce que je sais. Tu crois pouvoir mettre la main sur une caisse ?

— Pas ce soir, mais demain, je pourrais en louer une.

— Trop tard. Vois avec cette fille. Je te rappelle dans un quart d'heure. »

Il a coupé, j'ai raccroché. Alison s'est approchée. Elle a pris mes mains dans les siennes.

« Alison, mon amour…, ai-je commencé, incapable de continuer plus avant.

— Dis-moi ce qui se passe.

— Je ne veux pas t'impliquer là-dedans.

— Je le suis déjà, puisque je t'aime.

— Mon intention n'a jamais été de te créer des ennuis.

— Je t'en prie, Toby ! Dis-moi la vérité. »

Elle m'a obligé à m'asseoir sur le canapé, sans jamais me quitter du regard, et j'ai commencé à lui raconter mon histoire. Je lui ai absolument tout dit. Je n'ai pas cherché à me dédouaner, même si je lui ai confessé que j'avais eu un moment d'hésitation, quand ils m'avaient demandé d'abriter ces militants. « Seulement, ils m'auraient supprimé dans la minute. Une fois que tu es embrigadé dans les weathermen, tu ne peux plus en sortir. Et tout ce qui ressemble à une trahison peut être puni de mort.

— Quel choix terrible tu as dû faire, mon pauvre chéri.

— Et c'était le mauvais, je m'en rends compte maintenant. Je t'assure que je voudrais me rendre, à présent. Sauf que je risque une peine de vingt ans en pénitencier fédéral… Tandis que si je passe au Canada, je pourrai négocier plus facilement avec le FBI. Ça paraît cynique, je sais, mais…

— Non, je comprends. S'ils t'arrêtent sur le territoire national, ils n'auront aucune pitié. Il faut que tu passes la frontière cette nuit.

— Mais comment ? Je n'ai pas de véhicule.

— Je vais te conduire, a-t-elle répliqué sans hésiter.

— Impossible. Ce serait trop te compromettre. S'ils nous pincent, tu iras en prison, tu seras séparée du petit Jeff… Je ne peux pas, non.

— Tu as des papiers au nom de… Ce nom qu'il a employé au téléphone ?

— Oui. Glenn Walker.

— En partant tout de suite, nous y serons dans cinq heures. Ils ne soupçonneront jamais un type qui s'appelle Walker et qui voyage avec femme et enfant.

— Hein ? Tu veux emmener Jeff avec nous ?

— Il ne se rendra compte de rien et je ne peux pas le laisser seul ici, de toute façon.

— Et si ton mari appelle quand tu n'es pas là ?

— Je n'ai qu'à l'appeler maintenant.

— N'empêche, je ne peux pas te laisser faire une…

— Je le dois.

— Pourquoi ? »

Elle a resserré sa main sur la mienne.

« Même si je déteste la violence, surtout contre des civils innocents, je hais l'horrible guerre que nous menons dans le Sud-Est asiatique. Mon père a passé les cinq dernières années sur les barricades à dénoncer les exactions des affidés de Nixon et de Kissinger. Moi, je suis toujours restée en retrait, sans doute parce que j'étais timorée, ou parce que je n'arrive pas à manifester un quelconque engagement. Mais il m'a suffi de vingt-quatre heures avec toi pour comprendre que l'amour est le plus profond, le plus important des engagements. Tu étais un non-violent forcé d'aider des gens qui croient en la violence : je dois t'aider à échapper à une punition injuste. D'autant plus que je suis certaine qu'une fois au Canada tu continueras à élever ta voix contre cette guerre monstrueuse.

— Je ne sais que te dire, Alison. »

Elle s'est penchée sur moi, m'a embrassé passionnément.

« Il n'y a rien à dire. Préparons-nous. On part dans une demi-heure. »

Je me suis hâté de prendre une douche, de me rhabiller et de refaire le lit. Alison a entassé des affaires pour le petit Jeff dans un sac, sans oublier de prendre son acte de naissance. Le téléphone a sonné encore une fois. C'était Jack Daniels.

« Où en est-on ? a-t-il demandé après que nous eûmes échangé le rituel Groucho-Harpo.

— Je suis prêt au grand bond.

— Avec ou sans aide ?

— Avec.

— À contrecœur ?

— Au contraire. Tel père, telle fille.

— Super. Donc, ton rendez-vous est… »

Il m'a donné les instructions pour rencontrer mon contact à Saint-Georges, au Québec, non sans me rappeler que si j'étais appréhendé à la frontière je devrais suivre le code de conduite de l'organisation : aucune collaboration avec « l'ennemi ».

« Dans le cas contraire, on te retrouvera, et tu paieras. »

Pour la toute première fois, j'ai entrevu que, derrière son idéalisme radical, Jack Daniels n'était ni plus ni moins qu'un gangster. Dans les yeux éperdus d'Alison me disant : « Je vais te sortir de là, même si cela doit me briser le cœur de te laisser partir », j'ai brusquement compris que l'amour d'une femme de bien venait de changer toutes mes perspectives, il m'avait fait comprendre qu'il y avait mieux à faire dans la vie que de jouer à ces jeux dangereux de révolutionnaire en chambre auxquels je m'étais adonné. Mais pour l'heure il n'y aurait pas d'alternative à l'exil.

Alison a téléphoné à son mari, Gerry. Ils ont parlé pendant environ cinq minutes, puis elle a conclu l'échange d'un simple « Je te rappelle demain », sans un mot tendre, sans une proclamation d'amour. C'était poignant, de surprendre ainsi la stérilité de cette union, alors que j'allais être arraché dans quelques heures à une femme qui, je le savais désormais, avait été mise sur cette terre pour moi. Se mordant les lèvres après avoir raccroché, elle a pris sa respiration et a chuchoté : « Si ce n'était pas pour Jeff, je disparaîtrais avec toi, cette nuit…

— Et moi, je ne renoncerais jamais à toi, si tu n'étais pas mariée. »

Nous sommes partis dans les ténèbres. Pendant que le petit dormait paisiblement à l'arrière, nous avons parlé tout le temps qu'a duré le voyage, échangeant le récit de nos existences respectives, anxieux d'apprendre encore plus l'un de l'autre avant d'être irrémédiablement séparés. Les kilomètres ont filé derrière nous. Bientôt, après avoir fait le plein, nous sommes parvenus à Jackman, la dernière ville du Maine qui précédait la frontière. J'ai pris le volant et j'ai conduit jusqu'au poste de garde canadien, m'attendant à tout moment à voir surgir une voiture de police.

« Bonsoir, a dit le garde-frontière québecois dans sa langue puis, continuant en anglais : Qu'est-ce qui vous amène au Québec ?

— Nous venons voir des amis.

— Il est bien tard, pour faire la route.

— Oui. Je viens de sortir du travail. Et le bébé dort mieux en auto la nuit.

— À qui le dites-vous ! Vos papiers, je vous prie. »

Je lui ai tendu mon faux passeport, qu'il a examiné rapidement. Il m'a demandé si nous transportions des boissons ou des aliments au Canada. À ma réponse négative, il m'a rendu le document : « Monsieur Walker, je vous souhaite un bon week-end au Canada, à vous et à votre famille. »

Nous sommes repartis. Au bout de quelques minutes, Alison a murmuré : « "Vous et votre famille"… Si seulement… » Nous avons atteint Saint-Georges, où j'ai cherché la station-service désaffectée dont Jack Daniels m'avait parlé au téléphone. Un véhicule nous attendait. Les appels de phares convenus ont été échangés.

« C'est le moment, ai-je annoncé d'une voix sourde.

— Emmène-moi… Emmène-nous avec toi ! a-t-elle soudain supplié.

— C'est impossible. Je vais devoir m'exiler pendant des mois, des années peut-être…

— Tant pis. Nous serons ensemble. C'est tout ce qui compte.

— Alison, mon amour… Mon cœur crie oui mais ma tête dit non. Ce ne serait pas une vie pour toi, ni pour le petit Jeff. »

Cachant sa tête dans mon épaule, elle a fondu en larmes. Nous nous sommes serrés l'un contre l'autre tels deux naufragés sur un radeau de fortune. Elle a recouvré son calme, peu à peu, m'a embrassé de toute la force de son âme et a chuchoté un seul mot : « Va ! » Après avoir étendu la main pour une brève caresse sur les cheveux du bébé endormi, je suis sorti de la voiture, je suis allé prendre mon sac dans le coffre et je me suis approché de la vitre d'Alison pour la contempler une dernière fois.

« Je ne t'oublierai jamais, Tobias Judson, a-t-elle affirmé, le visage baigné de pleurs.

— Je ne t'oublierai jamais, Alison Longley… »

Je me suis dirigé vers l'auto qui m'attendait. Mes années d'exil venaient de commencer, une période de ma vie qui a été sans cesse hantée par la perte d'Alison. Plus tard, lorsque la grâce de Notre-Seigneur Jésus-Christ est venue m'éclairer, j'ai éprouvé de la honte pour avoir poussé une femme mariée à commettre l'adultère, certes, mais j'en suis venu à comprendre comment l'amour d'Alison m'avait mis sur la voie de la rédemption, la voie d'une profonde transformation personnelle et spirituelle.

Et non, je ne l'ai jamais oubliée, car comment oublier l'être qui a changé votre vie ?

6

J'ai refermé le livre brutalement, l'envoyant sur la table avec une telle violence qu'il a atterri par terre, où je l'ai laissé. Un coup de massue. Je ne pouvais plus bouger.

Plus encore que les mensonges, plus que sa détermination à distordre tous les événements pour les faire correspondre à ses affabulations, c'était la manière dont il me présentait en tant que complice active qui m'atterrait. Et cet entêtement à transformer une petite passade idiote en histoire d'amour à l'eau de rose, et ces commentaires inventés de toutes pièces à propos de Dan, de notre mariage… Certes, ma mémoire pouvait me tromper, au bout de trente ans, mais de là à inventer un « coup de foudre » pour un salaud qui m'avait forcée à le conduire au Canada ! Un chantage pur et simple, qu'il réécrivait maintenant à sa guise.

Mais qui croirait ma version des faits alors qu'il était devenu l'ami personnel du Christ, une personnalité conservatrice qui s'affichait en compagnie de George W. sur la couverture de son ignoble bouquin !

Mon portable s'est mis à sonner. J'ai regardé ma montre. Il me restait vingt-cinq minutes avant mon premier cours. Je n'étais pas sûre que je n'allais pas être prise de nausée devant mes élèves, qui s'en amuseraient probablement beaucoup : « Hé, la prof a dû picoler sérieux, hier soir ! Et nous qui pensions qu'elle était pas fun ! » J'ai attrapé mon téléphone machinalement. Je n'ai pas eu le temps de dire un mot. Margy.

« Je viens juste de voir par hasard une dépêche d'AP qui reprenait un article du *Boston Herald*. J'ai eu le choc de ma vie ! Oh, Hannah, j'imagine dans quel état tu dois être !

— Moi, je viens juste de lire le livre de l'autre enfoiré.

— Qu'il aille se faire mettre celui-là ! Lizzie, c'est autrement plus important. Et après ce que ce remueur de merde a écrit à propos de toi et de Dan…

— Quoi ? Qu'est-ce qu'il a écrit ?

— Tu veux dire que tu ne l'as pas lu ?

— Je n'ai pas encore eu le courage, non.

— Tu as un exemplaire sous la main ?

— Oui, hélas.

— Alors lis-le !

— C'est mauvais à ce point ?

— Lis-le !

— Je n'ai pas envie de…

— Il faut que tu fasses front, Hannah !

— D'accord, d'accord… – J'ai ramassé ma mallette et j'en ai sorti le journal. – Tu veux que je te rappelle après ?

— Non, non, je reste en ligne. C'est à la page 3. »

En ouvrant le canard, j'ai été sonnée une nouvelle fois. L'article occupait toute la page, avec une affreuse photo de Lizzie prise à un pot de Noël par l'un de ses collègues, où la mauvaise qualité du tirage et du cliché lui donnait un air hagard. En médaillon, un portrait impeccable de McQueen en blouse blanche. « ELLE SÉDUIT UN MÉDECIN CONNU ET DISPARAÎT », affirmait le titre au-dessus d'un récit extrêmement tapageur où

Lizzie était présentée comme une carnassière de la finance menant la grande vie et sautant au cou de tous les hommes – la mésaventure avec le banquier Kleinsdorf était abondamment évoquée –, alors que McQueen, le « dermato des stars », avait la part belle. Après avoir décrit leur rencontre au club cycliste, le journaliste le citait avec complaisance quand il affirmait qu'elle était devenue un « cauchemar », décrivait sa « stupéfaction » lorsqu'elle lui avait annoncé qu'elle avait avorté… Évidemment, puisque Lizzie avait disparu, cette ordure pouvait raconter tout ce qui lui passait par la tête ! Mais mes yeux continuaient leur lecture : « D'après la mère de Mlle Buchan, enseignante au lycée Nathaniel Hawthorne de Portland, dans le Maine, celle-ci ne se serait résignée à interrompre sa grossesse qu'après avoir obtenu la promesse du célèbre médecin qu'ils auraient un enfant dès qu'il aurait divorcé. Version fermement niée par l'intéressé, qui rappelle qu'il participe activement à la campagne contre l'avortement depuis plus de dix ans et qu'il est conseiller médical auprès de l'archidiocèse de Boston. “J'ai tout avoué à ma femme, qui s'est montrée bien plus compréhensive que je ne le mérite, tout comme j'ai demandé pardon à mon Église”, affirme McQueen.

» Hannah Buchan, qui reconnaît ne pas avoir été au courant de l'avortement au moment où il s'est produit, certifie cependant qu'elle “approuve” la décision de sa fille. Et tout en reconnaissant que celle-ci a grandi dans un environnement “relativement stable”, elle reconnaît aujourd'hui que son mari et elle ont certainement commis des “erreurs éducatives” et que “n'importe quel parent se sent coupable quand son enfant a des problèmes psychologiques”. » « Erreurs éducatives » ? Je n'avais jamais employé ce terme barbare ! Ce tissu d'insanités se concluait par une remarque attribuée à l'inspecteur Leary, selon qui la disparue « ne constituait sans doute pas un danger pour les autres, mais certainement pour elle-même ».

Le journal a rejoint le bouquin sur le sol. Je me suis couvert le visage des deux mains, repoussant le reste du monde loin de moi. Puis j'ai entendu la voix de Margy sortir de mon portable :

« Hannah ? Tu es là ? »

J'ai repris l'appareil.

« Oui, oui, malheureusement je suis là.

— Tu as tout lu ?

— C'est faux, de bout en bout, c'est…

— Pourquoi tu ne m'as pas parlé de la disparition de Lizzie tout de suite, Hannah ?

— Parce que je me suis dit que tu avais bien assez de tracas avec ta santé et j'attendais un moment pour…

— C'est une crise grave, Hannah. Le genre de crise où l'on a besoin de ses vrais amis.

— Oui… Ah, Jeff va être fou de rage, quand il va lire ça ! Et Dan aussi.

— Dan comprendra, et Jeff devra avaler la pilule.

— Il n'avale jamais rien. Il prend tout personnellement, surtout quand ses sacro-saints principes moraux sont touchés. Mais ce qui me terrorise complètement, c'est l'effet que le livre de Judson va avoir, quand les gens vont comprendre qu'il s'agit de moi.

— Honnêtement, je pense que ce bouquin va passer inaperçu.

— Comment peux-tu en être si sûre ?

— Pour commencer, son éditeur, Freedom Books, est à la droite de la droite. Ils arrivent à faire parler de leurs bouquins, d'accord, mais celui-ci est une telle merde, tellement mal écrit, tellement pleurnichard, surtout quand Judson étale ses tartines sur sa communication personnelle avec Jésus, qu'à mon avis ça va être un flop. Et en ce qui concerne les débilités sur ton compte…

— Tu n'as rien cru de tout ça, j'espère ?

— Tu me prends pour qui ? Ce qu'il y a de plus répugnant dans ce livre, à part les mensonges à ton sujet, c'est tout ce baratin sur la révélation et la rédemption. Un Juif qui se met à adorer le Christ, il n'y a rien de plus consternant. Et je suis bien placée pour dire ça.

— Mais si ça finit par se savoir ?

— Bon, là je prends ma casquette de RP et je te dis que ce clown ne pèse vraiment pas lourd, en termes d'image publique. J'ai pas mal potassé son dossier. Après être rentré du Canada la queue entre les jambes, en monnayant son amnistie en échange de son témoignage contre ses anciens "camarades", il a traînaillé pendant une vingtaine d'années comme maître auxiliaire dans diverses facs de Chicago. Il est marié depuis quinze ans à une nommée Kitty, une grande gueule dans une association de bien-pensants qui font du lobby pour interdire les programmes "indécents" à la télé. Issue d'une famille de ratichons de l'Oklahoma, c'est-à-dire de l'un des États les plus rétrogrades de l'Union. Va savoir ce qu'il a trouvé à cette nana, Judson. J'ai vu sa photo sur son site Internet et je peux te dire que…

— Il a un site ? l'ai-je coupée, affolée.

— Ma chérie, n'importe quel crétin a son site, de nos jours. Tu peux aller voir à www.tobiasjudson.com, si ça te chante. En plus du prêchi-prêcha que tu imagines, tu as droit à la galerie de portraits de la sainte famille. Ils ont deux gamins, Missy et Bobby… C'est pas mignon, ça ? Sauf qu'ils ont de toute évidence un sérieux "problème de poids", pour rester politiquement correct. Quant à la maman, eh bien, à Brooklyn, on appelle toujours ça une grosse pétasse ! Mais le pompon, c'est que, ces dernières années, Judson a essayé de sortir de son purgatoire banlieusard en s'autopropulsant idéologue de l'ultradroite chrétienne. Il a réussi à décrocher un commentaire hebdomadaire dans une feuille de chou de son trou perdu et une émission sur une radio principalement destinée aux pedzouilles de l'Illinois. Et il a été reçu deux minutes par George W., mais pour se voir octroyer cet honneur insigne il suffit d'invoquer Jésus toutes les dix secondes ! Donc ce livre est sa carte maîtresse pour gagner une audience nationale, mais pour deux raisons : et d'une, c'est une merde, et de deux, c'est une merde qui n'a même pas d'odeur. Règle essentielle du succès en Amérique : tu peux toujours arriver à vendre de la merde, mais pour ça il faut qu'elle ait une odeur. Ajoute à cela qu'il vous a tous gratifiés d'un pseudonyme, qu'il a même changé le nom de ton ex-patelin, et tu concluras que ça ne viendra à l'idée de personne de perdre son temps à décrypter ce texte. Si j'étais toi, je n'en parlerais même pas à Dan, ni à ton père. Moi-même j'ai été tentée de ne rien t'en dire, quand je suis tombée dessus.

— Il fallait que je sois au courant.

— C'est ce que j'ai pensé aussi. À contrecœur. »

La sonnerie des premiers cours de la journée a sonné.

« Il faut que j'y aille, Margy. Qu'est-ce que tu me conseilles de faire à propos de cet article ?

— Rien, pour l'instant. Il faut voir le genre de retombées que ça va déclencher, d'abord.

— Parce qu'il y aura des retombées, évidemment…

— Je dois être franche, ma chérie : la presse raffole des histoires de cul qui tournent mal, surtout quand il s'agit de gens avec une bonne situation, de hauts revenus, etc. S'il y a une disparition, un meurtre éventuel et un toubib animateur vedette de la télé, c'est encore mieux. Tout le monde va se jeter dessus. Désolée.

— Non, je m'en doutais. »

La sonnerie a retenti à nouveau.

« Bon, je vais être en retard.

— Je vais demander à mon équipe de regarder comment ton affaire évolue ce matin. Je te rappelle dès que j'apprends quelque chose.

— Je n'arrive pas à croire que je me retrouve au milieu de tout… ça.

— Ce qui compte vraiment, pour l'instant, c'est Lizzie. Et l'espoir que quelqu'un finisse par la reconnaître, avec tout ce battage.

— Tu as sans doute raison…

— Courage, ma chérie. Et n'oublie pas que je suis là pour amortir les chocs. »

À midi, après avoir terminé tant bien que mal ma matinée, j'aurais eu sérieusement besoin de douceur, en effet. Quand j'ai rallumé mon portable après les cours, je n'avais pas moins de six messages : Dan, très sec (« Est-ce que tu peux me rappeler au plus tôt ? ») ; Margy, préoccupée (« Est-ce que tu peux me rappeler très vite ? ») ; un journaliste du *Portland Press Herald* (« Pouvez-vous me rappeler dès que possible ? ») ; un autre du *Boston Globe* (« Merci de me contacter rapidement ») ; un autre des infos locales de la chaîne Fox (« Ce serait gentil de me rappeler »), et enfin mon fils, Jeff, qui m'appelait du bureau de Leary et se disait « horrifié » par mes déclarations au *Boston Herald* à propos de l'avortement de Lizzie. « Je viens de parler à papa, continuait-il, et j'ai décidé de venir ce soir à Portland. Je te verrai à ce moment-là. »

Grand Dieu, non, c'est impossible ! Mon téléphone a sonné. Dan, encore. Extrêmement tendu :

« Bonjour, c'est moi. Est-ce que Jeff a pu te joindre ?

— Écoute, chéri, ils ont complètement déformé mes propos ! Je n'ai jamais parlé d'erreurs parentales ou de je ne sais quoi ! Et au sujet de l'avortement de Lizzie, cette crapule a délibérément…

— Cela n'a plus d'importance, maintenant.

— Cela… Qu'est-ce que tu veux dire ?

— Le mal est fait.

— Mais, Dan, il a arrangé ce que je lui ai dit comme il a…

— Le téléphone n'a pas arrêté au bureau, et le répondeur de la maison est saturé de messages. Des journalistes et encore des journalistes qui veulent fouiner dans notre vie privée et nous demander si notre pauvre folle de fille a été tuée ou non par son amant, et parler à son irresponsable de mère, celle qui fait l'apologie de l'avortement et qui a reconnu que nous étions de mauvais parents. – À la fin de sa tirade, il paraissait très en colère. J'ai gardé le silence, tenant le portable dans ma main tremblante. – Tu m'entends, Hannah ?

— Oui, et je ne jouerai pas le bouc émissaire, tu m'entends, je refuse de…

— Pourquoi ne m'as-tu rien dit à propos de ce commentaire sur l'avortement de Lizzie ?

— J'ai essayé, mais ça ne t'intéressait pas.

— Quoi ? Encore ce petit jeu qui consiste à rejeter la faute sur l'autre ?

— Comment, “encore” ? Ce n'est certainement pas mon genre de jouer à ce jeu.

— Non, toi, tu refuses carrément d'assumer la responsabilité de tes actes.

— Dis-moi quand il m'est arrivé de faire une chose pareille !

— Eh bien ! en ce moment même.

— Je te le répète, Dan : j'ai tenté de te dire que cette interview avait mal tourné, et tu t'es bouché les oreilles.

— Ne crois pas t'en tirer ainsi, Hannah.

— Si tu n'étais pas aussi lâche, si tu t'étais chargé de répondre à ce type…

— Je t'emmerde. »

Et il a coupé. Je me suis assise à ma table, les jambes flageolantes. Mon cellulaire a recommencé son tapage.

« Madame Buchan, J. Myerson du *National Enquirer*, à l'appareil…

— Je n'ai rien à dire pour le moment. »

Cette fois, j'ai carrément éteint le portable, mais c'est le téléphone de mon bureau qui s'est mis en branle. Paniquée, j'ai décroché à la volée et j'ai bafouillé :

« Je… Je ne peux pas parler maintenant.

— Ah, pourtant j'espérais vous voir tout de suite, Hannah. »

Je ne connaissais que trop bien cette voix. Il ne manquait plus que lui. Le proviseur.

« Pardon, monsieur Andrews, mais la matinée a été… difficile.

— J'imagine, j'imagine. Ce doit être un terrible moment pour vous, mais… Voyez-vous un inconvénient à passer me voir quelques minutes ?

— Bien sûr, tout de suite, monsieur Andrews. »

Carl Andrews était un homme qui mettait ses interlocuteurs mal à l'aise. Ancien marine aimant se flatter de la discipline de fer qu'il prétendait faire régner dans son établissement, il était très distant avec le corps enseignant, tel un commandant en chef opérant en retrait des troupes opérationnelles. Pas de familiarité, mais il pouvait aussi manifester un soutien inébranlable aux membres de son équipe quand ils faisaient l'objet d'attaques malveillantes. Il l'avait montré l'année précédente, lorsque le prof de gym du lycée, Charlie Roden, avait été accusé par une élève de terminale de lui avoir fait des avances explicites. Malgré les menaces de poursuites judiciaires brandies par les parents, l'arrivée de plusieurs inspecteurs du ministère, le proviseur était resté solidaire de Roden et la lycéenne avait fini par avouer qu'elle avait inventé toute l'histoire. Commentaire laconique d'Andrews à la fin de cette crise : « Je peux renifler un menteur ou une menteuse à deux kilomètres. »

Cette histoire m'est revenue à l'esprit tandis que je me dirigeais vers son bureau. J'espérais qu'il se montrerait aussi juste à mon égard, car j'avais bien deviné pourquoi il voulait me voir d'urgence. Comme toujours tiré à quatre épingles, en veste et cravate, il était assis derrière sa grande table en fer, dans une pièce où les seuls éléments décoratifs étaient un drapeau américain dans un coin, son certificat de marine et ses diplômes universitaires accrochés au mur, et une photographie de lui recevant le titre de « pédagogue de l'année » des mains du gouverneur du Maine. Un exemplaire du *Boston Herald* était posé devant lui. Du menton, il m'a fait signe de prendre place et s'est lancé sans préliminaires : « Tout d'abord, je veux exprimer ma peine pour la disparition de votre fille. Quel que soit son âge, votre enfant reste votre enfant. Je veux que vous sachiez que l'école vous soutient sans réserve, en ces pénibles moments. Si vous avez besoin de prendre quelques jours de congé, par exemple...

— C'est très aimable à vous, monsieur Andrews, mais je préfère au contraire continuer à travailler.

— Compris. Maintenant, je dois aborder une série de problèmes avec vous. Le premier est celui de la presse. Nous avons reçu pas moins de sept appels de divers journalistes ce matin, qui nous posaient toutes sortes de questions. J'ai décidé de rédiger la très courte, très simple, déclaration que voici. J'ai aussi donné des instructions pour que toute tentative de contact de la part des médias soit renvoyée sur Mlle Ivens – c'était sa secrétaire. – Lisez, je vous prie. »

Il m'a tendu un papier à en-tête du lycée Nathaniel Hawthorne sur lequel il indiquait que j'étais une « enseignante respectée de cet établissement depuis plus de vingt ans » et que Jeff et Lizzie avaient tous deux été d'« excellents éléments » du lycée, ayant eu la réputation d'enfants « stables et bien élevés ». Il concluait en demandant que ma vie privée et la tranquillité de l'école soient respectées, et ajoutait que l'administration n'entrerait pas dans le débat sur le bien-fondé de mes déclarations au sujet des choix personnels de ma fille.

« Je crois que je dois expliquer un peu cette dernière phrase, a-t-il poursuivi. Comme vous le savez, nous avons plusieurs parents d'élèves très religieux. Vous vous rappelez sans doute Trisha Cooper, par exemple, qui, encore récemment, a réclamé que les thèses darwinistes ne soient plus enseignées en cours de sciences. Je ne doute pas qu'elle va tenter de mener une campagne contre vous, dès qu'elle aura eu vent de vos propos. Ce n'est pas une menace, c'est un constat. Car il y a une bonne trentaine de Trisha Cooper, parmi les parents. Pour ma part, je pense qu'ils ont entièrement le droit d'avoir des opinions, tout comme vous êtes libre d'avoir les vôtres. Mais si l'on commence à me dire que je ne devrais pas garder une enseignante qui ne partage pas leur point de vue sur tout, là, je sors l'artillerie lourde.

— Merci, monsieur Andrews.

— Puis-je vous donner un petit conseil, Hannah ? Refusez toutes les demandes d'interview, dorénavant. Mettez au point un communiqué de deux lignes disant que vous n'avez pas d'autres commentaires à faire. Car si vous mordez à leurs hameçons, ils vous mangeront toute crue. »

C'est aussi ce que Margy m'a dit lorsque je l'ai appelée. Si la mise au point de Carl Andrews m'avait apporté un certain réconfort, je restais tendue à l'extrême :

l'accrochage avec Dan – il ne lui était pratiquement jamais arrivé de me parler grossièrement –, la perspective du savon qu'allait me passer Jeff, la présence des vautours médiatiques tout autour de moi et surtout le fait que Lizzie n'avait toujours pas donné signe de vie, tout cela n'était pas propice à l'équanimité.

« Il faut être lucide, m'a dit Margy : la presse à scandale et les télés veulent faire de la disparition de Lizzie une grosse histoire. Tu te souviens de cette petite nana enceinte de Californie qui a disparu il y a quelques mois, et son gentil mari a joué les innocents jusqu'à ce qu'on ressorte le corps de sa femme de la baille et qu'on apprenne qu'il baisait une agente immobilière en douce ? Eh bien, pour Fox News, et l'*Enquirer*, et *People*, c'est du même tonneau. Ils se disent que ça va faire vendre. Surtout depuis qu'on sait que McQueen a officiellement chargé son avocat de s'occuper des conséquences juridiques de cette affaire ce matin.

— Mais pourquoi ?

— Il a dû penser qu'avec toutes ces rumeurs il avait besoin d'un conseil juridique. Et tu veux mon avis ? Il avait raison.

— Grand Dieu…

— Enfin, le communiqué de l'avocat de McQueen, que mon assistante vient de m'envoyer par e-mail, dit que…

— Tu devrais te reposer, Margy, au lieu de te donner tout ce mal pour…

— Je t'emmerde ! a-t-elle lancé en riant. Comme a dit Sigmund Freud, “le travail, c'est la santé mentale”…, notamment quand on est en pleine chimiothérapie.

— Tiens, c'est la deuxième fois qu'on me dit “je t'emmerde” en deux heures, ai-je noté avant de lui raconter l'explosion de Dan.

— Il est à cran, c'est normal. Et il doit se sentir coupable de t'avoir refilé le sale boulot.

— Non, il cherche un bouc émissaire et je suis parfaite pour ce rôle.

— Si tu veux que je lui parle…

— Je peux m'en charger, mais merci quand même. En ce qui concerne la presse, par contre…

— Oui. Tu vas rentrer chez toi et tu vas refaire le message de ton répondeur. Tu vas dire que le cabinet Margy Sinclair Associates a été chargé de tous les contacts avec les journalistes, et tu vas donner nos coordonnées. Ne réponds que si tu reconnais le numéro entrant et demande à Dan de faire pareil, et de dire à sa secrétaire de nous renvoyer les appels de journalistes. Moi, je vais te mailer une déclaration que j'ai préparée. Il faudrait aussi que j'aie le nom du psy que Lizzie voyait à Boston, et que je parle à l'inspecteur chargé de l'affaire. Tu peux lui dire que je suis du bon côté ?

— Bien sûr. »

Je lui ai donné le nom de Thornton et les numéros de Leary.

« Ce qui est crucial, Hannah, c'est de comprendre que toute cette agitation débile va se calmer dès qu'ils se rendront compte qu'ils ne peuvent pas vous piéger, Dan et toi. Avec un peu de chance, on va réussir à calmer le jeu assez vite. »

Cet optimisme n'a cependant pas été confirmé quand j'ai découvert un van de la chaîne Fox garé devant chez nous lorsque je suis rentrée du lycée. J'avais à peine mis pied à terre qu'une jeune femme aux manières très agressives m'a fourré un micro sous le nez, un cameraman sur ses talons.

« Vous avez quelque chose à dire sur la disparition de votre fille, madame Buchan ? »

Je me suis caché le visage d'une main, instinctivement :

« Non, je n'ai pas à…

— Pensez-vous que le docteur McQueen ait pu l'avoir tuée ?

— Je n'ai rien à dire.

— Et avant celui-là, vous aviez approuvé combien d'avortements ? »

Son audace et sa vulgarité m'ont prise en défaut. Folle de rage, j'ai crié la première chose qui me passait par la tête :

« Je vous emmerde ! »

Je l'ai poussée de côté mais elle m'a poursuivie :

« Est-il vrai que vous pensez être une mauvaise mère qui… »

Je me suis retournée en hurlant : « Laissez-moi ! » et j'ai couru à la maison. Je lui ai claqué la porte au nez au moment où elle me demandait si j'étais au courant que trois anciens amants de Lizzie avaient fait savoir qu'elle les avait harcelés de la même manière que Mc Queen.

Le téléphone sonnait. Hagarde, j'ai décroché le poste de l'entrée.

« Madame Buchan, ici Dan Buford du *New York Post*…

— Il faut… Vous devez appeler Margy Sinclair, de… de l'agence Sinclair à New York…

— Mais Margy vient de me dire que je pouvais vous parler directement !

— Elle a… Elle ne m'a pas prévenue de ça.

— Savez-vous que le docteur McQueen a remis son passeport aux autorités ? Et qu'ils ont commencé à draguer l'estuaire à Boston ?

— Je… J'espère que ce salaud aura la punition qu'il mérite.

— Donc vous êtes convaincue qu'il est responsable de la disparition de votre fille ?

— Je vous en prie ! Appelez Margy Sinclair au…

— Pourquoi avez-vous pris quelqu'un pour vos relations avec la presse, madame Buchan ? Pour une prof de lycée du Maine, c'est assez inhabituel, non ? À moins que vous n'ayez quelque chose à cacher ? »

J'ai raccroché. On frappait à la porte. « Madame Buchan ! Hannah Buchan ! » Je me suis penchée pour regarder dehors à travers les stores de la fenêtre, me retrouvant nez à nez avec l'objectif de la caméra de la Fox. Avec une grimace de colère, j'ai fermé les stores tandis que mon portable se mettait à sonner.

« Laissez-moi, s'il vous plaît, laissez-moi tranquille ! ai-je crié dans le récepteur.

— Hannah, c'est ton père !

— Oh, mon Dieu, pardon, pardon, je…

— Ton amie Margy vient de m'appeler pour me prévenir que les fouille-merde étaient de sortie.

— C'est l'horreur ici, papa ! »

Je lui ai résumé tout ce qui m'était arrivé depuis le matin.

« Pour cette histoire d'avortement, ne te fais pas de souci. Il y a plein de gens qui vont t'applaudir d'avoir pris position aussi clairement.

— Oui, mais ces gens ne travaillent pas dans la presse à scandale ni les télés réac !

— En tout cas, ton proviseur a l'air d'un type bien.

— N'est-ce pas ? Les anciens marines sont surprenants, des fois. Mon mari, par contre…

— Laisse-le retrouver son calme. »

On a recommencé à tambouriner à la porte. « Hannah Buchan ? Hannah Buchan ! Une question, seulement… »

« C'est l'état de siège, ici.

— Margy m'a demandé de ne répondre à aucune question.

— Si ça continue comme ça, je vais devoir aller me cacher quelque part !

— Pas de nouvelles de l'inspecteur ?

— Un journaleux vient de me dire que McQueen a dû rendre son passeport et qu'ils avaient commencé les recherches dans le lit du fleuve à Boston. »

Même si la communication était mauvaise, j'ai pu l'entendre reprendre son souffle, chercher une réponse.

« Ça ne veut rien dire.

— Il ne nous reste plus qu'à prier. »

Après avoir pris congé, je suis allée consulter le répondeur dans la cuisine. Vingt-quatre messages, tous de la presse à l'exception d'Alice Armstrong, qui se proposait de m'aider… On pourrait réunir tous les chiens de garde les plus agressifs de Portland et les placer en batterie devant chez moi, par exemple !

J'ai refait le message comme Margy me l'avait recommandé, puis j'ai pris mon courage à deux mains et j'ai appelé Dan à l'hôpital. Sa secrétaire m'a répondu : « Oh, Hannah ! Quelle folie, mon Dieu ! Il y a eu la télé ici et j'ai dû prendre au moins vingt appels de gens qui…

— Est-ce que Dan a parlé à un journaliste ?

— Il a été en consultation tout l'après-midi. Et là, il est en salle d'opération. Mais je viens de parler avec une certaine Margy Sinclair, qui m'a expliqué que le docteur ne devait pas s'entretenir avec la presse.

— Exactement, ai-je soufflé, bénissant en silence la vitesse de réaction de Margy. Et quand mon mari aura fini, pouvez-vous lui dire de ne pas rentrer à la maison, parce qu'il y a une équipe de télévision qui s'est postée devant… – Par la fenêtre de la cuisine, j'ai aperçu un camion de la NBC en train de descendre la rue. – … Dites-lui de me rappeler, s'il vous plaît. »

Je devais m'enfuir, je l'avais compris, mais il fallait le faire avec discrétion. J'ai donc repris le téléphone et j'ai commandé un taxi à la compagnie locale en précisant qu'il devrait me prendre dans une allée adjacente, devant une maison de style colonial dont la boîte aux lettres portait le nom de Connolly.

« Mais vous êtes bien madame Buchan, vous m'appelez du numéro 88 ? s'est étonné le préposé.

— Oui.

— Alors pourquoi ne pas envoyer mon gars chez vous ?

— Je lui expliquerai.

— D'accord. Vous le voulez pour quand ?

— Disons… une demi-heure. »

Ensuite, j'ai réservé deux chambres à l'Hilton Garden Inn de la ville, une pour nous et une pour Jeff, puis j'ai retéléphoné à la secrétaire de Dan afin qu'elle prévienne « le docteur » qu'il me rejoigne à cet hôtel. Après avoir pris une bonne inspiration, j'ai joint mon fils sur son portable.

« Je suis dans une voiture de location et je viens de dépasser Wells, m'a-t-il appris d'un ton peu amène. Je devrais être chez vous dans moins d'une heure.

— D'accord, mais tu vas nous rejoindre à cet hôtel, lui ai-je dit en lui expliquant rapidement la situation.

— C'est un monde, qu'on en soit arrivés à un tel cirque ! a-t-il commenté avec mauvaise humeur.

— La faute en revient au *Boston Herald*, Jeff.

— Tes tirades sur l'avortement n'ont pas arrangé les choses, c'est sûr. »

Refoulant ma colère, j'ai préféré écourter la conversation.

« Nous reparlerons de ça à l'hôtel. Bonne route. »

Pendant que je jetais quelques affaires dans un sac et que je prenais mon ordinateur portable dans mon bureau, Margy a téléphoné.

« Tu ne peux pas imaginer l'hystérie qui règne ici, ai-je dit en remarquant par la fenêtre qu'un camion technique de la chaîne ABC était venu se garer auprès des deux autres. Une vraie curée médiatique.

— Je suis au courant, parce que tu es passée sur la Fox il y a cinq minutes.

— Mais j'ai refusé de leur parler !

— C'est ce qu'ils ont diffusé, oui. »

Bon Dieu !

« Ils ont montré le moment où… ?

— Où tu dis à la journaliste que tu l'emmerdes ? Évidemment. C'est la Fox quand même ! Mais ils ont mis un bip à la place du gros mot, bien sûr. Histoire de protéger les oreilles sensibles de leurs téléspectateurs.

— J'avais l'air d'une folle, non ? Complètement à la masse.

— C'est pas si grave.

— Ce qui veut dire que tu penses que c'est une catastrophe.

— Tu as donné l'impression d'être fragilisée, excédée par la pression médiatique, mais bon, qui va te reprocher ça ? Ta fille a disparu, tu as le droit de te sentir déstabilisée, et d'en avoir l'air.

— Bon. En tout cas, je me tire d'ici, ai-je annoncé en lui détaillant mon plan d'évasion.

— Excellente idée. Je te rappelle dans deux heures, environ, pour faire le point. Ici aussi, le téléphone n'a pas arrêté de la journée.

— Ça ne finira jamais…

— Le pire sera bientôt passé. D'ici peu, ils vous auront oubliés, Dan et toi. Bonne chance pour ton plan d'évacuation ! »

Cinq heures et demie à ma montre. Dehors, les dernières lueurs du jour allaient céder la place à la nuit. Laissant la chambre à coucher allumée, je suis descendue au sous-sol avec mes deux sacs. Après le bureau-salle de jeux de Dan, il y avait un ancien chai que nous avions rénové et que nous utilisions comme remise. Accessible par une petite échelle, une trappe dont nous ne nous servions presque jamais donnait sur le jardin.

J'ai pris la clé sur le tableau à fusibles, j'ai ouvert la serrure et poussé de toutes mes forces la double porte. Une bouffée d'air glacé m'a sauté au visage. J'ai attendu un instant pour vérifier que les journalistes n'avaient pas été alertés par le bruit et je suis redescendue prendre mes sacs, j'ai gravi à nouveau l'échelle et j'ai traversé au pas de gymnastique le bosquet qui marquait la fin de notre terrain. Émergeant des buissons à l'arrière de la maison de nos voisins, j'ai constaté avec soulagement que leurs deux voitures n'étaient pas dans l'allée. J'ai contourné leur piscine encore bâchée et gagné la rue silencieuse où, comme convenu, un taxi m'attendait devant la propriété des Connolly. Ouvrant la portière arrière, je me suis laissée tomber sur la banquette. Le chauffeur m'a dévisagée dans son rétroviseur.

« Mais vous n'habitez pas Chamberlain Drive, vous ?

— Je suis en fuite.

— Vous fuyez quoi ? Toutes ces télés qui sont agglutinées devant chez vous ? Vous avez tué quelqu'un ou quoi ?

— J'aurais préféré », ai-je lâché en pensant à Mark McQueen.

Vingt minutes plus tard, je prenais possession de la chambre au Hilton, que j'avais demandée assez grande car je ne savais pas combien de temps nous allions être obligés de nous y terrer. Peu après, on a frappé à la porte. L'apparence de Jeff, que je n'avais pas revu depuis le Noël précédent, m'a fait sursauter : il avait pris beaucoup de poids, ce qui lui donnait l'air d'avoir dix ans de plus que son âge. Son costume de bonne coupe était distendu aux coutures. Et il semblait stressé.

« Salut, m'man, a-t-il soufflé en m'effleurant la joue d'un baiser.

— Tu as pris ta chambre ?

— Oui. Où est papa ?

— Il ne va pas tarder.

— J'ai eu un coup de fil de Shannon. Elle a dit qu'elle t'avait vue sur Fox. Elle était très contrariée.

— Parce que sa belle-mère a perdu patience devant une de leurs garces de journalistes ?

— Elle a dit que tu avais l'air d'une furie.

— Ça décrit parfaitement ce que je ressens.

— Je ne comprends pas pourquoi tu as laissé tout ça prendre de telles proportions. Si tu n'avais pas fait ce commentaire au sujet de cette chose inqualifiable, on n'en serait pas là. »

Je n'ai pu réprimer mon courroux, cette fois.

« La seule raison pour laquelle les télévisions montent la garde devant chez moi, c'est que ta sœur a disparu et qu'un dermato vaguement célèbre est soupçonné d'en savoir un peu plus que nous sur cette affaire. Prétendre que ce serait à cause de mes commentaires sur l'avortement est non seulement injuste mais…

— D'accord, d'accord. Je suis un peu tendu, c'est tout.

— Tu n'es pas le seul.

— Shannon est dans tous ses états depuis qu'elle a lu le papier du *Herald*. Elle est très fâchée contre toi, m'man.

— C'est son droit le plus strict.

— Oui, mais elle m'en veut à moi aussi.

— Et c'est ma faute ?

— Écoute, tu sais que nous considérons que la vie d'un enfant est sacrée, même quand il n'est encore qu'un embryon, et…

— Un scribouillard m'a piégée et j'ai dit que si Lizzie avait jugé en son âme et conscience qu'elle devait en arriver là, je lui donnais raison d'avoir avorté. Qu'est-ce qu'il y a de mal à soutenir sa propre fille ? Tu sais, je sais, nous savons tous que Lizzie adore les enfants. Je suis convaincue que c'est ainsi que cette ordure de McQueen l'a persuadée de mettre fin à sa grossesse : en lui promettant d'avoir un gosse avec elle quand il serait "libre". C'est ce que Lizzie a affirmé à ton grand-père.

— Pourquoi est-ce qu'elle lui faisait ses confidences ?

— Parce qu'elle se sentait en confiance avec lui ! Tu y vois à redire ?

— Eh bien, ce n'est pas la première personne vers laquelle je me tournerais, si j'avais besoin d'un soutien moral.

— Oui, et tu sais quoi, mon très cher enfant ? Dans une situation de ce genre, moi, je ne me tournerais pas vers "toi" ! Et ta sœur non plus. Parce qu'elle connaît ta rigidité, ton dogmatisme, ton incapacité à te mettre à la place des autres quand…

— Hé, n'essaie pas de justifier ton échec en tant que mère, tu veux ? »

Même si je m'y attendais à moitié, la remarque m'a fait mal.

« Je ne tolérerai pas que tu me parles sur ce ton, l'ai-je prévenu d'une voix sourde.

— Je m'en fiche.

— Qu'est-ce qui ne va pas chez toi, Jeff ? Depuis quand es-tu devenu si dur ? Et pour quelle raison ? »

Il a tressailli, comme si son coup avait été esquivé et contré par un uppercut, mais il n'a pas eu le temps de répliquer car Dan est entré dans la chambre. Père et fils se sont échangé une poignée de main et un signe de tête entendu, puis Dan s'est tourné vers moi.

« Je ne vois pas pourquoi nous devrions nous cacher ici.

— Parce que la maison est assiégée, et parce que Margy a pensé que…

— Depuis quand Margy décide-t-elle de nos faits et gestes ?

— Depuis qu'elle a offert son aide cet après-midi.

— Tu aurais pu me demander mon avis.

— Tu étais en salle d'opération. Et puisque nous avons soudain tous les projecteurs braqués sur nous, j'ai pensé que c'était une aubaine, d'avoir une pro de sa pointure pour nous protéger de l'intrusion des journaleux.

— Elle n'est peut-être pas la plus qualifiée pour ce travail, a fait observer Jeff.

— Tiens donc, et pourquoi ?

— Parce que ce dont nous avons besoin, c'est quelqu'un qui ait de bons contacts à la Fox et dans ce genre de médias.

— Margy est parfaitement capable de…

— … sortir un communiqué démentant tes déclarations proavortement ? »

Les poings serrés, j'ai regardé mon fils droit dans les yeux.

« Si je le voulais, Margy l'écrirait en cinq minutes. Elle ne ferait pas passer ses propres convictions politiques avant son amitié pour moi, puisque c'est ce que tu as l'air d'insinuer.

— Je l'ai vue quelques fois et elle me paraît être la féministe new-yorkaise typique.

— Ouais. Et elle est juive, aussi.

— Ça… ça n'a aucun rapport.

— Mais oui. En tout cas, je n'ai aucunement l'intention de revenir sur ce que j'ai déclaré, d'abord parce que ce serait malhonnête vis-à-vis de ma fille et ensuite parce que j'assume ce que je dis, même si…

— Je sais, oui, même si tes propos ont été grossièrement déformés par ce plumitif. Mais justement, un communiqué permettrait de mettre fin à tous les malentendus.

— Tu ne m'as pas entendue, alors ? Je ne reviendrai pas là-dessus !

— Qu'en penses-tu, papa ?

— Ce que “papa” en pense n’a aucune importance, ai-je lancé rageusement, parce que ce sont “mes” déclarations à propos de “ma” fille !

— Lizzie est aussi ma fille, est intervenu Dan. Je suis d’accord avec Jeff, même si mon analyse diffère de la sienne. Pour moi, ce genre de commentaire provocateur fait le jeu des bien-pensants qui n’attendent qu’une occasion pour fustiger les “libéraux de la côte Est” qui poussent leurs filles à…

— Qu’ils aillent au diable, eux et leurs préjugés ! Je ne reviendrai pas là-dessus.

— Tu veux bien penser à Lizzie, s’il te plaît ?

— Que crois-tu que je fasse, à chaque minute, à chaque seconde depuis qu’elle a disparu ? Mes idées sur l’avortement ne vont pas nuire au travail de la police, il me semble ! Alors que si elle apprend d’une manière ou d’une autre que je suis revenue sur mes propos, j’ai l’intuition que ça l’éloignera encore plus de nous. Et je suis sûre que Leary serait d’accord avec moi. Tu lui as parlé aujourd’hui, n’est-ce pas, Jeff ?

— Mmoui.

— C’est quelqu’un de bien.

— C’est surtout quelqu’un qui n’obtient aucun résultat.

— Il fait ce qu’il peut.

— Je voudrais engager un détective privé.

— Ça ne servirait à rien, Jeff. Et ça pourrait gêner le travail de Leary.

— Dans ma société, nous utilisons très souvent des privés extrêmement efficaces et qui ne marchent jamais sur les pieds de la police.

— Mais Leary est avec nous, Jeff !

— La belle affaire.

— Et si c’était un “chrétien engagé”, comme vous dites, tu le verrais différemment ?

— Ce n'est pas nécessaire, Hannah, s'est interposé Dan.

— Non, mais c'était hautement prévisible, a raillé Jeff. Il faut toujours que tu ajoutes ton petit grain de sel nihiliste à tout.

— Si j'ai mentionné ça, c'est parce que tu te crois obligé de porter ta foi comme une armure et de prétendre que tu disposes de toutes les réponses, alors qu'en réalité tu…

— Bon, ça suffit, Hannah, a plaidé Dan.

— Non ! Au lieu d'essayer d'affronter l'adversité comme une famille unie, nous nous entre-déchirons ! Tout ça à cause de ses ultimatums, de son intolérance, de…

— Je ne supporterai pas ce dénigrement plus longtemps ! a tranché Jeff. C'est toi, avec tes tirades déplacées, qui as compromis la situation ! Au point que Shannon vient de me dire que si tu ne démentais pas tes propos scandaleux, tu devrais te passer de voir tes petits-enfants, à l'avenir ! »

Je lui ai lancé un regard ébahi.

« Tu… Tu ne ferais pas une chose pareille.

— Et comment !

— Tu nous empêcherais de voir nos petits-enfants parce que mes propos sur l'avortement ne te plaisent pas ?

— Je n'ai pas inclus papa là-dedans. »

Un certain dédain s'est mêlé à ma stupéfaction.

« Tu te rends compte de ce que tu viens de dire, Jeff ?

— Shannon pense que tu as une mauvaise influence.

— Sur des gamins de deux et quatre ans ? Comme si j'allais leur tenir des discours sur le droit des femmes à disposer de leur corps !

— Tu as encore le choix.

— Non, Jeff. C'est à toi de choisir. »

Mon portable s'est mis à sonner.

« Je dérange, là ? »

Margy…

« Non, pas du tout.

— Tu es avec Dan et… ?

— Jeff.

— Qui est-ce ? a aboyé mon fils.

— Margy.

— Dis-lui que j'aimerais voir le communiqué de presse de la famille qu'elle doit être en train de préparer.

— Tu as entendu, Margy ?

— Très distinctement, oui. Tu peux annoncer à ton charmant fiston qu'il se trouve déjà dans la boîte de réception de ses e-mails. Mais bon, il faut que je te parle en privé quelques instants. Tu peux trouver une excuse pour t'isoler et me rappeler ?

— Entendu. »

J'ai raccroché, glissé le portable dans ma poche.

« Je descends chercher un fax que Margy m'a envoyé. »

— Quoi, ils ne pourraient pas te le monter ?

— J'ai besoin d'une cigarette, aussi.

— C'est inimaginable, que tu dépendes encore de cette drogue, m'a tancée Jeff.

— Ça reste occasionnel. Et le tabac est un excellent ami. »

Attrapant mon manteau, je leur ai dit que je serais de retour dans une dizaine de minutes. À la réception, j'ai demandé le numéro de télécopie de l'hôtel, puis je suis sortie sur le perron, j'ai inspiré une bonne bouffée de cigarette et j'ai retéléphoné à Margy, qui a répondu instantanément.

« Tu es toujours chez toi ?

— Oui. Ma chambre à coucher est devenue un vrai QG de crise.

— Tu aurais un fax, par hasard ?

— Bien sûr. Pourquoi ?

— Il faut que tu me faxes ce communiqué… C'est l'excuse que j'ai trouvée pour descendre.

— Pas de problème. Mais franchement, ma chérie, le communiqué de la famille, c'est le cadet de nos soucis, désormais.

— Hein ? Pourquoi ?

— Chuck Cann, ça te dit quelque chose ?

— Ce n'est pas le type qui a un blog ultraconservateur sur le Net ?

— Exact. "Chuck Cann vous dit". La propagande la plus réactionnaire qu'on puisse imaginer dans ce pays et pourtant il ne manque pas de concurrence, crois-moi ! Tu te rappelles comment il s'est acharné sur Clinton pendant tout son mandat ? Eh bien, le gars est un gaucho repenti, lui aussi, qui a une poussée d'urticaire dès qu'on parle des années 60. Et d'ici exactement trente minutes, parmi les trois sujets principaux de son site, il va mettre en ligne une longue critique du livre de Tobias Judson. Qu'un collègue républicain à moi a dû porter à sa fielleuse connaissance. J'ai eu le tuyau par un ami d'ami. Le truc, Hannah, et je regrette d'avoir à te le dire, c'est que Cann et ses sous-fifres ont fait quelques recherches et ils ont découvert que… »

J'ai écarté l'appareil de mon oreille. Je savais ce qui allait suivre.

7

Quelle drôle de sensation, d'être assise sur une bombe à retardement… Je me suis toujours demandé ce qui devait passer par la tête de ces kamikazes qui montent dans un bus de Tel-Aviv ou de Bagdad ceinturés d'explosifs et un détonateur à portée de main. Considèrent-ils les autres passagers en route vers leurs occupations habituelles de l'œil impitoyable des fanatiques, tellement convaincus de la justesse de leur cause et de leur place prochaine au Ciel que, pas un instant, ils n'ont de scrupule à faucher ces vies ? Ou survient-il un terrible moment où leur raison mesure enfin l'abominable forfait qu'ils s'apprêtent à commettre ? En arrivent-ils au point de se dire que, ce qui les sauve de leur dilemme, c'est de savoir qu'ils n'auront pas à supporter la culpabilité de l'horreur qu'ils auront provoquée ?

Pendant le dîner dans un restaurant proche de l'hôtel, il y a eu un moment où je n'ai pu m'empêcher de penser que, en effet, nos vies allaient exploser. Voler en éclats. Et que ce serait entièrement ma faute. Un faux pas qui remonte à une époque révolue servira de détonateur et va être enclenché aux yeux de tous. Et comme nous sommes déjà épiés publiquement en raison de la disparition de cette pauvre Lizzie, comme chacun de nos gestes est sujet à commentaires et à mésinterprétations, l'intérêt suscité par ce dérisoire fragment de passé va être décuplé.

Margy m'avait prévenue au cours de notre échange téléphonique. « Le seul élément un peu encourageant, c'est que l'attention du public est très limitée dans le temps. Il va y avoir une focalisation extrêmement intense, que nous allons essayer de contrôler autant que possible, et puis ça se dissipera. Je te dis ça, ma chérie, parce que là, en voyant la tourmente arriver, tu as du mal à penser que ça finira un jour. Mais c'est comme les cauchemars : on finit par se réveiller et par s'en échapper.

— En d'autres termes, je vais basculer en enfer.

— Eh bien… Je ne te mentirai pas, Hannah : ça ne se présente pas bien, non. Je peux faire pas mal de choses pour limiter la casse mais le vrai problème, c'est… »

Le vrai problème, c'était l'homme assis en face de moi à ce dîner. Mon mari durant les trente dernières années. L'inconnu avec lequel j'avais décidé de passer ma vie. Et puis, dans mon sac rangé sous ma chaise de restaurant, il y avait le détonateur : une copie de l'article qui allait être mis en ligne sur Internet le lendemain et exiger une sérieuse explication, au grand minimum. Si l'on me laisse la possibilité de la donner, bien entendu. Et puis il y a un autre problème : le deuxième homme installé de l'autre côté de la table ce soir-là, mon psychorigide de fils qui ne considérait le monde qu'en noir et blanc, en bien et en mal. Quel déchirement, de constater que l'enfant que vous avez élevé, auquel vous avez toujours souhaité le meilleur de la vie, ne partage rien de commun avec vous ! Toutes ces années pour en arriver à cette déchirure, alors qu'il n'y avait pas eu une seule crise précise, circonstanciée, un seul point de rupture qui pouvait expliquer un tel fossé entre nous… Et ça me stupéfiait.

Il suffisait que nous soyons vingt minutes en présence l'un de l'autre pour qu'une dispute éclate. Cela me rappelait le couple formé – et depuis longtemps dissous – par un collègue enseignant et sa femme, chez lesquels il nous arrivait parfois d'aller dîner. Ils trouvaient chaque fois un prétexte pour se piquer mutuellement, pour rouvrir des plaies qui ainsi ne pouvaient jamais cicatriser. C'était devenu une habitude, leur manière de vivre ensemble. Des années plus tard, déjà divorcé, ce collègue m'avait avoué : « Nous nous étions faits à cette idée que l'existence commune était une éternelle chamaillerie, sans solution et surtout sans motif. Parce que, franchement, quel sens y a-t-il à vivre avec quelqu'un que l'on ne supporte plus ? C'est ce que j'ai dit à ma femme le jour où je lui ai annoncé que je m'en allais : "Rester avec toi ne rimerait à rien. Nous ne nous apprécions plus, l'un comme l'autre." »

J'ai jeté un coup d'œil à Jeff, engagé dans une conversation avec son père à propos du marché immobilier à Portland, car il envisageait d'investir dans un terrain au nord de Damariscotta. Il a surpris mon regard mais a aussitôt détourné la tête avec une moue exaspérée. J'ai failli me mettre à pleurer, soudain. Ce n'était pas seulement ma fille qui avait disparu ; mon fils n'était plus là, non plus. Et je ne méritais pas ça ! Je ne me berçais pas d'illusions, j'osais croire que je pouvais assumer la réalité, je connaissais mes défauts et mes qualités, je savais que, comme n'importe quelle mère, j'avais sans doute commis des erreurs de jugement, mais j'avais toujours été là pour mes enfants, je leur avais certainement épargné la culpabilité permanente que ma propre mère avait fait peser sur moi ! Nous ne leur avions pas imposé un enfer domestique où s'échangeaient les missiles antimissiles de la mésentente conjugale, Dan et moi. Bien sûr, nous ne roucoulions pas toute la journée mais nous avions mené une vie correcte, et toujours fait passer nos enfants en premier. Pourquoi cette impossibilité à communiquer, alors ? Pourquoi cette tension permanente qui en était arrivée au point affligeant où il me menaçait de me couper de mes petits-enfants pour une phrase sortie de son contexte ? Mais même si j'arrivais à le convaincre d'assouplir sa position, sa rage allait redoubler dès qu'il apprendrait l'existence du livre de Tobias Judson. Je ne pouvais même pas imaginer sa réaction devant le récit où sa mère se transformait en une Madame Bovary doublée d'une Emma Goldman et emportait allégrement le petit Jeff avec elle tandis qu'elle allait mettre l'amour de sa vie en lieu sûr au Canada. Bafouant ainsi au moins cinq lois fédérales.

Et Dan, alors ? Comment allait-il prendre la révélation que je l'avais trahi avec un autre homme alors qu'il se trouvait au chevet de son père agonisant ? Même après tant d'années ? Une découverte encore envenimée par les mensonges de Judson, ses affirmations selon lesquelles j'étais tombée follement amoureuse de ce jeune et séduisant jacobin tout en cassant du sucre sur mon lourdaud de mari… Car il était impossible que Jeff et lui restent dans l'ignorance de ce livre, désormais. Sur ce point, Margy ne m'avait laissé aucun espoir : « Nous n'avons aucun moyen de contraindre ce connard de Cann de retirer cette page dégueulasse de son site. J'ai consulté deux avocats, ils sont formels. Si on était en Angleterre, où la législation contre la diffamation penche toujours en faveur de la victime, on aurait pu moucher Cann et du même coup démolir Judson pour t'avoir directement incriminée, même en utilisant un faux nom. Mais on est en Amérique, ma belle, ce grand pays qui croit que déverser des tombereaux de merde sur quelqu'un fait partie des libertés fondamentales… même si on a inventé la majeure partie de ce qu'on raconte. Conclusion, il faut serrer les dents.

— Mais qu'est-ce que je vais dire à Dan ?

— Que ce sont des affabulations, en majeure partie.

— J'ai couché avec ce sagouin, Margy ! Ce n'est pas une affabulation, ça…

— Oui, mais c'était il y a trente ans ! Il y a prescription, non ?

— Je ne sais pas comment il va prendre tout ça.

— Il ne veut pas te perdre, c'est sûr. Vous avez survécu au temps qui passe, plutôt bien, vous n'avez aucune raison de tout casser maintenant. Surtout que vous avez dépassé la cinquantaine. En plus, cette petite aventure a été la seule. Car tu n'as pas remis ça ensuite, je présume ?

— Tu sais bien que je suis restée fidèle à cent pour cent, depuis. Tu l'aurais su, autrement.

— Alors je pense que Dan va le prendre avec philosophie. Avec son flegme coutumier.

— Ne me raconte pas de craques, Margy !

— Bon ! Il ne va pas apprécier que Judson proclame que tu étais folle de lui, mais une fois que nous aurons publié une mise au point, et que nous aurons dénoncé Cann pour atteinte à la vie privée…

— Dan me détestera quand même.

— Ne t'emballe pas comme ça, je t'en prie ! Ce n'est pas si sûr. Il pourrait bien te surprendre. Il a beaucoup à perdre lui aussi. Au minimum, il se sentira obligé de te défendre. Plus que ça, il "voudra" te soutenir, opposer un front uni au reste du monde.

— Comment je vais le lui annoncer ?

— Ça, ce n'est pas facile, et je ne voudrais pas être à ta place. Mais tu dois te débarrasser de la corvée ce soir, parce que demain l'histoire circulera partout. Il faut qu'il l'apprenne par toi, il faut qu'il ait ta version avant de lire les crapuleries de Cann et de tomber sur ce putain de livre ! »

Après avoir raccroché, j'ai allumé une cigarette. La peur est une émotion étrange, en vérité. Tout repose sur l'appréhension d'être démasqué, exposé au monde tel qu'on est réellement, non tel que l'on voudrait paraître. Et j'avais mené toute ma vie sous l'emprise de son diktat ! C'était elle qui m'avait empêchée de partir un an en France – la peur de perdre Dan –, et m'avait poussée à me résigner à mon mariage – la peur de me retrouver seule –, et m'empêchait d'exprimer ce que je pensais à mon travail ou dans mon existence sociale – la peur d'être montrée du doigt… Et là, désormais, j'étais livrée à sa version la plus extrême, la peur de tout perdre, la terrible perspective d'entrer sur un territoire inconnu où tout ce qui m'avait été cher était menacé de destruction.

J'ai tiré une dernière bouffée, ignorant le regard mauvais que me lançait une passante comme si j'avais été une fillette de douze ans assez idiote pour fumer en public. Revenue à la réception, j'ai demandé si je pouvais lire mon courrier électronique et l'on m'a envoyée au "business center" du premier étage, où la préposée m'a installée dans un petit box muni d'un ordinateur et m'a demandé si je désirais un thé ou un café. Non merci. Une triple vodka aurait mieux fait mon affaire.

Dès que j'ai été seule, j'ai entré l'adresse du site que Margy m'avait indiquée. En quelques secondes, la page d'accueil de Chuck Cann s'est affichée, reprenant en accroche le commentaire du *New York Times* selon lequel ce colporteur de ragots était désormais « le chroniqueur cybernétique dont le pays entier consulte l'avis chaque jour, que cela soit pour hocher la tête ou pour grincer des dents » ; excellent… Arrivée au lien redouté, j'ai cliqué sur le titre, « Les Mémoires d'un visionnaire de Chicago : tumulte, rédemption et… adultère ». Je me suis forcée à lire :

« Tobias Judson. Retenez ce nom, parce que ce gaillard veut devenir le Rush Limbaugh du Midwest. Et il pourrait bien y arriver. Judson, qui s'est taillé une solide réputation de chrétien militant et de républicain convaincu sur les rives du lac Michigan, nous révèle aujourd'hui qu'il fut un "gaucho chevelu", pour reprendre ses propres termes et, plus encore, qu'il a longtemps figuré sur la liste des ennemis publics du FBI pour sa participation au mouvement clandestin Weatherman. *Loin des barricades, Mémoires d'un révolutionnaire repenti*, son livre-confession prochainement dans les librairies, ne nous cache rien de ses erreurs de jeunesse. D'accord, ce n'est pas du Hemingway, et le récit de sa transformation en bon et pieux citoyen sombre souvent dans la guimauve, mais c'est un témoignage captivant sur une génération que certains ont dite "maudite".

» Le chapitre le plus stimulant est sans conteste "L'amour en fuite", dans lequel il nous raconte sa brève mais torride aventure avec la femme d'un toubib au fin fond de la Nouvelle-Angleterre, une jeune universitaire qui en avait assez de récurer les casseroles et rêvait de suivre la voie gauchisante de son père, une célébrité au sein du mouvement antiguerre (celle du Vietnam, précisons pour les jeunes !). Judson a pris soin de masquer sous des noms d'emprunt ces personnages et même les lieux où ces aventures se sont déroulées. Intrigués, les limiers de "Chuck Cann vous dit" sont partis sur cette piste, et voici les découvertes qu'ils vous ont rapportées.

» Le père d'"Alison", la téméraire jeune femme qui, après deux jours et deux nuits de sexe débridé, va décider de conduire notre agitateur professionnel au Canada, lui permettant ainsi d'échapper au courroux des autorités fédérales, n'est autre que l'historien et professeur de l'université du Vermont John Winthrop Latham, aujourd'hui à la retraite mais jadis connu pour ses philippiques contre "l'establishment", auquel lui et sa famille appartiennent pourtant depuis toujours. De fil en aiguille, nos limiers ont appris qu'en 1974, c'est-à-dire à l'époque où Judson avait le FBI au train, la fille de Latham, Hannah, vivait avec son médecin de mari, Daniel Buchan, dans une petite ville du Maine, Pelham.

» Hannah Buchan est maintenant enseignante à Portland, toujours dans le Maine, et son mari chef du service orthopédique de l'hôpital local. Maintenant, notre question du jour : "Est-ce que cette dame pourrait être inculpée de complicité active avec un suspect activement recherché ? Même trente ans après ?" Revenez sur ce lien, car il y aura plus… »

Étrangement, je n'ai pas crié de rage, je n'ai pas été terrassée par le choc. Comme sur pilote automatique, j'ai imprimé le texte, je l'ai rangé dans mon sac, je suis descendue fumer ma septième cigarette de la journée et j'ai téléphoné à Margy pour lui raconter ma version des faits, en réfutant point par point les assertions de Judson. Elle a dit qu'il lui faudrait une heure pour rédiger un démenti qu'elle m'enverrait aussitôt par e-mail, afin que je puisse le montrer à Dan plus tard dans la soirée. Quand le moment redouté serait venu de tout lui dire. Dan et Jeff, restés dans la chambre à bavarder, se sont certes étonnés de ma longue absence mais je leur ai raconté que j'avais eu besoin de prendre l'air. Et dix minutes après, nous étions attablés dans ce restaurant où j'ai commencé à me torturer en silence, ainsi que je l'ai rapporté plus haut, et à chipoter dans une salade de crevettes tout en sifflant trois verres de blanc. Alors que je commandais le troisième, Jeff a enfin daigné m'adresser la parole :

« Tu y vas fort, ce soir.

— Trois verres de vin, ça n'est pas suffisant pour être admis aux Alcooliques anonymes, Jeff.

— D'accord ! a-t-il protesté en levant la main. C'était juste une observation.

— Tu sais quoi ? Je sors fumer une cigarette. Dan, je te rejoindrai à la chambre. »

J'ai marché sur les quais de Casco Bay. Les yeux sur les eaux ondulantes, j'ai cherché en vain ce répit qui, dit-on, survient toujours dans une crise. Enfin, je me suis résignée à revenir à l'hôtel, à la fois morte de peur et décidée à en finir au plus vite. Dan était assis dans un fauteuil, il regardait fixement un point indéterminé à travers la fenêtre. Il m'a lancé un coup d'œil avant de reprendre sa contemplation du vide puis, d'un ton très calme :

« Pourquoi t'es-tu sentie obligée de faire une scène ?

— Je n'ai pas fait de scène, je suis partie, ai-je rétorqué d'une voix aussi posée que la sienne.

— Tu te disputes avec Jeff chaque fois que tu le vois.

— Je croyais que c'était lui qui les déclenchait, bizarrement.

— Tu n'as aucune tolérance, quand il s'agit de lui.

— Moi, aucune tolérance ? Ne me dis pas que tu n'as pas remarqué que notre fils est devenu un bigot, pour rester polie.

— Voilà, tu confirmes ce que je viens de dire.

— Changeons de sujet, tu veux bien ?

— Pourquoi ? Parce que tu ne veux pas reconnaître que j'ai raison ?

— Non, parce que c'est inutile de se disputer pour ça. Et parce que je...

— Parce que tu préfères fuir le problème.

— S'il te plaît, Dan !

— À ta guise. Fuis.

— Il faut que je te parle de quelque chose.

— Je n'ai pas envie de parler, franchement. La journée a été longue et très déplaisante.

— Je sais, mais…

— Et la maison reste assiégée par la presse.

— Comment tu sais ça ?

— J'ai appelé des voisins, a-t-il soufflé en détournant à nouveau son regard par la fenêtre.

— Qui ?

— Les Coleman.

— Tiens ? Mais on ne leur parle pratiquement jamais.

— Ce sont les seuls qui ont répondu.

— Quoi, tu as essayé toute la rue ?

— Oui. Les Coleman ont décroché bien qu'il ait été dix heures passées. Et le mari m'a dit que les télés campaient toujours là-bas.

— Je vais demander à Alice d'y faire un saut demain, si elle peut. Qu'elle nous donne un aperçu de la situation.

— Elle va avoir le temps, avec cette nouvelle pièce qu'elle monte ?

— Comment sais-tu ça ?

— C'est toi qui me l'as dit !

— Vraiment ?

— Mais oui, la semaine dernière. Tu m'as dit que la première était le mois prochain. Le 22, si je me souviens bien.

— Je ne me rappelais pas du tout t'avoir raconté tout ça.

— C'est le cas.

— Si tu le dis…

— Bon, de quoi tu voulais me parler, alors ?

— Eh bien… – J'avais perdu tout mon courage, soudain. – Ça peut attendre demain.

— Vas-y. Je n'ai plus du tout sommeil.

— Mais moi si, et…

— Tu disais que c'était important. – J'ai sorti à tâtons le paquet de cigarettes de mon sac. – C'est une chambre non-fumeurs, à un étage non-fumeurs.

— Je vais ouvrir une fenêtre.

— Hannah ? »

Sans lui prêter attention, je suis allée tourner la crémaillère, puis je me suis assise dans le fauteuil en face du sien et j'ai pris mon briquet.

« Je ne pourrai pas, si je ne fume pas…

— Tu ne pourras pas quoi ?

— J'ai quelque chose de… difficile à te dire.

— C'est à propos de Lizzie ?

— Écoute, Dan…

— Tu as eu un appel de Leary ?

— Non.

— Alors de quoi s'agit-il ? »

J'ai pris une longue bouffée de cigarette.

« Tu te souviens d'un nommé Tobias Judson ?

— Tobias comment ?

— Judson. En 1974, quand tu es parti au chevet de ton père… Cet ami de mon père qui s'est arrêté chez nous pendant que tu n'étais pas là ? Tu te souviens ?

— Vaguement. Pourquoi ?

— Parce que… J'ai eu une aventure avec lui. »

Silence pesant, intenable. Après s'être crispé une fraction de seconde, le visage de Dan est redevenu le masque impassible qu'il arborait presque toujours, et cependant je pouvais sentir qu'il faisait un énorme effort pour se contenir.

« Pour quelle raison m'apprends-tu une chose pareille maintenant ? a-t-il demandé d'une voix égale.

— Je dois… Il faut d'abord que je te raconte ce qui s'est passé, et pourquoi.

— Et si je n'avais pas besoin d'entendre ça, pour commencer ?

— Écoute-moi, s'il te plaît. »

Je me suis lancée dans un récit aussi impartial et précis que j'en étais capable, lui rapportant les circonstances dans lesquelles j'avais cédé à la tentation d'un flirt poussé.

« J'aurais dû l'arrêter tout de suite, je sais, mais c'était un jeu dangereux qui m'avait fait perdre le sens des réalités. Et puis le téléphone a sonné et… »

J'ai revécu pour lui ma stupeur en découvrant le chantage auquel Judson était prêt à me soumettre, le départ dans la nuit…

« Tu as entraîné Jeff là-dedans ? m'a-t-il coupée.

— Je ne pouvais pas le laisser seul. Il fallait agir vite.

— Et donc tu as conduit ce type au Canada ?

— Oui.

— Avec notre fils à l'arrière ?

— Il n'avait pas conscience de tout ça, Dan. C'était un bébé, il dormait, il avait à peine…

— Je sais quel âge il avait à l'époque. Et je me rappelle que son berceau était dans notre chambre, alors. Est-ce qu'il était là quand ce type et toi avez… ? – Je n'ai pu que hocher la tête. – Tu as fait "ça" dans notre lit ? »

Encore un hochement de tête, encore un silence. J'ai écrasé mon mégot dans le rabat du paquet de cigarettes que j'avais arraché et transformé en cendrier.

« Je l'ai emmené dans la ville du Québec où il était attendu, j'ai rebroussé chemin, je suis rentrée et j'ai juré de ne plus jamais te trahir. Et cela a été le cas, Dan.

— Félicitations, a-t-il dit tout bas.

— Je sais que ça paraît dérisoire, ai-je repris, mais depuis tout ce temps, il n'y a pas eu une seule journée sans que je ressente du remords.

— Et c'est censé réparer le mal ?

— Non, bien sûr que non. J'ai très mal agi, je le reconnais. Mais c'était il y a trente ans et…

— Et tu as eu brusquement le besoin de te libérer de toute cette culpabilité accumulée. En la rejetant sur moi. C'est ça ?

— Je ne t'en aurais jamais parlé, s'il n'en avait tenu qu'à moi. Jamais. Je serais restée avec mes remords, sans te les imposer, si je ne venais pas d'apprendre que…

— Que quoi ?

— Que Judson sort un livre, ses Mémoires, dans lequel il consacre tout un chapitre à… ça. »

Dan a plongé sa tête dans ses mains.

« Oh, non, non ! C'est pas vrai…

— Si, malheureusement. »

Il me revenait maintenant le privilège de décrire comment Judson avait arrangé l'histoire à sa guise jusqu'à m'attribuer quelques remarques plus que désobligeantes au sujet de Dan.

« Il a transformé ce moment de faiblesse en une sorte d'amour romanesque. C'est un mensonge complet, il faut que tu le saches. Y compris ma description en jeune femme piégée dans une vie soporifique, avec un mari sans intérêt.

— Mais tu viens de dire que c'était le cas, que tu te sentais piégée, à l'époque !

— D'accord, c'est vrai. Mais je ne le lui ai jamais dit !

— Oh, arrête ! Si c'est ce que tu ressentais, tu as bien dû en donner l'impression. Et tu as bien dû lui dire que ton mari était imprésentable.

— Je ne l'ai pas "dit", non !

— Alors ça fait partie de ce qu'il a enjolivé ? Et tu vas me raconter que tu n'as pas couché avec lui ?

— Non. Nous avons fait l'amour ensemble, je ne le nie pas.

— Oui… Et c'était bon ?
— Dan…
— Réponds !
— Oui. C'était bon.
— Et dans son livre, c'est ce qu'il dit aussi ? Que c'était bon ?
— Eh bien… Oui.
— Et il cite mon nom, dans ce magnifique bouquin ?
— Non. Il a changé les noms de tout le monde. Même Pelham s'appelle autrement.
— C'est déjà ça, j'imagine.
— Si seulement… »
Là, je lui ai révélé la mise en ligne de la « critique » de Chuck Cann et ses retombées probables. Il est devenu livide, cette fois.
« Ce n'est pas possible… »
Je suis allée prendre l'article dans mon sac et je le lui ai tendu.
« C'est à cause de ça que je suis restée si longtemps en bas, tout à l'heure. »
Après avoir chaussé ses lunettes, il l'a lu jusqu'au bout, puis il a jeté les feuilles sur la table basse devant nous. Une ou deux minutes se sont écoulées.
« Tu te rends compte de la gravité de ça ?
— J'en ai une petite idée, oui.
— Tout le monde va se ruer dessus. Tout le monde. Ça tombe parfaitement à point avec la disparition de Lizzie, pour les colporteurs de ragots. "Sa mère était une hippie qui couchait avec n'importe qui"… Ils vont adorer. Il faut faire retirer ce texte du site.
— Margy dit que c'est impossible.
— Elle n'a pas la science infuse, si ?
— Elle a pris l'avis d'avocats. Et elle connaît son métier.
— Depuis quand es-tu au courant ?

— Mais… deux heures, peut-être. Avant le dîner, je te l'ai dit.

— Tu aurais dû me prévenir sur-le-champ.

— Devant Jeff ? Il serait devenu fou furieux.

— Il va l'être, crois-moi. Et l'administration de ton lycée aussi. Et le conseil d'administration de l'hôpital, et… Que va en penser le FBI, le département de la Justice ? Parce que, dans les faits, tu as été complice d'un criminel…

— Je sais ce que j'ai fait, mais c'était sous la contrainte. La déclaration que Margy doit m'envoyer précisera que…

— Je veux voir ce texte !

— Mais oui, ne t'inquiète pas ! ai-je répliqué, soudain très nerveuse. Si ça se trouve, je l'ai déjà dans ma boîte électronique. Il suffit que je connecte mon portable et…

— Vas-y, fais-le.

— Dan ? Avant, je voudrais juste te dire que…

— J'en ai assez entendu, je crois.

— Est-ce que tu peux au moins me laisser expliquer… ?

— Non. Je voudrais voir ce livre, si tu veux bien.

— Il est tard et ça ne fera que te contrarier encore plus, donc pourquoi ne pas… ?

— Parce que tu penses que je pourrai dormir, maintenant ? Le livre, s'il te plaît.

— Est-ce que tu acceptes de lire la mise au point de Margy d'abord ?

— Ça ne change rien… Bon, peu importe. »

J'ai connecté mon portable au serveur de l'hôtel et j'ai ouvert ma boîte de réception. Il y avait quelques messages d'amis ayant appris la disparition de Lizzie, dont un de Sheila Platt, étonnamment chaleureux, dans lequel elle disait prier pour moi et pour Dan, et aussi pour le prompt retour de notre fille ; je me suis promis de lui répondre quand je le pourrais. Et Margy avait tenu sa parole, comme toujours : elle m'avait adressé une déclaration de deux pages qui réfutait point par point tout ce que Judson avançait dans son livre et attaquait fermement Chuck Cann. Sans nier avoir eu deux relations sexuelles avec le paria repenti, j'y déclarais que je n'avais jamais considéré cela autrement que comme une passade – pour laquelle je n'avais cessé de me blâmer depuis – et je m'élevais contre sa version selon laquelle je l'avais emmené au Canada de mon plein gré, et encore moins sous l'emprise de l'amour. Entre parenthèses, Margy précisait à mon intention qu'elle avait vérifié chaque formulation avec des avocats et que ceux-ci ne voyaient aucun inconvénient à ce que la mise au point qualifie Judson d'affabulateur et de maître chanteur.

Elle ajoutait ensuite, toujours en note : « J'espère que tu ne vas pas te fâcher, ma belle, mais j'ai pris la liberté de contacter directement ton père et de lui donner tous les éléments de l'affaire, y compris le chapitre en question, que j'ai scanné et envoyé par e-mail. C'est gonflé de ma part, je sais, mais nous avons besoin de sa réaction sur le sujet, que tu liras ci-dessous. Il a réagi parfaitement et, pour tout dire, il m'a tellement charmée que je serais prête à m'enfuir avec lui, s'il ne me trouve pas trop vieille, évidemment ! » Loin d'être fâchée, je me suis sentie incroyablement soulagée que Margy m'ait épargné de répéter à mon père toute cette nauséabonde histoire. Et en effet le communiqué citait ensuite « l'historien de renom, John Winthrop Latham », qui se disait « ulcéré par la manipulation d'événements passés à laquelle M. Judson a sacrifié ». Rappelant la diversité des courants politiques réunis dans le mouvement antiguerre, il niait solennellement que Judson lui ait même suggéré son appartenance aux weathermen, ni son implication indirecte dans l'attentat de Chicago en 1974. Si cela avait été le cas, affirmait-il, il n'aurait pas eu l'idée, même une seconde, de le recommander à sa fille. La citation de mon père se terminait par une dénonciation cinglante de l'« opportunisme sans limites » de Judson, puis le texte concluait par un appel à la modération adressé aux médias en vue du « respect de la vie privée de M. et Mme Buchan dans les moments difficiles qu'ils traversent actuellement ». Commentaire de Margy sur ce dernier point : « C'est un vœu pieux mais cela vaut la peine d'être dit. P.-S. : efface toutes mes notes avant de montrer ce projet à Dan. Et courage. »

C'est ce que je me suis empressée de faire tandis qu'il attendait debout devant la fenêtre. Enfin, j'ai lancé :

« Tu peux le lire, maintenant.

— Tu veux dire : maintenant que tu l'as expurgé ?

— Dan, je t'en prie.

— J'ai entendu que tu appuyais plusieurs fois sur une touche. Celle de suppression, j'imagine.

— J'ai simplement effacé quelques remarques éditoriales que Margy m'adressait.

— Parce que tu as quelque chose à cacher. Comme tu le fais depuis trente ans.

— Écoute, je sais que tu es extrêmement en colère contre moi, et tu en as plus que le droit, mais essaie de te rappeler que…

— Que quoi ? Que le passé est le passé ? Que je dois faire comme si rien n'était arrivé ?

— Ce n'est pas ce que j'attends de toi.

— Oui ? Si c'est mon pardon que tu attends, désolé mais je ne marche pas ! »

Il s'est dirigé vers la penderie, en a sorti son manteau.

« Où vas-tu ?

— Dehors.

— Où ça, dehors ?

— Il faut que je le dise ?

— Non, mais…

— Je sors parce que… parce que je ne veux pas me trouver dans la même pièce que toi, pour l'instant. »

J'ai baissé la tête et gardé le silence un instant.

« D'accord, ai-je murmuré, mais tu ne veux pas au moins lire ce…

— Envoie-le-moi par e-mail », a-t-il tranché d'un ton hostile. Prenant le livre de Judson que j'avais posé sur la table, il l'a calé sous son bras.

« Quand seras-tu de retour ?

— Je ne sais pas.

— Margy a besoin de notre feu vert pour transmettre le texte à la presse.

— Je te l'ai dit : e-maile-le-moi et je t'enverrai ma réponse. »

J'ai tendu un bras vers lui alors qu'il se dirigeait vers la porte.

« Dan, mon chéri, je… »

Il a évité ma main. Je me suis levée pour aller à lui.

« Je ne veux pas te parler, Hannah.

— Je te demande pardon. Je suis navrée, effondrée, je…

— J'en suis sûr. »

J'ai senti les larmes me monter aux yeux.

« Dan ! On ne va pas détruire ce que…

— Bonne nuit. »

Il a refermé derrière lui. Je suis restée sans réaction devant cette porte, pendant des minutes qui m'ont semblé des heures. Puis je me suis forcée à retourner à la table, à copier le texte de Margy, à le coller dans un e-mail que j'ai adressé à Dan. J'ai éteint mon portable, rabaissé l'écran. Avec une seule question obsédante : « Et maintenant ? »

8

Dan n'est pas rentré de la nuit. Je l'ai attendu jusqu'à trois heures, j'ai appelé deux fois son portable sans obtenir de réponse. Quand j'ai eu Margy à minuit – notre troisième conversation téléphonique de la soirée –, elle m'a conseillé la patience : « Laisse-lui le temps d'encaisser le choc. Ce n'est pas facile, même trente ans après. En plus, il se soucie forcément des répercussions que vont avoir les saloperies de Judson sur ses patrons à l'hôpital, ses patients, les connards du country-club avec lesquels il joue au golf, etc.

— Mais il ne sera que la victime abusée, tandis que moi je vais passer pour la garce, la nympho… À juste titre, d'ailleurs.

— Ne commence pas à t'accabler, tu veux ? On peut retourner la situation en montrant quels bons citoyens vous êtes, un couple respectable et respecté dans sa communauté, bref tous les clichés dont ce pays raffole. Tu seras l'enseignante appréciée de tous qui a commis une erreur de jeunesse, oui, qui la reconnaît et qui regrette la peine qu'elle a causée à ses proches et bla bla bla.

— À t'entendre, c'est facile à vendre, tout ça…

— Tu dois comprendre que la seule raison pour laquelle les médias t'accordent leur intérêt, c'est parce que ta fille a disparu et qu'un toubib qui bavasse à la télé est plus ou moins impliqué là-dedans. C'est tout. Si Lizzie avait réapparu, si elle ne s'était jamais enfuie, il n'y aurait pas le quart de la moitié du cirque qui se prépare. Ils ont un os, là, "la maman de la fugueuse s'est jadis tapé un gaucho recherché par le FBI", et ils vont le ronger un moment. Mais ça ne tient pas la route longtemps, même si ça va sans doute soulager ce triple schnoque de McQueen, parce que pendant quelques jours l'attention sera détournée de lui. Ce qu'il ne sait pas, c'est qu'ils vont lui retomber dessus dès qu'ils le jugeront utile. Bon, tu as parlé à ton père ?

— Oui, et il a été formidable. Il a dit qu'il regrettait de m'avoir envoyé ce malotru et que je ne devais pas m'en vouloir de lui avoir caché mon aventure avec lui. Que c'était ma vie privée. Quoique privée, elle ne le soit plus tellement…

— Tu vois ? Tu as de la chance, que ton père soit prêt à reconnaître si vite ses erreurs. C'est hyper-rare, surtout pour un homme ! À ce propos, je pense que tu ne dois pas t'inquiéter si tu ne revois pas ton homme avant demain.

— Pourquoi ?

— Parce que j'ai mon ordinateur devant moi et je viens de recevoir un e-mail dans lequel il me donne son accord pour la déclaration. En une ligne, nette et franche.

— Il dit où il est ?

— Bien sûr que non ! Pourquoi le dirait-il ? Sans doute à son bureau, ou peut-être qu'il s'est glissé dans la maison par l'entrée de service ? En tout cas, crois-moi, laisse-lui son espace. Si tu commences à le supplier et à plaider, tu ne feras que le braquer. Il va falloir un peu de temps, mais il finira par assumer. »

J'ai tout de même essayé encore une fois son portable, lui laissant un message où je lui disais mon amour et mes regrets, mais brièvement. Et j'étais sincère lorsque je souhaitais qu'il soit là, avec moi dans cette chambre, et qu'il me dispense cette stabilité et cette sécurité que l'on finit par croire immuables, dans un mariage, alors qu'elles sont toujours susceptibles d'être remises en cause.

J'ai tenté de dormir, en vain malgré les deux mini-bouteilles de vodka au prix exorbitant que j'ai extraites du minibar. Ensuite, j'ai commis l'erreur d'allumer la télé et de zapper pour anesthésier mes pensées, car je suis tombée sur ma propre image sur Fox News. Une photo floue en médaillon au-dessus de la blonde aux dents refaites qui animait le bulletin. Elle était en train de présenter Bernard Canton, l'avocat de McQueen dans « l'affaire de la disparition d'Elizabeth Buchan à Boston », puis elle a envoyé quelques secondes d'interview mise en boîte plus tôt dans laquelle ce type en costume gris affirmait que son client s'était prêté et se prêterait à l'enquête policière « avec toute la bonne volonté d'un honnête citoyen ». Revenue sur l'écran, la présentatrice a enchaîné : « À Portland, dans le Maine, où elle réside, la mère de la jeune femme disparue s'est refusée aujourd'hui au moindre commentaire. » Cette fois, le document vidéo me montrait sortant de ma voiture, une expression à la fois excédée et paniquée sur les traits, puis la jeune journaliste me tombant dessus, puis mon explosion de colère, le juron que j'avais employé remplacé par un bip suraigu, puis la poursuite jusqu'à ma porte…

Deux fois, trois fois, quatre fois, cet instant de ma vie est repassé devant mes yeux atterrés. Et je suis restée des heures ainsi, incapable de bouger, la télécommande dans ma main inerte, n'ayant plus conscience de rien sinon de la harpie qui vociférait de temps à autre sur l'écran… Moi.

J'ai dû m'assoupir, à un moment, car la sonnerie de mon portable m'a réveillée en sursaut. Six heures quarante-huit à la montre digitale sur la table de nuit.

« Mauvaise nuit ? s'est enquise Margy.

— Je… Je suis sur le lit, tout habillée.

— Tu as pu dormir un peu, c'est déjà bien. Parce que ça y est, on est en plein caca. Regarde la Fox à sept heures, puis mets Clear Radio, tu sais, là où sévit Ross Wallace ? »

Il s'agissait d'un présentateur de talk-show ultra-conservateur qui faisait les délices des réacs de la Nouvelle-Angleterre.

« Ross Wallace ? Je n'écouterai jamais cette crapule.

— Il le faut, Hannah.

— Mais je dois aller travailler !

— Alors écoute-le dans l'auto. Vers sept heures vingt-cinq. J'ai déjà entendu sa chronique et je pense qu'il ne va pas la modifier. »

En deux minutes, je m'étais déshabillée, douchée, rhabillée, coiffée et j'avais appelé le concierge pour qu'on sorte ma voiture du parking souterrain avant de me planter devant la télé. Une autre blonde au sourire glacial officiait sur Fox. C'était le cinquième sujet du bulletin matinal : « Étonnant rebondissement dans l'affaire de la disparition d'Elizabeth Buchan : dans un livre qu'il vient de publier, un commentateur radiophonique de Chicago, Toby Judson, révèle qu'au temps où il fuyait le FBI en raison de ses activités politiques, dans les années 70, il a eu une brève aventure sentimentale avec la mère d'Elizabeth Buchan, Hannah, alors déjà mariée. Dans ce même livre, Judson affirme qu'elle l'a personnellement conduit au Canada pour qu'il échappe au FBI. »

Une rapide séquence vidéo le montrait assis devant un micro, au studio d'où il émettait sa propagande. Il paraissait encore plus flapi que sur la photo que j'avais vue, presque chauve, et il m'a soudain inspiré une telle répulsion qu'il m'a fallu faire un violent effort pour garder les yeux sur l'écran. D'une voix onctueuse, à la solennité affectée, il se disait « sincèrement désolé » que Chuck Cann « ait jugé bon de révéler l'identité de Hannah Buchan » et se payait le luxe d'ajouter qu'il priait chaque jour pour le salut de Lizzie. Le rat !

La séquence suivante m'a totalement prise de court, puisqu'on y voyait… Margy. Pâle, émaciée, mais le regard toujours vif malgré l'éclat aveuglant des projecteurs, elle se tenait debout sur le trottoir devant son immeuble à Manhattan, quatre ou cinq longs micros pointés sur elle. « Margy Sinclair, porte-parole de Hannah Buchan », indiquait le texte en surimpression. D'une voix ferme, elle a donné un résumé de la déclaration dont nous étions convenus, Dan, elle et moi. Elle a conclu en exprimant mes excuses à ma famille et en indiquant que je n'interviendrais pas publiquement, pour l'instant.

« À l'accusation de chantage lancée par Hannah Buchan, Toby Judson répond ainsi », enchaînait la commentatrice en voix off tandis que l'on revenait au studio de Chicago où, d'un air patelin, il affirmait comprendre mon indignation mais : « On ne peut pas fuir la réalité. C'est ce que j'ai appris, durement, et c'est pourquoi je suis revenu dans mon pays, et que j'ai changé de vie, et assumé mes responsabilités. L'écriture de ces souvenirs fait partie de ce processus. J'appelle Hannah à en faire de même, à reconnaître son rôle dans ces événements et à considérer les conséquences possibles avec le réconfort de la sincérité. »

Retour à la blondasse : « Un porte-parole du département de la Justice a indiqué qu'une enquête avait été ouverte sur le rôle joué par Hannah Buchan dans la fuite de Tobias Judson au Canada, en 1974. Revenu aux États-Unis en 1980, Judson avait été témoin à charge contre d'autres membres de l'organisation clandestine à laquelle il appartenait. Il avait été condamné à trois ans de prison avec sursis pour avoir caché des personnes suspectées d'homicide volontaire. En plus de ses activités dans la région de Chicago, il a été récemment nommé à la Commission nationale des actes de bienfaisance fondés sur la foi, créée par le président Bush. »

Malgré tout mon désir de démolir le poste de télévision à coups de poing, il ne me restait que vingt minutes avant le début des cours et je me suis donc précipitée dehors après avoir attrapé ma mallette. Au passage, j'ai crié au réceptionniste de nous garder la chambre une nuit de plus et d'envoyer au teinturier le tailleur que j'avais laissé sur un des fauteuils. Ayant sauté dans ma voiture, dont le moteur tournait déjà, je suis partie tout en cherchant sur le tuner la station dont Margy m'avait parlé. Je suis tombée sur le début de la chronique de Ross Wallace, un ancien pompier bostonien qui se présentait lui-même comme « une grande gueule conservatrice dans une région de pleurnichards de gôche ». Après le jingle qui reprenait cette intelligente définition, il a démarré sans préambule : « Rebondissement pas net dans l'histoire pas nette du tout de la yuppie de Boston, l'as de la finance Elizabeth Buchan, qui n'a pas voulu entendre le “non” clair et net que lui adressait un homme marié, Mark McQueen… Oui, vous vous rappelez bien, c'est le gars qui vous raconte à la télé tout ce que vous voulez savoir sur votre épiderme sans avoir jamais osé le demander. Je ne reviens pas sur la grande scène des larmes à l'hôtel Four Seasons, où la chambre est à six cents dollars la nuit… Eh oui, les riches ont leurs tracas, eux aussi ! Et bon, depuis que la miss a jugé bon de disparaître, nos amis policiers suivent de près McQueen, ils lui ont même repris son passeport, voyez-vous, mais le rebondissement dont je parle, ce qui rend cette affaire encore plus glauque, le voici : on vient d'apprendre que la maman de la disparue, dans les années 70, au temps où elle était déjà mariée mais professait l'amour libre dans un coin perdu du Maine, a aidé son amant contestataire à fuir le pays et le FBI… »

Le reste était à l'avenant, y compris la conclusion à la Ross Wallace : « Telle mère, telle fille, dirons-nous. Dans la famille Buchan, les liens sacrés du mariage semblent faits pour être allégrement bafoués. Mais la vraie morale de l'histoire, selon moi, c'est que voici un gars, Toby Judson, qui a passé sa jeunesse à brûler des drapeaux américains, qui a passé plusieurs années au Canada, ce repaire de socialos francophones qui voudrait nous faire croire qu'il est notre brave voisin du Nord, et qui connaît alors une grosse, une énorme crise de conscience. Le chemin de Damas, comme on dit dans les bons livres. Et il comprend alors que, au-delà des fariboles communisantes, il s'est mal conduit envers son pays, sa nation. Et il fait amende honorable. Et grâce à son témoignage, deux dangereux criminels sont, de nos jours encore, bouclés dans un pénitencier comme ils le méritent.

» Je ne sais pas ce que vous en pensez mais pour moi c'est ça, être un homme, pouvoir dire : "Je me suis trompé ! J'aime mon pays et j'ai pris la mauvaise voie !" Et depuis qu'il est rentré au bercail, Toby Judson s'est conduit comme un homme. Il a mis les pendules à l'heure avec les autorités, et avec Celui qui nous regarde, il s'est dépensé sans compter pour sa communauté. Au point que notre président l'a remarqué et a jugé bon de le nommer dans l'équipe qui, d'une côte à l'autre, s'est attelée à la rude tâche d'arracher les associations et les réseaux d'entraide sociale des mains des soi-disant "progressistes" pour les rendre aux Églises, parce que c'est aux Églises que ce travail revient naturellement…

» Si vous comparez ce comportement avec celui de Hannah Buchan, eh bien… c'est le jour et la nuit. Qu'une écervelée de vingt-trois ans ait jugé bon de jouer les prêtresses de l'amour pendant que son mari était allé assister son père à l'agonie, c'est déjà limite. Mais qu'elle ait entraîné son bébé même pas sevré dans une équipée au paradis socialo-francophone du Nord, c'est à peine croyable ! Elle était influencée par son propre père, un radical notoirement connu à l'époque pour prôner le défaitisme et l'abandon de nos troupes en guerre. Voilà un pur produit de la culture nihiliste soixante-huitarde qui bafoue non seulement les lois du mariage mais celles de son pays, et on s'étonnera que sa fille ait hérité de son laxisme moral ! Les enfants répètent souvent les erreurs des parents, vous l'avez tous constaté. Quant à son mari, ah ! son mari… Je me contenterai de dire que je n'aimerais pas être dans ses souliers.

» Et la question, maintenant, c'est de savoir si cette femme va suivre l'exemple de Toby Judson, se montrer responsable de ses actes. Si elle va présenter des excuses non seulement au mari trompé, aux enfants manipulés, mais à toute la nation. Parce qu'elle a trahi sa confiance. »

Une bruyante page de publicité a marqué la fin de l'homélie de Ross Wallace. J'étais arrivée sur le parking du lycée, à ce moment, au terme d'une expérience sans précédent et hautement surréaliste, je dois dire : écouter un inconnu vous traîner dans la boue à l'antenne. J'avais l'impression qu'il ne s'agissait pas de moi, en réalité. Mais l'indignation n'avait pas été moindre, ni la crainte que Lizzie, où qu'elle fût, ait pu entendre toutes ces calomnies.

La sonnerie de mon portable s'est déclenchée au moment où j'allais sortir de l'auto. C'était encore Margy.

« Tu as vu la Fox, tu as écouté Wallace ?

— Oui.

— Bon. Je n'ai pas le temps de compatir. Nous allons riposter. Il y a des moyens pour ça. Mais pour l'instant, ce qu'il faut, c'est que tu te trouves un endroit sûr et que tu n'en bouges pas.

— Je ne te suis pas, Margy.

— Où es-tu, maintenant ?

— Devant le lycée.

— Bon. Tu vas appeler ton proviseur et lui dire que tu es malade ; ensuite, tu retournes à l'hôtel, tu dis à la réception que tu ne prends aucun message et tu t'enfermes dans ta chambre jusqu'à ce que je te rappelle.

— Margy ? J'ai cours, là.

— Écoute, ma chérie. Je viens d'avoir un appel de Dan. Il a essayé de passer chez vous mais il a dû rebrousser chemin. Arrivé à l'hôpital, il a vu plein d'équipes télé postées devant mais elles n'osent pas entrer, pour l'instant. Dan est assez furax parce que l'un des grands patrons de l'hosto a entendu Wallace à la radio et lui a laissé un message demandant des explications. »

Sans réfléchir, j'ai pris une cigarette dans mon sac.

« J'ai dit à Dan ce que je te répète : aucun contact avec la presse. Bon, il a trois opérations ce matin, donc il sera plutôt injoignable, mais toi, il ne faut pas que tu passes la matinée au bahut, autrement tu ne pourras plus…

— Je vais donner mon cours, Margy.

— Avant de commencer à jouer la Jeanne d'Arc avec moi, écoute-moi, tu veux ? D'ici peu, toute la clique qui était devant chez vous va rappliquer à ton lycée et…

— Est-ce que Dan t'a dit où il avait passé la nuit ?

— On n'a pas eu l'occasion de parler de ce genre de détail. Mais encore une fois, Hannah, je t'en supplie…

— Je te rappelle dès que j'ai terminé ce cours. »

Mallette à la main, je me suis ruée dans l'établissement. Cinq minutes de retard, déjà. Les couloirs étaient vides. Avant même de parvenir à ma salle, j'ai capté le chahut caractéristique de mes élèves. En me voyant entrer, ils se sont un peu calmés, m'écoutant invoquer les problèmes de circulation avec une notable incrédulité, car il n'y avait pratiquement jamais de bouchons dans une ville aussi tranquille que Portland. Après avoir jeté mon manteau sur ma chaise, j'ai pris mon exemplaire du *Babbitt* de Sinclair Lewis, le roman que nous avions commencé à étudier. Des murmures persistants m'ont fait relever la tête.

« Il y a un problème ? ai-je demandé.

— Euh, m'dame... – C'était Jamie Wolford, le meneur habituel. – On peut fumer, nous aussi ? »

C'est ainsi que je me suis rendu compte que j'avais toujours ma cigarette allumée à la bouche. Prenant un air aussi dégagé que possible, je suis allée ouvrir la fenêtre, j'ai éteint le mégot sur le rebord et je m'en suis débarrassée d'une pichenette.

« C'est pas jeter des détritus, ça ? a fait observer Wolford, déclenchant des rires étouffés dans la classe.

— Bien vu, Jamie. Puisque vous m'avez prise sur le fait, je vais vous retourner le compliment en vous demandant de nous parler de l'actualité des thèmes développés dans *Babbitt*.

— Mais... ça n'a rien d'actuel, puisque ça se passe dans les années 20, je crois.

— Exact. Mais vous pouvez sûrement trouver des parallèles entre l'Amérique décrite dans ce roman et celle d'aujourd'hui.

— Comme quoi ?

— Eh bien... Prenons-le ainsi : si Babbitt vivait de nos jours, pour qui aurait-il voté aux dernières élections, d'après vous ?

— George W. Bush, je suppose.

— Vous supposez ?

— J'en suis presque sûr.

— Et pourquoi ?

— Pourquoi ? Parce que c'était un réac intégral, ce Babbitt ! »

Éclat de rire général.

« Je pense que l'auteur, Sinclair Lewis, aurait été d'accord avec votre définition. Est-ce que d'autres ici trouvent aussi que Babbitt est un réac intégral ? »

Ils étaient intéressés, maintenant, et une discussion assez animée s'est engagée sur la pertinence contemporaine de cette satire de l'homme d'affaires du Midwest confit dans son patriotisme et son traditionalisme stérile. C'était le moment que je préférais dans mon métier, lorsque les élèves ne font pas que subir le sujet étudié mais s'en emparent avec curiosité, lorsqu'ils découvrent par eux-mêmes que la littérature est aussi un moyen de réfléchir à ce qui les entoure. Et soudain j'avais oublié le tumulte qui m'attendait dehors, m'absorbant moi-même dans cet échange d'idées plein de vie.

Mais il y a eu deux coups fermes frappés à la porte. M. Andrews, le proviseur, est apparu. Il interrompait rarement les cours ; dès que j'ai vu son expression, j'ai compris qu'il était au courant. Tous les élèves s'étaient levés d'un bond : il savait faire régner la discipline, je l'ai déjà dit.

« Asseyez-vous, leur a-t-il ordonné, puis, me faisant signe d'approcher, il a continué d'une voix moins forte. Il faut qu'on parle, Hannah.

— Il ne reste que cinq minutes avant la sonnerie, ai-je plaidé.

— Non, je vous en prie. – Il s'est tourné vers la classe. – Continuez ce que vous faisiez. M. Reed va arriver dans une dizaine de minutes pour le cours d'éducation civique. Si j'apprends qu'il y a du chahut entre-temps, je prendrai les mesures qui s'imposent. – Il m'a désigné la porte du menton. – Prenez votre cartable et votre manteau, s'il vous plaît. »

Tout le monde a entendu cette dernière injonction ; un silence pesant est tombé pendant que mes élèves me regardaient réunir mes affaires. Je les ai fixés, moi aussi. Ils paraissaient décontenancés – même cet éternel boute-en-train de Jamie Wolford –, inquiets, devinant obscurément que quelque chose de grave était en train de se produire. « Au revoir », leur ai-je dit en surveillant ma voix, puis j'ai suivi le proviseur dans le couloir.

Sans un mot, il m'a précédée jusqu'à son bureau. Sa secrétaire m'a saluée d'un signe de tête embarrassé quand je suis arrivée dans le saint des saints de l'établissement. Après m'avoir invitée à m'asseoir, il a commencé : « Trois membres du conseil d'administration m'ont appelé ce matin. Plusieurs parents d'élèves ont laissé des messages. Je n'ai pas besoin de vous dire à quel sujet.

— Vous êtes bien conscient que tout cela s'est passé il y a trente ans, monsieur Andrews.

— Absolument. Comme je suis très conscient que ce Chuck Cann a porté atteinte à votre vie privée en publiant votre nom, et d'autres. Je viens de lire votre mise au point sur le site de CNN.

— Ils ont repris l'histoire, eux aussi ? ai-je demandé, encore stupéfaite par la rapidité avec laquelle cette calamité se propageait.

— La disparition de votre fille fait la une de tous les médias. Parce que ce "dermatologue des stars" pourrait être un meurtrier. Il n'en faut pas plus pour stimuler le voyeurisme des gens. Mais vous savez déjà tout cela. Vous savez aussi que les derniers développements me placent dans une situation extrêmement difficile. – J'ai fait mine de parler mais il a coupé mon élan d'un geste autoritaire de la main. – Permettez-moi de m'exprimer d'abord. En ce qui me concerne, je vous connais depuis plus de quinze ans ; si vous affirmez que ce Judson vous a contrainte à l'emmener au Canada, je vous crois. Et le fait que vous ayez été infidèle à votre mari à cette époque est un problème qui ne regarde que vous deux. Et quand un démagogue comme Wallace s'empresse d'expliquer la disparition de votre fille par ces événements vieux de trente ans, j'interprète cela comme une répugnante manipulation. J'ai beau être un ancien marine et voter républicain, je n'ai que du mépris pour ce genre de professionnels de la calomnie.

» Cela étant, mes convictions ne pèsent pas lourd devant l'emballement des médias et des esprits. Ce qui veut dire que…

— … des dizaines de parents d'élèves réclament la tête de la femme adultère ?

— Ce n'est pas l'aspect essentiel du problème. Si cela avait été le cas, j'aurais tapé du poing sur la table et rétorqué que la vie sentimentale d'autrui ne regarde personne. Non, Hannah, le problème, c'est que vous avez aidé quelqu'un recherché par les autorités à franchir une frontière afin d'échapper à une arrestation. Vous y avez été forcée, je suis prêt à le croire, comme je vous l'ai dit, mais l'acte reste incontestable. J'ai vu sur le site de CNN comme sur celui de la Fox que le département de la Justice envisage une inculpation pour complicité et je dois dire que l'idée qu'un collaborateur ou une collaboratrice de notre établissement se retrouve sous le coup d'une action en justice fédérale est, comment dire… ?

— Voulez-vous ma démission ? ai-je demandé, moi-même surprise par mon calme.

— Ne nous emballons pas, d'accord ?

— Si cela peut vous simplifier les choses, je vous la donne.

— Vous parlez sérieusement ?

— Très sérieusement. »

Il m'a dévisagée un moment.

« Vous ne désirez pas garder votre emploi ?

— Bien sûr que si. J'aime mon travail, vous le savez, mais vous avez raison, il est possible que des poursuites soient engagées contre moi. Vous connaissez ma version, monsieur Andrews, et je n'en démordrai pas. Je plaiderai que j'ai été soumise à un chantage éhonté devant n'importe quel tribunal. Sur ce point, j'ai la conscience très nette. Et ce qui importe vraiment pour moi, c'est de savoir si ma fille est vivante ou non, donc je ne vais pas me battre pour rester ici. Je ne veux pas vous créer plus d'ennuis, si ma présence dans ce lycée doit être contestée. »

Il a réfléchi un bon moment, tambourinant des doigts sur son bureau, avant de prendre sa décision.

« Votre démission n'est pas nécessaire. Je vais cependant devoir vous demander de prendre un congé à durée indéterminée. Avec maintien de salaire, bien entendu. Et je vous soutiendrai à cent pour cent si le conseil d'administration y voit une objection, croyez-moi. Je vais diffuser un communiqué qui précisera qu'il s'agit d'un congé volontaire, non d'une sanction. Si on me pose la question, je dirai tout le bien que je pense de vous. Mais au cas où il y aurait action en justice et où la presse s'exciterait encore, je ne puis vous garantir que je serai capable de tempérer nos administrateurs. Ils ne sont pas particulièrement tolérants, pour employer un euphémisme.

— Je suis sûre que vous ferez de votre mieux, monsieur Andrews.

— Il est sans doute préférable que vous partiez dès maintenant. Je demanderai à ma secrétaire de vider votre bureau ce soir.

— Est-ce indispensable, s'il s'agit seulement d'un congé ?

— Oui. Ça permettra d'amadouer le conseil et certains parents d'élèves. Et maintenant, je dois vous dire qu'il y a une quinzaine de journalistes à la porte du lycée : est-ce que vous voulez que je vous escorte jusqu'à votre voiture ?

— Volontiers.

— Pouvez-vous me donner les clés ? – Il les a prises avant d'aller dans l'antichambre, revenant quelques secondes plus tard. – Jane va l'amener devant la porte de service. »

Nous avons attendu deux minutes en silence, puis il m'a fait signe de le suivre. L'auto était garée dans l'allée qui desservait l'arrière du bâtiment. Le temps que j'atteigne ma portière, une nuée de reporters et de cameramen a déferlé sur nous, m'empêchant de démarrer. Malgré tous les efforts du proviseur pour les contenir, ils se sont mis à glapir des questions dans une cacophonie indescriptible : « Madame Buchan, est-ce que vous reconnaissez avoir aidé Toby Judson à s'enfuir au Canada ? Est-ce que vous appartenez toujours à une organisation clandestine, madame Buchan ? Pensez-vous que cette affaire a un rapport avec la disparition de votre fille ? Madame Buchan ! Est-ce vous qui lui avez conseillé de recourir à un avortement ? Avez-vous dit à votre fille qu'il était normal de sortir avec un homme marié ? »

J'avais serré les dents mais ces trois dernières provocations ont eu raison de ma patience :

« Vous n'allez pas arrêter ce cirque ? me suis-je entendue hurler.

— Hannah ! a tenté Carl Andrews, mais j'étais désormais hors de moi.

— Ma fille a disparu, elle est peut-être morte et vous vous acharnez sur nous avec vos… saletés !

— Donc vous ne regrettez pas ce qui s'est passé il y a trente ans ? a crié un reporter.

— Ce que je regrette, c'est d'être pourchassée !

— Vous ne présenterez pas d'excuses, alors ?

— Jamais de la vie ! » ai-je hurlé en me dégageant de la meute et en me hissant derrière le volant.

J'ai fait gronder le moteur, ce qui les a convaincus de s'écarter, et je suis partie sur les chapeaux de roue. Après avoir roulé un moment, j'ai dû m'arrêter, couper le contact et me défouler à coups de poing sur le volant. J'étais furieuse contre ces vautours, évidemment, mais aussi contre moi-même. Qui m'avait dit de ne pas mordre à leur hameçon, déjà ? Là, je m'étais carrément jetée dessus. « Jamais de la vie ! » Je n'ai même pas eu le temps de réfléchir pour savoir si c'était le fond de ma pensée, en plus ! Mais je venais d'être quasiment licenciée, aussi ! Bien entendu, c'était un détail qui n'intéresserait pas la presse. J'ai peu à peu recouvré mon calme et je suis retournée à l'hôtel. J'arrivais dans la chambre quand mon portable s'est mis à sonner, affichant le numéro de Margy.

« Bon, je viens de te voir.

— Oh, Margy, je suis désolée, je suis…

— Je ne t'avais pas dit de te cacher ? Non ?

— Je sais, je sais ! J'ai tout fichu par terre.

— On n'avait pas besoin de ça, c'est sûr. Et je viens de parler à Dan. Plus qu'en pétard, il était.

— Pourquoi ne m'a-t-il pas téléphoné, plutôt ? ai-je pensé tout haut.

— Il faudra le lui demander. En tout cas, il s'est fâché tout rouge contre moi. Il a dit que j'aurais dû te… tenir en laisse.

— Ce sont ses propres termes ?

— Il est sous pression, lui aussi. On lui a demandé de donner des explications devant plusieurs membres de la direction de l'hôpital cet après-midi. C'est pour ça qu'il a appelé, d'ailleurs : pour que je lui donne quelques arguments, comment les formuler…

— Et pour te dire que je devrais être tenue en laisse.

— Sois indulgente, Hannah. Tu imagines par quelles épreuves il passe en ce moment, à son travail ?

— Tu as raison. Et crois-moi, je suis la première à vouloir que quelqu'un m'oblige à me maîtriser. Ma réponse à propos des excuses, ils vont s'en servir jusqu'à la nausée, maintenant !

— On trouvera une parade. Il va peut-être falloir que je t'arrange une interview avec un journaliste correct pour faire contre-feu. Si ta version n'est pas correctement diffusée d'ici demain, celle de Judson s'imposera partout. C'est la règle du jeu médiatique. Tu as trente-six heures pour riposter, après c'est trop tard.

— Je ferai tout ce que tu me diras de faire.

— OK. Promets-moi de quitter l'hôtel le moins possible et de ne répondre à aucun appel non identifié sur ton portable. Je te recontacte d'ici peu. »

Aussitôt après, j'ai téléphoné à Dan. Il m'a répondu d'un ton glacial :

« Excellent, ton numéro de ce matin. Bravo.

— Pardon, je me suis encore laissé prendre et…

— Ça n'a pas d'importance, a-t-il répliqué d'une manière qui signifiait le contraire.

— Où as-tu dormi, cette nuit ?

— Au bureau.

— Ah…

— Je n'allais pas rentrer chez nous comme si de rien n'était, si ?

— Dan ? Tu penses qu'on pourrait se voir à un moment ou un autre et essayer de…

— J'ai une journée très chargée. En plus, je n'ai rien à dire. Je te verrai ce soir. Je passerai à l'hôtel vers sept heures. »

Il a raccroché. « Je passerai à l'hôtel vers sept heures. » Comme si nous étions à peine des connaissances, l'un pour l'autre. Mais c'était l'impression qu'il voulait donner, sans doute. Par un réflexe idiot, j'ai commis l'erreur d'allumer la télé, qui était restée programmée sur la Fox. Quand le spot publicitaire s'est terminé, je me suis de nouveau retrouvée devant mon histoire déformée. Carl Andrews faisait face aux reporters qui m'avaient assaillie plus tôt devant le lycée. La mine et la voix très graves, il a lu un communiqué annonçant ma mise à pied *sine die*, rendant hommage à ma collaboration et concluant que ma « place à Nathaniel Hawthorne dépendrait en partie des initiatives que prendra le département de la Justice ». Presque sans transition, ils ont envoyé les images de mon algarade avec les vautours autour de ma voiture. Si l'on ne connaissait rien aux faits, on pouvait très bien en conclure que cette femme qui glapissait qu'elle ne demanderait jamais pardon était une mégère à moitié folle. Cela expliquait aussi pourquoi, entre-temps, le proviseur avait été contraint de transformer mon congé volontaire en mise à pied. Comment le lui reprocher ?

Le comble, c'est qu'ils avaient demandé un commentaire à Toby Judson. Cette fois, il trônait derrière son bureau sur lequel un petit drapeau américain et la même photographie de la poignée de main avec George W. Bush étaient dûment exposés. Il était navré que je refuse de présenter des excuses à [ma] famille et à la nation, il fallait soigner les plaies du passé, aller de l'avant, bref son nouveau prêchi-prêcha désormais bien rodé. Rien au sujet de Lizzie, en revanche, si ce n'est que l'hôpital où travaillait Mark McQueen annonçait son départ en congé temporaire. Pour lui, on avait gardé les formes… La chaîne de télévision sur laquelle il pérorait indiquait pour sa part que son émission serait interrompue pendant quelques semaines.

Quand Margy m'a rappelée, c'était pour m'annoncer qu'elle avait arrangé une interview avec une journaliste du *Boston Globe* dans l'après-midi : « Elle s'appelle Paula Houston, je ne la connais pas personnellement mais elle a contacté d'elle-même l'agence et d'après ce que mon assistante a pu vérifier c'est quelqu'un de sérieux, et de très opposé à la droite chrétienne. Elle dit qu'elle est attirée par le côté *Rashomon* de l'affaire : deux versions radicalement opposées du même événement. Si ça circule bien, elle sera à l'hôtel à midi. Elle devrait pouvoir faire ça en une heure et…

— Écoute, Margy, j'ai à peine dormi, j'ai l'air d'un épouvantail !

— Je suis sûre que ça n'est pas à ce point. Et puis elle aimera cette ambiance de tension, ça rendra son papier plus musclé. En plus, le *Globe* a des accords avec plein de journaux dans tout le pays, donc l'article sera certainement repris un peu partout.

— On ne peut pas attendre demain ? Je suis tellement… fatiguée.

— Tu connais la réponse. Cette Paula Houston est une aubaine, pour nous. Il faut que tu lui parles, ma chérie.

— D'accord, d'acord…

— Bonne fille ! Je travaille aussi sur un sujet de la NPR qui devrait passer demain. Mais ce que j'adorerais trouver, c'est un journaleux bien réac qui a envie de se payer Judson pour des raisons strictement professionnelles et qui se mettrait à piocher dans ses petits secrets… »

Elle était dans son élément, là. Nous étions amies, certes, mais j'étais aussi devenue la cliente difficile qui a besoin d'être tenue court. Alors que moi, je voulais juste me cacher jusqu'à ce qu'ils m'aient oubliée, jusqu'à ce qu'ils soient passés à un autre scandale.

Qu'est-ce qu'ils peuvent trouver d'intéressant à ma modeste existence ? C'est la seule question que j'ai posée pendant ma conversation avec Paula Houston, en début d'après-midi. Margy ne s'était pas trompée ; brillantissime, attentionnée sans être obséquieuse, c'était une boule de nerfs – elle se rongeait les ongles et le crayon avec lequel elle prenait des notes portait des traces de dents – animée par la soif de savoir et l'exigence intellectuelle. J'avais eu des élèves dans son style, au cours de ma carrière, des filles qui à dix-sept ans préféraient Suzanne Vega au rap, J. D. Salinger aux sorties entre copines à la galerie marchande, dont les pom-pom girls moquaient l'allure effacée mais qui, derrière leur apparente maladresse, étaient plus indépendantes d'esprit que tous les fiers-à-bras.

« Quel effet ça vous fait, que votre fille ait disparu ? a-t-elle entamé sans prendre de gants mais en adoucissant aussitôt la brutalité de la formulation. Je vous pose cette question parce que je n'ai pas d'enfants, donc je n'ai absolument aucune idée de ce que vous pouvez ressentir. » Nous étions assises face à face dans ma chambre, Margy avait insisté pour que j'évite le salon ou le bar de l'hôtel. J'ai pris comme un coup de vieux, soudain, à tenter d'expliquer à cette jeune femme l'état dans lequel m'avaient plongée la disparition de Lizzie, l'incertitude quant à son sort. Oui, j'avais été proche de ma fille. Oui, je voulais croire, je devais croire qu'elle était encore en vie. Non, je n'avais pas les mêmes relations avec mon fils. Oui, je pensais que mon union avec Dan était solide, même si elle traversait évidemment une passe difficile…

« Étiez-vous amoureuse de Tobias Judson ? m'a-t-elle demandé brusquement.

— En aucun cas.

— Mais vous avez dû éprouver… quelque chose ?

— J'étais jeune, je vivais dans une toute petite ville, j'étais déjà mère à vingt-trois ans, j'avais pas mal de doutes sur les choix que j'avais faits, et voilà que je croise quelqu'un d'extrêmement sûr de lui, libre comme l'air, ayant réponse à tout, aventureux…

— Il vous a séduite, alors ?

— C'était mutuel.

— Sur le plan sexuel, cela a été une révélation ?

— Est-ce que je dois répondre ?

— Je reformule : sur le plan sexuel, cela a été une déception ?

— Non.

— J'ai lu votre mise au point mais est-ce que je peux vous demander de me raconter exactement les circonstances de votre voyage au Canada ? »

Je me suis exécutée, malgré ma lassitude.

« Donc, vous pensez que l'interprétation des faits qu'il donne dans son livre est…

— … un tissu de mensonges, un travestissement du passé destiné à soigner sa nouvelle image de grand patriote et de néochrétien.

— Est-ce que vous vous considérez religieuse d'une façon ou d'une autre, vous-même ?

— Absolument pas. Mais je respecte les convictions de chacun, bien sûr, à condition qu'ils ne me les jettent pas à la figure.

— Comme Tobias Judson, vous voulez dire ?

— Je passe sur cette question.

— Il est très pieux, visiblement.

— L'exaltation du converti, j'imagine.

— Que pensez-vous du type de foi qu'il professe ?

— Elle est très pratique, non ? Elle revient à dire qu'il a toujours raison. S'il s'agissait d'un vrai chrétien, il admettrait que non seulement il a fui ses responsabilités, à l'époque, mais qu'il m'a forcée à l'aider. Expliquer ça par je ne sais quel égarement passionnel, c'est… méprisable.

— Au final, c'est votre vérité contre la sienne, non ?

— En effet. Mais je ne suis pas allée vendre la mienne partout comme il l'a fait, comme il vend son patriotisme et ses certitudes religieuses… Samuel Johnson a écrit que le patriotisme était le dernier refuge des scélérats, si je ne m'abuse. »

Elle a consulté sa montre et m'a expliqué qu'il lui restait trois heures avant sa *deadline*. Elle allait écrire son papier au centre d'affaires de l'hôtel et l'envoyer à sa rédaction.

— Qu'attendez-vous de tout cela, mis à part le fait que Judson fasse amende honorable ?

— Vous voulez dire qu'est-ce que j'attends d'autre à part que Lizzie tombe sur votre article et me téléphone aussitôt ? Eh bien, j'aimerais simplement retrouver ma vie normale. Elle n'a rien d'extraordinaire mais c'est la mienne et je m'en satisfaisais fort bien, jusqu'ici. »

Elle n'a fait aucun commentaire, se contentant de me serrer la main et de me remercier de lui avoir accordé un peu de mon temps. Après son départ, j'ai fait les cent pas en repassant dans ma tête chacune de mes phrases, à me demander si je n'avais pas été trop volubile, si j'avais trouvé le ton juste. « Les journalistes cherchent toujours à débiner, c'est leur boulot », avait déclaré Margy devant moi des années auparavant. Pour Paula Houston, je n'étais qu'un sujet, rien de plus, une histoire qui serait dans le journal du lendemain et qui lui sortirait aussitôt de l'esprit. Et je voulais tellement m'être bien vendue, cette fois !

Obéissant aux consignes de Margy, j'ai passé le reste de l'après-midi cloîtrée dans mes quartiers avec un roman de Carole Shields pour toute compagnie, la vie très ordinaire d'une femme ordinaire que Shields arrive cependant à rendre tout à fait remarquable. L'extraordinaire dans le banal : c'était un thème que j'avais souvent abordé avec mes élèves. Sous ses dehors les plus prosaïques, l'existence de chaque individu est riche de contradictions et de nuances. Elle est un roman potentiel, parce que malgré notre aspiration à la simplicité et à la tranquillité nous ne pouvons empêcher les catastrophes ou les accidents de parcours de modifier la trajectoire de nos vies. Tel est notre destin : le désordre, les drames dans lesquels les autres nous entraînent ou que nous nous créons nous-mêmes font partie intégrante de la condition humaine. Comme la tragédie, qui nous guette sans cesse au tournant. Peut-être s'agit-il là encore d'une réaction à notre état de mortels, d'une manière de nous cacher à nous-mêmes notre fin inéluctable, au-delà de l'agitation, des espoirs et des déceptions ?

Et dans ce cas, la question sans réponse revient inlassablement : quel sens a tout ça ? Repensant à certaines conversations que j'avais eues avec mon père, je me suis rappelé lui avoir dit que j'enviais ceux qui ont la foi. Pour moi, le Créateur, le Tout-Puissant, la vie éternelle, tout cela, c'étaient des contes de fées pour des adultes cherchant à s'accommoder de la brutalité définitive de la mort, mais comme il devait être bon de proclamer : « Oui, il y a un sens, finalement ! Pour l'éternité, je serai réuni dans l'au-delà avec ceux que j'aime ! » Sauf que seront également présents, dans ce paradis tant fantasmé, ceux que l'on n'a pas aimés, et ceux qui se sont mal conduits avec vous dans la vie temporelle, même s'ils se disaient d'excellents chrétiens… Non, décidément, j'étais trop sarcastique pour devenir croyante.

Je n'ai bientôt plus été capable de me concentrer sur le livre pourtant captivant de Carole Shields. J'aurais voulu sauter dans ma voiture et aller marcher sur la plage de Popham. Et puis la fatigue a eu raison de moi d'un coup ; j'ai eu à peine la force de me déshabiller et de me glisser entre les draps impeccables de mon lit d'hôtel avant de basculer dans un néant auquel j'aspirais avidement.

Le téléphone de la chambre m'a réveillée en sursaut. Encore assommée, ne sachant plus où je me trouvais, j'ai fini par distinguer le radio-réveil. Sept heures et demie, zut !

« Bonsoir, c'est moi. » – Dan. – « J'ai essayé de te joindre sur ton portable. »

Je lui ai expliqué que je l'avais éteint, pour m'accorder une petite sieste qui avait finalement duré plus de quatre heures.

« On était censés se voir, je crois.

— Où es-tu ?

— À la réception.

— Monte, alors.

— Non, je t'attends en bas.

— Mais c'est idiot ! me suis-je écriée, plus du tout groggy. Tu peux monter pendant que je…

— Je serai au bar. »

Je me suis rhabillée à toute allure avant de passer par la salle de bains pour m'appliquer un peu de fond de teint, comme je l'avais fait avant l'interview. S'il avait voulu me mettre sur la défensive, il y avait réussi. « Je serai au bar »… Il ne voulait plus se trouver dans une pièce en tête-à-tête avec moi ? Je n'avais même pas eu le temps de lui poser la question, puisqu'il m'avait raccroché au nez. Pourquoi se montrer aimable avec la femme qui avait trahi sa confiance, après tout ?

J'étais en bas au bout de cinq minutes. Il avait choisi un box loin des regards et tapotait distraitement son verre. À mon approche, il a levé les yeux, puis les a immédiatement baissés sur la table.

« Désolée, je dormais à poings fermés quand tu as appelé.

— Ça va. Tu veux prendre quelque chose ?

— Une vodka avec des glaçons, s'il te plaît. – Attirant l'attention du serveur, il a passé ma commande. – Je ne devrais pas être ici, tu sais… Margy veut que je reste cachée.

— Histoire de ne pas te donner en spectacle comme ce matin, tu veux dire ?

— Je n'ai pas réagi au mieux. Je suis navrée, si je t'ai fait honte.

— Ce n'est pas important. »

Il a vidé son scotch puis a montré son verre vide au serveur pour en avoir un autre.

« Si, ça l'est. Je déteste savoir que tu as des…

— Je suis allé à la maison, cet après-midi.

— Ah bon ? Mais je croyais que…

— Les équipes de télé. Il faut croire que tu leur as donné ce qu'ils voulaient, tout à l'heure.

— Sans doute, oui. »

Dès que nous avons été servis, il a immédiatement avalé la moitié de son verre.

« Tu bois sec, ce soir, lui ai-je fait remarquer.

— Et alors ?

— Ce n'est pas une critique, tu le sais. Enfin, j'ai gardé la chambre pour cette nuit, donc nous ferions aussi bien de rester.

— Je ne passe pas la nuit ici.

— Dan…

— Tu m'as entendu ! a-t-il sifflé en essayant de ne pas élever la voix.

— D'accord, d'accord. Comme tu voudras. Tu rentreras à la maison ?

— Je ne rentre pas à la maison non plus.

— Ah ?

— J'y suis allé, j'ai pris ce dont j'avais besoin. Je n'y retourne pas. »

Long silence.

« Je ne comprends pas », ai-je tenté, mais c'était pour dire quelque chose, car je n'avais que trop bien compris.

Il a vidé son verre.

« Je m'en vais. Je te quitte.

— Comme ça ? ai-je murmuré.

— Non, pas comme ça, mais…

— Dan ? Je sais à quel point tu es en colère. Tu as plus que le droit de l'être. Si j'avais moi-même appris que tu…

— Tu as déjà dit tout ça. Ça ne rime à rien de le répéter. Je te quitte, c'est tout.

— S'il te plaît, Dan… C'était en 1974, ça ne s'est jamais reproduit par la suite, jamais !

— Ouais. Tu m'as dit ça aussi.

— Il faut que tu me croies.

— Eh bien non, je ne te crois pas. Pourquoi accorderais-je ma confiance à quelqu'un qui crie sur tous les toits qu'il n'est pas question de demander pardon ?

— C'était une réaction sortie de son contexte.

— Il n'y a que toi pour le savoir. Pour tout le monde, à part toi, pour mes collègues, pour mes amis, c'est ce que tu as soutenu à la télé ce matin. Pendant que tu faisais la sieste, ton petit show est passé en boucle sur les chaînes locales, et bien entendu sur Fox toutes les heures. Tom Gucker, le patron de l'hôpital, m'a téléphoné cet après-midi. Tu sais ce qu'il m'a dit ? Que j'avais son soutien complet. Et il a ajouté, mot pour mot : "Ce doit déjà être dur de voir l'infidélité de son épouse étalée dans la presse mais la voir revendiquer son acte d'une façon aussi outrancière, je ne peux pas imaginer l'effet que ça peut avoir sur vous…"

— Tu ne comprends pas que j'ai perdu pied, ce matin ? Tu ne vois pas que… ?

— Que quoi ? Que tu es morte d'inquiétude pour Lizzie ? Tu n'es pas la seule, figure-toi. Mais moi, ça ne m'amène pas à me ridiculiser devant les caméras !

— L'excitation va retomber, Dan. Dans deux ou trois semaines, plus personne n'en parlera.

— Pas ici. Pas à Portland. »

Le silence est retombé. J'ai fini par le rompre d'une voix calme :

« Si tu arrives à me pardonner, si nous tenons le coup, si nous ne laissons pas un moment du passé détruire le bonheur de notre vie commune, alors…

— Le bonheur ? Alors que tu me définis comme un bonnet de nuit, un minus intellectuel, un type qui t'a coupé les ailes depuis le début ?

— Quoi, tu crois toutes les sornettes de ce salaud ?

— Je n'ai pas besoin d'y croire. Parce que ce n'est pas que dans son livre. C'est une réalité de toujours.

— Dan ! Depuis 1969, depuis…

— Inutile de me rappeler les dates, je les connais.

— Alors oui, nous avons toujours été différents, toi et moi. Avec des centres d'intérêt qui appartenaient à l'un ou à l'autre. Mais ça ne signifie pas que…

— Je sais que ta mère ne m'a jamais vraiment accepté. Le petit toubib, le bûcheur pas marrant qui ne serait jamais aussi cultivé que le célèbre John Winthrop Latham, ni à la hauteur de ses critères d'artiste new-yorkaise, ni…

— Tu penses que j'ai accordé la moindre importance à l'opinion de ma mère ? Je t'ai choisi parce que je t'aimais !

— Ouais, au début, peut-être. Au tout début. Mais j'ai tout de suite vu que je n'étais pas… satisfaisant.

— Pourquoi suis-je restée avec toi, alors ? Tu crois que je me serais accrochée à une vie qui m'aurait menée dans une impasse complète ? Quelle raison aurais-je eue de faire ça ?

— La même que celle qui t'a empêchée d'aller à Paris quand tu étais étudiante : la peur. Et ton incapacité à définir ce que tu veux vraiment.

— J'étais très immature, à cette époque. Non, j'ai cru à notre union parce que je ne voulais pas te perdre. Ni à ce moment-là ni maintenant.

— Si c'est ce que tu voulais, il ne fallait pas t'envoyer en l'air avec ce type !

— D'accord, j'admets. Mais encore une fois, ne peux-tu pas prendre cette stupide petite passade pour ce qu'elle a été, une erreur commise à l'âge de vingt-trois ans ? Et ne me dis pas maintenant que je suis restée avec toi par facilité.

— Eh bien c'est mon cas à moi. C'est exactement pour cette raison que je suis resté. »

Sa repartie m'a prise au dépourvu.

« Tu... Tu ne penses pas ce que tu viens de dire, n'est-ce pas ?

— Tu n'as pas à me dire ce que je pense ou pas. Tu crois que le bonnet de nuit était tout content de son petit mariage avec sa petite prof ? Tu ne t'es jamais dit que j'avais pu rêver d'une vie qui m'apporte un peu plus que de réparer des hanches cassées, que les vacances familiales en Floride, que faire l'amour avec la même femme pendant des lustres, et pas très souvent, et pas très passionnément, en plus ?

— C'est maintenant que tu découvres la réalité de la vie conjugale ?

— Ah ! c'est bien toi, ça, la réplique condescendante au moment où tu devrais...

— Encore une raison pour laquelle je t'ai tant déçu, alors ?

— Eh bien... oui. Ces sarcasmes, cette agressivité chaque fois qu'un obstacle se présente...

— Je n'ai jamais éprouvé envers toi un ressentiment aussi amer que celui que tu exprimes, Dan.

— Peut-être parce que je ne t'ai jamais infligé la honte publique que je suis obligé de supporter à cause de toi.

— Mais cette rancœur que tu exprimes, ça dure depuis…

— Depuis des années. Sauf que je l'ai gardée dans ma poche parce que je pensais que tu…

— Que je nourrissais la même à ton égard ?

— À peu près, oui.

— Que ça te plaise ou non, j'ai compris qu'on ne peut pas vivre de rêves, moi ! J'ai cru qu'un couple, ça se construisait peu à peu. Et ce n'est tout de même pas comme si nous nous étions entre-déchirés pendant trente-quatre ans !

— Non, on a refoulé. On a toujours fui les vrais problèmes, on s'est toujours dérobés devant les vraies questions.

— Mais tu t'entends ? Je me raconte peut-être des histoires mais je pensais qu'on s'était toujours bien entendus, tous les deux, qu'on avait trouvé un accord sur les choses les plus importantes, notamment l'éducation de nos enfants, qu'on était capables de cohabiter sans se regarder en chiens de faïence tous les soirs. Et maintenant tu me dis qu'en réalité c'était un enfer, pour toi, mais que tu as préféré te taire ! J'en viendrais presque à croire que tu saisis l'occasion de la crise que nous traversons pour prendre la porte de sortie.

— N'essaie pas de rejeter la faute sur moi, tu veux ? Tu m'as trompé, tu as trompé toute notre famille, et au lieu de reconnaître que…

— Je l'ai reconnu. Je te le dis à nouveau : j'ai mal agi, je n'ai cessé de regretter ce que je vous ai fait, à toi et à Jeff. Et j'aurais voulu mieux réagir devant la presse, mais ça n'a pas été le cas.

— Et donc tu attends que je te pardonne et que je fasse comme si rien ne s'était passé.

— Non, je comprends ta rage et tes doutes, mais j'aurais aimé que tu me soutiennes, malgré tout.

— C'est beaucoup demander.

— Après trente-quatre ans de vie commune ? Où est cette grande trahison, enfin ? Je ne suis pas tombée amoureuse de quelqu'un d'autre, je n'ai pas abandonné mari et enfant ! J'ai couché avec un sagouin au temps où Gerald Ford était président ! Et maintenant, nous avons ce que Margy appelle un problème d'image, qui ne se serait pas posé si notre pauvre fille n'avait pas…

— Ça se limite à une question de relations publiques, pour toi ?

— Je pense que ce ne serait pas si dramatique, si les médias ne s'étaient pas emparés de nos petites affaires.

— Tu as vraiment le chic pour fuir les responsabilités.

— Je ne les ai jamais fuies ! Au contraire, j'ai toujours…

— Oui, vas-y, invente encore une excuse ! »

Je l'ai dévisagé d'un regard incrédule.

« Dan, ai-je murmuré, qu'est-ce qui se passe ? Tu te rends compte de ce que tu es en train de faire ?

— Oui ! Je te quitte.

— Pas seulement. Tu me dis que toute notre histoire a été une supercherie, que tu n'as jamais été heureux. Alors que j'avais choisi, en toute conscience, de rester avec toi.

— Tu as choisi de rester avec moi ? Trop gentil de ta part. Je suis flatté, honoré, touché ! Tu t'es envoyée en l'air avec un criminel en fuite, tu l'as aidé à passer la frontière, mais tu as "choisi de rester avec moi". Je suis sûr que ça impressionnera le procureur, quand tu auras à répondre devant un juge.

— Ça n'ira peut-être pas jusque-là.

— Hein ? Ne me dis pas que tu n'es pas au courant !

— De quoi ? J'ai dormi tout l'après-midi, mon portable était coupé…

— Eh bien tu ferais mieux de l'allumer parce que je suis sûr que tu as plein de messages, depuis cinq heures et quelques. Toutes les radios et les télés ont donné l'information.

— Mais quelle information ? ai-je insisté, la gorge serrée.

— Le département de la Justice a décidé d'ouvrir une instruction contre toi. Si j'étais toi, je chercherais un avocat. »

J'ai terminé ma vodka, essayant d'encaisser le choc.

« Merci pour le conseil, Dan.

— Et tu crois que c'est juste un problème d'image ! Bon Dieu, tu te rends compte de ce que ça signifie pour moi, professionnellement ? Même Jeff a des problèmes avec sa boîte à cause de la moralité douteuse de sa mère ! – J'ai baissé la tête sans rien dire. – Alors, où est ton fameux sens de la repartie ?

— Ça te plaît, de t'acharner sur moi, c'est ça ?

— Si c'est que tu penses… Bon, j'y vais. Des déménageurs viendront prendre le reste de mes affaires vendredi. Ne t'inquiète pas, je ne chercherai pas à prendre ce qui fait partie de la "propriété conjugale". Si tu contestes tel ou tel objet, dis-leur de le laisser, on fera la répartition plus tard. J'ai également pris contact avec une avocate qui va me représenter pour le divorce. Elle s'appelle Carole Shipley, du cabinet Shipley, Morgan et… »

Il a continué d'une voix étrangement froide et distanciée.

« S'il te plaît, Dan… Tu ne vas pas appuyer sur le détonateur comme ça. Essayons de parler, essayons de voir si…

— C'est toi qui l'as déclenché, le détonateur. Pas moi. Comme je te disais, mon avocate va prendre contact avec toi pour que nous puissions commencer le partage des biens matrimoniaux.

— Où vas-tu habiter ? ai-je demandé brusquement.

— Je… J'ai un endroit, a-t-il répondu en évitant mon regard.

— Comment s'appelle-t-elle ?

— Ah, il fallait s'attendre à ça !

— Où as-tu passé la nuit, hier ?

— Au bureau.

— Je ne te crois pas. »

Il s'est levé, a jeté quelques billets sur la table.

« Tu n'as pas à me donner de leçons en matière de fidélité conjugale, Hannah. »

J'ai senti les larmes glisser sur mes joues.

« Comment s'appelle-t-elle ? ai-je répété.

— Comme je te l'ai dit, mon avocate va te contacter.

— Dan !

— Au revoir.

— Tu ne peux pas mettre fin à plus de trente ans de mariage comme ça.

— Ah oui ? Eh bien regarde. »

Il a tourné les talons et il a quitté le bar.

9

Le lendemain matin, c'est la voix de Ross Wallace en train de me clouer une nouvelle fois au pilori qui m'a réveillée. « … "Jamais de la vie !" a-t-elle répliqué hier au pauvre journaliste de la Fox qui lui tendait la perche – c'est le cas de le dire ! – en lui suggérant qu'elle pourrait présenter des excuses. Eh bien, mes amis, vous m'avez sans doute déjà entendu soutenir que les soi-disant progressistes, ceux qui brûlaient hier notre drapeau et crachent aujourd'hui sur tout ce qui est américain, que ces gens-là ne reconnaissent jamais leurs torts ? En voilà une preuve criante, administrée par Hannah Buchan. Et la maman pas si éplorée que ça de la fifille disparue récidive aujourd'hui dans le *Boston Globe*, figurez-vous ! Elle a trouvé une oreille très complice chez une journaleuse libérale et elle y va fort, toujours aussi peu repentante ! Et de porter des accusations grotesques contre Toby Judson, un citoyen, un patriote qui a fait ses preuves. Et elle reconnaît qu'elle est en froid avec son fils parce qu'il a le toupet de penser qu'un bébé dans le ventre de sa mère est déjà une vie qu'il faut respecter. Et elle conclut en disant que le patriotisme, c'est pour les escrocs. Merci pour cette belle leçon de morale, madame Buchan ! Et si je puis me permettre un conseil aux garants de notre justice : mettez vite cette pétroleuse sous les verrous, que l'on n'entende plus ses énormités ! »

Il y avait de quoi me tirer de ma somnolence, même si la nuit ne m'avait guère apporté de repos. Après le départ de Dan et trois autres vodkas, j'avais erré sur les docks en grillant cigarette sur cigarette. Mes larmes avaient séché, la stupeur initiale avait été remplacée par une sourde douleur. J'avais résisté à l'envie de l'appeler sur son portable, de le supplier de nous laisser une seconde chance, de lui démontrer que recommencer sa vie à son âge n'avait rien de simple, et que d'après les enquêtes soixante-dix pour cent des personnes qui prenaient l'initiative de divorcer en venaient à regretter leur décision, etc. Encore sous le choc, je voulais me convaincre que sa scène au bar n'avait été qu'une manière de libérer la tension accumulée pendant les dernières semaines, une explosion de colère sur laquelle il reviendrait.

D'un autre côté, la sincérité de sa protestation ne pouvait m'échapper, ni la détermination dont il avait fait preuve. Il m'avait exposé ses frustrations accumulées pendant des années, après avoir préparé son départ. Il avait dû louer un appartement, ou bien… Ou bien il y avait une femme, j'en aurais mis ma main au feu. Mais qui ? Depuis quand ? Pourquoi n'avais-je rien remarqué dans son comportement ? Je revoyais son expression lorsque j'avais lancé à l'aveugle ma question « Comment s'appelle-t-elle ? » Il aurait pu protester, contre-attaquer, alors qu'il avait simplement esquivé ma mise en demeure. Par ailleurs, l'adultère ne correspondait pas du tout à son caractère. Il était trop carré, trop soucieux de sa réputation. Il n'avait pas l'esprit assez calculateur ni le goût de la clandestinité pour entretenir une liaison secrète, surtout dans une ville de la taille de Portland. De toute façon il ne servait à rien de spéculer là-dessus : l'essentiel, c'est qu'il avait mis brutalement fin à notre union en prétextant qu'il n'avait jamais été heureux en ménage.

Après avoir regagné ma chambre, j'avais vainement cherché le sommeil. Ni les vodkas, ni le somnifère que j'ai avalé, ni la camomille que j'ai commandée au room-service n'avaient pu apaiser mes nerfs. C'était seulement vers cinq heures et demie, prostrée devant la télé au son coupé, que je m'étais finalement endormie, pour être réveillée par la voix vengeresse qui sortait du radio-réveil.

Je me suis levée. J'ai branché à sa prise le téléphone que j'avais déconnecté la veille. Il y avait cinq messages pour moi, tous de Margy, de plus en plus inquiets. Avant de la rappeler comme elle le demandait instamment, j'ai prié la réceptionniste de me faire monter un exemplaire du *Boston Globe*. L'interview occupait une page entière, illustrée par une photo que Paula Houston avait prise elle-même la veille et sur laquelle je me suis trouvée tourmentée mais digne. C'était un article bien écrit, avec un parti pris de neutralité qui ne l'empêchait pas de mettre un accent approbateur sur certaines de mes positions, par exemple quand je déplorais l'intolérance des adversaires du droit à l'avortement. Elle citait aussi la présidente des anciens élèves du lycée Nathaniel Hawthorne, Martha Grimbsy, selon laquelle mon enseignement avait été une inspiration pour elle et nombre de ses camarades. Elle soulignait également que je paraissais bien plus préoccupée par le sort de ma fille que par les attaques portées contre ma réputation.

Ma lecture terminée, j'ai appelé Margy sur son portable.

« Où étais-tu passée, nom de… ? »

Une violente quinte de toux l'a interrompue.

« Hé, mais tu tousses terriblement !

— Oui… En fait, tu me joins dans une chambre cinq étoiles de l'hôpital général. J'ai recommencé à cracher du sang hier après-midi.

— Oh, Margy…

— Attends, attends, ne m'enterre pas encore ! Ils ont fait les vérifications nécessaires, apparemment ce ne serait qu'une conséquence de la cicatrisation en cours après l'extraction de la tumeur. Pour l'instant, on m'a simplement gardée en observation. Par contre, je me suis fait un souci du diable pour toi ! Cette nuit, j'ai bien failli appeler l'hôtel et leur demander de monter voir si tu étais toujours vivante.

— J'ai passé une assez mauvaise soirée, à vrai dire. »

J'ai entrepris de lui raconter la bombe que Dan m'avait fait sauter à la figure. Elle est restée un moment sans voix, ce qui était rare, chez elle, puis elle a fait ce commentaire :

« Je n'arrive pas à croire qu'il t'ait sorti tout ça.

— C'est quoi, l'expression consacrée ? Qu'on ne connaît jamais personne, même les gens les plus proches de soi ?

— Mais Dan ! La loyauté, la stabilité, la pondération faites homme !

— Oui, et je lui ai donné une excuse pour se révolter contre ces étiquettes qu'on lui avait collées sur le front. Et il attendait ça depuis des années, d'après ce qu'il m'a fait comprendre…

— Qui est la bonne femme ?

— Il n'a rien dit. Il n'a pas nié qu'il y en avait une, non plus.

— Il y en a une, c'est forcé. Il ne te laisserait pas tomber pour aller vivre tout seul, c'est évident.

— Je suis la première à m'en douter. Dan a besoin d'une présence quand il rentre du travail, d'une maison bien tenue… Il n'est pas du genre indépendant.

— Alors, tu as une idée ?

— Je parierais que c'est une de ces fichues infirmières à son hosto. Ou une des radiologues. Il y en a une qui lui fait les yeux doux depuis des années.

Shirley-Rose Hoggart. On plaisantait même là-dessus, de temps à autre.

— Comment peut-on s'appeler Shirley-Rose ?

— Oui… Mais il disait toujours qu'elle n'avait pas inventé la poudre, donc je ne sais pas si…

— Il va peut-être se ressaisir, tu ne crois pas ?

— Après son numéro d'hier, ce serait très dur pour lui de revenir en arrière. Il a pratiquement coupé tous les ponts.

— Comment tu prends ça ?

— Merveilleusement. Surtout que Dan m'a aussi affirmé que j'allais être arrêtée d'une minute à l'autre.

— Oui, c'est aussi pour ça que je t'ai appelée. Mais le communiqué du département de la Justice était plus circonspect que ça.

— Ils vont me laisser l'occasion de m'enfuir au Canada, alors ?

— D'après mon avocat, ils devaient réagir à la pression publique mais ils ne sont certainement pas chauds pour rouvrir un dossier aussi poussiéreux. Cela dit, au cas où, tu connais un avocat, à Portland ?

— Pas vraiment. On en a un qui s'est occupé de l'achat de la maison, des trucs de ce genre. Il pourrait peut-être me recommander un confrère.

— Je vais demander au mien ce qu'il en pense. Bon, tu fais quoi, ce matin ?

— Si c'est pour m'imposer une autre interview, ma grande, je te dis non tout de suite.

— Non, non. Celle du *Globe* est très bien, je l'ai lue sur Internet. Maintenant, ce qu'il nous faut, c'est un supersujet à la télé.

— Je ne pourrai jamais, Margy. S'il te plaît !

— Sois raisonnable, d'accord ? Le seul moyen de sortir de ce merdier, c'est de continuer à faire connaître ton point de vue. Si j'arrive à te dégoter un programme haut de gamme, genre talk-show classe, ce sera un pas formidable. On ne peut pas disparaître de la scène, d'autant que j'ai appris que Judson va passer aujourd'hui chez Rush Limbaugh et à "Tout compte fait" sur la radio publique.

— Quoi, NPR a invité un réac pareil ?

— Ils essaient de ne pas être partisans, contrairement à Fox. Et puis Judson se jette sur n'importe quoi, histoire de favoriser la promo de son livre. Qui est déjà en trentième position sur la liste des best-sellers du *New York Times*... Et je ne crois pas qu'il ait l'intention de te céder une part de ses droits ! »

J'ai ri de bon cœur. C'était bien Margy, ça : sortir une vanne quand tout paraissait si noir.

« Bon, je pense que tu peux rentrer chez toi, maintenant. Tu devrais essayer de te reposer pour de bon. Et n'oublie pas que tous les journalistes qui appellent, tu les renvoies poliment sur mon assistante. Pas même une phrase de commentaire, compris ?

— Compris, chef.

— Encore un truc : ne lis pas le *Portland Press-Herald* d'aujourd'hui. Il y a un édito qui réclame ton renvoi du lycée.

— Qu'est-ce qu'ils disent ?

— D'après toi ? Que tu es un mauvais exemple pour la belle jeunesse du Maine, que ton refus de présenter des excuses est une insulte à la communauté, et ainsi de suite. Balivernes provinciales.

— Et si je demandais pardon, qu'on en finisse ?

— Mouais... On verra ça. Des excuses limitées et circonstanciées, éventuellement. »

J'avais encore une dizaine de messages sur mon portable, dont un de mon père disant qu'il était fier de moi après la lecture du *Boston Globe*. J'ai essayé de lui téléphoner mais je suis tombée sur le répondeur et je me suis contentée d'un laconique : « Bonjour, c'est moi, j'appelais juste pour te dire que Dan a rompu avec moi hier soir, rappelle-moi au plus vite, s'il te plaît. » Ensuite, je me suis préparée, j'ai télépayé la note pour ne pas avoir à m'attarder en bas, puis je suis descendue directement au sous-sol par l'ascenseur, j'ai récupéré ma voiture et je suis partie pour la maison.

En chemin, je me suis arrêtée à la petite supérette toute proche de chez nous. M. Ames, le patron que nous connaissions depuis notre arrivée à Falmouth, n'a pas lancé son « Hé, Hannah ! » coutumier. Il a regardé ailleurs pendant que je prenais quelques boîtes de conserve et de l'eau minérale. Lorsque j'ai posé mon panier sur le tapis mécanique devant la caisse, il l'a saisi sans dire un mot et l'a posé par terre, de son côté du comptoir. « À partir de maintenant, faudra que vous alliez faire vos courses ailleurs, a-t-il énoncé d'un ton catégorique.

— Mais… pourquoi ?

— Je ne veux pas de clients qui bafouent la loi, ici.

— Je ne bafoue rien du tout !

— C'est ce que vous dites. Pour moi, c'est clair.

— Monsieur Ames ! Je viens chez vous depuis des…

— Je sais depuis combien de temps. Je sais aussi que si j'étais votre mari, je vous ferais jeter hors de la ville. Et maintenant… – Il a montré la porte du menton.

— Mais c'est injuste !

— Sans blague. »

Et il m'a tourné le dos.

Le cœur serré, je suis passée une fois dans notre rue pour vérifier qu'aucune équipe de télévision ne traînait dans le coin. Au moment où j'entrais dans l'allée, mon regard est tombé sur quelque chose qui m'a fait instinctivement freiner. La porte d'entrée était barrée de grandes lettres grossièrement tracées à la peinture rouge. « Traîtresse ». Pendant quelques secondes, j'ai cru que c'était une hallucination, comme si le cauchemar dans lequel j'étais plongée me donnait des visions, et puis j'ai remarqué que l'une des fenêtres du rez-de-chaussée avait été cassée. J'ai grimpé le perron au plus vite, persuadée que la maison avait été pillée. Tout était en ordre, cependant, à part la brique qui avait brisé la vitre et qui gisait maintenant au milieu du salon. Une feuille de papier maintenue par un élastique l'entourait. Je l'ai retirée. Quelqu'un avait écrit au crayon noir : « Puisque vous n'aimez pas votre pays, pourquoi ne pas retourner au Canada et y rester, cette fois ? »

Ma première idée a été d'appeler la police, la seconde de m'en abstenir si je ne voulais pas obtenir plus de publicité inopportune dans les journaux locaux. Refoulant mes larmes, j'ai continué à inspecter les lieux, pour vérifier qu'il n'y avait pas d'autres dégâts. Le spectacle de notre chambre m'a causé un nouveau choc : la penderie de Dan était vide, ainsi que sa commode. Au sous-sol, la plupart de ses DVD et ses précieux clubs de golf en titane avaient disparu. Une pile de caisses alignées avec soin attendait les déménageurs. Son départ n'avait donc vraiment pas été décidé sous le coup de la colère, mais préparé méthodiquement. Et il n'était pas allé à l'hôtel, étant donné la quantité d'affaires qu'il avait déjà emportées.

J'ai attrapé le téléphone sur son bureau et consulté notre répondeur. Des journalistes qui avaient ignoré ma consigne de prendre contact avec Margy et puis, soudain, la voix de ma belle-fille : « C'est un message de Shannon. Jeff m'a demandé de vous appeler pour vous dire que nous ne voulons plus avoir la moindre relation avec vous, après vos attaques contre nous dans le *Boston Globe*. Puisque vous nous tenez pour des fanatiques, puisque vous ne voulez même pas présenter d'excuses pour vos agissements et ce que vous avez fait endurer à votre mari, nous vous demandons de ne plus chercher à entrer en contact avec nous de quelque manière que ce soit. C'est une décision que nous avons prise en commun, Jeff et moi, et qui s'applique bien sûr à nos enfants. Pour nous, vous n'existez plus. »

J'ai appuyé sur la touche d'effacement et je suis passée au message suivant. Il avait été laissé par Carl Andrews, mon proviseur : « Bonjour, Hannah. Le conseil d'administration du lycée s'est réuni hier soir et a décidé à l'unanimité votre licenciement pour faute grave. Personnellement, j'ai plaidé pour qu'ils attendent une réaction claire du département de la Justice mais je n'ai rien pu faire contre l'ambiance de… chasse aux sorcières, oui, c'est le terme. Je suis de la vieille école, pour ma part, selon laquelle on est innocent tant que sa culpabilité n'a pas été prouvée… J'ai tout de même obtenu que vous conserviez vos droits à la retraite. Ce ne sera pas grand-chose, avec quinze ans de service chez nous, mais c'est mieux que rien, j'imagine… »

Ni l'un ni l'autre de ces appels ne m'a plongée dans le désarroi ou l'affliction. Quand on s'attend au pire, rien ne peut vraiment vous surprendre, n'est-ce pas ? Donc je n'ai pas éclaté en sanglots, je ne me suis pas jetée sur le téléphone pour supplier Jeff de se montrer moins dur. Une partie de moi aurait voulu mettre quelques vêtements dans une valise et aller me réfugier chez mon père jusqu'à ce que l'orage soit passé, une autre insistait pour que je reste, que je ne me dérobe pas à cette réprobation générale. J'ai cependant eu encore un aperçu de son ampleur lorsque j'ai appelé le vitrier et menuisier de Falmouth, Phil Post, qui avait effectué plusieurs réparations pour nous au cours de toutes ces années. Dès que je lui ai dit mon nom, il a pris un ton distant et m'a répondu qu'il était trop pris pour venir changer le carreau cassé.

« Demain, alors ?

— Pas possible non plus.

— Après-demain ?

— En fait, madame Buchan, je n'ai pas vraiment besoin de ce travail.

— Parce que c'est moi, vous voulez dire ?

— À peu près ça, oui. Bon, je vous laisse. »

J'en ai finalement trouvé un autre dans les pages jaunes qui couvrait toute la région de Portland et qui n'a pas pris un ton de vierge effarouchée en entendant mon nom. Comme je lui demandais s'il connaissait un peintre pour la porte d'entrée, il a répondu en riant qu'il avait pas mal de casquettes et qu'il pourrait se charger de ce travail aussi. « Je serai chez vous dans deux heures, à peu près », a-t-il précisé. Ensuite, j'ai pris mon courage à deux mains, j'ai contacté Peter Goodwin, notre avocat, afin qu'il m'aiguille sur un confrère pour le cas où je serais mise en examen, ou si je décidais d'attaquer la direction du lycée pour licenciement abusif. Il avait un cabinet à l'ancienne, avec une secrétaire et un comptable, et il lui arrivait souvent de répondre au téléphone lui-même, comme ce matin-là. Dès que je me suis nommée, pourtant, sa voix est passée de la jovialité à une froideur arctique.

« Ah, bonjour, madame Buchan…

— Bonjour, Peter, ai-je répondu, car nous nous appelions par nos prénoms, jusqu'alors.

— Je crains de ne pouvoir vous aider, a-t-il déclaré une fois que je lui ai exposé mon problème.

— Écoutez, Peter, quoi que vous puissiez penser de cette…

— Je pense ce que je pense, a-t-il répliqué, encore plus cassant. Et j'ai décidé de ne plus vous représenter. Vous devez le comprendre.

— Je cherche simplement un avocat qui serait en mesure de…

— Si je vous en indiquais un, m'a-t-il coupé, ce serait une aide implicite. Or je ne désire pas vous aider.

— Mais nous nous connaissons depuis trente ans ! Vous n'allez pas croire toutes ces horreurs, tout de même ?

— Bien que mes compétences se limitent au droit foncier, madame Buchan, j'ai eu malheureusement l'occasion de constater que certaines personnes présentent au monde une façade qui ne correspond pas à leur véritable personnalité. Je ne recherche pas leur fréquentation et c'est pourquoi je préfère que nous en restions là.

— Mais tout ça s'est passé il y a si longtemps, enfin !

— Oui ? L'année même où vous avez aidé cet individu à passer illégalement la frontière, mon frère a été tué en action à Da Nang. Cela ne me semble pas si lointain, à moi. Bonne journée, madame Buchan. »

Encore une rebuffade. Je me suis sentie terriblement seule, dans cette maison vide. Entendre une voix amie, au moins... J'ai eu l'idée d'appeler Alice Armstrong sur son portable.

« Ah, bonjour..., a-t-elle fait, étonnamment tendue, presque réticente – ou était-ce un début de paranoïa de ma part ?

— Je suis si contente de t'entendre, Alice. Tu n'imagines pas le quart de la moitié de ce qui m'arrive.

— Je lis les journaux. Et je t'ai vue aux infos, aussi.

— Oui, mais tu ne sais pas que Dan m'a abandonnée, ni que j'ai été virée du lycée, je pense. Ou bien les cancans vont si vite que tu en as eu vent ?

— C'est que, franchement, Hannah, tu tombes à un mauvais moment, là. Ça ne te dérange pas de me rappeler ?

— Mais... non, bien sûr. Je me sentais un peu isolée, simplement. Si tu es libre à dîner ce soir...

— Non, je ne le suis pas. Je dois y aller. »

Et elle m'a raccroché au nez. C'était plus qu'étrange, pour le coup. Alice, si résolument à gauche... Elle aurait dû se précipiter à mes côtés dès que Judson avait sorti son artillerie fondamentaliste-conservatrice contre moi. Mais peut-être était-elle occupée, en effet, ou en présence de gens devant qui elle n'avait pas pu m'exprimer son soutien ? C'était fâcheux, parce que j'avais l'intention de lui demander des noms d'avocats susceptibles de m'aider – elle connaissait tout le monde, à Portland. C'est finalement mon père, de son lointain Vermont, qui a trouvé la solution à ce problème lorsque je lui ai téléphoné après mon échange plutôt décevant avec Alice. Il a écouté avec attention mon résumé des derniers événements. Le comportement de Dan l'a particulièrement ulcéré : « C'est une chose de courir le jupon et une autre de plaquer sa femme comme ça, à un moment pareil. C'est de la lâcheté. Mais au fond de lui-même il en est conscient, j'en suis sûr.

— Maigre consolation pour moi.

— Oui… Tout le monde réagit d'une façon incroyable. On croirait que c'est Ben Laden que tu as aidé à s'enfuir !

— Ce qui focalise toute l'attention, maintenant, c'est ce bout de vidéo à la télé où j'ai dit que je refusais de demander pardon. Mais dans le *Boston Globe*, pourtant, je crois avoir été claire.

— En disant que tu devais seulement présenter des excuses à tes proches ? Oui, c'était une très bonne interview. Tu t'en es bien sortie.

— Contente que tu penses ça, parce que ton petit-fils et sa chère moitié sont d'un avis très différent. Tu te rends compte qu'ils m'interdisent de voir leurs enfants ?

— Cela ne durera pas.

— Ne crois pas ça. Jeff ne pardonne pas facilement. Surtout à sa mère.

— Je pourrais peut-être lui toucher un mot, même s'il me prend pour la réincarnation de Trotski…

— Et Shannon est encore pire. Elle est persuadée que nous sommes tous des assassins de fœtus, des êtres sans foi ni loi. Encore plus après ce que Judson raconte sur ton compte, sans parler du mien…

— Cet aspect de ma vie, ça continue à te tracasser ?

— C'est du passé, papa.

— Réponds-moi, a-t-il insisté gentiment.

— À l'époque, ça m'a chagrinée, oui. Que tu trompes maman, je n'aimais pas ça. Et pourtant je comprenais que c'était votre façon de fonctionner. Elle avait sans doute raison : j'ai toujours été une petite conformiste, au fond. Mon seul faux pas de femme mariée a été avec Judson et je…

— Je n'ai pas besoin de savoir ça, Hannah. C'est ta vie. Si pendant ces trente ans tu avais eu un amant de temps en temps…

— J'aurais mieux fait. »

Il a ri de bon cœur.

« En tout cas, ça n'aurait pas changé mes sentiments à ton égard, ni l'admiration que j'ai pour toi.

— Je n'ai rien d'admirable, papa. J'ai mené une vie quelconque. Je n'ai pas écrit de livres, je ne suis pas devenue célèbre en m'opposant au pouvoir. Dans vingt ou trente ans, tu ne seras plus là, Dan m'aura oubliée depuis longtemps, pareil pour Jeff, et pour ses enfants, qui ne m'auront pas connue, de toute façon. Quant à Lizzie… »

Ma voix s'est brisée, une terrible sensation de fatigue m'a soudain envahie. J'étais tout au bord du précipice. Pratiquement sur le point de m'abandonner au désespoir.

« Arrête, Hannah, est intervenu mon père comme s'il avait perçu mon état. Tu reçois suffisamment de coups de toutes parts, tu ne vas pas en plus t'accabler toi-même. Pour moi, tu n'as rien fait de mal, tu n'as rien à te reprocher.

— Oh, je t'en prie…

— Rien, je répète. Et crois-moi, je serais le premier à te le dire, si c'était le cas. »

Je savais qu'il ne le ferait pas, bien sûr, et c'était aussi ce qui faisait de lui un être si remarquable. Volage, séducteur, il avait également été extrêmement fidèle à son histoire passionnée et torturée avec ma mère. Peu présent en tant que père, toujours accaparé par ses déplacements, ses publications, ses étudiants, il avait cependant toujours été attentif quand j'avais eu besoin de lui, il m'avait soutenue dans toutes mes décisions, même lorsqu'il les désapprouvait. Il m'avait aimée sans me juger, ce qui est sans doute ce dont tout enfant a véritablement besoin. Comment expliquer la tendance actuelle à dresser une liste tatillonne de ce qu'un père ou une mère devrait donner à sa progéniture ? Est-ce que j'ai passé assez de temps avec eux ? Est-ce que je leur ai fait commencer le piano assez tôt ? Est-ce que j'aurais dû être à la maison chaque après-midi quand ils rentraient de l'école, au lieu d'avoir un métier ?... Pourquoi les enfants d'aujourd'hui sont-ils tellement enclins à reprocher à leurs parents des détails somme toute sans importance (« Ma mère ne me laissait pas jouer tant que je n'avais pas fait mes devoirs, mon père ne venait jamais à mes matchs, ou aux représentations théâtrales à l'école. ») au lieu de reconnaître qu'en général ces derniers avaient fait de leur mieux pour combiner vies familiale et professionnelle ? Ou bien est-ce un état d'esprit qui se développe quand on devient à son tour parent, quand on commence à répéter les mêmes erreurs, quand on en vient à découvrir à quel point il est difficile de réagir pertinemment aux attentes de ses enfants ? Si la relation parent-enfant est aussi chargée d'ambivalence, c'est parce qu'elle constitue sans doute le lien le plus intense qui soit, le plus fusionnel, un lien sur lequel dépendance, responsabilité, culpabilité, incertitude exercent une pression constante. Malgré les déceptions des deux côtés, pourtant, elle demeure une planche de salut dans un monde hostile et moi-même, cette fois encore, j'ai été soulagée de pouvoir parler à mon père, de savoir qu'il me défendrait toujours, envers et contre tout.

« Si tu dois donner d'autres interviews, a-t-il poursuivi, mon humble avis est que tu maintiennes la même ligne : tu as demandé pardon à ceux qui étaient concernés mais tu ne vas pas te mettre à genoux devant tout le pays parce que tu as été contrainte sous la menace de faire ce que tu as fait il y a trente ans de ça. Quant au département de la Justice, son chef actuel est obsédé par tout ce qui rappelle la contestation des années 60. Même s'ils ne peuvent s'appuyer que sur les mensonges de Judson, ils vont essayer de te faire payer ce passé. Si j'avais su ce qui te tomberait dessus, je n'aurais peut-être pas traité de fasciste notre cher procureur général dans l'article que j'ai donné à *The Nation* il y a quatre mois…

— Tu ne pouvais pas savoir », l'ai-je rassuré tout en me disant qu'il y avait peu de chance qu'au département de la Justice on lise assidûment une publication aussi confidentielle, mais en m'émerveillant aussi que mon père ait conservé cette énergie de vouloir rendre coup pour coup aux conservateurs.

« En ce qui concerne ton avocat, il se trouve que j'en connais un qui pourrait être intéressé par ton cas. Tu as entendu parler de Greg Tollman ?

— Tout le monde le connaît, à Portland. »

C'était un juriste radical d'une cinquantaine d'années qui était devenu la bête noire du gouverneur en raison de son activité en faveur de la protection des terres des tribus indiennes et de sa lutte contre la déforestation systématique du nord de l'État menée par les grandes compagnies productrices de bois. Au cours d'un procès retentissant, il avait également assuré la défense d'un immigré du Liberia accusé d'avoir tué l'un de ses deux agresseurs dans une rixe de nature raciste. Greg Tollman était une personnalité controversée, c'était le moins que l'on puisse dire, un héros pour les écologistes et les associations de gauche, un trublion rescapé des années 60 pour le reste de la population.

« Pourquoi pas ? ai-je repris. Ça fera des vagues, ici, mais je ne suis plus à ça près.

— Je vais l'appeler tout de suite. Et pour le reste, j'aimerais te savoir à l'abri de tous ces chacals, mais tu as raison : il faut que tu restes à Portland, et que tu leur montres qu'ils ne t'intimident pas. »

Une heure plus tard, le vitrier est arrivé. Brendan Foreman, un grand type taciturne qui, en découvrant l'inscription sur ma porte, a simplement fait remarquer : « J'aimerais pas avoir des voisins comme les vôtres. » Il a rapidement réparé la fenêtre, puis recouvert le graffiti. Quand je lui ai remis son chèque de trois cents dollars, il m'a confié : « S'ils reviennent faire leurs saletés, je ne vous prendrai que moitié prix. Je supporte pas les menaces, moi, et encore moins qu'on déterre de vieilles histoires. » Et il est parti en me lançant un clin d'œil entendu. Revigorée par son attitude, j'ai eu encore une bonne surprise avec l'appel de Greg Tollman. Il m'a téléphoné d'Augusta, où il avait une affaire devant la cour suprême de l'État du Maine : « Les grands esprits se rencontrent ! J'ai suivi votre affaire depuis le début et je me demandais si vous alliez avoir besoin d'une représentation juridique. Vous savez, j'ai eu votre père pour prof, dans mon jeune temps. Et nous sommes restés proches depuis, parce que nous avons les même idées. Je serais heureux de vous assister si les autorités se risquent à vous chercher des ennuis. Là, je suis bloqué à Augusta jusqu'à demain matin, mais que diriez-vous de venir à mon bureau dans l'après-midi ? À quatre heures, par exemple ? Je vous laisse mon numéro de portable, pour le cas où le FBI viendrait sonner à votre porte entre-temps… »

Ensuite, je suis allée faire des courses dans une grande surface, où je pouvais être une cliente anonyme.

À mon retour, je m'attendais presque à voir ma porte à nouveau souillée mais personne ne voulait s'y risquer en plein jour, apparemment. Après avoir rangé mes emplettes, je suis restée dans un bain brûlant près d'une heure, premier moment depuis une éternité où j'ai été en mesure de me détendre un peu. Jusqu'à ce que le téléphone se remette à sonner.

« Hannah, c'est moi. J'ai de sacrées nouvelles pour toi. »

Margy.

« Bonnes ?

— Intéressantes. José Julia, ça te dit quelque chose ?

— Mais oui. Une vedette de la télé, un type très à droite.

— C'est peut-être excessif. Je dirais que c'est plutôt le républicain ancienne manière, tendance libéral : pas trop d'État, merci, je n'ai rien contre la cigarette tant que vous ne me soufflez pas votre fumée dans le nez… Et tout à fait antipuritain, aussi. Il a même reconnu qu'il ne croyait pas en Dieu. Si Fox le garde, c'est parce qu'il bat des records à l'Audimat, avec son style rentre-dedans qui ne déteste pas le scandale.

— Il a parlé de la disparition de Lizzie dans son programme, non ?

— Eh oui. Parce qu'il fait beaucoup dans le sensationnel. Mais d'un autre côté il a une sainte horreur des donneurs de leçons et des bigots, de sorte que Tobias Judson pourrait parfaitement se retrouver dans sa ligne de mire.

— Oui, j'ai aussi lu quelque part qu'il fait une fixation sur les histoires d'infidélité conjugale. Parce qu'il aurait surpris sa première femme au lit avec un autre gus.

— Où as-tu glané ça ?

— Mais… dans *People*, je crois. Rassure-toi, je ne le lis que chez le coiffeur.

— C'est ce que je dis aussi quand j'ai besoin de me justifier ! Enfin, le truc, c'est que ce type est une véritable institution. Et il s'est mis en tête d'organiser un face-à-face entre Judson et toi sur son plateau.

— Pas question.

— Je sais, ça paraît racoleur et tout, mais réfléchis un peu : tu as la possibilité de donner ta version devant une audience énorme, et de mettre Judson au défi de répéter ses mensonges, et de…

— Pas question, Margy.

— Ma chérie, je comprends que tu frémisses à la seule idée de te retrouver dans la même pièce que cette crapule, je sais aussi que tu détestes cette vulgarité télévisuelle. Mais si tu peux le mettre K-O…

— Écoute, je suis tombée sur son émission deux ou trois fois. C'est quelqu'un qui harcèle constamment ses invités. J'ai eu plus que ma dose de tout ça.

— D'accord, mais de toute façon tu n'as pas à me dire oui ou non avant…

— C'est non.

— Réfléchis, Hannah. Ils ont besoin d'une réponse ferme d'ici demain soir. C'est une opportunité en or d'envoyer ce salaud dans les cordes, n'oublie pas.

— Entendu, je vais y réfléchir. Et toi, tu es toujours à l'hôpital ?

— Oui. Ils me renvoient dans mes pénates demain.

— Tu devrais te ménager, tu sais.

— Et faire quoi en attendant ? Regarder dans mon mouchoir à chaque fois que je tousse pour vérifier qu'il n'y a pas de sang ? Ça m'occupe l'esprit. Parce que les toubibs commencent à se demander s'ils n'ont pas loupé une tumeur secondaire quelque part.

— Je suis certaine que tout ira bien.

— Pas moi, mais merci pour l'optimisme de rigueur. J'en ai besoin. Et fais-moi plaisir, dis-moi que tu vas considérer sérieusement l'offre de Julia, maintenant que je t'ai culpabilisée avec mon cancer.

— Ah, Margy ! Je te promets que je le ferai. »

Le programme de ma soirée était établi : un dîner rapide, puis un bon vieux film à la télé puisque j'avais vu que l'excellent *Témoin à charge* de Billy Wilder allait passer sur le câble. Alors que je m'apprêtais à me pelotonner dans un fauteuil, le téléphone a sonné de nouveau ; j'ai commis l'erreur de ne pas l'ignorer.

« Hannah ? Sheila Platt à l'appareil. »

Juste ce qu'il me fallait…

« Bonsoir, Sheila. Je voudrais vous remercier pour votre mot d'encouragement, l'autre jour.

— Malheureusement, j'ai quelque chose…

— Peut-on se parler demain ? Je tombe de fatigue, honnêtement.

— Ce ne sera pas long. Le club des lectrices s'est réuni hier. Il y a eu un vote et la décision a été prise de vous exclure, à l'unanimité. Je regrette de vous communiquer pareille nouvelle.

— Vous… – Je me suis mise à rire, de plus en plus fort. – Mais non, Sheila, vous ne regrettez rien du tout ! Je parie que c'est vous qui avez proposé le vote et qui avez demandé le privilège de me communiquer le résultat. Cela dit, j'ai trouvé très chic de votre part de me manifester votre soutien.

— C'était avant que j'apprenne que vous aviez trahi votre mari et votre pays.

— Quel empressement à jeter la première pierre, pour une chrétienne telle que vous ! Et quand vous dites qu'il y a eu unanimité, je ne vous crois pas. Ou bien vous avez fait passer le vote quand Alice Armstrong n'était pas là. »

Un ricanement venimeux a accueilli cette dernière remarque.

« C'est une plaisanterie, je suppose ? a-t-elle lancé.
— Pourquoi ?
— Quoi ? Vous n'êtes pas au courant, alors ?
— Au courant de quoi ?
— Ne me dites pas que vous ignorez qu'elle vit avec votre mari.
— Avec… ? – Il m'a fallu un moment pour assimiler ce qu'elle venait d'annoncer. – Vous mentez ! Alice ? Depuis quand ?
— Depuis quand ? Je n'en ai aucune idée. Pourquoi ne pas poser la question à Dan ? »

Un autre éclat de rire provocant. Égarée, j'ai plaqué le combiné sur le poste. Deux secondes plus tard, je l'ai repris et j'ai composé le numéro du domicile d'Alice. Un homme a répondu au bout de cinq ou six sonneries.

« Allô ? »

C'était Dan. Je me suis mise à trembler.

« Immonde salaud ! ai-je hurlé d'une voix suraiguë. Tu me jettes dans un bar et tu n'es même pas capable de me dire la vérité ! »

Un silence, puis il y a eu le bip d'un numéro occupé. J'ai rappelé immédiatement mais je suis tombée sur le même signal : il avait délibérément laissé la ligne engagée. En un clin d'œil, j'étais dehors, mon manteau sur le dos, les clés de la voiture dans la main. Je suis partie comme une folle vers le centre, décidée à enfoncer la porte d'Alice Armstrong avec ma Jeep et à…

Pendant que je roulais, cependant, la voix de la raison a commencé à se faire entendre en moi : « Si tu veux qu'ils te bouclent dans un asile psychiatrique, c'est la bonne méthode. »

J'ai continué à rouler, mais sans intention précise. Parvenue sur l'autoroute, j'ai pris la direction du sud. Moins de deux heures après, j'atteignais la banlieue de Boston. J'ai traversé le pont, pris la sortie du Fleet Centre, et me suis retrouvée devant l'hôtel Onyx.

Après avoir remis les clés au voiturier, je suis entrée prendre une chambre. Le réceptionniste a marqué un moment d'hésitation en constatant que je n'avais pas de bagages ; j'ai dissipé ses doutes en lui tendant ma carte American Express, dont il a vérifié la validité sur son ordinateur et qu'il m'a rendue avec une clé magnétique. « Ce sera juste pour cette nuit ?

— Je ne sais pas. »

Je suis montée, j'ai ouvert ma porte. Les yeux sur le grand lit, je me suis dit que je n'avais plus de mari avec qui le partager. Je me suis laissée tomber dans un fauteuil. Neuf heures et demie. Qu'est-ce que je fabriquais ici ? Quelle force m'avait poussée à rouler jusqu'à Boston ? Je pourrais peut-être reprendre mes recherches, passer la ville au peigne fin… Mais comment ? Et si Lizzie avait réussi à rentrer chez elle sans que personne le sache ? J'ai attrapé mon portable et j'ai téléphoné à son appartement. Une voix masculine que je connaissais a répondu. « Qui est à l'appareil ?

— Inspecteur Leary ! C'est moi… Hannah Buchan, je veux dire.

— Vous appelez pour une raison particulière ?

— Par désespoir. Vous avez quelque chose de nouveau ?

— Vous auriez été la première informée.

— Pourquoi répondez-vous à ce téléphone, si je peux me permettre de vous poser la question ? Vous êtes chez Lizzie ?

— Oh non… Mais tous les appels qui arrivent là-bas nous sont renvoyés ici. Je suis resté tard au bureau, ce soir, c'est pour ça que vous êtes tombée sur moi. Vous êtes chez vous ?

— Non, je suis à Boston.

— Ah bon ? Pour quelle raison ?

— Je… Je ne sais pas. »

J'ai fondu en larmes, soudain. Toute la colère et toute la détresse accumulées sont sorties dans ces sanglots que j'ai été incapable d'endiguer pendant plus d'une minute. Lorsque j'ai repris le combiné, j'étais sûre que Leary avait raccroché ; il était toujours là, pourtant.

« Ça ne va pas ?

— Non…

— Dites-moi où vous êtes descendue.

— À l'hôtel Onyx.

— OK, donnez-moi une demi-heure, que je termine ici, et je vous retrouve à la réception.

— Il ne faut pas que vous…

— Il ne faut pas, non. Mais je viens quand même. »

Il est arrivé à l'heure dite. Après avoir jeté un coup d'œil circulaire au décor très design du hall, il a proposé : « Il y a un pub irlandais juste à côté, ça vous va ? C'est plus mon style. »

Bientôt nous avons été conduits vers une banquette en cuir, sous une photo dédicacée de John Kerry. Le patron est venu serrer la main de l'inspecteur et lui a annoncé que la première tournée était offerte par la maison. Leary a commandé deux Bushmill et deux bières.

« C'est que je ne suis pas trop whisky.

— Faites-moi confiance, il n'y a pas mieux, pour calmer les nerfs. Vous en avez besoin. »

Nous avons trinqué. La brûlure de l'alcool dans ma gorge a eu un effet apaisant presque immédiat.

« Pas mal, c'est vrai.

— C'est la solution irlandaise à tous les maux de la terre. »

Il a fait descendre son whisky avec une longue gorgée de bière, et a fait signe au barman de nous servir la même chose.

« La journée a été longue, a-t-il soupiré. Mais j'ai l'impression que pour vous aussi, et pas seulement aujourd'hui… J'ai suivi vos démêlés avec la presse.

— Ah ? Alors je suis surprise que vous ayez accepté de boire un verre avec une criminelle, doublée d'une traîtresse à sa patrie et d'une femme adultère.

— À propos… Buvez. – J'ai avalé une rasade prudente. – Non, cul sec. – J'ai obéi. – Très bien. Ah, voici la suite ! »

J'ai été prise de vertige quelques secondes avant de reprendre pied sur la terre ferme, la sensation était sacrément agréable.

« Allez, racontez-moi », a ordonné Leary.

Pendant tout mon récit, il est resté impassible, m'observant avec un détachement professionnel. Il a sorti un petit calepin et un stylo de sa poche et commandé une troisième tournée.

« Fichtre, quelle semaine…

— Vous pouvez le dire.

— Et José Julia attend votre réponse d'ici demain soir, c'est ça ?

— Je n'irai pas.

— Je pense que vous devriez réfléchir un peu avant de prendre une décision définitive.

— Pourquoi ?

— Mon petit doigt. Mais avant tout, rappelez-moi comment s'appelle la ville où vous habitiez quand Judson a débarqué dans votre vie ?

— Pelham. Dans le Maine.

— Oui… – Il l'a noté. – Et qui connaissiez-vous, là-bas ? »

Je lui ai donné quelques noms en précisant que je n'étais pas retournée à Pelham depuis des lustres et que j'ignorais même si ces gens vivaient toujours.

— Je vais aller vérifier sur place.

— Mais… quand ?

— C'est mon jour de repos, demain, et ça fait un bout de temps que je me dis que l'air de la campagne me ferait du bien. »

10

Greg Tollman faisait irrésistiblement penser à un épouvantail, mais un épouvantail assemblé sans nul doute dans les années 60. Grand et filiforme, des cheveux gris tirés en queue-de-cheval, il était en jean, bottes de cow-boy et, contraste saisissant, blazer classique, chemise bleue et cravate d'ancien de la faculté de droit Harvard. Sa coiffure et sa tenue disaient clairement que ce baba cool vieillissant était issu de l'élite sociale américaine, en connaissait très bien les règles et pouvait fort bien la prendre à son propre jeu. Son cabinet sur Congress Street, dans le centre de Portland, était un sombre dédale de pièces minuscules. Aux murs, on remarquait un agrandissement jauni d'un portrait de Martin Luther King, une affiche d'un mouvement écologiste où une caricature de George W. Bush appuyait sur un détonateur relié à la planète Terre, un poster avec le slogan « Rappelez les troupes US du Vietnam ! » accolé à un autre qui proclamait « Pas de troupes US en Irak ! ». Quatre jeunes assistants s'affairaient sur des piles de dossiers chancelantes. Celle qui faisait office de standardiste, âgée d'une vingtaine d'années à peine, était en salopette et coiffée à l'afro, ce qui m'a rappelé avec une pointe de nostalgie certaines de mes camarades de campus qui avaient elles aussi choisi la mode de ne suivre aucune mode.

Le bureau de Greg n'avait pas de porte, ce que j'ai interprété comme une autre prise de position politique. Il s'est levé, m'a tendu une longue main osseuse : « Ravi de vous rencontrer, Hannah. Non seulement parce que votre père est l'un des derniers vrais progressistes de ce pays, comme je vous l'ai dit au téléphone, mais aussi parce que je respecte la manière dont vous vous êtes comportée dans cette triste affaire.

— Même si j'ai refusé de demander pardon ? »

Il m'a fait signe de m'asseoir de l'autre côté d'une table envahie par la paperasse.

« Vous avez très bien fait, au contraire. Je ne parle pas uniquement du point de vue moral. Si vous aviez présenté des excuses, juridiquement, cela revenait à reconnaître votre culpabilité. Tandis que, pour l'instant, nous sommes dans la situation classique de la vérité de l'un contre la vérité de l'autre. Bien. Hier, je me suis forcé à acheter le livre de ce Tobias Judson, même si je n'avais pas du tout envie de contribuer au succès de librairie du bonhomme. Il fallait que je voie ça de mes propres yeux. Le style est infâme, bien sûr. De la bouillie pour chat, et encore. Mais ce machin se vend. Il est en vingt-huitième position des ventes sur Amazon, je crois. Évidemment, la disparition de votre fille lui a fait beaucoup de publicité gratuite. Tout aussi évidemment, il ne viendrait pas à l'idée de ce modèle d'abnégation chrétienne de profiter du malheur des autres… – Quand il a remué les sourcils à la Groucho Marx, je me suis dit que j'allais sans doute très bien m'entendre avec lui. – Maintenant, je me doute que vous devez être fatiguée de le faire, mais je voudrais que vous me racontiez toute l'histoire, depuis le début.

— Entendu », ai-je soupiré.

La difficulté, plus encore que son côté fastidieux et répétitif, était que j'avais parfois l'impression qu'en ressassant mes piteuses aventures j'essayais de me convaincre moi-même de mon innocence, comme le font certains repris de justice qui racontent au premier venu leurs mésaventures dans leur version, celle qui n'a pas convaincu le juge… Cette fois, en m'exécutant devant Greg, une autre idée encore plus dérangeante m'a soudain assaillie : et si, à force de me raconter, j'en étais venue moi aussi à arranger les faits en ma faveur ? Mais il savait écouter, et faire émerger par des questions pointues la logique interne des événements. Ainsi lorsqu'il m'a demandé : « Après votre première relation sexuelle avec Judson, avez-vous mentionné devant lui que vous aviez des scrupules, des remords ?

— Bien sûr !

— Quelle a été sa réaction ?

— Il a dit que c'était “petit-bourgeois”. »

Greg a eu une esquisse de sourire.

« Oui… Ça pourrait servir dans un face-à-face, ça.

— Je n'ai pas l'intention d'accepter ce débat télévisé, vous savez.

— Oui… – Encore un sourire entendu. – Même si vous avez déjà compris que c'était le seul moyen de lui rentrer vraiment dans le chou ? »

Ou encore, un peu plus tard :

« Avez-vous jamais eu recours à un avortement, Hannah ?

— Non.

— Pensez-vous qu'il soit arrivé à Jeff de convaincre une petite amie d'avoir recours à un avortement ? – Comme sa question m'avait plutôt désarçonnée, il a précisé : – Pardonnez-moi d'être aussi direct mais mon expérience m'a appris que les adversaires de la contraception et de l'avortement les plus virulents ont souvent un cadavre sur la conscience ou au moins quelque chose dont ils ont terriblement honte.

— Eh bien, je ne pense pas que ça soit le cas de Jeff et quand bien même je ne vous permettrais pas de vous en servir contre lui.

— Et si le camp de Judson l'enrôlait contre vous ?

— Je... Je ne peux pas imaginer qu'il prenne parti pour Judson publiquement. »

Je n'en étais pas convaincue, en réalité, notamment après l'échange que nous avions eu le matin, vers huit heures et demie. En me réveillant dans ma chambre d'hôtel à Boston, j'avais remercié ma bonne étoile d'être seule. Après notre conversation arrosée au pub irlandais, l'inspecteur Leary m'avait raccompagnée à l'Onyx. Devant l'entrée, et alors que je venais de lui faire promettre de ne pas prendre sa voiture pour rentrer chez lui, car il avait bu encore plus que moi, je m'étais approchée de lui jusqu'à le toucher et je l'avais embrassé. Et ce n'était pas un chaste baiser sur la joue. L'alcool, le subit besoin d'un contact charnel, plein de choses expliquaient ce geste auquel il avait répondu plus que volontiers. Puis il s'était libéré peu à peu de notre étreinte et, tout bas :

« Ce n'est pas une bonne idée, tout en étant une très bonne idée. »

Je l'avais attiré contre moi.

« Il ne faut pas réfléchir, il faut...

— Je sais. – Il m'avait prise par les épaules. – Seulement nous avons des règles très strictes là-dessus...

— Je ne le dirai à personne, avais-je murmuré en cherchant à nouveau ses lèvres.

— Hannah...

— Rien qu'une fois. Et j'aurai toujours du respect pour vous, demain matin. »

Il a étouffé un rire.

« Je n'ai jamais sorti ça à une femme, je le jure.

— Reste… »

Il s'est reculé d'un pas, gardant mes mains dans les siennes un instant.

« Je vous appelle demain matin. Juste pour voir si la gueule de bois n'est pas trop dure. »

Puis il m'avait gentiment guidée vers la porte à tambour, avec laquelle il m'avait fallu me battre un moment avant de m'en dégager d'un saut. J'avais retrouvé ma chambre par miracle, je m'étais déshabillée et j'avais sombré dans un sommeil de plomb dont une migraine impitoyable m'avait tirée avant sept heures. Aussitôt, le souvenir de la nuit précédente était venu m'assaillir et j'avais pressé un oreiller sur ma tête. « Il ne faut pas réfléchir »… Et comment ! Me jeter au cou d'un ancien jésuite dont le job consistait à essayer de retrouver ma fille ! Le chaos dans lequel je me débattais ne suffisait pas, alors ? J'aurais tant voulu me rendormir, mais je n'y étais pas arrivée. Je n'avais pas pris de livres avec moi en quittant Portland, ni rien, d'ailleurs. Incapable de rester plus longtemps allongée, je suis allée faire couler un bain brûlant dans lequel je suis restée pendant un moment qui m'a paru des heures, stupéfaite par ce constat : la journée m'appartenait. Pas de cours à donner au lycée, pas de mari à qui téléphoner, pas d'obligations sinon mon rendez-vous avec Greg Tollman en fin d'après-midi.

C'était tellement bizarre, cette vacuité après des années et des années où chaque instant s'était inscrit dans un emploi du temps serré, même quand les enfants avaient commencé à voler de leurs propres ailes. Les cours, les activités de bénévolat, la salle de gym, les courses, la lecture, les films à voir, le concert mensuel de l'orchestre symphonique de Boston…

Avec le recul, j'étais frappée par la place contradictoire que Dan avait occupée dans ma vie ; sans partager cette routine, il avait été sans cesse présent, souvent déjà à la maison quand je rentrais, m'appelant en milieu de journée juste pour dire bonjour, aimant me surprendre en réservant une table à dîner dans un restaurant huppé de Portland. Et il avait toujours paru apprécier cette vie, et nous avions surmonté tous les écueils, les premiers ajustements d'une vie conjugale, les contraintes paternelles, le vide ressenti après le départ des enfants… Nous étions une exception à la règle de la vie conjugale moderne.

Il y avait aussi le mystère de sa relation avec Alice. Comment avait-elle débuté ? Les premiers mots échangés en tête-à-tête, le premier rendez-vous, le premier baiser, la première fois où elle s'était déshabillée devant lui… Non, il fallait arrêter, tout de suite. Assez d'autodestruction ! Je suis sortie de la baignoire, je me suis habillée, regrettant de n'avoir que le peigne jetable offert par l'hôtel pour tenter d'arranger ma piteuse apparence. À quoi allais-je occuper mon temps à Boston ? Il y avait trois expositions qui semblaient tentantes, une répétition de l'orchestre symphonique ouverte au public, un nouveau restaurant Newbury Street dont on disait le plus grand bien. M'occuper, passer le temps, rien de plus. Jusqu'au moment où je devrais remettre le cap sur Portland et prendre ce que la vie me donnerait.

En bas, j'ai pris un rapide petit déjeuner en me cachant derrière un magazine, évitant du regard l'écran de télévision qui trônait sur le mur. Un nom prononcé par la présentatrice m'a fait sursauter, pourtant. Mark McQueen. Fouillant dans le passé du triste sire, les journalistes de Fox avaient découvert qu'il avait eu une aventure avec une jeune femme quelques années auparavant, et qu'il l'avait elle aussi laissée tomber au moment du grand choix. Elle était interviewée. C'était insoutenable de vulgarité. J'ai baissé la tête sur ma tasse de café.

À huit heures, j'étais de retour dans la chambre, prête à passer le coup de fil dont je redoutais la perspective.

« Je ne veux pas te parler ! a immédiatement déclaré Jeff en prenant la communication.

— Tu vas vraiment me rayer de la carte, comme ça ?

— On croirait que c'est ma faute, à t'entendre !

— Mais non ! Je te demande juste de communiquer et de réfléchir à…

— Réfléchir ! Est-ce que tu as réfléchi aux conséquences qu'allaient avoir tes propos sur ton fils, ta belle-fille, sur nous tous, quand tu t'es épanchée sur l'épaule de cette bonne femme du *Boston Globe ?*

— J'ai seulement dit que…

— Je sais ce que tu as dit ! Et tu ne devineras pas ce que j'ai lu, hier soir : la sordide description donnée par Tobias Judson de vos ébats dans une pièce où un bébé dormait. Moi ! Tu crois que c'est risible, sans doute ?

— Jeff, je t'ai dit et répété à quel point je regrettais.

— Mais ce que je ressens, moi ? En plus, m'avoir entraîné dans une expédition pour sauver la peau de ton amant.

— Il faut que tu essaies de comprendre, mon chéri, il faut que tu…

— Non, maman. Il n'y a rien à comprendre. Depuis quelques jours, il y a eu tellement de secrets révélés et de mensonges qui sont remontés à la surface que je ne peux plus t'écouter. Distinguer entre tes inventions et la réalité est devenu impossible.

— Mais même si tu ne me crois pas, tu ne peux pas concevoir que Judson ait pu réécrire l'histoire pour soigner l'image qu'il veut se donner ? Non, tu ne peux pas… ?

— Est-ce que tu as couché avec ce type alors que tu étais déjà mariée avec mon père, oui ou non ?

— Oui, mais…

— Est-ce que tu l'as emmené au Canada alors qu'il était recherché par le FBI ?

— Oui, mais…

— Est-ce que tu as fumé cigarette sur cigarette pendant tout ce voyage en auto, avec moi à l'arrière ?

— Oui… Attends, de quoi tu me parles, là ?

— Réponds par oui ou non, a-t-il ordonné sur le ton d'un procureur.

— Oui.

— Figure-toi que je viens de parler à mon médecin ; il m'a programmé une radiographie des poumons lundi prochain.

— Tu ne penses pas que c'est un peu… excessif ?

— Ah, c'est bien toi ! Nier les dangers encourus par les fumeurs passifs !

— C'était il y a trente ans, Jeff ! Je ne vois pas en quoi…

— Bien sûr ! Ce que tu vois, toi, c'est l'imbécile qui accorde du crédit à ce bigot de Tobias Judson. Il se trouve que je suis content d'être comme je suis, maman, et d'avoir une foi qui me soutient… Et c'est d'ailleurs pourquoi je vais raccrocher, avant de perdre ma patience chrétienne. Dernière chose : j'approuve entièrement Shannon au sujet de tes contacts avec nos enfants. Ce que tu pourras dire ou faire n'y changera rien. »

Des heures plus tard, dans le bureau de Greg Tollman, j'étais encore sous le choc de cet échange auquel mon fils avait si brutalement mis fin. Greg m'a conseillé de ne pas essayer de convaincre Jeff : « Il doit se rendre compte de son erreur par lui-même, a-t-il affirmé. J'admets que ce ne sera pas simple, vu le dogmatisme dont il semble faire preuve. » Puis il m'a exposé la tactique qu'il avait mise au point. « On va leur flanquer la trouille, si vous le voulez bien. » Il s'agissait d'annoncer publiquement que nous nous apprêtions à poursuivre Judson et son éditeur pour diffamation, en réclamant une somme d'argent hallucinante. « Bien entendu, aucun juge ne nous accordera de dommages-intérêts, dans l'état actuel des choses, mais le simple fait de dire que nous exigeons vingt millions…

— Mon Dieu !

— C'est absurde, n'est-ce pas ? Il s'agit simplement de leur mettre la pression. Ils ne seront pas dupes mais les gens penseront que nous avons un dossier solide, et ce sera aussi un message fort envoyé au département de la Justice, pour leur montrer que nous ne sommes pas du tout intimidés. »

Il a été interrompu par la sonnerie de mon portable. D'un signe, il m'a indiqué que je pouvais répondre.

« Alors, cette gueule de bois ? »

Leary.

« J'ai eu des matins plus faciles.

— Moi aussi. Enfin, j'espère que vous ne vous en êtes pas trop voulu, au réveil.

— Je m'en veux tout le temps.

— J'ai cru comprendre, oui.

— Et ça ne s'arrange pas. Mais est-ce que je peux vous rappeler ? Je suis avec mon avocat.

— Ça tombe très bien. Moi, je suis à Pelham, cette bonne ville du Maine.

— Non !

— Mais si, malheureusement. Quel trou ! Enfin, l'air de la campagne m'a fait du bien, après hier soir. Et je suis tombé sur quelque chose d'intéressant, en traînant de-ci de-là… »

J'ai écouté son récit avec un étonnement grandissant.

« Vraiment ?

— Ça en a l'air.

— Mais… Ça change tout, alors ? ai-je balbutié, étourdie par ces révélations.

— Tout.

— Est-ce que vous pourriez répéter ça à Greg Tollman, que je vais vous passer ? »

J'ai expliqué la situation en quelques mots à Greg avant de lui tendre mon portable.

« Bonjour, inspecteur. »

Au bout de quelques secondes, il s'est emparé d'un bloc-notes et s'est mis à gribouiller à toute vitesse, ponctuant sa conversation de « Super ! », « Extra cool ! » et autres « Planant ! », ce qui m'a fait sourire en pensant que mon avocat s'exprimait comme un fan du Grateful Dead, mais que j'étais bien contente de l'avoir avec moi. Il a pris congé de Leary, m'a rendu l'appareil et, rayonnant, il s'est exclamé : « On va les casser, ces rats ! » Et il m'a expliqué la voie que nous allions suivre.

Lorsque j'ai appelé Margy pour la mettre au courant, elle s'est montrée aussi enthousiaste : « Fantastique ! L'équipe de José Julia va boire du petit lait, en entendant ça !

— Tu crois qu'ils marcheraient ?

— Hein ? Ils vont courir, oui ! C'est exactement le genre de truc qui les fait bander, ces flibustiers de l'Audimat ! Je vais les prévenir tout de suite. Il faut qu'on ait une des émissions de la semaine prochaine.

— Margy ? J'ai encore du mal à m'imaginer dans un débat télévisé avec ce type, tu sais…

— J'insisterai pour qu'ils te fassent venir la veille à New York, et qu'on puisse répéter. Tu te pomponneras et tu seras fin prête à bousiller ce connard sur place. Surtout avec ce que tu viens de me raconter ! »

À mon retour à la maison, le court sursis qui m'avait été accordé a volé en éclats. Ma porte avait été encore une fois vandalisée : en lettres rouges dégoulinantes, à nouveau le mot « Traîtresse », complété cette fois par « Du balai ! ». Et toutes les fenêtres du rez-de-chaussée avaient été fracassées. Ce n'est pas la stupéfaction qui l'a emporté, cette fois, mais une colère froide que j'ai maîtrisée, me contentant d'appeler le vitrier providentiel qui m'avait dépannée lors de l'incident. Il a tout de suite répondu et m'a assuré qu'il arriverait au plus vite. En l'attendant, j'ai téléphoné à mon père. Avait-il envie de ma compagnie cette fin de semaine ?

« Avec plaisir ! Edith sera ravie, en plus. Elle est scandalisée par tout ce qui t'arrive, tu sais.

— Elle sera là… tout le week-end ?

— Pourquoi, c'est un problème ?

— Eh bien franchement, papa, oui, c'en est un. Ce n'est pas que j'aie de l'antipathie pour elle mais…

— Je lui dirai de ne pas venir, alors.

— Non, je pense que c'est moi qui vais laisser tomber.

— Allons, Hannah ! Je veux te voir, moi ! »

L'impulsion première s'était évanouie. Brusquement, j'ai été saisie par le besoin irrépressible d'être seule, d'abandonner la fréquentation de mes semblables un moment. C'est ce que j'ai tenté d'expliquer à mon père, tout en discernant qu'il était à la fois blessé et déconcerté par ma soudaine volte-face.

Le vitrier est arrivé peu après. « Eh ben, décidément vous n'êtes pas très populaire dans le coin ! s'est-il exclamé en observant les dégâts. Vous comptez rester, quand même ?

— Je crois que je vais essayer de me faire oublier un moment.

— Oui… Dans ce cas, si vous voulez qu'ils laissent votre porte tranquille, j'ai une idée. »

Il me l'a présentée et je l'ai aussitôt approuvée en souriant. Pendant qu'il se mettait à la tâche, je suis rentrée préparer une valise pour mon voyage à New York mais le téléphone m'a interrompue, pour changer.

« Je tombe mal ? a demandé Alice Armstrong.

— Oui. Parce que nous n'avons rien à nous dire.

— Je voudrais simplement mettre les choses au point.

— C'est inutile.

— Ni lui ni moi ne pensions un instant que cela allait se développer de cette manière, Hannah.

— Non. Tu croyais que ça serait une grande amitié. Ou bien tu le voyais juste comme un passe-temps sexuel.

— Ça a commencé tout à fait par hasard, entre nous.

— Mais oui…

— Je suis allée voir Dan pour un problème de canal carpien et…

— Tu m'en diras tant !

— C'est un syndrome fréquent, chez les dessinateurs.

— Oui. Et chacun sait que les dessinatrices ont l'habitude de coucher avec leur chirurgien. Surtout quand c'est le mari d'une amie.

— Je ne pensais pas tomber amoureuse. Lui non plus.

— Parce que c'est le grand amour, hein ?

— Écoute, je voudrais juste que tu saches que ce n'était pas planifié.

— N'empêche que ça durait depuis des mois… Bon, que cherches-tu, exactement ? Que je te pardonne ?

— Non, je t'ai bien précisé que…

— Alors quel est le but de ton appel ?

— Je… J'ai des regrets… Je suis désolée et…

— Trop tard pour les excuses. »

J'ai raccroché, prise d'une furieuse envie d'attraper le premier objet qui me tomberait sous la main et de le précipiter par la fenêtre. Puis j'ai téléphoné à Margy pour la prévenir que j'allais m'éclipser pendant le week-end mais que j'arriverais à New York le lundi, sans faute. Elle m'a rappelé que l'émission serait enregistrée le mardi en début de soirée, et m'a recommandé de garder mon portable allumé, « au cas où ».

Je suis allée déposer ma valise dans la voiture. En revenant, j'ai constaté que Brendan avait remplacé toutes les vitres cassées et que, comme nous en étions convenus, il avait repeint la porte et calligraphié dessus un autre graffiti : « Vous avez gagné, je m'en vais ! » Il ne m'a demandé que quarante dollars, et nous nous sommes dit au revoir.

Je ne suis pas partie très loin, en réalité : un petit hôtel sur une île de la côte, Mount Desert. On était début mai, encore loin de la saison touristique. Après avoir posé mes affaires dans une chambre toute simple, avec un vieux fauteuil bien rembourré qui promettait des heures de lecture confortables, je suis descendue marcher sur la plage avant la tombée de la nuit. Les yeux sur l'océan, je me suis juré de faire le vide dans ma tête pendant ce court répit. J'y suis plutôt bien parvenue, grâce aux romans noirs britanniques que j'avais achetés en route, aux promenades devant la mer, à la musique classique que j'écoutais sur mon petit poste de voyage, au restaurant intime de Bar Harbor où j'ai dîné les trois soirs de mon séjour. Et au sommeil, aussi, qui à ma grande surprise m'est venu sans difficulté aucune.

Le dimanche, Margy m'a appelée pour me dire que l'équipe de Julia m'avait réservé une place sur le vol Delta Portland-LaGuardia de une heure et quart, qu'une limousine m'attendrait et me conduirait à l'hôtel Renaissance de Times Square, où toutes mes dépenses seraient prises en charge par le studio.

« Mais le lundi soir tu dînes chez moi, a-t-elle précisé.

— Pourquoi tu ne me laisses pas t'inviter quelque part ?

— Ce sera plus simple.

— Comme tu veux, ai-je concédé, un peu surprise par son ton catégorique.

— Ben, l'un de mes assistants, viendra te chercher à l'hôtel. Il va te présenter à Rita, qui est devenue mon bras droit, à l'agence. C'est une petite Juive qui a oublié d'être bête et qui ne supporte pas les culs-bénits ; elle va te préparer superbien. Par ailleurs, les types de la télé ont tout organisé pour ce que tu sais. Si ça marche, c'est le triomphe, sinon, ça nous explosera à la figure.

— Ah, tu m'inquiètes, maintenant !

— Les deux prochains jours vont être capitaux », a-t-elle conclu laconiquement avant de raccrocher.

Le lendemain, tout s'est déroulé comme prévu. Dans la limousine – discrète, à mon grand soulagement, car je ne m'imaginais pas dans l'un de ces véhicules de luxe qui mesurent vingt mètres de long –, je me suis laissé envoûter par le spectacle de Manhattan, essayant de goûter l'excitation d'être à New York mais silencieusement tenaillée par la peur. À l'hôtel, Ben Chambers, un jeune homme fluet qui dégageait cependant une grande autorité naturelle, m'a accordé une demi-heure pour déposer mes affaires et souffler un peu, puis nous avons marché ensemble jusqu'aux bureaux de Margy, ou plutôt j'ai trotté derrière lui tandis qu'il fonçait à travers la Sixième Avenue. Dans un immeuble années 40 de la 74e Rue Ouest, nous sommes montés au onzième étage et nous sommes entrés dans un espace agréablement fonctionnel, le siège de l'agence Sinclair and Associates.

Rita Rothman, la « petite Juive » dont avait parlé Margy, était en réalité une femme plus que corpulente : massive, une voix de stentor, une poignée de main en acier trempé et des yeux perçants sous une tignasse de boucles sombres. Elle m'a priée de m'asseoir, a fait apporter du café puis m'a annoncé : « Allons-y, je suis le zigue de la télé, vous êtes l'interviewée. » Deux heures durant, elle m'a soumise à un interrogatoire d'une précision et d'une intensité effarantes, interrompue de temps en temps par une question complémentaire posée par Ben. C'était une séance digne de l'Inquisition, au point que je n'ai pu m'empêcher de penser un moment qu'ils étaient plus enclins à croire Judson que moi.

« Vous vous amusez bien ? s'est-elle soudain enquise.

— Je… Je suis terrorisée.

— C'est le but. On fait en sorte que vous ne puissiez pas être déstabilisée par quoi que ce soit, demain.

— Vous pensez qu'il va être aussi dur que ça ? Et poser des questions aussi embarrassantes ?

— Vous rigolez ? José Julia est le roi des interviews salaces. S'il vous a invitée, c'est parce que votre fille a disparu et que des soupçons de meurtre pèsent sur un toubib star de la télé et aussi pour vous amener, Judson et vous, à vous envoyer à la tête les pires horreurs et les coups bas les plus scabreux. S'il pouvait, il vous demanderait si vous avez fait un pompier à Judson. Enfin, ne vous inquiétez pas trop, vous avez été plutôt bonne. N'oubliez pas que votre quart d'heure de célébrité ne va durer que dix minutes, si Julia veut bien vous les accorder, donc vous vous concentrez sur la stratégie qu'on vient d'élaborer et vous allez à l'essentiel. Allez. On recommence tout. »

Elle a repris le simulacre d'interview depuis le début tandis que Ben attirait mon attention sur certains de mes tics, mes attitudes, mes mimiques. À six heures et demie, Rita a lancé : « Ça passe vite, quand on s'amuse ! Bon, on file, sinon Son Altesse Royale va s'impatienter !

— On recommence demain matin, a précisé Ben. Voulez-vous que je passe vous chercher à dix heures moins le quart ?

— Je peux retrouver le chemin jusqu'ici, ai-je répondu avec un sourire.

— Ouais, Ben, est intervenue Rita, elle est du Maine, n'oublie pas. Elle a dû apporter une boussole ! »

Nous avons fait plus ample connaissance dans le taxi et je l'ai bientôt interrogée sur l'état de santé de Margy, pressentant depuis quelque temps que celle-ci ne me disait pas toute la vérité. Rita a été réticente, au début, car elle avait dû lui promettre de ne pas aborder ce sujet avec moi, mais elle a finalement murmuré, en détournant son visage vers la fenêtre :

« Elle continue à travailler comme d'habitude, même si elle sait…

— Quoi ?

— Six mois, maximum. C'est ce que les médecins ont dit. »

J'ai fermé les yeux, gardant le silence un moment.

« C'est… C'est elle qui vous l'a appris ?

— Oui. C'est un secret mais… ce n'en est pas un, non plus ; les rares fois où elle vient au bureau, tout le monde voit bien que son état ne cesse d'empirer. Et on passe tous chez elle assez souvent, pour lui apporter des papiers, vérifier un point… Elle bosse dur, malgré tout.

— C'est tout ce qu'elle a, dans sa vie.

— Vous allez avoir un choc, en la voyant. Je préfère vous prévenir. Mais il ne faudra pas le lui montrer. Même si elle a très peur, elle tient à faire comme si de rien n'était, devant les autres. Je ne sais pas si je serais capable d'une telle force, à sa place… »

C'était une question sans réponse, ai-je été tentée de lui dire. Quelle serait notre réaction si nous apprenions que d'ici six mois, un an au plus, nous n'existerions plus ?

Quand nous nous sommes arrêtés devant l'immeuble de Margy, 72e Rue Est, Rita m'a tapoté la main avant de continuer sa route en taxi : « Tout ira très bien, demain, j'en suis sûre.

— Oui ? Pas moi… »

J'ai hésité un moment devant la porte, pris ma respiration avant de sonner. De l'intérieur, elle a crié « C'est ouvert ! ». La fermeté de sa voix m'a rassurée mais quand je suis entrée j'ai senti mes jambes se dérober sous moi. Une petite femme ridée, voûtée, était assise sur le canapé du salon. Mon amie. Ses joues étaient creuses, il ne restait que quelques mèches de cheveux sur sa tête, elle avait le teint jaunâtre. Un ballon à oxygène était pendu à une potence, ainsi qu'une poche de transfusion reliée à son bras par un tube souple. Et là, à côté de ce terrible tableau des ravages provoqués par le cancer, il y avait un cendrier débordant de mégots et de cendres. Surprenant mon regard, Margy a déclaré :

« Si tu fais une seule putain de réflexion à propos des cigarettes, je te jette dehors.

— D'accord. Je garderai mes "putains de réflexions" pour moi. »

Elle a eu un petit sourire triste.

« Ça démarre bien, ce soir ! Mais je te préviens : avec tout ce barda, pas question que tu me serres dans tes bras ! Par contre, tu peux aller me verser une vodka et te servir ce que tu voudras. »

Je suis passée dans le coin cuisine et j'ai sorti la bouteille du réfrigérateur.

« Tu veux de la glace ?

— Pourquoi ? Tu aimes la vodka tiède, toi ? »

Quand je suis revenue avec deux verres, Margy était en train de retirer le masque à oxygène qu'elle s'était plaqué un instant sur la bouche. Elle a fermé la vanne d'alimentation puis s'est emparée de son paquet de Marlboro lights.

« Maintenant, je peux fumer ! Tiens, vas-y, prends-en une, je sais que tu en meurs d'envie. »

J'ai accepté. La première bouffée m'a procuré un effet fabuleux, comme toujours.

« L'attrait des plaisirs coupables, hein ? Mais dis-moi, tu me sembles bien silencieuse, ce soir ?

— Je suis… préoccupée, disons.

— À cause de demain ?

— Pas uniquement. »

Elle a été prise d'une violente quinte de toux qu'elle a essayé de calmer par une gorgée de vodka et une autre dose d'oxygène. Elle a surpris mon air horrifié.

« Rita a sûrement dû te donner les consignes : pas de commentaires apitoyés, pas de grise mine.

— Elle ne m'a rien dit, non.

— Hé, l'experte en baratin, c'est moi ! C'est une fille super, Rita, exceptionnelle, même, mais elle prend toute cette histoire bien trop à cœur. Enfin, avant qu'on en vienne aux pleurnicheries, je te communique la règle de base : je ne veux pas parler de ça. Et par ça, je veux dire ça. Inutile de perdre notre temps, en tout cas jusqu'à demain soir. Et après on n'en parlera pas plus de toute façon, tout simplement parce qu'il n'y aura plus rien à en dire. Entendu ? Bien. Les choses sérieuses, maintenant : j'ai commandé des sushis pour le dîner. J'ai pensé que tu ne devais pas souvent avoir l'occasion de manger japonais, dans ton bled. Tu n'as rien contre le poisson cru ?

— Vois-tu, même la péquenaude que je suis a déjà mangé des sushis.

— Ah ? C'est incroyable, ce que ce pays a progressé… – Elle a bu un peu de vodka. – OK. Tu vois cette enveloppe, sur la table ? C'est ton dossier de presse. Épais, n'est-ce pas ? C'est tout ce qu'on a écrit et bavassé sur ton compte ces quinze derniers jours. Tu verras que les réacs se sont pas mal défoulés sur toi, d'une côte à l'autre. Il y a deux ou trois articles en ta faveur mais ce sont des feuilles de chou confidentielles. Je voudrais que tu lises tout ça attentivement, pour le cas où Julia ou Judson voudraient te surprendre en citant tel ou tel commentaire.

— C'est inutile. J'ai décidé de la manière dont j'allais y répondre.

— Oui ? Ce serait quoi ?

— Chacun est libre d'écrire ce qu'il veut. Je peux ne pas être d'accord avec ce qui s'est publié à mon sujet mais j'ai la conscience tranquille quant à la légalité de mes actes.

— Oui… C'est pas mal. Mais tu vas être à la télé-poubelle, pas à la Convention de 1787 ! Si tu te mets à faire du Thomas Jefferson, ça va coincer. Ce que je propose, moi… »

Nous avons repassé en détail ce que je devrais dire le lendemain. En dînant, nous avons toutes deux délibérément évité les sujets les plus pénibles, Margy se contentant de me demander si mon week-end solitaire m'avait fait du bien et si, d'après moi, Dan pouvait changer d'avis et revenir au bercail.

« Il est amoureux, paraît-il. Pourquoi reviendrait-il à une femme qui non seulement l'a trahi mais qui fait aussi mauvais effet parmi ses petits copains du country-club ?

— Partir avec une de tes amies, ce n'est pas excellent pour son image de marque, non plus.

— Au contraire. Ça prouve qu'il peut faire craquer une nana, qu'il est désiré par deux femmes en même temps. Formidable pour son ego. »

À neuf heures, Margy a commencé à montrer des signes d'épuisement. C'était comme si elle avait fait appel à toutes ses réserves d'énergie pour me consacrer cette courte soirée. Elle a refusé que je l'aide à aller se coucher, refusé que je l'embrasse. Elle m'a donné quelques recommandations pour l'enregistrement du lendemain et nous nous sommes quittées.

Dans le taxi qui me ramenait à l'hôtel, je me suis surprise à tenter d'imaginer ce que serait la vie sans Margy. Savoir que je ne pourrais plus me confier à elle, que tout un pan de mon histoire allait disparaître avec elle. Il n'y a pas eu de larmes, mais j'ai ressenti un froid intense qui m'a obligée à me tasser sur mon siège. La fatigue accumulée m'a terrassée dès que j'ai été dans ma chambre. Je me suis réveillée à l'aube. Écartant les rideaux, j'ai contemplé les gratte-ciel de Manhattan se teinter de rose, l'annonce d'une nouvelle journée que je redoutais depuis longtemps.

J'étais à l'agence à l'heure prévue. Rita et Ben se sont dits satisfaits de mes progrès lors d'une nouvelle répétition de deux heures. Ils m'ont conseillé d'aller me changer les idées, ce que j'ai fait en déambulant dans le Metropolitan Museum. Puis je suis retournée à l'hôtel, où j'ai passé le strict tailleur noir que Margy m'avait conseillé de porter. J'ai résisté à l'envie de fumer une cigarette. Rita m'attendait dans le hall en bas. « Il y a une surprise pour vous dans la voiture, m'a-t-elle annoncé. Ne paniquez pas. » Margy m'attendait dans la limousine, en deux-pièces de business-woman dans lequel elle flottait, tant elle était amaigrie. Elle avait aussi un peu forcé sur le maquillage pour essayer de masquer son teint cendreux.

« Tu es folle ? ai-je chuchoté.

— Complètement. Mon médecin est d'accord avec toi, mais qu'il aille au diable : je ne pouvais pas manquer un moment pareil. Surtout que nous avons d'excellentes nouvelles. Ce que nous espérions va marcher.

— Tu en es certaine ?

— Pratiquement. Les gens de la télé me l'ont confirmé il y a peu. Je ne peux pas te le garantir à cent pour cent, cependant. »

Rita s'est installée devant, avec le chauffeur, et nous sommes parties.

« Mais, Margy, tu penses que c'est prudent de ne pas avoir emporté ton oxygène ?

— Tu vois comment elle prend soin de moi ? a-t-elle lancé à Rita.

— Nous avons la pompe dans le coffre, m'a expliqué cette dernière.

— Bah, si je tourne de l'œil dans le studio, Judson pourra toujours me faire l'imposition des mains… »

Nous avons bientôt atteint la désolation banlieusarde du New Jersey. Notre destination était une zone industrielle aux abords de Secaucus, « là où Dieu a décidé que le monde avait besoin d'un trou du cul », comme a noté Margy.

Une jeune femme survoltée nous attendait à l'entrée des studios. « Vous devez être Hannah ! a-t-elle chantonné en me serrant la main. Jackie Newton ! Assistante de production pour José ! » Elle a répété le cérémonial avec Rita – « Vous devez être l'attachée de presse ! » – mais elle est restée interdite devant Margy, qui s'appuyait sur le bras du chauffeur, lequel portait sa pompe à oxygène. « Je suis sa mère », lui a dit Margy.

J'ai tout de suite été entraînée à la salle de maquillage, puis j'ai essayé de patienter avec Rita et Margy. L'assistante survoltée a surgi : « Dans dix minutes ! Notre second invité est déjà là, donc…

— Il… Il ne va pas attendre ici ? ai-je demandé, atterrée par la nervosité de ma voix.

— Non, Hannah, non ! Nous avons pensé que ce ne serait pas judicieux. Tenez, pour vous occuper, vous voudrez bien me signer cette déclaration confirmant votre participation volontaire à l'émission. Vous avez de la chance, vous allez passer au tout début ! Et José va venir vous dire bonjour dans un instant ! Relax ! »

Peu après, la porte s'est de nouveau ouverte à la volée et José Julia a fait une entrée spectaculaire. Je l'ai reconnu tout de suite, évidemment, puisque sa carrière devant les caméras remontait aux années 70 : d'abord jeune reporter chevelu pour NBC, puis commentateur pour diverses stations, rédacteur en chef d'un magazine d'informations sur ABC qui n'avait pas eu l'Audimat attendu, il s'était réinventé quelques années auparavant dans le rôle du plus tapageur des chroniqueurs à scandale du câble. Bien que se disant « apolitique », il avait quitté la Fox pour une chaîne câblée encore plus conservatrice, New America. Depuis le 11-Septembre, il avait aussi joué à fond la carte patriotarde, attirant l'attention générale en invitant un soir un imam connu pour lui assener tout de go que les musulmans des États-Unis « détestaient le mode de vie américain ». C'était l'aspect de lui que je craignais le plus, car je m'attendais à ce qu'il me présente comme une traîtresse à la patrie.

Il m'a saluée avec l'exubérance d'une star des plateaux télé ; je n'ai pu m'empêcher de noter qu'il ne faisait pas du tout sa soixantaine d'années et que son costume sombre d'excellente coupe, sa moustache à la Zapata et son sourire éclatant le rendaient plutôt séduisant. Tout cela dénotait l'habitué des meilleurs magasins de mode et des gymnases huppés.

« Je suis ravi, ravi, de vous avoir ici ! a-t-il affirmé en retenant ma main dans les siennes. Comment vous sentez-vous ? Bien, j'espère ?

— Euh, pour être honnête, je…

— Je comprends, je comprends ! Ce Judson… Je vous reçois cinq sur cinq mais bon, là, vous avez la chance de mettre les pendules à l'heure. Sur une chaîne na-tio-nale, en plus ! Mais n'oubliez pas un point très important, Hannah : l'objectif premier de ce show, c'est de s'amuser ! – Remarquant mon regard perplexe, il a poursuivi : – Mais oui, s'amuser ! Même si on touche des sujets personnels qui peuvent faire mal, l'essentiel, c'est de déballer ce qu'on a sur le cœur pour se sentir mieux ! Confrontation et réhabilitation ! Notez que si j'ai toujours refusé d'avoir un public dans le studio, c'est justement pour ça. Parce que le combat est plus passionnant, plus extrême, si on n'a pas les vivats et les sifflets de la foule du Colisée. N'est-ce pas ?

— Euh… Oui.

— Donc, si vous voulez vous mettre en colère, ne vous gênez pas. Si vous voulez lui dire ce que vous pensez de lui, vous le dites. D'accord ?

— D'accord, ai-je murmuré.

— Ça va être super. Vous allez être super. On se retrouve dans cinq minutes. »

Dès qu'il est sorti, je me suis tournée vers Margy :

« Je m'en vais.

— Certainement pas !

— Ça va être la foire d'empoigne. Il a dû l'encourager à me traiter de tous les noms, lui aussi, et je… Je vais avoir l'air d'une imbécile !

— C'est trop tard pour reculer, a énoncé Rita en me prenant le poignet dans sa solide paluche. Les dés sont jetés. Il faut tenir. – Je me suis levée, elle m'a fait rasseoir en tirant sur mon bras. – Vous ne pouvez pas laisser passer cette occasion, Hannah. L'épreuve surmontée, vous retrouvez votre vie telle qu'elle était. Ce serait de la folie d'y renoncer.

— Si tu t'en vas, est intervenue Margy, je meurs tout de suite, là. Comme ça mon fantôme te hantera à jamais.

— Ce n'est pas drôle.

— C'était pas destiné à l'être. »

Jackie est venue nous interrompre, la voix toujours bardée de points d'exclamation :

« C'est le moment de vérité, Hannah ! Prête à casser la baraque ? »

Quand je me suis mise debout, j'ai senti ma tête tourner. Et si je faisais semblant de m'évanouir ? Et si je m'évanouissais pour de bon ? J'ai fermé les yeux quelques secondes.

« Je suis prête. »

Margy a serré ma main dans ses doigts décharnés.

« Tu vas t'en tirer. »

En me conduisant au studio proprement dit, Jackie m'a expliqué que Rita et Margy allaient suivre l'enregistrement en direct sur écran, José Julia ne tolérant personne d'autre que ses invités et les techniciens sur le plateau. Celui-ci était assez dépouillé : un fauteuil aux allures de trône pour l'animateur, deux chaises pour les participants à l'émission, une table basse, un fond bleu marine avec le logo du programme, « José ! ». Je me suis assise avec raideur à ma place, un micro invisible a été fixé au revers de ma veste, une maquilleuse s'est approchée pour retoucher mon visage. La poudre de fond de teint m'a obligée à fermer les paupières ; lorsque je les ai rouvertes, Tobias Judson était installé en face de moi. Je voulais rester impassible mais je n'ai pu m'empêcher de tressaillir. Il paraissait encore plus décati, dans la réalité, son crâne presque chauve maquillé pour ne pas luire sous les projecteurs, ses yeux indiscernables derrière ses lunettes. Comme il m'avait brièvement saluée du bonnet, j'ai fait de même. Je me suis aperçue qu'il avait posé deux livres sur la table basse devant lui : un exemplaire de ses Mémoires et la Bible.

José Julia est entré, entraînant dans son sillage une autre maquilleuse et un producteur qui lui chuchotait sans doute les dernières instructions à l'oreille. « Compris, compris », lui a-t-il dit d'un ton péremptoire tout en prenant place sur son trône. Après avoir fait la balance du son avec les techniciens, il a demandé que les téléprompteurs soient approchés à moins d'un mètre, il a consulté sa montre et superbement ignoré ses deux invités.

« Trente secondes ! a crié quelqu'un. Vingt secondes, dix,... cinq, quatre, trois, deux... » Les projecteurs se sont allumés d'un coup et Julia, les yeux sur l'écran en contrebas, a commencé : « Bonsoir l'Amérique ! Ce soir, il y aura le destin tragique d'une femme souffrant d'un problème de poids et dont la liaison avec son professeur de gymnastique a tourné... au meurtre. Il y aura ce qui arrive aux filles qui épousent... leur beau-père. Mais pour commencer, eh bien... Imaginons que vous ayez eu une aventure extraconjugale avec un homme il y a trente ans ; que vous l'ayez aussi aidé à sortir du pays alors qu'il était recherché par le FBI ; que l'homme en question décide d'écrire un livre sur son passé parce qu'il a changé de vie et d'optique, et que du coup cette histoire resurgisse brutalement aujourd'hui... Quelle serait votre réaction ? C'est la situation à laquelle fait maintenant face Hannah Buchan, une enseignante et mère de famille du Maine. Et le livre en question est l'œuvre d'un chroniqueur radio de Chicago, Tobias Judson. Hannah et Toby ont des vues diamétralement opposées de ce qui s'est produit entre eux il y a si longtemps. Une parole contre une autre. Un drame. Dans quelques instants, après une page de publicité, nous allons chercher à découvrir qui dit la vérité, sur ce plateau. »

Les lumières se sont éteintes. « Trente secondes ! » a prévenu le producteur. Julia a bu une gorgée d'eau en évitant de nous regarder. En revanche, j'ai senti les yeux de Judson sur moi. Il m'a adressé un petit sourire sardonique qui disait : « À nous deux, maintenant ! »

À nouveau l'éclat des projecteurs. « Re-bonsoir, l'Amérique ! À ma droite, Toby Judson, un commentateur connu de Chicago et l'auteur d'un nouveau livre, *Loin des barricades*. À ma gauche, Hannah Buchan, professeur de lycée, mariée, mère de deux enfants désormais adultes, dont une fille qui a occupé récemment l'actualité pour avoir disparu après avoir eu une liaison avec un célèbre médecin de Boston. Nous avons évoqué le cas d'Elizabeth Buchan sur ce même plateau, déjà, et donc pour commencer, Hannah, je voudrais vous demander si vous pensez que le docteur Mark McQueen pourrait être responsable de la disparition de votre fille ? »

Rita avait prévu cette question, évidemment, de sorte que je n'ai pas été prise au dépourvu. Fixant bien Julia dans les yeux, ainsi que Ben me l'avait recommandé, je me suis lancée : « Voyez-vous, José, tous les parents qui suivent cette émission ont conscience qu'il ne peut rien y avoir de plus affreux que la disparition de son enfant. Tant que ma fille n'aura pas été retrouvée vivante et en bonne santé, je serai torturée par son absence. Ce qui signifie que je veux croire qu'elle est en vie et que personne ne lui a fait du mal.

— Mais est-ce que la culpabilité de ce médecin vous semble probable ?

— C'est une question qui s'adresse à la police, José.

— Et la police, pour l'instant, considère le docteur McQueen comme son suspect numéro un dans cette affaire. Toby Judson, compte tenu de l'épreuve que traverse actuellement Hannah Buchan, pensez-vous avoir bien choisi le moment de publier votre livre ?

— Eh bien, José, laissez-moi dire en préambule que je suis de tout cœur avec Hannah Buchan, et que je prie chaque jour pour que sa fille Elizabeth rentre à la maison saine et sauve. Par ailleurs, je dois préciser que mon intention n'a jamais été de révéler que la jeune femme qui m'avait aidé à m'enfuir au Canada était Mme Buchan. J'ai utilisé un nom d'emprunt dans mon livre justement pour…

— Mais vous vous doutiez que quelqu'un finirait par découvrir la véritable identité de cette personne !

— Non, pas du tout. J'ai été profondément choqué lorsque Chuck Cann l'a révélée sur son site internet.

— Dans les années 60, vous avez été un gauchiste pur et dur, n'est-ce pas ?

— En effet, José, a répondu Judson avec un sourire onctueux avant de donner un rapide résumé de son départ précipité de Chicago, de notre rencontre "coup de foudre" – Julia insistant pour qu'il précise que mon bébé se trouvait dans la chambre où nous avions fait l'amour –, de ma décision de le conduire en sûreté hors du pays.

— Hou ! Très chaud, Toby ! a commenté José. Adultère, groupes clandestins, complicité d'homicide, rencontre torride, passage de la frontière en pleine nuit… Pas étonnant que votre livre soit déjà un best-seller ! Hannah, dites-nous : qu'est-ce que votre mari pense de tout ça ?

— Il a été très affecté, ce qui est compréhensible, ai-je répondu sans détourner les yeux.

— Affecté au point de vous quitter après trente-quatre ans de vie commune ?

— J'en ai peur, José, ai-je dit en me forçant à ne pas me mordre les lèvres.

— Et pas de réconciliation en vue, puisqu'il est parti avec l'une de vos meilleures amies. Mais dites-moi, Portland, Maine, ça ressemble beaucoup à *Peyton Place* ! Plus sérieusement : comment trouvez-vous la version des faits donnée par Toby Judson, Hannah ?

— Pleine de mensonges et de distorsions. La plus grave, c'est…

— Attendez ! m'a coupée Julia, il est tout de même vrai que votre père vous l'avait envoyé, non ?

— C'est exact.

— Et que vous avez été séduite par lui ?

— Une toquade très momentanée.

— Qui vous a tout de même conduite au lit avec lui, non ?

— Euh… Oui.

— Avec votre enfant dans la même pièce ? »

La pression augmentait à chaque seconde.

« Oui…

— Et vous avez emmené Judson au Canada dans votre voiture ?

— Tout cela est exact, José. Je n'ai jamais nié ces…

— Non, vous avez juste refusé de les condamner publiquement. Contrairement à Toby, qui, lui, a écrit tout un livre pour s'excuser de ses actes passés, pour affirmer l'amour de son pays et sa foi chrétienne.

— J'ai demandé pardon aux êtres qui étaient directement concernés : mon mari, mon…

— Votre mari n'a pas été convaincu, visiblement, puisqu'il est parti !

— Puis-je poser une question à Hannah ? est intervenu Judson.

— Allez-y, faites mon boulot !

— Avez-vous demandé pardon… à Dieu ?

— Je ne parle pas tous les jours avec Dieu, contrairement à vous.

— Vous devriez peut-être essayer ?

— Et vous, vous devriez peut-être arrêter d'écrire des mensonges ! »

J'étais en train de dépasser les limites que nous nous étions fixées.

« Vous dites que Tobias Judson est un menteur, a noté Julia, de toute évidence enchanté par l'agressivité montante.

— En effet. Ce qu'il raconte sur mon implication dans son passage au Canada est entièrement mensonger.

— Mais vous venez d'admettre que vous l'y avez conduit !

— Sous la contrainte. Il m'a menacée de révéler notre aventure, de raconter au FBI que j'avais été sa complice s'il était arrêté, de…

— Je ne vais pas accepter d'être traité de menteur par quelqu'un qui refuse de reconnaître sa culpabilité !

— Comment ? me suis-je récriée. Toute mon existence a été ruinée par votre stupide petit bouquin ! Vous m'avez diffamée, vous…

— Vous voyez comme elle s'emporte dès qu'elle est contrariée ? a demandé Judson à l'arbitre de l'émission. Alors que demander pardon est la voie du salut, pour nous autres chrétiens.

— Au diable vos sermons !

— Je ne relèverai même pas ce genre de blasphème. Je parle de salut parce que, oui, j'ai été capable de me transformer sous l'influence rédemptrice du Christ !

— Vous transformer ? Pour la galerie, oui ! Pour vous faire une carrière de…

— Je crois que tout cela est vraiment déplacé, a-t-il suggéré à Julia.

— Vous êtes vraiment très en colère, Hannah », a fait observer doctement José.

J'ai serré les poings, essayant de réprimer les tremblements de rage qui m'avaient saisie. Je ne suis parvenue qu'à baisser un peu le ton :

« J'avais une vie normale, tranquille. Je ne faisais de tort à personne. Et cet individu est arrivé avec ses mesquines accusations, ses…

— “Normale”, je ne sais pas, Hannah, a coupé Julia. Quand la disparition de votre fille fait la une des journaux… Mais la question, c’est : ne pensez-vous pas que nous sommes responsables de nos actes, même des années après ?

— Bien sûr, mais…

— Bon, allons à l’essentiel. Hannah, vous avez reconnu avoir eu des relations sexuelles avec cet homme, l’avoir emmené au Canada, mais vous soutenez que vous l’avez fait contrainte et forcée. Vous, Toby Judson, affirmez qu’elle a agi par amour, volontairement. Qui dit la vérité ? Vous le saurez dans quelques instants. Nos enquêteurs ont trouvé un témoin surprise. Il était sur place au moment des faits, il est au courant de tout. Restez avec nous, surtout ! »

Dès que les projecteurs se sont éteints, une fébrile activité s’est déclenchée autour de nous. Pendant que l’on apportait une troisième chaise sur le plateau, Judson a chuchoté d’un ton plus que contrarié : « Qu’est-ce que c’est que cette histoire de témoin ?

— Vous allez le savoir bientôt, a répliqué froidement Julia.

— Je n’étais pas courant et vous ne pouvez pas…

— Vingt secondes ! » a rugi le producteur.

Soudain, Jackie est apparue avec un homme qu’elle tenait par le bras. Billy Preston. Ses cheveux avaient viré au gris, ses verres de lunettes étaient encore plus épais, mais il avait assez peu changé, à commencer par son sourire absent et son regard papillonnant. Dans un costume en serge bleu étriqué, trop court pour lui, il avait l’air d’un prédicateur baptiste surgi du milieu du XXe siècle. Quand il m’a aperçue, ses traits se sont éclairés.

« ’jour, Hannah !

— Bonsoir, Billy. C’est merveilleux, que vous ayez pu venir.

— Hé, passer à la télé, on peut pas rater ça !

— Ça, un témoin ? s'est étranglé Judson en jaillissant de son siège. Je ne resterai pas une minute de plus dans ce…

— Quinze secondes !

— Vous vous en allez, l'a mis en garde Julia avec le plus grand sang-froid, et je dis à l'antenne que vous avez préféré vous sauver. C'est ce que vous voulez ? »

Judson s'est affaissé lentement sur la chaise, tripotant le micro qu'il avait tenté d'arracher de son veston.

Projecteurs. Caméras. Ça tourne.

« Nous voici donc à l'heure de vérité. Qui dit vrai, ici ? Toby Judson, Hannah Buchan ? Nous avons un témoin surprise, je vous l'ai annoncé. Billy Preston, présent lorsque tous ces événements se sont produits il y a… trente ans, oui. Bienvenue dans notre studio, Billy !

— Très content d'être ici, José, a affirmé Billy en dodelinant de la tête.

— Alors, Billy ? Vous vivez depuis toujours dans la bonne ville de Pelham, n'est-ce pas ?

— Oui m'sieur.

— Et vous avez connu une difficulté de développement que l'on appelle autisme, vrai ?

— J'me suis jamais senti différent des autres, franchement.

— Vous ne l'êtes pas, Billy, vous ne l'êtes pas. J'ai mentionné ce point pour que personne ne conteste la validité de votre témoignage. Parce que vous avez un travail régulier, si je ne m'abuse ?

— Ah, je fais tout, dans notre patelin ! Une conduite qui fuit, la façade à repeindre, vous m'appelez, j'arrive.

— Formidable, Billy. Vous êtes un exemple pour tous ceux qui ont eu un départ difficile dans la vie. Et vous avez une mémoire fabuleuse, non ?

— C'est c'que ma mère disait.

— Essayons de vérifier ça. Cette question n'a pas été préparée d'avance, je le certifie sur l'honneur. En

1986, dans le second match des world series, qui était le pitcher des Red Sox contre les Mets ?

— Roger Clemens.

— Correct. Et qui fut le quatorzième président des États-Unis d'Amérique ?

— Franklin Pierce.

— Pas mal, non ? Alors, Billy, avec cette mémoire peu commune que vous avez, vous n'aurez peut-être pas trop de mal à vous souvenir d'un soir, en 1974. D'une conversation que vous avez surprise. Et vous devez être honnête avec nous, Billy, vous l'avez surprise en écoutant à une porte.

— J'aime pas les menteries, a-t-il répondu en rougissant. C'est vrai que c'est comme ça que j'ai entendu…

— Un instant. Donc vous connaissiez Hannah Buchan, à cette époque ?

— Oui, elle et le docteur Dan.

— Son mari, vous voulez dire ?

— Oui, son mari, Mme Buchan et moi, on était amis.

— Vous aimiez beaucoup Hannah ? »

Il a rougi, à nouveau, et lâché un petit rire.

« Très beaucoup, oui. J'crois que j'avais le béguin pour elle, même.

— Et donc, quand cet inconnu est arrivé en ville pendant que le mari de Hannah était absent…

— J'ai pas trop apprécié, non. Surtout quand j'les ai vus s'embrasser un soir.

— Vous les avez vus, vraiment ?

— Oui. À la fenêtre de l'appartement où elle habitait dans le temps.

— C'était la seule fois ? Vous les avez revus s'embrasser ?

— Non, mais la nuit suivante j'suis revenu par là-bas et du trottoir j'les ai vus pareil, et ils se disputaient.

— Et qu'avez-vous fait ?

— Ben, y avait un escalier de secours qui montait là-haut, j'y suis allé tout doucement et j'me suis mis devant la porte de derrière et j'ai tout entendu.

— Entendu quoi, Billy ?

— J'ai entendu ce gus, là… – Il a montré Judson du doigt. – Il criait à Mme Buchan comme quoi elle devait le conduire au Canada ou il dirait tout au mari. J'ai entendu… Hannah, elle expliquait que non, que c'était contre la loi. Et lui il a dit, si le FBI m'attrape, je dirai que tu m'as aidé. Et ils t'enlèveront ton petit, il a ajouté, et alors elle s'est mise à pleurer et tout ça, elle a dit qu'elle pourrait pas vivre sans son enfant, que c'était le plus important dans sa vie, et il a dit : "Si c'est comme ça, tu dois m'emmener au Canada", et ensuite…

— C'est absurde, c'est scandaleux ! a tonné Judson. Vous ne pensez pas que le peuple américain va gober des sornettes pareilles !

— Sornettes non, l'a corrigé Billy. J'ai entendu. J'vous ai entendu.

— Mais enfin, José, ça ne tient pas debout !

— Pour moi, si. Hannah, c'est ainsi que vous vous rappelez cette conversation ? »

Je n'ai pas hésité une fraction de seconde.

« Dans mes souvenirs, cela s'est passé exactement ainsi. Billy a une mémoire vraiment extraordinaire.

— Ah, merci, Hannah, a-t-il bredouillé avec un large sourire.

— Par le Christ, vous ne voyez pas qu'ils ont manigancé toute cette mise en scène ? s'est écrié Judson.

— Mais j'ai pas revu Mme Buchan depuis 1974 ! a protesté Billy avec une indignation non dissimulée. Et faut pas invoquer le nom du Seigneur en vain, vous savez ?

— Comment pouvez-vous accréditer les dires d'une personne mentalement handicapée, vous ? a crié Judson à Julia.

— C'est pas juste ! – Billy était rouge comme une tomate, maintenant. – J'ai rien de retardé, j'suis pas pareil, c'est tout ! Mais je sais c'que c'est, la vérité, et c'est c'que j'dis !

— Et nous vous croyons, Billy. En notre âme et conscience. Et c'est encore une injustice qui vient d'être réparée grâce à notre émission. Et attention, la soirée ne fait que commencer ! Je vous retrouve dans un instant. »

Les projecteurs s'étaient à peine éteints que Judson était debout. « Si vous pensez que ce machin va jamais passer à l'antenne, vous vous trompez lourdement !

— Je suis mort de peur, Judson. Mais essayez de nous en empêcher, je vous en prie. Nous avons toute une escouade d'avocats qui seront ravis de vous mettre sur la paille. Merci d'être venu, en tout cas ! »

Judson est parti comme une fusée vers la porte.

« C'était très bien, Billy, a affirmé Julia.

— Vous trouvez ?

— Plus que bien. Et vous venez de sortir votre amie ici présente d'un sale pétrin.

— Z'êtes pas fâchée contre moi, Hannah, au moins ?

— Bien sûr que non !

— Mais j'ai raconté ça alors que j'vous avais juré que je le dirais jamais.

— Non, Billy, vous m'avez sauvé la vie. »

Jackie s'est présentée pour nous raccompagner dehors. Julia, qui s'était aussitôt plongé dans ses notes au sujet de l'invitée suivante, m'a serré la main distraitement. J'étais déjà de l'histoire ancienne, pour lui.

Une demi-heure plus tard, nous approchions de Manhattan, Margy, Billy et moi à l'arrière, Rita à côté du chauffeur. Billy devait passer la nuit à New York avant de repartir en avion dans le Maine le lendemain. Devant nous, la ville s'est dressée comme une symphonie de lumières dans la nuit.

« Hé, c'est une chose de toute beauté, ça, comme dans le poème !

— On aime bien, oui, a rétorqué Margy, pince-sans-rire.

— J'étais encore jamais monté dans un avion, vous savez ? a continué Billy. Jamais sorti du Maine, à part le New Hampshire et une fois en excursion à Fenway Park avec l'école. Je pourrai pas vous remercier assez, Hannah.

— Ce n'est pas moi qu'il faut remercier, Billy, mais l'inspecteur Leary. C'est lui qui est allé vous chercher.

— Oh oui ! – Il a battu des cils, réfléchissant un instant. – Dites, vous êtes pas fâchée que j'aie écouté à la porte de derrière pendant que vous vous disputiez avec ce zigue ?

— Pas fâchée du tout, non.

— Promis ?

— Promis.

— Et bon, j'ai pas cité mot pour mot ce que vous et Judson aviez dit, d'accord, mais c'était le sens, en gros. Pas vrai ? »

Margy a répondu à ma place :

« Vous nous avez tirées d'un sacré merdier, mon garçon. »

Il a eu l'un de ses grands sourires éperdus, il a hoché la tête, puis :

« Donc on est toujours amis, Hannah ?

— Oui, Billy. Toujours amis. »

11

C'était quelques jours avant Thanksgiving, tard dans la soirée. Je venais de réserver ma place d'avion pour Paris et j'étais en train d'établir une liste de ce qui me restait à régler dans les trois semaines précédant mon départ, tout en me moquant moi-même de cette habitude, quand le téléphone a sonné chez moi. « Hannah ? Patrick Leary à l'appareil. »

Je ne lui avais pas parlé depuis cinq mois, environ, lorsqu'il m'avait appelée peu après l'émission de José Julia pour prendre de mes nouvelles. À cette époque, j'étais encore partagée entre des émotions complexes à son égard : la gêne de lui avoir sauté au cou ce fameux soir à Boston, l'attirance qu'il continuait à exercer sur moi, le désir qu'il accomplisse un miracle et retrouve Lizzie. Comme il me félicitait sur ma prestation télévisée, j'avais avoué : « J'ai bien cru que j'avais tout fichu par terre, à un moment.

— Non, non, tout le monde a bien compris que c'était une explosion de colère entièrement justifiée. Morale, je dirais. »

Une « colère morale » : il n'avait pas été chez les jésuites pour rien…

« C'est Billy qui m'a sauvée. Et vous, en le retrouvant. Merci encore.

— Tout le plaisir était pour moi. »

Tout de suite après, il m'avait annoncé qu'il venait de se fiancer avec une femme qu'il fréquentait depuis une année, à peu près. Enseignante, elle aussi. J'avais essayé de prendre un ton aussi dégagé que le sien pour lui présenter tous mes vœux de bonheur. Du coup, je n'étais plus embarrassée, mais silencieusement déçue, et à nouveau consciente de la solitude qui semblait m'être promise. Ensuite, il avait indiqué qu'une ou deux nouvelles pistes s'étaient présentées dans la disparition de Lizzie mais qu'elles n'avaient rien donné. Il avait aussi mentionné que McQueen avait été encore soumis à un interrogatoire le week-end précédent, sans que cela change sa conviction première selon laquelle c'était « une crapule, mais pas une crapule capable d'aller jusqu'au meurtre ».

« Donc il ne reste que le suicide ou l'enlèvement par les Martiens ? avais-je noté avec une ironie amère.

— Ou bien elle vit quelque part sous une autre identité. L'Amérique est vaste, c'est un pays qui se prête à ce genre de chose… »

Et puis, après tout ce temps : « Hannah ? Patrick Leary à l'appareil. Je ne dérange pas ?

— Non, pas du tout. Mais si vous me téléphonez à une heure pareille, c'est que…

— Il y a du nouveau, oui.

— C'est une bonne nouvelle, dites-moi que oui.

— Non. »

Un long silence s'est installé, que j'ai fini par rompre :

« Est-ce que Lizzie est morte ?

— Nous ne le savons pas encore. Un corps a été repêché dans le fleuve hier. Une femme, d'une trentaine d'années, selon les gars de la médecine légale.

Le cadavre était dans l'eau depuis plusieurs mois, d'après ce qu'ils disent.

— Ah…

— Rien n'est définitif, pour l'instant. On a près de quarante femmes de cet âge pour la zone de Boston, dans le fichier des disparitions. Mais j'ai une petite question, tout de même : est-ce que Lizzie avait l'habitude de porter des bijoux ?

— Eh bien… Une croix en diamants, oui. Elle se l'était achetée elle-même.

— Elle la portait autour du cou ?

— Oui.

— La femme qu'ils ont repêchée en portait une du même genre. Désolé. – Le souffle m'a manqué. – Ils vont faire un test d'ADN demain, pendant l'autopsie. Ce serait bien si vous pouviez venir voir ce pendentif.

— Je… D'accord.

— Vers midi à mon bureau, ça vous conviendrait ?

— Oui, oui…

— Bon. Désirez-vous que j'appelle votre mari ou vous préférez vous en charger ?

— Ça ne vous ennuie pas ?

— Pas de problème.

— C'est… Ça paraît certain, non ?

— On se voit demain. »

Une demi-heure plus tard, alors que je fixais les flammes dans la cheminée, encore abasourdie par ce que Leary m'avait annoncé, le téléphone a sonné à nouveau. J'ai décroché et je suis tombée sur mon ex-mari.

Je n'avais pas entendu sa voix depuis la fin du mois de juillet précédent. Sur la proposition de Greg Tollman, il était venu me voir au cabinet de Greg avec son avocate afin de discuter des derniers détails du divorce. Il n'y avait pas grand-chose à considérer, en réalité, puisque nous étions d'accord sur l'essentiel : je garderais la maison, lui la plupart de nos avoirs financiers ; je ne voulais pas de pension alimentaire mais il était entendu que les intérêts d'un fonds de placement que nous avions ouvert ensemble dans les années 80 me serviraient de revenu.

Assis de part et d'autre de la table, nous avions évité de nous regarder, lui et moi. Une fois le protocole de séparation signé, il m'avait soudain tendu la main, que j'avais serrée après une seconde d'hésitation. Puis nous avions échangé un bref au revoir et tout avait été terminé. Trente-quatre ans de mariage. Je n'avais pas eu de ses nouvelles depuis, ni d'Alice. Portland était une petite ville, certes, mais pas au point de ne pouvoir s'éviter. Surtout lorsque, comme moi, on ne sortait guère…

Son appel m'a donc inspiré un mélange d'appréhension et, oui, de tristesse.

« Hannah, c'est moi.

— Bonsoir. Est-ce que l'inspecteur t'a appelé ?

— Il vient de le faire.

— Je crois que nous devons nous préparer au pire.

— Tu vas à Boston, demain ?

— Il me l'a demandé, oui. Pour identifier son pendentif et… des vêtements, peut-être.

— Moi aussi, il me l'a demandé.

— Ce n'est pas nécessaire.

— Je veux y aller, Hannah. Je pensais même te proposer qu'on fasse la route ensemble.

— Non, merci.

— Ce serait idiot de prendre chacun sa voiture. Je peux passer te chercher à huit heures, on serait là-bas à dix heures et on pourrait déjeuner ensemble, après, éventuellement… »

J'ai tenté de masquer la surprise qu'avait provoquée cette proposition.

« Je ne pense pas, Dan. Et je crois vraiment que tu n'as pas besoin de te déplacer. Si tu y tiens, pourtant, je te verrai au bureau de Leary à midi demain. Bonne nuit. »

Après avoir raccroché, je me suis aussitôt reproché ma réaction. Pourquoi être si distante, si hostile ? Certes, ma position à son égard s'était durcie au cours des mois, et j'avais été particulièrement peinée qu'il n'ait même pas pris la peine de me contacter par simple courtoisie lorsque l'émission de José Julia m'avait permis de me justifier. Certains, peu nombreux à vrai dire, avaient eu ce geste, parmi lesquels mon ancien proviseur, Carl Andrews, qui avait aussitôt réclamé ma réintégration à son conseil d'administration. Il en était résulté un chèque couvrant tous mes arriérés de salaire et une lettre d'excuses du lycée qu'Andrews, fidèle à sa parole, avait fait publier dans le journal local. Au même moment, le département de la Justice faisait savoir qu'aucune action n'était désormais envisagée quant à mon implication dans la fuite de Tobias Judson en 1974.

Ce dernier, en revanche, commençait à devoir rendre des comptes de toutes parts. Il y avait d'abord eu, au lendemain du show télévisé, un commentaire incendiaire du *New York Times*, signé par Frank Carty, qui voyait dans la déroute de Judson la « preuve que le dogmatisme manichéen prôné par George W. Bush et consorts ne conduit qu'à une impasse ». Par ailleurs, l'Association nationale des handicapés avait publiquement sommé l'ultrachrétien de présenter des excuses pour les commentaires peu charitables qu'il avait faits au sujet de Billy au cours de l'émission. À son retour à Chicago, Judson avait également découvert que la radio qui l'avait employé jusque-là avait décidé de se passer de ses services afin, disait le communiqué, de « préserver l'intégrité morale de notre message ».

Malgré plusieurs interviews où il se répandait en excuses contrites, Judson n'avait pu empêcher son éditeur de retirer le livre infamant de la vente une fois que Greg Tollman eut menacé de les poursuivre en justice et de leur réclamer vingt millions de dollars de dommages et intérêts pour diffamation.

Peu après, l'éditeur avait offert un arrangement à l'amiable, trois cent mille dollars pour solde de tout préjudice et contre l'engagement de ne pas tenter de poursuites. Alors que Greg aurait pu réclamer la moitié de cette somme, puisque nous étions convenus de faire moitié-moitié dans un tel cas, il s'était limité à une commission de dix pour cent et c'était donc deux cent soixante-dix mille dollars que j'avais apportés comme capital à la Fondation pédagogique Elizabeth Buchan, créée sous l'égide de l'université du Maine, dont le but était de permettre chaque année à un ou une étudiante émérite de poursuivre ses études à l'étranger. Grâce à Rita, ma bonne fée des relations publiques, cette initiative avait reçu des échos élogieux dans la presse, à commencer par un éditorial du *Boston Globe*, qui saluait ma générosité et ma volonté de trouver une issue positive à cette triste affaire.

Réhabilitée par mon école, gratifiée de compensations que je jugeais satisfaisantes, j'ai suivi les conseils de Rita en m'abstenant de toute nouvelle déclaration dans la presse, mis à part un court entretien avec le *Portland Press Herald*, la gazette de ma ville. J'ai aussi fait savoir que je n'étais aucunement tentée de transformer cette terrible mésaventure en livre à succès ou en docudrame grassement payé. Et si mon mariage avait reçu un coup fatal dans cette crise, j'ai eu le bonheur d'entendre à nouveau mon fils environ un mois après son spectaculaire dénouement. Ayant pris l'initiative de me téléphoner, il m'a confié, après un début de conversation un peu hésitant, qu'il avait été très ému d'entendre Billy affirmer que j'avais cédé aux menaces de Judson par peur d'être séparée de mon bébé.

« Toi qui as des enfants, tu as dû comprendre, lui ai-je répondu.

— Oui… – Jeff a réfléchi un moment. – Oui, en effet. – Encore une pause. – Tu sais, notre pasteur a parlé de toi dans son sermon, dimanche dernier. Il a mentionné la fondation que tu as mise en place au nom de Lizzie et il a affirmé que tu avais eu le courage de tendre la joue gauche… Quand il a dit ça, il nous a regardés fixement, Shannon et moi…

— Oui ?

— Elle t'en veut toujours énormément à cause de la première interview.

— C'est son droit. Et toi, tu es toujours fâché ?

— Je me sens un peu… coupable, à vrai dire.

— Je vois.

— C'est tout ce que ça t'inspire, maman ? "Je vois" ?

— Que faudrait-il que je te réponde, Jeff ?

— Je te demande pardon, tu comprends ? J'aurais dû te faire confiance. J'ai eu tort. Je suis désolé.

— Je te remercie, Jeff.

— Oui… Bon, je dois filer. Je suis entre deux réunions, là. Je te rappellerai bientôt.

— Ce serait bien. »

La fois suivante, il s'est montré un peu moins tendu et n'a pas dissimulé sa surprise lorsque je lui ai appris que j'avais accepté de donner des cours de rattrapage à mon lycée pendant tout l'été.

« Qu'est-ce que je pourrais faire d'autre ? J'aime enseigner, je suis contente d'avoir retrouvé mon travail et puis franchement… ça remplit le vide.

— Mais tu as tout de même besoin de vacances, après tout ce que tu as subi !

— Non, j'ai besoin de travailler. Et toi, et vous ? Quels sont vos projets, pour cet été ?

— Je n'ai qu'une semaine de libre. Nous irons sans doute passer un moment avec la famille de Shannon à Kennebunkport.

— Très bien. »

Il a dû se rappeler que c'était tout près de Portland, car il a ajouté :

« Je t'aurais invitée, maman, mais Shannon reste très butée et…

— Pas de problème, ai-je murmuré.

— J'ai essayé de la convaincre mais…

— Ça viendra. Avec le temps.

— Oui… Est-ce que tu passes par Hartford, des fois ?

— Tu sais bien que non. Mais si tu souhaites qu'on se voie, je le ferai avec plaisir.

— D'accord… Merci. »

Par la suite, il a pris l'habitude de m'appeler une fois par semaine. Il luttait contre sa froideur, certes, mais nous n'en étions toujours pas au point de plaisanter ensemble, de nous retrouver à déjeuner, ni même d'évoquer directement le sujet délicat de mes petits-enfants, qui restait l'objet de « négociations » très âpres entre Jeff et sa femme. Pour l'aider, et à sa demande, j'ai adressé une courte lettre à Shannon, dans laquelle j'exprimais de sincères regrets. Au coup de fil suivant, Jeff m'a laissé entendre, avec un notable accablement, qu'il n'était pas arrivé à persuader sa chère et tendre que l'offre de paix était suffisante.

« Elle trouve que le ton n'était pas assez… "humble".

— C'est une blague ?

— Je ne fais que rapporter ses propos.

— Que le premier pas soit venu de moi, que j'aie présenté des excuses, que…

— Je sais, je sais ! Tu as raison, mais… »

Le silence qui a suivi était éloquent : sous son propre toit, mon fils devait garder profil bas.

« Je parviendrai à lui faire accepter que tu viennes, maman.

— Je n'en doute pas.

— Papa est passé nous voir, la semaine dernière.

— Je vois.

— Il était seul.

— Je vois.

— Vous êtes en contact, ou pas du tout ?

— Tu connais certainement la réponse, Jeff. »

Pourtant, Dan venait de tenter une ouverture, et je lui avais claqué la porte au nez. Et pourquoi aurais-je accepté son offre, après tout ? Pour qu'il ait la conscience tranquille ? Je n'étais pas encore prête à traiter en ami l'homme qui avait partagé ma vie si longtemps et qui s'en était détaché si brutalement. Ce débat intérieur, ces hésitations entre l'animosité et le besoin de pardonner ont cependant été dissipés par un brutal retour à la réalité : le lendemain, à midi, j'allais peut-être devoir finalement reconnaître que ma fille n'était plus de ce monde.

Ne pouvant trouver le sommeil, j'ai commencé à errer dans la maison et mes pas ont fini par me conduire à l'ancienne chambre de Lizzie. Ses petits trésors d'adolescente n'étaient plus là mais il y avait encore les posters de Springsteen et de REM, ou la jolie chaîne qu'elle s'était payée avec ses heures de baby-sitting et sur laquelle elle m'avait fait écouter Nick Cave, une musique « déprimante comme j'aime », avait-elle noté… Il y avait encore des caisses de livres dans tous les coins, car c'était une lectrice infatigable, la seule de ma connaissance à avoir pu terminer un livre de Thomas Pynchon ; c'était elle qui m'avait fait découvrir des auteurs que je ne connaissais pas, Don DeLilo bien avant *Underworld* ou les romans noirs de

George Pelecanos. Je l'avais encouragée à écrire elle-même, sachant que c'était l'un de ses rêves, mais elle n'avait jamais atteint le degré de discipline nécessaire. Tout comme elle n'était jamais arrivée à être heureuse… Je me suis mise à pleurer dans cette chambre vide et froide. Une phrase insoutenable résonnait en moi, des mots que j'avais repoussés durant des mois : « Ma fille est morte. » J'aurais tellement voulu parler à Margy, à cet instant, mais c'était impossible : elle avait été emportée par le cancer un mois et demi auparavant, et j'avais encore du mal à accepter sa disparition.

C'était Rita qui m'avait alertée en pleine nuit. Margy venait d'être transférée à l'hôpital. Le cancer s'était généralisé, les médecins n'avaient plus d'autre recours que la morphine. J'avais pris le premier avion du matin. Elle était dans une chambre au seizième étage, la tête de lit relevée pour qu'elle puisse voir par la fenêtre le paysage urbain qui avait été sa vie. Elle avait perdu la bataille, désormais frêle créature émaciée, raccordée à une batterie de moniteurs et de tubes. Mais elle restait consciente, et même très lucide. Nous avions conversé un peu, et puis elle avait été prise de violentes douleurs. Je voulais appeler l'infirmière, elle m'avait fait signe de rester tranquille, le goutte-à-goutte de morphine se déclenchant automatiquement pour engourdir la souffrance. Alors j'avais gardé sa main dans la mienne, fixé ses yeux vitreux, immobiles comme un lac gelé, tandis que la vive lumière d'une belle matinée de Manhattan produisait une sorte de halo irréel. L'infirmière était entrée. Elle avait consulté les écrans, examiné les pupilles de Margy avec un petit stylo lumineux, coupé la transfusion de morphine, et m'avait demandé de sortir un instant car elle devait « changer sa couche ».

Mon amie était en train de mourir dans des langes. La vie n'est pas seulement cruelle, mais radicalement absurde. J'étais descendue fumer une cigarette, honteuse de sacrifier à un vice qui avait tué Margy, soulagée par la nicotine aussi. Puis je m'étais assise au comptoir d'un petit café, j'avais pris un espresso en feuilletant un *New York Times* laissé par un client. Trois quarts d'heure plus tard, j'avais jugé qu'il était temps de remonter dans sa chambre, reprendre la sombre veillée funèbre. À mon retour, Margy n'était plus là. Une employée du nettoyage astiquait le sol pendant qu'un technicien démontait l'appareillage médical qui avait encadré le lit à présent disparu.

« Où est mon amie ?

— Elle est décédée.

— Comment ?

— Décédée. Morte.

— Ah… – J'étais trop surprise pour comprendre. – Et ils l'ont emportée, comme ça ?

— C'est comme ça qu'on fait. »

Ressortie en chancelant dans le couloir, j'avais presque heurté l'infirmière que j'avais vue plus tôt et qui arrivait à ce moment.

« Ah, je vous cherchais partout ! Votre amie, je suis désolée…

— Si vite ?

— Un arrêt cardiaque. Ça se produit en un instant, surtout en phase terminale. Elle n'a pas souffert, ni rien. »

J'aurais voulu hurler que non, ce n'était pas rien, qu'elle avait été à la torture pendant des mois, qu'elle avait vu la mort arriver, implacablement. Je n'ai eu que la force de pleurer, longtemps, dans une petite salle d'attente où l'infirmière m'avait conduite en hâte. Salle d'attente ou salle de deuil, plutôt, à en juger par la boîte de Kleenex sur la table basse et par les brochures d'« aide psychologique » aux titres tels que *Maîtriser sa peine*, *Vivre avec l'absence*, etc. Notant ces détails à travers mes larmes, j'ai soudain été assaillie par un souvenir, celui du soir où Margy m'avait emmenée voir *La Bohème* au Met. Dix ans auparavant, à peu près. Alors que nous discutions de la représentation à la sortie, j'avais remarqué qu'elle avait les yeux brillants. Je n'avais pas été émue, pour ma part, car comme je le lui avais expliqué je n'avais jamais vraiment fantasmé sur l'idéal romantique de l'amour malheureux. « Ce n'est pas pour ça que j'ai pleuré, m'avait confié Margy. Ce que je trouve terriblement triste, c'est que Rodolfo et tous les autres ne sont pas auprès de Mimi quand elle meurt. Elle est seule, même dans la mort. Ce qui sera probablement mon cas. »

Et elle avait vu juste. Elle était morte seule, comme Mimi. Parce que j'étais allée fumer une cigarette. « Ou parce que l'infirmière t'a obligée à sortir, a corrigé mon père lorsque je l'ai appelé quelques heures plus tard, la gorge encore nouée par les sanglots.

— Mais si j'étais revenue cinq minutes plus tôt, seulement cinq minutes !

— Elle n'aurait plus été consciente de ta présence. Elle était sous morphine, Hannah ! Arrête de t'accabler, tu veux bien ? »

Mon père. Mon confident. Le seul être en qui je pouvais placer ma confiance, désormais que Margy n'était plus là et que Dan… Après avoir repoussé l'offre de ce dernier de faire le voyage à Boston ensemble, c'est donc vers Burlington que je me suis tournée, ce soir-là ; après avoir séché mes larmes, j'ai téléphoné à mon père pour lui communiquer les inquiétantes nouvelles que Leary venait de nous donner. Il m'a écoutée avec attention, puis :

« Je ne veux pas avoir l'air ridiculement optimiste mais enfin, un bijou de ce genre, c'est assez courant…

— Papa ? Qu'est-ce que tu en penses, franchement ?

— Eh bien… C'est inquiétant, oui.

— C'est ce que je crois aussi.

— Peut-être vaudrait-il mieux que tu y ailles sans trop d'espoir, Hannah.

— C'est mon intention.

— Je peux te rejoindre là-bas, si tu veux.

— L'inspecteur a prévenu Dan, qui m'a proposé d'y aller avec lui. J'ai refusé.

— C'est compréhensible.

— Mais tu ne trouves pas ça bien, n'est-ce pas ?

— C'est ce que j'ai dit ?

— Non… J'essayais de lire entre les lignes, c'est tout.

— Tu as parfaitement le droit de lui en vouloir. Comme tu as parfaitement celui de te questionner sur ce droit que tu t'es donné de lui en vouloir.

— Hé, c'est toi qui lis entre les lignes, maintenant !

— Exact. Et si tu attendais de voir comment tu réagis demain ? Il va peut-être t'inviter à déjeuner. Si tu es toujours fâchée, tu n'auras qu'à lui dire non.

— Ou bien il s'en ira sans un mot.

— Possible. Bon, pour changer de sujet, où en sont les préparatifs du grand voyage ?

— J'ai ma place dans un vol le 26 au soir. J'ai trouvé un avion à seize heures pour faire Burlington-Boston, donc je pourrai passer la journée avec toi.

— Six mois à Paris… Je t'envie.

— Et moi je suis morte de peur. Une provinciale comme moi, vivre tout ce temps dans une capitale…

— Heureusement que cette monstrueuse chasse aux sorcières contre toi est terminée, parce que tu t'apprêtes à commettre le crime suprême, pour les Américains bien-pensants : aller vivre en France ! »

J'ai ri de bon cœur, puis la conversation a marqué une pause. Avant de me dire au revoir, mon père m'a conseillé d'une voix grave :

« Je sais que c'est dur, Hannah, mais il faut que tu te prépares au pire.
— Je sais, papa. »

Ce qui n'était qu'une formule creuse, évidemment. Même si l'image de Lizzie morte m'avait hantée des mois durant, je ne me sentais toujours pas prête à l'accepter. Quel parent en serait capable ?

Ayant renoncé à trouver le sommeil, j'ai décidé d'appeler l'hôtel Onyx à Boston. Ils me réservaient une chambre, et le portier de nuit serait prévenu de mon arrivée vers deux heures du matin. Quelques minutes plus tard, j'étais en route vers le sud, un léger sac de voyage sur la banquette arrière. À la radio, il y a eu un dernier bulletin d'information avant le programme de musique classique en continu de la nuit. Je n'ai pas pu m'empêcher de me rappeler à quel point la voix du présentateur des infos me paniquait, dans un passé récent mais qui semblait déjà si lointain, et l'appréhension qui m'a étreinte la première fois que j'étais rentrée à la maison après l'émission de José Julia. « Vous avez gagné, je m'en vais »... Le graffiti que Brendan avait peinturluré avait disparu. La porte était impeccablement laquée en blanc. Avec un Post-it collé au-dessus de la poignée : « Ça, c'est offert. Brendan. »

Le même jour, M. Ames, le patron de la supérette qui m'avait congédiée de son magasin, était venu sonner, chargé d'un panier de friandises avec lequel il voulait racheter sa conduite. Dans la rue, au supermarché, les gens m'adressaient de courtois signes de tête, parfois un sourire. À mon retour au lycée, mes collègues s'étaient montrés aimables, deux ou trois d'entre eux allant jusqu'à exprimer en privé leur indignation pour la manière dont j'avais été traitée. Lorsque j'avais fait connaissance avec ma nouvelle classe à la rentrée de la fin août, il n'y avait pas eu de scène hollywoodienne où les élèves se seraient mis à m'acclamer en me voyant franchir la porte. Tout le monde semblait vouloir oublier ce qui s'était passé, et cela me convenait parfaitement. Mais chaque fois qu'une femme de mon cours de gym tenait à m'exprimer sa sympathie, ou qu'un parent d'élève faisait allusion à l'injustice dont j'avais été victime, le silence de Dan ne me paraissait que plus blessant. Quoi, même après la déroute de Judson il n'avait pas eu le courage de se manifester par un coup de fil, une lettre ? Mais qu'aurait-il pu dire ? Qu'il regrettait d'être parti ? Qu'il ne lui échappait pas que prendre la poudre d'escampette avec l'une de mes meilleures amies était assez vaudevillesque, pour ne pas dire plus ?

Je me suis concentrée sur cette route que je connaissais désormais si bien, tentant de chasser Dan de mon esprit. J'ai atteint l'hôtel avant deux heures, puis j'ai encore bataillé contre l'insomnie dans ma chambre. Quand j'ai enfin pu somnoler au petit matin, la trêve a été courte, rompue par le service du réveil téléphonique que j'avais commandé pour dix heures et demie. Ma première pensée en sortant de mon hébétude fut de me dire que le jour était venu où j'allais apprendre que Lizzie était morte.

Le temps de me préparer et je suis partie. Monstrueux embouteillages en direction de Brookline. J'ai appelé Leary au milieu de la cohue de Commonwealth Avenue pour le prévenir que j'allais être en retard d'un quart d'heure. Quand je suis enfin arrivée, Dan était assis dans son bureau. Il s'est levé, m'a serré la main. J'ai surpris le regard de Leary sur nous. Il nous a proposé du café, nous avons tous deux décliné son offre.

« Notre médecin légiste a pris du retard cette semaine, à cause du terrible incendie de Framingham dont vous avez probablement entendu parler, a commencé l'inspecteur. Il pense néanmoins que vu l'état du corps, resté dans l'eau au moins sept mois, seuls des prélèvements osseux permettront de réaliser la recherche d'ADN. – Dan écoutait, les yeux au sol. – Dans ces conditions, je vous déconseille fortement de voir le cadavre, même si la loi m'oblige à vous préciser que vous pouvez l'exiger. »

Dan m'a lancé un bref regard, a fait non de la tête avant de la baisser à nouveau.

« Nous ne le demandons pas, ai-je déclaré à Leary.

— C'est mieux, je pense. Alors… »

Il a pris une grande enveloppe sur son bureau, en a sorti deux sachets zippés. Du premier, il a extrait ce qui ressemblait à un lambeau de toile de jean.

« Ceci fait partie des restes de vêtement que l'on a pu trouver. Je sais que cela peut vous paraître incongru, mais je dois vous demander si cette pièce vous…

— Elle était souvent en jean, l'a interrompu Dan.

— Comme tout le monde, ai-je rétorqué.

— Donc cela ne vous inspire aucun souvenir précis ? Bien, ceci, maintenant. – Il a versé le contenu du second sachet sur une feuille de papier. – C'est le pendentif que nous avons trouvé sur le corps. »

Une petite croix en diamants, discrète et élégante, sur une chaîne en argent. Mon cœur s'est arrêté : c'était exactement la même que celle que Lizzie s'était offerte un an plus tôt.

« Elle porte le poinçon de Tiffany, a poursuivi Leary. Nous avons contacté leur magasin de Copley Plaza. C'est un article qu'ils vendent.

— C'est là que Lizzie a acheté la sienne, ai-je murmuré.

— Tu es sûre ? m'a interrogée Dan.

— Elle me l'a dit, oui. »

Notre conversation m'est revenue en mémoire. Elle m'avait confié qu'elle s'était sentie un peu déprimée, et qu'« un bijou à deux mille six cents dollars, c'est une gâterie qui doit remonter le moral, non ?

— Je suis sûre qu'il est très beau, avais-je répondu diplomatiquement.

— Mais n'est-ce pas affreusement triste, de s'offrir des bijoux à soi-même ?

— Pas forcément, Lizzie.

— Tu as déjà fait ça, toi ? »

Leary a continué :

« Ils ont vérifié leurs archives à notre demande. Il y a bien eu l'achat d'une croix similaire effectué avec la carte bancaire de Lizzie. Mais nous ne pouvons exclure qu'elle l'ait achetée pour l'offrir à quelqu'un, une amie, par exemple…

— Elle la portait tout le temps, suis-je intervenue. Elle aimait beaucoup ce bijou. »

Il y a eu un silence, puis Leary a conclu :

« Merci pour cette précision. Tant que nous n'aurons pas eu le test d'ADN, il n'y a rien à ajouter, je crois. Nous n'avons pas d'autres pistes. Je regrette de vous avoir fait venir mais il était important d'établir que ce pendentif était le sien. »

Il s'est levé, nous a salués. Nous sommes ressortis dans le froid et la grisaille. Quand nous avons été sur le trottoir, je me suis aperçue avec stupeur que le visage de Dan était baigné de larmes.

« Elle est morte, hein ? a-t-il articulé d'une voix oppressée.

— Je crois que oui… »

Il luttait pour ne pas éclater en sanglots. J'ai saisi sa main et je l'ai gardée dans la mienne tandis qu'il se reprenait peu à peu. Quand il a pu de nouveau parler, il a chuchoté :

« Merci.

— Pour quoi ?

— Pour m'avoir pris la main.

— De rien. »

Il a regardé le ciel plombé un moment avant de baisser les yeux sur sa montre.

« Il faut que je rentre à Portland.

— Je vois.

— J'avais une opération ce matin, je l'ai retardée à cet après-midi.

— C'est bien, que tu sois venu.

— Oui… Hannah ? – Il a tenté de croiser mon regard, sans succès. – Tu… Tu me manques. – Je suis restée silencieuse. – Tu me manques et je ne sais pas comment…

— Tu n'es pas heureux dans ta nouvelle vie ?

— Mais… Non. Non ! Pas du tout.

— Je suis désolée.

— Ça veut dire que… ?

— Que quoi ?

— Tu me manques, Hannah.

— Tu l'as déjà dit.

— On pourrait peut-être parler de ça et…

— Parler de quoi ?

— De la possibilité que, enfin, tu vois…

— Il n'y a pas de possibilité de quoi que ce soit.

— J'ai eu tort. Tellement tort ! J'ai compris que… »

Il a cherché à prendre ma main. Je me suis écartée.

« Tu m'as congédiée comme une vulgaire pestiférée, ai-je constaté calmement. Tu n'as pas voulu me croire, même lorsque je te suppliais. Tu m'as quittée pour une de mes amies. Et quand j'ai enfin pu me défendre publiquement, tu n'as même pas daigné m'appeler pour…

— Mais j'y ai pensé ! J'en avais l'intention !

— Les intentions ne comptent pas.

— J'avais honte, tu comprends… Oui, j'aurais dû te parler, à ce moment. J'aurais dû, mais… S'il te plaît, Hannah ! Essayons de nous voir, de nous expliquer !

— Je ne pense pas, non. Tu sais quoi ? Si tu m'avais appelée pendant les premières semaines après ton départ, si tu m'avais dit : “J'ai commis une énorme erreur, je voudrais qu'on recommence”, eh bien j'aurais été folle de refuser. Parce qu'on ne saccage pas trente-quatre ans de vie commune comme ça. Maintenant c'est trop tard. Tu m'as abandonnée au moment où j'avais le plus besoin de toi. Alors… je m'en vais à Paris.

— Tu quoi ?

— Juste après Noël, oui. Le lycée m'a accordé un congé sabbatique de six mois. Je vais les passer en France.

— Mais… pour quoi faire ?

— Pour être à Paris, voilà pourquoi. »

Il a tenté d'assimiler l'information.

« Et qu'est-ce qui t'a poussée à… ? Comment tu en es venue à cette idée de voyage ? »

J'aurais pu lui raconter le matin au lycée où, environ cinq mois auparavant, j'avais soudain été prise de cette envie de m'éloigner un moment, de faire le point, comme un contrecoup de ma mésaventure. Deux heures plus tard, j'étais dans le bureau de Carl Andrews pour lui annoncer que je désirais prendre un congé prolongé à la rentrée des vacances d'hiver. En d'autres circonstances, il aurait sans doute refusé, mais il avait aussitôt reconnu que j'avais amplement le droit de changer d'air après ce qui m'était arrivé. J'avais commencé à faire des recherches sur le Net mais c'est finalement dans la bonne vieille *New York Review of Books* que j'étais tombée sur la petite annonce d'un professeur de français à l'université de Columbia qui proposait de louer son studio tout près de la Sorbonne. Je l'avais contacté par e-mail et nous étions convenus que je le prendrais pour six mois à compter du 27 décembre.

« Comment ? ai-je fini par répondre. C'est simple : j'en rêvais depuis toujours, et maintenant je vais le faire.

— Bon, mais il reste encore quelques semaines avant ça. On pourrait déjeuner ensemble, discuter de…

— Non, Dan. »

Il a baissé la tête, gardant le silence un moment.

« Je dois y aller, a-t-il fini par murmurer.

— Très bien.

— Et quand Leary aura les résultats des analyses…

— On y fera face. »

Il m'a effleuré la main, m'a lancé « Bonne chance » à voix basse et s'est éloigné rapidement vers sa voiture.

Quatre jours après, ce sont de bien étranges nouvelles que Leary m'a communiquées : les résultats du test d'ADN réalisé sur la dépouille retrouvée dans le fleuve ne correspondaient pas à ceux qui avaient été trouvés à partir des cheveux laissés sur la brosse de Lizzie chez elle. En d'autres termes, l'enquête continuait.

« Donc elle est toujours en vie ? ai-je demandé.

— Théoriquement, oui. Le médecin légiste a cependant insisté sur le fait que des analyses menées sur un corps aussi décomposé n'étaient pas fiables à cent pour cent. Chaque année, plus de deux cent mille personnes disparaissent dans ce pays, de sorte que ce cadavre pourrait très bien être celui d'une femme arrivée à Boston par hasard et qui aurait porté la même chaîne que Lizzie. Ce que mon métier m'a appris, c'est que quand on commence à s'interroger sur les mobiles des gens on s'aperçoit que tout est possible. Absolument tout. De même qu'on ne peut pas se mettre dans la tête d'autrui. Parce que ce qu'il y a dedans n'est jamais clair.

— Alors quoi ? Elle est vivante… et elle est morte ?

— C'est ce que je disais : tout est possible, rien n'est clair. »

J'ai pensé que Dan me contacterait quand il apprendrait cette nouvelle. Je me trompais. De tout le mois, il n'y a eu que sa carte de vœux de nouvel an professionnelle, sur laquelle il avait rajouté à la main : « Je te souhaite un bon séjour à Paris. » Peu avant de me mettre en route pour Burlington, j'ai reçu un autre mot imprimé, indiquant « la nouvelle adresse du docteur Daniel Buchan à compter du 1er janvier 2004 ». Et la veille de Noël, au téléphone, Jeff m'a annoncé que son père allait passer les fêtes chez eux. « J'imagine que tu as appris qu'il a rompu avec Alice ?

— Non, mais son changement de domicile laissait envisager ça.

— Je n'arrête pas de lui dire de te contacter mais il répond à chaque fois qu'il sait comment tu vas réagir.

— S'il veut, il peut.

— Vraiment ? a lancé Jeff, soudain très intéressé.

— J'ai dit qu'il pouvait me contacter. Rien de plus.

— Et s'il veut t'appeler à Paris ?

— Je lui répondrai.

— C'est génial, maman !

— Non, ça n'a rien de génial. Et je ne promets rien.

— Dès que tu es de retour, on t'invitera à la maison… – Je n'ai pas réagi. – Aussi, je voudrais que tu continues à te dire que Lizzie est vivante. Tant qu'il y a de l'espoir…

— … il y a de l'incertitude, oui. Tout est possible, rien n'est clair. »

Car l'incertitude est presque toujours la règle, non ? Dan avait confié à son fils qu'il aurait désiré me parler, j'avais dit que je lui répondrais, mais aucun appel n'est venu le lendemain. Une porte s'était ouverte, une autre s'était fermée. Mais qu'avait-il exactement en tête, d'ailleurs ? Se sentait-il toujours tellement coupable qu'il n'osait se retrouver devant moi ? Avait-il décidé d'essayer la vie de célibataire, pendant un moment ? Ou bien se demandait-il ce que je devais penser, moi ?

J'aurais été bien en peine de trouver une réponse à ces questions. Un tourbillon d'émotions contradictoires maintenait mon esprit dans la confusion la plus totale. Amour, haine, angoisse, amertume, désespoir, rage, se mêlaient en moi. Tantôt je me détestais, tantôt je me donnais raison. Arrogance, humilité, optimisme, abattement, perplexité, doutes et encore plus de doutes… Mais qu'y a-t-il de mal à douter ? Comment se prétendre capable de tout voir en noir et blanc quand la condition humaine se décline dans d'innombrables nuances de gris ? Les êtres les plus proches de nous prennent des initiatives qui nous laissent pantois, et à notre tour nous réagissons d'une manière que nous ne comprenons pas entièrement. Alors oui, le doute…

« “Quand je suis faible, c'est alors que je suis fort” », a répété mon père en remplissant à nouveau mon verre. C'était le soir de Noël, les restes du dîner raffiné qu'Edith nous avait préparé se trouvaient encore sur la table. Dans l'après-midi, mon père et moi avions passé un moment auprès de ma mère. Je lui avais dit que j'allais partir le lendemain pour Paris, qu'elle devait sans doute garder des souvenirs de son séjour là-bas après guerre, quand elle étudiait aux Beaux-Arts, que j'essaierais de retrouver ce petit café de la rue Monge dont elle nous avait si souvent parlé. Elle n'a pas réagi une seule fois à ce monologue et j'ai fini par me sentir idiote, comme toujours.

« Elle va mourir quand je serai loin, ai-je dit à mon père alors que nous revenions à la maison.

— Est-ce que ce serait si terrible ? »

Je connaissais la réponse mais je n'ai pas voulu la formuler. Ensuite, nous avons ouvert nos cadeaux, nous avons bu du champagne, puis du bordeaux avec le délicieux repas d'Edith, puis du cognac devant le feu de bois tout en jouant au « jeu des citations », un passe-temps inventé par papa et dont le règlement serait trop fastidieux à décrire. Pour aller très vite, il s'agissait de reconnaître l'origine littéraire ou historique d'une phrase citée par l'un des participants.

« "Quand je suis faible, c'est alors que je suis fort", a répété mon père. Allez, jetez-vous à l'eau !

— Ça pourrait être du Shakespeare, ai-je tenté.

— Non, a opiné Edith, ça doit venir de la Bible.

— Dix points. Et encore dix autres si tu arrives à trouver le livre précis.

— "IIe Épître aux Corinthiens", chapitre 12, verset 10.

— Exact !

— Tu es effrayante, ai-je lancé à Edith.

— Je prends ça comme un compliment.

— À ton tour, Edith.

— *Oft fühl ich jetzt*, a-t-elle commencé à réciter, les yeux encore plus pétillants après ce que nous avions bu, *und je tiefer ich einsehe, dass Schicksal und Gemut Namen eines Begriffes sind.*

— Ah ! C'est autorisé par le règlement, les citations en allemand ? ai-je protesté sur le ton de la plaisanterie.

— Mais j'allais traduire, bien sûr ! Voilà : "J'ai souvent le sentiment, et même la conviction, que destin et tempérament sont un même concept."

— Friedrich von Hardenberg, également connu sous le nom de Novalis.

— Bravo !

— Vingt points pour Hannah, a annoncé mon père. Et dix de plus si tu peux nous donner une version abrégée de la même idée. À l'américaine, quoi !

— Facile : "Ta personnalité, c'est ton destin." »

Le téléphone s'est mis à sonner. Comme il était près de moi, j'ai décroché avec un « Bonsoir et joyeux Noël ! » enjoué.

« Euh… Je suis bien chez le professeur Latham ? »

Mon cœur s'est emballé. Serrant le combiné dans ma main tremblante, j'ai murmuré :

« Lizzie ? C'est toi ? »

Silence. Mon père s'était levé d'un bond. « Lizzie ? »

Rien que le grésillement de la ligne, puis :

« Maman ?

— Oh mon Dieu, Lizzie, c'est toi !

— Oui. C'est moi.

— Mais où… ? Mais où tu… ? ai-je bredouillé lamentablement.

— Maman ?

— Où es-tu, Lizzie ?

— Au Canada.

— Au Canada ? Où ça, au Canada ?

— Tout à l'ouest. À Vancouver. Ça fait des… mois, je pense.

— Mais tu vas bien ?

— Plutôt bien, oui… J'ai un travail. Serveuse. Pas grand-chose, de quoi survivre. J'ai un endroit à moi. J'ai un ou deux amis, maintenant. Ça va… vraiment bien, je crois. »

Elle n'en donnait pas l'impression mais elle ne paraissait pas complètement déprimée, non plus. J'aurais voulu pleurer, crier, lui dire que je l'avais crue morte, mais une sorte d'instinct maternel m'a conseillé la prudence. Je devais faire attention à mes moindres mots.

« Tu es au Canada depuis le début, alors ?

— Non, pas exactement. J'ai traîné un peu, d'abord. Sur la côte Ouest. Je ne pouvais pas travailler ici, c'est interdit, mais je me suis dégotté des faux papiers canadiens. Maintenant, je m'appelle Candace Bennett pour tout le monde. J'en suis venue à penser que c'est vraiment moi, Candace Bennett.

— C'est un joli nom.

— Oui, pas mal… Alors j'appelais papy parce que j'ai téléphoné à la maison et sur le message tu disais que tu partais pour Paris.

— Oui, en effet. Je m'en vais demain. Pour six mois.

— Cool… Papa part avec toi ?

— Non… Il reste, lui.

— Tiens, pourquoi ?

— C'est… C'est un peu long à expliquer. Dis-moi, Lizzie : tu ne sais sans doute pas que plein de gens t'ont cherchée, pendant tout ce temps ?

— Tu veux dire toi, papa et… ?

— La police. Quand tu as disparu, tout le monde a pensé qu'il t'était peut-être arrivé… un malheur. Les journaux en ont beaucoup parlé.

— Je ne les lis pas. Et je n'ai pas la télé, non plus. Ni d'ordinateur. Mais j'ai une petite chaîne stéréo et, tu sais, j'ai découvert un magasin vraiment sympa, à Vancouver. Ils ont plein de CD d'occasion. Des tas !

— C'est tellement bon d'entendre ta voix, Lizzie, tellement… »

Je n'ai pu retenir un sanglot.

« Hé, il ne faut pas pleurer, m'man !

— Non, c'est juste que je suis heureuse de t'entendre, Lizzie… Si tu veux, ma chérie, je peux venir à Vancouver demain et on…

— Non, je ne veux pas, m'a-t-elle coupée d'une voix qui s'était soudain durcie. Je n'ai pas… Je ne suis pas prête à… »

Elle n'a pu terminer sa phrase.

« Mais oui, ma chérie, bien sûr. Je pensais simplement que…

— Tu t'es trompée ! Je suis… Comment dire ? J'ai encore honte, tu vois ? Et si tu commences à me raconter que je ne devrais pas, je raccroche.

— Non, non, je ne dis rien !

— C'est bien, c'est mieux, a-t-elle continué d'une voix encore oppressée. Quand tu reviendras de Paris, par contre… Enfin, tout dépend de comment je me sentirai. Mon médecin d'ici… Je l'ai connu quand ils m'ont placée dans un asile de sans-abri, à Vancouver-est. C'est là que j'ai eu ma carte d'identité, aussi. Tu trouves tout ce que tu veux, dans cette partie de la ville. Enfin, je dormais dehors, ils m'ont ramassée et l'une des assistantes sociales a fini par me persuader de parler à un psy. C'était lui. Il a dit que j'étais maniaco-dépressive. Que j'avais une tendance à ça. Alors j'ai des médicaments et tant que je les prends, ça va. Ça va bien, même. Je fais mon travail, je suis plus calme, il ne me vient plus l'idée de me jeter sous les roues du métro… Quoiqu'il n'y ait pas de métro, à Vancouver. Je veux dire que je tiens le coup, tu vois ?

— C'est parfait, ai-je risqué, redoutant qu'un mot déplacé ne la pousse à raccrocher.

— Non, ça n'a rien de parfait, maman. Je déteste être comme ça, je déteste penser que je me suis enfuie, je me déteste, moi… Mais je tiens le coup, tu vois, je tiens le coup, donc…

— Il y a un numéro où je pourrais t'appeler, à l'avenir ?

— Je ne veux pas. Je ne veux pas que tu aies mon numéro, tu comprends ?

— D'accord, Lizzie.

— Mais… – Elle s'est radoucie, peu à peu. – Donne-moi le tien à Paris, si tu le connais déjà. Je ne promets rien, compris ?

— Si tu as envie, téléphone n'importe quand, je te rappellerai tout de suite.

— Mais ça veut dire que tu aurais mon numéro ! Personne ne l'a ! Personne. Même mes amis. Ils ont mon portable, mais pas celui-là, parce que celui-là, c'est mon numéro, tu piges, le mien… – Elle s'est interrompue. – Oh, mais tu m'entends, merde ! Je suis complètement larguée ! Fichue, complètement !

— Non, ma chérie. Il y a plein de gens qui t'aiment, qui veulent ton bonheur…

— Oui, oui… Écoute, il faut que j'y aille. Dis bonjour à tout le monde de ma part, d'accord ?

— Tu notes mon numéro à Paris ?

— Mais… oui. »

Je le lui ai dicté.

« Et maintenant, qu'est-ce que tu vas faire, Lizzie ?

— Maintenant ? Je vais bosser.

— Le jour de Noël ?

— On est ouverts. Et je suis en retard. Allez, joyeux Noël, m'man ! Essaie de ne pas trop t'en faire. »

Elle a coupé. Je suis restée une éternité les bras ballants, fixant mon père d'un regard éperdu. Edith s'est levée pour venir me retirer doucement le combiné et le poser sur son socle. Le reprenant aussitôt, elle a composé un numéro, puis noté une volée de chiffres.

« Qu'est-ce que tu fais ? ai-je murmuré, sortant de mon égarement.

— Je me sers des miracles de la technologie digitale. J'ai appelé le *69, qui te donne le numéro du dernier appelant. Le voilà, c'est celui de ta fille. – Elle m'a tendu le calepin. – 604, c'est bien le code de Vancouver. Si tu veux que je vérifie que c'est bien chez elle…

— Elle risque de paniquer, si on la rappelle tout de suite.

— En composant d'abord *67, ton numéro est automatiquement masqué. Et puis je peux prendre un accent allemand à couper au couteau absolument impossible à identifier. Alors, d'accord ? »

J'ai acquiescé. À l'autre bout de la ligne, le téléphone a sonné, sonné. Brusquement, Edith m'a tendu le combiné : « Tiens, c'est son répondeur ! » « Bonjour, vous avez appelé Candace Bennett, laissez vos coordonnées et je vous contacterai. » J'ai raccroché avant le bip, faisant comprendre d'un signe de tête à mon père que c'était bien le numéro de Lizzie. Après s'être caché le visage dans les mains, il s'est mis à pleurer sans bruit.

Plus tard, nous avons terminé la bouteille de cognac. Avant d'être trop ivre pour m'exprimer intelligiblement, j'ai appelé Dan et je lui ai appris la formidable nouvelle, tout en lui décrivant l'état d'esprit de notre fille.

« Merci, a-t-il murmuré à la fin, la gorge nouée. Merci un million de fois.

— Tout est possible, rien n'est clair.

— Pardon ?

— Oh, c'est juste une citation que j'aime bien.

— Je t'appellerai à Paris, entendu ?

— D'accord. »

Quand Edith et mon père sont montés se coucher, je suis sortie sur le perron et j'ai regardé la neige tomber, l'alcool me rendant indifférente au froid. J'étais transportée de joie mais j'essayais en même temps de ne pas imaginer ce qu'avaient été ces derniers mois pour Lizzie, et j'éprouvais une inquiétude toute maternelle quant à la fragilité psychologique qu'elle manifestait encore. « Tu ne peux pas partir, me suis-je soudain dit en moi-même. — Et à quoi ça servirait que tu restes ? — Ce n'est pas la question. Je ne peux pas m'en aller maintenant. — Mais si ! — Ce serait égoïste. — Mais non ! » Ce débat intérieur s'est poursuivi un moment, jusqu'à ce que l'autre voix en moi finisse par me remontrer que je n'allais pas à nouveau me dérober, m'arrêter en chemin.

Le lendemain matin, à la première heure, j'ai contacté Leary. Il a réagi avec calme et philosophie : il était rare qu'un cas de disparition finisse bien. Il m'a dit qu'il allait devoir demander à la police de Vancouver d'établir formellement qu'il s'agissait de Lizzie, tout en veillant à ce que cette démarche soit menée dans la plus grande discrétion.

En revanche, si quelque chose venait à filtrer d'ici, un beau matin, Lizzie pourrait découvrir une meute de journalistes sur son palier.

Sur la route de l'aéroport, j'ai rapporté à mon père cette conversation avec Leary. Alors que je lui exprimais mes craintes d'une fuite possible, il m'a coupée :

« L'inspecteur t'a dit qu'il s'en chargerait, donc il va s'en charger.

— Mais…

— Il n'y a pas de mais. Je sais ce que tu es en train d'essayer de faire, Hannah, mais cette fois il n'en est pas question. Tu ne te défileras pas !

— Mais…

— Écoute ! Lizzie est vivante. Point final. Fin de l'histoire, une histoire dont le fil t'a échappé depuis le début et continuera à t'échapper. Tu ne peux pas t'occuper des gens contre leur gré, Hannah. Tout ce que tu peux faire, c'est être là quand ils ont besoin de toi. Si Lizzie veut te parler, elle t'appellera. Comme elle l'a fait hier soir. Conclusion : assez discuté, tu pars pour Paris ! »

Ils ont enregistré mes bagages en partance pour Roissy-Charles-de-Gaulle, ils m'ont remis deux cartes d'embarquement, ils m'ont annoncé que le vol d'Air France serait à la porte numéro… Je ne l'ai pas retenu. Je voyais, j'entendais tout à travers un voile. Mon père m'a accompagnée jusqu'au portique de sécurité. C'était comme si j'avais à nouveau treize ans, soudain. Une fillette envoyée seule dans le vaste monde.

« J'ai peur », ai-je chuchoté.

Il m'a serrée dans ses bras, m'a regardée droit dans les yeux :

« "Quand je suis faible, c'est alors que je suis fort", pas vrai ? Maintenant, monte dans cet avion, bon sang ! Et appelle-moi demain quand tu seras installée. »

Vingt minutes plus tard, je survolais le Vermont. Une rapide correspondance à Boston et j'ai été à nouveau dans les airs. La cabine était presque vide, si bien que j'ai pu m'allonger sur une rangée de sièges et que j'ai dormi pendant toute la traversée de l'Atlantique. Soudain, l'appareil a plongé vers le bas, je me suis réveillée en sursaut. Il faisait jour. Une hôtesse penchée sur moi me demandait gentiment de m'asseoir et de boucler ma ceinture. J'ai à nouveau fermé les yeux pendant l'atterrissage, ne les rouvrant qu'à l'arrêt complet de l'avion. Encore groggy, j'ai attrapé mon bagage à main et j'ai suivi les autres passagers qui quittaient l'avion.

Le policier du contrôle des passeports avait à peu près mon âge. Il ne semblait pas enchanté d'être là, en plein courant d'air, à sept heures et demie, par une froide matinée de décembre. *« You will stay how long ? »* m'a-t-il demandé avec un fort accent. « Vous restez combien de temps ? » Spontanément, j'ai répondu dans un français que je m'étais mise à retravailler au cours des derniers mois : « Je ne sais pas. » Il a levé les yeux de mon passeport, étonné que je m'exprime dans sa langue, puis : « Quoi, vous n'avez aucune idée de combien de temps vous allez rester en France ?

— On verra. »

Il m'a examinée avec une certaine méfiance, se demandant peut-être s'il devait me sommer de présenter mon billet de retour, des preuves de ma solvabilité. Ou bien a-t-il simplement vu devant lui une femme qui n'était plus de la première jeunesse, fatiguée par le voyage, un peu perdue ? S'il m'avait alors demandé : « Quelle est la raison de votre présence ici ? » j'aurais répliqué en toute bonne foi : « Ah, c'est une question qui me hante depuis trente-cinq ans, au moins. Vous auriez une idée, vous ? » Mais il ne me l'a pas posée. À la place, il m'a fait observer d'un ton bourru :

« Nous préférons les réponses précises, généralement.

— N'est-ce pas notre cas à tous ? » ai-je répliqué, toujours dans la langue de Voltaire.

Il a eu un début de sourire puis il a recouvré son sérieux pour apposer gravement son tampon sur la feuille du passeport. « D'accord », a-t-il conclu en me rendant le document.

Je l'ai rangé dans mon sac, je me suis engagée dans l'étroit passage et je suis entrée en France.

Remerciements

Au cours des sept dernières années, j'ai eu le grand privilège de travailler avec Bernard Cohen. Depuis *L'homme qui voulait vivre sa vie*, c'est lui qui a traduit tous mes livres en français. Il n'est pas seulement le passeur de mes mots dans une autre langue, il est aussi mon véritable « alter ego » en français. Je suis très heureux de l'avoir à mes côtés, à la fois en tant que traducteur et... en tant que « mon pote ».

Je voudrais également remercier à nouveau mon éditrice, Françoise Triffaux, ainsi que toute l'équipe de Belfond, pour continuer à publier aussi bien mes romans.

Composé par Nord Compo Multimédia
7, rue de Fives, 59650 Villeneuve-d'Ascq

Imprimé en France par

à La Flèche (Sarthe)
en avril 2010

POCKET – 12, avenue d'Italie - 75627 Paris cedex 13

N° d'impression : 57432
Dépôt légal : février 2007
Suite du premier tirage : avril 2010
S19921/02